JOËL TAN
Die Frau des Ratsherrn

Joël Tan

Die Frau des Ratsherrn

Historischer Roman

blanvalet

Verlagsgruppe Random House FSC-DEU-0100
Das für dieses Buch verwendete FSC®-zertifizierte Papier
Holmen Book Cream liefert Holmen Paper, Hallstavik, Schweden.

1. Auflage
Originalausgabe November 2011 bei Blanvalet Verlag,
einem Unternehmen der
Verlagsgruppe Random House GmbH, München
Copyright © by Verlagsgruppe Random House GmbH, München
Dieses Werk wurde vermittelt durch die Literarische Agentur
Thomas Schlück GmbH, 30827 Garbsen
Umschlagillustration: © Johannes Wiebel | punchdesign, München,
unter Verwendung eines Motivs von Kozlovskaya Ksenia/Shutterstock und
Bridgeman Art Library
LH · Herstellung: sam
Satz: Uhl + Massopust, Aalen
Druck und Bindung: GGP Media GmbH, Pößneck
Printed in Germany
ISBN: 978-3-442-37689-6

www.blanvalet.de

Für Andrew

In notwendigen Dingen Einheit,
in zweifelhaften Freiheit,
in allem aber Liebe!

JOHANN WOLFGANG VON GOETHE

DRAMATIS PERSONAE

*Es folgt eine Aufstellung der wichtigsten Figuren, wobei die historisch verbürgten Personen mit einem * gekennzeichnet sind.*

Agatha von der Mühlenbrücke	Frau des Gewandschneiders Voltseco
Albert von Holdenstede*	Hamburger Ratsherr, erster Ehemann Ragnhilds und Bruder Conrads, Vater von Runa, Johannes und Godeke
Alheidis von Grove*	Zweite Ehefrau Alberts, Mutter Margaretas
Arnoldus Zalghe*	Schiffsherr der *Resens*
Bertram Esich*	Bürgermeister Hamburgs von 1264 bis 1279
Bertram Schele*	Hamburger Ratsherr
Bodo	Bote von Johannes vom Berge
Conrad von Holdenstede*	Hamburger Ratsherr, Bruder Alberts, Ehemann Luburgis'
Conradus von Holdenstede*	Hamburger Ratsherr, Vater von Conrad und Albert, Ehemann Mechthilds
Ecbert von Harn*	Hamburger Ratsherr
Ella	Magd im Hause von Horborg

Ghesa	Ehefrau des Smutje Heyno
Godeke von Holdenstede	Sohn Ragnhilds und Alberts
Grit	Magd im Hause von Alevelde
Hans Wulfhagen*	Hamburger Ratsherr
Heseke vom Berge*	Ehefrau von Johannes vom Berge
Heyno	Smutje auf der *Resens,* Ehemann Ghesas
Hilda	Magd im Hause von Holdenstede, Mutter Margas
Hildegard von Horborg	Zweite Ehefrau Willekins
Ingrid von Horborg	Tochter Willekins aus erster Ehe
Jacob von Alevelde*	Sohn von Symon von Alevelde aus erster Ehe
Johann Schinkel*	Hamburger Ratsnotar von 1269 bis 1299, Nachfolger Jordan von Boizenburgs
Johannes von Holdenstede	Sohn Ragnhilds und Alberts
Johannes vom Berge*	Hamburger Ratsherr, Schwager Conrads
Jordan von Boizenburg*	Hamburger Ratsnotar von ca. 1236 bis 1269
Vater Lambert	Pfarrvikar der St.-Petri-Kirche
Luburgis von Holdenstede*	Ehefrau Conrads, Schwester von Johannes vom Berge
Marga	Magd im Hause von Holdenstede, Tochter Hildas
Margareta von Holdenstede	Tochter Alberts und Alheidis'
Mechthild von Holdenstede	Ehefrau Conradus', Mutter von Albert und Conrad
Vater Nicolaus	Missionar, Begleiter Bodos

Ragnhild von Holdenstede	Erste Ehefrau Alberts, zweite Frau von Symon von Alevelde, Mutter von Runa, Johannes und Godeke
Runa von Holdenstede	Tochter Ragnhilds und Alberts
Symon von Alevelde*	Zweiter Ehemann Ragnhilds
Thiderich Schifkneht	Bote Ragnhilds
Voltseco v. d. Mühlenbrücke*	Hamburger Gewandschneider
Walther von Sandstedt	Begleiter Thiderichs
Willekin von Horborg*	Hamburger Kaufmann und Ratsherr, Vater von Ingrid, Ehemann Hildegards

TEIL I

Hamburg
Herbst, im Jahre des Herrn 1269

PROLOG

Zwei Jahre zuvor

Es ging zu Ende. Das Geröchel des Sterbenden ertönte nun in immer länger werdenden Abständen und drang unangenehm durch die Stille der Kammer.

Er hatte sich bereits besudelt, und der beißende Gestank seiner Ausscheidungen mischte sich langsam mit dem süßlichen Geruch des Todes. Grünlich schimmernde Fliegen wurden von seinen Ausdünstungen angezogen und besetzten penetrant den siechen Körper; sie zu verscheuchen hatte der Graue schon lange aufgegeben. Zeitweise deutete nicht mehr als das leichte Heben und Senken seiner Brust unter den fleckigen Laken der Bettstatt darauf hin, dass der Todeskampf noch immer währte.

Es war ein unwürdiges Ende für einen würdevollen Vertreter der städtischen Oberschicht. Vom einstigen Glanz des Hamburger Kauf- und Ratsmanns war nichts geblieben außer der guten Kleidung, die er auch jetzt noch am Leibe trug.

Sein Blick war starr an die holzgetäfelte Decke der geräumigen Schlafkammer gerichtet, und seine sonst so Ehrfurcht gebietende Stimme klang nun gepresst und rau. »Wo sind meine Söhne?«

»Es wurde bereits nach ihnen geschickt«, war die verängstigte Antwort der blutjungen Beginen-Schwester. »Auch der Geistliche wird sicher in Kürze eintreffen«, fügte sie leise hinzu. Diese Worte erforderten ihren ganzen Mut; waren es doch die Worte, die dem Sterbenden

sagten, dass sein irdisches Leben bald zu Ende ging. Sie hatte schon einige Sterbende gesehen, aber noch niemals war sie dabei allein gewesen. Wann mochte nur endlich ihre Schwester in Christo mit den beiden Söhnen des Hauses wiederkommen? O Herr, lass es dann nicht schon zu spät sein, flehte sie in Gedanken.

Zur Tatenlosigkeit verdammt, kniete sie sich neben den Dahinsiechenden und fing an zu beten. Ihre Worte wurden lauter und lauter; wohl, um die Geräusche des Todes zu überdecken, die sie am ganzen Leib erzittern ließen.

»In nominae sanctae et individuae trinitatis.« Die lateinischen Worte der Invocation hallten von den Wänden des Rathauses wider. Wie vielerorts üblich, hatte auch Conradus von Holdenstede die übliche Form der Anrufung Gottes als einleitende Worte seines Testaments gewählt.

Im stillen Gedenken hielten alle Anwesenden die Häupter gesenkt, während einer der beiden Testamentsvollstrecker das Pergament mit lauter Stimme verlas.

Auf die Invocation folgte die Arenga, die mit den Worten »mors certa hora incerta« deutlich machte, dass der Tod zwar stets gewiss, die Stunde des Todes aber ungewiss ist.

Ein unterdrücktes Husten eines ältlichen Anwesenden übertönte fast gänzlich die Intitulation, in der der Verstorbene seinen Stand und Namen aufführte, doch zur Narration – der Erörterung der Gründe des aufgesetzten Testaments – war es wieder still im Saal.

Neben allen Mitgliedern des sitzenden und des alten Rates waren noch die beiden Testamentsvollstrecker, ein Geistlicher aus der Pfarrei St. Georg und einer aus dem Kirchspiel Eppendorf, die beiden Zeugen Ecbert von Harn und Bertram Schele sowie die beiden Söhne des Verstorbenen, Conrad und Albert von Holdenstede, anwesend.

Wie gewohnt hatte die Herrin des Hauses am frühen Morgen nach den beiden Beginen-Schwestern schicken lassen, die seit Tagen die Krankenpflege ihres Gemahls übernahmen. Sie selbst war daraufhin aus dem Haus gegangen, um im Dom am Heiligenaltar von St. Josef, dem Patron der Sterbenden, für eine gute Sterbestunde ihres Mannes zu bitten. Nichts hatte zu jenem Zeitpunkt darauf hingewiesen, dass der Graue dem Tod bereits so nahe war.

Völlig unerwartet hatte sein Körper sich kurze Zeit später aufgebäumt und unter unmenschlichen Lauten aus allen Öffnungen entleert. Seither kam er der Schwelle zum Reich der Toten mit jedem Augenblick näher.

Als die zurückgelassene Begine schon dachte, bald von den Geräuschen des Sterbenden verrückt zu werden, traten endlich zwei teuer gewandete Männer ein, dicht gefolgt von der zweiten Begine.

»Ich habe leider nur einen der Söhne gefunden«, flüsterte sie ihrer Mitschwester zu, die mehr als dankbar über ihre sehnsuchtsvoll erwartete Rückkehr war. Auf die Nachfrage, wer denn dann der andere Mann sei, antwortete sie nur mit einem Achselzucken.

Gleich darauf besannen sie sich wieder ihrer eigentlichen Aufgabe und griffen pflichtbewusst zu Wasser und Laken, um den Besudelten zu reinigen. Auch wenn diese Arbeit große Aufmerksamkeit erforderte, warf die ältere der Schwestern dabei dennoch heimlich verstohlene Blicke zu den merkwürdigen Männern.

Der Verstorbene hatte von seinem Recht Gebrauch gemacht, den Inhalt seines Testaments bis nach seinem Tode geheim zu halten. Dazu war es nur nötig gewesen, das Pergament in Anwesenheit seiner Zeugen als das Genannte zu bezeichnen und die Zeugen noch am selben Tag darauf unterzeichnen zu lassen. So geschehen, hatte der Erblasser die doppelte Ausführung des Testaments wieder an sich genommen, um sie bis zum Tage seines Todes sicher zu verwahren.

Beide Urkunden hatten das Kaufmannshaus erst nach dem Dahinscheiden Conradus' verlassen und lagen heute den Herren im Rathaus vor. Während eine Niederschrift in den Händen des lesenden Testamentsvollstreckers ruhte, wurde der Text der anderen Ausführung von einem der Zeugen mit dem Vorgetragenen verglichen.

Es herrschte eine unangenehme Anspannung zwischen den Anwesenden, und es gab wohl niemanden, der die beiden Söhne des Verstorbenen um diese Situation beneidete. Hielt ein Mann den Inhalt seines Testaments geheim, wurde der Akt der Güterverteilung zu einer nervenaufreibenden Zerreißprobe, die nicht selten unangenehme Überraschungen bereithielt. Zudem war allseits bekannt, dass die Söhne des Toten einander verachteten. Ein jeder war gespannt darauf, wie der kluge Conradus von Holdenstede diese Krux zu lösen versucht hatte.

Endlich war der uninteressante Formalienteil der Testamentsverlesung vorüber, dachte der ältere der beiden Brüder gereizt. Viel zu lange schon hatte er auf diesen Tag gewartet, doch jetzt war er gekommen. Heute würde er den Lohn seiner Anstrengungen erhalten, und er würde ihn mit offenen Armen empfangen. Fast unmerklich schaute er zu dem Mann hinüber, mit dem er noch vor wenigen Tagen auf teuflische Weise paktiert hatte. Dieser schien die Gedanken seines Gegenübers lesen zu können, denn auch er blickte auf und deutete ein leichtes Kopfnicken an.

»Kommen wir nun zum Dispositio, meine Herren«, waren die magischen Worte, die auch das Blut all jener Ratsherren wieder in Wallung brachte, deren Lider mittlerweile schwer geworden waren. Schließlich konnte die Vergabe der Besitztümer jeden unter ihnen betreffen, und eines hatten alle Ratsmänner miteinander gemein – das Streben nach Besitz und Macht!

»Dor salicheit myner sele...«, begann der Sprecher diesen Teil des Testaments, der im Gegensatz zum Anfang der Ausführungen nun nicht mehr in Latein verfasst war.

Keiner der beiden edlen Herren hatte nach dem Überbringen der traurigen Nachricht den gesamten Weg lang auch nur das geringste Wort gesprochen. Selbst der wahrlich mitleiderregende Anblick des sterbenden Vaters konnte ihnen keinen einzigen Laut entlocken. Das alles war höchst sonderbar, wie die neugierige Begine fand. Lauernden Blickes wartete sie auf irgendeine Regung.

Sosehr sich das Verhalten der Ehrenmänner auch glich, rein äußerlich hätten sie kaum unterschiedlicher sein können. Weder das schummrige Licht der Kammer noch ihre lagenreiche Kleidung verdeckte, dass der eine untersetzt und kahl auf dem Kopf war und der andere von hagerer Statur und blass. Letzterer trug einen graumelierten Spitzbart, und sein vogelartiger Blick ging ruckartig durch den Raum; fast so, als ob er drohendes Unheil zu erspähen versuchte.

Als die Schwester bemerkte, dass sein stechender Blick den ihren kreuzte, kroch ihr ein Schauer über den ganzen Körper. Schnell wandte sie sich wieder ihrer eigentlichen Aufgabe zu, doch auch mit gesenktem Haupt konnte sie erkennen, dass der Vogelgesichtige sich verstohlen die Hände rieb, ohne dabei den Bettlägerigen aus den Augen zu lassen.

Endlich regte sich auch der andere Mann. Langsam begann er das Bett zu umrunden, die kalten Augen stets auf den Sterbenden gerichtet. Er war einer der herbeigewünschten Söhne.

Das unablässige Röcheln des Siechen erstarb für einen kurzen Moment. Sein Blick legte sich auf seinen Sohn, und er lächelte. Die sich mühsam nacheinander erhebenden Mundwinkel ließen die eingefallenen Wangen noch zerfurchter aussehen, und die wässrigen kleinen Augen blitzten für einen kurzen Moment auf. Fast hätte man meinen können, dass er mit dem Eintreffen des Sohnes aufhörte, sich gegen das Unabwendbare zu wehren.

Schier unendlich war die Liste der Legate. Jedes Kloster, jede Kirche, jede Kapelle innerhalb Hamburgs wurde von dem edlen Spender bedacht. Nach einer weiteren Aufzählung ebenfalls Begünstigter, unter denen neben entfernten Verwandten, Armen und Kranken tatsächlich auch ein paar Ratsherren waren, kam der Testamentsvollstrecker endlich zu dem Teil, in dem es um die Vergabe der Güter an die Söhne des dahingeschiedenen Kauf- und Ratsmanns ging. Mittlerweile heiser vom Vorlesen, quälte sich die raue Stimme des Sprechers durch die Zeilen.

»Meinem Sohn Conrad übertrage ich das Erbe in der Reichenstraße, meine Schiffsanteile von jeweils zweimal einem Achtel und einmal einem Viertel, meinen Pelzmantel und meine Mantelspange, mein Pferd und den Fuhrwagen...«

Güter über Güter wurden genannt, doch sie flogen einfach an Conrad vorbei. Er konnte es nicht erwarten, das dumme Gesicht seines verhassten Bruders zu sehen, wenn verkündet wurde, was ihm sein törichtes Fehlverhalten vor fast zwei Jahren eingebracht hatte. Während alle Anwesenden mit angespannten Gesichtern den Worten des Testamentsvollstreckers lauschten, schienen einzig Conrad und sein spitzbärtiger Freund sehr gelöst zu sein. Tatsächlich mussten sie sogar an sich halten, um nicht ein wissendes Lächeln aufblitzen zu lassen. Bald schon würden auch alle anderen erfahren, was sie beide bereits wussten.

Ja, mein Vater war wahrlich ein gerechter Mann gewesen, dachte Conrad grimmig. Zum Glück habe ich ihn gerade noch davon abhalten können, am Ende gar *zu* gerecht zu sein.

Der Testamentsvollstrecker machte eine kurze Pause, in der er einen tiefen Schluck aus seinem Becher nahm, um seine trockene Kehle zu befeuchten. Dann fuhr er fort.

»Meinem Sohn Albert vermache ich das Grundstück im Kirchspiel St. Katharinen auf der Grimm-Insel. Dort soll er ein eigenes Haus für sich und seine Familie bauen. Bis er dieses Haus errichtet hat, erhält er zusätzlich das Recht, weiterhin in dem Familiensitz in der Reichenstraße zu wohnen. Des Weiteren überlasse ich ihm meinen ledernden Prunkgürtel mit den dazugehörigen Messern und der Almosentasche, die eisenbeschlagene Truhe, den Wandteppich aus meinem Kontor...«

Albert konnte den Worten kaum folgen. Seine Ungeduld wuchs ins Unermessliche. Wann würde der Geistliche nur endlich etwas über das noch nicht verteilte Familienvermögen und vor allem etwas über das Tuchhandelsgeschäft sagen? All die Kleidung und die Möbel waren ihm egal. Ja selbst das morastige Grundstück auf der Grimm-Insel war doch bedeutungslos, wenn er keine Münzen haben würde, um ein Haus darauf zu bauen. Seine Zukunft hing an einem seidenen Faden, und die nächsten Augenblicke würden darüber entscheiden, wie das Leben für ihn, seine Frau Ragnhild und seine kleine Tochter Runa weitergehen würde.

Albert wusste, dass er seinen Vater vor zwei Jahren mit seinem Eigensinn vor den Kopf gestoßen hatte. Seither erwartete er die bislang ausgebliebene Strafe dafür. Zeit seines Lebens hatte sein Vater als überaus gerechter Mann gegolten, der Ergebenheit großzügig belohnte, Fehlverhalten jedoch hart bestrafte. Leider hatte Albert nicht die Hoffnung, dass der nahende Tod etwas an dieser Haltung verändert hätte – und er hatte Strafe verdient!

Als die Stimme des Vorlesenden verstummte und dieser durch ein Kopfnicken andeutete, dass die Aufzählung, die Albert betraf, nun vorbei war, setzte sich ein Kloß in seinem Hals fest. Noch immer fehlte der entscheidende Teil der Güterverteilung. Was hatte das nur zu bedeuten? Es schwante ihm Böses.

»Endlich... mein Sohn... du bist hier. Ich... Hast du... den Geistlichen mitgebracht? Und die Zeugen? Ich... ich will ihnen meinen letzten Willen übergeben, bevor ich den Segen empfange.« Seine Worte kamen schwach und leise. Die faltigen Lider fielen immer wieder zu.

Eine unheimliche Stille erfasste den Raum. Der Sohn antwortete nicht – mit einem gruseligen Lächeln blickte er auf seinen Vater herab.
»*Wo ist mein Zweitgeborener?*«*, setzte dieser mühevoll nach.*
»*Sicher ist er bereits auf dem Weg hierher, Vater*«*, erwiderte der Sohn nun in einem sakralen Tonfall, der sich unnatürlich leise anhörte. Dabei ließ er absichtlich offen, ob er damit den Geistlichen oder seinen verhassten Bruder meinte.*
Die ältere der Beginen-Schwestern wollte nun zaghaft aufbegehren und erklären, dass sie den anderen Sohn doch noch gar nicht hatte finden können, doch ihr Wort wurde im Keim erstickt.
»*Ihr könnt jetzt gehen, werte Schwestern*«*, sprach der Kahle streng.* »*Habt Dank für Eure Gebete und Eure Fürsorge. Der Geistliche wird sicher jeden Moment kommen und meinen geliebten Vater zu unserem Herrn in den Himmel geleiten.*«
Ein Blick, der keinen Widerstand erlaubte, ließ die verwirrten Schwestern tatsächlich in dem, was sie taten, innehalten. Es war nicht üblich, dass sie gingen, bevor der Bedürftige dem Leben entschied. Doch der Wunsch des Sohnes war eindeutig, und so gaben die Schwestern seinem Verlangen nach und gewährten ihm die letzten Momente des Abschieds allein. Lautlos verließen sie die Kammer und ebenso lautlos das große Kaufmannshaus in der Reichenstraße. Beide waren sie ein wenig froh darüber, den unheimlichen Sohn und den stummen Vogelgesichtigen hinter sich zurücklassen zu können.

»Ruhe bitte, meine Herren«, maßregelte der Testamentsvollstrecker die unruhigen Ratsherren, die ganz offensichtlich ebenso verwundert über die bisher ausgebliebene Verteilung des Vermögens und des familiären Tuchhandels waren. »Bevor ich nun abschließend zu dem Eschatokoll komme«, kündigte er jenen Teil an, in dem nur noch die Zeugen und Testamentsvollstrecker namentlich genannt wurden, »wenden wir uns zunächst noch dem letzten Teil der Dispositio zu. Es handelt sich um eine Anmerkung des Dahingeschiedenen, die ausschließlich seine beiden Söhne betrifft.«

Die Angesprochenen horchten auf. Nun war es so weit.

Wo Albert vor Anspannung kaum seinen Blick von dem Geistlichen zu nehmen wagte, musste Conrad sich ein spöttisches Grinsen verkneifen und stattdessen versuchen, im rechten Moment ein erstauntes Gesicht aufzusetzen.

Nach einem langen Räuspern hob der Vollstrecker auf bedeutsame Weise das Pergament vor die Augen und verkündete den letzten Abschnitt.

»Aufgrund seines Ungehorsams bestimme ich, dass mein zweitgeborener Sohn Albert bis zur Vollendung seines fünfundzwanzigsten Lebensjahres unter der Führung meines erstgeborenen Sohnes Conrad arbeiten wird und bis dahin keinen Teil des Familienunternehmens erbt. Stattdessen soll er jährlich eine Summe von zwanzig Silbermark erhalten. Während dieser Zeit unterliegt es meinem erstgeborenen Sohn Conrad, aus seinem Bruder einen rechtschaffenen Kaufmann und einen fügsamen Menschen zu machen – was mir leider nicht gelungen ist. Erst nach Ablauf der Frist gebührt es auch meinem Zweitgeborenen, die Hälfte des heutigen Wertes des familiären Geschäfts zu erhalten. Gott gebe, dass Albert, wenn er das Mindestalter zum Eintritt in den Rat erreicht hat, im Geiste gereift sei und mir ebenda Ehre mache.«

Die Worte waren schon längst verklungen, und dennoch schwiegen alle so still im Saal, dass man einen Holzwurm im Gebälk hätte kriechen hören können. Keiner der Anwesenden konnte oder wollte den gerade vernommenen Worten so recht Glauben schenken. Einen solch irrsinnigen und demütigenden letzten Willen hatten sie noch niemals zuvor vernommen.

Zwischen den Brüdern schwelte seit Jahren eine unterdrückte, aber deutlich spürbare Abneigung. Für gewöhnlich wären sie lieber heute als morgen getrennte Wege gegangen, und nun sollte sie dieses Testament für weitere vier Jahre aneinanderzwingen?

Albert war fassungslos. Er hatte mit einer Strafe gerechnet. Mit Buße, einer Stiftung, einer Pilgerfahrt, aber nicht damit, für die nächsten Jahre in einer Art Gefangenschaft leben zu müssen. Vollkommen ungläubig fragte er sich, wie sein Vater ihm das nur antun konnte.

Der Schwestern entledigt, wandte der Sohn sich nun wieder seinem Vater zu. Mit plötzlich zarten Worten und einem sanften Gesicht fragte er: »Vater, die Zeugen sind hier, um das Testament zu holen. Sie warten bereits. Sage mir, wo du es versteckt hältst, damit ich es dir bringen und du es unterzeichnen kannst.«

Wie aus einem Traum erwacht, zuckte der Alte zusammen. Sein Zustand wurde schlechter, seine Antworten brauchten länger. Es wurde Zeit.

»Ja, genau. Der... der Nachlass... Mein Sohn, bringe mir mein Testament... Es... es liegt in der Truhe hinter dir... und meinen Gänsekiel...«

Der Sohn schien nur auf diese Worte gewartet zu haben, denn der Aufbewahrungsort war ihm bislang noch unbekannt gewesen. Hastig ging er zur genannten Truhe und nahm das vorgefertigte Testament in zweifacher Ausführung zur Hand. Jedoch ignorierte er dabei die ausgestreckten zittrigen Finger des Vaters und las das Schriftstück zunächst Zeile für Zeile durch. Seine Miene verfinsterte sich, je länger er das Testament studierte. »Du alter Narr«, murmelte er düster und leise genug vor sich hin, sodass es der Vater nicht vernehmen konnte. Daraufhin übergab er das Testament seinem Begleiter und rieb sich unbesonnen die Augen mit Daumen und Zeigefinger.

Der stumme Spitzbärtige nahm das Schriftstück, über den Körper des Alten hinweg, entgegen, dessen Finger fahrig dem Blatt folgten. Auch er las es ganz durch und schaute danach dem Untersetzten in die Augen. Ein kurzes Nicken seines Gegenübers genügte, um zu klären, was nun zu tun war.

»Vater«, ertönte es laut. »Du solltest jetzt dein Testament unterzeichnen.«

Mit flackernden Lidern und seitlich gekipptem Kopf konnte der Greis nur noch schemenhaft erkennen, was vor seinen Augen geschah. Kaum noch in der Lage, die Schreibfeder zu umfassen, ließ der Vater sich das Pergament von seinem Sohn entgegenhalten. Seine Bewegungen waren unendlich langsam. Während seiner Tätigkeiten im Rat der Stadt hatte der Alte tausendfach seinen Namen geschrieben, doch heute wog die Feder schwer in seiner Hand. Er unterzeichnete das Schriftstück zittrig und sackte gleich darauf vor Erschöpfung in sich zusammen.

Ein deutliches Ausatmen war zu vernehmen, welches sich gleich darauf in ein boshaftes Lachen verwandelte. Endlich hatte der Sohn bekommen, was er wollte; nun war sein Ziel in greifbare Nähe gerückt.

Weit weniger liebevoll entnahm er dem Vater die zwei unterzeichneten Papiere und befahl ihm rüde: »Öffne die Augen, Vater.« Die engelsgleiche Stimme seines Sohnes war nun endgültig verschwunden. »Hast du tatsächlich geglaubt, dass ich zulasse, was in diesem Testament steht?« Aufgebracht fing er an, durch den Raum zu stapfen. »Bist du wirklich ein solch törichter Bastard, der denkt, ich nähme mir selbst mein Erbe?«

Hochzufrieden lehnte sich Conrad zurück und genoss die Aussicht.

Einige Ratsherren machten bloß erstaunte Gesichter, andere wiederum taten lauthals ihren Unmut kund. Doch sein Bruder bereitete ihm die größte Freude. Mit bleichem Gesicht und tiefen Sorgenfalten auf der Stirn hatte er sich das Testament übergeben lassen. Seither verschlang er die Zeilen in tiefer Hoffnung, den ersehnten Fehler zu entdecken.

Ecbert von Harn war nach einigem Kopfschütteln wütend aufgesprungen und forderte nun, das zweite Testament mit eigenen Augen zu sehen. »Gebt es mir, Vater. Ich möchte mich selbst von der Echtheit der Urkunde überzeugen. Ich kannte Conradus, er hätte eine solch frevelhafte Ungerechtigkeit niemals erlassen ...«

Als der Testamentsvollstrecker sich durch diese Aufforderung plötzlich seiner Rechte beraubt sah, wurde er garstig. »Was erlaubt Ihr Euch? Ihr als Zeuge habt das Testament doch selbst unterschrieben, und nun beabsichtigt Ihr, es anzuzweifeln? Wollt Ihr damit etwa behaupten, dass Ihr nicht bei Sinnen gewesen seid, als Ihr Euren Namen daruntergesetzt habt?«

Ein regelrechter Tumult brach aus, in dem jeder seine Meinung offenbar gleichzeitig zu sagen beliebte. Niemand bemerkte, dass Conrad seinen Bruder mit zynischem Blick beobachtete.

Albert sah aus, als hätte man ihm den Boden unter den Füßen weggerissen. Damit hast du wohl nicht gerechnet, was, Brüderchen? Die nächsten vier Jahre werden für dich eine lange Zeit werden, das verspreche ich dir. Vater hat dich jetzt für immer verlassen und mit ihm seine schier grenzenlose Liebe. Schon morgen wirst du dich fragen, ob dir diese Hure das tatsächlich wert war.

Conrads Verachtung für die Tat seines Bruders kannte keine Grenzen. Er war schon lange nicht mehr fähig dazu, etwas anderes als diesen übermächtigen Rachewunsch zu fühlen. Endlich hatte er die Möglichkeit zur Vergeltung bekommen, und alles, was ihn diese wohltuende Sühne gekostet hatte, waren ein bisschen Geschick, eine Stunde Arbeit und eine scharfe Klinge.

Die aufgestaute Wut vieler Jahre entfesselte sich in diesem Moment und veränderte die Stimme des Sohnes in ein böses Grollen. »Du alter Narr. Selbst jetzt, da du fast deinen letzten Atemzug getan hast, versuchst du noch immer, mich zu übervorteilen.« Er lachte wie im Wahn und stürzte dann plötzlich zurück zum Bett. Sein Gesicht be-

fand sich nun kurz vor dem des Vaters, und seine Worte waren kaum mehr als ein Flüstern. »*Diese Zeit wird mit deinem Tod endlich vorbei sein. Ich kann es kaum erwarten, dich unter die Erde zu bringen.*«

Zornig boxte er neben dem Kopf des Grauen in die Laken, der nun erschrocken blinzelte. »*Schau mich nicht so an*«, *stieß der Untersetzte hasserfüllt aus.* »*Dein geliebter Zweitgeborener wird nicht kommen. Auch Mutter wird es nicht rechtzeitig schaffen und ebenso wenig der Geistliche. Nach keinem der Dreien habe ich schicken lassen, hörst du? Ohne Beistand wirst du sterben und von der Hölle aus zu mir heraufschauen. Von dort aus wirst du zusehen, wie ich deinen Zeugen ein Testament übergebe, welches ich nach meinem Gutdünken verändert habe. Ein Testament, welches du selbst unterschrieben hast, du Hundsfott.*«

Sein kratziges Lachen hallte von den Wänden wider und erfüllte so den ganzen Raum.

»Habt Ihr Euch nun endlich von der Echtheit der beiden Urkunden überzeugt?«, fragte der Testamentsvollstrecker etwas hochnäsig. »Beide Papiere gleichen sich bis aufs Wort, und auch die Unterschrift werdet Ihr ja wohl als die Eure erkannt haben. Wenn Ihr nun so freundlich sein wollt, mich weiterlesen zu lassen?«

»Nein. Noch nicht«, war die brüske Antwort des Ratsmanns. Er konnte es auch nicht so recht erklären, aber in ihm brodelte das Gefühl, dass es hier nicht mit rechten Dingen zuging. In einem letzten Versuch, einen möglichen Betrug aufzudecken, sprach er einfach aus, was ihm schon seit dem Tod seines alten Freundes auf der Seele brannte. »Ich habe noch eine Frage an Conrad von Holdenstede, wenn Ihr erlaubt, Vater. Sie betrifft den Sterbetag des Erblassers.«

Mit einer entsprechenden Handbewegung gewährte der Geistliche den Wunsch des Ratsmanns, wobei er gar nicht erst versuchte, einen Hehl daraus zu machen, was er von der Störung hielt.

Ecbert von Harn setzte ein kämpferisches Gesicht auf und wandte sich Conrad zu. »Sagt, wie kam es dazu, dass Ihr im Besitz beider Ausführungen des Testaments Eures Vaters wart, als man Euch am Tages seines Dahinscheidens, Gott habe ihn selig, an seinem Sterbebett auffand? Meine Frage sei deshalb berechtigt, da der Verstorbene ja den ausdrücklichen Wunsch geäußert hatte, den Inhalt geheim zu halten und den Aufbewahrungsort der Urkunden ausschließlich seinen Zeugen mitteilen zu wollen, wenn er denn spürte, dass seine Zeit auf Erden bald vorüber war.«

Ein letztes Mal sammelte der Alte die verbliebene Kraft in seinem siechen Körper. Er wollte gegen dieses Unterfangen aufbegehren und sich zur Wehr setzen, doch sein Ende war nah.

»Nein. Das... wagst du nicht, Sohn. Wo... wo sind die beiden Ratsherren, die ich zur Beweiskraft meines Testaments hier haben wollte?«

»Sie werden nicht kommen, Vater. Und weißt du auch, warum? Weil sie gar nicht wissen, dass du gerade stirbst. Niemand weiß es außer mir und meinem Freund«, entgegnete der Kahle boshaft und wies auf den Vogelgesichtigen.

Trotz des Wissens, dass es sinnlos war, flehte der Sterbende noch ein letztes Mal um sein Seelenheil. »Lass mich nicht... ohne Beistand sterben... ich... ich muss meine Sünden beichten!«

Fast gelangweilt blickte der Sohn auf seinen Vater herab. Kein Mitleid war seiner Miene zu entnehmen, und genauso kalt wie sein Blick waren auch seine nächsten Worte. »Es wird nun Zeit für dich zu gehen, Vater. Dein Tod soll schließlich wie ein von Gott gewollter aussehen, und ich möchte bereits betend und weinend vor deinem Leichnam knien, wenn Mutter aus der Kirche kommt.«

Ohne ein weiteres Wort von seinem Vater abzuwarten, nahm

der Sohn einen Haufen Leinen zur Hand und nickte dem Vogelgesichtigen zu. Dieser umfasste mit unbewegter Miene die Hände des Grauen.

»Was habt ihr vor... nein... wartet. Das könnt ihr nicht machen. Lasst mich los, ihr...«

Seine krächzenden Worte wurden von den vielen Stofflagen der schneeweißen Laken erstickt. Es ging schnell. Der zuckende Körper konnte mühelos von den beiden starken Männern heruntergedrückt werden, denn die von der Krankheit ausgezehrten Glieder waren schon seit langer Zeit zu schwach, um sich zu wehren.

So wurde es eine kurze und stille Szenerie, bis der alte Leib sich endgültig geschlagen gab und die aufgerissenen blaugrauen Augen für alle Zeit erstarrten.

Conrad trat der kalte Schweiß auf die Stirn. Ecbert von Harn hatte tatsächlich den einzigen wunden Punkt seines Plans angesprochen. Doch er war nicht unvorbereitet. Seine Taktik war wohldurchdacht und wurde sogleich in die Tat umgesetzt.

»Was wollt Ihr damit sagen, von Harn?«, fauchte Conrad kampfeslustig. »Überlegt Euch besser gut, was Ihr andeutet. Nichts habt Ihr gegen mich in der Hand. Jeder von Euch«, spie er wütend aus, während er mit dem ausgestreckten Finger auf jeden Einzelnen in der Runde zeigte, »hüte sich besser davor, etwas anderes zu behaupten, als dass ich trauernd am Bette meines geliebten Vaters kniete, während er mir die Aufbewahrungsstätte der Testamente selbst nannte. Ich war der Einzige, der ihm die Hand gehalten hat, als er friedlich dem Leben entschied. Wenn man jemandem Verrat an der guten Seele meines Vaters vorwerfen kann, dann meinem Bruder, der lieber den Schoß seiner dänischen Hure gewärmt hat, als seinem Vater den letzten Kuss zu geben.«

Conrad hatte sich während seiner flammenden Rede erhoben. Er musste mit allen Mitteln versuchen, jeden Verdacht des Betruges von sich abzulenken. Noch einmal holte er tief Luft. Sein drohender Zeigefinger ruhte nun schon eine ganze Weile auf seinem Bruder, der wie vom Donner gerührt dasaß. »Mein weiser Vater hat gewusst, dass sein Jüngster Hilfe brauchen würde, um die Sünde des Ungehorsams zu büßen. *Du sollst Mutter und Vater ehren* – so steht es in der Heiligen Schrift geschrieben –, und ich wurde von ihm auserwählt, um diesen seinen Wunsch zu erfüllen. Wenn also einer von Euch mein Tun angreift, so vergreift er sich ebenso an dem klugen Wort meines Vaters.«

Alle Ratsherren, so auch Ecbert von Harn, waren gescheit genug, um sich in Gegenwart eines Geistlichen nicht auf einen religiösen Disput dieser Größenordnung einzulassen. Geschickt hatte Conrad es verstanden, aus den Gegebenheiten einen Vorteil für sich zu erwirken, doch Ecbert von Harn durchschaute ihn. Kein heiliger Eifer ehrte Conrads Verhalten. Er hatte etwas zu verbergen. Auch wenn der Ratsherr sich hier und heute geschlagen geben musste, verriet ihm der Blick des Erstgeborenen von Holdenstede, dass er ein Geheimnis in sich trug.

Sei gewarnt, Conrad. Irgendwann machst du einen Fehler, und dann werde ich zur Stelle sein.

1

Es war früh am Morgen, als das kleine blonde Mädchen an der Hand der Mutter sein Elternhaus verließ, um mit dieser zum Markt zu gehen.

Einen Auftrag haben sie beide zu erfüllen, hatte ihre Mutter verschwörerisch gesagt. Sofort wurde das Interesse des Mädchens geweckt. Runa liebte Geheimnisse, und ihre Mutter machte sich das regelmäßig zunutze. Nahezu alle häuslichen Aufgaben waren dem blonden Wildfang zuwider, sodass Ragnhild gezwungen war, sich stets neue, interessante Geschichten auszudenken, um sie daran zu fesseln.

Es war Freitag, und es galt frischen Fisch zu kaufen, wie es dem Herrgott an diesem Tag der Woche gefiel.

Obwohl sie eine Magd hätte schicken können, hatte Ragnhild nach kurzer Überlegung entschieden, dass die Strecke auch diese Woche noch für sie zu schaffen sein würde. Ihre Niederkunft stand kurz bevor, und ihr Leib war bereits mächtig angeschwollen. Doch entgegen der Meinung ihrer Schwägerin Luburgis war sie davon überzeugt, dass ihr etwas Bewegung in der Schwangerschaft guttat.

Immer wieder waren die beiden Frauen unterschiedlicher Meinung, und so verließ die Schwangere das Haus oftmals nur deshalb, um der zänkischen Luburgis wenigstens für ein paar Augenblicke zu entkommen. Sosehr sich Ragnhild nach der Hochzeit mit ihrem Mann Albert auch bemüht hatte, alle Versuche,

Freundschaft mit der Schwägerin zu schließen, waren erfolglos geblieben. Zu groß war das Unverständnis der hochgeborenen Bürgersfrau über die Heirat ihres Schwagers mit der mittellosen Dänin, und zu schwierig das Verhältnis zwischen Dänen und Hamburgern zu dieser Zeit im Allgemeinen. Seit die Stadt sich vor nunmehr zweiundvierzig Jahren, am 22. Juli im Jahre des Herrn 1227, durch die blutige Schlacht von Bornhöved von der dänischen Herrschaft befreit hatte, wurden Dänen von vielen Hamburgern geächtet. Doch ungeachtet dieser tiefen Abneigung vieler Bürger und trotz der Gegenwehr der eigenen, alteingesessenen Kaufmanns- und Ratsfamilie hatte sich Albert von Holdenstede durchgesetzt und die blonde Schönheit Ragnhild aus Liebe geheiratet. Schnell wurde ihr Glück mit einer Tochter gekrönt, und nun, vier Jahre später, sollte endlich ein Geschwisterchen hinzukommen.

Ragnhild und Runa liefen die Straße in Richtung Westen entlang. Immer wieder wurden sie von kalten Windstößen erfasst. Der Herbst war dieses Jahr schnell gekommen und zeigte sich heute von seiner ungemütlichsten Seite. Hand in Hand drängten sie sich dicht an die windgeschützten Wände der Fachwerkhäuser. Wie schon die letzten Tage nieselte es auch heute ohne Unterlass, und das nasse Laub auf den Straßen vermischte sich mit dem stinkenden Unrat der Stadtbewohner. Trotz der hölzernen Trippen unter ihren Füßen versanken beide bei jedem Schritt knöcheltief im Schlick und hinterließen tiefe Eindrücke. Ihre Rocksäume waren nach kürzester Zeit dunkel eingefärbt, und das Wasser der Pfützen kroch langsam und unangenehm den Stoff ihrer Kleider hinauf.

Auch wenn Ragnhild jene frühen Stunden des Tages eigentlich mochte, war ihr das Aufstehen heute schwerer gefallen als sonst. Sie fror, und ihr Gang wurde immer bleierner. Der Regen wollte nicht aufhören, und bereits nach wenigen Schritten musste sie sich eingestehen, dass es heute wohl tatsächlich besser gewesen wäre, wenn sie Luburgis' Rat befolgt und eine Magd geschickt hätte. Fröstelnd schlang sie sich den Mantel enger um den ausladenden Leib und hastete mit ihrer Tochter, gegen die Tröpfchen blinzelnd, durch die Straßen.

Kaum ein Mensch war zu dieser frühen Zeit unterwegs. Es dämmerte gerade, und wäre der Himmel nicht von regenschweren Wolken verhangen gewesen, hätte man wohl die aufgehende Sonne sehen können.

»Was für einen Auftrag müssen wir denn erfüllen, Mutter?«, fragte Runa, deren Vorfreude sich nach einem ersten Blick auf das schlechte Wetter bereits gewaltig gelegt hatte.

Ragnhild musste schmunzeln. Sie hatte gehofft, dass die Vierjährige die lockenden Sätze, mit denen sie das Mädchen aus dem Bett geholt hatte, bereits wieder vergessen hätte. Doch sie irrte. »Unser Auftrag ist, zum Fischmarkt zu gehen und dort einen Fisch zu suchen«, begann Ragnhild. Gleich darauf bemerkte sie etwas belustigt das enttäuschte Gesicht ihrer Tochter.

»Aber Mutter, das machen wir doch jeden Freitag.«

»Es handelt sich aber um einen ganz besonderen Fisch, mein Liebling. Die Fischer haben ihn diese Nacht aus der Elbe geholt und zum Hafen gebracht. Ich habe heute von diesem Fisch geträumt. Willst du wissen, wie er aussieht?«, fragte Ragnhild mit einem verschwörerischen Unterton.

»Ja, bitte erzähle mir von dem Fisch, Mutter«, forderte das Mädchen sie nun wieder eifrig auf.

Es war so einfach, Runas Begeisterung zu entfachen, und auch Ragnhild, die mit den Jahren immer erfinderischer wurde, hatte ihre Freude an diesen Geschichten. Nur gut, dass Luburgis sie jetzt nicht hören konnte. Erzählungen über erfundene Tiere und seherische Träume wären ihrer Meinung nach sicherlich Teufelszeug gewesen.

»Der Fisch ist kugelrund, so wie mein Bauch.« Mit aufgeblasenen Backen rieb sich Ragnhild ihre Mitte. »Außerdem hat er rote, blaue und grüne Schuppen, und seine Flossen sind gelb wie Sonnenblumen. Das Beste aber ist, dass er wunderschön singen kann«, erzählte die Schwangere mit übertriebenen Gesten.

Runa bekam große Augen. Es war deutlich zu sehen, wie sie sofort versuchte, sich den Fisch vorzustellen. Das kleine Mädchen fing an, ihre Mutter mit Fragen über diesen wundersamen Fisch zu löchern, und Ragnhild beantwortete geduldig jede einzelne. Sie war froh, dass ihre Erzählungen die vorher noch lustlose Runa jetzt ablenkten und sie zügiger durch das schlechte Wetter laufen ließen.

Mutter und Tochter stapften die Reichenstraße bis zum Ness entlang und ließen die Rolandbrücke zu ihrer Rechten an sich vorbeiziehen. Gleich hinter der Brücke war die Rolandsäule zu erkennen, an der regelmäßig Gericht unter freiem Himmel abgehalten wurde. Ragnhild spürte, wie sich ein Schaudern auf ihrem Rücken ausbreitete. Der Anblick des steinernen Ritters weckte Erinnerungen an die vielen vergangenen Verhandlungstage, an denen teilweise furchtbare Strafen verhängt worden waren. So manchem Dieb war hier die Hand oder ein Finger abgehackt, so manchem Verräter die Zunge herausgerissen, so manch ungehorsamem Knecht ein Ohr abgeschnitten und so manchem Fälscher das Gesicht gebrandmarkt worden. Noch immer klangen ihr die Schreie dieser Männer und Frauen in den Ohren, von denen einige gar einen grausamen Tod erlitten hatten. Bisher hatte sie Runa verbieten können, bei der Verhängung und der Ausübung der Strafen dabei zu sein, und Ragnhild hoffte inständig, dass ihr kleines Mädchen noch lange Jahre von dem Anblick geschundener Leiber verschont bleiben würde.

Wenige Schritte nach der Rolandbrücke bogen sie links in die Brotschrangen ein. Hier war der Markt der Bäcker aus der

Bäckerstraße. Doch heute standen keine Schrangen mit köstlich duftenden Backwaren an der Straße. Bei diesem Wetter bevorzugten es die Meister, ihre Waren direkt aus den Fenstern ihrer Wohnhäuser in der Bäckerstraße zu verkaufen.

Ihr Ziel lag nun in Sichtweite vor ihnen. Wo die Straßen eben noch einsam und verlassen gewesen waren, bot sich hier nun ein Bild regen Getümmels. Die freie Fläche am Hafen diente bereits seit einigen Jahren als Marktplatz, doch erst seit die Schiffe flämischer, englischer, holländischer und friesischer Händler hier regelmäßig anlegten, hatten die drei anderen Marktplätze auf dem Berg vor der Petrikirche, südlich des Doms und an der Kirche St. Nikolai erheblich an Bedeutung für die Hamburger eingebüßt.

Ragnhild hielt Runa fest an der Hand. Viele der Seeleute waren raue Kerle. Es wurde gedrängelt und geschubst; kleine Kinder konnten da schnell übersehen werden. Anscheinend hatten viele der Fischer am frühen Morgen einen guten Fang gemacht, denn an den Anlegeplätzen drängte sich bereits ein Schiff neben das andere. All jene Schiffe, die keinen Anlegeplatz mehr bekommen hatten, wurden durch kleine hölzerne Schuten entladen, welche zwischen ihnen und dem Hafen hin- und herfuhren. Taue wurden geworfen, um die Schiffe am Kai zu befestigen, Segel ein- und Planken hervorgeholt, um die Säcke und Kisten aus ihren dicken Bäuchen an Land zu bringen. Die Befehlshabenden der Schiffe standen inmitten der herumlaufenden Männer und fuchtelten wild mit den Fäusten, während sie in vielen Sprachen ihre wüsten Befehle brüllten. Es herrschte ein beißender Gestank aus Schweiß und Fisch, der sich mit der regengeschwängerten Luft zu vermischen schien und sich wie ein dicker Schleier über das geschäftige Treiben legte.

Ragnhild mochte die Atmosphäre am Hafen nicht besonders. Sie fühlte sich schutzlos zwischen all den groben Männern, und auch die jahrelange Verachtung aufgrund ihrer Herkunft hatte ihre Spuren hinterlassen.

Runa hingegen schien jedes Mal fasziniert von dem Fischmarkt und dem Hafen zu sein. Sie war, trotz ihrer jungen Jahre, ohne Furcht.

Häufig beneidete Ragnhild ihre Tochter um diese Eigenschaft. Gerne wäre auch sie stark und mutig gegenüber allen Bedrohungen und Anfeindungen, doch davon war sie bislang weit entfernt. Sie hoffte inständig, mit der Geburt ihres zweiten Kindes nochmals an Ansehen und Stärke zu gewinnen und es so etwas leichter zwischen den Damen Hamburgs zu haben, die so sehr auf sie herabsahen – vielleicht auch leichter mit Luburgis.

Die Ehefrau von Alberts Bruder Conrad war die Tochter der angesehenen Ratsfamilie vom Berge, und sie war stolz auf ihre Herkunft. Geringschätzig schaute sie stets auf die blonde Dänin herab. Ragnhilds Schwangerschaften förderten ihre Verachtung nur noch mehr, denn Luburgis blieb auch nach Jahren der Ehe kinderlos. Bei jeder sich bietenden Gelegenheit bekam Ragnhild diesen Neid deutlich zu spüren. Luburgis geiferte regelrecht nach Fehltritten, damit sie ihr diese hinterher, gepaart mit langen Vorträgen über Glauben, Benimm und Stand, vorhalten konnte.

Ragnhild hasste diese Belehrungen und bemühte sich darum umso mehr um tugendhafte Demut und die tadellose Auslebung des christlichen Glaubens nach außen hin. Auch wenn sie selbst niemals hätte sagen können, dass sie sich mehr über die Geburt eines Jungen freuen würde, wäre ein männlicher Nachkomme ihrem Ansehen dennoch dienlicher. Für Ragnhild aber zählte schlussendlich nur eines; nämlich dass es bald einen Menschen mehr geben würde, den sie bedingungslos lieben konnte und der ihre Liebe auch erwiderte – so wie Runa und Albert es bereits taten.

Ein lautes Poltern holte Ragnhild aus ihren Gedanken zurück. Genau neben ihr wurden Fässer mit allerlei Waren gestapelt. Eines dieser Fässer war soeben zu Boden gegangen, und sein

Inhalt hatte sich mit einem Schwall stinkendem Meerwasser über den Boden ergossen. Auch wenn Ragnhild die fremdländischen Worte, die der Pechvogel ausstieß, nicht verstand, war sie sich sicher, dass es sich wohl kaum um etwas Gottesfürchtiges gehandelt hatte. Schnell griff sie Runas Hand noch ein bisschen fester und stieg über die Pfütze hinweg, um zu den bereits aufgereihten Waren zu kommen.

Die Stände mit dem frischen Fisch waren behelfsmäßig aufgebaut. Umgedrehte Kisten und Schemel bildeten die Füße für die langen Bretter, auf denen die Fische ausgebreitet lagen. Überall standen große und kleine Fässer mit Heringen in Salzlake, wieder andere Händler boten Stockfisch an, der an dachförmigen Holzgestellen hing. Die Schuppen der an den Schwänzen zusammengebundenen getrockneten Seelachse, Schellfische oder Kabeljaue glänzten vom Regen, und die lockenden Rufe der Fischer ließen Ragnhild hier und da stehen bleiben.

Runa begann sich zu langweilen, und obwohl sie wusste, dass sie hier an der Hand gehen musste, fing sie an zu betteln. »Bitte, darf ich nach dem singenden Fisch suchen, Mutter?«

Ragnhild gab sich einen Ruck. »In Ordnung. Aber nur, wenn du in meiner Nähe bleibst«, beschwor sie ihre neugierige Tochter mit erhobenem Zeigefinger. Bevor Runa davonlaufen konnte, griff Ragnhild jedoch noch einmal nach ihrem Arm und flüsterte ihr zu. »Sprich mit niemandem über den Fisch, das ist unser Geheimnis.« Dieser Satz war äußerst wichtig, zu schnell konnte man mit solch heidnischen Reden in Schwierigkeiten geraten.

Ein kurzes Nicken später war Runa schon zum ersten Händler geflitzt und beäugte jeden Fisch ganz genau.

Ragnhild sah ihr nach und konnte es wieder nicht glauben, dass ihre Tochter bereits vier Jahre alt war. Dieses Kind bedeutete ihr größtes Glück. Auch wenn die Geburt lang und schwer gewesen war, hatte das Gefühl, nachdem es vollbracht gewesen war, sie für alle Mühen entschädigt. Nie zuvor und nie wieder danach war sie so unbeschreiblich glücklich gewesen wie an diesem einen Tag.

Runa hatte zunächst dunkles Haar gehabt, doch inzwischen war sie so blond wie ihre Mutter. Bei feuchtem Wetter wie heute kringelten sich ihre Haarspitzen auf Hüfthöhe immer zu kleinen Löckchen zusammen, mit denen Ragnhild gern spielte. Ihre neugierigen graublauen Augen waren fast kugelrund und wurden umrahmt von dichten, dunklen Wimpern und geraden Augenbrauen. Da sie immerzu in Bewegung war, hatten ihre Wangen stets eine leicht rote Färbung, und ihr kleiner Mund lächelte fast unentwegt. Wie viel hatte sie doch von ihrer Mutter geerbt. Sie schien Ragnhilds kleines, perfektes Ebenbild zu sein. Nichts hingegen hatte sie äußerlich von ihrem Vater Albert, doch ihr Wesen glich dem seinen umso mehr.

Ragnhild riss sich vom Anblick ihrer Tochter los, um sich die feilgebotenen Waren genauer anzuschauen. Langsam ging sie die einzelnen Stände ab und betrachtete das reiche Angebot an Süß- und Salzwasserfischen. Barsche, Welse und Karpfen lagen dicht an dicht. Ragnhild hatte schon als Kind gelernt, die verschiedenen Fische zu unterscheiden. Außerdem wusste sie, dass ein frischer Fisch klare Augen haben musste und nicht zu stark riechen durfte. Häufig hatte sie versucht, dieses Wissen an Runa weiterzugeben, doch sie interessierte sich dafür ebenso wenig wie für alles andere, was mit Hausarbeit zu tun hatte. Noch ließ Ragnhild ihr den Dickkopf durchgehen, doch eines Tages würde das Kind einen Ehemann haben und ihren eigenen Haushalt führen müssen. Oft hatte sie schon mit Sorge daran gedacht, dass ihr kleines Mädchen es einmal schwer in der Ehe haben würde, wenn sie nicht bald lernte, sich etwas gebührlicher zu benehmen.

Unwillig ging Ragnhild zu einem der Fässer, die bis oben hin mit Heringen gefüllt waren. Gerne hätte sie einen großen Seelachs mit rosigem Fleisch gekauft, doch die über alle Maßen fromme Luburgis hatte den Frauen im Hause von Holdenstede unmissverständlich klargemacht, dass solche Speisen der Völlerei gleichkamen und somit eine Sünde waren. Zudem war Hering günstig und galt deshalb als die Speise des Volkes. Um ihn lange Zeit haltbar zu machen, wurde er in Salzlake eingelegt, wodurch er einen furchtbar eintönigen, salzigen Geschmack bekam. Schon seit Langem hing er allen Bewohnern des Hauses zum Halse heraus, doch jeder Ansatz von Tadel wurde von Luburgis im Keim erstickt. Auch Conrad und Albert hätten wohl gern häufiger weißes Brot und fettes Fleisch gegessen, aber Luburgis führte den Haushalt streng und erlaubte derlei Ausschweifungen nur gelegentlich.

Ragnhild legte den ungeliebten Einkauf in ihren Korb und schaute sich nach Runa um. Eben gerade hatte sie noch neben ihr gestanden, jetzt war sie plötzlich fort. »Runa, Runa!«, rief Ragnhild und tastete den Hafen mit ihren Augen ab, während sie mit gerafften Röcken von Stand zu Stand lief. Dann plötzlich entdeckte sie ihre Tochter ein paar Schrangen weiter, wo sie noch immer nach dem singenden Fisch suchte.

»Ich habe ihn nicht gefunden, Mutter«, erklärte Runa enttäuscht und mit hängendem Kopf.

»Wie schade, mein Schatz. Vielleicht hat ihn uns jemand vor der Nase weggekauft. Bestimmt haben wir das nächste Mal mehr Glück. Sei nicht traurig«, tröstete sie ihre Tochter und strich ihr über die blonden Haare. Das Mädchen drückte ihre Wange an den kugelrunden Bauch der Schwangeren und schlang ihre kurzen Arme so weit wie möglich darum.

»Lass uns nach Hause gehen. Du hast ja schon ganz nasses Haar«, stellte Ragnhild besorgt fest.

»Soll ich deinen Korb tragen, Mutter?«

»Gerne, mein Schatz.«

Diese Geste war zu einem kleinen Ritual geworden. Auffordernd streckte das Mädchen ihrer Mutter die Hände entgegen und erntete so ein Lächeln. Natürlich trug sie den Korb nicht wirklich; Ragnhild hielt ihn an einem Ende des Haltegriffs fest, und Runa klammerte ihre kleine Hand um das andere Ende. So liefen sie immer nebeneinander vom Markt aus nach Hause.

»Wann kommt das Kind aus deinem Bauch, Mama?«, fragte Runa plötzlich.

Ragnhild war ein wenig verblüfft. Zwar hatte sie der Vierjährigen schon versucht zu erklären, dass sie bald ein Geschwisterchen bekommen würde, doch sie hätte nicht zu sagen vermocht, ob das Mädchen das Gesagte auch verstanden hatte. »Das Kindchen kommt sehr bald aus meinem Bauch, Liebes. Und wenn es dann da ist, dann wird es ganz viel Zeit bei Mama verbringen. Weißt du das schon?«

Runa schaute zu ihrer Mutter auf. Doch entgegen aller Befürchtungen zeigte die Vierjährige keine Spur von Eifersucht; sie schien sich regelrecht zu freuen und nickte. »Aber das Kind kann auch mal bei mir sein«, verlangte sie voller Begeisterung. »Dann können wir beide miteinander spielen.«

Diese Antwort versetzte Ragnhild einen kurzen Stich. Sie wusste, dass sich Runa in dem großen Haus der von Holdenstedes oft allein fühlte. Das kleine Mädchen spürte die Ablehnung von Luburgis und Conrad, doch verstehen konnte sie sie nicht. Wenn Gott wollte, dachte Ragnhild mit aufkeimender Hoffnung, würde sich das mit der Geburt des Kindes bessern.

Runa und Ragnhild waren bereits bis auf die Haut durchnässt, als sie endlich wieder in die Reichenstraße einbogen. Das Haus der Familie war bereits zu sehen. Nun trennte sie nicht mehr viel von seinem trockenen Inneren, wo sie sich am Feuer aufwärmen konnten.

Das Haus der Familie war wahrhaftig eindrucksvoll und zugleich eines der größten der ganzen Reichenstraße, die ihren Namen den wohlhabenden Bürgern verdankte, die hier wohnten. Es stand auf einem rechteckigen Grundstück, an dessen Ende drei schmale Stiegen zum Reichenstraßenfleet hinunterführten. Zwischen dem zweigeschossigen Wohn- und Lagerhaus und dem Fleet befanden sich ein Brunnen, ein Stall und ein kleiner Kräutergarten. Von der Straße aus führte ein Zugang direkt in den hölzernen Keller des Hauses. Hier wurden die Handelswaren gelagert, die auf Pferde- und Ochsenfuhrwerken durch ein großes zweiflügeliges Tor ins Innere gelangten. Mit seinen mittlerweile gräulichen Holzpfosten und den Flechtwerkwänden mit Lehmbewurf dazwischen war es eigentlich ein typisches Fachwerkhaus, wie es Hunderte in der Stadt gab, und dennoch unterschied es sich von den Nachbarhäusern. Der verstorbene Conradus von Holdenstede hatte einige Silbermark gezahlt, um sein Kaufmannshaus durch besonders große Zwillingsfensteröffnungen mit bunt bemalten Fensterläden sowie einer frommen Inschrift in dem größten Querbalken über dem Eingang zu schmücken.

Doch so schön das Haus von außen auch war, Ragnhild kam es in seinem Inneren zeitweilig vor wie in einem Verlies. Nach dem Tod ihres Schwiegervaters hatte auch die gutherzige Mechthild nur noch wenige Monate lang gelebt. Da sie zeit ihres Lebens immer eine gesunde und kräftige Frau gewesen war, blieb für Ragnhild kein Zweifel daran, dass der Kummer um ihren Gemahl sie dahingerafft hatte. Mechthilds Tod traf sie hart, war die Ratsherrnfrau doch eine ihrer wenigen Vertrauten gewesen.

Seit Mechthilds Tod lebten Conrad und Albert mit Luburgis und Ragnhild in dem Haus allein. Obwohl dieses enge Zusammenleben nicht selten zu Streitigkeiten führte und Albert und Ragnhild nur zu gerne davor geflohen wären, mussten sie hier ausharren – wenigstens noch so lange, bis Alberts Haus auf der Grimm-Insel fertiggestellt war. Ragnhild wollte sich nicht beklagen, schließlich wohnte sie weit angenehmer als viele Hamburger, doch der Bau ihres Hauses schien verflucht zu sein, und die Gegenwart von Luburgis hatte ihr mit den Jahren jedes Gefühl von Behaglichkeit genommen. Stets auf der Hut, durchstreifte sie die Räumlichkeiten des Hauses – immer gewahr davor, ihrer Schwägerin nirgends zu begegnen.

Im unteren Bereich des Hauses befand sich zur Straße hin die Diele, in der die Gäste des Hauses empfangen wurden. In den kalten Monaten wurde sie stets durch einen Kamin beheizt, und ihr Boden war mit Flechtmatten aus Stroh ausgelegt, um die Kälte etwas abzuhalten. Von hier aus gingen die Küche mit einer großen Herdstelle aus Backsteinen, die Vorratsräume und die dahinterliegenden schlichten Kammern für die Mägde ab. Über eine Treppe von der Diele aus gelangte man in den oberen Bereich des Hauses. Hier lagen die Wohnräume der Familie. Die erste und zugleich größte Kammer war die Stube der von Holdenstedes, wo gemeinsam gespeist und Besuch bewirtet wurde. Der nächste Raum war das Kontor, welches seit dem Tod des Vaters Conrad zustand. Er sah es nicht gern, wenn sich die Frauen des Hauses hier aufhielten, darum hatte Ragnhild erst wenige Male zufällig einen Blick ins Innere erhaschen können. Die Kammer war gefüllt mit einem reich verzierten Schreibtisch, auf dem stets viele Papiere, ein Tintenhorn und ein Gänsekiel lagen. Gegenüber dem Schreibtisch stand eine kunstvoll bemalte Holztruhe, die durch ein glänzendes Schloss versperrt war, und darüber hing ein Wandteppich mit Pferden und Rittern darauf, wie ihn eigentlich nur Adelige besaßen. Vor dem Schreibtisch stand ein Sessel mit ledernem Polster und erstaunlich hoher Rückenlehne. Immer dann, wenn Conrad nicht im Lager bei seinen Waren oder als Ratsmann der Stadt unterwegs war, saß er an diesem Schreibtisch und schrieb.

Neben dem Kontor befand sich eine Kammer, die Ragnhild nach Möglichkeit mied. Es war der Handarbeitsraum für die

Frauen des Hauses. Hier wurden Hauben, Kleider oder Mäntel bestickt, gesponnen und gewebt. Luburgis hielt sich die meiste Zeit des Tages hier auf. Wann immer Ragnhild keine passende Ausrede bereithatte, war sie gezwungen, sich ebenfalls an ihren Stickereien zu üben. Häufig sprachen die beiden Frauen dabei stundenlang kein einziges Wort. Diese Tage waren öde und frustrierend für Ragnhild, denn sie war nicht besonders geschickt in solchen Fingerfertigkeiten. Neben dem Handarbeitsraum lagen die großzügige Schlafkammer von Luburgis und Conrad sowie die kleinere, aber dennoch wohnliche von Ragnhild und Albert. Dies war der einzige Ort im Haus, an dem sie sich gerne aufhielt, denn hier war sie stets allein mit Albert und Runa.

Heute jedoch war Ragnhild ausnahmsweise heilfroh über den Anblick des Hauses und konnte ihre Füße fast nicht schnell genug über die Schwelle bringen. Tropfnass traten Mutter und Tochter durch die eisenbeschlagene Tür und gingen direkt in die Küche, wo die Magd Hilda, wie jeden Freitag, auf die beiden wartete.

»Da seid ihr ja endlich. Ich war schon in Sorge, der Wind hätte euch hinfortgeweht.«

Ragnhild schüttelte lächelnd den Kopf. »Meinst du nicht, dass ich dafür mittlerweile zu schwer bin?«

Hilda zuckte mit den Schultern und lächelte. Die Magd war mit ihren vierzig Jahren ganze neunzehn Jahre älter als Ragnhild, doch sie bezeichneten sich dennoch als Freundinnen. Manchmal hatte Ragnhild allerdings weniger den Eindruck, sie seien Freundinnen, denn vielmehr, sie seien Mutter und Tochter. Die überfürsorgliche Art der Magd wurde zusätzlich davon genährt, dass sie Ragnhild stets mit *Kind* oder *Kindchen* ansprach, und ihr rundes Äußeres strahlte zusätzlich etwas Mütterliches aus. Die kurzen Arme und Beine schienen immer in Bewegung zu sein, und ihre von der harten Arbeit rissigen Hände kamen nur zum Gebet zur Ruhe. Hildas Gesicht wurde von zwei runden Wangen dominiert, die häufig vor Anstrengung glühten. Das grau durchwirkte Haar trug sie stets zu einem strengen Knoten, den sie unter einem Tuch verbarg. Durch die andauernde Arbeit in der Küche zog sie ständig den Duft von Essen mit sich, worin vielleicht auch die Tatsache begründet lag, dass man in ihrer Nähe immer Hunger bekam.

Nachdem Ragnhild der Magd den Korb mit dem Fisch übergeben hatte, saßen sich die Freundinnen nun herzlich lächelnd auf den rauen Holzbänken der Küche gegenüber. Die gemeinsame Zeit war rar geworden, seitdem Ragnhild einer anderen Schicht angehörte. Doch auch wenn sie jetzt nicht mehr jeden Tag miteinander lachen und scherzen konnten, war die Freundschaft zwischen ihnen ungebrochen. Mit sichtlicher Wonne ließen sie sich den heißen Würzwein in ihren Bechern schmecken. Sogar Runa hatte, nach langem Betteln, einen kleinen Schluck bekommen. Wenig später waren ihre Bäckchen vom Wein gerötet. Die blonden Haare klebten noch immer nass an ihrem Kopf, und die tropfenden Kleider bildeten kleine Pfützen unter ihr.

Während Ragnhild mit Hilda redete, kämmte sie ihrer Tochter das volle Haar mit den Fingern und flocht es zu Zöpfen. »Wo ist Marga?«, erkundigte sie sich nach Hildas Tochter.

»Sie ist schon früh aus dem Haus. Heute ist der Todestag ihres Vaters, und sie hat mich gebeten, wie jedes Jahr an diesem Tage in die Kirche St. Jacobi gehen zu dürfen, um eine Kerze anzuzünden und Gebete für sein Seelenheil zu sprechen.«

Ein mitfühlendes Nicken war die Antwort ihrer Freundin. Ragnhild schnürte es bei dem bloßen Gedanken daran, Albert zu verlieren, die Kehle zu. Nur zu gut verstand sie, dass Hilda sich trotz einiger Bewerber aus ihrer Nachbarschaft nicht dazu durchringen konnte, erneut zu heiraten. In Gedanken nun bei ihrem eigenen Mann, fragte Ragnhild: »Wann hat Albert heute das Haus verlassen? Als ich erwachte, war er bereits fort.«

»Hm, lass mich überlegen. Er ist heute schon sehr früh am Morgen gegangen. Ich habe gehört, wie Conrad ihn fortschickte, einige Besorgungen zu tätigen. Er sollte in die Beckmacherstraße, um nach dem Bau der benötigten Fässer zu sehen, und dann in die Schmiedestraße, um neue Messer bei Meister Curland in Auftrag zu geben. Aber zuerst wollte er zur Baustelle eures Hauses – das hat er noch erzählt, bevor er aufgebrochen ist.«

Ragnhild schüttelte entmutigt den Kopf. »Wann wird Conrad endlich aufhören, Albert mit diesen niederen Botengängen zu beschäftigen? So wird er nie mehr über den Tuchhandel lernen. Ich sehne den Tag herbei, an dem wir die Bürde des Testaments endlich ablegen können. In ein paar Wochen ist es so weit. Wenn doch nur unser Haus dann schon fertig wäre«, beklagte sich Ragnhild müde.

»Kopf hoch, Kindchen, ihr werdet schon eines Tages in eurem eigenen Haus wohnen. Macht nur fleißig Kinder«, sagte Hilda mit Blick auf Ragnhilds Bauch. »Irgendwann gibt es vielleicht einfach nicht mehr genug Platz in diesem Haus, und Conrad legt selbst Hand an beim Bau, um euch und den Kinderlärm loszuwerden.« Sie lachte, und ihr sonniges Gemüt zog selbst Ragnhild für einen kurzen Moment mit sich.

Doch plötzlich hielt Ragnhild mit verzerrtem Gesicht inne, um dann kurz darauf leise aufzustöhnen.

»Was ist mit dir?«, fragte Hilda besorgt und legte eine Hand auf den Arm ihrer Freundin.

Ragnhild umfasste ihren Bauch und atmete lange aus. »Manchmal habe ich das Gefühl, mein Kind hat mehr als zwei Beine, um mich zu treten. In den letzten zwei Wochen lag es sehr unruhig. Ich kann schon kaum noch schlafen«, gestand die werdende Mutter mit gepresster Stimme.

»Du solltest dich schonen, Kindchen. Bis dein Spross kommt, würde ich dir raten, das Haus nicht mehr bei einem solchen Sauwetter zu verlassen. Du könntest krank werden«, meinte Hilda vorwurfsvoll.

»Oh, bitte, Hilda, fang du nicht auch noch an. Oder willst du, dass ich dich in Zukunft mit *Luburgis* anrede?«, entgegnete Ragnhild mit einem Zwinkern.

Beide Frauen fingen herzlich an zu lachen und fassten sich bei den Händen. Sie wussten, wie gefährlich es sein konnte, so über Luburgis zu reden, denn die verbitterte Hausherrin hatte ihre Ohren nahezu überall. In manchen Momenten jedoch verband sie die Abneigung gegen die zänkische Frau regelrecht, und sie konnten sich ein paar Boshaftigkeiten einfach nicht verkneifen.

Luburgis machte nie einen Hehl daraus, dass es ihr missfiel, wenn Ragnhild und Hilda sich miteinander unterhielten, als seien sie Gleichgestellte. *Eine Vermischung der gottgewollten Ordnung*, nannte sie das immer; wobei sie in diesen Momenten anscheinend absichtlich zu verdrängen versuchte, dass Ragnhild ebenso arm geboren worden war wie die Magd des Hauses. Ihren Missmut darüber, dass sie die Freundschaft nicht verbieten konnte, ließ sie nicht selten die Magd spüren. Ragnhild fühlte sich in diesen Momenten oft schuldig, doch sie war machtlos. Luburgis würde niemals aufhören, Ragnhild zu verachten.

»Ich bringe dir noch etwas Würzwein«, meinte Hilda fürsorglich, während sie sich mit schwerfälligen Bewegungen von der Holzbank erhob. »Du solltest dich näher ans Feuer setzen. Es ist nicht gut, wenn du in nassen Kleidern dahockst.«

Ragnhild wollte sich gerade folgsam umsetzen, als die Tür der Küche unvermittelt aufsprang und Luburgis hereinstürmte. Die Ruhe war vorüber. Innerlich die Augen verdrehend, ärgerte sich Ragnhild, dass ihr offensichtlich nicht einmal die kleinste Pause vor ihrer launischen Schwägerin vergönnt zu sein schien.

Hilda, die im gleichen Moment zum Weinkrug gehen wollte, erschrak sich so sehr vor der aufspringenden Tür, dass sie den

Holzbecher fallen ließ und dieser in zwei Teile zerbrach. Einen Moment lang herrschte Stille im Raum. Jeder wusste, was nun kommen würde.

»Du dummes Ding«, keifte Luburgis die Magd an. »Glaubst du, diese Dinge wachsen auf Bäumen? Dir werde ich schon noch beibringen, vorsichtiger zu sein. Diesen Becher wirst du bezahlen!«

Hilda seufzte schwermütig und bückte sich sogleich, um das Holz aufzuheben. Regelmäßig fand Luburgis etwas, das sie dazu benutzen konnte, ihr etwas vom Lohn abzuziehen. Doch die Magd wusste, dass Widerstand zwecklos war. Seit dem Tod ihres Ehemanns brauchte sie die Anstellung als Magd noch viel nötiger als vorher. So erwiderte sie nichts als: »Ja, Herrin«.

Luburgis trat in die Küche ein und schaute sich prüfend um. Ihre Augen fuhren suchend herum. Als ihr Blick auf Runa fiel, sog sie erschrocken Luft ein und legte sich die Hand auf die Brust. Auch dieses Mal hatte sie etwas entdeckt, was es zu beanstanden gab. »Kind, wie siehst du aus? Völlig durchnässt. Und dein Kleid, wie hast du den Saum nur so verschmutzen können?«

In diesem Moment dachte Ragnhild absurderweise, dass es gut war, Runa wenigstens zuvor das Haar geflochten zu haben. Leider milderte dies den fassungslosen Blick Luburgis' jedoch in keiner Weise.

Rüde packte sie das Mädchen am Arm und wollte es mit sich ziehen. Runa aber wehrte sich und versuchte sich jammernd und zappelnd aus dem festen Griff zu befreien. Es dauerte nicht lange, bis es Luburgis zu viel wurde und sie vor Wut zu kochen begann. Brüsk drehte sie sich um, blickte Runa eiskalt in die Augen und tadelte das Kind seines schlechten Betragens wegen aufs Schärfste. »Benimm dich gefälligst, du ungezogene Göre, sonst kannst du was erleben.«

Ragnhild wollte aufstehen und die Situation schlichten, doch sie kam mit ihrem runden Bauch nicht mehr so schnell voran, wie sie es sich wünschte.

Noch immer wehrte sich Runa mit Händen und Füßen und beschmutzte so das Kleid ihrer Tante mit dem Schlamm der Straße. Kurzerhand holte Luburgis aus und schlug dem Kind heftig mit dem Handrücken der freien Hand ins Gesicht.

Einen stillen Moment des Schreckens später begann Runa bitterlich zu weinen.

Mit zwei langen und nun doch erstaunlich flinken Schritten war Ragnhild bei ihrer Tochter. »Was fällt dir ein, mein Kind zu schlagen?«, fuhr sie die Schwägerin an.

»Willst du dich etwa gegen mich auflehnen?«, fauchte Luburgis zurück. »Deine Brut hat keinen Respekt. Solange ihr unter meinem Dach lebt, habt ihr euch gefälligst nach meinen und Conrads Anweisungen zu richten.«

Ragnhild, die Runa mittlerweile auf den Arm genommen hatte, um sie zu trösten, entgegnete: »Ich bin eine verheiratete Frau. Es ist die Aufgabe meines Mannes, das Kind zu züchtigen.«

Ein ungläubiger Laut entfuhr Luburgis' Mund. »Du wagst es, mir zu widersprechen? Na warte, das wirst du noch bereuen, du undankbare Närrin. Ich werde Conrad von deinem ungebührlichen Verhalten berichten, und dann wirst du dir noch wünschen, du wärest fügsamer gewesen.«

Ragnhild wusste, dass sie recht hatte. Conrad war nicht zimperlich, wenn es um Tadel ihr gegenüber ging. Sie musste die Situation entschärfen, wenn sie nicht wollte, dass Runa eine ebenso harte Strafe bekam wie sie.

»Runa, entschuldige dich bei Tante Luburgis für dein Benehmen.« Ragnhild blickte tief in die tränennassen Augen und flehte stumm, dass sie es tun möge. Ihre Tochter war stolz und hatte keine Angst vor Bestrafung. Doch der eindringliche Blick ihrer Mutter machte ihr deutlich, dass sie sich jetzt zu fügen hatte.

Ragnhild stellte sie wieder auf den Boden. Das Mädchen drehte sich um, senkte den Blick und knickste. »Bitte entschuldigt, dass ich Euer Kleid beschmutzt habe«, presste Runa zwischen den Lippen hervor.

»Fehlt da nicht noch etwas?«, erwiderte Luburgis streng.

»Tante Luburgis«, fügte Runa scheinbar unterwürfig hinzu. Luburgis heftete den Blick starr auf das Kind. Fast schien sie enttäuscht über die plötzliche Wende des Streits. Nun konnte sie sich nicht mehr in dem Ausmaß über Runa und Ragnhild bei ihrem Mann beschweren, wie sie es gerne getan hätte. Sie richtete ihren Blick auf Ragnhild und sagte: »Das nächste Mal werde ich nicht so mild mit ihr verfahren.« Ohne ein weiteres Wort stürmte sie aus der Küche.

Ragnhild ging in die Knie und drückte Runa an sich. »Das hast du gut gemacht, mein Kind.« Sie wusste, dass sie ihrer Tochter beibringen musste, den Anweisungen der Tante Folge zu leisten, wenn sie bis zu ihrem ersehnten Auszug noch ein ruhiges Leben führen wollten. »Und wenn Tante Luburgis dich hinausführen möchte, hast du ihr zu folgen«, tadelte Ragnhild sie darum halbherzig.

»Ich mag aber nicht mit Tante Luburgis gehen«, erwiderte Runa verzweifelt. »Sie ist gemein.« Trotzig verschränkte sie die Arme vor der Brust.

»Runa, sag so etwas nicht noch einmal, hast du gehört?«, ermahnte Ragnhild ihr Kind und fasste es sanft an den Schultern. »Du sollst solche Dinge nicht sagen. Hast du mich verstanden?«

»Ja, Mutter«, murmelte Runa schließlich mit gesenktem Blick.

Ragnhild nahm ihre Tochter erneut in den Arm und dachte daran, wie recht sie eigentlich mit ihren Worten hatte. Das Kind war selten vor den Gehässigkeiten ihrer Tante sicher. Wann immer sie zu laut durch das Haus tobte, ihre Gebete zu nachlässig sprach oder sich nicht mit einem Knicks entfernte, regnete es Schelte. Ragnhild machten die Bestrafungen Runas immer furchtbar wütend, schließlich war sie doch noch ein kleines Kind. Auch wenn sie ein lebhaftes Wesen hatte, empfand Ragnhild ihre Tochter dennoch als pflegeleicht. Aus Sicht der Mutter bestrafte Luburgis das Mädchen häufig viel zu hart. Mühsam stand Ragnhild wieder auf und sagte an ihre Freundin gerichtet: »Es tut mir so leid, Hilda. Immer dieser Zank.«

»Das ist schon in Ordnung, Kindchen. Ruhe du dich jetzt lieber noch ein wenig aus, nach dem Ärger. Ich werde Runa inzwischen vom Schmutz befreien«, sagte sie mit einem Lächeln in Richtung des Kindes.

Einen kurzen Moment lang wollte das Mädchen protestieren, doch sie wusste, dass es anderenfalls wohl doch ihre Tante Luburgis tun würde. Deshalb verhielt sie sich still.

»Danke, Hilda«, seufzte Ragnhild und drückte ihre Freundin herzlich an sich. Dann verließ sie die Küche und trat in die Diele des Hauses. Dort blieb sie für einen Moment stehen, stemmte die Hände in den Rücken und atmete tief durch. Was sollte sie als Nächstes tun? Ihr erschöpfter Körper riet ihr, sich tatsächlich auszuruhen. Der bloße Gedanke daran, sich in das weiche Bett zu legen, die schmerzenden Glieder zu strecken und somit auch der schlechten Stimmung entfliehen zu können, war wirklich sehr verlockend. Doch sie wusste, dass es ratsamer war, sich zu Luburgis in den Handarbeitsraum zu begeben. Mit an Sicherheit grenzender Wahrscheinlichkeit saß sie mal wieder an einer ihrer geliebten Stickereien. Was kann es heute wohl Aufregendes geben?, spottete Ragnhild insgeheim. Eine neue Haube oder ein Altartuch vielleicht? Mit den Erwartungen an die schlimmste Langeweile machte sie sich auf den Weg. Vielleicht konnte sie die Schwägerin mit ihrem guten Willen besänftigen. Außerdem würde sie so ihre nassen Kleider am Kohlebecken trocknen können.

2

Albert ließ den Blick prüfend über die vom Regen aufgeweichte Baustelle gleiten. Sooft es ihm möglich war, kam er hierher, um die Fortschritte des Baus zu begutachten. Doch wie fast jedes Mal machte sich auch heute wieder Enttäuschung in ihm breit. Zu langsam – es ging zu langsam voran! Die Ansicht der Baustelle schien ihn zu verhöhnen, denn das Bild der paarweise herausragenden Rundpfosten und der längsseitig genuteten Bretter, die das Fundament darstellten, erschien ihm schmerzlich vertraut – war es doch nicht das erste Mal, dass er den Bau in diesem Zustand betrachtete. Schon bei der Verlautbarung des Testaments war Albert klar gewesen, dass es sicher zu Schwierigkeiten mit dem Bau des Hauses auf dem morastigen Grundstück auf der Grimm-Insel kommen würde. Das Ausmaß der Schwierigkeiten war ihm allerdings nicht bewusst gewesen. Bereits zwei Mal war der fast fertige Fachwerkbau von Unwettern und Flut zerstört worden und die anschließenden Aufbauten von dem aufkommenden Winter gestoppt. So verging nun schon das dritte Jahr nach dem Tode des Vaters, das Albert und Ragnhild als ungeliebte Gäste im Hause des Bruders verbrachten. An manchem Tag war Albert so niedergeschlagen, dass er ernsthaft erwog, dem heidnischen Brauch der Bauern zu folgen und ein Tieropfer im Boden seines Hauses zu vergraben, um wen auch immer damit gütig zu stimmen.

»Guten Morgen«, ertönte es plötzlich hinter Albert.

»Ah, ich grüße Euch, Bauherr«, war die höfliche, aber nicht besonders herzliche Antwort. Albert mochte den Ratsmann eigentlich, doch zu seinem Bedauern bedeutete sein Auftreten so gut wie niemals etwas Gutes. Der Consules war vom Rat dazu erkoren worden, dessen Recht durchzusetzen, die Speermaße in Hamburg zu erteilen. Dieses Amt war ein Undankbares, hieß es doch zumeist, sich bei den Grundstücksbesitzern unbeliebt zu machen.
»Was treibt Euch hierher? Ich hoffe, dass es nichts Unerfreuliches ist?«

Der Ratsmann legte den Kopf schief, machte eine zweideutige Handbewegung und erklärte sich mit der lateinischen Bezeichnung seiner Aufgabe, deren Worte jedem Bauherrn zuwider waren: »Mensuram et zonam dare!« Dieser Ausspruch ließ Albert wissen, dass es tatsächlich um die so verhassten Speermaße ging.

»Was wollt Ihr mir damit sagen, Bauherr? Gibt es Probleme?«

»Ich befürchte, ja.«

»Aber es ist doch bereits alles vermessen worden. Die Abgrenzungen meines Bauplatzes sind genau so, wie sie von Euch gefordert wurden.«

»Da habt Ihr recht. Und dennoch gibt es leider eine Misshelligkeit. Der Mann, der das Grundstück neben Euch gekauft hat, beanstandet, dass Euer Haus zu nah an seinem stehen wird.«

»Was sagt Ihr? Zu nah? Aber dann soll er sein Haus doch ein Stück weiter zur Seite setzen. Er hat doch noch nicht einmal mit dem Bau begonnen.«

»Bedauerlicherweise ist die Durchführung Eurer Idee nicht möglich, da sein Haus dann zu nah am Fleet stehen würde.«

»Ja, und was schlagt Ihr nun vor, Bauherr?«, fragte Albert Unheil witternd und wischte sich die nassen Haarsträhnen aus der Stirn.

Der Ratsmann war wegen der unangenehmen Situation sichtlich beschämt. Er kannte Alberts missliche Baugeschichte und konnte darum gut verstehen, dass die nächsten Worte seinem Gegenüber unglaublich vorkommen mussten. »Es tut mir sehr leid, aber es wird Euch nichts übrig bleiben, als die Fundamente Eures Hauses noch einmal zu versetzen.«

Albert entfuhr ein tonloses Lachen. »Das kann unmöglich Euer Ernst sein. Ihr wisst wohl nicht, wie häufig ich ...«

»Doch, das weiß ich, und es ist äußerst bedauerlich«, sagte der Ratsmann in einem glaubhaften Ton.

»Was sagt der Rat dazu?«, fragte Albert aufgebracht.

»Es ist bereits beschlossen.«

Albert wandte sich von dem Consules ab, legte den Kopf in den Nacken und atmete tief ein, um nicht vollkommen die Beherrschung zu verlieren. Seine Kehle war wie zugeschnürt, und das Blut schoss ihm in den Kopf. Er fühlte noch, wie der Ratsmann ihm aufmunternd die Hand auf die Schulter legte und ihm diese zweimal klopfte. Darauf entfernte der Mann sich wortlos. Doch bevor er gänzlich verschwand, fragte Albert noch, ohne sich umzudrehen: »Sagt mir, wer ist der Mann, der das Grundstück neben mir gekauft hat?«

Der Bauherr blieb stehen und zögerte einen Moment. Er hatte gehofft, dass ihm diese Frage erspart blieb. »Es ist Euer Bruder.«

Albert durchfuhr ein Stich. Er hatte es geahnt. Wer sonst in der Stadt wollte ihm fortwährend Übles? Ein dünnes »Danke« war alles, was er noch zwischen den Lippen hervorbrachte, bevor der Consules verschwand.

Wütend lief Albert mit in die Seiten gestemmten Fäusten vor seinem Bauplatz auf und ab. Dann blieb er stehen und kickte mit all seiner Wut einen Haufen Kiesel in das Fundament, welche mit einem raschelnden Geräusch gegen die hölzernen Bretter schlugen. Es war zum Verrücktwerden. Wann würde ihm endlich mal etwas gelingen? Warum musste es diese Feindschaft zwischen ihm und Conrad geben? Schon immer waren sie verschieden gewesen, doch seit Alberts Hochzeit mit Ragnhild hatte das brüderliche Verhältnis immens gelitten. Conrad sah in Ragnhild noch immer nur die mittellose Dänin, die sie vor der Hochzeit mit Albert gewesen war. Dass er sie nun, nach der Vermählung mit seinem Bruder und Ablegen des Bürgereides, als seine Schwägerin zu achten hatte, stimmte ihn spürbar missmutig, und er versuchte erst gar nicht, dies vor Albert zu verbergen. Doch erst das väterliche Testament hatte zum endgültigen Bruch zwischen den Brüdern geführt. Vom ersten Tag an hatte der acht Jahre Ältere jedes seiner seither zugesprochenen Privilegien auf das Schamloseste ausgenutzt und so das Zusammenleben weiter verschlimmert. Conrad war allzeit bemüht, Albert niemals zu viel Verantwortung im Tuchhandelsgeschäft zu übertragen und so seinen Einfluss klein zu halten – es war demütigend! Die letzten vier Jahre hatten Alberts Rechtsempfinden ein ums andere Mal auf eine harte Probe gestellt. Sosehr er auch gewillt war, den letzten Willen seines Vaters zu akzeptieren, das Gefühl der Ungerechtigkeit blieb bestehen.

Doch es gab einen Grund, stark zu bleiben. Bald schon hatte diese Schmach ein Ende, denn in wenigen Wochen würde er das ersehnte Alter von fünfundzwanzig Jahren endlich erreicht haben, und dann wäre alle Schuld seinem Vater gegenüber gesühnt. Danach würde er sein eigener Herr sein, und er würde beweisen, dass er ein mindestens ebenso guter Kaufmann war wie Conrad!

Nachdem Albert sich mit diesen einzig erhellenden Gedanken notdürftig aufgerichtet hatte, verließ er mit schweren Schritten die Grimm-Insel über die Zollbrücke. Für einen kurzen Augenblick hielt er an ihrer höchsten Stelle inne, lehnte sich mit den Armen an ihre Brüstung und blickte auf das Nikolaifleet hinab. Gerade fuhr eine stattliche Kogge mit wehender Takelage aus dem Hafen aus, den er zu seiner Rechten überblicken konnte. Albert gab sich einen Moment lang seinen Gedanken hin. Er stellte sich vor, dass er selbst es war, der diese Kogge hinaus auf die Elbe führte, um als Kaufmann Tuche aus Flandern zu holen. Der Seeweg dorthin war ihm noch von früheren Reisen geläufig, da er seinen Vater begleitet hatte. Obwohl diese Tage schon lange vorüber waren, lagen die Erinnerungen daran noch so deutlich vor seinem inneren Auge, als hätten sie gestern erst die Segel gehisst.

Der geschlungenen Linie des Nikolaifleets folgend, war ihr Schiff zunächst um den Teil der Stadt gefahren, der noch immer *Neue Burg* genannt wurde, obwohl die einstmalige Burg schon lange nicht mehr stand. An ihrer Stelle befanden sich nun fünfzig etwa gleich große dreieckige Grundstücke, die tortenförmig am Rande der Landzunge verliefen. Die dort angesiedelten Kaufleute hatten ihre Häuser auf dem Ringwall der früheren Burg errichtet, wo sie geschützt vor Hochwasser und Gezeiten waren. Das Schiff des Vaters hatte daraufhin die Grimm-Insel mit ihren rechteckigen Parzellen hinter sich gelassen, von denen eine heute sein eigenes Grundstück war. Nach einer Linkskurve passierten sie die Hohe Brücke an der Mündung des Fleets, welche die Cremon-Insel zu seiner Linken mit dem Teil Hamburgs verband, der vor über fünfzig Jahren noch die gräfliche Neustadt gewesen war. Danach hatten Vater und Sohn die ruhigen Gewässer der Stadt verlassen und waren dem Wind und dem Wetter ausgeliefert.

Mühsam stieg Ragnhild die Treppe hinauf. Nach ein paar Stufen musste sie jedoch stehen bleiben, um durchzuatmen; erst dann konnte sie weitergehen. Auch wenn eine Geburt mühsam und schmerzhaft war, sehnte sie sich diesen Moment mittlerweile regelrecht herbei. Sie fühlte sich aufgebläht und unbeweglich. Jede Regung trieb ihr den Schweiß auf die Stirn. Oben angekommen, musste sie zunächst einmal innehalten. Dann erst ging sie schwankend auf den Handarbeitsraum zu, wo sie ihre Schwägerin vermutete, doch auf der Höhe des Kontors vernahm sie plötzlich die verdrießlichen Stimmen von Luburgis und Conrad. Eigentlich sah es Ragnhild nicht ähnlich, fremde Unterredungen zu belauschen, schon gar nicht die von Luburgis und Conrad. Doch die Laute aus dem Kontor klangen anders als sonst, irgendwie aufgebracht, was Ragnhild neugierig machte. Sie blieb stehen, legte ein Ohr an die schwere Holztür und horchte ungeniert.

»Anstatt dich bei mir über Alberts Göre zu beschweren, solltest du lieber zusehen, dass du selbst schwanger wirst«, knurrte Conrad.

Ragnhild hörte, wie Luburgis nach Luft schnappte.

»Wie kannst du so etwas sagen? Ich wünsche mir schon so lange ein Kind. Täglich bete ich zu unserem Herrgott, dass er meinen leeren Leib endlich mit einem füllen möge«, entgegnete Luburgis verzweifelt.

In diesem Moment tat sie Ragnhild fast ein wenig leid. Aber nur fast! Wie von selbst umfasste sie schützend ihren Bauch. Tatsächlich wurde sie gerade Zeugin eines handfesten Ehestreits; und sogar Runa wurde genannt. Nun konnte sie das Lauschen erst recht nicht mehr unterlassen.

Im Inneren des Kontors war die Luft zum Zerschneiden dick. Conrad war furchtbar gereizt und fragte sich nicht zum ersten Mal, warum Gott ihn mit einem solchen Weib gestraft hatte. Die Schwangerschaft Ragnhilds, zusammen mit der ausbleibenden Schwangerschaft seiner eigenen Frau, stimmte ihn von Tag zu Tag missmutiger. Zornig schleuderte er ihr entgegen: »Was wagst du es, mich deshalb überhaupt zu stören, Weib? Ich habe zu tun. Kümmere dich gefälligst allein um den Haushalt und den Weiberkram!«

Das war deutlich. Luburgis wollte gehen. Sie kannte ihren Mann und wusste, dass sie ihm in schlechter Stimmung lieber aus dem Weg gehen sollte. Doch dieser war jetzt voll in Fahrt.

Die nächsten Worte donnerte er nur so heraus und haute dabei vor Wut mit der Faust auf den Tisch.

»Mach dir besser bewusst, wie gut es dir in den letzten Jahren ergangen ist, anstatt dich fortwährend zu beschweren, du vertrocknetes Weib. All das hier«, bedeutete Conrad ihr mit einer aggressiven Armbewegung, »wäre ohne mein Geschick diesen Winter sehr wahrscheinlich an Albert und seine dänische Hure gefallen. Mir scheint, dir ist nicht klar, dass es, wenn es nach ...«

»Still, mein Gemahl. Um Himmels willen, willst du etwa, dass die ganze Nachbarschaft auf diesem Wege davon erfährt?«, unterbrach Luburgis ihn erregt.

Ragnhild horchte auf. Ihre Aufregung wuchs, und die Angst, erwischt zu werden, ließ sie am ganzen Körper zittern. Was konnte Conrad damit gemeint haben? *Was* wäre *wann* an Albert und sie gefallen? Und warum meint er, noch mal Glück gehabt zu haben? Was hatte der letzte Satz zu bedeuten? Wenn *es nach ... was*? Warum musste Luburgis auch unbedingt jetzt dazwischenplappern?

Conrad schien den Rat seiner Frau zu befolgen, denn er sprach jetzt so leise, dass Ragnhild so gut wie nichts mehr verstand. Bloß noch abgehackte Wortfetzen drangen durch das dicke, eisenbeschlagene Holz, an dem sie lehnte.

»Albert ... Sterbebett ... Geburt ...«

Ragnhild konnte sich einfach keinen Reim darauf machen, doch eines war klar: Die beiden hatten ein Geheimnis, und dieses Geheimnis betraf Albert und sie selbst.

Im Inneren des Kontors war es kurzzeitig still geworden. Conrad atmete durch und beruhigte sich ein wenig. Seine Frau hatte recht, er musste vorsichtiger sein, wenn er nicht wollte, dass seine Ränke jemals ans Tageslicht kamen. Doch die bloße Gegenwart seines Weibes reichte an manchen Tagen aus, um ihn zu reizen. Mit einem unterdrückten Brummen wandte er sich von ihr ab und fuhr sich mit der Hand über den kahlen Schädel. Er war ihrer so überdrüssig, dass er sie an manchen Tagen am liebsten in ein Kloster geschickt hätte. Barsch befahl er ihr: »Bring mir Wein«, und wedelte sie unfreundlich mit der Hand hinaus.

Luburgis drehte sich ohne ein weiteres Wort folgsam in Richtung Ausgang. Sie war froh, einen Grund zu haben, ihrem übel gelaunten Mann zu entkommen.

Vor der Tür erwachte Ragnhild aus ihrer Starre. Luburgis und Conrad durften sie auf keinen Fall hier entdecken. Furcht stieg in ihr hoch. Wohin sollte sie sich so schnell wenden? Die Treppe hinunter? In den Handarbeitsraum? Sie hörte bereits Luburgis' Schritte. In letzter Minute presste sich Ragnhild rücklings an die Wand neben der Tür des Kontors. Gleich darauf öffnete sich diese laut quietschend. Ragnhild hielt die Luft an, kniff die Augen zu und drehte den Kopf zur Seite. Diese Geste war natürlich völlig überflüssig, da ihr Bauch viel weiter vorragte als ihre Nase. Jeden Moment rechnete sie damit, dass ihr die Tür gegen den gewölbten Leib sprang und man sie entdeckte; doch das passierte nicht.

Erst als sie die Schritte von Luburgis auf der Treppe hörte, die nun nach unten lief, um Conrad den gewünschten Wein zu holen, wagte Ragnhild sich zu rühren. Mit vorsichtigen Bewegungen schlich sie in ihre und Alberts Schlafkammer. Sie schloss die Tür möglichst leise hinter sich und setzte sich aufs Bett. Geschafft! Ragnhild verwarf einen Moment lang jede Haltung und sackte erleichtert in sich zusammen. Auf ihrer Stirn hatten sich kleine Schweißperlen gebildet, und in ihrem Kopf rauschte das Blut, während sie stoßweise atmete.

Was genau hatte sie gerade vernommen? Waren es tatsächlich geheime Worte gewesen, die bewiesen, dass Conrad ein übles Spiel mit Albert trieb? Oder spielte ihr Kopf ihr einen Streich, weil sie sich schuldig fühlte, ihrem Mann durch die Hochzeit so viele Schwierigkeiten eingebracht zu haben? Nein! Ragnhild hegte keinen Zweifel. Je länger sie über die eben erlauschten Worte nachdachte, desto sicherer war sie sich, etwas sehr Bedeutsames gehört zu haben. Nur was genau? Conrad hatte von dem Todestag ihres Schwiegervaters geredet und sein eigenes Geschick lobend erwähnt. Aber wie stand das alles miteinander in Verbindung? Schon lange hatte Ragnhild den Verdacht, dass sich etwas Fragwürdiges um Conrad rankte, aber sie konnte es niemals beweisen und hatte deshalb auch bis heute geschwiegen. Alles hatte mit Conradus' Tod begonnen. Von Albert wusste sie, welchen Aufruhr die Testamentsverkündung im Rathaus damals verursacht hatte und wie zweifelnd die Ratsherren den ungerechten letzten Willen des eigentlich gerechten Conradus aufgenommen hatten. Sie selbst tat sich ebenso schwer damit, und nun schien sie einen Schritt weiter in Richtung Wahrheit gekommen zu sein, doch was sollte sie mit ihrem Wissen anfangen?

Ragnhild fiel das Denken schwer. Vielleicht wäre ihr eine Idee gekommen, wenn sie nicht so furchtbar aufgeregt gewesen wäre. Noch immer schwer atmend, strich sie sich über den kugelrunden Bauch, wie sie es so häufig in letzter Zeit tat, und grübelte weiter. Etwas Fragwürdiges ging hier vor sich, doch was konnte sie allein als Frau in dieser Situation ausrichten? Unmöglich der Gedanke, dass sie Conrad oder Luburgis selbst auf das Gespräch ansprach oder sich einer der benachbarten Kaufmannsfrauen anvertraute. Es gab nur einen einzigen Weg: Sie musste Albert von den Ereignissen erzählen. Er würde eine Lösung wissen und vielleicht sogar das Geheimnis entschlüsseln. Ihr Entschluss stand fest, damit keinen Moment länger zu warten. In Gedanken war sie bereits auf dem Weg, doch in der Wirklichkeit brauchte sie noch einen Moment, um ihren erschöpften Leib zum Aufbruch zu überreden. Ihr Blick glitt an ihrem Körper herunter. Es war ihr nicht mehr möglich, mit geschlossenen Beinen zu sitzen. Der runde Bauch wölbte sich weit über ihre nun üppigen Brüste. Das waidblaue Kleid, welches ihre Rundungen noch bis vor vier Wochen locker umschmeichelt hatte, war nun bis zum Zerreißen gespannt. Nicht mehr lange, da war sich Ragnhild sicher, dann würde ihr Kind zur Welt kommen.

Ragnhild gab sich einen Ruck, nahm sich die Haube vom Kopf und stand auf. Zunächst mussten die nassen Kleider ausgezogen und gegen trockene gewechselt werden. Da sie in keines ihrer eigenen, vor Monaten für die Schwangerschaft angefertigten Kleider mehr passte, hatte Hilda ihr eines geliehen. Die Magd war um ein Vielfaches runder als die eigentlich schlanke Ragnhild, und somit bot ihr Kleid genug Platz, um den Bauch der Schwangeren zu umhüllen. Ragnhild wollte das Angebot zunächst ablehnen, doch ihre Freundin bestand darauf, dass sie es sich borgte. Die wenigen Tage bis zur Geburt, sagte Hilda, könne sie auf ihr einziges gutes Kleid schon verzichten.

Nachdem sie sich mit ungelenken Bewegungen umgezogen, ihr nasses Haar hastig mit einem Knochenkamm neu frisiert und unter einem Schleier verborgen hatte, verließ sie die Kammer. Niemand war zu sehen. Die Tür des Kontors war wieder verschlossen. Ragnhild stieg die Treppe hinab. Das Haus war still, doch ihr Herz pochte wild, als sie lautlos durch die Diele schritt. Von dem Wunsch beherrscht, jetzt nicht auf Luburgis zu treffen, setzte Ragnhild einen Fuß vor den anderen. Sie kannte sich gut; Lügen war nicht gerade ihre Stärke, und sehr wahrscheinlich würde es ihr bei einer Begegnung mit Luburgis nur schwerlich gelingen, sich nicht durch einen Blick oder ihr Verhalten zu verraten. Doch entgegen ihrer Befürchtung schaffte sie es schließlich unbemerkt auf die Reichenstraße.

3

Zum zweiten Mal lief Ragnhild an diesem Tage nun die Reichenstraße entlang. Das Wetter hatte sich zum Glück gebessert. Es regnete nicht mehr, und der bleigraue dichte Himmel vom Morgen war einem freundlicheren Bild aus dünnen weißen Wolkenfetzen gewichen. Leider waren die Straßen so matschig wie zuvor, sodass Ragnhilds ohnehin schon nasse Lederschuhe nochmals eingeweicht wurden.

Die Schwangere lief mit schnellen Schritten Richtung Westen. Bald schon kam sie an die Stelle, an der die Reichenstraße und die Brotschrangen sich kreuzten. Doch anstatt sofort weiterzulaufen, blieb sie kurz vor der Ratsapotheke stehen. Würde sie sich nach links wenden, käme sie zum Hafen und dann zur Zollenbrücke, welche zu der Grimm-Insel führte, zu der Albert heute als Erstes gegangen war. Würde sie sich aber nach rechts wenden, käme sie über die kleine Johannisstraße zur Beckmacherstraße, wo er als Nächstes hingehen wollte. Ragnhild entschied kurzerhand, dass ihr Gemahl unmöglich noch bei der Baustelle sein konnte. Zu viel Zeit war bereits vergangen, und so raffte sie ihre Röcke und lief nach rechts. Nach einigen Metern machten sich Stiche in ihrer Taille bemerkbar. Sie war zu schnell gelaufen, doch Ragnhild vernachlässigte den Schmerz und eilte weiter. Die enge Gasse der Beckmacher war gesäumt von Eimern, Fässern und Becken, die überall herumstanden und von den Weibern und Knechten lautstark zum Verkauf angeboten wurden. Den noch verbleibenden schmalen Durchgang musste sich jedermann mit zahlreichen Schweinen, Reitern, Bettlern und zwielichtigen Gestalten teilen. Ragnhild blieb nichts anderes übrig, als ihre Röcke fallen zu lassen, um mit den Händen ihren Bauch zu schützen. Zu ihrem Bedauern schleifte der Saum von Hildas Kleid nun zur vollen Gänze im Matsch. Schließlich hielt sie vor einem winzigen Fachwerkhaus, das kaum breiter war als eine Mannslänge und dessen oberes Stockwerk sich bereits verdächtig nach links neigte. Vor dem Haus stand ein Knecht. »He, Junge. Sag, war mein Gemahl heute schon hier?«

Der Knecht schaute nicht wenig erstaunt ob der feinen Dame inmitten der dreckigen Gasse. Dann allerdings sagte er: »Wer ist Euer Mann?«

»Albert von Holdenstede.«

»Ja, der war hier. Ist aber schon wieder weg.«

»Hab Dank«, waren Ragnhilds knappe Worte, bevor sie zum Ende der Beckmacherstraße lief, wo rechts die Pelzerstraße abzweigte. Schnell hastete sie an den Häusern der Kürschner vorbei, wo Tierfelle zu Mänteln und Mützen verarbeitet wurden. Schon allein der Geruch dieser Gegend trieb sie weiter. Zwischen diesen Häusern schien stets eine unbewegliche stinkende Wolke aus den Gerüchen von Kot, nassen Fellen und gegerbtem Leder in der Luft zu hängen.

Schnell lief sie weiter und erreichte die freie Fläche in der Mitte der Stadt. Weil diese auf einer Anhöhe lag, wurde sie nur *Berg* genannt. Vor ihrer Schwangerschaft hatte ihr der Anstieg zum Berg nichts ausgemacht, doch nun waren ihre Beine schwer, und es fühlte sich fast so an, als ob die Erhebung über Nacht angewachsen war. Bloß noch zwei Straßen trennten sie von Albert. Ragnhild schritt vorbei an der Frohnerei, in der die Verbrecher der Stadt einsaßen, und durchquerte die Filterstraße. Aus Erschöpfung verlangsamte sie ihren Schritt – doch ebenso aus Demut.

Von hier aus konnte man den Mariendom in seiner vollen Größe sehen. Das mächtige Gotteshaus löste stets tiefe Ehrfurcht in Ragnhild aus, und wie immer, wenn sie sich in der Nähe von Kirchenmännern wusste, befiel sie ein ungutes Gefühl. Das gewaltige Eingangsportal des Doms erschien ihr wie ein alles verschlingendes Maul, vor dem sie sich besser in Acht nehmen sollte. Ragnhild wusste, dass ihre Gedanken gefährlich waren, doch sie konnte nicht anders. Mit den Jahren war es zu ihrem am besten gehüteten Geheimnis geworden, dass sie der Lehre der Kirche nicht so recht traute. Obwohl sie sich noch niemals etwas hatte zuschulden kommen lassen, stand es außer Frage, dass es als Frau – und gerade als Dänin – ratsam war, sich vor den übereifrigen Gottesmännern der Stadt vorzusehen. Nicht selten war sie schon Zeuge gewesen, wie Frauen der Nachbarschaft wegen Nichtigkeiten von den Kirchenmännern zu harten Bußen getrieben wurden. Häufig hatte dafür die bloße Beschuldigung einer Neiderin ausgereicht. Um solch ein Schicksal zu vermeiden, trug sie selbst die Haube, mit der sie seit der Hochzeit ihr dickes, strohblondes Haar verdeckte, stets tief ins Gesicht gezogen und ihren Kragen tugendhaft hochgeschlossen. Wann immer ein Mann zu ihr sprach, senkte sie züchtig den Blick; genau so, wie es von Frauen im Allgemeinen erwartet wurde. Außerdem ging sie an jedem Feiertag zur Verehrung der Heiligen in die Kirche, fastete streng und legte regelmäßig, aber nicht auffallend oft die Beichte ab. Letzteres hätte ebenso Verdächtigungen nach sich ziehen können, da das Böse sich häufig hinter zu strenger Einhaltung des Glaubens versteckte, wie der überstrenge Pfarrvikar der Petrikirche zu sagen pflegte.

Ja, Ragnhild fühlte sich häufig verschreckt von der Kirche, und es war leicht, sich neben dem größten Sakralbau der Stadt klein und demütig zu fühlen. Schließlich gab es nichts Beeindruckenderes weit und breit. Die steinerne Emporenbasilika protzte mit einem westlich gelegenen Turm mit mächtigem Eingangsportal und verglasten Dreifenstergruppen im östlichen Teil. Obwohl der Dom schon seit jeher ein imposanter Bau gewesen war, wurde das einstige Langhaus bereits seit vierundzwanzig Jahren zu einer dreischiffigen Halle umgebaut. Erhöhte Seitenschiffe, mächtige Kreuzpfeiler und breite gotische Maßwerkfenster sollten die Kirche zu Marias Ehren vervollständigen, wie Ragnhild von Albert gehört hatte. Außerdem ertönte es von überall, dass Domdekan Sifridus in den nächsten Jahren zusätzlich die Einwölbung des Klausurgebäudes, ein achtteiliges Rippengewölbe im Hauptschiff sowie ein vierteiliges Kreuzgewölbe in den Seitenschiffen plante. Albert hatte zwar versucht Ragnhild zu erklären, was das zu bedeuten hatte, doch so richtig konnte sie es sich nicht vorstellen. Was sie sich aber genau vorstellen konnte, war, dass es etliche weitere Ablässe geben würde, die für klingende Truhen in der Domfabrik sorgten, damit der Umbau voranging.

Ragnhild schlug noch ein auffallend großzügiges Kreuz, um ihren lästerlichen Gedanken schnell wiedergutzumachen, und bog dann nach links in die Schmiedestraße ein. Sie versuchte sich etwas zu beruhigen. Wie so oft in letzter Zeit litt sie auch jetzt wieder an Atemlosigkeit, und wie so häufig war das Kind in ihrem Leib unruhig. Mit ihrer Rechten umfasste sie ihren Bauch und schaute sich um.

Die Häuser in dieser Straße waren in den letzten Jahren von kleinen windschiefen Hütten zu ausgewachsenen und schmucken Fachwerkhäusern geworden. Grund dafür waren die großen Veränderungen der Stadt. Überall wurde gebaut, und an jeder Baustelle wurden Schmiedemeister gebraucht. Die vielen Aufträge hatten schon manchen Meister zu einem reichen Mann gemacht, und so langsam fing dieser Reichtum an, sich auch in ihren Häusern widerzuspiegeln.

Die Schmiedestraße selbst war laut und unbehaglich. Hier gab es keine schwachen Jünglinge oder Weiber wie in der Beckmacherstraße. Ragnhild musste aufpassen, nicht aus Versehen umgestoßen zu werden. Überall wurde gehämmert und geklopft. Häufiges Zischen ließ sie regelmäßig zusammenzucken, und die Nebelschwaden in dieser Straße erschwerten ihr die Suche nach Albert. Aufmerksam schweifte ihr Blick umher und tastete die Häuser nacheinander ab. Die unteren Etagen der Schmieden waren zur Straßenseite offen. Rechts und links von den Öffnungen ragten Mauern hervor, die vor Funkenflug schützen sollten. Durch die starke Rauchbildung während der Schmiedearbeiten konnte Ragnhild zunächst nur langsam erkennen, welches Bild sich im Inneren der Häuser bot. Schwitzende Männer mit riesigen Oberarmen und rußverschmierter Kleidung hämmerten in gleichmäßigem Takt nacheinander auf ein glühendes Stück Eisen ein. Einer der Männer hielt stets das Eisen mit einem Handschuh und einer Zange fest auf dem Amboss und drehte es zwischen den Schlägen um. Nach einer gewissen Anzahl von Schlägen hielt er die glühende Seite des Eisens entweder erneut ins Feuer, um es daraufhin weiter bearbeiten zu können, oder aber in ein Fass mit Wasser, wo es dann zischend und dampfend abkühlte. Diese Arbeitsschritte wurden so oft wiederholt, bis der unförmige Klumpen die gewünschte Form und Härte besaß.

Ragnhild versuchte sich mit Mühe an die Erzählungen ihres Mannes zu erinnern. Es hatte noch niemals einen Grund für sie gegeben, hierherzukommen, weshalb sie das Haus des Schmiedes, bei dem Albert sich aufhalten sollte, auch nicht kannte. Da Meister Curland angeblich der Reichste unter den Schmieden in der Straße war, schien es ihr wahrscheinlich, dass er wohl auch das größte und schönste Haus besitzen würde. Und tatsächlich, nachdem Ragnhild die kurze Straße halb durchschritten hatte, blieb sie unvermittelt stehen. »Das muss es sein«, sagte sie halblaut vor sich hin, als sie ein reich verziertes Fachwerkhaus erreichte.

Seit jeher bestand Conrad darauf, dass alles für ihn Geschmiedete aus genau dieser Schmiede stammen sollte. Ragnhild vermutete, dass dies weniger mit den Künsten des Meisters zusammenhing denn viel mehr mit seinem guten Ruf. Meister Curland war der Beste seiner Zunft, und so war er gerade gut genug für Conrad, der es liebte, sich mit den großen Männern der Stadt zu schmücken. Curland war aber auch unter den einfachen Bürgern hoch angesehen. Er gehörte dem Weisenrat der Wittigesten an, welche die Interessen der Hamburger vertrat, die sich nicht in den Rat wählen lassen konnten, wie die Handwerker, Höker und Krämer. Die Wittigesten mussten bei allen Entscheidungen des Rates angehört werden und waren deshalb bei der Bevölkerung fast ebenso geachtet wie die Ratsherren selbst.

Plötzlich entdeckte sie Albert. Er sprach mit einem weißhaarigen, dicken Mann, dessen lederne Schürze ihm bis über die Knie ging und stramm an seinem dicken Bauch anlag. Ragnhild dachte für einen kurzen Moment, dass er ebenso schwanger aussähe wie sie selbst.

Albert war so in das Gespräch vertieft, dass er gar nicht bemerkte, wie ihn seine Frau von der Straße aus beobachtete. Er war weit schmaler als die kräftigen Schmiede und dennoch nicht zu übersehen, fand Ragnhild. Vor ihrer Hochzeit war er ein umschwärmter Jüngling gewesen. Sein aufrechter Gang ließ ihn selbstbewusst wirken. Das hellbraune Haar fiel ihm bis in den Nacken, und seine ungeliebten jungenhaften Gesichtszüge versuchte er hinter einem kurzen Bart zu verstecken. Gerne hätte er ein markanteres Aussehen gehabt, wie er seiner Frau mal erzählt hatte, doch Ragnhild liebte das Schelmische in seinem Blick. Wie so oft schon ertappte sie sich auch jetzt dabei, wie sie sich mit unchristlichem Stolz bewusst machte, dass dies wirklich ihr angetrauter Ehemann war. Lange vor der Hochzeit war sie schon verliebt in ihn gewesen – nichts hatte sich bis heute daran geändert.

Albert wandte sich um und entdeckte Ragnhild. Er stutzte, dann kam er auf sie zu. »Liebling, was tust du hier? Du bist ja ganz außer Atem. Wo ist Hilda? Bist du etwa allein hierhergekommen?«, überhäufte er sie mit Fragen, während er ihr gleichzeitig seinen Arm bot.

Dankbar hakte Ragnhild sich unter. »Ja, ich bin allein. Bitte tadele mich nicht. Ich weiß, es ziemt sich nicht, ohne Begleitung auf die Straße zu gehen«, wiederholte sie den oft gehörten Satz von Luburgis, »aber ich habe dir etwas sehr Wichtiges zu erzählen.«

»Hat das keine Zeit bis heute Abend?«, fragte Albert verständnislos. »Du solltest in deinem Zustand nicht mehr so weite Wege gehen.«

»Ich weiß, aber es kann nicht warten, Albert.«

Dieser hörte Ragnhild jedoch gar nicht zu. »Wie kannst du nur so unvernünftig sein, Frau? Ich bringe dich jetzt erst einmal nach Hause«, beschloss er kopfschüttelnd.

»Warte, Albert... es ist wirklich sehr wichtig... es geht um das...«

»Bitte, Ragnhild«, schnitt er ihr das Wort ab. »Dies ist nun wirklich nicht der richtige Ort.«

»Ja, aber...«

»Schluss jetzt«, beschloss Albert nun etwas strenger. »Nicht hier und nicht jetzt, Ragnhild. Großer Gott, was ist nur in dich gefahren?«

Viel zu atemlos, um weiter zu protestieren, wurde ihr klar, dass sie die Sache falsch angegangen war. Entmutigt ließ sie sich von ihm mitziehen. Ragnhild ärgerte sich über sich selbst. Sie hatte nichts erreicht. Ihr törichtes Verhalten würde nur eines zur Folge haben: noch mehr Scherereien mit Conrad. Sicher würde er Albert fragen, warum er des Tages mit seiner Frau herumspazierte, anstatt die ihm aufgetragenen Aufgaben zu erledigen. An Alberts

Blick war deutlich abzulesen, wie wenig Lust er zu derlei Unterredung mit seinem Bruder hatte.

Ragnhild fühlte sich schlecht. Sie war sich sicher, dass ihr Mann die Schelte einfach über sich ergehen lassen würde, um das unverschämte Verhalten seiner Frau nicht zu verraten. Warum habe ich dumme Gans nicht einfach bis zum Abend gewartet, schalt sie sich, während sie schweigend nebeneinander hergingen. Fast meinte Ragnhild, die Anspannung Alberts durch die bloße Berührung seines Arms spüren zu können, auf den sie sich dankbar stützte, doch für eine Entschuldigung war es nun zu spät.

Erst jetzt merkte die Schwangere, wie erschöpft sie tatsächlich von dem morgendlichen Gang auf den Markt und dem Weg in die Schmiedestraße war. Es war ihr mit einem Mal unbegreiflich, wie sie jemals hatte glauben können, diesen Weg in ihrem Zustand allein hin- und auch wieder zurückgehen zu können. Eine blitzartige Müdigkeit erfasste Ragnhilds Körper; ihre Beine schienen mit einem Mal aus Blei zu sein, und ihre Hand klammerte sich immer fester um den Arm ihres Gemahls.

»Ist mit dir alles in Ordnung?«, fragte Albert besorgt, der bemerkt hatte, dass sie immer schwerfälliger ging. Er schaute seiner Frau ins Gesicht. Ihre Lippen waren blutleer. Ohne auf eines seiner Worte zu reagieren, starrte sie ins Leere. »Ragnhild, was ist mit dir?« Geschwind packte Albert seine Frau an den Schultern. Alle finsteren Gedanken an Conrad waren auf einmal wie weggeblasen. »Sprich mit mir. Sag etwas...«, redete er eindringlich auf sie ein.

Albert bekam keine Antwort von Ragnhild. Wie aus dem Nichts ging ein Ruck durch den Körper der Schwangeren. Sie umklammerte ihren Bauch und starrte auf den Boden, wo eine helle Flüssigkeit sich mit dem Unrat der Straße mischte. Ein spitzer Schrei entfuhr ihrem schreckgeweiteten Mund. Sie sank auf die Knie und fiel sogleich auf alle viere.

Albert, der sie noch immer festgehalten hatte, wurde von ihr mit auf den matschigen Boden gerissen. Er rappelte sich schnell wieder auf und versuchte seine laut stöhnende Frau unbeholfen aufzuheben, doch jede Berührung schien ihr Schmerzen zu bereiten und ließ sie nur noch lauter aufschreien.

Albert war der Verzweiflung nahe. Noch nie hatte er solche Laute von einem Menschen vernommen; schon gar nicht von seiner sonst eher stillen Frau. Er schaute sich um. Ein paar Schritte entfernt hatten sich ein paar Kinder und Alte versammelt. Neugierig starrten sie auf die Szenerie, die sich ihnen hier bot – von ihnen hatte er keine Hilfe zu erwarten. Albert wusste, dass er Ragnhild schnell von hier wegbringen musste, wenn er nicht wollte, dass sein Kind das Licht der Welt in aller Öffentlichkeit erblickte. Mit einer beherzten Geste kniete er sich neben seine schwer atmende Frau, die noch immer diesen geisterhaften Gesichtsausdruck hatte. Er legte sich einen ihrer Arme um die Schultern und hievte sie mit einem schmatzenden Geräusch ruckartig aus dem tiefen Schlamm.

Ragnhild verzog schmerzverzerrt das Gesicht und stieß einen leisen Schrei aus, doch Albert ignorierte ihr Gewimmer. Nach kurzer Zeit stand ihm der Schweiß auf der Stirn, und seine Arme begannen zu zittern. Er musste es bis in die Reichenstraße schaffen, er musste Ragnhild nach Hause bringen. Seine Gedanken waren erfüllt von diesem Vorhaben. Obwohl er lediglich starr geradeaus blickte, sah er trotzdem, dass sie weinte. Es zerriss ihm fast das Herz. »Ragnhild, gleich sind wir da. Halte durch!« Fast hätte er selbst nicht mehr daran geglaubt, es zu schaffen, doch dann stand er tatsächlich vor der geöffneten Flügeltür des Torbogens. »Luburgis! Hilda!«, schrie er mit letzter Kraft und trat in die Diele. »Hiiiildaaa!«

Sein Schrei wurde von der laut gegen die Wand knallenden Küchentür unterbrochen. Hilda stürmte heraus. Ihr Blick verriet, dass sie sofort wusste, worum es ging.

»Sie ist auf der Straße zusammengebrochen«, berichtete Albert atemlos, der seine Frau nun auf dem Boden der Diele abgelegt hatte.

Die Magd nahm das Gesicht der Schwangeren in beide Hände. Ragnhild hatte schreckgeweitete Augen, und ihre Wangen waren tränennass.

»Hilf mir, Hilda. Es geht los... jetzt. Es tut so weh!« Erneut fing sie an, vor Schmerz zu schreien.

»Schafft sie hinauf, Herr«, bestimmte die Magd in einem Ton, welcher unter anderen Umständen Albert gegenüber absolut unangemessen gewesen wäre. Doch der scherte sich nicht darum.

In diesem Moment kam Luburgis die Treppe herunter. Steif starrte sie auf das, was sich ihr hier offenbarte.

Albert hatte inzwischen seine letzten Kräfte gesammelt und Ragnhild ein weiteres Mal hochgehoben. »Geh mir aus dem Weg, Luburgis«, fuhr er seine Schwägerin an, die sich daraufhin mit dem Rücken an die Wand presste, um alle drei durchzulassen.

Albert steuerte auf Ragnhilds und seine Schlafkammer zu. Rüde trat er die Tür auf und ließ seine Frau, so sanft es ihm seine schmerzenden Arme noch erlaubten, auf das Bett gleiten. Der Kreißenden entwich ein lautes, tiefes Stöhnen, auf das Albert sofort ihre Hand ergriff.

Doch Hilda schickte ihn hinaus. »Herr, wenn Ihr Eurer Frau jetzt helfen wollt, dann sprecht Gebete für ihre Gesundheit und die Eures ungeborenen Kindes.«

Der sonst so stattliche Kaufmann sah nun aus wie ein hilfloser kleiner Junge. Doch die eindringlichen Worte Hildas ließen ihn die Kammer tatsächlich verlassen.

Luburgis war mittlerweile in die Kammer getreten. Gleichgültig sagte sie: »Das Kind kommt zu früh.«

Hilda erwiderte nichts darauf. Erst nachdem die Magd ihre Freundin weich gebettet hatte, wandte sie sich an die Hausherrin. »Wir sollten jemanden schicken, um die Wehmutter holen zu lassen.«

»Dazu ist es zu spät«, antwortete Luburgis forsch.

»Was soll das heißen? Ich bin mir ganz sicher, dass uns noch genügend Zeit bleibt.«

»Das meine ich nicht. Die Wehmutter ist heute am frühen Morgen bereits zu einem der Höfe auf dem Rövekamp gerufen worden.«

Hilda stockte. Sprach Luburgis wirklich die Wahrheit? Nach Meinung der Magd war dieser Frau alles zuzutrauen – auch dass sie log, um Ragnhild die Wehmutter zu verwehren. Ein langgezogener Schrei Ragnhilds erinnerte sie jedoch daran, dass ihr die Zeit fehlte, um das selbst nachzuprüfen. Schließlich lag der Rövekamp noch hinter dem Heidenwall am nördlichsten Ende des Jacobi-Kirchspiels, und Ragnhild brauchte ihre Hilfe jetzt sofort. »Erlaubt Ihr dann, dass ich nach der Magd der Familie von Metzendorp schicken lasse? Sie ist mir eine enge Vertraute, und sie versteht sich darauf, schmerzlindernde Heilkräuter anzuwenden.«

Luburgis ließ ein entrüstetes Schnauben ertönen. »Zauberei! So etwas lasse ich ganz sicher nicht zu.«

»Aber ich befürchte, es wird eine schwere Geburt, Herrin. Wir könnten etwas Hilfe gebrauchen.«

»Gebete sind unser Heilmittel, du Ungläubige. Ragnhild wird die Schmerzen der Geburt ertragen, wie alle Frauen sie ertragen müssen, seitdem Eva einen Apfel vom Baum der Erkenntnis gekostet hat.«

Luburgis' unerschütterlicher Blick ließ keinen Zweifel daran, dass sie ihre Meinung nicht mehr ändern würde. Hilda musste sich fügen. Sie drehte sich zu Ragnhild um und sprach in sanftem Ton mit ihr. »Wir müssen das jetzt allein schaffen, Kleines.«

Luburgis wollte der ungebührlichen Anrede wegen sofort aufbegehren und ging energisch auf die zehn Jahre ältere Hilda zu.

Diese hatte damit aber wohl gerechnet und drehte sich im gleichen Moment um. Beide Frauen sahen sich direkt in die Augen.

Klar und entschlossen, keinen weiteren Aufschub zu dulden, sagte Hilda: »Herrin, ich habe bereits einige Kinder auf die Welt geholt – auch ohne Geburtsstuhl und ohne Wehmutter. Wenn Ihr erlaubt, werde ich alles tun, um dieses auf die gleiche Weise zu holen. Doch ich brauche dabei Hilfe.«

Luburgis erwiderte nichts. Offensichtlich wog sie ab, ob sie dem Drang nachgeben sollte, die Magd zurechtzuweisen.

Ein gellender Schrei löste beide aus ihrer Starre.

»Bitte, Herrin, wir brauchen saubere Tücher und Wasser«, bat Hilda inständig.

Es war Luburgis anzusehen, wie sehr sich alles in ihr sträubte, doch dann ging sie tatsächlich, um das Gewünschte zu holen. Innerlich kochte sie jedoch vor Wut. Nicht genug damit, dass dieses dänische Miststück heute womöglich einen Jungen gebar; nun musste sie für dieses Weib auch noch niedere Arbeiten verrichten.

Endlich konnte Hilda sich Ragnhild zuwenden. »Wie geht es dir, Kleines?«

»Ich habe Angst, Hilda. Ganz schreckliche Angst«, weinte die Kreißende. »Mein Bauch fühlt sich an, als wolle er zerbersten. Es tut so weh ... Bitte hilf mir.«

»Wie regelmäßig kommen die Wehen?«, versuchte Hilda herauszubekommen, doch die Antwort war nur ein langer Schrei. Ragnhild bäumte den Oberkörper auf und presste den Hinterkopf in die Laken.

»Ausgerechnet heute ist Marga nicht da«, murmelte die Magd vor sich hin, während sie auf das Bett krabbelte. Sie hatte sich mittlerweile Zugang zwischen den zig Unterröcken verschafft und betastete nun sanft die Öffnung zwischen Ragnhilds Beinen. Gleich darauf umspielte ein Lächeln ihre Lippen. »Ich fühle bereits den Kopf. Und es hat Haare, ganz viele!« Ihr freudiger

Ausruf blieb unerwidert. Mit flinken Bewegungen zog sie Ragnhild das Kleid, welches ja eigentlich ihr gehörte, über den Kopf. Glücklicherweise war es ihr zu groß, sodass dies ohne Probleme möglich war.

In diesem Moment trat Luburgis mit den gewünschten Sachen in die Kammer. Beim Anblick von Ragnhilds nacktem Körper zog sie erschrocken die Luft ein. Es war absolut unschicklich, sich komplett zu entblößen – selbst bei der Geburt.

Ihre Entrüstung fand aber bei keiner der beiden Frauen weitere Beachtung. Hilda wusste nur eines: Kleider waren hinderlich bei einer Geburt, Anstand hin oder her. »Pressen, jetzt pressen«, ermutigte die Magd stetig, die nun zwischen den gespreizten Beinen Ragnhilds kniete. »Es kommt, press weiter, es kommt. Und jetzt atmen.« Nach kurzer Zeit waren beide Frauen verschwitzt. Immer wieder lehnte sich Hilda mit verschränkten Armen auf den gewölbten Bauch der Gebärenden, um dem Kind zu helfen.

Ragnhild krallte sich mit den Händen in die Laken. Ihr Kopf, ihre Brust und ihre Schultern waren dunkelrot angelaufen, das Gesicht von der Anstrengung gezeichnet. Sie presste vor Schmerz die Zähne aufeinander, und das schweißnasse Haar klebte ihr an der Stirn.

»Du musst atmen, Kind«, fuhr Hilda die Gebärende an, die daraufhin zu hecheln begann.

Luburgis stand nur dabei. Ab und zu reichte sie Hilda eine verlangte Sache, dabei sagte sie die ganze Zeit über kein einziges Wort. Es war für Luburgis deutlich zu spüren, dass sie hier nur eine Nebenrolle spielte, und seltsamerweise enttäuschte sie das.

»Pressen ... und gleich noch mal ... jetzt atmen, Kind ... du machst das ganz hervorragend ... noch einmal, streng dich an, Liebes.«

Nach endlos scheinenden Stunden und etlichen Wiederholungen dieser Sätze drohte die unsagbare Anstrengung Ragnhild zu übermannen. Zwischen den Wehen wurde ihr Blick gespenstisch teilnahmslos, und ihr Atem ging flach. Doch dann endlich kam der große Moment. Sie hörte die auffordernden Sätze Hildas nicht, ihr Körper tat einfach das, was er noch zu tun in der Lage war – pressen. Ein letzter Schrei erfüllte den Raum und vermischte sich mit dem Weinen des gerade geborenen Kindes.

»Mein Gott, da ist es«, platzte es aus Hilda heraus, die das blutverschmierte Neugeborene aufgefangen hatte.

Ragnhild weinte vor Glück und Erleichterung. Wie ohnmächtig fiel sie zurück in die Laken und atmete laut ein und aus. Sie war überglücklich, es geschafft zu haben, und die Schmerzen ließen augenblicklich nach. Alle Sorgen und Ängste von vorhin schienen tatsächlich umsonst gewesen zu sein.

Geübt trennte die Magd Mutter und Kind mit dem Abbinden und anschließendem Zertrennen der Nabelschnur. Genau wie Ragnhild weinte auch sie vor Glück. »Ein Junge, du hast einen Jungen, mein Herz«, teilte Hilda ihr unter Tränen mit.

Die Frauen lächelten sich zärtlich an. Sie mussten nicht viele Worte tauschen, um zu wissen, was die andere fühlte. Außerdem schien es Ragnhild noch immer unmöglich, auch nur einen einzigen Ton zu sprechen.

Luburgis hingegen hatte das Gefühl, den Boden unter den Füßen zu verlieren. Nicht genug damit, dass Ragnhild nun schon ihr zweites Kind bekommen hatte, es war tatsächlich auch noch ein Junge, dachte sie verbittert. Am liebsten hätte sie aufgestampft vor Wut.

Nachdem Hilda den Säugling in saubere Tücher gewickelt und der stolzen Mutter übergeben hatte, hielt sie mit einem Mal in der Bewegung inne. Irgendetwas war seltsam. Der Bauch der jungen Mutter war kaum zurückgegangen. Weit weniger, als es Hilda bei den anderen Geburten hatte beobachten können.

Ragnhild schaute überglücklich auf ihr Kind und bemerkte

den kritischen Blick ihrer behelfsmäßigen Wehmutter zunächst gar nicht. Doch plötzlich schaute auch sie auf. Erneut durchzuckten sie heftige Schmerzen. Ein gemeinsamer Blick auf den Bauch genügte; und die beiden Frauen wussten ohne ein Wort, ohne eine Geste, was nun kommen würde.

Hilda nahm wortlos das Kind entgegen, welches die junge Mutter ihr aushändigte. Sie übergab es der völlig ahnungslosen Luburgis und kroch erneut aufs Bett.

»Na, dann wollen wir mal...«

4

Albert war in die Küche geflüchtet. Voller Unruhe ging er auf und ab. Runa, die in Hildas Kammer neben der Küche schlief, bekam von der ganzen Aufregung nichts mit. Da er sie nicht wecken wollte, zwang er sich zur Ruhe, setzte sich an den Holztisch nahe der Feuerstelle und starrte auf die Maserung des Tisches.

Er hätte nicht sagen können, wie lange er bereits so dasaß. Unfähig, sich zu bewegen oder gar zu beten, hörte er nur auf die markerschütternden Schreie seiner Ragnhild. Er konnte sich nicht erinnern, sich jemals in seinem Leben so hilflos gefühlt zu haben wie in den vergangenen Stunden. Sein Mund war trocken, und er dachte bereits zum wiederholten Male den gleichen Satz: *Steh auf und hole dir einen Becher Würzwein.* Doch seine Glieder schienen ihm nicht zu gehorchen.

Als ein besonders durchdringender Schrei durch das Haus hallte, sprang er auf und riss den Tisch ein kleines Stück mit sich. Nur mühsam konnte er dem Drang widerstehen, die Treppe hinaufzustürmen. Er wusste, dass Geburten ausschließlich Weibersache waren, und dennoch wäre er jetzt zu gerne bei seiner Frau gewesen.

Wie ein waidwundes Tier eilte er unruhig durch die Küche. Die Schreie kamen nun in kürzeren Abständen, und sie wurden heftiger. Als er dachte, es keinen Moment länger mehr ertragen zu können, hörte er endlich das erlösende Weinen des Neugeborenen. Er riss die Küchentür auf und stürmte hinaus.

Immer zwei Stufen gleichzeitig nehmend, stand er blitzschnell vor der Tür ihrer gemeinsamen Kammer und wartete. Normalerweise wurde die Mutter nach der Geburt noch hergerichtet und frisiert, bevor der Ehemann gerufen wurde. Albert hätte nur zu gern auf diesen Teil verzichtet und sogleich Mutter und Kind in die Arme geschlossen. Voller Spannung horchte er. Nur das Kind wimmerte leise vor sich hin. Warum dauert das nur so lange, fragte er sich und musste fast ein bisschen schmunzeln über seine Unbeherrschtheit. Die abfallende Anspannung und das unsagbare Glück über die Geburt seines Kindes mischten sich mit seiner kaum zu ertragenden Ungeduld.

Plötzlich hörte er Hilda sagen: »Na dann wollen wir mal.«

Ragnhild schrie erneut.

Was hat das zu bedeuten?, fragte sich Albert verwirrt.

»Pressen und dann atmen... tief ein- und ausatmen, Liebes«, hörte er Hilda sagen. Immer wieder wiederholte die Magd diese Sätze. Schier endlos kam ihm die Zeit vor der Tür vor. Er wusste nicht, was die Geräusche im Inneren der Kammer zu bedeuten hatten, und das beunruhigte ihn zusätzlich, doch so langsam beschlich ihn eine Ahnung.

Ragnhilds Schreie wurden schwächer. Man hörte ihr mittlerweile an, wie erschöpft sie war.

Albert war bald außer sich vor Sorge. Wie lange würde sie das noch durchhalten? Es war wie ein Fluch, dass er ausgerechnet jetzt daran denken musste, wie viele Frauen allein in der näheren Nachbarschaft schon im Kindbett gestorben waren. Nein, das durfte nicht passieren. Sei stark, Ragnhild! Er schüttelte den Kopf, um die aufkeimende Verzweiflung zu vertreiben, und begann vor der Tür auf- und abzugehen.

»Wusste ich es doch«, stieß Hilda irgendwann aus und ließ Albert wegen dieser Worte sofort zur Tür stürmen.

»Da wartet wohl noch ein Zwilling«, war der folgende Ausspruch, der Albert fast an seinem Gehör zweifeln ließ. Zwillinge! Sie bekam also tatsächlich Zwillinge!

Im Gegensatz zu Ragnhild schien Hilda daraus neue Kraft zu schöpfen. Mit energischer Stimme forderte sie ihre Freundin unentwegt auf, tapfer zu bleiben. »Nicht nachlassen, Kleines. Du darfst jetzt nicht schwach werden. Atmen... und pressen... so ist es gut.«

Die unerträgliche Anspannung ließ Albert die Hände zu Fäusten ballen. Seine Knöchel traten bereits weiß hervor, und seine Fingernägel bohrten sich in sein Fleisch, als ein letzter langer Schrei ihn erneut gefrieren ließ. Er schloss die Augen. Erst als er das Weinen seines zweiten Kindes vernahm, wagte er sie wieder zu öffnen. Es war geschafft. Zwillinge. Jetzt konnte er sie hören.

Einem Bedürfnis nach Halt folgend, stemmte er beide Handflächen gegen die Wand und ließ seinen Kopf dazwischen auf die Brust sinken. »Zwillinge«, sprach er noch ein paar Mal laut hintereinander aus – fast so, als müsste er sich selbst noch davon überzeugen, dass es tatsächlich wahr war.

Nach einer Weile öffnete sich endlich die Tür. Albert schaute in die Kammer. Der kleine Raum wurde nur von zwei Talglichtern und dem Kohlebecken erhellt. Das Fenster war durch hölzerne Läden versperrt. Ragnhild lag im Bett und lächelte ihren Gemahl erschöpft, aber glücklich an. Sofort schlug ihm die Wärme des Kohlebeckens entgegen. Die Kammer wirkte ordentlich, offenbar hatte Hilda die blutverschmierten Laken bereits verstaut. Auch das Haar seiner Frau war schon geflochten, und sie trug ein sauberes Kleid. Weiße Laken bedeckten Ragnhild bis zum Bauch. In den Armen hielt sie die gewaschenen schlafenden Kinder.

Hilda weckte Albert aus seiner Starre. »Kommt herein, Herr. Ihr seid Vater von zwei gesunden Jungen.«

Albert trat ein und konnte den Blick dabei nicht von seiner Gemahlin nehmen. Langsam und vorsichtig näherte er sich dem

Bett. Er wusste nicht, weshalb er so behutsam vorging. Vielleicht war es die Angst, dieses wunderschöne Bild zu zerstören. Dann erreichte er seine Frau und küsste sie auf die Stirn. »Wie geht es dir, Liebling?«, flüsterte Albert ihr leise zu, um die Kinder nicht zu wecken.

»Schau doch, wir haben zwei Söhne. Es sind Zwillinge. Was für ein Segen.« Ragnhild hatte endlich ihre Stimme wiedergefunden. Sie lachte leise. »Ich hätte es doch wissen müssen. Mein Bauch war so groß. Wahrscheinlich wollte ich dieses Glück nicht wahrhaben.«

Nun lachten auch Hilda und Albert. Der Kummer der letzten Stunden war wie weggeblasen. Albert schaute zu Hilda hinüber. Er kannte sie schon sein ganzes Leben lang und hatte in ihr immer eine zweite Mutter gesehen. Sie war es, die sich um ihn gekümmert hatte, wenn er sich als Kind verletzte. Sie hatte ihm heimlich seine liebsten Köstlichkeiten zugesteckt, wenn er nur lange genug darum gebettelt hatte. Und nun war sie es auch, die seinen Söhnen auf die Welt geholfen hatte. »Ich danke dir, Hilda.«

Verlegen schlug sie die Augen nieder. »Dankt mir nicht, Herr. Ich liebe diese beiden Jungen schon jetzt, als wären es meine eigenen«, gestand sie mit tränennassen Augen.

Luburgis stand noch immer abseits. Unsicher starrte sie auf Albert und die Frauen, wie sie die Kinder umgaben. Ihre vorherige Wut war in tiefe Traurigkeit umgeschlagen. Sie musste sich beherrschen, nicht zu weinen. Nie hätte sie es zugegeben, doch sie beneidete Ragnhild um diesen Moment. So viel Liebe und Wärme war zwischen diesen Menschen; fast schien sie greifbar. Ihre jahrelange Kinderlosigkeit legte sich mit einem Mal wie ein dunkler Schleier auf ihr Gemüt. Wenn sie doch nur ein einziges Kind haben könnte. Und nun bekam diese Dänin auch noch zwei auf einen Streich. Luburgis wusste nicht, wie sie mit ihren

Gefühlen umgehen sollte, und fing an, die noch unbenutzten Laken hektisch zusammenzuraffen. Sie wollte raus. Raus aus diesem Raum, weg von diesen Gefühlen. Mit dem Bündel Leinen im Arm sagte sie streng: »Ich gehe dem Herrn des Hauses über die Ereignisse berichten. Hilda, du kannst dich jetzt wieder an die Arbeit machen. Wir haben nicht den ganzen Tag Zeit, hier herumzustehen.« Luburgis wartete nicht auf eine Antwort und verließ die Kammer mit wehenden Röcken.

Die drei Verbliebenen schauten ihr nach.

Hilda wusste, dass es besser war, der Anweisung ihrer Herrin zu folgen. Außerdem wollten die jungen Eltern sicher auch einen kurzen Moment allein sein. Die barschen Worte Luburgis' hatten ihre Stimmung nicht im Geringsten getrübt. Mit einem liebevollen Blick auf die Kinder und die Eltern verließ die Magd die Kammer.

»Geht es dir wirklich gut? Du siehst noch immer so blass aus. Heute Morgen auf der Straße hast du mir einen gehörigen Schrecken eingejagt«, bekannte Albert mit hochgezogenen Augenbrauen.

»Mir geht es gut. Sehr gut sogar. Schau dir unsere Söhne an. Es sind Zwillinge, und trotzdem sind sie so unterschiedlich«, stellte Ragnhild fest.

Erst jetzt schaute Albert genauer hin. Der Erstgeborene hatte einen großen Kopf und bereits viele schwarze Haare. Er war ein kräftiger Bursche, und seine Haut war rosig. Der Zweitgeborene hingegen war um einiges kleiner. Noch kein einziges Haar krönte sein Haupt, und seine Hautfarbe war hell, fast weiß.

Stolz betrachteten die Eltern ihre Kinder.

»Wie wollen wir sie nennen?«, fragte Ragnhild, ohne den Blick zu heben. Da Albert ihr nach der Geburt Runas erlaubt hatte, das Mädchen nach ihrer dänischen Mutter zu benennen, wollte sie ihm nun den Vortritt lassen.

Albert wies mit dem Finger auf den Kräftigeren der beiden und sagte: »Was hältst du davon, wenn wir ihn Godeke nennen, nach meinem ersten verstorbenen Bruder? Er trägt dasselbe dunkle Haar, wie er es hatte.«

Ragnhild nickte, ohne den Blick von dem Kind zu nehmen, welches soeben benannt wurde. »Das ist eine schöne Idee. So soll es sein. Und was ist mit unserem Zweitgeborenen?«

»Er soll den Namen meines jüngeren verstorbenen Bruders bekommen. Johannes«, schlug Albert feierlich vor.

»Wenn du es so wünschst, dann bin ich einverstanden«, versicherte Ragnhild. »Es hätte deiner Mutter Mechthild gefallen.« Danach schien all ihre Kraft verbraucht zu sein. Immer wieder fielen Ragnhild die Augen zu.

Albert bemerkte es und erhob sich langsam. Fassungslos vor Glück konnte er sich kaum von den Säuglingen abwenden. »Johannes und Godeke, meine Söhne«, sagte er noch ein letztes Mal zu sich selbst und besiegelte das Gesagte mit einem Abschiedskuss auf Ragnhilds Stirn. »Ich denke, ich werde euch drei jetzt besser allein lassen. Soll ich Hilda noch einmal zu dir schicken, damit sie dir mit den Kindern hilft?«

»Nein, das ist nicht nötig. Ich denke, wir werden jetzt alle ein wenig schlafen. Geh du nur«, war ihre erschöpfte Antwort.

Auf leisen Sohlen verließ er die Kammer. Erst als er die Tür hinter sich schloss, bemerkte er, wie warm es drinnen durch das Kohlebecken gewesen war. Es fröstelte ihn plötzlich, doch er schenkte dem Gefühl keine Beachtung. Das große Glück und die tiefe Zufriedenheit über die Geburt seiner beiden Söhne schienen ihn von innen heraus zu wärmen.

Um Ragnhild nicht zu stören, hatte Albert des Nachts mit der hölzernen Bank in der Stube vorliebgenommen. Doch ganz gleich, wie hart seine Bettstatt war, das Erwachen am Morgen war süß und wohlig. Er hatte zwei Söhne!

Beschwingt erhob sich Albert von der Bank und schritt die Stiegen hinab in die Diele. Er wollte Conrad aufsuchen und mit ihm auf die Gesundheit seiner Kinder anstoßen. Auch wenn sie sich oft uneins waren; heute sollten sie die Zwistigkeiten ruhen lassen. Ebenso wollte er Luburgis seinen Dank aussprechen. Trotz ihrer harschen Worte und der eher unterkühlten Anteilnahme hatte sie dennoch dazu beigetragen, dass er nun zwei weitere gesunde Kinder hatte.

Zielstrebig steuerte Albert auf das Lager des Hauses zu. Hier würde er seinen Bruder mit Sicherheit finden, denn gerade heute Morgen sollte eine Wagenladung mit edlen Stoffen den Hafen verlassen und das Kaufmannshaus der von Holdenstedes erreichen. Geschickt bahnte er sich einen Weg durch die hindernisartig aufgestellten Kisten, Säcke und Tuchballen. Es roch nach den verschiedenen Färbemitteln und der typischen Muffigkeit eines Lagers; nach ebenjenen Gerüchen, welche diesem Haus schon seit jeher anhafteten.

Albert konnte nicht mehr zählen, wie oft er die Ankunft, das Überprüfen und das Abladen von Ware bereits miterlebt hatte. Seit er ein Junge war, schienen diese Vorgänge ihm so vertraut wie kaum eine andere Handlung. Er und sein Bruder hatten immer gern dabei zugesehen. Jeder Fuhrwagen war eine Überraschung für sie – schließlich wusste man nie so genau, was einen erwartete. Alle Stoffe unterschieden sich in Farbe und Qualität. Schnell lehrte sie der Vater, sie alle auseinanderzuhalten. Seit seiner Kindheit hatten ihn diese Erinnerungen mit erwartungsvoller Vorfreude erfüllt, immer dann, wenn er die kleine Halle betrat. Doch seitdem Conrad nach dem Tod des Vaters die Führung der Geschäfte übernommen hatte, herrschte im Haus ein anderer Ton – und somit auch eine andere Stimmung. Die schönen Erinnerungen verblassten immer mehr und wurden zu schmerzlichen Zeugen einer glücklichen Vergangenheit. Inzwischen mied Albert diesen Bereich des Hauses, sodass es heute sicher das erste Mal seit vielen Tagen war, da er das Lager aufsuchte.

Schließlich hörte er die erwarteten Stimmen. Sie kamen aus dem hinteren Bereich des Raums, und er steuerte direkt darauf zu. Es waren die Stimmen von Conrad und Luburgis. Sie stritten; wie so oft.

Normalerweise hätte Albert jetzt auf der Stelle kehrtgemacht, doch nicht so heute. Es war ihm egal, ob er die Eheleute bei einer ihrer zig Auseinandersetzungen unterbrach. Nichts konnte wohl gerade wichtiger sein als die Geburt seiner beiden Söhne. Die Streithähne bemerkten das Näherkommen Alberts nicht und wähnten sich allein. Ihre Stimmen wurden lauter.

»Deine Ränke haben nichts bewirkt, Weib. Stattdessen haben wir nun ein doppeltes Problem.«

»Sie ist wie befohlen zum Rövekamp gegangen. Konnte doch keiner ahnen, dass es trotz allem so ausgeht. Erzähle du mir lieber, was wir nun machen«, fragte Luburgis aufgebracht.

»Das lass mal meine Sorge sein, Weib. Dein Gezeter bereitet mir Kopfschmerzen. Im Gegensatz zu dir habe ich mir bereits vor langer Zeit überlegt, was ich tun werde, wenn ...«

Mitten im Satz unterbrach Alberts Erscheinen den Redefluss Conrads. Er und seine Frau starrten ihn mit offenen Mündern an. Keiner sagte ein Wort.

Dann war es schließlich Luburgis, die als Erste ihre Stimme wiederfand und unsinnigerweise fragte: »Albert ... was tust du denn hier?«

»Ich komme unter anderem, um dir meinen Dank auszusprechen, Schwägerin.« Seine Worte waren schlicht, aber wohlüberlegt. Jeder um Luburgis herum wusste, wie sehr sie sich ein Kind wünschte. Albert hatte nicht vor, sie zusätzlich mit langen Reden zu kränken.

Wie erwartet, wusste sie nichts darauf zu sagen. Sie murmelte nur einen unverständlichen Dank vor sich hin, um gleich darauf in gewohnt barschem Ton bekanntzugeben: »Nun, ich habe keine Zeit, hier herumzustehen und zu plaudern. Die faulen Mägde arbeiten schließlich nicht von allein.« Ohne eine Antwort der Männer abzuwarten, rauschte sie an ihnen vorbei.

Albert kam gar nicht dazu, etwas darauf zu erwidern. Ehe er sich versah, wurde er von seinem Bruder an den Schultern gefasst.

»Was für ein Geschenk Gottes! Zwillinge, und dann auch noch zwei Jungen. Ich beglückwünsche dich, Bruder. Du musst heute tatsächlich der glücklichste Mann der Stadt sein. Wir sollten heute Abend darauf trinken.«

Nach einem Moment der Verwunderung über die überraschend ehrlich klingende Anteilnahme seines Bruders war Albert in Gedanken sofort wieder bei seinen neu gewonnenen Vaterfreuden. Nur zu gern verdrängte er die sonst immer schwelenden brüderlichen Zwistigkeiten. »Danke, Conrad. Du hast ja so recht, es ist wahrhaftig ein Geschenk Gottes. Gern erhebe ich heute meinen Becher mit dir.« Wahrlich froh und lächelnd verließ er mit Conrad den Lagerraum.

Ragnhild war sehr erschöpft. Viel erschöpfter, als sie es nach der Geburt Runas gewesen war. Fast kam es ihr so vor, als bedurfte das Zurweltbringen von Zwillingen nicht nur doppelt so viel Mühe, sondern mindestens drei- oder viermal so viel. Die Anstrengungen forderten unerbittlich ihren Tribut, und sie versuchte erst gar nicht, sich dagegen zu wehren. Trotz Hildas Hilfe war die erste Nacht mit den Zwillingen anstrengend gewesen. Nachdem der herbeigerufene Priester wie üblich die Kinder sofort nach der Geburt getauft hatte, damit die kleinen Seelen im Falle eines frühen Todes ins Himmelreich kamen, hatten die Jungs noch lange geweint. Jetzt endlich lagen sie da wie kleine Engel.

Auch wenn Ragnhild ihr Glück gern ununterbrochen mit

einem ihrer Lieben geteilt hätte, war sie nun doch froh über die Ruhe, die sie jetzt umgab. Wie von selbst stimmte sie langsam in das gleichmäßige Atmen ihrer Kinder mit ein; immerzu schlossen sich ihre schweren Lider. Gleich würde der geruhsame Schlaf, den sie so dringend brauchte, über sie kommen.

Doch plötzlich riss sie ihre rot geränderten Augen wieder auf. Schlagartig war es ihr wieder eingefallen. Bei all der Aufregung hatte sie tatsächlich vergessen, Albert von dem belauschten Gespräch zwischen Conrad und Luburgis zu erzählen! Kein Wunder. Wer dachte während einer Geburt auch schon an so was? Dennoch konnte Ragnhild sich des Gedankens nicht entledigen. Erwartungsvoll starrte sie eine Weile lang zur Tür. Sie hoffte, dass Albert vielleicht auf einen morgendlichen Gruß zu ihr kommen würde, damit sie ihm alles erzählen konnte, doch er kam nicht. Sehr wahrscheinlich würde niemand mehr so bald zu ihr kommen, schließlich war Hilda gerade erst da gewesen, um die Kinder zu wickeln, und nun vermutete sie wahrscheinlich jeder in einem tiefen Schlaf.

Einen kurzen Moment lang überlegte Ragnhild, ob sie sich einfach aus dem Bett erheben und zu ihm gehen sollte, doch sie sah sich einfach außerstande, auch nur einen Fuß vor den anderen zu setzen. Außerdem hätten diese Bewegungen sicher auch noch die Kinder geweckt. Nein, sie musste warten, und vor allem musste sie versuchen, sich zu beruhigen. Vielleicht hatte das Ganze ja auch gar nichts Schlimmes zu bedeuten. Spätestens gegen Abend würde Albert wieder zu ihr kommen, und dann würde sie ihm alles erzählen.

Fest entschlossen, ihr Geheimnis nur noch diese Stunden zu wahren, sank sie zurück in die Laken. Wenige Augenblicke später lag sie ruhig atmend und mit geschlossenen Augen da und schlief ebenso friedlich wie ihre Söhne.

»Hilda! Hilda!« Wo steckt diese Magd nur wieder?, dachte Luburgis verärgert und stapfte in Richtung Küche.

Insgeheim wusste sie, dass eine Geburt viel Arbeit für die Magd bedeutete und dass sie sicher noch dabei war, Wasser zu kochen, um die Laken wieder rein zu waschen, doch in ihrer jetzigen Stimmung war sie absolut nicht gewillt, auch nur ein gutes Haar an Hilda zu lassen.

Als sie gerade erneut rufen wollte, trat Hilda mit zwei vollen Wassereimern durch die Hintertür, die zum Hof führte. »Ihr habt gerufen, Herrin?«, fragte sie scheinbar unterwürfig.

»Allerdings«, lautete die missgelaunte Antwort. »Sieh zu, dass du mit der Wäsche und deinen weiteren Aufgaben fertig wirst. Heute Abend soll es ein Mahl zu Ehren der Neugeborenen und natürlich zu Ehren unseres gütigen Gottes geben«, formulierte Luburgis salbungsvoll.

»Natürlich, Herrin, wie Ihr wünscht. Was soll mit dem Fisch geschehen, der gestern gekauft worden ist? Wie Ihr wisst, kam ich nicht dazu, ihn zu bereiten.«

»Lege ihn in Salzlake ein, damit er sich hält, und dann schlachte eine der Gänse«, befahl Luburgis unfreundlich und wandte sich zum Gehen. Gleich darauf hielt sie jedoch inne und sagte noch: »Ach ja, schick Marga zum Hause der von Horborgs. Sie soll dem Hausherrn bestellen, dass es heute ein Mahl anlässlich des erfreulichen Ereignisses geben wird.« Luburgis spie diese Worte mit einer solchen Verachtung aus, dass es selbst Hilda nicht verborgen blieb. Doch was sie daraufhin sagte, ließ die Magd erst recht erschauern. »Richte Dominus Willekin außerdem aus, dass es Albert und Ragnhild eine Ehre wäre, wenn er der Gevatter der neugeborenen Zwillinge werden würde.«

Obwohl Hilda noch dachte, dass diese Worte unmöglich von Albert und Ragnhild stammen konnten und sie mit Sicherheit bloß eine weitere Gemeinheit von Luburgis und Conrad waren, knickste sie und sagte: »Jawohl, Herrin«, bevor sie ihre Tochter holen ging.

Marga war Hildas einziges Kind. Mit ihren dreizehn Jahren arbeitete sie wie ihre Mutter als Magd für die Familie von Holdenstede. Ihren Vater hatte sie kaum kennengelernt. Vor über zehn Jahren verstarb er am Wundfieber, ausgelöst durch eine Verletzung am Bein. Er war Fischer gewesen, der gelegentlich als Hilfsarbeiter am Hafen aushalf. Eines Tages schnitt er sich beim Löschen eines Schiffs, wie das Entladen genannt wurde, an einer grob gezimmerten Holzkiste ins Bein. Durch die harte Arbeit nicht zimperlich, schenkte er der Verletzung kaum Beachtung und wickelte lediglich einen schmierigen Lappen darum. Als Hilda auffiel, dass er humpelte, war es bereits zu spät. Kurz darauf kam das Fieber, dann nässte die Wunde, faulte und streckte ihn schließlich dahin. Selbst das Abnehmen des Beins hatte ihn nicht mehr retten können, und so blieb Hilda mit ihrer damals noch kleinen Tochter Marga allein zurück.

Noch immer besaßen die beiden Frauen die kleine Hütte im Kirchspiel St. Jacobi, in der sie zu dritt gelebt hatten. Seit dem Tod ihres Mannes und Vaters allerdings hielten sie sich fast nur noch in dem Haus in der Reichenstraße auf.

Diese beiden Gegenden der Stadt hätten unterschiedlicher kaum sein können. Wo die Reichenstraße von großzügigen Kaufmannshäusern beherrscht wurde, stand die kleine Hütte Hildas in der leicht verrufenen Gegend des östlichen Hamburg. Hier, hinter dem Heidenwall, war vor einigen Jahren das Viertel der Fischer entstanden. Neben den zig windschiefen Holzbaracken, die zumeist aus nur zwei Kammern und einer offenen Feuerstelle bestanden, befanden sich im Zentrum des Kirchspiels die noch junge Pfarrkirche St. Jacobi und das Kloster der Blauen Schwestern, dessen Nonnen diesen Namen wegen ihrer blauen Kutten bekommen hatten.

Hilda hatte damals großes Glück gehabt. Auch nachdem sie schwanger wurde, beschäftigte die gutmütige Mechthild von Holdenstede – die Mutter von Albert und Conrad – sie weiter als Magd. Nach der Geburt brachte sie ihren Säugling mit in die Reichenstraße. Marga war ein ruhiges Kind gewesen, und so kam es, dass sie im Haus der von Holdenstedes aufwuchs, ohne dass je irgendwer Anstoß an ihrer Anwesenheit nahm. Als sie sechs Jahre alt war, fing Hilda an, ihr regelmäßig leichte Aufgaben zu übertragen. Fast wie von selbst wurde Marga ebenso zur Magd des Hauses.

»Da bist du ja, Kind«, rief Hilda erleichtert, als sie ihre Tochter durch die Tür kommen sah.

»Hallo, Mutter. Hast du etwa schon nach mir gesucht?«

»Und ob. Heute hat der Herr uns ein Zeichen seiner Güte gesandt«, erklärte Hilda im Brustton der Überzeugung und stemmte ihre dicken Arme in die nicht minder dicken Hüften.

»Was meinst du, Mutter? Was für ein Zeichen?« Die Neugier des Mädchens war geweckt.

»Ein Zeichen dafür, dass er über dieses Haus und seine Bewohner wacht«, erklärte sie ihrem Kind vergnügt. »Die Familie von Holdenstede ist heute nämlich um zwei gesunde Knaben reicher geworden!«

Es dauerte einen Moment, bis Marga reagierte. Die vielen Stunden, die sie auf den Knien in der kalten Kirche verbracht hatte, zeichneten sie noch deutlich. Doch langsam veränderte die eben erhaltene Nachricht das immer blasse Gesicht des Mädchens und zauberte ein Lachen auf ihre Lippen. »Wirklich, Mutter? Ist das wahr? Welch eine Freude. Sind Mutter und Kind wohlauf?«

Hilda schaffte es lediglich zu nicken. Margas Redeschwall war kaum zu bremsen.

»Ich habe auch für Ragnhild gebetet. Sehr viel sogar. So kurz vor der Niederkunft, dachte ich, wird Vater es sicher verstehen, wenn ich eine Weile der Zeit um ein gesundes Kind bitte. Wann...« Plötzlich unterbrach sie ihren Satz. »Sagtest du eben *zwei* gesunde Knaben?«

Hilda hatte schon auf genau diese Worte gewartet und klatschte nun erheitert in die Hände. »Ja, sehr wohl. Ich sagte *zwei* gesunde Knaben.« Überschwänglich schloss sie ihr Kind in die Arme und genoss es, ihre sonst so sanfte Tochter für einen kurzen Moment ganz und gar frei von ihrer Schüchternheit zu sehen. Nicht zum ersten Mal fragte sie sich, woher sie diese Wesenszüge wohl hatte. Von ihr jedenfalls nicht. So viel stand fest. »Die *Herrin* Ragnhild«, sagte Hilda mit der Betonung auf dem Wort Herrin, welches ihre Tochter soeben vergessen hatte, »hat in der Tat Zwillinge geboren. Ist das nicht ein Wunder, mein Kind?« Auch sie selbst musste sich oft dazu anhalten, nicht die höfliche Anrede zu vergessen, wenn sie in Gesellschaft über Ragnhild sprach. Doch heute wollte sie so streng nicht sein. In einem Anflug von Gefühlen zog sie ihre Tochter erneut an sich und küsste ihr das Haar.

»Ich weiß noch sehr genau, wie es war, als du geboren wurdest. Ich war tagelang die glücklichste Frau weit und breit«, schwelgte Hilda in Erinnerungen.

Sanft löste sich Marga aus der Umarmung und fragte: »Wollen die Herrschaften das Ereignis denn feiern?«

»Ach, du gute Güte! Das hätte ich ja fast verträumt, bei all den schönen Gefühlen und Erinnerungen. Ich muss noch eine Gans schlachten!«

Schnell trug sie ihrer Tochter auf, die Herrschaften von Horborg einzuladen, um dann gleich darauf in die Küche zu eilen.

Ragnhild erwachte aus ihrem Schlaf. Sie hätte nicht sagen können, ob sie eine Stunde oder eine Woche geschlafen hatte. Seltsamerweise fühlte sie sich überhaupt nicht erholt. Ganz im Gegenteil. Ihre Glieder schmerzten, und ihr Kopf hämmerte.

Durch die verschlossene Fensterluke war es unmöglich zu erkennen, ob es Tag oder Nacht war. Der Raum war warm und dunkel.

Ragnhild verfluchte die Sitte, die sie zwang, sich nach der Geburt wieder komplett ankleiden zu müssen, denn die feine Seide auf ihrer Haut fühlte sich an wie kratzige Wolle. Fahrig zerrte sie an ihrem Ausschnitt, um besser atmen zu können. Das Kohlebecken glimmte rötlichgelb vor sich hin.

Es war viel zu warm in der Kammer. Erst jetzt bemerkte sie, wie nass geschwitzt sie war. Am liebsten wäre sie aufgesprungen, hätte die Luke aufgerissen und ein paar tiefe Atemzüge getan, doch die kühle Oktoberluft hätte den Säuglingen schaden können.

Die Wöchnerin schaute in die Gesichter ihrer Kinder. Da sie noch immer schliefen, ging sie davon aus, dass sie selbst auch noch nicht sehr lange geschlafen haben konnte. Sicher hätten die Säuglinge nach einiger Zeit vor Hunger angefangen zu weinen.

Ragnhild sah die beiden zwar deutlich atmen, doch sie vernahm fast keinen Laut. In ihren Ohren war lediglich eine Art beständiges Rauschen zu hören, welches ihren dumpfen Kopfschmerz weiter verschlimmerte. Das Knistern des Kohlebeckens schien von weit her zu kommen, und auch sonst war es ungewohnt still um sie herum.

Mühsam versuchte sie sich etwas aufzurichten, doch selbst diese kleine Bewegung überforderte ihre Kräfte. Ragnhild ermahnte sich selbst: Du brauchst Ruhe. Schlafe, solange die Kinder noch nicht hungrig sind.

Sie schloss die Augen und legte sich den rechten Arm über ihre schmerzende Stirn. Die Flamme des einzigen Talglichts der Kammer schien mit der Helligkeit der Sonne zu strahlen und brannte in ihren Augen. Selbst durch den Stoff des Kleiderärmels fühlte sie die Hitze, die von ihrem Kopf ausging.

5

Nachdem Conrad seinen Bruder Albert in die Stube des Hauses geführt und ihn in seinen Sessel gebeten hatte, schenkte er ihm, als unterstreichende Geste seiner Beglückwünschungen, eigenhändig Wein in den Becher, der eigentlich dem Familienoberhaupt gebührte. Diese ungeahnte Ehre beschämte den acht Jahre jüngeren Albert.

Sie saßen zusammen wie in alten Zeiten, jenen Zeiten, als ihre Eltern noch lebten und das Geschäft und auch die Frauen noch keine Rolle in ihrem Leben gespielt hatten. Jenen Zeiten, in denen sie noch Freunde gewesen waren.

»Albert, ich muss zugeben, das hast du gut hinbekommen«, lobte der Ältere ihn überschwänglich.

»Bruder, du lässt mir zu viel der guten Worte zukommen. Schließlich ist es die Familie von Holdenstede, die gewachsen ist. *Unsere* Familie!«, wiegelte Albert ab. Er konnte sich nicht daran erinnern, jemals zuvor ein solches Lob von seinem Bruder erhalten zu haben. Völlig unerwartet wurde die unbändige Freude über die Geburt seiner Söhne nun auch noch mit dem warmen Gefühl von familiärer Herzlichkeit gekrönt, welches Albert seit vielen Jahren so schmerzlich zwischen ihm und seinem Bruder vermisst hatte. Er konnte nicht umhin zu hoffen, dass diese beiden winzigen Jungen vielleicht dazu beitragen würden, den Bruderstreit zwischen ihnen eines Tages beizulegen. Albert ahnte, wie schlimm es für Conrad sein musste, noch keine eigenen Kinder zu haben. Umso mehr freute er sich über die fast verschwenderischen Glückwünsche aus dem Munde eines stolzen Onkels.

In diesem Augenblick bedauerte es Albert, dass Ragnhild diesen Tag wohl gänzlich verschlafen würde. Zu gerne hätte er sie an dieser frohen Stimmung, die langsam auf das ganze Haus überzugreifen schien, teilhaben lassen.

Luburgis hatte zur Feier des Tages sogar die guten Becher aus der hellen rheinischen Pingsdorfer Keramik mit den typischen braunen Strichmustern auftragen lassen. Jeder Kaufmann Hamburgs, der etwas auf sich hielt, besaß dieses Geschirr und holte es hervor, wenn es etwas zu bejubeln gab.

»Auf die Zwillinge!«

Albert und Conrad hoben gleichzeitig ihre Becher und tranken sich zu. Langsam ließen sie den schweren Wein ihre Kehlen hinunterrinnen. Die Szenerie wirkte von außen so friedlich, so vertraut, dass ein Beobachter niemals auf die Idee gekommen wäre, hier etwas anderes als brüderliches Beisammensein zu beobachten. Doch dieser Schein trog. All das war Teil eines Plans. Nichts davon war echt!

Conrad fragte sich, ob sein kleiner Bruder ihm die gespielte Freude wirklich abkaufte. Kein einziges Wort war ernst gemeint, jedes mit Mühe herausgepresst. Beim Anblick Alberts in dem Sessel, der eigentlich ihm zustand, mit dem Becher in der Hand, welcher ihm ebenso zustand, wurde ihm fast schlecht vor Zorn. Am liebsten hätte er vor seinen Füßen ausgespuckt. Doch damit sein Plan auch funktionierte, musste er gute Miene zum bösen Spiel machen. So beiläufig wie möglich sagte er: »Willekin wird heute zum Mahl kommen.«

Albert verdrehte innerlich die Augen, doch er wollte den neu gewonnenen Frieden nicht strapazieren und ließ Conrad weiterreden.

»Ich habe ihm ausrichten lassen, dass du ihn als Gevatter deiner Söhne wünschst.«

»Du hast was getan?«, fragte Albert ungläubig und verschluckte sich dabei an seinem Wein.

»Bruder, ich weiß, dass das für dich wohl zunächst unsinnig klingen mag, aber es wird Zeit, dass die Vergangenheit zur Ruhe kommt und ihr aufhört, euch aus dem Weg zu gehen. Welcher Anlass könnte hierfür besser geeignet sein als die Geburt deiner Söhne?«

Albert schwankte zwischen Wut und Entsetzen. Wie konnte Conrad es wagen, den Gevatter seiner Söhne eigenmächtig auszuwählen? Doch er wusste ebenso genau, wovon sein Bruder sprach, als der die Vergangenheit erwähnte.

Nach dem schandvollen Vorfall vor fünf Jahren war zwischen Albert und Willekin von Horborg kaum mehr ein Wort gefallen. Der stolze Kaufmann und Ratsherr hatte ihm niemals verziehen. Lange Zeit gab es keinen Frieden zwischen den beiden Familien, doch irgendwann war es Conrad schließlich doch gelungen, den aufgebrachten Ratsherrn zu besänftigen. Willekin von Horborg zeigte sich schließlich verhandlungsbereit und freundete sich indes sogar mit dem weit jüngeren Conrad an. Seither waren die von Horborgs, die ebenfalls in der Reichenstraße wohnten, wieder häufige Gäste im Hause von Holdenstede – leider sehr zum Missfallen Alberts, der sich sicher war, die Gunst Willekins für immer verspielt zu haben. »Wahrscheinlich hast du recht«, gab Albert deshalb gleichgültig zurück, ohne selbst von den Ansichten seines Bruders überzeugt zu sein.

Conrad ignorierte den missmutigen Ton seines Bruders und fuhr einfach fort. »Gut, dass du endlich zur Vernunft kommst, Albert. Es gibt nämlich noch etwas anderes, das ich mit dir besprechen wollte. Einige der Schiffe aus Flandern, die ich noch erwarte, sind überfällig.«

Albert horchte auf. Er verstand sofort. In spätestens vier Wochen würden die letzten flandrischen Tuchhandelsschiffe den

Hafen verlassen. Um noch vor Einbruch des Winters wieder zurück in heimischen Gewässern zu sein, kamen die Händler lediglich in der Zeit von März bis November nach Hamburg. Spätestens Mitte November verließen sie den Hafen wieder. Jetzt war es schon Oktober, und das schlechter werdende Wetter setzte den Seeleuten bereits mächtig zu. Das alles war Albert bekannt und nicht im Geringsten ungewöhnlich. Es war hingegen aber höchst ungewöhnlich, dass Conrad wünschte, mit *ihm* über diese geschäftlichen Dinge zu reden. »Was genau willst du damit sagen, Conrad?«

»Bruder«, begann dieser überaus vertrauensselig, »wie du weißt, blüht das Geschäft mit den Tuchen, und mir wächst die Arbeit über den Kopf. Du stehst kurz vor deinem fünfundzwanzigsten Geburtstag, und ich denke, ich sollte dir langsam etwas mehr Verantwortung zugestehen. Schließlich hast du in einem Monat deine Schuld Vater gegenüber abgebüßt und bekommst ein gehöriges Vermögen ausgezahlt. Du bist bald ein gemachter Mann, Albert. Und solche Männer übernehmen Verantwortung.« Mit Wohlgefallen sah Conrad, wie sich die Miene des Jüngeren aufhellte. Die sorgsam zurechtgelegten Worte würden ihre Wirkung nicht verfehlen; dessen war sich Conrad sicher.

Albert traute seinen Ohren kaum und straffte instinktiv den Rücken, um stattlicher zu wirken. Endlich, dachte er voller Eifer, endlich bekomme ich die Möglichkeit, mich als Kaufmann zu beweisen! Übermütiger, als er wollte, sagte er: »Danke, Conrad. Wann immer du mich brauchst, bin ich bereit, voll in die Geschäfte mit einzusteigen.«

Seit fast vier Jahren war ihr Vater bereits tot. Seither hatte Albert nur unwichtige Kleinstaufträge übernehmen dürfen, mit denen er eher schlecht als recht verdient hatte. Doch damit sollte nun bald Schluss sein. Er konnte es nicht erwarten, die Bürde des Testaments los zu sein und endlich sein eigenes Haus auf der

Grimm-Insel fertigzubauen – doch dazu brauchte er Geld. Geld, welches er nur dann verdienen konnte, wenn er als eigenständiger Kaufmann arbeitete. Nachdem der zuständige Ratsherr, der die Speermaße festlegte, die die Abstände zu Straßen, Häusern und Fleeten regelten, ihm mitgeteilt hatte, dass er sein Fundament abermals versetzen musste, kam ihm das neu gewonnene Vertrauen Conrads gerade recht. Wenn das Glück ihm nun hold blieb, würde das Haus sicher zu Ostern fertig sein. Dieser Gedanke ließ ihn unvermittelt grinsen.

Conrad bemerkte das und konnte seine Gefühle kaum noch beherrschen. Er hätte niemals gedacht, dass diese Worte ihm so viel Überwindung abverlangen würden. Gereizt stieß er sich von der Wand ab, an der er die ganze Zeit über gelehnt hatte, und hieb Albert noch einmal brüderlich die Hand auf die Schulter. »Ich habe noch zu tun. Wir sehen uns später beim Mahl.«

Albert blieb mit seinen beflügelnden Gedanken allein zurück. Endlich hatte Conrad erkannt, dass mehr in ihm steckte als ein Laufbote. Dieser Tag war lange überfällig, schließlich waren andere Männer seines Alters bereits seit Jahren angesehene und erfolgreiche Kaufleute. Das Testament seines Vaters hatte ihn nun lange genug daran gehindert, selbst erfolgreich zu sein. Kopfnickend dachte er, wenn Vater mich wirklich mit seinem letzten Willen für den Ärger strafen wollte, den ich durch die widerrufene Hochzeit verursacht habe, so habe ich meine Schuld nun gebüßt. Ich werde es Conrad und allen anderen beweisen.

Plötzlich erschien ihm die spätere Anwesenheit Willekins gar nicht mehr so bedrückend. Jetzt, da er sich bald selbst Tuchhändler würde nennen können, war auch Willekin gezwungen, ihm mit mehr Achtung gegenüberzutreten. Vielleicht war es genau richtig, ihn mit der Patenschaft seiner Kinder an sich zu binden. Albert lehnte sich zufrieden im Sessel zurück, nahm einen tiefen Schluck des blutroten Weins und schaute sich das erste Mal seit langer Zeit wieder bewusst in der Stube der Familie um. Einen solchen Wohnraum werde auch ich bald besitzen, dachte er bei sich.

Die holzgetäfelte Decke war in heller Eiche gehalten, wie es in den Kaufmannshäusern Hamburgs üblich war. Die Mitte des Raums wurde von einem massiven Holztisch dominiert, an dem die Familie zu speisen pflegte. An den Kopfenden der Tafel standen zwei bequeme Sessel mit hohen Lehnen und Kissen auf den Sitzflächen, die für den Herrn und die Herrin des Hauses bestimmt waren. Die Holzbänke an den Längsseiten des Tisches waren für die anderen Bewohner des Hauses gedacht – somit auch für Albert und seine Familie.

Für die kalten Tage des Jahres gab es hier sogar einen Kamin. Davor standen wiederum zwei Sessel. Diese waren bereits sehr alt, wie Albert wusste. Als Kinder durften sie sich niemals daraufsetzen. Nur die Eltern saßen früher hier, während Conrad und Albert auf dem Boden spielten.

Ihre Mutter Mechthild hatte es häufig vorgezogen, ihre Stickereien hier zu tätigen und nicht im Handarbeitsraum. Sie mochte es, ihren Kindern dabei Geschichten von früher zu erzählen; wie die Geschichte der Sessel etwa. Sie seien in der Mitgift der Mutter enthalten gewesen, hatte sie eines Tages erklärt, wie auch schon in der Mitgift von deren Mutter und Großmutter.

Albert und Conrad hatten regelrecht an ihren Lippen gehangen, wenn sie erzählte. Sie kannte unzählige, wunderbare Geschichten, und gerade jetzt, in diesem Moment, dachte Albert wehmütig an sie zurück. Mechthild hatte stets eine solche Ruhe ausgestrahlt. Nie wieder sonst hatte er dieses Gefühl der Geborgenheit empfunden. Seit ihrem Tod kam ihm die Stelle am Kamin leblos vor.

Er schüttelte den Kopf und verdrängte die düsteren Gedanken. Ein Mann in seinem Alter sollte seiner Kindheit nicht hinterherhängen, schalt er sich. Entschlossen stellte er den Becher auf den Tisch und stand auf, um sein angebrochenes Tagwerk zu beenden. Die erste Hälfte des Tages war schon fast vorüber, und der gestrige Morgen, an dem er zuletzt den Geschäften nachgegangen war, schien ihm durch die vielen Ereignisse in weite Ferne gerückt. Sobald er Zeit dafür fand, wollte er gehen und nach Ragnhild und den Kindern sehen. Auch sie sollte erfahren, dass die Zeit für ihn gekommen war, ein echter Kaufmann zu werden.

»Die Magd der von Holdenstedes ist soeben gekommen, Herr. Sie überbringt eine Einladung des ehrenwerten Conrad von Holdenstede für Euch und Eure Gemahlin. Ihr werdet zum Mahl gebeten, welches zu Ehren der Geburt zweier Söhne des Hauses gereicht wird«, berichtete Ella, die Magd der von Horborgs, mit gesenktem Kopf und zittriger Stimme. Vor dem Eintreten in das Kontor hatte sie tief durchatmen müssen, um diese Sätze frei heraus sagen zu können.

Ihr strenger Herr saß vollkommen vertieft an seinem Schreibpult. Nachdem Ella geendet hatte, hob er den Kopf, wandte sich ihr gespenstisch langsam zu und sah sie mit einem Blick an, der ihr das Blut in den Adern gefrieren ließ.

»Was sagst du da?«, fragte er mit beängstigend kontrollierter Stimme.

Nun war es um ihre Beherrschung geschehen. Die übliche Angst in seiner Gegenwart ließ ihre Stimme beben. »Die... die Dame Ragnhild hat... zwei... zwei Söhne geboren... heute... sie... sie schicken Euch eine Einladung, Herr«, stotterte Ella. »Außerdem bittet man Euch... der... der Gevatter der... der Jungen zu werden.«

Es war regelrecht mit anzusehen, wie sein spitzbärtiges Gesicht langsam versteinerte. Er schloss die vogelartigen Augen und zischte: »Sage zu. Und nun verschwinde!«

Nur zu gern kam sie dem Wunsch ihres Herrn nach und stahl sich lautlos davon. Wie gewöhnlich wusste sie die Reaktion ihres Herrn nicht zu deuten. Häufig war er ihr einfach unheimlich. Sie hatte bereits aufgegeben, sich zu fragen, ob sie irgendetwas falsch machte.

Ella selbst freute sich über die frohe Kunde. Auch wenn sie die Dame Ragnhild nur durch Marga kannte, war sie, nach den Erzählungen ihrer Freundin, eine gute und gerechte Frau. Wenn es Grund zur Klage gab, betraf dies eigentlich immer nur Domina Luburgis. Unter dieser Herrin würde sie nach allem, was sie bereits von Marga gehört hatte, auch nicht gerne dienen.

Mit ihrer Herrin hatte es Ella eigentlich gut getroffen. Hildegard von Horborg war die zweite Frau Willekins. Er hatte sie geheiratet, nachdem seine erste Frau, die Mutter seiner einzigen Tochter Ingrid, frühzeitig gestorben war.

Hildegard war eine ruhige und besonnene Person, die so gar nicht zu ihrem weit älteren und aufbrausenden Ehemann passen wollte. Genauso ruhig, wie sie sich ihrem Mann gegenüber verhielt, benahm sie sich auch dem Gesinde gegenüber. Niemals schrie sie oder schlug gar jemanden. Doch so sanftmütig sie auch die meiste Zeit über wirkte, man durfte sie nicht unterschätzen.

Die kleine, stets streng und ordentlich gekleidete Hausherrin kam aus einer vornehmen Familie mit einem großen Haushalt. Sie hatte die Rolle der Hausherrin von Grund auf gelernt und zögerte nicht einen Wimpernschlag lang, Mägde oder Knechte bei wiederholten Fehltritten eiskalt zu ersetzen. Schnell begriff ein jeder unter ihr, dass man ein ruhiges Leben haben konnte, sofern man sich fügsam verhielt. Auch Ella hatte dies schnell verstanden und gehorchte ihrer Herrin aufs Wort. Anfänglich hatte ihr diese Strenge Schwierigkeiten bereitet, doch heute wusste sie die Gerechtigkeit Hildegard von Horborgs sogar zu schätzen.

Nachdem sie die Kammer ihres Herrn verlassen hatte, lief Ella durch das Haus und tippelte über den kalten Boden der Diele zu ihrer Freundin Marga. Sie überbrachte ihr die Nachricht von Willekins und Hildegards Kommen und gestand danach: »Mein Herr wird mir immer unheimlicher, Marga. Er hat mich eben *genau so* angesehen...«

Während sie mit aufgerissenen Augen versuchte, das Gesicht Willekins nachzuahmen, musste Marga kichern. »Meinst du wirklich, dass er das Gesicht eines Fisches gemacht hat?«, neckte sie ihre Freundin.

»Marga, ich meine es ernst«, erwiderte Ella trotzig. »Ist eine Geburt nicht ein freudiges Ereignis? Ich denke manchmal, dass mein Herr sich niemals freut. Dabei ist er doch ein Freund der von Holdenstedes.«

»Nur von Conrad, nicht von Albert!«, verbesserte Marga ihre zwölfjährige Freundin und bereute ihre Worte sogleich.

»Wie meinst du das? Was soll das heißen?«, bohrte Ella ungeduldig nach.

Marga stöhnte auf und gab sich gleichzeitig Ellas ewiger Neugier geschlagen. Sie wusste, dass sie andernfalls so lange nachfragen würde, bis sie ihren Willen bekam. »Mutter hatte mir vor einigen Jahren erzählt, dass Albert eigentlich die Tochter des Hauses von Horborg heiraten sollte. Diese Hochzeit ist aber nie zustande gekommen, weil er sich für die Dame Ragnhild entschieden hat. Mehr weiß ich darüber auch nicht.«

Ella lauschte den Worten ihrer Freundin mit offenem Mund. »Das ist ja eine unglaubliche Geschichte. Aber verstehen kann man es schon. Wenn ich Albert von Holdenstede wäre, hätte ich auch lieber die schöne Dame Ragnhild zur Frau genommen und nicht die furchtbare Ingrid. Sicher ist das auch der Grund, warum die hässliche Vogelscheuche vor fünf Jahren in das Kloster der Beginen gegangen ist, oder?«

»Bist du denn von Sinnen, so etwas laut auszusprechen?«, platzte es aus Marga heraus, die sich dabei hektisch umsah.

»Keine Angst, du Hasenfuß, mein Herr ist in seine Schreibarbeiten vertieft. Keiner hört uns.«

Ella hatte schon immer ein vorlautes Mundwerk gehabt, dachte Marga kopfschüttelnd. Sie unterschied sich sehr von ihr selbst, und dennoch gab es niemals Streit zwischen den beiden Mädchen.

»Ich muss jetzt wieder los, Ella.« Die Freundinnen umarmten sich kurz, und schon einen Moment später hastete Marga wieder die Reichenstraße hinauf, um bereits nach wenigen Minuten die Küche im Hause der von Holdenstedes zu betreten und ihrer Mutter zur Hand zu gehen.

»Gott sei Dank, du bist wieder da, Kind. Schnell, hilf mir und rupf die Gans«, trug ihr Hilda atemlos auf.

»Das kann ich doch machen«, plapperte Runa drauflos, die wie so oft bei Hilda in der Küche war.

»Ich glaube nicht, dass die Herrschaften bei jedem Bissen noch Federn im Mund haben wollen«, antwortete Marga lachend und drückte die Vierjährige an sich. »Du kannst die von mir gerupften Federn zusammenkehren, ja?«

Doch diese Aufgabe wollte Runa nicht übernehmen. Saubermachen war ihr verhasst, und so schüttelte sie schmollend den Kopf. Doch sie war niemals lange beleidigt, und so setzte sie sich kurze Zeit später neben Marga auf die Holzbank und fing an, ihre Finger so zu zählen, wie sie es von ihrer Mutter vor Kurzem gelernt hatte.

»Mutter«, fragte Marga mit diesem bestimmten Unterton, der Hilda bereits vermuten ließ, dass die kommende Frage ungebührlich war. »Wie war das damals eigentlich mit der geplanten Hochzeit zwischen Ingrid von Horborg und …«

Ein strenges »Schhhht« schnitt ihr abrupt das Wort ab. »Das

hat dich nicht zu interessieren, junge Dame!«, beschloss Hilda streng und stemmte drohend die Arme in die Seiten.

»Aber Mutter, du hast mir die Geschichte vor längerer Zeit doch selbst erzählt. Nur nicht ganz vollständig, weil ich noch zu klein war. Bitte erzähle mir, wie es damals war...«, bettelte Marga.

Eine ganze Weile sagte niemand etwas. Nur das rupfende Geräusch, welches Marga erzeugte, war zu hören. Selbst Runa ließ nun lautlos ihre kleinen Beinchen unter der Holzbank baumeln und sagte ausnahmsweise mal nichts.

»Also gut«, gab Hilda nach. »Runa, ich habe eine Aufgabe für dich. Sieh mal hier, diese Laken müssen gefaltet werden. Kannst du das schon, oder bist du dafür noch zu klein?«, fragte sie absichtlich provokant.

»Ich bin nicht klein!«, protestierte Runa, wie erwartet.

»Na, dann zeige mir mal, was für ein großes Mädchen du schon bist.«

Sie führte Runa in ihre Kammer neben der Küche und legte ihr einen Stapel Laken auf die Bettstatt. Damit dürfte die Kleine eine Weile beschäftigt sein, dachte sie bei sich. Es hatte ja sowieso keinen Sinn mehr, Marga irgendwelche Geschichten vorzuenthalten. Durch die anderen geschwätzigen Mägde der Kaufmanns- und Ratsfamilien würde sie eh bald jede Tratscherei herausfinden. Sie stellte sich zurück an die Feuerstelle, über der ein großer Kessel mit Brühe köchelte, und fing an, darin zu rühren. Ohne ihre Tochter anzuschauen, begann sie zu erzählen, und zwar so leise, dass Runa im Nebenzimmer es nicht hören konnte.

»Ingrid von Horborg und Albert waren einander bereits versprochen, seit sie das heiratsfähige Alter erreicht hatten. Als Nachkommen einer einflussreichen Kaufmannsfamilie war es damals selbstverständlich gewesen, dass Conrad und Albert eines Tages vorteilhaft verheiratet werden sollten, um so den Familienbesitz zu vergrößern. Bei Conrad hatte das auch funktioniert. Schließlich kommt Domina Luburgis aus der einflussreichen Sippe derer vom Berge. Doch bei Albert scheiterte dieser Plan. Lange Zeit weigerte er sich, überhaupt zu heiraten. Er war früher ein gut aussehender Raufbold, der sich lieber mit vielen Frauen statt mit nur einer vergnügte«, gestand Hilda offen und dachte im gleichen Moment, dass es vielleicht falsch war, den unschuldigen Ohren ihrer Tochter eine solche Geschichte zu erzählen.

»Wie ging es weiter?«, bohrte Marga neugierig.

»Irgendwann entschied sein Vater, dass nun die Zeit gekommen wäre, und drängte Albert zu der anstehenden Hochzeit mit der damals siebzehnjährigen Ingrid. Doch Albert konnte sich einfach nicht zu einer baldigen Heirat überwinden. Du musst wissen, Ingrid war schon damals furchtbar hässlich. Ich erinnere mich noch genau an ihren Anblick, als sie einmal mit ihren Eltern zu Besuch war.«

Bei dieser Erinnerung schüttelte es Hilda regelrecht. Ingrids graubraunes Haar fiel ihr damals in dünnen Zöpfen über die Schultern. Unentwegt fingerte sie an ihrer aknegezeichneten Gesichtshaut herum. Trotz ihrer jungen Jahre waren ihre Zähne gelb und krumm, und ihren Mund vermochte sie nur dann zu schließen, wenn sie ihre Lippen zu einer spitzen Grimasse formte. So war ihre Unart entstanden, stets mit offenem Mund dazustehen, was ihr zusätzlich ein wahrhaft dümmliches Aussehen verlieh.

»Sie hatte hässliches graues Haar und das Gebiss eines Pferdes«, fasste Hilda kurz zusammen.

Marga verzog angewidert das Gesicht und murmelte: »Dann hat Ella ja doch nicht übertrieben.«

Brüsk drehte sich Hilda zu ihrer Tochter um und blickte sie ernst an. »Du solltest dich nicht mit Ella über solche Dinge unterhalten!«, befahl sie streng.

Sofort ärgerte sich Marga über ihre Unbedachtheit. »Ja, Mutter. Bitte entschuldige.«

Hilda wandte sich wieder dem Kochtopf zu und reicherte die Brühe mit dem Gemüse an, welches es zu dieser Jahreszeit noch zu kaufen gab. Sie überlegte kurz, wo sie geendet hatte, und fuhr dann fort. »Als Albert kurze Zeit später den eigentlichen Grund für die Verweigerung der Ehe mit Ingrid hervorbrachte und gestand, dass er vorhabe, Ragnhild zu ehelichen, ging ein Aufschrei durch die Familien von Holdenstede und von Horborg. Eigentlich ging viel eher ein Aufschrei durch die ganze Stadt«, verbesserte sich Hilda mit einem in sich gekehrten Gesichtsausdruck und einer tiefen Denkfalte zwischen den Augen.

»Wie genau ist das geschehen?«, bohrte Marga ungeduldig nach und holte ihre Mutter, die einen Moment lang in Gedanken versunken war, wieder zu sich. »Bitte, erzähle von dem Tag, als Albert seinem Vater von seinen Absichten berichtet hat.«

»Ja, das kann ich mir vorstellen, dass dich das interessiert«, entgegnete Hilda gespielt empört. Doch sie hatte bereits jeden Widerstand aufgegeben und fuhr bereitwillig fort: »Ich sehe das Bild noch vor mir, als sei es erst gestern gewesen. Es war in der Stube, und die ganze Familie hatte sich zum Mahl versammelt. Ragnhild hatte kurz zuvor sogar noch selbst die Tafel gedeckt; schließlich war sie zu jener Zeit ja noch die Magd des Hauses. Dann plötzlich stand Albert auf, packte sie völlig überraschend an der Hand und schleppte sie ohne ein Wort vor seine Eltern. Alles ging so furchtbar schnell. Bevor sich überhaupt einer darüber empören konnte, fing Albert schon an, seinen Eltern mit fester Stimme, aber ziemlich hölzernen Sätzen ihre Liebe zu gestehen. Nachdem er fertig war, hatte Ragnhilds Kopf ungefähr die Farbe einer Mohnblume. Sie muss sich der Dreistigkeit ihres Handelns voll bewusst gewesen sein – Hand in Hand mit dem Sohn des Hauses vor ihrem Herrn –, ich weiß, dass sie sich ganz furchtbar geschämt hat. Kein einziges Wort kam über ihre Lippen, und ich konnte sehen, dass sie es tunlichst vermied, ihrem Dienstherrn ins Gesicht zu schauen, während dieser brüllte wie ein Stier. Ich dachte, er würde niemals aufhören. Albert hingegen schaute ihm direkt in die Augen. Im Gegensatz zu Ragnhild schien ihn das Toben seines Vaters nicht im Geringsten zu ängstigen. Er kam mir wahrhaft mutig und kampfbereit vor. Ich glaube tatsächlich, dass Albert in diesem Moment von einem Jungen zu einem Mann geworden ist.«

Margas Mund war aufgeklappt. Niemals hätte sie sich das getraut. Ihre Erinnerungen an den Hausherrn und seine gerechte, aber auch Ehrfurcht gebietende Art, waren noch sehr lebendig. Albert hatte wirklich Mut bewiesen.

Ohne auf das wahrhaft verdutzte Gesicht ihrer Tochter zu achten, fuhr Hilda fort. Schon längst erzählte sie mehr für sich denn für Marga.

»Conradus tobte tagelang. Er fluchte und drohte Albert mit allerlei Schrecklichkeiten, doch offensichtlich kannte er seinen Sohn nur allzu gut und wusste, dass dieser nicht mehr von seinen Hochzeitsabsichten absehen würde. Auch wenn ich wirklich keine Ahnung von den Angelegenheiten der hohen Herren habe, wusste ich selbst damals schon, dass diese Sache eine Menge Ärger mit sich bringen würde. Das Auflösen des Eheversprechens zwischen Albert und Ingrid kostete tatsächlich eine hübsche Summe Silbermark und letztendlich sogar noch viel mehr. Sosehr sich unser Herr Conradus auch um den Erhalt des Friedens zwischen den Familien bemüht hatte, alle Entschädigung und jedes Verhandlungsgeschick waren vergebens. Ingrids Vater, Willekin von Horborg, war wegen der Ablehnung seiner Tochter so verärgert, dass er Alberts Vater umgehend die Freundschaft versagte und alle gemeinsamen Geschäfte prompt beendete. Herrgott im Himmel, war das eine Aufregung. Bis zum Tod von Conradus von Holdenstede haben sie, soweit ich weiß, kein einziges Wort mehr miteinander gesprochen.«

Marga war so sehr von der Geschichte gefesselt, dass sie seit einigen Augenblicken vollkommen regungslos dasaß. Ein Büschel Federn in der Hand haltend, starrte sie ihre Mutter an. Erst als diese das bemerkte und mit dem Kinn auf die Gans zeigte, wurde es ihr bewusst, und sie rupfte weiter.

Hilda sah die Ereignisse dieser Tage vor ihrem geistigen Auge und nahm ihre Erzählung wieder auf. »Ich glaube, dass Alberts Vater der Ehe mit Ragnhild nur deshalb zustimmte, weil Mechthild sich für die beiden eingesetzt hat. Zufällig habe ich damals mit angehört, wie unsere frühere Herrin auf ihren Mann einredete und ihn bat, der Hochzeit doch seinen Segen zu geben. Sie liebte Ragnhild wie ihr eigenes Kind. Ich weiß zwar nicht genau, wie sie es angestellt hat, aber ihr Einfluss auf ihren Mann war offenbar groß genug. Schließlich willigte er ein«, schloss Hilda und dachte mit einem Lächeln daran, wie liebevoll Mechthild immer mit Ragnhild umgegangen war.

»Das verstehe ich nicht, Mutter«, warf Marga ein. »Warum hätte Domina Mechthild das tun sollen? War sie denn nicht auch gegen die Hochzeit ihres Sohnes? Schließlich war Ragnhild doch nur eine Magd – genau wie wir.«

Hilda antwortete zunächst nicht. Sie atmete nur deutlich hörbar ein und schloss die Augen. Seit Jahren schon wusste sie, dass dieser Tag irgendwann kommen würde. Warum aber musste es heute sein? Einen letzten Ausweg suchend, fragte sich Hilda, ob sie ihre Tochter vielleicht auf den nächsten Tag vertrösten sollte, doch dann entschied sie sich dagegen. Marga war alt genug. Eines Tages würde sie selbst nicht mehr sein, und dann würde Marga allein unter den Herren des Hauses dienen – Hilda wollte nicht, dass sie gänzlich unwissend war. Ob es ihr nun gefiel oder nicht, es war ihre Pflicht, es ihr zu erzählen.

»In Ordnung, höre mir zu, mein Kind. Du kennst noch nicht die ganze Wahrheit«, gestand sie deshalb endlich.

Marga blickte auf. »Was meinst du damit, Mutter? Die ganze Wahrheit über *was*?«

»Über Ragnhild. Ich habe dir stets erzählt, dass sie ebenso in das Haus der von Holdenstedes kam wie wir, dass sie hier einfach eines Tages als kleines Waisenmädchen angestellt wurde, doch das stimmt nicht ganz.«

Sichtlich überrascht fragte Marga: »Aber wie war es dann? Woher kommt Ragnhild?«

Hilda begann zu erzählen. Sie hatte sich entschieden, ganz vorn in der Geschichte anzufangen, damit hinterher keine Fragen mehr übrig blieben. »Zu Zeiten unserer ersten Begegnung war Ragnhild keine Waise, sondern nur eine Halbwaise. Sie war mit ihrer Mutter aus dem fernen Dänemark nach Hamburg gekommen, nachdem ihr Vater kurz nach ihrer Geburt umgebracht worden war. Der damalige dänische König Erik IV. hatte sich eine neue Steuer erdacht, um die Kämpfe gegen Estland zu finanzieren. Jeder Däne, der einen Pflug besaß, sollte ab sofort eine Pflugsteuer an den König zahlen. Die Steuereintreiber von König Pflugpfennig, wie ihn die Bauern fortan spöttisch hinter seinem Rücken nannten, waren gnadenlose Schlächter. Als Ragnhilds Vater eines Tages nicht zahlen konnte, geriet er mit ihnen in Streit und wurde kurzerhand erschlagen.«

»Oh Mutter, das ist ja schrecklich«, stieß Marga betroffen aus. »Was geschah dann?«

»Nun, Ragnhilds Mutter blieb allein mit ihrem Säugling zurück. Sie war jung und hilflos und natürlich voller Furcht vor der nächsten Steuer, die sie ohne ihren Mann erst recht nicht mehr hätte zahlen können. Und so beschloss sie, alles hinter sich zu lassen, und flüchtete mit ihrer Tochter in Richtung Hamburg, wie so viele ihrer Landsleute. Irgendwann erreichte sie völlig entkräftet die Tore der Stadt, doch ein jeder Versuch, auf den umliegenden Höfen als Magd unterzukommen, scheiterte. Sie musste feststellen, dass viele der alten Bauern noch immer einen Groll gegen die Dänen hegten, und so wurde sie von allen fortgeschickt. Das kleine Kind an ihrer Brust, ihr abgerissenes Aussehen und die fremde Sprache machten es nicht leichter. Ihre Lage wurde immer schlimmer. Den ganzen Herbst lang ernährten sie sich wohl nur von dem, was der Wald ihnen bot, doch dann kam der Winter. Ragnhilds Mutter fing an, des Nachts, bevor die Stadttore schlossen, in die Stadt zu gehen, um zu stehlen. Doch die Anstrengungen der Flucht und das entbehrungsreiche Leben im Wald ließen sie nach einigen Wochen schwächer werden. Sie wurde krank. Ich denke, dass beide wohl kurz darauf gestorben wären, wenn sich nicht eines Tages jemand ihrer erbarmt hätte.«

»Wer hat sich ihrer erbarmt? Ein Geistlicher oder ein Hospital?«

»Nein, mein Kind. Es war Alberts Mutter Mechthild.«

Marga klappte wieder der Mund auf.

»Als Ragnhilds Mutter eines Nachts mit letzter Kraft in die Stadt schlich, schaffte sie es gerade noch bis in die Reichenstraße. Vor dem Haus der Familie von Holdenstede brach sie zusammen. Hier fand sie Alberts Mutter Mechthild. Trotz ihres Standes hat sie keinen Moment gezögert, die Bewusstlose und ihr Kind bei sich aufzunehmen, um sie gesund zu pflegen. Dominus Conradus ließ es geschehen, wenn auch erst nach einigem Protest. Ich kann dir sagen, Kind, Domina Mechthild war eine fügsame Frau gewesen. Niemals stellte sie sich gegen die Wünsche ihres Mannes oder begehrte sonst irgendwie auf; nur dieses eine Mal war es anders. Mechthild war sehr fromm und bestand auf die Einhaltung des Gebotes der Nächstenliebe. Die Wochen darauf bemühte sie sich sehr, die kranke Frau gesund zu pflegen, doch der zierliche Körper von Ragnhilds Mutter war bereits zu sehr geschwächt. Nach einem ständigen Wechsel zwischen nahender Genesung und plötzlichen Rückfällen starb sie schließlich doch. Nun ja, und so kam es, dass Ragnhild zur Vollwaise wurde.«

»Das ist sehr traurig«, sprach Marga leise aus. »Was ist dann passiert?«

»Nun, du musst wissen, Kind, dass Alberts Mutter sich immer eine Tochter gewünscht hatte. Wahrscheinlich nahm sie die kleine Ragnhild deshalb wie selbstverständlich bei sich auf. Viele Jahre zuvor hatte sie die beiden Jungen Godeke und Johannes verloren, nach denen die Zwillinge nun benannt sind. Ragnhild bekam daraufhin all ihre Liebe. Conrad war damals zwölf Jahre alt, und solange ich mich erinnern kann, fühlte er stets nur Verachtung für seine Stiefschwester. Ständig musste ich darauf achten, dass er ihr nicht irgendwie schadete. Er war wirklich furchtbar jähzornig, und seine Abneigung gegen Ragnhild ist bis heute ungebrochen. Sein strenger Vater Conradus entschied damals, dass Ragnhild lediglich als Magd im Hause der von Holdenstedes aufwachsen durfte. Dennoch war sie für Mechthild immer die schmerzlich ersehnte Tochter, die sie nie bekommen hatte. So kam es, dass Ragnhild bei mir in der Kammer schlief und sich mit den Jahren dem einzigen Leben fügte, das sie je kennengelernt hatte; dem einer Magd. Sieben Jahre später wurdest du geboren, mein Schatz, und heute ist aus dem schüchternen Dienstmädchen von damals die hübsche junge Frau des Kaufmanns Albert von Holdenstede geworden. Nun kennst du die ganze Geschichte, Marga. Sicher verstehst du jetzt, warum Domina Mechthild sich dafür eingesetzt hat, dass Ragnhild den Mann bekam, den sie liebt – und wenn es auch ihr eigener Sohn war!«

Marga konnte nur noch staunen. Was für eine Geschichte. Niemals hätte sie für möglich gehalten, was alles hinter der Hochzeit von Albert und Ragnhild steckte, die seit Jahren für Unmut in der Familie sorgte. »Hat Ragnhild dir all das erzählt?«

»Ja, einiges weiß ich von Ragnhild, anderes von Mechthild«, antwortete Hilda bereitwillig. »Und außerdem bekommt man als Magd ja auch das ein oder andere mit, nicht wahr?« Den letzten

Satz sagte sie mit einem kleinen Augenzwinkern in Margas Richtung, die es sofort als Anspielung auf ihre Neugier erkannte.

»Eine Sache verstehe ich aber noch immer nicht, Mutter.«

»Was denn noch, Kind?«, fragte Hilda mit prüfendem Blick in den Kugeltopf auf dem Tisch, der einen letzten Rest Würzwein enthielt.

»Warum hat Albert das alles gemacht?«

»Was meinst du mit *das alles*?«

»Ich meine, wenn er Ingrid von Horborg einfach geheiratet hätte, so wie es abgesprochen gewesen war, dann hätte er doch allen aus der Familie, und auch sich selbst, sehr viel Scherereien erspart, oder?« Marga legte den Kopf schief und schaute fragend zu ihrer Mutter hinüber.

Hilda sah von ihrem Kugeltopf hoch und blickte ihrer Tochter in die Augen. In diesem Moment sah sie plötzlich wieder das kleine Mädchen vor sich, das sie noch vor wenigen Jahren gewesen war.

»Nun ja, mein Kind, die Geschichte hast du jetzt gehört, aber ganz verstehen kannst du sie dennoch nicht. Die Antwort auf deine Frage heißt *Liebe*, mein Herz. Albert und Ragnhild haben sich ineinander verliebt, und wenn zwei Menschen sich lieben, tun sie seltsame Dinge. Lass dir eines gesagt sein: Liebe unter Eheleuten ist selten, und deshalb haben die zwei darum gekämpft. Eines Tages wirst du wissen, was ich meine.«

Marga verstand tatsächlich nicht, was ihre Mutter damit sagen wollte. Doch sie war zufrieden mit dem Erzählten. Sie hatte sich einiges von der Bereitschaft ihrer Mutter, ihr die Geschichte der Familie von Holdenstede zu erzählen, versprochen. Doch nun war sie geradezu überwältigt von dem Erfahrenen und saß mit stummem Mund und unbewegten Händen einfach nur da.

»Ich habe dir diese Geschichte erzählt, weil ich weiß, dass du sie sowieso eines Tages herausgefunden hättest. Dennoch ist es wichtig, dass du diese Sachen für dich behältst, Marga. Hast du mich verstanden?«, fragte Hilda mit Nachdruck.

Marga erwachte aus ihrer Starre und sagte: »Ja, Mutter. Ich habe dich verstanden. Ich werde es nicht herumerzählen.«

Hilda wusste, dass sie ihrer Tochter trauen konnte.

Leise und mit einem sehnsüchtigen Blick auf die gerupfte Gans beendete Marga das Gespräch. »Er muss die Dame Ragnhild wirklich sehr, sehr lieben!«

6

Endlich! Nach all den Jahren werde ich diesem arroganten Willekin heute stolz die Stirn bieten. Die Zeiten, wo er verächtlich auf mich herabblickte, sind nun allzeit vorbei, dachte Albert noch vor wenigen Augenblicken.

Doch als Willekin die Stube betrat, um sich mit seiner Frau zum geladenen Mahl der von Holdenstedes zu begeben, schmolz sein Vorhaben unter dem erhabenen Blick des immer ernsten Mannes dahin. Albert hasste sich für seine Schwäche dem Spitzbärtigen gegenüber, doch noch viel mehr hasste er den Spitzbärtigen selbst. Außerdem verfluchte er den Umstand, von seinen Eltern überhaupt in diese Lage getrieben worden zu sein, indem sie zu Zeiten, da er noch keine Ahnung hatte, was eine Ehe bedeutete, ein Eheversprechen mit Ingrids Eltern ausgehandelt hatten, welches einzuhalten er sich später einfach nicht mehr in der Lage gesehen hatte. Auch wenn er eigentlich wusste, dass Liebe in einer Ehe nicht mehr als ein glücklicher Zufall war und schon gar kein Recht, das man fordern konnte, wollte er dennoch nicht darauf verzichten. Er liebte Ragnhild – damals wie heute –, und für diesen Eigensinn büßte er nun bereits vier Jahre lang.

Tatsächlich galt Ingrid damals als gute Partie. Die Mitgift war hoch und ihre Abstammung vorbildlich. Es war absolut unüblich, eine solche Verbindung auszuschlagen. Tief im Inneren konnte Albert die Kühle des Dominus Willekins ihm gegenüber sogar nachvollziehen, stellte eine widerrufene Verlobung doch eine große Schande für die Familie dar. Nach dieser Schmach war es undenkbar gewesen, die zurückgewiesene Tochter Ingrid einem anderen zur Frau zu geben. Mädchen, die bereits versprochen gewesen waren, gehörten nicht zu den beliebtesten Partien und waren gemeinhin nur noch schwerlich zu vermitteln. Um durch vergebliche Vermittlungsversuche nicht noch mehr Stolz einzubüßen, hatte Willekin seine einzige Tochter damals gezwungen, gleich ins Beginenkloster einzutreten.

Albert plagte damals sehr wohl ein schlechtes Gewissen, doch beim bloßen Gedanken an die abstoßende Ratsherrntochter schüttelte es ihn noch immer. Nie im Leben hätte er sich vorstellen können, mit ihr das Ehebett zu teilen. Selbst seinem ärgsten Feind würde er ein solches Weib nicht wünschen. Nein, Ingrid war gut aufgehoben, dort wo sie war – im Kloster –, denn Gott liebte alle Geschöpfe, auch die hässlichen!

Nach einer angemessenen Begrüßung der Nachbarn wurden die Glückwünsche ausgesprochen.

»Ich gratuliere dir zu deinen Söhnen, Albert«, sprach Willekin mit unbewegter Miene. Er ließ es wie immer an der ehrerbietenden Anrede dem Jüngeren gegenüber fehlen.

Albert ärgerte sich darüber; durfte sich selbst diese Unhöflichkeit gegenüber dem weitaus Älteren aber natürlich nicht erlauben.

»Ich danke Euch von Herzen, Dominus Willekin. Der Herrgott war gütig zu mir. Eigentlich gebührt ihm allein der Dank«, erwiderte Albert tadellos.

»Ist Eure liebe Frau wohlauf?«, fragte Hildegard von Horborg leise und, im Gegensatz zu ihrem Mann, mit der gebührenden Höflichkeit.

»Ja, meine Liebe. Sie ist wohlauf und schläft derzeit einen geruhsamen Schlaf.« Die Worte waren kaum über seine Lippen gekommen, da fragte er sich, ob dies auch wirklich stimmen mochte. Zwar war er nach dem Gespräch mit Conrad noch einmal in ihrer Kammer gewesen und hatte sie beim Schlafen beobachtet, doch seither hatte er sie noch nicht wieder sehen können.

»Ich werde ihr von Eurer Nachfrage berichten«, ließ er Hildegard noch wissen.

Ein abschließendes Kopfnicken beendete die Konversation der beiden. Unbeschwertes Geplauder zwischen nicht miteinander Verheirateten unterschiedlichen Geschlechts konnte schnell als ungebührlich empfunden werden. Es war üblich, dass sich Frauen und Männer nach dem Austausch von Höflichkeiten getrennt voneinander unterhielten. Häufig zogen sich die Frauen nach dem Essen sogar gänzlich aus dem Raum zurück. Erst dann begannen beiderseits die Gespräche, die für das andere Geschlecht tabu waren.

Schon oft hatte es in der Vergangenheit Tage gegeben, an denen Albert gern mit den Frauen aus der Stube gegangen wäre, anstatt sich darüber ärgern zu müssen, wie wenig ihm Conrad in den geschäftlichen Angelegenheiten zutraute. Doch heute sollte es endlich anders werden, und er konnte diesen Teil des Abends kaum erwarten. So unangenehm ihm die Gegenwart Willekins auch war, heute würde er sie gern ertragen, um nur endlich zu erleben, wie Conrad ihn in die Geschäfte einbezog. Nach dem Essen kam es endlich zu dem ersehnten Augenblick, und Albert erwartete mit Spannung die ihm zugedachte Aufgabe.

»Dieser Tag hat dem Hause von Holdenstede wahrhaft Wunderbares beschert«, begann Conrad großspurig. »Sicher werdet Ihr mir zustimmen, wenn ich sage, dass ein Mann mit zwei Söhnen ein Vorbild für seine Sprösslinge sein sollte. Darum habe ich beschlossen, dass es Zeit wird, Albert endlich in die Tuchhandelsgeschäfte einzuführen.« Bei diesen Worten legte Conrad seinem Bruder die Hand auf die Schulter.

»Hört, hört«, gab Willekin knapp von sich.

Albert konnte seine Ungeduld kaum mehr verbergen und wartete ruhelos auf die Fortsetzung der brüderlichen Worte.

»Das erwartete Schiff aus Flandern ist heute eingelaufen«, begann Conrad knapp. »Und die Ware ist besser denn je, meine Herren. Kostbarstes Tuch in unglaublichem Krapprot, Indigoblau und sogar Grün!«, beschrieb Conrad lebendig.

Willekin und Albert konnten die Begeisterung Conrads nachvollziehen und zogen anerkennend die Augenbrauen hoch. Wo das einfache Volk gediegene Farben wie Braun oder Grau trug, waren die Bürgersfrauen ganz verrückt nach auffällig leuchtenden Farben. Die Preise für diese bunten Stoffe richteten sich neben der Qualität und dem Aufwand der Beschaffung natürlich auch nach dem Aufwand, den die Färber betreiben mussten, um die Farbe herzustellen. So entstand Rot entweder aus der Krappwurzel oder dem Körpersaft von getrockneten Kermes-Schildläusen. Blau hingegen wurde aus Waid gewonnen, welcher mit menschlichem und alkoholgeschwängertem Urin angereichert wurde. Grün war, aufgrund der erforderlichen Mischung der Farben Gelb und Blau, besonders teuer. Es wurde durch Überfärben von Färberwau und Waid gewonnen und erforderte mehrere Arbeitsschritte, deren Aufwand den grünen Stoff für die edlen Damen Hamburgs ganz besonders reizvoll machte.

Während die Männer sich einige Beispiele des farbigen Tuchs anschauten, erzählte Conrad weiter.

»Das, was Ihr gerade in den Händen haltet, meine Herren, ist allerdings nahezu der ganze Rest von dem, was mir noch von der Ware geblieben ist. Kaum hatte der Lieferant das Tuch abgeladen, kam Voltseco von der Mühlenbrücke herbeigeeilt. Manchmal glaube ich, er kann gutes Tuch riechen. Nun ja, ob Ihr es glaubt oder nicht, ich habe schon jetzt fast alles an den gierigen Hund verkauft und damit fast doppelt so viel eingenommen, wie ich in Gent für die Ware bezahlt habe.«

Willekin und Albert schauten ungläubig von den kleinen Tuchfetzen in ihren Händen auf.

»Ich hatte Glück«, erklärte Conrad, während er lächelnd die Schultern zuckte. »Seine eigene Lieferung verspätet sich bereits um zwei Wochen, und er fürchtet, sie dieses Jahr gar nicht mehr zu bekommen.« Ein breites Grinsen legte sich auf Conrads Gesicht. »Bereits am Hafen lauerte er mir auf wie ein Dieb; so sehr wollte er das Tuch.«

Voltseco gehörte zur fleißigen Familie derer von der Mühlenbrücke. Seine Brüder Helpwin und Thedo waren ebenso wie die von Holdenstedes im Tuchhandelsgeschäft und außerdem Mitglieder des ehrenwerten Hamburger Rates. Voltseco hingegen hatte sich einen Namen als Hamburgs bester Gewandschneider gemacht. Nur die edelsten Damen der Stadt suchten ihn auf, um sich von ihm Kleider nach der neuesten Mode schneidern zu lassen. Doch ebenso, wie er der Arbeit mit Nadel und Faden zugetan war, brachte ihn das Geschäft mit den Tuchen auch häufig in Bedrängnis. Oftmals schien ihm das Begleichen von Schulden nicht die erste Pflicht zu sein. Diese Nachlässigkeit hatte bereits dazu geführt, dass er für ein ähnliches Geschäft wie das mit Conrad die Hälfte seines Erbes in der Reichenstraße verpfändet hatte. Seine Frau Agatha hatte ihm damals die Hölle heißgemacht, aus lauter Angst davor, bei Nichtbegleichen der Schuld tatsächlich Haus und Hof zu verlieren. Noch immer klang Conrad das Gezeter des Weibes in den Ohren, welches auch noch einige Häuser weiter zu hören gewesen war.

Schließlich fragte Willekin, was auch Albert schon auf der Zunge lag: »Hat er deine Tuche etwa sofort bezahlt?«

»Nein«, gab Conrad wahrheitsgemäß zurück. »Er hat sich bereit erklärt, die gesamte Schuld von sechsundfünfzig Silbermark vor Zeugen zu bestätigen und die Rückzahlung schriftlich zu regeln. Eine Anzahlung von zwanzig Silbermark hat er mir sofort

gegeben. Der restliche Betrag wird dreigeteilt. Wir haben uns darauf geeinigt, dass er mir jeweils zwölf Mark zu Pfingsten, zwölf zum Jacobitag und wieder zwölf zum Martinsfest bezahlen wird.«
An seinen Freund Willekin gewandt, fragte Conrad: »Ich wollte dich bitten, mir als Zeuge bei der Unterzeichnung einer Schuldurkunde zu dienen. Bei der Höhe der Summe will ich sichergehen, dass Voltseco weiß, wie ernst es mir ist.«

»Sicher«, war die knappe Zustimmung Willekins, der Conrad gut verstehen konnte. Mit einem abwertenden Unterton legte er nach und sagte: »Es ist mir absolut schleierhaft, wie es dieser Voltseco zu so viel Geschäftigkeit bringen konnte. Wie häufig war er bereits kurz davor, durch seine Unbedachtheit all seine Habe zu verlieren? Ohne Helpwin und Thedo wäre er wahrscheinlich schon zu etlichen Strafen verurteilt worden. Die Hamburger Damen allerdings scheinen ihm und seinen Künsten blind erlegen zu sein.«

Conrad und Albert wussten genau, dass mit *Künsten* zum einen seine Schneiderkunst, doch zum anderen auch seine überzogen galante Art gegenüber den Damen gemeint war. Voltseco war ein gut aussehender Mann, und sein Ruf war, zum Leidwesen seiner Gattin, berüchtigt. Dies verhalf ihm nicht selten zu unüblichen Zahlungsvereinbarungen.

Als Mitglied des Rates wusste Conrad von einigen Fällen im Zusammenhang mit dem Gewandschneider, die wahrhaft Aufsehen erregt hatten. So hatte die Frau des Apothekers ihm beispielsweise Aufschub einer Schuld gewährt, bis *Gott ihm einen so großen Gewinn an seinen Gütern schenkte, dass er sie bezahlen könne*. So etwas hatte es zuvor noch nicht gegeben.

Albert rutschte unruhig auf seinem Stuhl hin und her und überlegte krampfhaft, wie er das Gespräch von Voltseco wieder auf sich lenken konnte. Warum kam Conrad nicht endlich zur Sache?

Als hätte dieser seine Gedanken erraten, sah er seinen Bruder plötzlich an und sagte: »Nun zu dir, Bruder.«

Albert richtete sich in seinem Stuhl auf und versuchte sich nicht anmerken zu lassen, dass sein Mund staubtrocken vor Aufregung war.

»Ich habe beschlossen, noch dieses Jahr eine Kogge nach Flandern zu schicken, um weiteres Tuch für den Winter zu kaufen. Voltseco hat meine Vorratsräume regelrecht geplündert, und ich will nicht über den Winter ohne Ware dastehen. Die Geschäfte blühen, und ich habe bereits mehrere Anfragen der anderen Schneider ablehnen müssen. Der Herbst war bisher mild und verspricht einen ebenso milden Winter. Ich denke, dass es zu schaffen ist, noch weit vor dem Weihnachtsfeste wieder zurück zu sein«, schloss Conrad und schob sich ein großes Stück der mittlerweile erkalteten Gans in den Mund.

In Alberts Kopf schwirrten die Gedanken. Was hatte das zu bedeuten? Dann durchzuckte es ihn wie ein Blitz. »Du willst doch nicht wirklich, dass ich dieses Schiff begleite?«

»Doch, das war mein Gedanke. Du wirst die Kogge als mein Nuntius nach Flandern begleiten und das benötigte Tuch noch vor dem Weihnachtsfeste nach Hamburg bringen. Mit diesem Auftrag wirst du dir als Kaufmann einen Namen in Hamburg machen. Ich gebe dir hiermit eine gute Möglichkeit, dich zu beweisen, bevor du im November fünfundzwanzig wirst und du dein Erbe ausgezahlt bekommst.«

Albert wollte seinen Ohren nicht trauen. Er hatte mit fast allem gerechnet, aber nicht damit, wochenlang fortgehen zu müssen. Auch wenn Conrads Worte eigentlich keinen Widerspruch erlaubten, entgegnete Albert dennoch etwas. »Dieses Unterfangen klingt wahnsinnig, Conrad. Es ist bereits Mitte Oktober, und die ersten Schiffe verlassen Hamburg schon zur Winterlage. Auch wenn es ein milder Herbst war, bedeutet das nicht, dass die Seewege um diese Zeit im Jahr auch eisfrei sein werden. Der Weg nach Flandern dauert zu dieser Zeit bestenfalls zwei bis drei Wochen, wenn nicht länger, und die Nordsee ist im Winter unberechenbar.«

»Zweifelst du etwa an meinen Erfahrungen, Albert?«, fragte Conrad leicht gereizt.

»Nein, bestimmt nicht, Bruder«, beschwichtigte Albert ihn rasch. Er wollte die sich ihm bietende Möglichkeit nicht verspielen. »Aber du hast doch gerade erzählt, dass Voltseco ebenso befürchtet, seine Ware dieses Jahr nicht mehr zu erhalten. Wie soll es da möglich sein, in dieser kurzen Zeit den Hin- *und* Rückweg zu bestreiten?«

Conrad winkte ab und erklärte missfällig: »Voltseco heuert Schiffe an, bei denen es verwunderlich ist, dass sie es überhaupt bis zur Hohen Brücke an der Mündung des Nikolaifleets schaffen. Wir hingegen haben gute und schnelle Schiffe.«

»Verstehe mich nicht falsch, Conrad. Ich bin dir dankbar für dein Vertrauen«, lenkte Albert nochmals ein, »doch ich glaube nicht, dass dieses Vorhaben selbst mit einem guten Schiff noch zu schaffen ist. Sehr wahrscheinlich muss ich den Winter über in Flandern bleiben, und dann bekommst du das Tuch auch erst im Frühjahr.«

Conrad erkannte, dass sein Plan zu scheitern drohte, und entschied sich dafür, mehr Druck auf seinen Bruder auszuüben, um an sein Ziel zu kommen. »Hättest du Vater etwa auch widersprochen?«, donnerte er los und erschreckte so nicht nur Albert, sondern auch Willekin. »Ich bin das Familienoberhaupt, und ich leite die Geschäfte, wie ich es für richtig halte; oder hast du die Worte aus Vaters Testament schon vergessen? Bis November hast du noch zu tun, was ich dir auftrage. Wenn du dir bei dem Gedanken, nach Flandern zu segeln, in die Hosen pisst, dann sage es gefälligst deutlich!«

Albert senkte entmutigt den Kopf. Seine freudige Erwartung war plötzlich einem Schaudern gewichen. Wenn er ablehnte, würde sich vielleicht so schnell keine Möglichkeit mehr für ihn bieten, sich als Kaufmann zu beweisen. Viel zu lange wartete er nun schon darauf. Doch es war nicht die Angst vor einem plötzlichen Wintereinbruch auf See, die ihn zurückhielt. Der Gedanke, seine Frau und seine kleinen Kinder möglicherweise für viele Wochen verlassen zu müssen, brach ihm fast das Herz. Dennoch war ihm klar, dass er Conrads Anweisungen Folge leisten musste – wenn auch nur noch für kurze Zeit.

Nun war es Willekin, der etwas sagte. »Albert, du warst noch nie in der Lage, einfach zu tun, was man dir sagt. Ich bin mir sicher, wir finden jemand anderen für diesen Auftrag. Jemanden, der nicht vor Angst den Schwanz einkneift.«

Albert hatte die Anspielung auf die geplatzte Hochzeit sehr wohl verstanden, und die Zornesröte schoss ihm augenblicklich ins Gesicht. Doch er war nicht dumm. Ebenso hatte er verstanden, dass Willekin nur versuchte, ihn zu reizen. Er wollte sich für dieses Kinderspiel eigentlich nicht hergeben, aber er hatte einfach keine Wahl mehr. Albert war in die Ecke gedrängt worden. »Also gut, ich werde es tun, Conrad. Ich werde nach Flandern reisen und den Auftrag erfüllen.«

»Endlich kommst du zur Vernunft«, grollte der Ältere.

Albert sah Willekin aus dem Augenwinkel grinsen. Am liebsten hätte er ihn am Kragen gepackt und hinausgeworfen, so wütend war er. Doch es war besser, ihn einfach zu ignorieren.

»Aber wenn ich zurück bin, Conrad«, brach es aus Albert heraus, »dann wirst du mir mein Erbe auszahlen und mich gehen lassen. Die Zeit der Buße wird nach dieser Reise ein Ende haben. Ich werde mich als Kaufmann beweisen, und ich werde besser sein, als ihr glaubt. Nach meiner Rückkehr treibe ich den Bau meines Hauses voran, und keine Flut wird es mir mehr nehmen.«

Seine Stimme klang drohend und flehend zugleich. An der Reaktion seines Bruders sah er jedoch, dass seine Worte ihr Ziel nicht verfehlt hatten.

»Abgemacht. Wenn du erfolgreich heimkehrst, werde ich dir dein Erbe auszahlen und dir sogar noch ein paar Münzen für dein Haus obendrauf geben. Aber zunächst, beweise dich!« Ohne weiter auf die unterschwellige Drohung des Jüngeren einzugehen, fing Conrad an, über die Einzelheiten der Fahrt und des anstehenden Geschäfts in Flandern zu sprechen.

Albert fühlte sich elend. Sein Plan, Willekin stolz die Stirn zu bieten, war kläglich gescheitert. Stattdessen hatte er sich eine weitere Unverfrorenheit seinerseits bieten lassen müssen. Nach dieser Handelsfahrt musste das endlich anders werden; das schwor Albert sich.

Conrad und Willekin hingegen frohlockten innerlich gleichermaßen; wenn auch aus unterschiedlichem Anlass.

Wo Willekin schon mehr als zufrieden damit war, einer bloßen Erniedrigung Alberts ansichtig geworden zu sein, verspürte Conrad hingegen große Genugtuung bei dem Gedanken an Alberts Abwesenheit.

Dass List und Tücke nötig waren, um Albert im letzten Moment, wenn auch nur unter Druck, von der Notwendigkeit der Reise zu überzeugen, störte Conrad nicht im Geringsten. Als erfahrener Kaufmann wusste er natürlich, wie unwahrscheinlich es war, dass Albert noch vor Wintereinbruch zurückkehrte. Mit Sicherheit würde er bis März in Flandern bleiben müssen; und genau das war Conrads Plänen dienlich.

Wie üblich würden auch im nächsten Jahr wieder am 22. Februar die neuen Ratsherren in den Rat der Stadt gewählt werden. Bislang war Albert noch zu jung gewesen, um ein Mitglied des Rates zu werden, doch im November würde er das nötige Alter erreichen. Alberts Herkunft und auch das Vermögen, welches er an seinem fünfundzwanzigsten Geburtstag erben würde, machten ihn zu einem erstklassigen Anwärter. Auch wenn Conrad nicht in der Lage sein würde, Alberts Beitritt in den Rat gänzlich zu verhindern, so konnte er ihn doch allemal verzögern – zumindest für ein Jahr, und nur darauf kam es an! Denn gerade das kommende Jahr würde für den Rat und somit auch für die Hamburger ein besonderes Jahr werden. Alle Bemühungen der Stadt, ihre Unabhängigkeit von den Stadt- und Landesherren, den Grafen von Holstein und Schauenburg, zu erkämpfen, würden im kommenden Jahr mit der Fertigstellung des ersten eigenen Gesetzbuchs seinen bisherigen Höhepunkt erreichen. Und gerade dann wollte Conrad seinen Bruder besonders weit weg wissen. Albert sollte nicht unverdienterweise an dem Siegeszug dieses Buchs teilhaben, an dem die Ratsherren bereits seit Jahren mitwirkten. Nein, der Ruhm der von Holdenstedes in dieser Angelegenheit war einfach zu wichtig, um ihn zu teilen.

Willekin und Conrad waren sich einig; wenn auch aus unterschiedlichen Gründen. Albert musste den Winter über aus Hamburg ferngehalten werden, damit die jährlichen Wahlen der Ratsmänner Ende Februar vorüber waren, bevor er wieder heimkehrte. Diesem Ziel waren sie nun näher als je zuvor; dafür würde die altersschwache Kogge schon sorgen, die sie extra für diesen Zweck angeheuert hatten.

Endlich war das Essen serviert und die Küche gerichtet. Die edlen Damen hatten sich bereits zurückgezogen und die werten Herren waren vermutlich in ihre geschäftlichen Gespräche vertieft.

Zu dieser Zeit des Mahls sah es der Hausherr nicht gerne, wenn Hilda die Wohnstube betrat und die Herren störte. Da sie darum wusste, hatte sie dafür gesorgt, dass genug zu trinken für den Rest des Abends auf dem Tisch bereitstand.

Marga hatte die Aufsicht über Runa übernommen und war gerade dabei, sie ins Bett zu bringen.

Nun hatte Hilda endlich Zeit, um nach Ragnhild und den Kindern zu sehen. Leise öffnete sie die Tür der Kammer, in der die Wöchnerin lag. Die drückende Wärme des Raums stand im starken Kontrast zu der klirrenden Kälte der Diele. Schnell schloss sie die Tür hinter sich, damit die Säuglinge nicht froren.

Schweißperlen traten ihr augenblicklich auf die Stirn, und so nahm sie ihr wollenes Schultertuch ab, welches sie immer dann umlegte, wenn sie aus der warmen Küche in die kalte Diele trat.

Ragnhild und die Zwillinge lagen friedlich schlafend nebeneinander. Dieser Anblick genügte bereits – Hilda war sofort wieder von dem freudigen Ereignis ergriffen. Sie sprach ein kurzes Dankgebet für die Geburt der Kinder und näherte sich dann langsam dem Bett. Auch wenn es ihr selbst nur vergönnt gewesen war, ein einziges Kind zu bekommen, fühlte sie sich durch die Geburt der Zwillinge seltsam entschädigt.

Je länger Hilda in dem Raum stand, desto besser gewöhnten sich ihre Augen an das schummrige Licht. Leise schlich sie an die Seite, zu der Ragnhild ihren Kopf gedreht hatte. Ihr Blick heftete sich auf den halb zugedeckten Körper der Wöchnerin. Auch ihr stand der Schweiß auf der Stirn. Hilda beschloss, ihn mit einem feuchten Leinen abzutupfen, und trat näher an ihre Freundin heran. Dann plötzlich stockte sie mitten in der Bewegung und verengte ihre Augen. Noch bevor sie Ragnhild berührt hatte, bemerkte sie, dass ihr Kopf irgendwie seltsam verdreht aussah und der Körper ungewöhnlich schlaff wirkte. Hilda wollte nach dem Arm greifen, der auf dem Laken ruhte, doch als sie diesen vorsichtig berührte, rutschte er einfach zur Seite und baumelte aus dem Bett heraus.

Die Magd versuchte ihren Schrei mit der Hand zu unterdrücken, doch der Schreck war schneller. Beide Kinder erwachten und fingen augenblicklich an zu weinen. Beherzt griff Hilda nach Ragnhilds Kopf, um ihn zu drehen, doch gleich nach der ersten Berührung zog sie ihre Hände ruckartig zurück. Das Gesicht der Wöchnerin war glühend heiß. Hilda mahnte sich zur Ruhe und packte Ragnhild unter den Armen, um ihren Körper wieder aufzurichten. Erst jetzt fühlte sie, dass der gesamte Körper ihrer Freundin klatschnass vor Schweiß war.

Die Kinder brüllten nun aus vollen Kräften, doch Hilda konnte sich jetzt nicht um die Säuglinge kümmern. Unentwegt versuchte sie Ragnhild mit ihren Rufen zu wecken. »Ragnhild, kannst du mich hören? So antworte doch, Kind. Sag etwas!«

Doch alles Rufen half nichts. Sie bekam keine Antwort. Von einem bösen Verdacht getrieben, schaute Hilda ihrer Freundin nun eindringlich durch die halb geschlossenen Augenlider. Aus den kleinen Schlitzen schimmerte ein Unheil verkündender Glanz. Hilda wusste sofort, was das zu bedeuten hatte. Ragnhild lag im Kindbettfieber.

Zusammen mit Hilda saß Albert nach schier unendlichen Momenten der Angst und Ungewissheit nun in der Küche. Die Ereignisse der letzten Stunden hatten sich überschlagen.

Kurz nachdem der Schrei der Magd die Kinder geweckt hatte, waren Luburgis und Hildegard aus dem Handarbeitsraum in die Kammer von Ragnhild gestürmt.

Jetzt ging alles sehr schnell. Die Waden der Kranken wurden mit feuchten Leinen gekühlt und ihre Zwillinge von ihr getrennt. Man baute ihnen provisorische Betten im Handarbeitsraum auf und besorgte ihnen eine Amme aus der Stadt, die für die Milch sorgen sollte.

Ragnhild war nicht mehr ansprechbar. Nachdem der Heilkundige gegangen war, hatte Albert an ihrer Seite gewacht. Das Gefühl der Hilflosigkeit war für ihn schier unerträglich gewesen. Nach einiger Zeit wurde er von Marga abgelöst.

Mutter und Tochter hatten sich darauf verständigt, die ganze Nacht abwechselnd an Ragnhilds Bett zu wachen. Albert sollte etwas schlafen können, bevor er am kommenden Morgen nach Flandern aufbrach.

Doch obwohl es weit nach Mitternacht war, war an Schlaf für ihn gar nicht zu denken. Stattdessen schüttete er Hilda sein Herz aus. »Ich kann unmöglich morgen nach Flandern fahren, wenn Ragnhild so krank daniederliegt. Die Reise kann aber auch keinen Tag länger warten. Schon jetzt ist es eigentlich viel zu spät im Jahr für eine solche Fahrt. Was soll ich nur tun, Hilda?« Albert vergrub das Gesicht in seinen Händen.

Auch wenn Hilda selbst nicht daran glaubte, versuchte sie ihn aufzumuntern, indem sie sagte: »Vielleicht lässt sich Conrad doch noch dazu bewegen, einen anderen Mann zu schicken. Die Lage ist jetzt schließlich eine ganz andere als noch vor wenigen Stunden.«

»Ach, du kennst ihn doch. Nichts und niemand wird ihn mehr umstimmen können – es ist hoffnungslos.«

Hilda wusste, was er damit gemeint hatte. Ja, sie kannte Conrad. Schon sein ganzes Leben lang. Auch sie ahnte, dass er sich nicht umstimmen lassen würde. Ein längeres Schweigen folgte, und die Magd nutzte die Chance, um dem Verzweifelten einen Becher Wein zu bringen. »Was glaubt Ihr, wie die Dame Ragnhild entscheiden würde?«, fragte sie plötzlich.

Albert sah auf. »Was meinst du?«

»Ich denke, dass sie wollen würde, dass Ihr fahrt. Sie würde wollen, dass Ihr alles versucht, um ein geschäftstüchtiger Tuchhandelskaufmann zu werden. Meint Ihr nicht?«

Zunächst etwas verblüfft über ihre Worte, schwieg Albert einen Moment. Sogleich versuchte er, sich die Szenerie wahrhaftig vorzustellen. Ja, sie würde ihm wahrscheinlich wirklich gut zureden und versuchen, ihn von der Flandernreise zu überzeugen. Für sie und Runa war das Leben unter Luburgis nicht einfach. Auch wenn sie sich so gut wie niemals bei ihm beschwert hatte, wusste Albert dennoch, wie sehr sie unter seiner Schwägerin litt. Hilda hatte recht. Ragnhild würde wollen, dass er ginge. Und sie würde wollen, dass er erfolgreich wäre. »Du kennst sie wirklich gut, Hilda«, sagte er mit einem einseitigen Lächeln in ihre Richtung. »Wirst du dich um sie kümmern, wenn ich weg bin?«

Diese Frage war eigentlich keine. Er wusste, dass Hilda alles tun würde, um Ragnhild gesund zu pflegen.

Es war sehr früh am Morgen, als Albert das Haus verließ. Er hatte das Gefühl, während der kompletten Nacht, die er teils in der Küche und teils in dem Sessel vor dem Kamin der Stube verbracht hatte, nicht ein Auge zugetan zu haben.

Conrad war noch einmal alle Einzelheiten der Reise mit ihm durchgegangen und stellte schlussendlich noch eine Vollmacht zum Erwerben der Tuche aus. Albert hatte alles ruhig mit angehört und versucht, es zu verinnerlichen. Erst jetzt, da er sich am Hafen befand, wurde ihm bewusst, wie aufgeregt er eigentlich war. Auch wenn er seinen Vater früher auf Reisen begleitet hatte, so fühlte er sich heute doch, als stünde ihm seine erste Schifffahrt bevor. Einen entscheidenden Unterschied zu damals gab es heute nämlich doch; noch niemals war er in der Ferne auf sich allein gestellt gewesen.

Albert schämte sich seiner weibischen Ängste und schalt sich einen Narren. Schließlich war es kein schwerer Auftrag – trotz der beschwerlichen Reise. Er kannte den flandrischen Kaufmann bereits von früheren Besuchen und hatte an Bord sogar noch einen sprachkundigen Steuermann dabei. Ihm konnte nichts geschehen. Er war auf alles vorbereitet. Auf alles; nur auf eines nicht.

Was würde er tun, wenn er zurückkam, und seine Ragnhild wäre tot? Es war nicht ungewöhnlich, dass Frauen am Kindbettfieber starben. In ihm zog sich alles zusammen. Ich darf jetzt nicht daran denken, maßregelte er sich selbst. Konzentriere dich auf die Reise.

Er beschleunigte seinen Schritt und lief entschlossen den Hafen entlang. Das Schiff sollte schon bereitstehen, hatte Conrad gesagt, und eine Beschreibung der genauen Anlegestelle sollte Albert helfen, es ausfindig zu machen. Außer der Tatsache, dass die Kogge den Namen *Resens* trug, wusste Albert noch, dass sie zu einem Drittel dem Schiffer selbst gehörte. Die anderen beiden Drittel nannten zwei Albert flüchtig bekannte Ratsmänner ihr Eigen, was jedoch keinesfalls unüblich war.

Der Schiffsherr der *Resens* hieß Arnoldus Zalghe und gehörte, wie viele der in Hamburg lebenden Schiffer, der Mittelschicht an. Auch ihn kannte Albert noch von früheren Geschäften mit dem Vater. Damals war er zwar immer freundlich zu ihm, aber umso strenger mit seinen Schiffsjungen gewesen, die zu der Zeit häufig genauso alt wie Albert gewesen waren. Sie mussten die niedersten Arbeiten an Bord verrichten und wurden nicht selten mit Schlägen bestraft. Inzwischen musste Arnoldus knapp fünfzig Jahre alt sein und gehörte damit zu den etwas betagteren Seebären.

Albert lief die Kaimauer bis zum Ende entlang und wich dabei geschickt den stinkenden Pfützen aus, in denen allerhand Fischgedärme schwammen. Am liebsten hätte er sich etwas vor die Nase gehalten, doch was hätte das schon gebracht? Dieser Geruch würde ihm schließlich die nächsten Wochen folgen wie sein eigener Schatten.

Dann, völlig unvermittelt, stand sie plötzlich vor ihm, die *Resens*! Staunend hielt Albert inne, allerdings nicht vor Bewunderung, sondern vielmehr, weil ihn bei ihrem Anblick starke Zweifel befielen, ob dieses Schiff es überhaupt das Nikolaifleet hinunter schaffen würde – ganz zu schweigen vom Bewältigen der stürmischen Nordsee.

Die *Resens* kam ihm vor wie ein altes Pferd mit hängendem Kopf. Grünspakige Taue schwangen müde im Wind, und der Teeranstrich des Schiffs blätterte an allen Seiten ab. Die glitschigen überlappenden Planken der Schiffswand wurden durch morsch anmutende Holznägel zusammengehalten, und die dazwischen liegenden Fugen waren lückenhaft mit Kalfatermaterial abgedichtet. In der Mitte der Kogge befand sich der baumdicke Mast mit seinem löchrigen Wachkorb am Ende. Hier dran waren die Segel des Einmasters befestigt, welche auch schon erste Flicken aufwiesen und deren einstiges rot-weißes Streifenmuster nur noch mit Mühe und gutem Willen zu erkennen war. Dieses Schiff war mit Abstand das Klapprigste im ganzen Hafen. Am liebsten wäre Albert zurück zu Conrad gelaufen und hätte ihn zur Rede gestellt. Warum heuerte er ein Schiff in diesem Zustand an, wenn es darauf ankam, die zurückzulegende Strecke in Bestzeit zu schaffen? Das konnte doch unmöglich sein Ernst sein!

Albert suchte nach Erklärungen. Vermutlich war jedes andere Schiff unter den gegebenen Umständen unbezahlbar gewesen. Da so spät im Jahr niemand mehr hinausfahren wollte, konnte er sich den Preis nicht mit mitfahrenden Kaufleuten teilen und musste ihn allein aufbringen.

In diesem Moment entdeckte er Arnoldus. Das Haar unter seiner Schiffsherrnmütze war grau geworden und hing ihm in fettigen Strähnen im Nacken. Sein fleckiges Hemd spannte über seinem dicken Bauch, und die wettergegerbte Haut schien faltiger zu sein als bei ihrem letzten Zusammentreffen. Die brummende Stimme des Schiffers tönte über das Deck und war auch noch deutlich von Albert, der am Kai stand, zu vernehmen. So rau er auch wirken mochte, so wusste Albert doch, dass Arnoldus ein guter Kerl war. Er galt als grundehrlich und war deshalb beliebt unter den Kaufleuten.

»Mein Herr!«, rief er herunter und winkte knapp. Gleich darauf stapfte er den dünnen Steg geübt hinunter. »Pünktlich, wie schon Euer Herr Vater es war. Das gefällt mir.« Freundlich reichte er Albert die schmierige Hand.

»Seid gegrüßt, Arnoldus. Ich sehe, das Schiff ist bereit?«, stellte Albert mit fragendem Unterton fest.

»Bereit und startklar, Herr. Meine dicke Dame ist immer bereit.«

Albert kannte die Sitte der Schiffsführer, von ihren Koggen zu reden, als wären sie Frauen. Diese Eigenart kam ihm äußerst komisch vor, da Frauen selbst an Bord verboten waren, weil sie angeblich Unglück brachten. »Gut, sind meine Kisten an Bord?«

»Selbstverständlich, wir können sogleich ablegen«, bestätigte der Schiffsherr. Die positive Art des Seebären stimmte auch Albert nun etwas um. Wenn der Schiffsherr dieses morschen Bretterhaufens so froher Stimmung war, sollte auch er nicht schwermütig sein. Sicher würde alles gut gehen, besänftigte er sich selbst. Dann gab er sich einen Ruck und sagte: »Also gut, lasst uns hineingehen und über das Finanzielle sprechen, damit wir so schnell wie möglich ablegen können.«

Er folgte Arnoldus in seine Kajüte. Alles an Bord war aus Holz. Bei jedem Schritt knarrte und knackte es unter seinen Füßen, und Albert konnte nicht leugnen, dass er kein Vertrauen in dieses Ungetüm hatte.

Arnoldus bemerkte seinen Blick und sagte: »Ihr könnt meiner alten Dame ruhig vertrauen, Herr. Sie ist nicht die Schönste, aber sie hat schon viele Meilen auf See hinter sich.« Mit einem kräftigen Ellenbogenhieb in Alberts Seite setzte er nach: »Die erfahrenen Dirnen sind doch auch nicht immer die schönsten, aber sie verstehen ihr Handwerk.« Darauf begann er dröhnend zu lachen.

Seinem skeptischen Fahrgast hingegen konnte er nur ein schmerzverzerrtes Nicken entlocken.

Sichtlich erfreut über seinen eigenen Scherz, hielt sich der grauhaarige Seebär den bebenden Bauch und entblößte dabei eine lückenhafte Reihe gelber und schwarzer Zähne. Erstaunlicherweise hatte der anzügliche Vergleich für Albert tatsächlich etwas Wahres und ließ nun auch ihn schmunzeln. Dann folgte er dem Schiffer ohne weitere Worte über den oberen Plankengang in die Schiffsherrnkajüte. Im Gegensatz zu Arnoldus' Äußerem war hier alles aufgeräumt. Albert wusste, dass die Rangniedrigsten regelmäßig dazu angetrieben wurden, diese Kammer zu schrubben. Demnach war der Glanz nicht Arnoldus, sondern einem seiner fleißigen Schiffsjungen zuzuschreiben. Sie setzten sich an den Tisch in der Mitte des kleinen Raums, welcher am Boden befestigt war, damit er bei hohem Wellengang nicht umfiel. Alberts Blick fiel auf ein rundes Gefäß, das flach mit Wasser gefüllt war. In seiner Mitte schwamm ein Brettchen, und darauf lag ein Stein. Nur mit großer Mühe konnte Albert ein Aufstöhnen unterdrücken. Wie wunderbar doch dieser ungenaue und darum eigentlich unbeliebte Kompass mit einem Magnetstein zu der maroden *Resens* passte!

Arnoldus entging der skeptische Blick seines Gastes nicht. Er war zwar ein derber Geselle, doch er war nicht dumm. Mit einem etwas zu lauten Geräusch ließ er zwei Becher auf den Tisch schnellen und holte den in sich gekehrten Albert wieder in die Gegenwart zurück. »Nun schaut doch nicht so verdrießlich drein, Herr. Die See wird uns schon nicht verschlingen. Habt Vertrauen zu meinem Schiff.«

Albert war drauf und dran zu protestieren. Welcher Mann wollte schon vor einem anderen als ängstlich gelten? Doch der Schiffer war schneller. Geschwind hatte er die Becher mit einen ordentlichen Schluck Branntwein gefüllt und schob einen davon Albert entgegen.

»Lasst uns lieber auf Kaiser Barbarossa trinken, der uns Hamburgern mit seinem Freibrief den teuren Gang zum Zollherrn erlassen hat.«

Albert nickte und stürzte danach den bitterscharfen Inhalt in einem Zug hinunter. Der Schiffer verstand es, ihn aufzuheitern. Im Gegensatz zu fremden Kaufleuten, die vor der Ausfahrt aus dem Hafen beim Zöllner einen Zoll auf ihre auszuführenden Waren zu entrichten hatten, erging es den Hamburgern gut. Sie mussten kein Zollzeichen am Stadttor vorzeigen, um freie Fahrt zu bekommen. Bis zur Nordsee waren sie von Zöllen befreit. Mit verzogener Miene wegen des unangenehmen Geschmacks des Branntweins sagte Albert: »Ich gebe Euch recht, Arnoldus. Für dieses Privileg hat Barbarossa wahrhaft einen Trunk auf sein Wohl verdient. Gott habe ihn selig.«

Arnoldus grinste und schenkte Albert ungefragt nach. »Trinkt noch einen, Herr. Ich werde jetzt den Befehl zum Ablegen geben.« Daraufhin verließ er die Kajüte.

Es war alles gesagt. Conrad hatte den Schiffer bereits beim Anheuern der Kogge bezahlt. Die Vorräte waren verstaut und alle Kisten vertäut. Die Reise begann.

Albert ging wieder an Deck und blickte noch einmal in den Hafen hinunter. Die Leinen der *Resens* wurden gelöst, und die Kogge setzte sich langsam in Bewegung. Wie so oft lag auch heute ein leichter Nieselregen in der Hamburger Luft und benetzte sein Gesicht. Alles in ihm sträubte sich gegen diese Reise. Der übereilte Aufbruch hatte ihm keine Gelegenheit gelassen, noch ein Testament aufzusetzen, wie es eigentlich unter Reisenden üblich war. Es blieb einfach keine Zeit, um das Schriftstück erst zu verfassen, es dann zu vervielfältigen und schlussendlich auch noch von zwei ratsherrlichen Zeugen unterzeichnen zu lassen, um ihm Gültigkeit zu verleihen. Dieser Umstand war beunruhigend – schließlich kam es häufig vor, dass ein Reisender nicht zurückkehrte. Doch es gab auch noch etwas anderes, das in ihm rebellierte. Albert konnte es nicht richtig deuten. War es wirklich die Angst um Ragnhild? Oder vielleicht die natürliche Angst vor der großen See? Wie jeder an Bord konnte auch er nicht schwimmen. Diesen Umstand schob er nun vor, um sich selbst eine Erklärung für seine innere Unruhe zu liefern.

Natürlich war es das. So wie man auch Angst vor großen Höhen verspürte, weil man nicht fliegen kann, hatte man auch Angst vor tiefem Gewässer. Mit einem Mal fielen Albert die Worte der Arbeiter des Doms ein, die ihm erzählt hatten, dass die Angst vor der Höhe vorbeigehe, wenn man sich ihr stelle. Würden auch seine Befürchtungen verfliegen, wenn sie erst einmal unterwegs waren?

Er verschränkte die Arme und schaute so lange auf den Hafen, bis es die Biegung des Nikolaifleets nicht mehr zuließ. Sie fuhren unter der Hohen Brücke hindurch, nach der die Elbe folgte. Die *Resens* wurde von der Strömung des Wassers erfasst und gewann an Fahrt. Das flatternde Geräusch sich aufblähender Segel drang an sein Ohr. Albert entschied, ins Innere der Kogge zu gehen, da sie sogleich die Insel Grasbrook erreichen würden. Hier war die Hinrichtungsstätte Hamburgs, die ihn schon als kleiner Junge geängstigt hatte. Das Letzte, was er in seiner jetzigen Stimmung zu sehen wünschte, waren die nackten Schädel jener Mörder und Piraten, die der Scharfrichter zur Mahnung aller auf lange Pfähle genagelt hatte, sodass sie auch vom Wasser aus zu sehen waren.

7

Seit Alberts Abreise waren mehrere Tage vergangen, und Ragnhilds Zustand schwankte zwischen todkrank und schlafend.

Hilda und Marga waren von den Nachtschichten mittlerweile gleichermaßen erschöpft. Dennoch erlaubte Luburgis ihnen nicht, auch nur eine Stunde länger zu schlafen als sonst. Gott sei Dank kam Ella immer dann vorbei, wenn es ihre Arbeit erlaubte, um zu helfen. So verging Tag um Tag, und wo sich anfangs noch jeder von ihnen bemühte, zuversichtlich zu bleiben und den anderen zu stärken, verließ die Frauen langsam aber sicher der Mut.

Nichts vermochte Ragnhild wirklich zu wecken. Zwar gab es Momente, in denen sie ihr etwas zu trinken und etwas zu essen geben konnten, aber ein Gespräch kam niemals zustande.

Luburgis hingegen schien sich im Frühling ihres Lebens zu befinden. Im Gegensatz zu Marga und Hilda raubte ihr der schlechte Zustand der ungeliebten Schwägerin nicht einen Moment des Schlafs. Fast konnte man sagen, dass es eher andersherum war – jeder Tag, der verging, schien die ewig mürrische Hausherrin tatsächlich fröhlicher zu stimmen.

Hilda glaubte mittlerweile den wahren Grund dafür zu kennen. Vor wenigen Tagen hatte sie beobachten können, wie ihre Herrin die Kammer mit den Kindern betrat. Die Tür war hinter ihr offen geblieben, und so konnte Hilda erkennen, wie Domina Luburgis ein Kind nach dem anderen hochnahm, es betrachtete und anfing, es zu liebkosen.

Dieser Anblick war dermaßen ungewohnt, dass es Hilda trotz der Angst, beim Nichtstun entdeckt zu werden, unmöglich gewesen war, wegzusehen. Niemals zuvor hatte sie derartige Herzlichkeiten bei ihrer Herrin beobachten können, und sie hätte auf der Stelle schwören können, dass es sich lediglich um einen merkwürdigen Einzelfall handelte. Keinesfalls hätte sie geglaubt, dass sich Luburgis in Gegenwart anderer Leute den Kindern gegenüber ähnlich liebevoll verhalten würde; doch sie sollte sich irren.

Nachdem Ragnhild auch Tage später einfach nicht erwachen wollte, nahm sich Domina Luburgis der Kinder ganz offenkundig an. Sie übernahm das Schneidern ihrer Kleider und trug der Amme auf, wie sie sich ihnen gegenüber zu verhalten hatte. Wenige Tage später organisierte sie bereits ihren ganzen Tagesablauf um die Säuglinge. Sie schien davon besessen, sie tadellos zu versorgen, und verlangte dies auch von anderen. Bei den kleinsten Verfehlungen geriet Luburgis förmlich in rasende Wut. Sie hütete die Kinder fast wie die Jungfrau ihre Unschuld und verwehrte wenig später sogar Hilda und Marga den Zutritt zu ihnen.

Mit großer Sorge beobachtete Hilda diese Entwicklung und fragte sich, wo das noch enden würde. Was sollte nur werden, wenn Ragnhild erwachte? Würde Luburgis die Kinder wieder herausgeben? Sie vermochte es nicht, den Gedanken zu Ende zu denken.

Völlig übermüdet schlang sie sich ihren Schal um die Schultern und verließ das Haus. Marga hatte sie eben erst an Ragnhilds Bett abgelöst, und auch Runa war bei ihrer Mutter geblieben. Wie schon die Tage zuvor weigerte sich das kleine Mädchen standhaft, das Bett der Mutter zu verlassen. Sie war sichtlich verzweifelt. Gerade gestern noch hatte sie heftig geweint. Immerzu fragte sie die Magd, warum Ragnhild denn nicht wieder aufwachte. Hilda hatte ihr versucht zu erklären, dass ihre Mutter nun viel schlief, weil sie krank sei und sich erholen müsse, doch sosehr sie auch versuchte, dem Kind schonend, aber ehrlich beizubringen, was derzeit geschah, sie verstand es noch nicht. Sie war einfach noch zu klein.

Hilda war froh, der stickigen Kammer wenigstens für wenige Stunden entkommen zu können. Obwohl es kalt und diesig draußen war, empfand sie das Wetter als wohltuend erfrischend. Weg von Luburgis, weg von der Krankheit, weg von den Sorgen. Wenigsten für einen Moment wollte sie für sich sein.

Gerade in die Pelzerstraße eingebogen, auf dem Weg in die Kirche St. Jacobi, um ein Gebet für Ragnhild zu sprechen, lief ihr Liesel in die Arme.

Liesel, die eigentlich Elisabeth hieß, war die Amme der Zwillinge und somit zurzeit Luburgis' bedauernswerter Untertan. Sie selbst hatte vier kleine Kinder und einen Säugling. Unter den Frauen der Stadt dafür bekannt, dass sie stets viel Milch hatte, diente sie deshalb schon häufig als Amme bei Müttern, deren Milch zu schnell versiegte.

»Hoppla, Liesel. Was rennst du denn so? Ist es schon wieder so weit, meine Liebe?«, fragte Hilda erstaunt.

»Hast du mich jetzt aber erschreckt.« Die Amme fasste sich vor Schreck an ihren enormen Busen und antwortete kopfnickend: »Ja, wenn ich nicht will, dass Domina Luburgis mir den Kopf abschlägt, muss ich mich beeilen. Ihre Kleinen fressen mir regelrecht die Haare von Kopf«, gestand sie lachend. »Besonders Godeke hat einen gesunden Appetit. Obwohl es der schmächtige Johannes eigentlich besser gebrauchen könnte...« Sie plapperte vor sich hin und bemerkte gar nicht, wie Hilda ins Grübeln kam.

»Liesel«, unterbrach sie die Amme. »Warum sagst du *ihre Kleinen* zu den Kindern?«

Liesel hielt inne. »Was meinst du? Ich verstehe nicht...«

»Nun ja, es sind die Kinder der Dame Ragnhild und nicht die von Domina Luburgis.«

»Ach so, das meinst du«, sagte sie und winkte lapidar ab. »Ich weiß doch, dass es die Kinder der Dame Ragnhild sind. Doch Domina Luburgis nennt sie selbst immer *meine Kleinen*. Was soll ich machen? Da schleicht sich das schon mal bei mir ein. Das nimmst du mir doch jetzt nicht übel, oder, Hilda?«

»Nein, nein. Aber merk es dir besser für die Zeit, wenn die Dame Ragnhild wieder gesund ist. *Sie* ist die Mutter, nicht Domina Luburgis!«

Hildas Antwort fiel weit strenger aus, als sie es wollte, doch sie konnte ihren Zorn nicht verbergen. Ohne weitere Worte ließ sie Liesel stehen und ging ihres Weges.

Die verwunderte Amme blickte ihr nach und verstand die Welt nicht mehr. Hilda jedoch verstand sehr wohl; Luburgis wollte sich die Kleinen aneignen. Sie hatte es bereits geahnt, doch nun wusste sie, dass es stimmte. Ragnhild musste unbedingt aufwachen – am besten noch heute!

Noch am selben Tag fand sich die Amme mit Domina Luburgis in der Kammer der Zwillinge wieder. Sie saß auf einem Schemel und stillte Godeke. Luburgis schritt, eine Melodie summend und den schlafenden Johannes auf dem Arm, durch den Raum.

So friedlich war es seit dem Morgen nicht mehr gewesen, als die Säuglinge erwacht waren, dachte Luburgis lächelnd. Ja, sie lächelte. Es war ein herzliches Lächeln, das den Seltenheitswert früherer Tage verloren hatte. Tatsächlich tat sie es in letzter Zeit häufiger – lächeln.

Noch nie hatte sie solche Freude empfunden wie in den letzten Tagen. Niemals hätte sie gedacht, dass sie zu solcher Liebe überhaupt fähig wäre. Die Trübnis vergangener Zeiten war wie durch ein Wunder verflogen. Was sie sich selbst zunächst mit der selbstverständlichen Sorgepflicht einer Tante ihren Neffen gegenüber zu erklären versucht hatte, war mittlerweile, für jeden sichtbar, mit der echten und reinen Liebe einer Mutter ihren Kindern gegenüber vergleichbar.

Ja, genau so müssen die Empfindungen einer Mutter sein, dachte Luburgis wieder einmal, während sie Johannes liebevoll anblickte. Auch wenn sie sie nicht geboren hatte, empfand sie dennoch Mutterliebe. Sie erkannte sich selbst kaum wieder.

Dass es allen anderen um sie herum genauso erging, bekam sie gar nicht mit. Niemand erkannte Luburgis wieder, und ihr Handeln in den letzten Tagen kam dem einer Schwachsinnigen gleich. Hin- und herschwankend zwischen Gut und Böse, zwischen der alten und der veränderten Luburgis, machte sie allen um sich herum das Leben nur noch schwerer als sonst.

Doch in Wahrheit fühlte Luburgis neben ihrer ganzen Liebe auch noch etwas anderes. Die Glückseligkeit, endlich ihrer Bestimmung als Frau nachkommen zu können, wurde überschattet von der Angst, dass Ragnhild eines Tages wieder erwachen würde.

Bei diesem furchtbaren Gedanken presste sie Johannes noch fester an sich. Nie wieder wollte sie ohne diese Kinder leben, und nie würde sie diese Kinder wieder herausgeben. Sie waren das, was sie sich immer gewünscht hatte. Gott hatte ihre Gebete endlich erhört.

Sie war so in Gedanken, dass sie nicht bemerkte, wie Liesel sie verstohlen von der Seite ansah. Sie erinnerte sich plötzlich an die Worte Hildas und begann, sich vor Luburgis' irrem Blick zu fürchten.

Immer dann, wenn Conrad die Stiegen zum Eingang des schlichten steinernen Rathauses betrat, wurde er von einem einfachen Kaufmann zum Ratsherrn der Stadt Hamburg. Diese Verwandlung machten alle neunundzwanzig Herren durch, die ihm heute noch durch den Eingang folgen sollten, und auch wenn das Amt des Ratsherrn eines der bloßen Ehre war und nicht mit

Reichtümern vergütet wurde, diente es dem Ansehen der Herren wohl.

Zugänglich war das *domus consulum* über einen prächtigen Laubengang, welcher auch für öffentliche Verkündigungen benutzt wurde. Im Inneren des langen Giebelhauses gab es ein hohes Kellergewölbe und direkt darüber eine große Versammlungshalle, in der der Rat und die Wittigesten ihre Unterredungen führen und fremde Amtsträger empfangen und bewirtet werden konnten.

Als Hamburg vor gut fünfzig Jahren noch aus zwei voneinander getrennten Teilen bestand, hatten die Bewohner beider Gebiete ihr eigenes Rathaus besessen, doch die Vereinigung von der erzbischöflich-bremischen Altstadt und der gräflich-holsteinischen Neustadt erzwang den Bau eines gemeinsamen Rathauses, welches die Belange der Stadt künftig unter einem Dach vereinen sollte. Hier, neben der Hamburger Münze unweit der Rolandsäule und der Gerichtsstätte, stand es nun seit ungefähr vierzig Jahren.

Die Gemäuer des Einbeckschen Hauses, wie es wegen der einzigartigen Erlaubnis des Ausschanks von Einbecker Bier auch genannt wurde, waren Conrad fast so vertraut wie sein eigenes Heim. Er konnte nur vermuten, wie häufig er bereits den kurzen Weg von der Reichenstraße bis zur Apotheke und dann rechts über die Brücke der Brotschrangen zum Rathaus gegangen war. Viele Jahre lang hatte er es lediglich von außen bestaunen dürfen, doch vor drei Jahren dann, nach dem Tod des Vaters, erfüllte sich endlich sein lang gehegter Traum. Wie immer am 22. Februar, dem Sankt Peterstag, wurden die Namen der neu gewählten Ratsherren öffentlich vom Laubengang her verlesen. An diesem Tage erklang auch sein Name, und so trat Conrad das Erbe seines Vaters an, der bis zu seinem Dahinscheiden ein geachteter Ratsherr gewesen war.

Der Rat bestand aus dreißig Mitgliedern der einflussreichsten und wohlhabendsten Grundeigentümer- und Kaufmannsfamilien Hamburgs. Er war geteilt in die so genannten Electi und Assumpti, die den *sitzenden Rat* bildeten, der mit zwei Dritteln der Mitglieder aktiv die Geschicke der Stadt lenkte, und den Extramanentes des *alten Rates*, die mit dem übrigen Drittel lediglich bei besonders wichtigen Sitzungen hinzugezogen wurden. Bei Fragen des Stadtrechts oder bei Bündnisabschlüssen musste zusätzlich die Meinung der Bürger in Form der Wittigesten gehört werden.

Jährlich wurde der Rat durch Neuwahlen um zwei Ratsherrn erweitert. Ein jeder Mann der Stadt, der den Bürgereid geleistet hatte, konnte sich wählen lassen. Ausgenommen waren allerdings jene Männer, die sich als Vogt, Münzmeister, Zöllner, Steuererheber, Müller oder als andere Amtsmänner der Grafen von Holstein und Schauenburg verdingten. Ihnen war der Zutritt zum Rat, ja sogar der ungebetene Besuch der Ratssitzungen verboten, denn so wie es im sechzehnten Kapitel des Lukasevangeliums geschrieben stand, herrschte auch unter den Ratsherren der Glaube vor, dass kein Mann zwei Herren gleich gut dienen konnte.

Am heutigen Tage schritt Conrad beschwingt über die Schwelle des roten Ziegelbaus. Er fühlte sich federleicht und war über alle Maßen gut gelaunt, denn er wusste, dass sich der Abstand zwischen ihm und Albert mit jedem Augenblick vergrößerte.

Er war früh am Morgen selbst am Hafen gewesen, um sich davon zu überzeugen, dass sein Bruder auch wirklich die Stadt verließ. Dabei hatte er tunlichst darauf geachtet, dass ihn der Jüngere nicht entdeckte. Als er ihn in der Ferne auf dem Schiffsdeck immer kleiner werden sah, spürte Conrad, wie die Last der letzten Tage von seinen Schultern fiel. Nun war es gewiss, dass niemand Albert im kommenden Jahr für den Rat aufstellen würde. Eigentlich hatte er sogar zwei Siege auf einen Streich gelandet, denn schließlich würde sein Bruder ihm ja zusätzlich auch noch das gut verkäufliche flandrische Tuch mitbringen.

Conrad war sehr zufrieden mit sich und hatte keinen Zweifel am Erfolg seines Plans. Selbst einem so erfahrenen Schiffsherrn wie Arnoldus würde es nicht gelingen, unter den gegebenen Umständen noch vor Einbruch des Winters zurückzukommen. Vergnügt schritt er in den Versammlungssaal des Rathauses, der von einem übergroßen Tisch in seiner Mitte dominiert wurde. Hier saßen bereits einige der ihm vertrauten Ratsherren und Wittigesten zusammen. Conrads Blick fiel sofort auf den ehrenwerten Stadtnotar Jordan von Boizenburg, der wie immer ein wahrhaft interessantes Bild bot. Sein stattliches Alter von über sechzig Jahren wusste er geschickt hinter auffällig bunten Kleidern zu verstecken. Selbst wenn Conrad nicht gewusst hätte, welcher der Männer Jordan war, hätte er ihn dennoch daran erkannt. Fast wirkte der Weißhaarige lächerlich in seinem kostbaren Oberkleid, welches im oberen Teil eng und nach unten hin weit geschnitten war und von einem übergroßen, mit Gold beschlagenen Gürtel zusammengehalten wurde. Das Gewand leuchtete in einem grellen Rot, und an den langen Hängeärmeln waren grüne und goldene Verzierungen zu sehen. Seine ebenso roten Beinlinge waren fest an die Bruche geschnürt, und ihr hautenger Schnitt ließ jeden noch so kleinen Muskel dominant hervortreten.

Der *Notarius civitatis*, wie sein offizieller Titel lautete, war eine Berühmtheit in Hamburg. Schon die bloße Anwesenheit des Gelehrten erfüllte die Hamburger allerorts mit Ehrfurcht. Er entstammte dem gleichnamigen, ebenso bekannten Geschlecht derer von Boizenburg, die schon seit vielen Jahrzehnten eng mit den Geschicken der Stadt verbunden waren. Wirad von Boizenburg war zu seiner Zeit Gründer des Neustädter Rates gewesen, wodurch Jordan sich natürlich dazu verpflichtet sah, dessen Fußstapfen im Rat nachzufolgen. Immer angetrieben von dem Wunsch, mehr als ein bloßer Nachahmer zu sein, ließ Jordan seit fast drei Jahrzehnten nichts unversucht, um seinen berühmten Vorfahren mit noch größeren Taten auszustechen. Dieses Ziel hatte der Stadtnotar bereits vor langer Zeit erreicht. Die von ihm ersonnenen Werke des Hamburger Stadterbebuchs, des ersten Hamburger Schuldbuchs sowie die von ihm gesammelten Urkunden des Kopialbuchs zeichneten ihn bereits als genialen Ratsnotar aus, doch sein nächstes Buch versprach eine noch größere schöpferische Leistung zu werden – das Ordeelbook!

Obwohl es noch nicht fertiggestellt war, erhielt der Magister bereits dieser Tage überschwängliches Lob von allen Seiten. Einzigartig und fortschrittlich wurde das Ordeelbook allseits genannt, denn dieses eine Rechtsbuch sollte alle bisher bestehenden Zivil-, Straf- und Prozessrechte der Stadt sowie das weit verbreitete Gewohnheitsrecht vereinen. Schon eine geraume Zeit wurden viele Sitzungen darauf verwandt, um über die Einzelheiten von Jordans Handschriften zu reden. Es galt, die veralteten Bestimmungen, welche nach der Zusammenlegung von Neu- und Altstadt vereinbart worden waren, aus dem Lateinischen ins Mittelniederdeutsche zu übersetzen, sie umzuformulieren, sie zu besprechen, sie zu verwerfen – so auch an diesem Tage.

Der alternde Ratsnotar wirkte von der harten Arbeit in der Schreiberei ebenso gezeichnet wie Johann Schinkel, der wie immer direkt neben dem Studierten saß. Hinter vorgehaltener Hand wurde Schinkel schon als Nachfolger Boizenburgs gehandelt. Manche nannten ihn auch spöttisch *Jordans Schatten,* da es fast nichts gab, was er für seinen Lehrmeister nicht tat.

Johann wusste um diesen Spitznamen, doch er störte sich nicht daran. Seine Verehrung für den genialen Magister war ganz offenkundig so groß, dass er es als Ehre empfand, seinem Vorbild dienen zu dürfen. Schon seit einer ganzen Weile übernahm er fast alle Schreibarbeiten des alternden *Notarius civitatis,* dessen

Schreibhand vor einigen Jahren aufgrund einer Krankheit angefangen hatte zu zittern. Diese Loyalität zahlte sich bereits aus, denn Schinkel war auf dem besten Wege, ein vermögender und angesehener Ratsherr zu werden.

Mit einem freundlichen Nicken in jedes Gesicht, welches ihm beim Eintreten zugewandt war, setzte Conrad sich auf seinen Platz im Saal. Zwar beflügelt von seinen heutigen Erfolgen, doch zugleich gelangweilt von den Aussichten auf die kommenden Stunden, sank er gegen die hohe Lehne der hölzernen Bank. Er wusste schon jetzt, dass es heute zum wiederholten Male um die Inhalte des Hamburger Urteilsbuchs gehen würde. Es war ermüdend, wie Conrad fand. Er selbst war kein Mann der Bücher und großen Worte, wie er sich schon vor langer Zeit hatte eingestehen müssen. Viel lieber kümmerte er sich um Dinge, die man anfassen konnte; wie seine Waren, das flandrische Tuch. Doch sosehr diese eine Abneigung ihn auch von den schreibwütigen Ratsherren unterschied, eines hatte Conrad allerdings mit ihnen gemein.

Sie alle warteten gebannt auf den Tag der Fertigstellung des Ordeelbooks. Ein jeder Ratsherr fragte sich, wie die Grafen von Holstein und Schauenburg wohl auf das Inkrafttreten des Urteilsbuchs reagieren würden – denn auch wenn es niemand laut aussprach, war das Ordeelbook gleichwohl ein Schritt zur weiteren Abspaltung Hamburgs von seinem Fürstenhaus. Derzeit war Graf Gerhard I. alleiniger Landesherr. Er galt als launisch und war deshalb nicht sehr beliebt. Auch wenn er wegen Auseinandersetzungen mit Lübeck und Dänemark sowie Fehden mit zahlreichen Adeligen kaum Zeit in seiner Hamburger Residenz verbrachte, hielt der brennende Wunsch der Bürger nach noch mehr Unabhängigkeit schon seit einigen Jahren unerbittlich Einzug in der Stadt. Noch immer weigerte sich das Grafenhaus, einige seiner Kompetenzen abzutreten, dabei hatte der stete Machtverlust der Fürsten schon längst begonnen.

Vor fünf Jahren war den Ratsherren ein entscheidender Streich gelungen. Sie erhielten das Recht, zwei Mitglieder des Rates im gräflichen Vogtgericht als Beisitzer platzieren zu dürfen, um so zunächst die Einnahmen aus den Urteilen und dann sogar die Entscheidungen des Vogtes bei Gericht zu überwachen. Der Amtmann der Schauenburger hatte so seine uneingeschränkte Macht verloren, und zur Schande der Grafen wurde dies sogar mit den Worten *Se fcolen oc bewaren that the vaget nenen manne vnrecht ne do, vnde nenen mann ne vare ofte versnelle* im Ordeelbook festgehalten. Dieser Beschluss setzte das gräfliche Vogtgericht zu einem Niedergericht herab und erhob das städtische Ratsgericht zu einem Hochgericht. Zu Recht feierten die Hamburger den Beisitz der zwei Advocati im Vogtgericht als den eigentlichen Anfang vom Ende der uneingeschränkten gräflich-holsteinischen Herrschaft. Vor drei Jahren dann versetzte der Rat den Fürsten mit dem Kauf der Obermühle einen weiteren Schlag. Mühlen galten als wichtiges Zeichen der Macht und wurden gemeinhin nur ungern herausgegeben, doch die andauernden, teuren Fehden hatten die Fürsten zu diesem Schritt gezwungen.

Mit dem Ordeelbook sollte dieser Weg in die Unabhängigkeit weitergeführt werden. Die Hamburger konnten es nicht erwarten, endlich ein von Bürgern erdachtes, gerechtes Stadtrecht zu erhalten, mit dessen Hilfe sie zu mehr Freiheit gelangen sollten. Ein jeder, der an diesem Prozess teilhaben konnte, tat dies mit Ehrgefühl.

Auch Conrad bildete da keine Ausnahme. Manches Mal meinte er, das anbrechende Zeitalter der neuen Rechtsgeschichte förmlich fühlen zu können. Die Tatsache, ein Teil dieser Geschichte zu sein, erfüllte ihn mit Stolz, und gerade an einem Tag wie heute, an dem ihm scheinbar alles gelang, wurde dieses Gefühl bestärkt. Nur einen kurzen Augenblick lang verlor er sich in seinen Gedanken, sah sich in ferner Zukunft als grauen vermögenden Mann von hohem Ansehen, vergleichbar dem des Ratsnotars Boizenburg. Ein zufriedenes Lächeln umspielte seinen Mund, während er geistesabwesend ins Leere starrte. Um ihn herum war der Raum erfüllt von dem Gemurmel der Herren, die auf den Beginn der Ratssitzung warteten. Das Feuer im Kamin ließ zuckende Schatten an der hölzernen Decke tanzen, und die wohlige Wärme der rötlichen Flammen verdrängte immer erfolgreicher die klirrende Kälte des Saals.

Plötzlich wurde Conrad durch ein unliebsames Poltern aus seinen Gedanken gerissen. Der beleibte Tuchhändler Hans Wulfhagen hatte das schwere Holzgestühl neben ihm überaus geräuschvoll nach hinten gerückt und ließ sich nun stöhnend darauf nieder. Atemlos nickte er Conrad zu.

Dieser wusste, dass ihm jetzt nur noch genau so viel Zeit blieb, bis Hans wieder genug Luft geholt hatte, um losplappern zu können. Innerlich mit den Augen rollend, nickte Conrad scheinbar freundlich zurück.

Hans war zwar ein netter Kerl, doch durchaus auch für seine viel zu ausschweifenden Geschichten bekannt. An manchen Tagen tratschte er fast wie ein Weib. Gottlob kam es heute nicht dazu, da Bertram Esich, einer der zwei derzeitigen Bürgermeister, in diesem Moment aufstand und das Wort ergriff.

Wulfhagen, der gerade den Mund geöffnet hatte, hob nun die Schultern und Hände und legte lächelnd den Kopf schief, um Conrad damit sein Bedauern über die Störung zu bekunden.

»Werte Herren, habt Dank für Euer Erscheinen. Wie schön, dass alle rechtzeitig versammelt sind.«

Dieser Satz war zu einem ungeschriebenen Gesetz geworden. Sobald der kleine Mann mit der dunklen Stimme sich erhob, um die Sitzung zu eröffnen, schienen alle Anwesenden im Raum gespannt auf seine Lippen zu starren. Da jeder wissen wollte, ob er wirklich wieder exakt dieselben Begrüßungsworte sprechen würde, wurde es in diesem Moment tatsächlich immer absolut still im Saal. So still, dass man meinte, den Holzwurm im Gebälk hören zu können.

Conrad vermutete, dass der schlaue Esich um diese Wirkung wusste und deshalb so verfuhr.

Als ihm alle Aufmerksamkeit gewiss war, begann der Bürgermeister damit, seine Tagespunkte anzuführen. Mit fester Stimme und ernster Miene stimmte er eine Debatte über das Problem des zunehmenden Abfalls auf den Märkten an. »Meine Herren, die Angelegenheit ist allen bekannt. Seitdem sich unser Markt wachsender Beliebtheit erfreut, mischen sich an den Markttagen Blut, Knochen und Eingeweide der toten Tiere, welche dort verkauft werden, mit dem Kot der noch lebenden. Hinzu kommen Essensreste, Tonscherben und der Schlamm der Straßen, sodass jedermann fast bis zu den Knöcheln einsinkt.« Noch erzählte Esich nichts Neues. Es war seine Art, einen Tagespunkt zu beginnen, indem er das Problem noch einmal in voller Gänze aufführte, obwohl es jedem so bekannt war wie das Angesprochene. Mit stetig wachsender Einwohnerzahl war gleichsam auch das Übermaß an Dreck angeschwollen. Ein Hindurchkommen zwischen den Schrangen und Ständen wurde von Mal zu Mal beschwerlicher und der Gestank des verderblichen Abfalls immer schlimmer. Um den Markt aber dennoch für die Bürger zugänglich zu machen, musste eine Lösung her. Nach einigen Vorschlägen entschied der Rat einstimmig, die Böden der Plätze mit massiven Schwellen und darauf befestigten Holzbohlen auszulegen. Auf diese Weise sollte ein gänzliches Versinken des Marktes in der braunen Schlacke der Stadt verhindert werden.

Das nächste Thema der Sitzung betraf einen aktuell verfassten Vertrag zwischen dem Hamburger Domkapitel und dem Rat. Er besagte, dass es einen Weg zwischen den elf Kurien um die Petrikirche bis hin zur Mauer an der Alster geben sollte. Diesen Weg wollten die Kanoniker, welche die Kurien mit ihren Haupthäusern und Nebengebäuden bewohnten, für sich allein beanspruchen. Wie erwartet, löste diese Forderung bei den Ratsherren heftige Gegenwehr aus.

»Das ist ja wohl unerhört«, grollte einer der Männer mit kehliger Stimme.

»Wo soll das denn enden, wenn wir jedem, der dies fordert, eigene Wege zugestehen?«

Die Ratsherren waren sichtlich erbost. Nur wenige unter ihnen waren gewillt, dem Ansinnen der Kirchenmänner nachzugeben. Nachdem klar war, dass es an jenem Tag zu keiner Einigung mehr kommen würde, beendete Bertram Esich die Diskussion mit dem Versprechen, erneut mit dem Domkapitel in dieser Sache korrespondieren zu wollen. Von dem starken Glauben beseelt, dem Hauptthema um das Ordeelbook nun ganz nah zu sein, holte Esich noch einmal tief Luft, um die letzte, noch vorangehende Ankündigung zu machen.

»Da der Schiffsverkehr im Hafen durch die nahende Winterlage nun fast gänzlich zum Erliegen gekommen ist, gibt es hier heute keinen Gesprächsbedarf. Lediglich die flandrischen Handelsvertreter aus Gent, Jan Paschedach und Jan Coevoet, werden den Winter über in der Stadt bleiben. Die Genehmigungen wurden ihnen bereits erteilt. Wenn es dazu sonst keine Anmerkungen gibt, würde ich gerne sofort zum eigentlichen Thema der heutigen Sitzung kommen.«

Fast hätte Esich einfach weitergesprochen, als Ecbert von Harn das Wort ergriff. »Ich hätte da noch etwas, das Conrad von Holdenstede betrifft.«

Alle Köpfe drehten sich dem streitbaren Alten zu, der in dem Ruf stand, zum einen immer das letzte Wort haben zu wollen und zum anderen überaus scharfsinnig zu sein.

Nach einem zustimmenden Nicken des Bürgermeisters forderte der verblüffte Conrad selbst ihn auf: »Bitte, von Harn, sprecht frei heraus.«

Ecbert gönnte sich eine provokante Pause. Bevor er anfing, lehnte er seinen Rücken auffallend langsam an die geschnitzte Lehne seiner Holzbank und wählte die kommenden Worte mit Bedacht. »Ich wüsste zu gern, warum Ihr Euren Bruder Albert zu so später Zeit im Jahr nach Flandern schickt? Noch dazu mit einem Auftrag, der bis zum Frühjahr hätte warten können?« Nachdem er diese Worte mit Blick auf seine Fingernägel ausgesprochen hatte, schaute er Conrad jetzt direkt ins Gesicht.

»Was genau soll das heißen?«, fragte Conrad entrüstet. »Bin ich Euch plötzlich Rechenschaft über meine Geschäfte schuldig? Ich habe die Genehmigung für diese Reise erhalten, und die Gründe gehen ja wohl nur mich etwas an.«

»Aber, aber. Was provoziert Euch diese Frage denn so?«, erkundigte sich von Harn gespielt gleichgültig. »Ist es denn nicht so, dass Ihr Euren Bruder die letzten Jahre auffallend wenig in die Geschäfte eingebunden habt? Unter Beachtung dieser Tatsache, die Ihr ja wohl kaum abstreiten könnt, sollte meine Nachfrage wohl gestattet sein.«

Aufgebrachtes Gemurmel erhob sich im Raum. Tatsächlich war es äußerst unüblich, einem Kaufmann eine solche Frage zu stellen. Doch Bertram Esich bat die Herren mit einem Handzeichen um Ruhe, damit Ecbert von Harn fortfahren konnte.

»Was also bewegt Euch zu Eurem Großmut, ihm einen derart unverschiebbar wichtigen Auftrag zu erteilen?« Niemandem im Saal entging der höhnische Unterton, der auf den Worten »*unverschiebbar wichtigen Auftrag*« lag.

Conrad sah sich erbost um, doch keiner der Anwesenden schien so empört über die Frage wie er. Ganz im Gegenteil, viele schauten eher begierig; voller Neugier auf die Antwort wartend. Hier hatte er offenbar keine Hilfe zu erwarten. Wütend sprang er auf und knallte die Handflächen auf die massive Holztischplatte. »Was erlaubt Ihr Euch, von Harn? Ich werde Euch ganz sicher nicht über meine Absichten in Kenntnis setzen. So viel Unverfrorenheit empört mich zutiefst.«

Conrad versuchte zu verbergen, dass ihm heiß und kalt zugleich wurde. Trotz des hohen Ansehens seines verstorbenen Vaters genoss er selbst noch lange nicht das Vertrauen aller alteingesessenen Ratsmitglieder. Einige der Extramanentes schienen ihm gegenüber mit den Jahren ein gewisses Misstrauen aufgebaut zu haben, das war Conrad nicht entgangen. Da das Amt zum Ratsmitglied jedem Mann, der sich nicht als würdig erwies, durch Ausschluss auch wieder genommen werden konnte, hatte Conrad sich vor vielen Jahren dazu ermahnt, vorsichtiger zu sein, um sich keine einflussreichen Feinde zu machen. Offenbar war ihm das nicht ganz geglückt. Auch wenn nach außen kein Ratsmitglied dem anderen untergeordnet war, schien sich der Respekt der Mitglieder trotzdem immer parallel mit dem Lebensalter zu entwickeln. Diese Erkenntnis hatte ihn anfänglich schwer getroffen, glaubte er doch damals, beides auf einen Schlag zu erhalten – den Titel des Dominus und zusätzlich die dazugehörige Anerkennung der Ratsherren. Conrad spürte nicht zum ersten Mal, dass er noch ganz am Anfang dieser Kette stand und bei Weitem nicht die Immunität eines Ecbert von Harn besaß. Hilfe heischend sah er sich um und blieb mit dem Blick bei den beiden Bürgermeistern hängen. Niemand hatte bisher auf seinen Wutausbruch reagiert.

Irgendwann jedoch fühlte Esich sich dann doch aufgefordert einzugreifen. »Sprecht klarer und eröffnet Euren Verdacht unmissverständlich, Ecbert von Harn.«

Dieser hatte offenbar nur auf eine solche Aufforderung gewartet. Er lehnte sich mit verschränkten Armen auf die Tischplatte und sprach: »Ihr scheint mir nicht gezögert zu haben, Euren bisher eher kurzgehaltenen Bruder auf solch eine gefahrenreiche Reise zu schicken. Mir kommt es sogar fast so vor, als ob Ihr es gar nicht eilig genug haben konntet, ihn loszuwerden; sagen wir, bis Februar vielleicht?« Ecbert von Harn unterstrich seine Andeutung mit einem unschuldigen Blick an die Decke. Dann sprach er sein Misstrauen laut aus. »Es drängt sich mir der Verdacht auf, dass Ihr verhindern wolltet, dass Albert von Holdenstede in der kommenden Wahl in den Rat gewählt wird. Schließlich wird er noch dieses Jahr das Mindesteintrittsalter von fünfundzwanzig Jahren erreichen.« Ziemlich zufrieden mit sich und seiner Theorie, lehnte der Ältere sich nun wieder an die Lehne seines Gestühls und fuhr, an alle Männer gerichtet, fort: »Bevor wir uns um Größeres kümmern, sollten wir erst einmal in den eigenen Reihen aufräumen, wie mir scheint.«

Es war totenstill im Saal, und dennoch spürte man eine Art heimliches Einvernehmen zwischen den Ratsherren. Die Selbstsicherheit, mit der von Harn seine Beschuldigung ausgesprochen hatte, war wohl der Hauptgrund für Conrads Atemaussetzer. Er musste etwas erwidern, doch die Worte wollten seinen Mund nicht verlassen. Sein Hals war wie zugeschnürt. Er spürte die Blicke der Ratsherren auf sich. Gegen seinen Willen schoss ihm die Röte ins Gesicht. Niemals hätte er gedacht, dass seine Absichten derart offensichtlich waren. Das Gefühl, wie ein Kind beim Klauen von Kuchen ertappt worden zu sein, breitete sich in ihm aus und kroch unangenehm in ihm hoch. Leider jedoch völlig zu Recht, denn von Harn hatte mit seiner Anschuldigung schließlich den Nagel auf den Kopf getroffen.

Noch immer stand Conrad auf seinen nun weicher werdenden Beinen. Mit Erschrecken stellte er fest, dass niemand bereit zu sein schien, für ihn Partei zu ergreifen. Selbst diejenigen, deren Loyalität er sich vor wenigen Momenten noch sicher gewesen war, trauten sich nicht, gegen den hohen Ratsherrn anzugehen. Was für Feiglinge, dachte Conrad angewidert. Ausgerechnet heute war Willekin von Horborg nicht zugegen. Doch nicht genug damit, dass ihn seine vermeintlichen Freunde nicht verteidigten, es wurde sogar noch schlimmer. Zaghaft fingen die ersten Männer an, zustimmend zu nicken.

Conrad konnte nicht fassen, was hier geschah. Er musste etwas unternehmen, wenn er nicht wollte, dass diese Unterredung ein böses Ende nahm. Endlich fand er seine Sprache wieder. »Was ... was hat das alles zu bedeuten? Ist das eine Verschwörung? Sprecht gefälligst, Ihr Hunde!« Seine Stimme überschlug sich und hatte zu seinem Verdruss mittlerweile an Lautstärke eingebüßt.

Nun war es wieder Esich, der dazwischenging.

»Meine Herren, das ist doch keine Art. Conrad, setzt Euch wieder«, befahl er mit einer beschwichtigenden Handgeste. »Ich muss zugeben, ich bin erstaunt über den Verlauf der bisherigen Sitzung; und ich bin erstaunt über die Vorwürfe Eurerseits, Ecbert von Harn. Wie es aussieht, seid Ihr nicht der Einzige, der so über Albert von Holdenstedes Flandernfahrt denkt. Ich selbst habe die Zustimmung erteilt, und ich konnte, außer der späten Zeit im Jahr, nichts Anstößiges an dieser Reise finden. Es ist schließlich nicht das erste Mal, dass ein Schiff so spät im Jahr den Hafen verlässt. Noch hat die Winterlage schließlich nicht angefangen.«

Unendlich froh über die unvorhergesehene Rückendeckung des Bürgermeisters, normalisierte sich Conrads Atem langsam.

»Verzeiht, ehrenwerter Bürgermeister Esich, aber ich muss Ecbert zustimmen.« Es war der bedeutende Kaufmann Bertram Schele, der nun redete. »Die Einwände Ecberts betreffen nicht nur die Zeit der Reise, sondern auch die Wünsche des verstorbenen Conradus von Holdenstede, welche nicht eingehalten werden.«

Schele war ein alter Freund von Conrads Vater. Bei genauerem Hinsehen konnte man eigentlich lauter alte Freunde seines Vaters ausmachen. Er war zeit seines Lebens überaus beliebt gewesen und deshalb bis zu seinem Tode ein Mitglied des Rates. Gerechtigkeit und Freundlichkeit; das hatten alle an ihm geschätzt. Doch sein Sohn Conrad von Holdenstede hatte wenig, sehr wenig vom Wesen des Vaters geerbt. Schon gar nicht sein umsichtiges Vorgehen bei Disputen.

»Von was für Wünschen sprecht Ihr, Schele?«, fuhr er den Kaufmann barsch an.

»Ihr wisst, wovon ich spreche, von Holdenstede. Ihr wisst, wovon wir alle sprechen. Euer Vater hätte Gerechtigkeit gewollt und nicht diese einseitige Machtverteilung, die in Eurem Haus vorherrscht.«

»Was mein Vater wollte, steht in seinem Testament. Es wurde vom Rat für gültig erklärt und sogar von Euch selbst unterzeichnet. Ich verstehe also nicht, wovon Ihr da redet«, wetterte Conrad zurück.

»Glaubt Ihr etwa, es wäre uns verborgen geblieben, dass Ihr die Euch zugestandenen Privilegien Albert gegenüber während der letzten Jahre ausgenutzt habt? Schon lange beobachtet man Euch dahingehend. Das Fortschicken Eures Bruders war nur der Tropfen, der das Fass nun endgültig zum Überlaufen brachte.«

Während seiner Worte zeigte Bertram Schele unentwegt mit dem Zeigefinger auf Conrad. Für seinen nächsten Satz jedoch, den er ausspie wie einen Todesstoß, stützte er sich mit beiden Handflächen am Tisch ab und erhob sich.

»Ich fordere, dass Albert von Holdenstede Gerechtigkeit widerfährt, und schlage ihn hiermit für die nächste Wahl der Electi für den sitzenden Rat vor, sofern er rechtzeitig wieder in Hamburg eintreffen möge.«

Die Worte fuhren Conrad durch Mark und Bein. Er wusste so genau wie alle anderen Ratsherren, was das bedeutete. Brüder konnten nur dann beide Mitglieder des Rates sein, wenn einer im alten und der andere im sitzenden Rat war. Sollte Albert also tatsächlich Mitglied des sitzenden Rates werden, ginge das gleichsam mit seiner eigenen Verdrängung aus dem Kreis der Assumpti einher oder bedeutete gar seinen gänzlichen Ausschluss. Es gab keinen Zweifel daran, welche der beiden Möglichkeiten Bertram Schele bevorzugte. Wütend wetterte der Ratsmann weiter und vervollständigte seine Ausführungen.

»Auch wenn das Testament Eures werten Vaters rechtskräftig ist, wird mich das nicht davon abhalten, die falsche Auslegung seiner Worte anzufechten, wenn es sein muss.«

Ohne auf eine Antwort zu warten, richtete er den Blick nun auf die Bürgermeister und bekräftigte seine Worte mit heftigem rhythmischem Klopfen auf den Tisch. Nach dem dritten Schlag gesellte sich das Klopfen von den Brüdern Helpwin und Thedo von der Mühlenbrücke dazu, dann noch eines und noch eines; bis der Saal vom Klopfen von weit über der Hälfte aller Ratsherren erfüllt war.

Conrad fühlte, wie ihm der Boden unter den Füßen weggerissen wurde. Er konnte nicht fassen, welche Szenerie sich hier abspielte. Nichts war mehr von dem überschwänglichen Gefühl des Morgens übrig.

Mit einem Heben des Arms beendete Esich das Schauspiel. »Genug, werte Herren, genug. Ich sehe die Forderung Bertrams als abstimmungswürdig an.«

Conrad entfuhr ein ungläubiges, einsilbiges Lachen, welches aber von allen ignoriert wurde.

»Wer ist dafür, dass Albert von Holdenstede nach seiner Rückkehr einer der Electi des sitzenden Rates wird?«

Umgehend hob die deutliche Mehrheit der Anwesenden den Arm.

»In Ordnung. Das Ergebnis ist eindeutig, dann sei es beschlossen.«

Conrad kochte vor Wut. Er wusste, dass ein Einspruch seinerseits nur zur Folge hätte, dass es noch offensichtlicher wurde, wie recht sie mit ihren Anschuldigungen hatten. Resigniert sank er tiefer und tiefer in die harte Sitzfläche der unbequemen Holzbank und hörte die besiegelnden Worte des Bürgermeisters. »Schreiber, ich wünsche, dass dieser Beschluss schriftlich festgehalten wird und dass zwei von den heute Anwesenden als Zeugen unterschreiben, um die Abstimmung für rechtsgültig zu erklären. Ich denke, dass wir nun zum eigentlichen Thema der heutigen Sitzung kommen können. Jordan, hiermit erteile ich Euch das Wort.«

8

Was, zum Teufel, war das für eine Brühe, die da wieder und wieder aus ihm heraus ins Meer klatschte? Seit drei Tagen hatte Albert nicht richtig gegessen, und doch entleerte sich sein Magen jeden Tag aufs Neue.

In der Mitte des Schiffs wäre das Auf und Ab am schwächsten zu spüren, hatte Arnoldus ihm verraten. Seither hatte er diesen Platz an Deck fast nicht mehr verlassen.

Der Schiffsherr hatte als Einziger wenigstens versucht ein bisschen Verständnis für Alberts Zustand aufzubringen. Das konnte man vom Rest der Besatzung allerdings nicht behaupten. Wie schon so oft in den letzten Tagen hörte er erneut höhnische Stimmen hinter sich. Um nicht allzu lächerlich zu wirken, versuchte er seinen zusammengesackten Körper wenigstens ein bisschen aufzurichten. Albert wusste, was man über ihn sagte. Er sei eine verweichlichte Landratte, der Sohn eines Kaufmanns, und somit das harte Leben nicht gewohnt. Dass sie ihn wegen seiner Übelkeit belächeln konnten, schien ihnen ein gerechter Ausgleich für die große Kluft zwischen ihren beiden Welten zu sein.

Wäre Albert nur halb so elend zumute, hätte er sicher etwas Ähnliches wie Wut auf das Gelächter der Schiffsbesatzung empfunden. Oder Wut auf die wilde See. Oder Wut auf Conrad, dessentwegen er ja schließlich auf diesem Höllenschiff weilte. Aber solche Gedanken überstiegen derzeit einfach seine Kräfte. Kaum waren die Männer hinter ihm vorbeigegangen, wurde das Schiff erneut von einer mächtigen Welle erfasst. Diese Bewegung war mehr als ausreichend für Albert, um wieder zu würgen. Wieso hatten ihn die Wellen als kleiner Junge nicht gekümmert? Niemals war er damals seekrank gewesen. Warum musste er sich heute, da er ein gestandener Mann war, wie ein Weib über die Reling hängen, um sich nicht selbst zu besudeln? Vielleicht war es Glück im Unglück, dass er nach einem weiteren Tag der Seekrankheit über nahezu jegliches Gefühl der Scham erhaben war und immer dann, wenn keiner zu sehen war, hemmungslos und selbstmitleidig heulte. In gewisser Weise fühlte er sich danach etwas erleichtert.

Das Tageslicht hinter den bleigrauen Wolken war fast vollständig verschwunden, als Albert, der mittlerweile vor Kälte zitterte, an der Schulter berührt wurde. Es war Arnoldus. Er war allein, und er hielt einen Kanten Brot in der Hand. »Wenn Ihr das esst, bleibt es sicher drin. Brot ist in Eurem Zustand das Beste.« Der Schiffer hielt ihm den Kanten entgegen und lächelte ihm aufmunternd zu. Für einen kurzen Moment sagte keiner ein Wort.

Albert verspürte nicht den geringsten Hunger. Im Gegenteil, er hatte wahrhaft Angst davor, im nächsten Moment auf das Brot und somit auf die Hand des lächelnden Arnoldus zu kotzen. Doch andererseits war er dankbar für die freundliche Geste des Schiffsherrn. So nahm er den Kanten entgegen und bedankte sich mit einem knappen Kopfnicken. Genauso schnell, wie der Seemann gekommen war, war er auch wieder verschwunden. Kein Mann der vielen Worte, dachte Albert. Gott sei Dank, denn eine Unterhaltung wäre das Letzte gewesen, worauf er Lust gehabt hätte.

Lange Zeit nachdem der Schiffsherr gegangen war, beschloss Albert, unter Deck zu gehen und sich schlafen zu legen. Sein Magen hatte sich etwas beruhigt, und er war durchgefroren bis auf die Knochen. Erst jetzt bemerkte er, dass seine eiskalte Rechte noch immer das Brot umklammerte. Wäre es ein frisches Brot gewesen, so hätte das Zittern seines Körpers es sicher bereits in tausend Krümel verwandelt, doch es war, wie alle Nahrung an Bord, alt und hart genug, um jemanden damit zu erschlagen.

Im Bauch des Schiffs angekommen, fiel er wie tot in seine Hängematte. Was hätte er in diesem Moment gegeben, um mit dem Schiffsherrn zu tauschen und eine eigene Kajüte zu haben? Ein Bein? Einen Arm? Wahrscheinlich noch mehr, doch trotz seiner Herkunft als Kaufmann, durch die er weit über den Schiffsleuten stand, bot die *Resens* keinen Platz für derlei Überfluss. So legte er sich zwischen die stinkenden Körper der rauen Männer, immer in der Hoffnung, von den üblen Gerüchen endlich in eine Art Ohnmacht zu fallen. Noch während er darüber nachdachte, warum eigentlich alle Seeleute nachts so furchtbar laut schnarchen und furzen mussten, schlief er ein.

Nach dem fünften Tag auf rauer See setzte der Regen ein. Albert war mittlerweile heilfroh, seine Übelkeit seit vorgestern und somit auch noch vor dem Regen ausgelebt zu haben. Das hätte ihm noch gefehlt. Im Regen kotzen. Er konnte sich nun wahrlich nicht mehr vorstellen, was ihn an dem Geschaukel so sehr gestört hatte, und fühlte sich, als wäre er auf dem Schiff geboren. Obwohl ihm die Seeleute prophezeit hatten, dass es ihm nach vier Tagen wieder gutgehen würde, hatte er ihnen einfach keinen Glauben schenken können; bis heute. Er war mehr als dankbar, dass sie recht behalten hatten.

Als hochrangiger Fahrgast war er von jeder körperlichen Arbeit befreit. Doch dieses Privileg war, wie sich herausstellte, nicht grundsätzlich wünschenswert. In so manchen Momenten sehnte er sich regelrecht danach, eine Aufgabe zu haben, denn die Langeweile an Bord war zeitweise unerträglich. Der Regen tat das Übrige, indem er Albert unter Deck einschloss. So verbrachte er mehr und mehr Zeit damit, die Strukturen an Bord zu studieren.

Mit ihm waren acht Leute an Bord. Die Seeleute gehörten zu Arnoldus' festem Stamm. Obwohl sie auch auf anderen Schiffen anheuern durften, fuhren sie so gut wie nur mit ihm auf See. Arnoldus' Aufgabe war es, seine Untergebenen zu führen, sie zu schützen und sie mit Nahrung zu versorgen. Im Gegenzug mussten die Männer seinen Befehlen blind Folge leisten und bekamen von ihm ihren Lohn.

Es gab zwei Schiffsjungen an Bord. Beide waren gerade mal elf Jahre alt. Einer davon war Arnoldus' Enkel, der andere ein Waisenjunge. Die nächsten in der Rangfolge waren die beiden einfachen Schiffsmannen. Sie waren dafür zuständig, das Deck zu schrubben, die Segel zu setzen und zu streichen und den Anker zu lichten oder zu fieren. Dann gab es noch Thilo, den Steuermann, welcher die Sprache der Flamen kannte und somit auch als Übersetzer dienen sollte. Er nahm die Befehle des Schiffsherrn direkt entgegen und sorgte für deren Ausführung. Der letzte Mann im Bunde nannte sich Smutje, was eigentlich die allgemeine Bezeichnung eines Schiffskochs war. Er hieß Heyno und hatte selbst sein Leben lang als Schiffsmann gedient.

In einem Gespräch mit Heyno bekam Albert heraus, wie man es schaffte, als Koch angeheuert zu werden, obwohl man so ungenießbar kochte wie er.

Unangenehm detailliert beschrieb Heyno, wie er einmal beim Segelhissen vom Mast gefallen war. Als er wieder zu sich kam, war seine linke Schulter in einem seltsamen Winkel nach hinten verdreht. Von furchtbaren Schmerzen geplagt, bekniete er seinen Schiffsherrn, an Land gehen zu dürfen, um einen Heilkundigen zurate zu ziehen, doch dieser weigerte sich zunächst standhaft, wegen eines Schiffmanns seinen Kurs zu verlassen. Erst als Heyno ihm versprach, seinen Lohn für dreißig Tage Dienst nicht einzufordern, gab der Schiffsherr seinem Wunsch nach. Wenige Stunden nach der Ankunft in einem kleinen Hafen kam ein schmieriger Mann mit fremder Sprache auf das Schiff. Er wurde zu dem Verletzten geführt und machte sich nach kurzer Begutachtung des Mannes ans Werk. Mit Händen und Füßen wurde Heyno klargemacht, dass er sich mit dem Rücken zur Wand aufsetzen sollte. Kurz darauf nahm der Fremde Anlauf, packte den Verletzten ohne Vorwarnung am Oberkörper und knallte die verdrehte Schulter mit einem heftigen Ruck gegen die Schiffswand. Das Geräusch bei dieser Prozedur erinnerte an das Aneinanderreiben von nassen Holzbalken, und die Laute, die der Schiffsmann dabei ausstieß, hatten nichts Menschliches mehr an sich.

Der Smutje gestand Albert, dass er es als Glück ansah, vor Schmerz in Ohnmacht gefallen zu sein.

Als er erwachte, war seine Schulter zwar wieder ein gutes Stück nach vorn gerückt; doch so ganz wurde er nicht mehr der Alte. Sein Arm blieb steif und löste bei bestimmten Bewegungen große Schmerzen aus. Er war als Schiffsmann nun nicht mehr zu gebrauchen. Viele Geschichten von Schiffsköchen klangen so ähnlich, wie er erzählte, und so kam es, dass er vor einigen Jahren bei Arnoldus auf der *Resens* anheuerte.

Das Essen an Bord war leider nah am Zustand der absoluten Ungenießbarkeit. Die mangelnden Fähigkeiten des Smutjes wurden noch gekrönt von dem abscheulich salzigen Geschmack der konservierenden Salzlake und der beängstigenden Undefinierbarkeit einer jeden Mahlzeit. Wenigstens gab es, aufgrund der Kälte, zurzeit noch keine Maden im Brot, doch selbst das durfte einen Mann auf See nicht abschrecken. Sobald das Brot befallen war, weichten die Schiffsleute es in Bier auf, schöpften die schwimmenden Maden ab und aßen es hinterher dennoch. Albert kannte diese Methode noch von früher, doch er hoffte inständig, auf dieser Reise darauf verzichten zu können.

Immer wenn das Essen gar zu schlimm war, sodass die Mannschaft mürrisch wurde, ließ der Schiffsherr Branntwein ausschenken. Diesen Trost lehnte niemand ab. Zum einen ließ der Alkohol den schlimmen Geschmack im Mund verschwinden, und zum anderen wärmte er die Glieder.

Die anbrechende sechste Nacht ließ einen weiteren Tag voller Regen und Kälte zu Ende gehen. Zu dem Regen hatte sich nun auch Schnee gemischt, welcher sofort auf den glatten Planken des Schiffsdecks gefror.

Auch wenn Albert nicht sonderlich begierig darauf war, nass zu werden, kämpfte er sich des Abends dennoch gegen Wind und Regen an die Vorderseite der Kogge. Nach Stunden unter Deck konnte er den Gestank und die Gegenwart der rauen Seeleute einfach nicht mehr ertragen.

Er schaute aufs Meer und dachte an Ragnhild und seine Kinder. Häufig tat er das, doch er konnte seine Gedanken hier mit niemandem teilen. Wie es ihr wohl gehen mochte? Und was war mit seinen Kindern? Neugeborene waren empfindlich. Sie brauchten ihre Mutter, das wusste selbst er, auch wenn er als Mann mit den Aufgaben der Weiber eigentlich nichts zu tun hatte. Er schickte ein Stoßgebet gen Himmel, in dem er darum bat, dass sie mittlerweile wenigstens aufgewacht sein mochte. Plötzlich wurden seine Gedanken durch Geräusche hinter ihm unterbrochen. Noch bevor er sich umdrehen konnte, vernahm er ein Quietschen und Trampeln, und im nächsten Moment sah er zwei Beine in die Luft schnellen.

»Ahhh ... verdammtes Eis!«, schimpfte der Gefallene. Arnoldus lag platt vor ihm auf dem Rücken. Albert musste sich zusammenreißen, um sich das Lachen zu verkneifen.

»Heilige Muttergottes, hoffentlich sind meine Knochen noch heil.«

So schnell es die Witterung zuließ, kam Albert ihm zu Hilfe. Er streckte ihm die Hand entgegen und wuchtete den dicken Mann umständlich wieder auf die Beine. Als sie endlich an der Reling standen, brach das Lachen aus beiden heraus.

Arnoldus klopfte seinem Retter dankbar auf die Schulter und sprach: »Ja, ja, manchmal ist das Leben an Bord gefährlich, obwohl es weit und breit keine Piraten gibt, die einen überfallen könnten.«

»Das kann man wohl sagen«, bejahte Albert lachend, um dann nach einigen Momenten das Thema zu wechseln. »Das Wetter scheint nun endgültig umzuschlagen. Heute hat es bereits viel Schneeregen gegeben.«

»Das ist richtig. Leider kommt meine dicke Dame nicht so schnell voran, wie ich es mir gewünscht habe. Gestern haben wir erst die Insel Buise passiert«, gestand der Schiffer mit einem leichten Klopfen auf das Holz des Schiffs.

»Was meint Ihr, wann wir Flandern erreichen werden?«

»Unter diesen Umständen kann ich es nicht genau sagen«, antwortet Arnoldus wahrheitsgemäß. »Wir könnten es in zehn Tagen schaffen, wenn das Wetter nicht schlechter wird, aber vielleicht brauchen wir auch noch zwei oder drei Wochen.«

»Hmm«, brummte Albert nur.

Arnoldus schaute Albert von der Seite an. Er wusste schon, was sein hochwohlgeborener Gast als Nächstes sagen würde.

»Es ist wirklich sehr wichtig, dass wir schnell wieder zurück sind ... sehr wichtig, Arnoldus.« Während er das sagte, schaute Albert auf die Wellen hinunter, die der Schiffsbug beim Fahren erzeugte.

Beide Männer waren mittlerweile bis auf die Haut durchnässt. Albert blinzelte gegen den Regen an, und Arnoldus zog sich die Mütze tiefer ins Gesicht.

»Ich weiß, dass es mir eigentlich nicht zusteht, Euch dies zu fragen, aber warum fahrt Ihr so spät im Jahr noch nach Flandern? Was treibt Euch an?«

Diese Frage war in der Tat ungebührlich, doch zwischen den Männern hatte sich in den letzten Tagen eine Art stille Freundschaft entwickelt, und Albert empfand sein vertrautes Verhalten deshalb nicht als unangenehm.

»Diese Fahrt, Schiffsherr, ist für mich die Fahrt in die Freiheit!«

Ragnhild lief barfuß die Treppe hinunter. Fast schien sie über den Boden zu schweben. Obwohl es kalt außerhalb ihrer Kammer war, fror sie nicht. Immer wieder hatte man ihr gesagt, dass ihr die ersten Schritte schwerfallen würden, weil die Kraft während des langen Liegens schwand; doch davon spürte sie nichts. Sie fühlte sich körperlos und bewegte sich instinktiv, ohne zu denken.

Erst als sie bereits in der Diele stand, schaute sie an sich herunter. Schlagartig wurde ihr bewusst, wie unangemessen sie gekleidet war. Das dünne Leinenunterkleid, welches ihr wohl von Hilda in der Zeit ihrer Bettlägerigkeit angezogen worden war, war fadenscheinig, fast löcherig. Ihre Brustwarzen zeichneten sich deutlich darunter ab, und ihre nackten Knöchel waren gerade so bedeckt. Sie schämte sich ganz fürchterlich und wollte sofort zurück in ihre Kammer, um sich etwas überzuziehen. Doch gerade in dem Moment, als Ragnhild sich hastig zur Treppe umdrehte, öffnete sich die Haustür, und Conrad stürmte herein. Ein kurzer Schrei entwich Ragnhilds Mund, während sie versuchte, ihre Blöße mit den Händen zu bedecken.

Hinter Conrad traten weitere Männer ein. Einer nach dem anderen, bis die Diele voll war. Keinen davon hatte Ragnhild jemals zuvor gesehen. Sie wollte die Treppe hinaufstürmen, doch blitzschnell verstellte ihr einer der Männer den Weg. Sie taumelte rückwärts und stieß nach zwei Schritten gegen einen anderen Leib. Panisch drehte sie sich um die eigene Achse. Es war Conrad, der sie nun an ihren unbedeckten Haaren packte und ihren Kopf nach hinten riss. »Warum trägst du keine Haube, wie es sich für ein Eheweib geziemt?«

Sein Gesicht war ihr so nah, dass sie seinen weingeschwängerten Atem riechen konnte. Sie wollte etwas erwidern, doch sie kam nicht dazu. Brutal stieß er sie zu Boden. »Endlich bist du da, wo du hingehörst, du Hure. Zu meinen Füßen.« Er lachte dröhnend.

Alle Männer stimmten mit ein. Das Lachen wurde lauter und lauter, und Ragnhild konnte nur mühsam dem Drang widerstehen, sich die Ohren zuzuhalten. Sie wagte es nicht, sich umzudrehen, und lag deshalb einfach nur bäuchlings da; zitternd vor Angst, weinend vor Scham, das Gesicht zum Boden.

Plötzlich spürte sie eine Hand auf ihrer Wade. Sie zuckte heftig zusammen und wollte ihr Bein wegziehen, doch in diesem Moment wurde sie an Armen und Beinen gepackt. Keine Bewegung war mehr möglich. Sie schrie, doch alles Schreien war umsonst.

Die Hand wanderte höher. Sie erreichte ihre Kniebeuge.

Ragnhild schrie.

Die Hand war nun so weit oben, dass das Unterkleid bereits bis zum Oberschenkel hochgeschoben war.

Wild um sich tretend, versuchte sie sich zu befreien, doch die Hand erreichte ihre Scham und berührte diese ungeniert. Nun erstarrte sie; es hatte keinen Sinn mehr, sich zu wehren. Die übrigen Männer beugten sich zu ihr herunter und fingen ebenso an, ihren Körper zu betasten. Zig Hände zerrissen gemeinsam ihr Kleid.

Sie schrie, bis sie heiser war, doch die Hände waren überall, zerrten an ihr, warfen sie herum, schüttelten sie ... und von weit her hörte sie ihren Namen.

»Ragnhild! Komm zu dir! Ragnhild, wach auf!«

Tatsächlich. Sie konnte die Augen öffnen. Es war nur ein schrecklicher Traum gewesen. Die Männer waren verschwunden, und gelbliches Licht wärmte ihren Blick. Es dauerte einen Moment, bis sie sich gesammelt hatte. Eben noch in der Halle des

Hauses, lag sie nun in ihrem Bett, in ihrer Kammer. Über ihr das besorgte Gesicht ihrer Freundin.

»Du hattest einen Albtraum, Liebes. Einen schlimmen Albtraum. Du hast so sehr geschrien und um dich getreten, Luzifer selbst muss dir erschienen sein. Ich dachte, ich könnte dich niemals wecken. Aber nun wird alles gut. Du bist endlich wach. Wie geht es dir? Das Fieber scheint vorüber zu sein. Der Allmächtige sei gepriesen.«

Hildas Worte prasselten nur so auf Ragnhild ein, doch sie drangen noch nicht ganz zu ihr durch. Hilda bemerkte das und hörte auf, sie zu bestürmen. »Zu viele Fragen. Tut mir leid, Kindchen. Es ist nur so schön, dich wieder wohlauf zu sehen.«

Ragnhild wollte sprechen, aber ihr Mund war staubtrocken und ihre Lippen aufgesprungen. Hilda reagierte sofort und benetzte ihr ganzes Gesicht mit einem feuchten Tuch.

Niemals hatte Ragnhild solchen Durst verspürt. Erst nachdem sie diesen Drang gestillt hatte, fühlte sie sich in der Lage zu sprechen. »Wie lange war ich krank, Hilda?«

»Kleines, du warst fast drei Wochen nicht richtig unter uns. Ich saß jeden Tag an deinem Bett. Habe deine Hand gehalten und mit dir gesprochen. Habe für dich gebetet. Habe für dich gesungen. Es hat nichts genutzt.«

Ragnhild suchte Hildas Hand mit der ihren und drückte sie fest.

»An manchen Tagen dachte ich, du würdest nicht mehr aufwachen. Ich hatte solche Angst um dich«, klagte die Magd mit Tränen in den Augen.

»Weine nicht, jetzt wird alles wieder gut. Ich werde nun schnell wieder wohlauf sein«, munterte sie Hilda lächelnd auf.

Diese lächelte zurück und beruhigte sich langsam.

»Wo sind meine Kinder, und wo ist Albert?«

Vor dieser Frage hatte sich Hilda drei Wochen lang gefürchtet.

Was sollte sie darauf antworten? Dass Luburgis die Kinder mittlerweile nicht einmal mehr der Amme ohne ihre Aufsicht überlassen wollte und dass sie über die Säuglinge wachte wie ein wild gewordener Köter über seine Welpen? Wie sollte sie Ragnhild beibringen, dass Albert fort war? Sie war der Verzweiflung nahe und beschloss, mit etwas Gutem anzufangen.

»Runa war ein ganz liebes Mädchen, während du krank warst. Marga und ich haben uns abwechselnd um sie gekümmert. Sie hat uns sogar bei der Hausarbeit geholfen, kannst du dir das vorstellen?«

Ragnhild spürte, dass Hilda ihr auswich. Doch auch sie wollte die möglicherweise schlechten Nachrichten hinauszögern. »Ich habe keinen Zweifel, dass ihr sie wie immer verwöhnt habt«, tadelte sie halbherzig.

»Ach, du weißt doch, dass ich nicht anders kann. Ich ...«

»Hilda«, unterbrach Ragnhild sie nun doch. »Was ist mit Albert und den Kleinen?«

Die Magd senkte schuldbewusst den Kopf. Nun musste es gesagt werden, was hatte es auch für einen Sinn, es zu verschweigen? »Es geht ihnen gut. Luburgis hat sich ihrer angenommen. Soweit ich weiß, wachsen sie prächtig und sind beide gesund.«

»Was soll das heißen, *soweit du weißt*? Hilda, sag mir die Wahrheit.«

»Ach Kind, was soll ich sagen...« Sie rang die Hände und gestand schließlich: »Luburgis lässt niemanden außer der Amme in die Kammer der Kleinen. Sogar ihr eigenes Essen lässt sie sich dort servieren.«

Ragnhild schloss die Augen. Sie konnte nur erahnen, was genau die Worte Hildas bedeuteten, doch schon jede Mutmaßung war grauenvoll. Tief in sich hatte sie bereits etwas Ähnliches befürchtet, und nun war es Wirklichkeit geworden. Ragnhild wusste, dass sie um ihr eigen Fleisch und Blut würde kämpfen müssen. Was sich Luburgis einmal zu eigen gemacht hatte, das gab sie so schnell nicht wieder heraus. Doch Ragnhild schwor sich, nicht aufzugeben. Wenn sie sich auch sonst fast alles von ihr gefallen lassen musste: Ihre Kinder würde sie dieser Schlange niemals freiwillig überlassen.

Hilda wurde unruhig. Noch immer hielt Ragnhild die Augen geschlossen und war in Gedanken versunken. Nun hielt die Magd es nicht mehr aus.

»Kind, es gibt noch etwas, was ich dir sagen muss. Es belastet mein Herz, und auch wenn ich dich zunächst gerne geschont hätte, ich will es nicht länger mit mir herumtragen.«

Ragnhild schlug die Augen auf und sah sie erwartungsvoll an. »Was ist es? Sprich!«

»Es geht um Albert. Er ist fort.«

Ragnhilds Herz klopfte bis zum Hals. »Was meinst du damit, Hilda? Wo ist er hin und wann kommt er zurück?«

»Conrad hat ihn ganz plötzlich nach Flandern geschickt, um Tuche zu holen. Alles ging so schnell, Albert hatte gar keine Wahl. Kurz bevor du ins Kindbettfieber gefallen bist, hat er den Auftrag erhalten. Schon am nächsten Morgen musste er Hamburg verlassen. Vor seiner Abreise trug er mir noch auf, dir zu sagen, dass er alles versuchen werde, um noch vor dem Weihnachtsfeste zurück zu sein.«

Nach diesen Worten schien Ragnhild ihr mit einem Mal noch dünner und verletzlicher auszusehen als zuvor. »Ich bin mir sicher, dass er es schaffen wird, Kleines«, versuchte Hilda die Freundin aufzumuntern. »Bald ist er wieder zurück, ganz bestimmt.«

Diese Nachricht traf Ragnhild vollkommen unvorbereitet. Sie fragte nicht nach den Hintergründen. Alles, was zählte, hatte Hilda bereits ausgesprochen. Sie war allein. »Wieso gerade jetzt, Hilda? Warum muss er mich jetzt allein lassen, da ich ihn am meisten brauche?«

Hilda streichelte ihre Hand, wusste aber auch nichts mehr zu sagen.

»Wie lange soll ich dieses Leben noch führen? Jeden Tag dieser Kampf, und nun bin ich auch noch ganz allein.« Während sie sprach, rannen Ragnhild Tränen übers Gesicht. »Albert wird sicher für Wochen fortbleiben. Sage mir, woher soll ich die Kraft nehmen, um Luburgis die Stirn zu bieten? Ich fühle mich so hilflos, Hilda.«

Ragnhild ließ die Tränen einfach laufen, bis sie hemmungslos weinte. Während der ganzen Zeit strich Hilda ihr über das Haar, als wäre sie ein kleines Kind. Erst viel später beruhigte Ragnhild sich wieder, und noch viel später fiel sie in einen erlösenden Schlaf.

9

Als sie endlich in den Hafen Gents einfuhren, konnte Albert seine Erleichterung kaum verbergen. Sie hatten es geschafft, waren endlich am Ziel ihrer Reise. Das Wetter hatte gehalten und außer ein paar unangenehm eisigen Regenschauern kein weiteres Unheil gebracht. So Gott wollte, würde er auch auf der Rückfahrt seine Hand über sie halten und die *Resens* tatsächlich noch vor dem Weihnachtsfeste zurück nach Hamburg bringen.

Albert befand sich unter Deck, als sie Gent erreichten, und trampelte ungeduldig von einem Fuß auf den anderen. Seine Gedanken waren davon beherrscht, möglichst schnell einen Anlegeplatz zugeteilt zu bekommen, um gleich darauf seine Geschäfte abzuwickeln und umgehend wieder aufs Meer hinausfahren zu können. Doch er hatte nicht damit gerechnet, was ihn hier erwartete.

Als er es nicht mehr im Inneren des Schiffs aushielt und nach oben an die Reling trat, klappte unvermittelt sein Mund auf. Die Erinnerungen des kleinen Jungen Albert stimmten nicht mehr mit dem überein, was sich hier den Augen des Mannes offenbarte. Gent hatte sich verändert, und Albert hatte solch einen Überfluss noch niemals zu Gesicht bekommen. Seine innere Unruhe wurde beim Anblick der Stadt für eine kurze Zeit verdrängt.

Die Zufahrt zum Hafen war gesäumt von den prachtvollen treppenartigen Fassaden der Genter Kaufmannshäuser, die so ganz anders aussahen als die der Hamburger. Viele der Bauten waren aus Stein und nicht zumeist aus Balken und Lehmbewurf, wie Albert es aus seiner Heimatstadt kannte. Fasziniert blickte er immer abwechselnd nach links und nach rechts.

»Diese Straßen heißen *Graslei* und *Koornlei*. Sie haben ihren Namen von den Waren, die hier vertrieben und gelagert werden«, erklärte Thilo, der unbemerkt hinter Albert getreten war.

Dieser wandte sich nur kurz um und fragte dann: »Was für Waren sind das?«

»Graslei bedeutet *Straße der Kräuter und des Gemüses* und Koornlei heißt *Straße des Getreides*«, antwortete der Steuermann bereitwillig, der etwas belustigt von dem erstaunten Gesicht des Kaufmannssohns war. Dennoch hatte er Spaß daran, Albert mehr zu erzählen, und zeigte mit dem Finger auf eine Reihe großer Häuser. »Das sind die Speicher, in denen die Genter ihr Getreide lagern. Man nennt sie hier *Spijkers*.«

»Sie sind gewaltig. Brauchen die Genter denn tatsächlich so viel Platz?«

»Ja, auch wenn Brügge eigentlich die Hauptstadt des flandrischen Tuchhandels ist und selbst die Städte Ypern, Douai, Arras und Lille mehr oder ähnlich viel Tuch verkaufen wie Gent, übertrifft Gent doch alle diese Städte an Größe bei Weitem. Hier leben ungefähr...«

»...fünfzehn Mal so viele Menschen wie in Hamburg«, beendete Albert Thilos Satz. Von Arnoldus hatte er genau das gerade gestern erfahren, doch eine so gewaltige Zahl an Personen hatte er sich einfach nicht vorstellen können. Erst jetzt, da sie mit der *Resens* in den Hafen einfuhren und er erkannte, wie verschwindend gering die Ausmaße des Hamburger Hafens im Nikolaifleet dagegen waren, wurde ihm der Unterschied wirklich bewusst.

Nachdem das Schiff angelegt hatte und vertäut war, ging Albert gemeinsam mit Thilo und Arnoldus an Land. Hier war das Gedränge unbeschreiblich. Zunächst fühlte Albert sich fast erdrückt von den Ausmaßen der Stadt. Lauter fremdländische Worte und unbekannte Gerüche prasselten auf ihn ein. Der Unterschied zur ruhigen Nordsee war enorm. Die Stadt schien auf eine Art ein Eigenleben zu besitzen, die einen gefangen nahm. Doch es dauerte nicht lange, da gewöhnte sich auch Albert daran und öffnete sich ihrer wilden Schönheit.

An jeder Ecke gab es etwas zu entdecken. Sie kamen vorbei an dem überwältigenden Turm der Nikolauskirche, passierten imposante Brücken und erreichten die mächtige, alles dominierende Burg Gravensteen. Beeindruckt blieb Albert mit offenem Mund vor ihr stehen. Ihr Aussehen war beängstigend. Groß und grau, umrahmt von einer hohen Ringmauer mit vierundzwanzig runden vorstehenden Türmen, die jeweils zwei Stockwerke hatten. Alles wurde umgeben von einem tiefen Wassergraben.

»Hinter diesen Mauern wohnen die Grafen von Flandern«, erklärte Thilo unaufgefordert. »Sie sollen grausam sein. Aber die Genter lassen sich schlecht führen, sagt man. Sie gelten als stur und stolz und lehnen sich wohl schon seit Langem beharrlich gegen ihre Grafen auf.«

Albert schaute den Steuermann von der Seite an. Diese Worte erinnerten ihn an die Hamburger im Kampf um ihre Unabhängigkeit von den Schauenburger Grafen. »Die Genter scheinen uns ähnlicher zu sein, als ich dachte.«

»Wenn das so ist, dann lasst uns mal sehen, ob sie auch so gutes Bier haben wie wir«, warf Arnoldus ein und rieb sich den dicken Bauch.

Albert willigte lachend ein und ließ sich gemeinsam mit Thilo von dem ortskundigen Arnoldus durch die Gassen führen. So wenig fähig und tüchtig das Äußere des Schiffsherrn auch auf den ersten Blick wirkte, hatte er doch das Gefühl, in der kurzen Zeit auf See mehr von Arnoldus gelernt zu haben als von Conrad in all den vielen Jahren zuvor. Der Seemann war während unzähliger Schiffsreisen zu seinem Wissen gekommen und hatte es in den letzten Tagen nach ein paar gemeinsamen Bechern Branntwein bereitwillig mit seinem Fahrgast geteilt. Albert saugte dieses Wissen auf wie das vielgerühmte flandrische Tuch das Wasser. Ihm war klar, dass alle Erkenntnisse dieser Reise ihm helfen würden, seiner Tätigkeit als Hamburger Kaufmann besser nachkommen zu können. So suchte er das Gespräch mit Arnoldus immer häufiger. Genau wie jetzt, da sie zu dritt in einer Schenke saßen.

»Ich kann nicht glauben, was der Tuchhandel aus dieser Stadt gemacht hat. Alles ist so prächtig hier. Die Tuchhändler müssen einen gewaltigen Einfluss besitzen.«

»Das stimmt, aber es sind nicht nur die Kaufmannsfamilien«, berichtete Arnoldus ihn. »Auch die Tuchhandwerker, die Weber, Walker, Färber und Scherer, haben großen Einfluss. Doch all jene wiederum verdanken ihre ertragreiche Arbeit zum großen Teil den geschickt ausgehandelten Geschäften mit dem Haupthandelspartner England. England liefert die Wolle, und Flandern produziert das Tuch. Erst diese Verbindung hat den Erfolg gebracht. Nur wenn alles zusammenkommt, entsteht das flandrische Tuch von jener Qualität, welches die Flamen weit über die Grenzen des Landes berühmt gemacht hat.«

Plötzlich kam eine dralle Wirtsfrau zu ihnen, stützte ihre Arme auf dem groben Tisch ab und beugte sich so weit vor, dass ihre Brüste fast aus ihrem engen, weit ausgeschnittenen Kleid fielen. Mit Worten, die nur für Thilo zu verstehen waren, fragte sie, was sie bringen solle.

Thilo antwortete auf Friesisch, doch anscheinend hatte seine Aussprache ihn verraten.

»Ihr Oosterlinge seid, oder?«

»Ja«, antwortete Thilo erstaunt. »Du kannst uns verstehen?«

Die Frau nickte und sagte: »Viele Oosterlinge hier.«

»Sicher«, gab Thilo lächelnd zurück und nickte. »Bring uns bitte drei Bier.«

Die Frau verschwand, und Albert blickte ihr fragend nach. »Was sind Oosterlinge?«

Arnoldus und Thilo sagten einen Moment lang nichts und fingen dann gleichzeitig an, haltlos zu lachen. »Ihr wisst wirklich gar nichts, mein Freund«, prustete Arnoldus, nachdem er wieder zu Atem gekommen war.

Albert, der die raue Art des Seemanns mittlerweile gut zu deuten wusste, ignorierte die Beleidigung und forderte ihn auf: »Erklärt es mir.« Er war sich schon lange nicht mehr zu schade dafür, seine Unwissenheit preiszugeben. Viele Zusammenhänge wurden Albert nämlich erst jetzt bewusst, da er einen erfahrenen Mann an seiner Seite hatte, dem er jederzeit seine Fragen stellen konnte. All das bruchstückhafte Wissen über den Tuchhandel, welches Albert sich in vergangenen Zeiten mühsam zusammengekratzt hatte, fügte sich mehr und mehr zu einem Ganzen zusammen.

»In Ordnung, hört mir zu. Oosterlinge werden die niederdeutschen Kaufleute von den Gentern aufgrund ihrer Herkunft aus dem Osten genannt.«

»Sie haben einen eigenen Namen für uns?«, unterbrach Albert verwundert.

»Ja. Auch wenn es vielleicht nicht so scheint, betreiben die Flamen doch mindestens so viel Handel mit uns wie wir mit ihnen. Aus Flandern kommt das wertvolle Tuch, und wir schiffen dafür große Mengen an Getreide, Blei, Zinn, Kupfer, Pech und Asche nach Flandern. Ich erkläre Euch, wie das zustande gekommen ist: Vor siebzehn Jahren schickte der Hamburger Rat unseren Ratsnotar Jordan von Boizenburg aus, um mit Flandern in Verhandlung zu treten, damit die Handelsbedingungen verbessert würden. Tatsächlich hatten diese Verhandlungen zwischen unserem Ratsnotar, dem Lübecker Ratsherrn Herman Hoyer und der

Gräfin Margarete von Flandern zur Folge, dass die niederdeutschen Kaufleute einige Privilegien, wie etwa Zollerleichterungen, im Handel mit Flandern erhielten. Seither gibt es den uneingeschränkten Handel zwischen Hamburg und Flandern, versteht Ihr?«

»Ja, ich verstehe«, antwortete Albert zunächst beeindruckt. Doch wenig später änderte sich sein Gesichtsausdruck, und er sah plötzlich unzufrieden aus. »Ich verstehe, dass ich all die letzten Jahre genauso gut ein Bauer hätte sein können, denn so wenig, wie ein Bauer vom Tuchhandel versteht, habe ich in der Vergangenheit darüber gelernt.«

Arnoldus und Thilo schauten zunächst verlegen in ihre Biere. Albert hatte ihnen auf der Reise von seiner Geschichte erzählt, nachdem der Branntwein seine Zunge gelockert hatte. Doch es war klar, dass sie nur erahnen konnten, welch eine Schmach ein solches Leben für einen Kaufmannssohn tatsächlich sein musste.

»Nun lasst den Kopf nicht hängen, Kaufmann«, munterte Thilo ihn auf. »Selbst wenn unsere Rückreise – Gott soll es fügen – schnell vorangehen sollte, haben wir noch einige Nächte vor uns, in denen wir Euch mehr über den Tuchhandel erzählen können.«

»Das Wasser in der Schiffsküche ist ein einziger Eisblock und das Feuerholz so feucht, dass es sich nicht mehr anzünden lässt.« Der Smutje stand wie ein Häufchen Elend vor seinem Schiffsherrn. Er bemühte sich, nicht vor Kälte mit den Zähnen zu klappern. Seinen kranken Arm hatte er sich mit schmutzigen Leinen an den Körper gebunden.

Nahezu jeder auf dem Schiff war schon auf den glatten Planken ausgerutscht, so auch der arme Heyno, dessen Arm ihm seither noch mehr zu schaffen machte.

Der Schiffsherr hielt sich mit der Hand die Stirn und rieb sich danach mit Daumen und Zeigefinger die Augen. »Das kann doch alles nicht wahr sein«, murmelte er übellaunig.

In diesem Moment kam Thilo hinzu, welcher auf Arnoldus' Befehl das Ruder allein übernommen hatte.

»Schiffsherr, die Männer finden kaum mehr eine Lücke im Eis, in der sie die Lotleine zu Wasser lassen können. Wenn wir weiterhin so dicht an Land fahren, drohen wir auf die Untiefen aufzulaufen. Doch wenn wir uns weiter vom Land entfernen, sehen wir die Landmarken nicht mehr.« Auch Thilo zitterte vor Nässe und Kälte.

Beide Männer waren es gewohnt, in schwierigen Situationen auf Befehle zu warten und nicht eigenmächtig zu handeln. Dies war ein solcher Moment, und so starrten sie Arnoldus vor Verzweiflung fast nieder. Der Schiffsherr sagte jedoch zunächst einmal nichts. Noch immer verharrte er schweigend mit der Hand vor den Augen. Die Stille zwischen den Männern wurde nur vom bellenden Husten des Smutjes durchschnitten.

Es war wie verflucht. Das fast unverschämte Glück, welches sie auf der Hinfahrt nach Gent mit dem Wetter gehabt hatten, schien sich auf der Rückfahrt nach Hamburg plötzlich ins Gegenteil zu verkehren. Alle Männer hatten hart zu kämpfen, um jeden einzelnen Tag zu überstehen. Der wenige Schlaf und die ständige Kälte zerrten an den Nerven.

Endlich sah der Schiffsherr auf. Er richtete das Wort zuerst an seinen Steuermann. »Wie steht es um das Ruder?«

»Es scheint durch die Kälte immer unbeweglicher zu werden. Ich befürchte, wenn sich das Wetter nicht bessert, friert uns auf offener See das Schiff unter dem Arsch fest«, gestand Thilo ungeschönt.

Arnoldus nickte trüb. »Macht euch wieder an die Arbeit. Heyno, sieh zu, dass du etwas anderes zum Verfeuern auftreibst. Es wird doch verdammt noch mal etwas Trockenes unter Deck geben, das du verbrennen kannst. Und wenn du deine Hängematte dazu benutzt; mach ein Feuer!«

»Aye.« Heyno trollte sich. Auf keinen Fall wollte er seine Hängematte zum Feuermachen verwenden. Er nahm sich vor, es einfach noch einmal mit dem feuchten Holz zu versuchen.

Nun wandte Arnoldus sich seinem Steuermann zu. »Wie ernst ist es, Thilo?«

»Das Ruder lässt sich fast nicht mehr drehen. Ich hätte ja nicht gedacht, dass ich das mal sage, aber die ruhige See bricht uns vielleicht den Hals. Ich habe das Gefühl, das Eis um uns herum wird zusehends dicker und kommt immer näher. Wenn wir einfrieren, dann gehen wir hier jämmerlich drauf.«

»Ich weiß«, antwortete Arnoldus knapp. »Wir müssen zusehen, dass wir an Land kommen, bevor das Eis die *Resens* zerquetscht. Es war töricht zu glauben, dass wir es noch bis nach Hamburg schaffen könnten. Wir hätten gleich nach dem ersten Schnee wieder nach Gent umkehren sollen, aber dafür ist es jetzt zu spät. Es bleibt uns nur noch eine Wahl. Sobald das Tageslicht die Sicht freigibt, versuchst du die Kogge so nah wie möglich an die Küste zu bringen. Halte Ausschau nach einer günstigen Gelegenheit zum Anlegen, und … bete, Thilo. Ich überbringe die Nachricht unserem Fahrgast.«

Während Arnoldus auf die Suche nach Albert ging, legte sich Schwermut auf sein Gemüt. Er war ein Seemann mit vielen Jahren Erfahrung, doch das hatte ihn nicht vor der jetzigen Lage bewahren können. Es war riskant, sich den Sandbänken der Watteninseln zu nähern, neben denen sie derzeit herfuhren. In der Dunkelheit ließ sich nicht einmal erkennen, welche der Inseln sie gerade passierten. War es Borkum oder Juist, Buise oder Baltrum? Untiefen lauerten überall, und die Gefahr aufzulaufen war groß. Doch er musste es wagen, wenn er sein Schiff und seine Besatzung retten wollte.

Als sie wieder von Flandern aufgebrochen waren, hatte sich das Wetter für die Jahreszeit ungewöhnlich mild gezeigt. Es begleitete sie ein kalter, aber leichter Wind, das Wasser trug kein Eis an seiner Oberfläche, und der Schneeregen, der sie auf der Hinfahrt begleitet hatte, war schon seit Tagen ausgeblieben.

Gemeinsam hatten Arnoldus und Albert beschlossen, dass es möglich sein sollte, noch vor dem Eis in Hamburg anzukommen. Dieser Hochmut gegenüber den Launen des Meeres wurde nun bestraft.

Albert hatte sich, wie so oft, an den Bug des Schiffs verzogen. Seitdem sie den Hafen von Gent verlassen hatten, konnte er nur noch an seine Lieben denken. Auch wenn die enorme Stadt ihn in der einen Woche seines Aufenthalts sehr beeindruckt hatte, hatte er sich dennoch nicht vorstellen können, den Winter dort mit Nichtstun zu verbringen. Er musste wissen, wie es um Ragnhild und die Kinder stand, und so hatte er nach getaner Arbeit auf die Rückreise gedrängt.

Doch noch etwas trieb ihn nach Hause. Jetzt, da er seinen Auftrag so gut wie erfüllt hatte, wollte er Conrads Versprechen alsbald einfordern, die Bürde des Testaments abschütteln und mit seinem Teil des Erbes ein neues, selbstbestimmtes Leben beginnen. Den ganzen Tag schon stand er an dieser Stelle des Schiffs und dachte nach. Auch wenn er wusste, dass es Unsinn war, hatte er dennoch das Gefühl, er könnte die Fahrt nach Hause mit seinem starr an den Horizont gerichteten Blick beschleunigen. Außerdem gab es hier draußen für ihn die Möglichkeit, den gleichen Himmel anzusehen, den vielleicht auch Ragnhild in diesem Moment betrachtete. Er war sich sicher, dass auch sie schon den ganzen Tag an ihn dachte, denn heute war sein fünfundzwanzigster Geburtstag!

Arnoldus sah den jungen Kaufmann von hinten an und fragte sich nicht zum ersten Mal, was er dort am Bug des Schiffs den lieben langen Tag machte. Immer wenn er ihn da stehen sah, starrte er ganz einfach bloß in die Ferne.

»Herr!«

Albert drehte sich gedankenversunken zu Arnoldus um. Dieser hatte seine Schiffsherrnmütze abgenommen und knetete sie aufgeregt mit den Händen. Er wusste, dass Albert um jeden Preis zurück nach Hamburg wollte, doch er musste ihm jetzt sagen, dass er ihm seinen Wunsch nicht würde erfüllen können.

»Unsere Lage hat sich nicht verbessert. Die Kälte hat uns eingeholt, und, wie Ihr selbst sehen könnt, gibt es bereits das erste dicke Eis. Ich bin kein Mann der vielen Worte, darum muss ich es einfach sagen, wie es ist: Wir werden es nicht bis nach Hamburg schaffen. Auch haben wir nicht mehr die Zeit, um zurück nach Flandern zu kommen. Es ist wahrhaft unerfreulich, aber wenn wir den eingeschlagenen Kurs beibehalten, werden wir womöglich festfrieren und vom Eis zerdrückt.«

Albert nickte kaum erkennbar und atmete hörbar aus. Kleine weiße Dampfwolken stoben aus seinem Mund und blieben als Tropfen in seinem Bart hängen, wo sie unmittelbar zu Eis gefroren.

Die Enttäuschung war ihm deutlich anzusehen, doch wider Erwarten erlebte der Schiffsherr seinen Gast relativ gefasst. Anscheinend hatte er bereits etwas geahnt. »Was bedeutet das genau, Arnoldus?«

»Wir müssen schnell an Land, Herr. Uns bleibt kaum noch Zeit. Heute werden wir nichts mehr ausrichten können. Es dämmert bereits, und bald wird Nebel heraufziehen, aber morgen bei Tagesanbruch werden wir so schnell wie möglich eine geeignete Stelle zum Anlegen suchen.«

Nun war es Albert, der sich mit den Fingern die Augen rieb. Unbewusst hatte er sich diese Geste von Arnoldus abgeschaut. »Wie weit sind wir noch von Hamburg entfernt?«

»Nicht mehr weit. Ich würde sagen, maximal drei bis vier Tagesreisen.« Der Schiffsherr begriff sofort, was sein Fahrgast im Sinn hatte, und sprach schnell weiter. »Auch wenn es nur noch wenige Tage sind, so haben wir doch keine Wahl. Schon jetzt kann ich für nichts mehr garantieren. Eine Weiterreise wäre unverantwortlich. Mein Entschluss steht fest, wir legen morgen bei der ersten Gelegenheit an. Bitte versteht mich, ich bin für die Sicherheit meiner Männer verantwortlich, und deshalb werde ich auch nicht mit mir reden lassen.« Arnoldus war sehr klar in seiner Äußerung, und der Blick, den der Seemann Albert zuwarf, ließ keinen Zweifel daran, dass er sich tatsächlich nicht mehr umstimmen ließ. Besänftigend legte er seine Hand auf Alberts Schulter und sagte: »Es tut mir leid. Sicherlich wird es eine Möglichkeit geben, die Waren von Bord zu bekommen und über Land nach Hamburg zu schaffen.« Nach diesen Worten drehte er sich um und ließ den Kaufmannssohn allein zurück.

Verbitterung keimte in Albert auf. Auch wenn er es insgeheim bereits befürchtet hatte, konnte er es dennoch nicht fassen, dass das Wetter ihm so kurz vor dem Ziel in die Quere kam. Die Erkenntnis, dass sich die Heimreise und somit auch alles, was damit zusammenhing, nun weiter verzögern würde, erzürnte ihn. Einen kurzen Moment lang war er gewillt, Arnoldus zu unterstellen, dass er bloß den dreißigsten Teil des geladenen Warenwertes einzustreichen versuchte, welcher ihm zustand, sobald er einem Kaufmann, der sich in einer Notsituation auf ein Rettungsboot flüchtete, half, seine Waren zu retten. Gleich darauf verwarf er diese törichte Vermutung allerdings wieder. Arnoldus war sein Freund und nicht sein Feind. Voller Wut krallte Albert seine Hände um die Reling.

Warum waren die Geschäfte in Gent nicht schneller vonstattengegangen? Er hatte alles versucht, um die Vorgänge zu beschleunigen, doch der hochnäsige Genter Tuchhändler hatte ihn zunächst einmal vier Tage im Hafen warten lassen. Albert glaubte in diesen Tagen verrückt von der Warterei zu werden, doch was hätte er schon tun können? Er konnte ja schlecht ohne das Tuch zurücksegeln. Nun hallte es unaufhörlich in seinem Kopf: *Nur vier Tage schneller!* Genau die vier Tage, die ihnen nun fehlten.

Wenn er das geahnt hätte, wäre er wahrscheinlich eher des Nachts ins Lager des Genter Tuchhändlers eingebrochen und hätte Conrads verfluchtes Tuch mit eigenen Händen aufs Schiff gebracht, als untätig im Hafen herumzusitzen.

Während er nachdachte, hatte er angefangen, auf dem Schiff herumzuwandern. Der Wind und der Regen hatten ihn bereits steif werden lassen. Seine eingefrorenen Glieder mussten bewegt werden, wenn er nicht wollte, dass sie bei einer falschen Bewegung wie morsche Stöcke entzweibrachen.

Warum nur hatte er das Gefühl, schneller voranzukommen, wenn er sich an Deck aufhielt? Kopfschüttelnd beschloss er, sich diesem unsinnigen Drang endlich zu widersetzen und sich schlafen zu legen. Nun hatte es ja sowieso keinen Sinn mehr. Morgen würden sie anlegen – wo auch immer der Herr wollte –, und dann brauchte er seine Kraft und seine Sinne, um aus der Situation das Beste zu machen. Kurze Zeit später hatte er sich tatsächlich hingelegt, lauschte den lauen Wellen, die gegen die Schiffswand klatschten, und schlief ein.

Albert schlief unruhig. Er träumte wirr. Unliebsame Geräusche drangen in sein Ohr und störten ihn unterbewusst. Immer wieder verzog er gequält das Gesicht. Sein Körper wurde in seiner Hängematte gleichmäßig von einer Seite auf die andere geworfen, bis schließlich ein unsanftes Rütteln durch seinen ganzen Körper ging und ihn endgültig weckte.

Vor ihm stand Thilo und brüllte hektisch auf ihn ein. Er war nass von Kopf bis Fuß und kalkweiß im Gesicht. Alles, was Albert von seinen Worten verstand, war ein schroffes: »Steht auf und macht Euch nützlich. Wir brauchen jetzt jede Hand.« So schnell er erschienen war, genauso schnell war er auch wieder verschwunden.

Albert war schlagartig hellwach. Ohne zu wissen, was genau der Steuermann mit seinen Worten gemeint haben könnte, stand er auf, um ihm zu folgen. Seine Füße hatten noch nicht den Boden berührt, als er ein ohrenbetäubendes Donnern vernahm, das ihn zusammenzucken ließ. Einen Moment später schien das Schiff mit einem Mal in voller Gänze abzuheben.

Ein erschrockener Ausruf verließ Alberts Mund. Er griff nach irgendetwas, um sich festzuhalten, doch die ruckartige Bewegung kam zu unerwartet, und so wurde er mit voller Wucht gegen eine Wand geschleudert. Er spürte deutlich, wie sein Kopf gegen etwas Hartes knallte, doch er hatte keine Gelegenheit, sich darum zu scheren. Blutend kämpfte er sich an Deck. Was er hier sah, entsprach seiner Vorstellung von der Hölle. Blitze durchzuckten unaufhörlich den schwarzen Nachthimmel und jagten dröhnende Donnerschläge. Die zerfetzten Segel flatterten im Sturm. Riesige Wellen türmten sich rechts und links neben der *Resens* auf und überfluteten das Deck. Das Schiff war zu einem Spielball des Meeres geworden. Außer Kontrolle neigte es sich fast waagerecht nach links und dann wieder nach rechts. Es war unmöglich, frei herumzulaufen, und so krallte Albert sich irgendwo fest. Der tosende Lärm des Wassers, das Krachen des Holzes, das Klatschen des Regens; Albert glaubte fast, taub davon zu werden, doch dann vernahm er, von weit weg, die Stimme des Schiffsherrn. Umständlich drehte er sich um und sah, wie einer der Schiffsjungen versuchte, über den Boden krabbelnd zu dem rettenden Mast zu gelangen, an dem er sich festhalten konnte. Er heulte und war sichtlich in Panik. Es war der Enkel von Arnoldus.

Der Schiffsherr selbst hatte bereits etwas gefunden, an das er sich hatte anbinden können, um nicht über Bord zu gehen. Von dort aus brüllte er dem Jungen unentwegt Befehle zu, doch diese vergingen fast vollständig im vorherrschenden Lärm.

Albert sah sich außerstande, auch nur einen Fuß vor den anderen zu setzen, und musste sich eingestehen, dass er dem Jungen nicht zu Hilfe eilen konnte, ohne sein eigenes Leben in noch größere Gefahr zu bringen. Er starrte ihn an und flehte zu Gott, er möge das Kind verschonen. Doch in diesem Moment neigte sich das Schiff erneut, und der Junge rutschte bäuchlings unter wilden Schreien in Richtung Reling.

Arnoldus fingerte vergeblich an den Tauen herum, mit denen er sich am Schiff festgemacht hatte. Doch die Nässe und die Eiseskälte in seinen Händen ließen ihn immer wieder vom Tau abrutschen. Laut fluchte er vor sich hin.

Albert sah, wie das Kind hin- und hergeschleudert wurde, und er verstand, dass Arnoldus ihm wohl nicht mehr rechtzeitig würde helfen können. Nur einen Wimpernschlag später warf sich Albert auf den Boden und krabbelte auf den Jungen zu. Immer wieder schrie er: »Komm her zu mir! Komm hier rüber!«

Der Schiffsjunge schrie ebenfalls und versuchte alles, um zu seinem Retter zu gelangen. Doch die Wellen waren stärker.

Riesige Wassermassen und scharfkantige Eisschollen klatschten auf das Schiffsdeck und trugen Albert und das Kind immer näher in Richtung Reling. Plötzlich wurde der Junge von einer der mächtigen Eisschollen im Gesicht getroffen. Für einen kurzen Augenblick wurde sein Kopf in einem unnatürlichen Winkel zur Seite geknickt, dann sackte sein Körper regungslos zusammen.

Die Kogge bäumte sich auf. So hoch und so schnell, dass alle an Bord anfingen zu schreien. Mit gewaltiger Wucht knallte sie zurück aufs Wasser. Der leichte Jungenkörper wurde durch die Luft geschleudert und versank augenblicklich im nachtschwarzen Meer. Die Fassungslosigkeit der Besatzung war förmlich greifbar, nur dem Schiffsherrn entfuhr ein gellender Laut, der klang wie das Heulen eines waidwunden Tieres.

Albert versuchte sich festzukrallen, doch er lag schutzlos und ohne Halt in der Mitte des Schiffs. Nur ein Tau, welches am Mast befestigt war, schleuderte wild vor ihm herum. Nach mehreren vergeblichen Versuchen bekam er es tatsächlich zu fassen. Er verfolgte keine bestimmte Idee zur Rettung seiner selbst, sondern handelte nur instinktiv. Mit Armen und Beinen klammerte er sich an das Tau. Er durfte es nicht loslassen, dann wäre er verloren. Dieser Gedanke beherrschte ihn fortan. Mehrfach hob sein ganzer Körper ab, nur um dann wieder schmerzhaft auf die Planken zurückgeschleudert zu werden. Nach einer Weile hatte er jedes Zeitgefühl verloren. Wenn er sich zuvor immer mal wieder nach der Besatzung umgesehen hatte, brauchte er mittlerweile all seine Sinne für sich.

Alberts Kräfte ließen nach, doch der Sturm wurde stärker. Wann würde es endlich aufhören? Wie lange würde er sich noch halten können? Seine gefrorenen Hände bluteten bereits von der Reibung an dem rauen, nassen Tau. Sein ganzer Körper schmerzte vom Zurückschnellen auf das Deck. Sein Schädel hämmerte. Blut von seiner Stirnwunde lief ihm ins Gesicht und in die Augen. Und als Albert dachte, es nicht mehr länger aushalten zu können, ging ein erneuter Ruck durch das Schiff. Er vernahm ein Quietschen und ein Knirschen und schließlich das Geräusch von berstendem Holz.

»Wir sind aufgelaufen!«, schrie eine Männerstimme in Panik. »Wir gehen unter!«

Albert sah sich panisch um. Spielten ihm seine Ohren einen Streich? Bildete er sich die Geräusche und Rufe nur ein? Wie wild suchten seine Augen einen Beweis für das vermeintlich Gehörte; und er bekam ihn.

Rasend schnell schien die Kogge dem Meer näher zu kommen.

Sie sanken tatsächlich! Albert wusste, dass er machtlos war. Er konnte nicht schwimmen, und das Wasser war eiskalt. Nur Gott wusste, wo genau auf dem Meer sie sich befanden und wie weit sie vom Festland entfernt waren.

In seiner Verzweiflung fing er an, das *Paternoster* zu beten, und schloss die Augen. Er dachte an Ragnhild, an Runa und an die Zwillinge. Nun würde er sie alle nie wieder sehen. Noch ein letztes Mal versuchte er ihre Gesichter vor sein geistiges Auge zu rufen. Ragnhild. Seine große Liebe. Für einen kurzen Moment war er tatsächlich bei ihr. Fast meinte er sie fühlen zu können. Ihr goldenes Haar und ihre weiche Haut. Ich muss jetzt gehen, meine Ragnhild, erklärte er ihr stumm. Es tut mir leid. Sie schien die Hand nach ihm auszustrecken und zu lächeln. Auch er streckte die Hand nach ihr aus, doch er griff ins Leere. Ragnhild war verschwunden.

In diesem Moment wurden seine Beine von dem eiskalten Wasser der Nordsee umspült. Der Schock presste Albert die letzte Luft aus dem Körper. Er ließ das Tau los und glitt in die Fluten. Ohne Kampf ergab er sich. Das Wasser schlug über seinem Kopf zusammen, und plötzlich war es still um ihn herum. Der Sog des untergehenden Schiffs zog auch ihn mit hinunter, und das Letzte, was Albert sah, war ein Stückchen des fast vollen Mondes, welcher kurz durch die dicken schwarzen Wolken blitzte.

10

Ragnhild lag mit all ihren Kindern auf dem Bett. Hier verbrachte sie noch immer die meiste Zeit. Trotz stetiger Genesung waren ihre Kräfte noch nicht vollständig zurückgekehrt.

Runa beugte sich über Godeke, und Ragnhild selbst kümmerte sich um Johannes. Der Zweitgeborene war unverändert von hellerer Hautfarbe und schmächtigerem Wuchs. Godeke hingegen schien für seinen kleinen Bruder mitzuwachsen. Doch gerade ihre Unterschiede liebte Ragnhild ganz besonders. Zärtlich zeichnete sie mit dem Zeigefinger die Gesichtszüge ihres Sohnes nach und schaute dann lächelnd zu Runa hinüber, die Godeke gerade auf die Stirn küsste. Das kleine Mädchen war sehr stolz auf ihre Brüder und liebte es, mit ihnen zu spielen. Dies war einer der glücklichen Momente, und Ragnhild versuchte, ihn mit aller Gewalt festzuhalten. Sie wusste, er würde nicht lange währen.

Im nächsten Moment wurde die Tür aufgerissen, und das Lächeln auf Ragnhilds Lippen erstarb mit dem Geräusch, das die Tür verursachte, als sie gegen die Wand knallte.

»Wo sind die Kinder?« In Luburgis' Augen war blanke Panik zu sehen.

»Bei ihrer Mutter«, erwiderte Ragnhild schnippisch. »Ich habe sie mir herübergeholt, um mit ihnen zu spielen.« Noch im gleichen Moment ärgerte sie sich über die abgegebene Erklärung. Schließlich war sie die Mutter und somit niemandem Rechenschaft schuldig, wenn sie ihre eigenen Kinder zu sich holte. Luburgis sah das allerdings ganz anders.

»Bist du denn des Wahnsinns? Hier ist es viel zu kalt. Außerdem brauchen sie ihren Schlaf. Ich werde sie wieder mit in den Handarbeitsraum nehmen. Sicher haben sie Hunger.« Entschlossen stürmte sie auf die Kleinen zu. Liesel folgte ihr ergeben, doch der auf den Boden gerichtete Blick der Amme verriet, dass sie sich nicht wohl dabei fühlte.

Ragnhild hatte keine Wahl. Sie hatte bereits versucht die Kinder anzulegen, doch ihre Milch war während der Zeit des Fiebers versiegt. Dennoch – so wollte sie die Zwillinge nicht herausgeben. Ragnhild presste Johannes mit einer Hand fest an sich und streckte die andere Hand in Richtung Luburgis aus. Mit der Handfläche auf die Schwägerin zeigend, sagte sie: »Halt, Luburgis!«

Diese blieb abrupt stehen und starrte verwundert auf die ihr zugewandte Handfläche.

Ragnhild wurde sich plötzlich der Dreistigkeit ihrer Geste bewusst und ließ die Hand schnell sinken. Auch wenn sie die Mutter der Kinder war, musste sie dennoch den nötigen Respekt vor der Hausherrin wahren.

Einen Augenblick lang sagte keiner ein Wort. Die Feindseligkeit zwischen den Frauen war deutlich zu spüren. Selbst Runa nahm Godeke jetzt hoch und hielt ihn fest an sich gedrückt. Sie schien nicht gewillt, ihn alsbald herauszugeben. Der Säugling auf ihrem Arm erschrak von der plötzlichen Umarmung und fing an zu weinen.

Ragnhild fühlte, dass Luburgis ihr die Kinder mehr und mehr zu entreißen versuchte, doch sie durfte sie nicht verärgern. Solange Albert nicht zurück war, hatte sie wenig Aussicht, gegen ihre Schwägerin anzukommen. Mit Mühe unterdrückte sie den Drang, Luburgis des Zimmers zu verweisen. Stattdessen sagte sie beschwichtigend: »Ich möchte mich nur richtig von meinen Kindern verabschieden, bevor sie zum Schlafen hingelegt werden. Das wirst du doch sicher verstehen, Luburgis.«

Diese sah alles andere als verständnisvoll aus und starrte auffordernd auf die dreifache Mutter.

Ragnhild gab Runa ein Zeichen, woraufhin sie mit ihrem weinenden Bruder herüberkam. Dann küsste sie ihre Zwillinge abwechselnd auf die Stirn und die Wangen und übergab sie schweren Herzens der Amme und der Schwägerin.

Mit steifem Gang rauschten die beiden Frauen aus der Kammer und ließen Mutter und Tochter allein zurück.

Runa krabbelte zu Ragnhild und kuschelte sich in ihren Arm. Sie konnte nicht wissen, wie sehr ihre Mutter diesen Trost gerade zu schätzen wusste. Dankbar drückte sie das ihr verbliebene Kind an sich. Wenn doch nur Albert wieder da wäre. Wie lange würde sie noch warten müssen? Wie lange würde sie diesen Kampf noch führen müssen? Die Machtlosigkeit ließ sie schier verzweifeln. Nur die Liebe zu ihren Kindern hielt sie weiterhin aufrecht. Ein Blick auf Runa genügte, um sich wieder neu zu motivieren. Sie musste durchhalten – und sie würde durchhalten; auch für Runa.

An diesem Tag erhob sich Ragnhild das erste Mal seit langer Zeit von ihrer Bettstatt, bloß um im Zimmer umherzuwandern. Sie wollte wieder zu Kräften kommen, und das würde sie nicht, wenn sie nur herumlag. Zuerst fiel es ihr schwer, längere Zeit zu stehen, doch ihr Wille war stark, und ihre steifen Glieder beugten sich dem alsbald. Am Abend dann trat sie an die kleine Luke ihrer Kammer und schaute in die vom Wind aufgewirbelten dunklen Wolken des dämmrigen Abendhimmels. Die Luft war kalt und von Regen erfüllt. Ein Sturm zog auf. Mit Wehmut und Sorge fragte sie sich, wo Albert wohl sein mochte und ob auch er gerade an sie dachte. Ragnhild war sich sicher, denn heute war sein fünfundzwanzigster Geburtstag!

Drei Tage später hatte Ragnhild sich so weit erholt, dass sie endlich wieder vor die Tür treten konnte.

»Ich habe fast vergessen, wie herrlich der Sonnenschein ist, Hilda«, schwärmte sie und streckte ihr Gesicht dem wolkenlosen Winterhimmel entgegen.

Die Magd musste lachen und sagte: »Du hast ja auch lange genug in deiner Kammer gelegen. Es wurde wirklich Zeit, dass du wieder hinausgehst. Während des furchtbaren Sturms vor drei Tagen dachte ich allerdings, dass uns der Sonnenschein länger verwehrt bliebe.«

»Ja, das schöne Wetter heute ist tatsächlich ein Geschenk Gottes. Keine Spur mehr von Wind und Regen.«

Es war Sonntag, und die Frauen hatten beschlossen, nach dem Besuch der heiligen Sonntagsmesse in der Kirche St. Petri in das Viertel der Fischer im Kirchspiel St. Jacobi zu gehen. Ziel war die kleine Hütte von Hilda und Marga. Schon lange wollte Hilda die Hütte verkaufen, doch sie brachte es einfach nicht übers Herz. Zu viele Erinnerungen an ihren geliebten Mann hingen daran.

Ragnhild hatte den Anstoß zu dieser Idee gegeben. Sie wollte einfach hinaus. Weg von Luburgis, gegen die sie sowieso nichts auszurichten vermochte, und weg aus der Dunkelheit des Hauses.

Runa und Marga gingen Hand in Hand vorweg und unterhielten sich. Auch wenn Kinder unter zwölf Jahren eigentlich nicht gern auf den Kirchgängen oder Hochzeiten gesehen waren, wurden sie dennoch geduldet, sofern sie sich still verhielten und immer in Gegenwart der Mutter oder einer Magd waren. Ragnhild wusste das und ließ Runa darum oftmals zu Hause. Ihre Erstgeborene konnte wild und ungestüm sein, doch heute wollte sie einfach nicht auf ihr Mädchen verzichten. Liebend gern wäre sie mit all ihren Kindern durch die Straßen spaziert, doch dann hätte Luburgis wohl einen Schreikrampf bekommen, wegen all der Gefahren, die hier angeblich auf die Kinder lauerten. Sie übertrieb es mächtig mit ihrer Fürsorge. Wenn es nach ihr ginge, würde sie die Zwillinge wohl wie teures Porzellan in gefüllten Butterfässern von einem Ort zum nächsten bringen, damit sie auch ja unversehrt blieben.

Ragnhild musste sich leider eingestehen, dass sie nach ihrer Genesung lediglich einen kleinen Teil der Kontrolle über Godeke und Johannes wiederbekommen hatte, den viel größeren Teil jedoch hatte sie zwangsweise an Luburgis abtreten müssen. Aber mit dieser Ungerechtigkeit sollte es bald vorbei sein. Ragnhilds ganze Hoffnung konzentrierte sich nun auf die Rückkehr Alberts und die damit neu einkehrende Ordnung. Schließlich war in der vergangenen Woche sein Geburtstag gewesen und somit eine mehr als denkwürdige Zeit für sie selbst, für ihre Kinder und auch für Albert zu Ende gegangen. Genau genommen war Ragnhild seit letzter Woche sogar eine wohlhabende Frau, denn nun war es nur noch eine Frage der Zeit, bis Albert sein väterliches Erbe ausgezahlt bekam. Doch dies war für sie nicht der hauptsächliche Grund, um sich zu freuen. Wie so oft in letzter Zeit wagte Ragnhild kurz zu träumen. Sehr bald schon hatte die Unterdrückung von Luburgis und Conrad für alle Zeit ein Ende, und sie würden in ihr eigenes Haus ziehen. Albert konnte endlich als Kaufmann arbeiten und sie selbst so viel ungestörte Zeit mit ihren Kindern verbringen, wie sie nur wollte. Bei diesem Gedanken legte sich unweigerlich ein breites Grinsen auf ihr Gesicht. Wenn es doch nur schon so weit wäre.

Je näher sie der Petrikirche kamen, umso mehr Menschen gesellten sich zu ihnen in den Strom der Kirchgänger. Wieder einmal dachte Ragnhild, wie glücklich sie sich schätzen konnte, dass die Bewohner der Reichenstraße, und somit auch sie selbst, noch zum Kirchspiel der Petrikirche gehörten. Anders als in den Kirchen St. Nikolai und St. Katharinen, die durch die umliegenden Kaufmannsviertel fast ausschließlich von Kaufleuten besucht wurden, versammelten sich in der Petrikirche die unterschiedlichsten Schichten, angefangen mit den Handwerkern, Bäckern und Müllern bis hin zu den wohlhabenden Bewohnern der Reichenstraße. Ragnhild empfand das als angenehm; aufgrund ihrer Herkunft umgab sie sich viel lieber mit den einfachen Leuten als mit dem meist hochnäsigen Kaufmannsvolk.

Der Weg in die Kirche war den Stadtbewohnern so geläufig wie der Gang zum Markt. Es war die Zeit des Tages, wo alle Arbeiten ruhten und wo Neuigkeiten unter den Nachbarn die Runde machten. Hier und da wurden Begrüßungen ausgetauscht und Einladungen ausgesprochen. Manch liederliches Frauenzimmer erregte den Neid der anderen Frauen durch ein besonders kostbares Kleid und manch ein Jüngling die Aufmerksamkeit eines Mädchens durch versteckte kecke Gesten. All dies geschah natürlich so heimlich, dass der jeweilige Pfarrvikar nichts davon mitbekam.

Seit Hilda und Marga überwiegend bei den von Holdenstedes in der Reichenstraße wohnten, gingen sie häufig mit Ragnhild zur Petrikirche, obwohl sie wegen des Standorts ihrer Hütte offiziell zum Kirchspiel St. Jacobi gehörten. Normalerweise war es für die Parochianen eines Kirchspiels im Allgemeinen nicht ohne Weiteres möglich, das Kirchspiel zu wechseln, doch Hilda und Marga waren nicht vermögend und brachten dem Pfaffen der Kirche St. Jacobi deshalb auch nur wenig ein.

Sehr wahrscheinlich hatte er deshalb so leicht auf sie verzichten können, dachte Ragnhild etwas abschätzig. Sie hätte es nie laut ausgesprochen – schon gar nicht vor der strenggläubigen Hilda –, aber Ragnhild hielt alle Geistlichen für korrupt. Schon seit ihrer Kindheit spürte sie, dass ihr Glaube nicht so gefestigt war wie der ihrer Mitmenschen. Den Grund dafür kannte sie nicht, und es störte sie auch nicht, in dieser Sache einfach anders zu sein als andere. Doch war es für sie darum nicht nachzuvollziehen, woher all die anderen Damen ihren tiefen Glauben nahmen. Ihrer Ansicht nach ging es den hohen Würdenträgern der Gotteshäuser häufig nicht um das Seelenheil des Volkes, sondern vielmehr um Geld und Macht. Einige der Geistlichen zeigten sogar ganz öffentlich ihre Abneigung gegenüber den einfachen Leuten. Wo die Bürger eigentlich Ansprache und Fürsorge bekommen sollten, erfuhren sie meist nur Tadel und Schelte. Nach Ragnhilds Meinung konnte diese Tatsache wirklich nur denjenigen verborgen bleiben, die vor lauter Beten nicht mehr klar denken konnten. Und zu diesen Leuten zählte sich Ragnhild ganz bestimmt nicht.

Als sie über den alten Marktplatz Richtung Sattlerstraße gingen, schien Hilda Ragnhilds Gedanken zu lesen, denn sie rief: »Marga, Runa, kommt her zu uns. Nicht so weit vorlaufen.«

Artig kamen beide Mädchen zurück, und Runa ließ sich sogar an die Hand nehmen. Doch wie immer konnte sie sich mit ihren unzähligen Fragen nicht zurückhalten, obwohl man das eigentlich von einem folgsamen Mädchen erwartete. Mit Blick auf den Dom, der nun zu ihrer Linken lag, fragte sie: »Mutter, warum gehen wir nicht in die große Kirche?«

Ragnhild folgte dem Blick der Vierjährigen und musste über die Kindlichkeit der Frage lachen. »Das ist keine Kirche, mein Schatz. Das ist ein Dom.«

»Was ist ein Dom?«

Dass diese Frage nun kam, hätte Ragnhild sich eigentlich denken können. Mit einem fast flehentlichen Blick zu ihrer Freundin sagte sie: »Nun, das kann dir Hilda viel besser erklären.«

Hilda schüttelte gespielt entrüstet den Kopf, wandte sich dann aber gleich Runa zu. Im Gegensatz zu Ragnhild machte es ihr außerordentlich viel Freude, den Kindern etwas über die heilige Kirche beizubringen, die ihr so wichtig war. »Ein Dom ist so etwas wie eine Mutter, und die Kirchen sind so etwas wie ihre Kinder. Soll ich dir etwas mehr über den Dom erzählen?«

»O ja«, antwortete plötzlich Marga, die mit Runa zwischen ihrer Mutter und Ragnhild ging.

»Also gut«, antwortete Hilda erfreut und blieb kurzerhand vor dem Eingangsportal des Mariendoms stehen. Sie überlegte geschwind, wie sie anfangen sollte, denn nun musste sie ihr Wissen ja so weitergeben, dass es Marga und Runa gleichermaßen verstanden. »Als es noch keine Kirchen in Hamburg gegeben hat, sind die Menschen immer in den Dom zur Messe gegangen. Dann aber sind ganz schnell ganz viele Menschen in die Stadt gezogen, und der Dom reichte nicht mehr für alle aus. Deshalb wurde vor fast hundert Jahren zunächst die Kapelle St. Petri zu einer Pfarrkirche ernannt und in den letzten sechs Jahren auch noch St. Jacobi und St. Nikolai. Als Letzte kam noch die Kirche St. Katharinen hinzu. Und so sind die vier Kirchspiele Hamburgs entstanden, über die der Dom schützend seine Hände hält – wie eine Mutter eben.« Um ihren Worten Lebendigkeit zu verleihen, hielt Hilda lächelnd ihre Handflächen über die Köpfe Runas und Margas. »Habt ihr das verstanden?«

Beide Mädchen nickten eifrig.

Während Hilda den Mädchen weitere Geschichten über den Dom und die Pfarrkirchen erzählte, schweiften Ragnhilds Blick und auch ihre Gedanken zu dem Turm über dem steinernen Eingangsportal. Danach wanderten ihre Augen wieder hinab zu dem dahinterliegenden Langhaus. Überall wurde geklopft und gehämmert. Dafür, dass es Winter war, arbeiteten erstaunlich viele Männer dort in schwindelerregender Höhe. Sobald ein paar Sonnenstrahlen herauskamen, sah und hörte man, dass der Bauherr seine Männer gnadenlos auf die halbfertigen Seitenschiffe zwang. Domdekan Sifridus musste ein sehr strenger Auftraggeber sein, fuhr es Ragnhild durch den Kopf. Schon oft hatten sie und Albert hier innegehalten, um eine Weile bei den Arbeiten zuzuschauen. Bei dieser Gelegenheit ließ er sie häufig an seinem Wissen über die mächtigen Herren der Domimmunität teilhaben, welches er zumeist dem Geistlichen verdankte, der Conrad und ihn im Kindesalter unterrichtet hatte. Keine der Geschichten vermochte Ragnhilds angeschlagene Meinung über die Kirchenmänner zu bessern.

Das Domkapitel besaß neben dem Rat der Stadt und den Grafen von Holstein und Schauenburg den größten Einfluss auf Hamburg. Immer wieder versuchten alle drei Parteien ihre Macht zu vergrößern, und die Domherren hatten eine gute Waffe zur Hand. Sie verteidigten ihre Macht durch das gezielte Einsetzen von Mitarbeitern – den Vikaren der Pfarrkirchen –, welche für die Ausübung der Seelsorge und der Leitung ihrer in den Dom inkorporierten Pfarrkirchen zuständig waren. Ihnen zur Seite standen Kapläne, die ebenfalls vom Domkapitel eingesetzt wurden. Bei der Wahl beider gab es keinerlei Mitspracherecht für die Hamburger. Allein die Domherren entschieden, wer zu welcher Zeit ein- oder abgesetzt wurde; und sie entschieden unnachgiebig. Konnte ein Pfarrvikar seine Abgaben nicht pünktlich zahlen, musste er gehen. Das Einkommen der Pfarrvikare hingegen war abhängig vom Volk. Durch Seelenmessen und Gaben, die von den Gläubigen vor der Messe auf den Altar gelegt wurden, sicherten sie sich ihr tägliches Brot. Dieses Einkommen war üppig, doch sie durften es nicht vollständig behalten. In regelmäßigen Abständen hatten sie eine *pensio* an das Domkapitel zu entrichten, die den Pfründen der Domherren diente, und sie hatten ebenso für die Ausgaben der Kapläne zu sorgen. So profitierte das Domkapitel von allen vier Pfarrkirchen und behielt zudem auch noch eine gewisse Kontrolle über die sonst eigenständig agierenden Pfarreien.

Die Pfarrvikare selbst waren äußerst selten hochgebildete Leute; was sich sehr wohl in der Qualität der Ausübung ihrer Pflichten bemerkbar machte. Häufig bekleideten sie bereits ein

Amt im Domkapitel und übten das Amt des Pfarrvikars nur als Zwischenamt aus, auf dem Weg zu einer besser dotierten Stelle.

Der Pfarrvikar von St. Petri war weder ein studierter Geistlicher noch dem einfachen Volk sonderlich zugetan. Er ließ keine Gelegenheit aus, die Gläubigen seines Kirchspiels auf ihre Verderbtheit zu stoßen, und nicht selten arteten die Messen in furchteinflößende Anklagen aus. Besonders die Frauen waren Ziel seiner wutgeschwängerten Predigten und hatten sich besser vorzusehen. Schließlich waren sie doch der Grund allen Übels, da Eva für die Vertreibung aus dem Paradies verantwortlich zu machen war.

Auch Ragnhild empfand den Pfarrvikar von St. Petri häufig als beklemmend streng; ohne Zweifel war er viel strenger als die Vikare der anderen Pfarrkirchen. Doch alles Hadern half nichts, sie hatte sich mit ihm abzufinden. Obwohl sein eigentlicher Titel *sacerdos* lautete, wurde er vom Volk nur Vater Lambert genannt. Allein der Gedanke an seinen Namen ließ Ragnhild sich innerlich schütteln. Heute aber, das hatte sie sich fest vorgenommen, wollte sie sich den Tag nicht von ihm verderben lassen. Zu sehr freute sie sich darüber, endlich wieder hinausgehen zu können, und nicht minder freute sie sich auf das anschließende Beisammensein am Feuer in Hildas und Margas Hütte.

Plötzlich entdeckte Ragnhild ihre Nachbarin Hildegard von Horborg und nickte ihr freundlich zu. Sie mochte die stille, aber aufrichtige Art Hildegards und empfand ihre Gegenwart, im Gegensatz zu der ihres Mannes Willekin, als überaus angenehm. Da Hildegard lediglich die Stiefmutter von Ingrid von Horborg war, gab es für sie auch keinen Grund, einen Groll gegen Ragnhild zu hegen. Das Gegenteil war sogar der Fall. Durch kleine Gesten machte sie immer wieder deutlich, dass sie Ragnhild überaus schätzte.

»Meine Liebe, du bist wieder wohlauf, wie ich sehe. Wie erfreulich«, sprach Hildegard warmherzig. »Ich habe mir Sorgen um dich gemacht. Wie geht es denn dem doppelten Nachwuchs? Endlich kann ich dir meinen Glückwunsch aussprechen.«

Die freundlichen Worte waren ehrlich gemeint, das spürte Ragnhild sofort. »Vielen Dank, Hildegard. Mir und auch den kleinen Jungs geht es prächtig. Hab Dank dafür, dass du in der Zeit meiner Unpässlichkeit deine Ella zu uns geschickt hast, damit sie unseren Mägden zur Hand geht.« Ragnhild fand es mehr als seltsam, über Hilda als *Magd* zu sprechen, obschon sie gleich neben ihr ging. Doch in der Öffentlichkeit wurde das so von ihr erwartet.

»Wann erwartest du denn deinen Gemahl zurück?«, erkundigte sich Hildegard.

Diese Frage kam für Ragnhild nicht unerwartet. Ein jeder Kaufmann wusste von Alberts später Flandernfahrt – so auch deren Frauen, die meistens weitaus besser über die geschäftlichen Geschehnisse informiert waren, als ihre Männer es ahnten. »Ich hoffe sehr, dass er bald zurück sein wird«, erwiderte Ragnhild sehnsüchtig, »doch nur der Herrgott kann wissen, wie nah oder fern er der Heimat in diesem Moment wohl ist. Ich kann nur darum beten, dass es dort, wo er sich vor drei Tagen befand, besseres Wetter gegeben hat als hier.«

Die Frauen blickten sich wissend an. Ein Sturm mit der Stärke des vergangenen Unwetters war sehr gefährlich, wenn man sich dabei auf See befand. Mit einem aufmunternden Lächeln beendete Hildegard das Gespräch, denn in diesem Moment erreichten sie das Portal von St. Petri.

Zusammen mit den anderen Gläubigen zwängten sie sich hindurch. Dieser Augenblick hatte immer etwas Geheimnisvolles an sich; selbst die eher glaubensschwache Ragnhild konnte es fühlen. Sobald die Menschen in die Kirche schritten, verstummten viele von ihnen und schauten ehrfürchtig in Richtung Altar. Die Vertrautheit der Gemäuer, gepaart mit der Ehrfurcht vor Vater Lambert, verfehlte ihre Wirkung nie.

Ragnhilds Augen mussten sich erst an die Dunkelheit im Inneren der Kirche gewöhnen. Dann offenbarte sich ihr das so vertraute Bild. Überall hingen verlassene Spinnweben. Der Boden war über und über mit dem Sand der Straßen bedeckt, welcher zu Schlamm wurde, wenn es draußen regnete. Die bemalten Wände des schlichten Ziegelbaus waren rußgeschwärzt, und durch die ebenfalls geschwärzten Fenster drang kaum mehr ein Lichtstrahl. Der einzige Ort der Kirche, welcher im Licht lag, war der heilige Bereich genau gegenüber dem Eingang. Hinter dem Altar erstrahlte die im Osten aufgehende Sonne und beleuchtete so diesen Teil der Kirche. Der Altar selbst war mit bestickten Altartüchern, zwei großen Kerzen und natürlich dem Altarkreuz geschmückt, welches hoch erhoben für alle Gläubigen sichtbar sein sollte.

Wie alle Kirchen der Stadt war auch St. Petri nach Osten ausgerichtet. Schon oft hatte Ragnhild Vater Lambert predigen hören, dass die sündigen Menschen von der Dunkelheit des Westens ins Licht des Ostens gingen und nur hier von Gottes Gnade erleuchtet werden konnten. Sie mochte diesen Vergleich. Er war passend und viel einfacher zu verstehen als das meiste, was Vater Lambert predigte.

Kaum hatte sie einen Fuß in die Kirche gesetzt, schlug ihr auch schon der so vertraute, etwas moderige Geruch entgegen. Es war eine Mischung aus Feuchtigkeit und Weihrauch, welcher ausschließlich an den hohen Feiertagen verbrannt wurde, und den Ausdünstungen der Gläubigen, die hier täglich beteten.

Wie immer war es kalt im Inneren, und schon jetzt wusste Ragnhild, dass sie in Kürze völlig durchgefroren sein würde. Kaum hatte Vater Lambert zu reden begonnen, fing sie auch schon an zu zittern. Glücklicherweise erschien ihr die Messe heute irgendwie kürzer zu sein als sonst, und wider Erwarten überfiel sie auch nicht schon nach wenigen Augenblicken die

Langeweile. Fast spöttelnd gestand sie sich ein, dass es ihr wohl gutgetan hatte, während der Zeit ihrer Krankheit eine Kirchenpause eingelegt zu haben. Sofort nachdem sie das gedacht hatte, maßregelte sie sich allerdings selbst und sprach die vorgesagten Gebete noch inbrünstiger und mit überdeutlichen Lippenbewegungen nach. Um nicht weiter aufzufallen, hielt sie die ganze Zeit über den Kopf züchtig gesenkt. Ihr Kleid war hochgeschlossen, ihre Haube tief ins Gesicht gezogen und ihre Hände stets brav gefaltet.

Dennoch befiel sie häufig das unheimliche Gefühl, dass der allzeit strenge Pfarrvikar sie durchschaute. In solchen Momenten wurde ihr immer angst und bange. Schon oft hatte er sie während der ganzen Messe eindringlich und misstrauisch angesehen. Sein Blick war förmlich in sie hineingekrochen und klebrig wie Baumharz an ihr haften geblieben. Ragnhild spürte in seiner Gegenwart stets, wie sehr der übereifrige Geistliche darauf lauerte, dass sie sich eine Verfehlung leistete. Wie viele Hamburger hasste auch er die Dänen – und somit Ragnhild.

Doch am heutigen Tage wollte sie seinen Hass nicht an sich herankommen lassen. Es gelang ihr, all die feindseligen Blicke und all den Tadel über die Verderbtheit der Frau nahezu ungehört an sich abprallen zu lassen, denn ihre Freude auf den Tag überdeckte jede Furcht. So zog die Messe wie im Schlaf an ihr vorüber.

Nach dem letzten *Amen* strömten die Menschen durch das Westportal der Kirche wieder nach draußen; fast so, als konnten sie es alle nicht erwarten, den strengen Augen des Klerikers zu entkommen.

Wie erwartet, waren die drei Frauen nach der Messe bis auf die Knochen durchgefroren, und Runas Lippen wiesen sogar eine leicht bläuliche Färbung auf. Draußen war es zwar ebenso bitterkalt, aber dafür noch immer sonnig.

Ragnhild nahm Runa an der Hand und versprach, dass sie sich

gleich würde aufwärmen können. Dann machten sie sich auf den Weg Richtung Fischerviertel.

Gemeinsam liefen sie an den elf Domkurien vorbei, geradewegs auf die Steinstraße zu. Vor fünf Jahren war diese Straße, als erste Straße Hamburgs, mit den Steinen der ehemaligen Bischofsburg gepflastert worden. Heute hatte dies allerdings lediglich zur Folge, dass sie sich gegenseitig stützen mussten, um nicht auf dem eisglatten Untergrund auszurutschen, den die Novembersonne noch nicht hatte auftauen können. So ließen sie sich Zeit, schwatzten, scherzten und lachten und gingen dabei langsam auf die Kirche St. Jacobi mit ihrem Vorhof zu. Die Freundinnen genossen die gemeinsame unbeschwerte Zeit. Alle waren sich einig, viel zu wenig davon zu haben.

Des unterschiedlichen Standes wegen war die Freundschaft zu Hilda schwieriger geworden, doch hier, im noch immer ländlichen Viertel der Fischer, kannte niemand die Dame Ragnhild. Ihr schlichtes Kleid, welches sie extra für die Kirche angezogen hatte, um von Vater Lambert nicht als tugendlos getadelt zu werden, kam ihr nun zugute. Auch wenn es aus besserem Tuch war als das von Hilda und Marga, schien der Standesunterschied so nicht mehr ganz so groß. Sicher wäre niemand darauf gekommen, dass Ragnhild ihre Freundin um ihr kleines Häuschen regelrecht beneidete, in das sie sich jederzeit zurückziehen konnte. Gerade in dieser Zeit hätte sie ihr eigenes Heim unter Conrad und Luburgis sogar glatt gegen das kärgliche der Magd eingetauscht; ganz gleich, wie viel Behaglichkeit sie dadurch eingebüßt hätte.

Das Kirchspiel St. Jacobi war erst kürzlich in die Stadtbefestigung mit eingeschlossen worden, und noch immer unterschied sich diese Gegend vom Rest Hamburgs. Überall rannten kleine schmutzige Kinder herum, die Schweine und Hühner durch die Straßen trieben. Die Sprache der Menschen aus diesem Kirchspiel war gröber als die der Übrigen, und alle, die ihnen begegneten, schienen einfache Leute in nicht minder einfacher Kleidung zu sein.

Plötzlich erkannte Ragnhild unter den Fischern und Handwerkern, deren Frauen und Kindern, fünf Beginen-Schwestern, die ihnen entgegenkamen. Ihre unverkennbaren blauen Kutten und weißen Schleier waren schon von Weitem zu sehen. Dieser Anblick war in diesem Kirchspiel nicht ungewöhnlich, schließlich befand sich das Kloster der Schwestern genau gegenüber der Pfarrkirche St. Jacobi. Es beherbergte zehn so genannte Freiwohnungen, welche von den Hamburger Witwen behaust wurden, die zu arm für ein eigenes Heim waren. Es war die Hauptaufgabe der frommen Schwestern, sich um diese alleinstehenden, armen oder kranken Frauen zu kümmern.

Ragnhild und ihre Freundin grüßten die Schwestern höflich, schenkten ihnen weiter jedoch kaum Beachtung. Erst als sie an der Gruppe vorbeigegangen waren, erkannte Ragnhild das hässliche Gesicht von Ingrid von Horborg, deren Stiefmutter sie noch eben vor der Kirche angetroffen hatte. Ihre Blicke trafen sich nur kurz, gleich darauf senkte Ingrid schnell den Kopf. Ragnhild überlegte flüchtig, ob sie zurückgehen und sich nach ihrem Befinden erkundigen sollte. Doch als sie sich der genauen Umstände der gescheiterten Hochzeit zwischen Ingrid und Albert gewahr wurde, schüttelte sie den Gedanken wieder ab. Sie selbst trug Mitschuld an Ingrids einsamem Schicksal. Wäre es damals andersherum gewesen, so hätte Ragnhild sicher auch nicht mit ihr sprechen wollen. Darum ging sie einfach weiter und bemerkte so auch nicht den feindseligen Blick, den die Begine ihr heimlich zuwarf.

Ingrid schaute so gebannt auf ihre Feindin, dass ihre Augen sich bedrohlich verengten, bis nur noch zwei kleine Schlitze zu sehen waren und eine tiefe Falte sich auf ihrer Stirnmitte bildet hatte. Der Hass in ihren Augen war beängstigend und heftete sich unbemerkt auf Ragnhilds Rücken.

Die Freundinnen bogen in die schmalen Gassen zwischen den ärmlichen Fischerhütten ein. Der beißende Geruch in der Luft hätte auch einem Blinden verraten, wo genau sie sich befanden.

Ragnhild sah eine ältere Frau mit einem übergroßen Korb die Gasse entlanglaufen. Ein Mann kam ihr entgegen und erleichterte sie um die schwere Last. Es schien sich um ihren Ehemann zu handeln. Sofort war Ragnhild mit den Gedanken wieder bei Albert. Sie fragte sich zum unzähligsten Male, wo er gerade weilte und wie es ihm in den letzten Wochen wohl ergangen war. Doch sosehr sie auch grübelte, die Gewissheit darüber würde sie erst mit seiner Rückkehr erhalten. Sie schaute verstohlen zu Hilda hinüber, die auch einst einen Mann gehabt hatte. Ragnhild versuchte sich die beiden zusammen vorzustellen, doch der Gedanke war ihr einfach zu fremd. Niemals hatte sie Hilda mit einem Mann auch nur vertraulich reden sehen.

Hilda bemerkte den Blick ihrer Freundin und stieß sie neckisch in die Seite. »Was beobachtest du mich so heimlich?«

Ragnhild senkte schuldbewusst den Blick und winkte lächelnd ab. Sie fühlte sich ertappt. Zum Glück erwartete Hilda offenbar keine Antwort. »Gleich machen wir uns ein schönes Feuer und wärmen uns Hände und Füße. Runa, mein Schatz, hast du Lust, mir dabei zu helfen? Du könntest…« Hilda stockte mitten im Satz. Sie schaute auf eine kleine Ansammlung von Männern und Burschen, die, nicht weit von ihnen entfernt, aufgeregt durcheinanderredeten. »Was ist da drüben wohl los?«, fragte sie in die Runde.

Die Frauen blieben stehen und sahen, wie die Traube von Neugierigen immer größer wurde. Aufgeregtes Gemurmel quoll herüber. Alle redeten durcheinander.

Hilda löste sich von den Jüngeren und steuerte direkt auf einen kleinen dreckigen Jungen zu. Seinem Geruch nach zu urteilen, war er der Sohn eines Fischers. »Junge, erzähle mir, was geschehen ist. Was wird hier geredet?«

Der Junge erkannte gleich, dass Hilda eine von ihnen war, und begann zu sprechen. »Fahrende Händler sind heute aus den Friesenländern in die Stadt gekommen. Sie erzählen überall, dass da, wo sie hergekommen sind, Strandgut gefunden wurde. Ziemlich viel Strandgut sogar. Es heißt, ein Schiff ist im letzten Sturm gesunken.«

Hilda brauchte etwas Zeit, um die Bedeutung der Worte zu verstehen. Plötzlich schlug sie die Hände vor den offenen Mund. Ihr Verstand wusste, dass viele Schiffe aus vielen verschiedenen Städten auf den Meeren unterwegs waren. Auch war es nicht ungewöhnlich, dass ein Sturm das ein oder andere an die Küste spülte, ohne dass unmittelbar zuvor ein Schiff gesunken war. Und dennoch brachte sie das Gesagte sofort mit Albert in Verbindung.

»Ein Schiff, sagst du? Wo, Junge! Wo wurde das Strandgut gefunden?«, fragte sie erschrocken, während sie ihn bei den Schultern packte.

»In Rüstringen, dem Land der Friesen. An den Küsten Langwardens, sagen die Leute.«

Hilda hatte keine Ahnung, wo sich das Land der Friesen genau befand, aber das war in diesem Moment auch gar nicht wichtig. Ihre Gedanken überschlugen sich. Sie beugte sich nun noch weiter hinunter und blickte dem erstaunten Jungen direkt in die Augen. »Wo finde ich diese Händler?«

»Sie waren auf dem Weg zu den Geldwechslern auf der Trostbrücke. Wenn du schnell gehst, kannst du sie dort vielleicht noch erreichen.«

Hilda richtete sich auf. Noch während sie überlegte, wie sie Ragnhild dazu bringen konnte, allein zu ihrer Hütte zu gehen, damit sie unbemerkt die Händler suchen konnte, fühlte sie ein kaltes Schaudern auf dem Rücken. Sie wusste, es war Ragnhild, die sich ihr unbemerkt genähert hatte, und sie wusste auch, dass sie die Worte des Jungen gehört hatte. Voller Angst vor dem Gesicht ihrer Freundin drehte sich Hilda um.

Zwei schockgeweitete Augen starrten sie an und füllten sich langsam mit Tränen.

Hilda hatte Ragnhild an der Hand gepackt und zerrte sie durch die halbe Stadt. Runa hatten sie in Margas Obhut zurückgelassen. Das kleine Mädchen hatte die Angst der Mutter gespürt und bitterlich angefangen zu weinen. Doch Ragnhild hatte das Zerren an ihrem Rock und die Rufe ihrer Tochter nicht mehr wahrgenommen. Willenlos ließ sie sich von Hilda mitziehen.

Sie liefen die Steinstraße hinunter, vorbei an der Petrikirche, über den Marktplatz, in die Pelzerstraße, nach rechts am Rathaus vorbei und schließlich über das Reichenstraßenfleet und den Ness hinunter in Richtung Hafen auf die Trostbrücke zu. Gerade noch rechtzeitig kamen sie an. Schon von Weitem erkannten sie die Menschenansammlung, die die fremdländisch gekleideten Händler umringte.

Die Männer mit ihren Waren kamen tatsächlich aus den entfernten friesischen Seeländern. Wie alle ihresgleichen trugen sie Neuigkeiten aus den bereisten Gebieten bereitwillig weiter. Je schauriger die Geschichten, umso mehr Menschen wurden angelockt. Waren diese dann erst einmal um ihren Wagen versammelt, so schien kein Mittel zu liederlich, um die feilgebotenen Waren loszuwerden.

Doch heute wollten die Leute nicht kaufen. Erschrocken standen sie vor den Händlern und lauschten den reißerischen Worten.

»Nie zuvor, liebe Leute, hat es einen solchen Sturm gegeben. Wellen, so hoch wie euer prachtvolles Rathaus, und Blitze so hell, dass sie einem das Augenlicht nehmen konnten. Das und Schlimmeres erzählen sich die Schiffer, die das Unwetter überlebt haben!« Der fahrende Händler ruderte wild mit den Armen und riss die Augen weit auf, bis sie fast kugelrund aus ihren Höhlen traten. Er war es sichtlich gewohnt, schreckliche Geschichten zu erzählen. Gekonnt setzte er die Kraft seiner Marktschreierstimme ein, die alle Umherstehenden sogleich in ihren Bann zog. »Aber ich sage euch, nicht alle Seeleute teilen das Glück der Überlebenden. Mindestens eine Kogge samt Besatzung ist dem Wüten des Sturms zum Opfer gefallen und liegt nun auf dem schwarzen, kalten Meeresgrund.«

In diesem Moment durchbrach Hilda endlich die dicht gedrängte Mauer der Zuhörer. Sie hatte genug von den vermaledeiten Reden des Mannes. Forsch fragte sie: »Woher wisst Ihr so genau, dass ein Schiff untergegangen ist?«

Der Händler blickte sie einen Moment verwirrt an. Dann aber antwortete er etwas hochmütig: »Na, das sagte ich doch schon. Von den überlebenden Schiffern.«

»Habt Ihr sie getroffen? Was sagten sie? Haben sie das Schiff, von dem Ihr sprecht, mit eigenen Augen untergehen sehen?«

»Nein, das nicht...«

Sofort erhob sich ein empörtes Gemurmel unter den Zuhörern. Sie waren wankelmütig. Ihr Zuspruch konnte genauso leicht verloren gehen, wie sie ihn gewährten.

»Woher wisst Ihr es dann, Händler?«, fragte Hilda weiter.

»Es wurden Schiffsteile gefunden. Planken und Kisten und Fässer.«

»Das ist nicht ungewöhnlich nach einem Sturm. Schon mehrfach hat die See in solchen Nächten etwas angespült. Mein verstorbener Gemahl hat mir häufig davon erzählt, nachdem er fischen war. Und woher wollt Ihr wissen, dass es sich um eine Kogge gehandelt hat?«

Der Händler spürte, dass die Menschen immer misstrauischer wurden. Einige von ihnen verließen sogar schon seinen Wagen. Er musste diesem störrischen Weib etwas entgegensetzen, bevor er seine gesamte Kundschaft verlor.

»Gute Frau, ich bin mir sicher, dass Euer Gemahl niemals Teile eines Kompasses und eines Heckruders gefunden hat.« Dieser Satz verfehlte seine Wirkung nicht – bewies er doch, dass es sich tatsächlich um eine Handelskogge gehandelt hatte. Jene Leute, die sich eben noch abgewandt hatten, kamen nun zurück und lauschten wieder aufmerksam. Es war klug gewesen, sich diese Information bis zum Schluss aufzusparen. »Ja, ihr habt richtig gehört«, setzte der Händler nun nach. »Es waren zerborstene Teile einer Handelskogge, die angespült wurden. Einer Kogge, wie sie täglich in eurem Hafen liegt.« Zufrieden stellte der Mann fest, dass die Menge wieder gespannt zu ihm aufblickte. Normalerweise hätte er keine Skrupel gehabt, sich die Einzelheiten seiner Geschichte frei zu erdenken, um sich Gehör zu verschaffen, doch dieses Mal entsprachen sie sogar der Wahrheit.

Hilda hatte genug gehört. Sie spürte, dass der Fremde nun nichts mehr zu erzählen hatte. Die Magd wusste zwar nicht, ob sie alles glauben konnte, was der Mann erzählt hatte, doch auch die halbe Wahrheit war schon schlimm genug. Mit bangem Herzen brachte Hilda ihre aufgelöste Freundin zurück in die Reichenstraße, wo Marga mit Runa auf dem Arm schon auf die Frauen wartete.

Von ihr erfuhren sie, dass auch die anderen von Holdenstedes bereits Bescheid wussten. Zwar war es Marga unbegreiflich, wie die Familie so schnell von den Neuigkeiten hatte erfahren können, doch das war nun auch unbedeutend.

Das ganze Haus war in heller Aufregung. Conrad zeigte sich ungewohnt verständnisvoll – sei es wegen des möglichen Verlusts seines Bruders oder seiner Waren. Er befahl Hilda, Ragnhild in ihre Kammer zu begleiten, während er sich aufmachte, um selbst Erkundigungen einzuholen.

Nach einer Woche der Ungewissheit drangen erneut bruchstückhafte Neuigkeiten über das Unglück nach Hamburg. Die Geschichten wurden von immer neuen Händlern bestätigt, bis eines Tages die schreckliche Vermutung zur Gewissheit wurde.

Aufgeschwemmte Leichen waren an die Strände gespült und die Nachricht ihres Todes bis nach Hamburg getragen worden. Zwei Männer und einen Jungen hatte das Eis der Nordsee freigegeben. Tage später noch eine Leiche und dann noch eine. Alle mit dunklem Haar, alle blau gefroren und bis zur Unkenntlichkeit deformiert.

Zusammen mit den Körpern wurden Gegenstände angespült, die den Verdacht erhärteten, es könnte sich um die *Resens* handeln. Doch eine ganze Zeit lang blieb der endgültige Beweis aus. Bis zu dem Tage, als ein Händler die Schiffsherrnmütze von Arnoldus Zalghe mitbrachte, hatten die Hamburger noch Hoffnung gehabt. Doch als einige von ihnen das altertümliche Modell als das von Arnoldus erkannten und die eingestickten Initialen im Inneren der Mütze dies nochmals bestätigten, stand es fest.

Jedes Hoffen darum, dass Albert nicht unter den geborgenen Leichen war, wurde von den Ereignissen verhöhnt. Es gab keinen Zweifel mehr. Keinen Grund mehr für Ragnhild zu flehen. Ihr geliebter Mann und Vater ihrer drei Kinder war tot; und sie endgültig allein!

11

Die ersten Tage ließ man Ragnhild in Ruhe. Man ließ sie trauern. Schwarz gewandet und mit rot geweinten Augen lebte sie in einer ihr plötzlich fremd gewordenen Welt.

So musste die Hölle sein, dachte Ragnhild. Leer und ohne Gefühl; genau wie sie selbst. Es wurde von ihr erwartet, etliche Seelenmessen für Albert in Auftrag zu geben und auch selbst stundenlang zu beten; doch sie wusste nicht, zu wem. Ihr ohnehin schon schwacher Glaube hatte sich in ein Nichts verwandelt. Der Gang zur Kirche kam ihr unnützer und zugleich heuchlerischer vor als je zuvor. Was sollte sie hier? Diese nackten Gemäuer, die ungastliche Kälte, kein Trost, keine Wärme. Sie war leer. Unberührt erfüllte sie die Erwartungen ihrer Mitmenschen. Zwangsläufig sprach sie ihre Gebete, doch nichts vermochte ihre Trauer zu lindern.

Wie so oft in den letzten Tagen kniete sie auch heute wieder allein auf dem kalten Boden der Petrikirche. Die Hände gefaltet, doch den Blick auf den Altar gerichtet. Keine Demut war in ihren Augen zu erkennen, kein Flehen um Alberts Seelenheil. Die Tränen rannen ihr lautlos das Gesicht hinunter und bildeten nasse Streifen auf ihrem Kleid.

Sie dachte an sein Haar, seinen Geruch, seine Küsse; und sie fühlte keine Scham wegen der heiligen Stätte, an der sie diese Gedanken hegte. Nie wieder würde er sie berühren, nie wieder würde sie seine Stimme hören. Sie wusste genau, nie wieder würde sie einen anderen Mann lieben können.

Als es keinen Sinn mehr für sie machte, weiter in der Kirche zu knien, beschloss sie zu gehen. Hier fand sie ja doch keinen Trost. Langsam stand sie auf. Den Blick noch immer auf den Altar gerichtet und die Lippen noch immer versiegelt. Doch plötzliche Schritte hinter ihr holten sie aus ihrer Starre und ließen sie den Blick schnell senken. Ragnhild verspürte wenig Lust, sich mit irgendwem zu unterhalten, und wollte sich unbemerkt aus der Kirche schleichen. Doch als sie sich umdrehte, stand Vater Lambert vor ihr. Mit ernster Miene starrte er in ihr vor Kummer eingefallenes Gesicht.

Vor Alberts Tot hatte er ihr regelmäßig Ehrfurcht eingeflößt, doch nun löste er nichts mehr in ihr aus. Sie sah ihn mit unbeteiligtem Blick direkt in die Augen.

Der stets grimmige Geistliche, der nur nach einem Grund suchte, sie zu tadeln, fühlte sich sofort provoziert. »Senke gefälligst den Blick, verdorbenes Weib.«

Ragnhild tat, wie ihr geheißen, und knickste vor ihm. Sie wollte nur ihre Ruhe und versuchte sich an ihm vorbeizudrängen. Doch der Pfarrvikar hob blitzschnell die Hand und stieß sie grob zurück.

Durch die Kälte in der Kirche steif geworden, konnte sie sich nicht rechtzeitig fangen. Sie stolperte und fiel schmerzvoll hin. Ihr Körper verspannte sich. Ragnhild spürte seine bedrohliche Haltung und wurde sich schlagartig ihrer Wehrlosigkeit bewusst. Hölzern setzte sie sich auf, wagte aber nicht, ihm noch einmal ins Gesicht zu blicken. Bevor er zu sprechen begann, konnte sie seinen schnaufenden, feindseligen Atem hören.

Speichel speiend und mit ausgestrecktem Zeigefinger schleuderte er ihr seine Drohung, erst leise und dann immer lauter werdend, entgegen. »Du glaubst wohl, ich durchschaue dich nicht. Du denkst tatsächlich, dass du klüger bist als ich. Doch ich sehe dein wahres Gesicht. Es ist hässlich und falsch, wie das der Schlange. Denke ja nicht, dass du mich täuschen kannst. Ich werde dich nicht aus den Augen lassen, du verdorbenes dänisches Weib.«

Seine donnernde Stimme dröhnte in ihren Ohren, die seit Stunden nur die Stille der Kirche vernommen hatten. Die Böswilligkeit, mit der er seine Worte ausspie, zeigte Ragnhild, wie lange er diese schon in sich trug. Niemals hätte sie geahnt, dass er sie so sehr hasste.

Noch immer wagte sie nicht aufzuschauen. Sie fühlte seinen Blick auf ihrem Leib. Er verachtete sie, doch gleichzeitig betasteten seine Augen die Rundungen ihres Körpers.

Sie fühlte, dass er sie anstarrte; und sie war ihm schutzlos ausgeliefert. Als sie kurz davor war, etwas Besänftigendes zu erwidern, drehte er sich mit fliegenden Röcken um und verließ die Kirche. Hastig stand sie auf und strich ihr Kleid glatt. Nachdem sie sicher war, dass er auch wirklich nicht zurückkommen würde, verließ auch sie eilig das Gotteshaus. Ragnhild zwang sich zur Ruhe. Sie wollte nicht über den Zwischenfall nachdenken, doch sie tat es den ganzen Heimweg lang. Die Bedrohung, die von Vater Lambert ausging, legte sich wie ein dunkles Tuch über ihr Gemüt. Ihr war nun klar, dass sie ein Leben lang gegen den Geistlichen würde kämpfen müssen. Doch nicht nur ihr selbst galten ihre Gedanken. Was war mit ihren Kindern? Konnte sie die Kleinen auf Dauer schützen? Ragnhild kannte die Antwort nicht. Sie wusste auch nicht, wie sie sich verhalten sollte, damit Vater Lambert keinen Anstoß an ihr nahm. Es war ausgeschlossen, nicht mehr in die Kirche zu gehen. Sofort würde sie den Verdacht der Ungläubigkeit auf sich ziehen. Doch ginge sie zu häufig in das Gotteshaus, könnte man ihr vorwerfen, sie hätte etwas zu verbergen. Es schien ihr unmöglich, das Richtige zu tun.

Gerade jetzt wünschte sie sich nichts mehr, als in Frieden trauern zu dürfen. Allein sein wollte sie, um sich in Erinnerungen flüchten zu können. Erinnerungen an eine Zeit, da es nur sie beide gegeben zu haben schien – Albert und Ragnhild. Tage voller Liebe und Heimlichkeiten, als sie fast noch Kinder gewesen waren; sie schienen so unendlich weit weg. Krampfhaft versuchte sie sich vorzustellen, wie es sich angefühlt hatte, von jemandem beschützt zu werden, doch sie konnte sich kaum noch an das Gefühl erinnern.

Conrad lag hellwach in seinem Bett. Neben ihm schnarchte Luburgis. Er hatte wirr geträumt und war mitten in der Nacht aufgeschreckt. Seitdem lag er da und versuchte sich mit Mühe an den Inhalt des Traums zu erinnern. Die Bruchstücke fügten sich mehr und mehr zusammen.

Albert war ihm im Traum erschienen.

Erstaunlicherweise ging es nicht um eine ihrer unzähligen geschäftlichen Auseinandersetzungen, die sie mit den Jahren mehr und mehr entzweit hatten. Auch ging es nicht um die Streitigkeiten, die nach der Hochzeit mit Ragnhild entstanden waren. Es ging um ihre Kindheit.

In seinem Traum waren sie beide gleich alt. Ihre Mutter Mechthild war mit ihnen in einem Wald, und sie alle spielten miteinander. Zu dritt rannten sie zwischen den Bäumen hindurch und lachten. Conrad fühlte sich glücklich. Die Sonne schien warm vom Himmel. Lächelnd griff er nach einem großen Stein. Er war fast zu groß für seine kleine Kinderhand. Im nächsten Moment sah er Albert vor sich stehen. Er lächelte ebenfalls. Conrad ging auf seinen Bruder zu und schlug ihm den Stein auf den Kopf. Er schlug den lächelnden Albert mit dem Stein, bis Blut herausschoss. Albert lächelte noch immer. Das Blut war überall. Es stieg höher und höher, bis sie nicht mehr darin stehen konnten. Seine Mutter schrie, bevor sie ertrank. Die Sonne verschwand. Conrad schluckte Blut und bekam keine Luft mehr. Als er befürchtete, ebenfalls ertrinken zu müssen, wachte er ruckartig und schweißgebadet auf.

Mit schreckgeweiteten Augen lag er nun auf dem Rücken. Sein Atem ging schnell. Was war das für ein Traum? Er hatte seinen Bruder eigenhändig erschlagen. Warum? Er war doch noch ein kleines Kind gewesen. Conrad war verwirrt.

Seine Gedanken schweiften ab. Die Stille des dämmernden Morgens zwang ihn, über die jüngsten Ereignisse nachzudenken. Er versuchte sich vorzustellen, wie die letzten Momente seines Bruders ausgesehen hatten. Wie war Albert wohl wirklich gestorben? War er erfroren? Oder ertrunken? Wahrscheinlich würde er es nie erfahren.

Niemals hätte er es zugegeben, aber die Gedanken an Albert schmerzten ihn in gewisser Weise. Vielleicht war es die frühe Stunde des Tages, vielleicht die Erschöpfung, doch er konnte heute einfach nicht anders. In diesem einen Moment vermisste er seinen Bruder Albert. Seit der Gewissheit über seinen Tod war es das erste Mal, dass er solche Gedanken zuließ. Keine Träne hatte er bislang vergossen und nicht ein Gebet für ihn gesprochen.

Doch der Moment aufkeimender Trauer währte nicht lange. Nach kurzer Zeit des Grübelns packte ihn seine sonstige Kaltschnäuzigkeit, und er entschied, sich nicht von seinen Gefühlen übermannen zu lassen. Warum sollte er auch traurig sein, dachte er trotzig. Sie hatten sich die längste Zeit ihres Lebens nicht gemocht, und er konnte eigentlich froh sein, dass alles so gekommen war. Noch war zwar nichts entschieden, aber die Wahrscheinlichkeit war hoch, dass Conrad den Teil des väterlichen Erbes, den er Albert eigentlich bei seiner Wiederkehr hätte auszahlen müssen, nun behalten konnte. Da kein Testament von Albert existierte, hatte der Rat bereits verlauten lassen, dass er sich in den nächsten Tagen der Sache annehmen wollte. Auch wenn die gesunkenen Waren aus Flandern einen großen geschäftlichen

Verlust für Conrad bedeuteten, stand er wirtschaftlich dennoch besser da als jemals zuvor. Ja, ihm ging es gut. Seine Geschäfte gingen gut. Er sollte sich freuen.

Doch sosehr er auch versuchte, einen gedanklichen Bogen von Albert zu seinen Handelsgeschäften zu schlagen, sein Bruder ging ihm nicht aus dem Kopf. Conrad ärgerte sich darüber, nicht der Herr seiner Gedanken zu sein. Mit jedem Moment, den er grübelte, wurde er wütender, und das nervenzerreißende Geschnarche von Luburgis tat ein Übriges.

Er wollte sich endlich ablenken und ließ seine Hand unter die Decke gleiten. Erfolglos fingerte er an seinem Glied herum, doch noch immer wollte Albert seinen Kopf nicht verlassen. Wütend schlug er die Laken zurück, um freie Sicht auf Luburgis' nackten Körper zu haben. Da der Anblick allein nichts in seiner Mitte bewirkte, fing er an, die Schlafende grob zu betatschen und ihre Brüste zu kneten.

Die ungestümen Berührungen ließen Luburgis erwachen. Verwirrt starrte sie ihren Mann an. Dieser kniete nun vor ihr und rieb sich mit der einen Hand sein halb steifes Glied. Die andere Hand grabbelte lieblos zwischen ihren Beinen herum.

Sie brauchte nicht lange, um die Situation zu erkennen, und versteifte sich. Conrad war nie ein besonders zärtlicher Liebhaber gewesen. Fast immer empfand sie Schmerzen beim Liebesakt und niemals auch nur annähernd Lust. Sie kannte seine Stimmungen und wusste, dass sie nun nichts Falsches sagen durfte, wenn sie wollte, dass es schnell vorbei war.

Ohne Worte spreizte Conrad grob ihre Beine. Luburgis war von oben bis unten steif vor Angst, und als sie sah, dass er sich über sie begab, schloss sie einfach die Augen.

Conrad hatte es noch immer nicht geschafft, sein Glied zur gewünschten Härte zu bekommen, und seine Wut darüber erreichte jetzt ihren Höhepunkt. Er verteilte seinen Speichel zwischen Luburgis' Beinen, da er wusste, dass sie dort immer trocken war. Mit beiden Händen versuchte er sein halbweiches Geschlecht in sie hineinzudrücken, um endlich Befriedigung zu erlangen, doch es rutschte immer wieder heraus.

Voller Zorn blickte er auf seine Frau. Was war das? Sah er etwa Schadenfreude in ihrem Gesicht? Verhöhnte sie ihn?

»Du trockenes altes Weib. Lachst du etwa über mich?«

Luburgis brauchte einen Moment, bis sie seine Worte verstand, doch sie bekam auch danach nicht mehr die Möglichkeit zu antworten.

Conrad ballte die Faust und schlug ihr mit aller Kraft ins Gesicht.

»Ich werde dir dein Lachen schon noch austreiben, Weib. Füge dich gefälligst, wie es deine Pflicht ist!«

Während er sie schlug, fing sie an zu wimmern und zu heulen. Sie flehte ihn an aufzuhören, doch das nahm er gar nicht wahr. Conrad schlug sie weiter. Wieder und wieder, bis er spürte, wie seine Manneskraft zu ihm zurückkehrte. Das Wimmern eines Weibes und die Macht, die er bei seinen Schlägen über sie verspürte, trieben ihn an. Unbarmherzig stieß er Luburgis sein nun hartes Geschlecht zwischen die Schenkel, bis sie schrie. Wie immer war es in ihr eng und wie ausgedörrt, doch das kümmerte ihn jetzt nicht. Er war wie im Wahn; wollte Albert vergessen, wollte wieder Herr seiner Gedanken sein. Wild stieß er zu, bis er sich endlich mit einem lauten Brüllen in sie ergoss.

Sein schweißnasser Körper rollte von ihr und blieb auf dem Rücken liegen. Schwer atmend und zufrieden lag er da und starrte an die Decke. Ein Lächeln umspielte seinen Mund. Das hatte er gebraucht. Sein Weib lag zusammengerollt und leise weinend neben ihm. Er fühlte kein Mitleid. Wenn sie schon nicht dazu zu gebrauchen war, ihm Nachkommen zu gebären, so sollte sie ihm wenigstens zum Vergnügen dienen.

Er stand auf, um sich anzukleiden. Heute war ein guter Tag für einen Besuch in der Badestube.

Conrads Wunsch war offenbar nur schwer zu erfüllen, denn nur eine Stunde später schalt er sich einen dummen Narren, gedacht zu haben, hier tatsächlich Ruhe zu finden. Kurz nachdem der Bader auf seinen Wunsch hin angefangen hatte, seine Glieder wohltuend zu kneten, betrat zu seinem Verdruss der beleibte und geschwätzige Tuchhändler Hans Wulfhagen die Badestube.

Schwer schnaufend wuchtete er seinen massigen Leib ins Wasser und verursachte so eine enorme Welle, die das Wasser über die Ränder des Zubers treten ließ. »Ihr erlaubt doch, oder?«, sagte der Ratsherr mehr zu sich selbst als zu seinem unerwünschten Badegesellen und wartete gar nicht erst auf eine Antwort.

Conrad hätte schreien können, so sehr ärgerte er sich über die Störung, doch er zwang sich zu einem schiefen Lächeln und nickte bloß.

Sich keiner Schuld bewusst, fing Hans auch sofort an zu reden. Eine Woge an Beileidsbekundungen und Überschwänglichkeiten über Alberts vorbildliches Wesen folgte. »Mein tiefstes Mitgefühl für Euch. Ich selbst bin untröstlich, was für ein Verlust«, plauderte er vor sich hin. »Euer Bruder war ein Vorbild an... an...« Noch während der Ratsmann diese Worte aussprach, bemerkte er, dass er so gut wie nichts über Albert wusste. Schließlich hatte Conrad seinen jüngeren Bruder stets von allen Geschäften und somit auch von den hohen Herren der Stadt ferngehalten. Was blieb ihm also über den Toten zu sagen? Bevor die Situation peinlich wurde, berief sich Hans Wulfhagen schließlich auf jene Tugenden, die Albert aufgrund von Conrads Verhalten zwangsweise hatte aufweisen müssen. »Euer Bruder war ein Vorbild an Bescheidenheit und Mäßigung.«

Conrad bemühte sich sehr um einen betroffenen Blick und

nickte hin und wieder. »Habt Dank, mein Freund«, presste er mit unterdrücktem Zorn zwischen den Lippen hervor und schloss dann die Augen, während er sich im Zuber zurücklehnte. Seine Gedanken waren bereits weit weg. Natürlich. Es war Sonnabend. Wie konnte er so töricht sein? Die meisten Hamburger Bürger bevorzugten den Sonnabend und den Sonntag für einen Besuch in der Badestube. Er hätte sich heute also kaum einen unruhigeren Ort in ganz Hamburg aussuchen können.

Kaum hatte er den Gedanken zu Ende gedacht, betraten auch schon die Ratsherren Ecbert von Harn und Bertram Schele die Badestube. Beide waren Conrad seit der Ratssitzung nach Alberts Abfahrt nicht gerade zugetan – seither hatten sie kein einziges nettes Wort mehr miteinander gewechselt. Ein kurzes Kopfnicken in Conrads Richtung war die einzige Begrüßung und zugleich die mindeste aller Gesten, ohne sträflich unhöflich zu sein. Anscheinend in ein wichtiges Gespräch vertieft, schenkten sie ihm keine weitere Beachtung und setzten sich zu zweit in den Badezuber, der am weitesten von dem Conrads entfernt stand.

Das auch noch, dachte Conrad erbost. Es war wirklich unerhört. Beileidsbekundungen zum Tod des Bruders wären mehr als angebracht gewesen. Sei es auch dahingestellt, wie gut oder schlecht das Verhältnis zwischen den Brüdern gewesen war. Am liebsten wäre er aufgesprungen und hätte die beiden Grauhaarigen zur Rede gestellt, doch er wusste, dass es unvorstellbar war, zwei weit ältere und so hoch angesehene Ratsherren öffentlich zu tadeln. Conrad fühlte sich zunehmend unwohl in seiner Haut und hatte gerade beschlossen, die Badestube vorzeitig zu verlassen, als zu seiner Erleichterung sein Freund Willekin eintrat.

Vielleicht war es das Auftauchen Willekins, vielleicht aber auch Conrads zorniger Blick, der Hans Wulfhagen vertrieb. Höflich wünschte er den beiden Männern noch einen angenehmen Tag und verschwand.

Conrad war es mehr als recht. Nun konnte er mit Willekin besprechen, was ihn seit dem Eintreffen der Nachricht über das Schiffsunglück beschäftigte.

Wie alle Anwesenden vollkommen nackt, gesellte der Ratsherr sich zu Conrad in den Zuber. Sein weißer, hagerer Körper bot ein stimmiges Bild zu seinem langen, blassen Gesicht. Conrad musste an sich halten, um ihn nicht anzustarren. Ein jeder schien in der Badestube aufgrund seiner Nacktheit etwas von seiner Autorität einzubüßen; so auch Willekin. Noch während er sich im Wasser niederließ, begann er schon mit seinen ausschweifenden Beileidsbekundungen.

»Wie außerordentlich schrecklich, was mir da zu Ohren gekommen ist! Ich spreche Euch mein innigstes Beileid aus, mein Freund. Der Verlust eines Bruders muss meinen Schmerz darüber, nie einen gehabt zu haben, weit übertreffen!«

Conrad bedankte sich, doch er durchschaute seinen langjährigen Freund natürlich sofort. Den anwesenden Zuhörern allerdings verriet Willekin mit keiner seiner Regungen, dass er ebenso wenig um Alberts Dahinschwinden trauerte wie Conrad. Er klang so überzeugend, dass wohl selbst Conrad auf seine Reden hereingefallen wäre, wenn er ihn nicht besser gekannt hätte. Während die Worte Willekins nur so auf ihn einprasselten, holte er mit einem Wink den Bader heran und befahl ihm: »Zieht die Vorhänge zu, wir wollen ungestört sein«.

Der Bader tat umgehend, was sein Kunde wünschte. Es war nicht ungewöhnlich, dass man sich hierher zurückzog, um sich zu besprechen. Zu diesem Zweck konnten die einzelnen Zuber mit Vorhängen abgetrennt werden.

Sofort hörte Willekin auf zu reden. Das fortwährende, alles übertönende Geplätscher des Wassers in der Badestube machte weitere scheinheilige Worte überflüssig. Ebenso unnötig war eine Einleitung zu dem Gespräch, das Conrad nun führen wollte.

Zwar im Flüsterton, jedoch ohne Umschweife sagte er: »Auch wenn ich zugeben muss, dass meine Trauer sich in überschaubaren Grenzen hält, bringt der Tod Alberts mir einiges an Scherereien ein. Der Rat hat es zwar noch nicht beschlossen, aber man wird mir als ältestem männlichem Verwandten zweifellos die Vormundschaft für Ragnhild übertragen. Folglich werde ich, neben der Verwaltung seines Vermögens, auch für sein Weib und seine Kinder sorgen müssen.«

»Dieser Beschluss wird in der Tat nicht lange auf sich warten lassen – doch mit diesen Pflichten werden auch Rechte einhergehen. Denk einmal nach, diese Muntwaltschaft wird es dir erlauben, das Weib nach deinem Gutdünken neu zu verheiraten. Dann bist du sie und Albert mit einem Streich los.«

»Daran habe ich natürlich auch schon gedacht. Doch muss ich dabei vorsichtig vorgehen. Ich habe Feinde im Rat. Jetzt, da mein Leumund bereits angekratzt ist, kann ich das Weib ja schlecht mit dem nächstbesten Bauernsohn vermählen. Alberts Befürworter würden mir mangelnde Fürsorgepflicht vorwerfen, und auch die früheren Gefährten meines Vaters würden sich auf jede meiner Missetaten stürzen wie die Wölfe auf das Lamm. Eine Verbindung unter ihrem Stand ist also undenkbar, aber eine Verbindung innerhalb ihres Standes ist nicht weniger kompliziert, wie mir scheint.«

»Wie meinst du das? So wie es sich für mich darstellt, müsste man doch bloß dafür Sorge tragen, dass der Zukünftige deiner Schwägerin zumindest einigermaßen angesehen und unerheblich vermögend ist – ein Kaufmann vielleicht. Nicht mehr und nicht weniger. So jemand lässt sich doch sicher finden.«

»Ha«, lachte Conrad bitter auf. »Dieser Kaufmann darf allerdings keine besonders hohen Ansprüche stellen. Albert war zum Zeitpunkt seines Todes schließlich noch kein gewähltes Mitglied des Rates, und Ragnhild ist somit auch nicht die Witwe eines

Ratsmitgliedes. Zudem ist sie auch keine Jungfrau mehr, und, was fast das Schlimmste ist, in ihr fließt das Blut unserer früheren Feinde; dänisches Blut! Das Einzige, was ihr zum Vorteil gereicht, ist die Tatsache, dass sie durch Heirat der Familie von Holdenstede angehört.«

»Und dass sie recht ansehnlich aussieht«, ergänzte Willekin.

Conrad verzog das Gesicht, als hätte er auf etwas Widerliches gebissen. Dass jemand seine Schwägerin als ansehnlich beschrieb, kam ihm komisch vor, hatte er für sie doch nicht mehr übrig als Hass.

Willekin lehnte sich noch weiter zurück und sagte mit nachdenklichem Blick: »So gesehen muss ich leider zugeben, dass die Aussichten auf einen standesgemäßen Gemahl eher schlecht stehen. Es wird dir zwar sicher widerstreben, auch nur einen Brakteat deines Vermögens für sie zu opfern, aber du musst dir wohl eingestehen, dass der einzige Weg zu einer einigermaßen guten Verbindung über eine entsprechend hohe Mitgift zu erreichen sein wird.«

Conrad atmete tief ein und wieder aus. Allein das Wort bewirkte bei ihm eine Gänsehaut, denn wahrscheinlich würde Ragnhilds Aussteuer unter den gegebenen Umständen ihr Erbe weit überschreiten, sodass Conrad den Rest aus seinem Vermögen würde zahlen müssen. Bereits am Vorabend war er allein in seinem Kontor alle heiratsfähigen Männer Hamburgs durchgegangen. Doch auch wenn er so gut wie jede ihm bekannte Sippe gedanklich durchlaufen war, um einen Mann herauszufiltern, der all den erforderlichen Ansprüchen gerecht wurde, war er zu keinem Ergebnis gekommen. Und zu guter Letzt sah es jetzt auch noch so aus, als ob Willekin von Horborg ebenso ratlos zurückblieb wie er selbst. Seine letzte Hoffnung starb gerade vor seinen Augen, und es gab sonst niemanden, dem er sich auf diese Weise anvertrauen konnte.

Doch ganz plötzlich und unerwartet schlug Willekin mit der flachen Hand auf das Wasser, das unter lautem Klatschen zur Seite wich und Conrad mitten ins Gesicht spritzte. »Ha, das ist es!«, stieß Willekin laut und unbedacht aus.

»Schhhht!«, ermahnte ihn Conrad fahrig und wischte sich währenddessen das Wasser aus den Augen. »Großer Gott, mäßige dich!«

Willekin hatte ein breites Grinsen auf dem Gesicht, doch er senkte wie befohlen die Stimme. Er deutete mit dem Zeigefinger auf Conrad und sagte: »Ob du es nun glaubst oder nicht, ich habe eine Idee. Durch eine Hochzeit mit diesem Mann würde Ragnhild eine ordentliche Partie zugesprochen werden, ohne dass sie danach einer gar zu mächtigen Familie angehören würde oder du bei der Mitgift zu tief in die Tasche greifen müsstest.« Während er sprach, tippte er unaufhörlich auf Conrads Brust.

Dieser bemerkte das erst jetzt und wischte mit gerunzelter Stirn den Finger fort. »Sag schon, wer ist dieser Mann?«

»Die Verbindung ist einfach perfekt«, lobte sich Willekin noch einmal kräftig.

»Die Verbindung *mit wem*?«, fragte Conrad nun überaus ungeduldig.

»Symon von Alevelde!«, antwortete Willekin mit stolz geschwellter Brust. »Jetzt muss der Mann nur noch von einer Heirat mit Ragnhild überzeugt werden; und ich wüsste auch schon genau, wie.«

Tief in Gedanken versunken, stapfte Conrad durch das nasskalte Wetter aus der Badestube des St.-Petri-Kirchspiels nach Hause. Der Winter kam ihm dieses Jahr kälter und grauer vor als die Jahre zuvor. Er war unzufrieden, weil die erwartete Entspannung heute ausgeblieben war, die ihm der Besuch in der Badestube sonst immer einbrachte. Doch andererseits war er auch froh, nicht in eine der drei anderen Badestuben Hamburgs gegangen zu sein, wo er Willekin mit Sicherheit verpasst hätte. Je länger er über dessen Idee nachdachte, desto sicherer war er sich, dass Symon von Alevelde einen guten Ausweg aus seiner Klemme darstellte. In Gedanken spielte Conrad bereits die Verhandlungen mit dem Kaufmann durch. Fast übersah er dabei den Gruß von Hinrich Cruse, der ebenfalls in der Reichenstraße wohnte. Nach dem Austausch der gefühlt hundertsten Beileidsbekundung hastete Conrad mit der Entschuldigung, noch viele Angelegenheiten regeln zu müssen, weiter.

Jeder hatte derzeit Verständnis für diese Reaktion, und Conrad kam sie zugute, da er sich so den lästigen Lobgesängen über Albert entziehen konnte. Außerdem entsprach sie sogar der Wahrheit. Tatsächlich fiel es ihm schwer zu entscheiden, wo genau er anfangen sollte. Es galt die Trauerfeierlichkeiten zu organisieren, die anstehende Hochzeit zu planen und das Erbe in der nächsten Ratssitzung aufzuteilen. Doch zunächst sollte er Ragnhild beim Domdekan Sifridus aus ihrer Trauerzeit freikaufen, damit eine erneute Hochzeit so schnell überhaupt möglich war.

Obwohl Symon von Alevelde von seiner bevorstehenden Ehe noch gar nichts wusste, hatte Conrad keinen Zweifel, dass er Ragnhild mit Sicherheit zur Frau nehmen würde. Doch wäre er auch bereit, ihre dreifache Nachkommenschaft bei sich aufzunehmen? Auf gar keinen Fall wollte Conrad die Gören seines verhassten Bruders bei sich im Hause behalten. Sehr wahrscheinlich aber würde ihm dieser Wunsch ein hübsches Säckchen Münzen kosten. Conrad schwirrte der Kopf. Er hasste die Situation, in der er sich gerade befand. Am liebsten hätte er die ungeliebte Schwägerin mitsamt ihrer Brut einfach in das Reichenstraßenfleet hinter seinem Haus gestoßen, aber das war natürlich unmöglich. Allein die Aussicht, Ragnhild mit dieser Hochzeit nach so vielen Jahren aus seinem Blickfeld wischen zu können, trieb ihn an. Endlich würden die Zankereien zwischen den Weibern aufhören, und endlich würde wieder Ruhe in sein Haus einkehren.

Ein kleines Lächeln umspielte seine Lippen. Sein Haus – wie gut sich das anhörte. Ja, nun war es endgültig sein Haus. Er musste es nicht mehr teilen.

Ohne es überhaupt zu bemerken, trat er durch die schwere Holztür desselben. Gedankenversunken öffnete er die Schnüre seines Tasselmantels und warf ihn achtlos über eine Truhe. Abwesend stieg er die Stufen hinauf, um in sein Kontor zu gelangen.

Die Tür stand offen, und er ging hinein, ohne sich darüber zu wundern. Mit auf dem Rücken verschränkten Armen spazierte er langsamen Schrittes vor seinem Schreibtisch auf und ab und führte seine Überlegungen über die anstehenden Erledigungen fort. Nachdem er sich zum unzähligsten Male am Ende des Zimmers um sich selbst gedreht hatte, um es erneut der Länge nach abzuschreiten, bemerkte er trotz seines auf den Boden gerichteten Blickes eine Bewegung an der Tür. Er hielt inne und sah auf.

Das, was seine Augen dort erfassten, ließ ihn zurückprallen, als wäre er gegen eine unsichtbare Mauer gelaufen. Hätte das Wesen, das dort vor ihm stand, nicht die Kleider seines Eheweibes getragen, so hätte er wohl Zweifel gehabt, dass es sich wirklich um Luburgis handelte.

Dort, wo noch am Tage zuvor ihr immer zänkisches, aber dennoch recht ebenmäßiges Gesicht gewesen war, erblickte er heute stattdessen eine blutverkrustete Fratze, deren Haut in allen Schattierungen zwischen Blau und Gelb schimmerte. Auf der Nase war eine offene Stelle zu sehen, genau da, wo sie sich seltsam nach links bog. Beide Augen waren eng zugeschwollen. An der Stirn prangte eine lange Wunde, und die Unterlippe schien jeden Moment platzen zu wollen.

Sie stand einfach da, ohne ein Wort und ohne eine Regung.

Auch Conrad sagte nichts. Vollkommen ungläubig starrte er sie an. War das wirklich er gewesen? Hatte er sein Weib heute Morgen wirklich so hart geprügelt? Er musste sich eingestehen, dass er seit dem Morgen keinen einzigen Gedanken an die Situation im Ehebett verschwendet hatte. Um das unangenehme Schweigen endlich zu durchbrechen, fragte er unfreundlicher, als er es eigentlich wollte: »Was willst du?«

Sie zuckte zusammen. Das Schweigen war gebrochen. Jetzt musste sie einen der vielen Sätze sagen, die sie sich in den Stunden nach seinem Aufbruch überlegt hatte; doch ihre Kehle war wie zugeschnürt.

Das Betasten ihres Gesichts in der Dunkelheit hatte gereicht, um Gewissheit darüber zu erlangen, was die heftigen Schmerzen in ihrem Gesicht bereits angekündigt hatten. Conrad hatte ihr die Nase gebrochen und ihr drei der vorderen Zähne ausgeschlagen.

Den ganzen Tag über hatte sie sich nicht aus ihrer Kammer gewagt. Nicht einmal das geliebte Umsorgen der Zwillinge hatte sie herausgelockt; bis eben, da sie Conrad hatte kommen hören.

Jetzt jedoch lag sie nicht mehr mit ihrer Wut und ihren Schmerzen im Bett. Jetzt stand sie hier vor ihm und konnte ihn fragen, womit sie das verdient hatte. Sie konnte sehen, dass auch er erschrocken darüber war, was er sah. Doch statt einen der unzähligen Vorwürfe auszusprechen, die sie ihm hatte machen wollen, fing sie an zu weinen. Die Tränen brannten auf ihrer geschundenen Haut. »Was hast du mir angetan, Conrad?«

12

Ragnhild konnte sich nicht mehr erinnern, wie sie die letzten Tage überlebt hatte. Wie hatte sie es geschafft, auch nur einen Fuß vor den anderen zu setzen? Jede noch so kleine Bewegung schien ihr eine unüberwindbare Hürde zu sein, und auch des Nachts fand sie keine Erholung. Die Nächte waren sogar noch weit schlimmer als die Tage. Immer wieder war sie im Traum an dem Strand, wo die Leichen gefunden wurden, nachdem die wilde Nordsee sie freigegeben hatte. Sie war stets allein mit dem toten Albert. Er lag einfach da, blass und kalt, doch das störte sie nicht. Ihre Hände umschlossen sein Gesicht, und ihr Mund bedeckte seine Lider, seine Lippen, seine Wangen mit Küssen. Ständig war sie an diesem Strand. Im Traum, wenn sie schlief, und in Gedanken, wenn sie wachte. Auf diese Weise holte sie nach, was sie nicht hatte tun können; ihm richtig Lebewohl sagen!

Weil es keine Leiche zu bestatten gab, gab es auch kein Grab, an dem sie trauern konnte. Nur zu gern hätte Ragnhild die Totenwache für ihren Mann gehalten, doch wo hätte sie das tun sollen? Lediglich die vielen Seelenmessen, die gestifteten Kerzen und das längst vergangene Totenmahl in der Reichenstraße zeugten blass von Alberts Dahinscheiden.

Normalerweise hätte sie im Mariendom trauern können, denn obwohl er noch nicht vollkommen fertiggestellt war, befand sich hier das Familiengrab der von Holdenstedes. Nur die wohlhabenden Kaufleute und Bürger konnten es sich leisten, an dieser

Stelle ihre Angehörigen zu bestatten. Mechthild und Conradus von Holdenstede lagen dort begraben, und auch Albert hätte ursprünglich hier seinen Platz gehabt. Eigentlich war es ein tröstlicher Ort, mit den Heiligenaltären an den Wänden und den vielen Grabplatten im Inneren. Ragnhild jedoch konnte den Dom einfach nicht betreten. Es erschien ihr fast, als ob die Mauern sie verhöhnten, denn sie wusste: Er war nicht hier. Alberts Körper fehlte; und das machte den Dom für sie zu seinem großen steinernen Sarg ohne Leiche.

Keiner wusste, ob Albert vor seinem Tod die Beichte hatte ablegen können, und es war ebenso unklar, ob er die Letzte Ölung empfangen hatte. Doch die Wahrscheinlichkeit war sehr gering und somit die Überführung seiner Seele ins ewige Himmelreich unmöglich.

Obwohl Ragnhild nach der Nachricht vom Untergang der *Resens* gedacht hatte, der Schmerz über ihren Verlust könnte größer nicht werden, wusste sie es heute besser. Es war nur der Anfang gewesen, und die Trauer kam langsam. Sie schlich sich an, kriechend wie ein Tier, das seine Beute zunächst beobachtet und dann blitzschnell zuschlägt. Jetzt hatte das Raubtier sie in seiner Gewalt, und sie war bewegungsunfähig. Ihr wurde nun bewusst, was sie eigentlich schon Tage zuvor gewusst hatte: Albert war tot!

Viele Frauen waren gekommen und standen ihr bei. Jede von ihnen wollte der trauernden Witwe helfen; sei es aus inniger Freundschaft oder aus nicht mehr oder weniger als der christlichen Nächstenliebe. Ragnhilds Herkunft war zum ersten Mal in ihrem Leben nicht von Bedeutung. Damen, die ihr sonst nicht viel Beachtung schenkten, tupften ihr nun liebevoll die Stirn, wenn sie schlief, kochten ihr eine stärkende Brühe oder versorgten ihre Kinder. Ragnhild konnte jedoch keine Dankbarkeit zeigen. Sie funktionierte nur noch und nahm bloß noch schemenhaft wahr, was um sie passierte. Während sie tat, was getan werden musste, litt sie still. Mit niemandem wollte sie ihre Trauer teilen; auch nicht mit Hilda. Tagsüber redete sie kaum noch ein Wort, und des Nachts weinte sie sich einsam in den Schlaf. Vielleicht hätte sie mit Hilda geredet, wenn sie nur die richtigen Worte gewusst hätte. Doch alle Worte schienen ihr leer und bedeutungslos. Keines konnte beschreiben, wie sie sich wirklich fühlte. Darum schwieg sie.

Die Magd machte sich große Sorgen. Zusammen mit Agatha, der Frau des Gewandschneiders Voltseco, Hildegard von Horborg, der Amme Liesel, Luburgis und einer Schwägerin von ihr namens Heseke versorgte Hilda abwechselnd die Kinder und den Haushalt. Trotz der vielen Arbeit ließ sie die wortlose Ragnhild nie aus dem Auge. Unauffällig folgte sie ihr. Allzeit bereit, ihr jeden Wunsch von den stillen Lippen abzulesen. Doch Ragnhild begehrte nichts; und sie sagte auch nichts.

Nach außen hin sah es wohl so aus, als hätte sie sich langsam mit dem Tod ihres Mannes abgefunden, doch Hilda, die ebenfalls vor Jahren ihren geliebten Ehemann verloren hatte, wusste es besser.

Völlig unangekündigt kam der Tag, an dem sich all ihr Schmerz in einem einzigen langen Schrei entlud. Seinen Bliaut mit den Händen an ihr Herz gepresst, fiel Ragnhild vor der Truhe mit Alberts Kleidern auf die Knie und schrie.

Hilda war da und wiegte sie in ihren Armen; hin und her wie ein Kind. Die neugierig herbeigestürmten Frauen schickte sie weg und blieb allein mit Ragnhild zurück. Stundenlang verharrten sie in dieser Stellung, bis Hildas Glieder schmerzten.

Nach diesem Tage hatte Ragnhild keine Tränen mehr übrig. Das Leben ging erbarmungslos weiter; auch ohne Albert. Unaufhaltsam normalisierte sich alles um sie herum. Die Frauen kamen immer seltener in das Haus, ein Tag folgte dem anderen, und die Sonne ging auf und wieder unter.

Luburgis hatte noch immer starke Schmerzen. Doch weit schlimmer als die Schmerzen war die Angst, die sie jede Nacht befiel, sobald sie neben ihrem Mann im Ehebett lag. Keine ihrer Befürchtungen wurden jedoch bestätigt. Conrad rührte sie nicht mehr an.

Seit dem Zusammentreffen im Kontor waren schon fünf Tage vergangen, und die Eheleute hatten kaum mehr miteinander gesprochen. Lediglich ein einziges Gespräch hatte es seither gegeben – und dieses Gespräch hatte ihre Ehe vollständig verändert.

Conrads zunächst erschrockene Miene ließ sie fälschlicherweise glauben, dass er seine Tat bereute. Anstatt sich aber zu entschuldigen, erklärte er ihr voller Verachtung, dass er sie verabscheue, weil sie ihrer Pflicht als Frau nicht nachkam. Er sagte, dass er es bereue, sich damals nicht eine andere zur Frau genommen zu haben. Ein fruchtbares Weib, welches ihm mehr zugetan war. Dann fing er an, die Namen einiger Ratsherrenfrauen aufzusagen, die er statt ihrer ebenso hätte heiraten können. Er wollte sie demütigen, sie verletzen. Mit innigstem Groll zählte er ihr die unmöglichsten Anzüglichkeiten auf, die er mit ihnen im Bett gerne machen würde.

Luburgis fühlte dabei einen Schmerz in ihrem Herzen, der den in ihrem Gesicht fast übertraf. In einem Akt der Verzweiflung hatte sie unter Tränen angefangen, ihn an die Gebote des Herrn zu erinnern, in denen es heißt: *Du sollst nicht begehren deines Nächsten Weib.* Doch Conrads Wut wuchs weiter, und er brüllte sie an, ihn besser nicht noch einmal zu unterbrechen. Mit bedrohlich großen Schritten war er auf sie zugelaufen, bis sie angstvoll verstummt war.

Conrad hatte, wütend über ihr freches Verhalten, wie von selbst die Hand gehoben, nur um sie gleich darauf wieder sinken zu lassen. Sein Hass war angesichts ihrer von Nahem noch deutlicher zu sehenden Verletzungen in Sekundenschnelle gewichen.

»Bedecke dein Haupt mit einem Trauerschleier«, waren seine einzigen Worte. Danach verschwand er aus dem Kontor – seither herrschte Stille zwischen ihnen.

Luburgis blieb mit leerem Herzen zurück. Sie wusste, wie sie seine Anweisung zu deuten hatte. Niemand sollte von dem Zwischenfall erfahren, und darum durfte auch niemand ihr Gesicht so sehen. Nun liefen ihr täglich die Tränen. Sie traute sich nicht, ihr Gesicht zu berühren, um sie fortzuwischen, doch da es von dem Schleier bedeckt wurde, war das auch gar nicht nötig. So ließ sie sie einfach laufen.

Die Zeit in der Reichenstraße verging. Noch immer war Luburgis gelähmt von den Ereignissen und gekränkt von den unbegreiflichen Worten Conrads. Sie bewegte sich in ihrem eigenen Haus nur noch zaghaft und scheu und war immer froh, wenn sich ein Tag dem Ende neigte. Auch dieser Tag war fast vorüber, und so schlich sie allmählich in ihre Schlafkammer. Hier konnte sie endlich für sich sein und den zwar schützenden, aber lästigen Schleier abnehmen. Ihr Mann würde wie immer erst spät ins Bett kommen oder gar in seinem Sessel im Kontor einschlafen; Luburgis war nicht traurig darum.

Fügsam hatte sie dem Wunsch ihres Ehemanns entsprochen und ihr Gesicht seit dem Vorfall bedeckt gehalten. Die Schwellungen um die Augen waren etwas zurückgegangen, sodass sie nun wieder besser sehen konnte, doch sie fragte sich ernsthaft, ob die Wunden je wieder vollkommen heilen würden. Ihre Nase fühlte sich noch immer krumm und sehr geschwollen an, und die geplatzte Lippe behinderte sie nach wie vor beim Essen. Obwohl sie nie besonders eitel gewesen war – denn Eitelkeit war eine Sünde –, empfand sie nach Conrads Angriff Scham über ihr Aussehen.

Irgendwann würde sie den Trauerschleier ablegen müssen, und

schon heute graute es ihr vor diesem Tage. Bereits jetzt spürte sie die fragenden Blicke der anderen auf sich ruhen, fast so, als ahnten sie bereits etwas. Das Ableben Alberts rechtfertigte natürlich ihre Verschleierung, dennoch wusste jeder, dass sie Albert nie besonders nahegestanden hatte, und einige waren offensichtlich überrascht angesichts ihrer derartigen Anteilnahme.

Ihre Frömmigkeit erklärte die Trauerkleidung und auch den Schleier bis zu einem gewissen Grad, doch ihr auffälliges Verhalten erklärte sich dadurch nicht. Luburgis verbrachte kaum noch Zeit mit den Zwillingen, hielt sich nie lange in Gesellschaft auf, ging kaum mehr zum Markt und war auch sonst viel allein. Ihre Anweisungen waren stets knapp, damit niemandem das Lispeln auffiel, welches durch ihren Zahnverlust entstanden war.

Sosehr sie es jetzt auch gebrauchen konnte; es gab einfach niemanden, dem sie sich hätte anvertrauen können. Als Ratsherrenfrau war sie zwar von den Bürgerinnen geschätzt und geachtet, doch eine wirklich enge Vertraute oder gar eine echte Freundin hatte sie noch nie gehabt.

Die Unterhaltungen der Damen, die mit ihren Männern zu Besuch kamen, waren stets oberflächlich und drehten sich eigentlich nur um Handarbeiten und Kinder. Da Luburgis aber keine eigenen Kinder besaß, hielten sich die Damen in ihrer Gesellschaft mit diesem Thema vornehm zurück. Diese Erkenntnis schmerzte Luburgis fast ebenso wie ihre Kinderlosigkeit selbst. Sie wollte kein Mitleid von den Damen. Nein. Alles, was sie wollte, war ein Kind. Sehr wahrscheinlich wäre dann das Verhältnis zu mindestens einer von ihnen auch inniger gewesen. Luburgis spürte, dass sie sich mit den Jahren wie von selbst von den Frauen entfernt hatte, da sie nicht mitreden konnte. Ihre Verbitterung darüber ließ sie an denjenigen Mitmenschen aus, die ihr in irgendeiner Weise untergeben waren, was zur Folge hatte, dass sie auch unter ihnen keine Vertraute fand.

Schmerzlich war Luburgis in den letzten Tagen die bittere Ironie des Trauerschleiers bewusst geworden. Wenn sie es sich nämlich recht überlegte, gab es für sie vielerlei Gründe, ihn zu tragen. Zuallererst trug sie ihn sicherlich wegen Conrads Anweisung, doch tatsächlich trauerte sie um sich selbst.

Die letzte Zeit hatte sie viel nachdenken lassen, und das hatte schmerzliche Erkenntnisse zutage gebracht. Nie zuvor war ihr so überdeutlich bewusst geworden, wie unglücklich sie in den vergangenen Jahren gewesen war. Ihre lieblose Ehe war bestimmt von den wankelmütigen Launen Conrads und ihre Tage gespickt mit dem Hoffen auf Besserung.

Luburgis war von ihrer Mutter darauf vorbereitet worden. Sie hatte ihre Tochter ermahnt, ihrem Mann bedingungslos zu folgen und sich nicht zu beklagen. Viele Ehen würden kühl beginnen, hatte ihre Mutter gesagt, doch ihr Ehemann würde lernen, sie zu lieben, wenn sie sich anstrengte und immer tugendhaft, züchtig und fleißig war. Auch die Ehe der Eltern habe so angefangen und wäre dann in Liebe und Zuneigung gegenüber dem Ehegatten gemündet. An diesem Versprechen hatte Luburgis sich all die Jahre festgehalten. Sie hatte sich angestrengt, um eine gute Wirtschafterin und Ehefrau zu sein, und so versucht Conrads Liebe zu gewinnen. Jetzt fragte sie sich, wofür die ganze Schinderei gut gewesen war, und fand keine Antwort.

So tief war sie in ihren Gedanken versunken, dass Luburgis gar nicht bemerkte, dass sie bereits seit einigen Augenblicken im Dunkeln in ihrer Kammer stand. Sie zündete ein Talglicht an, um den Raum zu erhellen, und fingerte ärgerlich an dem Schleier herum. Endlich konnte sie dieses lästige Ding abnehmen. Sie wollte diese Gedanken nicht haben. Sie wollte endlich aufhören, über all diese Enttäuschungen nachzudenken; doch es gelang ihr einfach nicht.

Wie naiv sie in den ersten Jahren ihrer Ehe doch gewesen war, dachte sie bitter. Von der Liebe, die alle Minnesänger lobpriesen, und der Achtung in der Ehe, wie sie die Bibel beschrieb, hatte sie geträumt. Viel zu langsam wurde sie eines Besseren belehrt. Nach all den Jahren der Lieblosigkeit wusste sie heute, dass es die Liebe in der Ehe gar nicht gab. Jedenfalls nicht in ihrer.

Sehr wahrscheinlich wünschte sie sich auch deshalb so sehr ein Kind. Dieses hätte sie bedingungslos lieben können, und – was fast noch wichtiger für sie war – es hätte sie ebenso bedingungslos wiedergeliebt. Jedes Kind liebte seine Mutter.

In der Hoffnung, endlich schwanger zu werden, hatte sie sich des Nachts bereitwillig den Wünschen ihres Mannes gefügt. Unter Schmerzen ertrug sie, wozu eine Frau von Gott geschaffen war. War ihr nicht alles recht gewesen, um nur endlich ein Kind zu bekommen? Geradezu gelechzt hatte sie danach, von Conrad befruchtet zu werden, doch sie konnte ihre Bestimmung nicht erfüllen. Hin- und hergerissen zwischen dem Hoffen und Bangen, welches ihre Schwangerschaften und anschließenden Fehlgeburten mit sich brachten, war sie mit der Zeit immer mutloser geworden. Sie hatte sich eingeredet, dass Conrad ihren Schmerz über die Kinderlosigkeit verstand und mit ihr fühlte, doch dieser Gedanke erwies sich heute als töricht. Auch wenn sie wusste, wie wichtig es für einen Mann war, einen Sohn zu haben, war sie zutiefst überzeugt gewesen, dass er gesehen haben musste, wie sehr sie litt und wie viel sie für die Erfüllung dieses Wunsches gebetet hatte. Jetzt wusste sie, dass sie sich all die Jahre geirrt hatte. Mit seinen Schlägen und seinen harschen Worten hatte er sie jeder Vorstellung beraubt, dass er sie wenn schon nicht als Mutter, so doch als seine Ehefrau schätzte. Die Erkenntnis über die Wahrheit ihrer Ehe traf sie mit voller Wucht. Alles, dessen sie sich vor wenigen Tagen noch sicher gewesen war, schien heute völlig ungewiss. Seit Tagen fragte sie sich, ob er sie womöglich verstoßen oder sich eine Geliebte nehmen und im schlimmsten Fall einen Bastard als sein legitimes Kind annehmen würde. Die Angst davor, auf diese Weise gedemütigt zu werden, brachte sie völlig aus dem Gleichgewicht.

Sie blickte auf ihr Leben zurück, als wäre es nicht das ihre. Schlag auf Schlag folgte eine Erkenntnis der anderen. Wie hatte es so weit kommen können, und wo hatte ihr Unglück begonnen? Luburgis musste nicht lange überlegen. Ragnhild war der Grundstein allen Übels! Seitdem Luburgis selbst durch die Heirat mit Conrad in das Haus der von Holdenstedes gekommen war, hatte sie das Waisenkind leidenschaftlich verachtet. Gründe dafür gab es genug. Ragnhild war ohne Stand geboren und noch dazu eine Dänin! Sie empfand es als eine Zumutung, mit einer solchen Frau unter einem Dach leben zu müssen. Doch dabei war es ja nicht einmal geblieben. Dieses Weib lehnte sich gegen die gottgewollte Ordnung auf und hatte sich so in die obersten Reihen der Hamburger Bürgerschaft eingeschlichen. Durch ihre Hochzeit mit Albert wurde Ragnhild aus der Knechtschaft in den Bürgerstand erhoben, und Luburgis konnte damals nur ungläubig zugucken. Unzählige Male hatte sie sich darüber bereits brüskiert, und sie hätte es wohl in diesem Augenblick erneut getan, wenn ihr nicht schlagartig etwas klar geworden wäre. All die Jahre hatte es Luburgis auf Schritt und Tritt verfolgt, ohne dass sie es bemerkt hatte. In diesem Moment aber war ihr Blick klar, und sie verstand, worin der eigentliche Grund für ihren Hass auf Ragnhild lag.

Es waren die verstohlenen Blicke, die heimlichen Berührungen, das ausgelassene Lachen der Verliebten. Ragnhild und Albert liebten sich mit so unverschämter Heftigkeit und so offensichtlich, dass Luburgis gar nicht anders konnte, als die Schwägerin zu hassen. Dieses Weib hatte alles, was Luburgis sich wünschte, denn sie lebte in einer Ehe aus Liebe. Ihre eigene Ehe hingegen war von Anfang an zur Festigung der Verbindung beider Familien arrangiert gewesen. Viele Ehen entstanden so, und Luburgis hätte damit leben können, wenn sie nicht täglich das pure und unverdünnte Glück direkt vor ihrer Nasenspitze gehabt hätte.

Um sich selbst zu schützen, flüchtete sie sich in eine allzu strenge Glaubensauslebung, verurteilte jeden Moment der Ausgelassenheit als Gottlosigkeit und tadelte Ragnhild, wo immer sie nur konnte.

Aber wohin hatte sie das gebracht? In diesem Moment, allein in der Kammer, hatte sie das Gefühl, seit Jahren nicht mehr glücklich gewesen zu sein. Sie hatte sich so sehr darauf konzentriert, Ragnhild zu hassen, dass sie vergessen hatte, was es hieß, selbst froh zu sein.

Alles fügte sich mit einem Mal zusammen. Es überkam sie wie einer von Conrads Fausthieben; sie hatte Ragnhild ihr ganzes Eheleben lang nicht gehasst, sondern vielmehr beneidet! Selbst jetzt, da Ragnhilds Mann tot im Land der Friesen und sie als Witwe in Trauer weilte, beneidete Luburgis ihre Schwägerin noch. Sie neidete ihr, all das Glück der Jahre zuvor erfahren zu haben, die Kinder, welche die Frucht von echter Liebe waren, und selbst die Trauer, die so aufrichtig war, weil sie den ihr vor Gott angetrauten Ehemann von ganzem Herzen geliebt hatte.

Luburgis wusste nicht, wie sie dieses trostlose Leben so lange hatte aushalten können, und sie wusste genauso wenig, wie sie es in Zukunft so weiterleben sollte. Mit fahrigen Bewegungen faltete sie den Trauerschleier, um ihn in ihrer Truhe zu verstauen, als es plötzlich an ihrer Kammertür klopfte. Bevor sie den Eintritt verwehren konnte, stand ihre Schwägerin Heseke schon im Raum.

Die kleine dicke Frau mit der etwas zu braunen Haut hatte den Mund bereits geöffnet, um etwas zu sagen, als sie abrupt stehen blieb und bei Luburgis' Anblick die fleischigen Hände vor den Mund presste.

Luburgis wandte sich noch ab, doch es war zu spät.

Nach einem Moment des Schweigens ging Heseke auf die Geschundene zu und fasste sie noch immer wortlos an den Händen. Beide Frauen wussten, was die andere dachte. Es waren keine Worte nötig, um zu klären, dass Conrad für die Verletzungen verantwortlich war. Die Frauen waren, trotz ihrer Verwandtschaft, nie besonders enge Freundinnen gewesen. Ganz im Gegenteil. Die forsche und lebhafte Art von Heseke stand stets im starken Kontrast zu der frommen, fast steifen Art von Luburgis. Doch der Anblick des zerschlagenen Gesichts ihrer Schwägerin erweichte Hesekes Herz. Sie führte die verheulte Luburgis zu einem Schemel in der Ecke und setzte sie darauf.

Dann brach es plötzlich aus Luburgis heraus. Ohne Aufforderung fing sie an zu erzählen. So unendlich dankbar war sie für die winzigen zärtlichen Gesten Hesekes, dass ihr Schluchzen immer verzweifelter wurde. Noch niemals in ihrem Leben hatte sie sich so sehr geschämt wie jetzt, da sie mit umständlichen Worten versuchte, ihrer Verwandten von den Ereignissen der letzten Tage zu berichten. Heseke saß ihr gegenüber auf der Bettstatt der Eheleute und hielt während der ganzen Zeit ihre Hand. Als Luburgis merkte, dass das Interesse ihrer Schwägerin echt war, gab es für sie kein Halten mehr. Zum ersten Mal seit langer Zeit vertraute sie sich jemandem an, und die Worte sprudelten nur so aus ihr heraus. Sie redete unter Tränen, bis Heseke alle Ereignisse des grausamen Morgens und die des Tages darauf wusste. Ihre Einsichten bezüglich Ragnhild behielt sie allerdings für sich. Niemals würde sie darüber reden können, dass sie diesen Emporkömmling beneidete. Das wäre ihr sogar noch weit unangenehmer, als die intimen Einzelheiten zu erzählen, die im Ehebett passiert waren. Als sie geendet hatte, blickte sie auf und schaute direkt in das mitleidvolle Gesicht Hesekes.

»Wie konnte er das nur tun? Es ist großes Unrecht, was dir widerfahren ist«, sprach Heseke kopfschüttelnd. Dann blickte sie

Luburgis direkt in die Augen und fragte auffordernd: »Was hast du nun vor?«

Verblüfft fragte Luburgis: »Was ich nun vorhabe? Was meinst du? Es gibt nichts, das ich tun kann. Er ist mein Ehemann.«

»Was soll das heißen?«, konterte Heseke angriffslustig. »Schau dich doch an. Willst du einfach ausharren, bis er noch einmal einer solchen Laune verfällt? Wenn Johannes das mit mir gemacht hätte, dann ...«

Luburgis unterbrach ihre Verwandte. »Dein Ehemann ist anders als Conrad. Er ist sanftmütig und ... und er schätzt und achtet dich, Heseke. Du bist nicht in meiner Lage.«

Die resolute Schwägerin ignorierte die Anmerkungen über ihren Mann und fragte: »Soll das heißen, du wirst dir diese Behandlung einfach gefallen lassen?« Ungläubig stemmte sie ihre dicken Arme in die Hüften und legte den Kopf schief. Auch wenn sie keine engen Freundinnen waren, schien sie absolut nicht gewillt zu sein, einer so offensichtlichen Ungerechtigkeit an einer Frau in ihrer Familie tatenlos zuzusehen.

Luburgis fing erneut an zu schluchzen und sagte: »Was soll ich denn tun? Er hat doch recht mit dem, was er sagt.«

»Was redest du denn da, Luburgis?« Heseke nahm sie sanft an den Schultern und wollte ihr in die Augen sehen, doch die Geschundene wehrte sich, indem sie verzweifelt die Hände rang, und sagte: »Ach, Heseke, ich bin nicht fähig, ihm Nachkommen zu schenken. Mein Körper kann die Leibesfrucht nicht behalten. Selbst wenn ich ein Kind empfange, stirbt es, noch bevor es in mir heranwachsen kann. Irgendwann wird er mich verstoßen!« Sie vergrub ihr angeschwollenes Gesicht trotz der Schmerzen in den Händen und weinte nun wieder bitterlich.

Heseke streichelte ihr die bebenden Schultern und redete weiter beruhigend auf sie ein. Sosehr es sie auch grämte, aber gegen dieses Argument konnte sie nur schwerlich etwas sagen. Auch wenn Kinderlosigkeit noch lange kein Grund war, seine Frau zu prügeln, geschah es doch häufiger, als man annehmen wollte, dass Männer in einer solchen Situation ihre Ehefrauen verstießen. Hatte die Ehefrau Glück, so besuchte ihr Angetrauter lediglich das Hurenhaus oder nahm sich eine Geliebte und ließ sein Weib weiterhin im Hause wohnen. Wie öffentlich ein solcher Missstand in einer Ehe ausgetragen wurde, hing häufig von der Strenge des unmittelbaren Geistlichen ab. Je nachdem, wie ein Beichtvater es mit der Einhaltung des sechsten Gebotes hielt, wurde die kinderlose Frau entweder durch das geduldete Ersetzen mit einer neuen Frau gedemütigt oder durch ihn beschützt. Mit Vater Lambert hatten die Frauen des St.-Petri-Kirchspiels leider nicht gut lachen. Seine sich ständig wiederholenden Predigten über die Verderbtheit der Frauen ließen keinen Zweifel daran, dass er sich im Zweifel auf Conrads Seite schlagen würde. Beim Anblick der verzweifelten Luburgis überkam Heseke großes Mitleid. Mit dreißig Jahren war ihr Körper zwar gerade noch jung genug, um ein Kind zu empfangen, doch die Jahre, in denen die meisten Frauen ihre Kinder gebaren, waren bei ihr tatsächlich bereits lange vorüber. Grübelnd saß sie der weinenden Luburgis gegenüber. Würde Conrad sie nach so langer Zeit wirklich hinauswerfen?

Heseke war überaus gescheit. Sie wusste, dass eine solche Schmach auch auf sie zurückfallen würde. Schließlich war Luburgis die Schwester ihres Mannes und sie selbst somit direkt betroffen. Um alles in der Welt musste sie versuchen, das Ansehen derer vom Berge zu beschützen. Da sie selbst in einer angesehenen Bürgersfamilie geboren war, wusste sie nur zu gut, wie nah Aufstieg und Fall in der Bürgerschicht beieinanderlagen. Das Ansehen der eigenen Familie war eigentlich alles, was man hatte, und es entschied über geschäftlichen sowie gesellschaftlichen Erfolg oder Misserfolg. An einem Tag ließen die Damen noch aus lauter Bewunderung deine Kleider nachschneidern, und am nächsten grüßten sie dich nicht einmal mehr bei der heiligen Messe. Doch dieses Schicksal würde Heseke abzuwenden wissen. Sie war sich ihrer Aufgabe bewusst und nahm sie sehr ernst. Das Leben einer Bürgersfrau brachte nämlich neben Haushalt und Kindern noch eine weitere wichtige Pflicht mit sich. Sie repräsentierte die Familie im gesellschaftlichen Leben. Wo die Männer für das Arrangieren von guten Eheverbindungen zuständig waren, mussten die Frauen diese Verbindungen fördern und pflegen. Dies geschah nebenbei. Im täglichen Leben, beim Kirchgang, auf dem Markt, durch Einladungen in das eigene Haus. Es gab viel zu verlieren, und sie hatte weder Skrupel davor, sich in die Angelegenheiten der Männer einzumischen, noch davor, Intrigen zu spinnen, um zum Ziel zu gelangen. Ihr unschuldiges, mütterliches Aussehen kam ihr hierbei oft zugute. Schon häufig hatte sie so die Geschicke der Familie nach ihren Vorstellungen gelenkt. Auch wenn sie es schlau anstellte, sich ihrem Mann untertan zu geben, wusste jeder um sie herum, der nicht blind und taub war, dass sie das heimliche Oberhaupt ihrer Familie war. Ihr Mann Johannes hatte direkt nach der Eheschließung versucht, ihr herrisches Wesen zu bändigen, war jedoch kläglich an seinem Vorhaben gescheitert. Schließlich hatte er aufgegeben und sogar einige Jahre später angefangen, ihren Rat in geschäftlichen Dingen zu schätzen. Irgendwann schloss er gänzlich damit ab, sich dafür zu schämen, sich ihrer Gedanken zu bedienen, obwohl sie nur eine Frau war. Und es funktionierte. Sie beide hatten ein stilles Abkommen. Nach außen verhielt Heseke sich fügsam und umsorgte den Haushalt und ihre beiden Kinder Johannes und Hinricus, und hinter verschlossenen Türen zog ihr Ehemann, der Hamburger Ratsherr Johannes vom Berge, sie bei allen wichtigen Entscheidungen zurate.

Beide profitierten von dieser Gemeinschaft, und Heseke war

sich ihrer außergewöhnlichen und privilegierten Rolle durchaus bewusst. Möglicherweise war sie die einzige Frau weit und breit, die einen solch unerhörten Einfluss auf einen Mann besaß, und sie war bereit, auch jetzt ihren Einfluss geltend zu machen, um Luburgis zu helfen.

Vielleicht würde es Opfer dabei geben, dachte Heseke bei sich, doch das war für sie akzeptabel. So war das Leben. Die Stärkeren fraßen immer die Schwächeren. Heseke schmiedete im Stillen bereits einen Plan und hegte dabei keinerlei Schuldgefühle. Vielmehr freute sie sich, wie gut alles zusammenpasste. Ja, sie war eine Meisterin auf ihrem Gebiet. Es wäre nicht das erste Mal, dass sie selbst es eingefädelt hatte, dass eine angesehene Bürgerfamilie die andere bei der Messe nicht mehr grüßte.

Boshaft lächelnd sagte sie zu ihrer Schwägerin: »Trockne deine Tränen, Luburgis, und setze deinen Schleier wieder auf. Glaube mir, es gibt keinen Grund für dich zu weinen. Deine Wunden werden heilen, und so sicher wie das Amen in der Kirche, genau so sicher wird auch bald für dich die Sonne wieder aufgehen!«

13

Bereits seit Stunden saßen die Eheleute vom Berge im Schein eines einzigen Talglichtes bei einem Krug Wein zusammen und redeten. Die Erzählungen über die jüngsten Ereignisse im Hause der von Holdenstede hatten Heseke aufgewühlt, doch sie wollte sich das nicht anmerken lassen. Nur eine leichte Blassgesichtigkeit zeugte davon, dass ihr nicht ganz wohl war. Dennoch ließ sie kein Detail aus und berichtete ihrem Mann möglichst lebhaft von dem zerschlagenen Gesicht seiner Schwester.

Johannes hatte aufmerksam zugehört, doch auch wenn es ihn sichtlich traf, Luburgis solchen Brutalitäten ausgesetzt zu wissen, konterte er dennoch mit dem Recht des Mannes, seiner Frau mit Züchtigung Benehmen beibringen zu dürfen. Gleich darauf musste er sich jedoch einen Narren gescholten haben, denn er hätte wissen müssen, dass dieses Argument die brüske Heseke bloß dazu veranlasste, ihn mit bösen Blicken und entsprechenden Worten zu strafen.

»Wie kannst du nur so reden?«, donnerte Heseke wütend und musterte ihn dabei verächtlich. »Ich spreche nicht von Züchtigung, sondern davon, dass Conrad sein Weib grün und blau geprügelt hat. Ihr Gesicht ist kaum wiederzuerkennen. Das kann man wohl kaum als Züchtigung bezeichnen. Wir müssen Conrad Einhalt gebieten.«

Johannes war es gewohnt, von Heseke getadelt zu werden. Darum sagte er die folgenden Worte ohne jede Schärfe und mit

Blick in seinen Wein. »Mäßige dich, Frau. Ich habe nicht gemeint, dass Conrads Verhalten ungesühnt bleiben muss. Bei der nächsten sich bietenden Gelegenheit werde ich meinem Schwager einen Besuch abstatten und mit ihm ...«

»Reden?«, beendete Heseke den Satz ihres Mannes ungläubig. »Das ist nicht genug. Du verstehst offenbar nicht, dass es nicht bloß um Luburgis geht. Der Zwietracht zwischen ihr und Conrad könnte im schlimmsten Falle unsere gesamte Sippe, die Familie vom Berge, mitten ins Herz treffen.«

Johannes schaute auf. Es war seinem Blick anzusehen, dass er ihre Aufregung nicht so recht verstand. »Übertreibst du jetzt nicht etwas, Frau? Die Umstände sind unerfreulich, aber ich sehe nicht, was das mit der gesamten Sippe zu tun hat.«

Heseke atmete tief ein und zwang sich zur Ruhe. Es machte sie manches Mal schier wahnsinnig, dass ihr Gemahl so schwer von Begriff war. Wie schon so oft würde sie ihm auch dieses Mal genau aufzeigen müssen, was ihr schon lange klar war. Mit der Geduld einer Mutter, die ihrem Kind einen Psalm beibrachte, erklärte sie ihm, welch weitreichende Wirkung die Ereignisse auf ihr Ansehen haben könnten, wenn sie nichts unternahmen. Wie immer hatte sie, im Gegensatz zu ihm, die Übersicht über alle vergangenen, derzeitigen und eventuell kommenden gesellschaftlichen Ereignisse.

»Schau nicht nur auf uns, mein Gemahl; schau auf das, was uns zu dem gemacht hat, was wir sind – eine der führenden Kaufmannsfamilien. Seit Jahren schon liefern sich die größten und erfolgreichsten Familien der Stadt ein Kopf-an-Kopf-Rennen um die besten Aufträge und die besten Heiratsverbindungen. Da gibt es die Ratsfamilien Miles und die von Gardelegen, die von Erteneborg und von Metzendorp, die von Nesse und von Stendal oder auch die von Horborgs und von Salzwedel. Nahezu alle oberen Familien sind bereits durch Heirat miteinander verbunden. Ein jeder versucht Freundschaften mit den Erfolgreichen zu schließen und die weniger Erfolgreichen auszuschließen – ist es nicht so?«

Johannes gab Heseke insgeheim natürlich recht, doch fiel es ihm manchmal schwer, dies auch offen auszusprechen. Mit einem schlichten »Worauf willst du hinaus?« umging er dies geschickt.

Heseke ließ sich nicht beirren. Sie erkannte vor Johannes, welche Möglichkeiten sich hier boten – verstand sie es doch perfekt, aus jeder Situation das Beste für sich und ihre Angehörigen herauszuschlagen. Dieses Spiel bedurfte eines erfahrenen Spielers. Jemandes, der sich mit den Familienverhältnissen anderer Familien ebenso gut auskannte wie mit den eigenen. Vor allen bedurfte es aber jemandes, der alles miteinander zu verknüpfen wusste. Die Liste ihrer Erklärungen war lang und ausführlich und die Übersicht zu behalten schwierig. Alle bisherigen Hochzeiten derer vom Berge aufzählend, endete Heseke schließlich bei der von Conrad und Luburgis. »Verstehst du nun, warum wir einschreiten müssen? Sollte Conrad so weit gehen und Luburgis verstoßen, wären alle Bande zur Familie von Holdenstede gekappt. Der gesellschaftliche und finanzielle Verlust für die Familie vom Berge wäre groß. Unsere Sippe muss zusammenhalten, wenn wir uns auch weiterhin gegen die anderen aufstrebenden Kaufmannsfamilien durchsetzen wollen.«

»Das verstehe ich ja, aber Luburgis scheint keine Kinder empfangen zu können. Es wäre nicht ungewöhnlich, wenn ein Mann sein Weib daraufhin verstößt. Die günstige Verbindung zweier Familien mittels Verheiratung, von denen du eben sprachst, funktioniert ja schließlich nur dann, wenn aus der geschlossenen Ehe auch Kinder hervorgehen, die man sich später zunutze machen kann. Nur durch Kinder verschieben sich die Machtverhältnisse der einflussreichen Familien untereinander.«

Heseke zeigte sich einen kurzen Augenblick lang beeindruckt.

Johannes verstand ja doch mehr, als sie gedacht hatte. »So ist es, mein Gemahl«, stieß sie zufrieden aus. »Auch wenn unsere Familie sich durch die Heirat von Conrad und Luburgis mit einer anderen sehr erfolgreichen Familie zusammengetan hat, wird diese Verbindung auf lange Sicht gesehen nur dann dienlich sein, wenn aus ihr auch Söhne und Töchter entstehen, die man wieder verheiraten kann. Die Kinderlosigkeit von Luburgis ist somit in der Tat ein großes Problem.« Heseke war erleichtert. Da Johannes die Ernsthaftigkeit des Problems offenbar verstanden hatte, konnte sie ihm endlich von ihrem Plan erzählen.

Fast so, als hätte ihr Angetrauter ihre Gedanken erraten, sagte er verschwörerisch: »Aber wie ich dich kenne, hast du für dieses Problem bereits eine Lösung, richtig?«

»Richtig«, antwortete Heseke und verengte ihre Augen zu zwei boshaft anmutenden Schlitzen. »Höre genau zu, mein Liebster. Um sicherzugehen, dass Conrad sein Weib nicht verstößt, muss Luburgis endlich ihrer Bestimmung als Frau nachkommen. Ihrer Bestimmung als Mutter! Da sie aber offensichtlich nicht dazu in der Lage ist, eigene Kinder zu gebären, werden wir dafür sorgen, dass ihre Kinder eben woanders herkommen.«

»Woanders herkommen?«, echote es aus Johannes' Mund.

»Ganz recht.« Heseke grinste übers ganze Gesicht. Die Lösung war so einfach, dass sie fast meinte, es wäre vielleicht sogar göttliche Fügung im Spiel. Eigentlich waren es zwei Lösungen, und sie hatten sogar Namen. »Johannes und Godeke!«

»Johannes und Godeke?«, plapperte Johannes ihr abermals fragend nach. »Die Kinder Alberts? Du meinst...« Dann hielt er inne. Es war seinem Gesicht regelrecht abzulesen, dass sich seine wirren Gedanken langsam zu einem Ganzen zusammenfügten – bis er schlussendlich verstand. »Dieser Plan ist vortrefflich, Weib!«

»Ich weiß. Doch zunächst einmal muss Conrad davon abgehalten werden, Ragnhild allzu bald zu verheiraten. Eine Heirat würde nämlich sehr wahrscheinlich dafür sorgen, dass die Zwillinge mit der Mutter das Haus der von Holdenstedes für immer verlassen.«

Johannes nickte. Selbst wenn es üblich war, eine Witwe neu zu verheiraten und die Kinder des toten Verwandten im Hause zu behalten, kam es dennoch häufig vor, dass gerade unter Brüdern, die sich zu Lebzeiten nicht verstanden hatten, diese ungeschriebene Regel gebrochen wurde. Der Grund hierfür war schlicht. Ein Mann wollte stets seine eigenen Nachkommen im Hause wissen. Bei Conrad und Albert war der Fall eindeutig. Das schlechte brüderliche Verhältnis ließ kaum einen Zweifel, dass Conrad als Muntwalt von Ragnhild und den Kindern entscheiden würde, dass die Nachkommen Alberts mit dessen Weibe das Haus verlassen mussten.

»Wie willst du verhindern, dass Conrad Ragnhild nicht mitsamt ihrer Brut einem anderen zur Frau geben wird?«, fragte Johannes und war überzeugt davon, dass seine Frau auch dafür bereits eine Lösung wusste.

Wieder huschte dieses finstere Lächeln über Hesekes Gesicht, welches selbst ihrem Gemahl manchmal unheimlich erschien. Dann sagte sie bloß: »Wo keine Witwe, da auch keine neue Heirat!«

»Vorzüglich, Domina Heseke. Wirklich ausgezeichnet. Ihr verfügt zweifelsohne über viele Talente, doch Kochen ist mit Sicherheit Euer größtes«, lobte der beleibte Hans Wulfhagen seine Gastgeberin überschwänglich und wischte sich den fetttriefenden Bart mit dem Ärmel ab.

»Ihr schmeichelt mir zu sehr«, gab sie scheinbar beschämt zurück und lächelte gewinnend in seine Richtung. Ihrer liebreizenden Miene zum Trotz fügte sie aber in Gedanken hinzu, dass er sehr wahrscheinlich auch noch liebend gern ihre Bettleinen verspeist hätte, wenn ihm nur ausreichend Wein dazu gereicht worden wäre.

Als hätte Johannes vom Berge ihre unhöflichen Gedanken erraten, blickte er sie streng von der Seite an.

Heseke entging das nicht, und sie senkte rasch den Blick. Eigentlich mochte sie Hans Wulfhagen, doch sein Appetit ließ die Mägde vor jedem Mahl erzittern und trieb ihr selbst den Schweiß auf die Stirn. Für ihn musste sie fast dreimal so viel auftischen wie für jeden anderen Gast. Doch nun, da er satt zu sein schien, fühlte sie endlich Erleichterung.

Das Sättigen ihrer Gäste war nämlich der erste Teil des Plans, den sie mit ihrem Mann nach dem erschreckenden Besuch bei Luburgis ausgeheckt hatte. Nur ein gesättigter Mann ist ein zufriedener Mann, pflegte Johannes immer zu sagen.

Neben Hans Wulfhagen waren auch noch Ecbert von Harn und Bertram Schele zu Besuch. Es war kein Zufall, dass die beiden Feinde Conrads zugegen waren. Sie waren perfekt für Hesekes Zwecke geeignet. Einflussreich, streitlustig und vereint in ihrer Abneigung gegen Conrad.

Mit einer angemessen züchtigen Verabschiedung bat Heseke die Männer, sie zu entschuldigen. »Meine Herren, ich hoffe, dass Ihr mir mein vorzeitiges Entfernen aus dieser edlen Runde nicht nachtragt, doch die vielen Verpflichtungen, die ein solch großer Haushalt mit sich bringt, rufen unerbittlich nach mir.« Von höflichen Worten des Abschieds begleitet, neigte sie noch ein letztes Mal würdig ihren Kopf in Richtung der Ratsherren und schritt darauf gemächlich aus dem Raum.

Johannes schaute ihr nach und dachte noch, wie befremdlich es jedes Mal auf ihn wirkte, wenn sie sich in Gesellschaft so sittsam benahm.

Kaum hatte sie die Tür geschlossen, verwandelte sich ihre keusche Miene in ein wissendes Grinsen. Nun war Johannes an der

Reihe. Sie wusste, dass sie sich auf ihn verlassen konnte. Auch wenn er niemals selbst auf diesen Plan gekommen wäre, war er in der Ausführung jedoch großartig.

Auf ihr Geheiß vom Vortage hin hatte ihr Gemahl gerade einen geistlichen Disput mit seinen Gästen angefangen, wie er in höheren Kreisen üblich war. Wie von Zauberhand mündete dieser schlussendlich bei dem Ableben von Albert von Holdenstede. »Ich gebe zu, dass mich die Nachricht von dem Schiffsunglück tief erschüttert hat. Wie gut, dass Conradus diese Ungewissheit nicht ertragen muss – ruhe er in Frieden.«

»Ungewissheit?«, fragte Ecbert von Harn. »Was ist Eurer Meinung nach ungewiss?«

Johannes lehnte sich zurück und faltete die Hände vor seinem Bauch. Nun hatte er sein Gegenüber, wo er ihn haben wollte. »Ihr seht mich erstaunt, von Harn.« Langsam lehnte er sich wieder vor und legte seine gefalteten Hände auf den Tisch. »Sagt mir, mein Freund, würdet Ihr eine Rolle Tuch wegen schlechter Qualität ablehnen, bevor Ihr sie eingehend begutachtet habt?«

Ecbert von Harn schaute skeptisch zu Johannes herüber. »Was hat diese Frage mit dem Schiffsunglück zu tun?«

»Nun, ich frage mich, ob es rechtens ist, den Tod eines Mannes zu beschließen, bevor seine Leiche gefunden wurde.«

Bertram Schele lachte kurz und trocken auf. »Worauf wollt Ihr hinaus, vom Berge? Ich kenne Euch gut genug, um zu wissen, dass Ihr Euch etwas erdacht habt. Sagt es uns.«

»Ihr kennt mich in der Tat gut. Es gibt tatsächlich etwas, das nur darauf wartet, ausgesprochen zu werden.« Johannes erhob sich langsam und wählte seine leidenschaftlichen Worte mit Bedacht. »Meiner Überzeugung nach ist es die christliche Bürgerpflicht von Conrad von Holdenstede, jemanden ins Land der Friesen an die Küste Butjadingens auszusenden, um nach dem Leichnam oder dem Grab von Albert zu suchen. Würde dies nicht geschehen, so hätte Conrad nicht alles getan, um zu beweisen, dass die Dame Ragnhild wirklich eine Witwe ist. Sollte Albert von Holdenstede nämlich noch am Leben sein, und Conrad würde die Dame Ragnhild neu vermählen, was zweifellos eines Tages geschehen wird, würde er sie zu einer schändlichen Sünde zwingen – der Sünde des Ehebruchs.« Prüfend ließ er seinen Blick in die Runde schweifen. Seine Lippen wirkten schmal, weil er sie so stark aufeinanderpresste, und seine Stirn war in Falten gelegt. Noch konnte er seinen Gästen keine eindeutige Regung entlocken, doch seine Rede war ja auch noch nicht vorüber. »Wollen wir uns etwa alle der Mitwisserschaft einer Sünde schuldig machen? Ließe sich das mit Eurem Glauben an unseren Herrgott vereinen, werte Herren? Ich wage mich sogar noch weiter vor und frage ganz direkt: Dürfen wir weiterhin missachten, dass Conrad seinem Bruder selbst in Zeiten, da er womöglich nicht einmal mehr unter uns weilt, noch immer schaden will?«

Einen Moment lang war es absolut still im Raum. Johannes wusste, dass seine vermeintliche Sorge um Ragnhilds Seelenheil den wunden Punkt in seiner Rede darstellte. Sie war bloß ein Weib – warum sollten die Herren sich dafür interessieren, was mit ihr geschah? Der Themenwechsel von ihr zu Conrads und Alberts schlechtem Verhältnis zueinander war also dringend nötig gewesen, um den Fall in eine Richtung zu lenken, die auch die Ratsherren betraf. Noch schien es allerdings fraglich, ob die Herren den Köder auch fressen würden. Johannes hielt kurzzeitig den Atem an. War er mit seiner Rede zu forsch gewesen? Hatte er seine Absichten vielleicht verraten und nun alle Aussicht auf Erfolg verspielt?

»Nein, das sollten wir nicht!«, platzte es da aus Bertram Schele heraus. »Conrad von Holdenstede hat lange genug für seinen Bruder entschieden und ihn so seiner Würde beraubt. Es wird Zeit, dass man ihm Einhalt gebietet. Und wenn dies zusätzlich dazu führt, dass man die Dame Ragnhild vor der Sünde des Ehebruchs schützen kann, bin ich dafür.«

Plötzlich meldete sich Hans Wulfhagen zu Wort. »Eure Forderung ist gewagt, vom Berge. Wie wollt Ihr für ihre Umsetzung sorgen?«

»Ganz einfach«, antwortete Johannes. »Ich verlange, dass der Rat diese Reise in der nächsten Sitzung anweist und dass die Dame Ragnhild nicht verheiratet werden darf, solange der Gesandte nicht mit entsprechender Nachricht zurück ist. Doch dafür brauche ich Hilfe. Darum frage ich Euch, meine Herren, wollt Ihr mir beistehen im Kampf gegen die Sünde und die Ungerechtigkeit?«

Nach anfänglicher Skepsis wegen der plötzlichen heißblütigen Rede fing Ecbert von Harn nun doch an, rhythmisch mit der Faust auf den Holztisch zu donnern. Er pflichtete Johannes somit bei und forderte auch seine Tischkollegen auf, sich der Sache anzuschließen. Die Stimmung erfasste drei der vier Männer wie eine Welle.

Alle bis auf Hans Wulfhagen, der nicht sehr streitbar war und häufig sogar Konflikte ganz und gar mied, hatten sich von der Idee mitreißen lassen. Wulfhagen jedoch hegte als Einziger der Anwesenden keinen Groll gegen Conrad und fühlte sich sichtlich unwohl in seiner Haut. Doch die nur zaghafte Zustimmung des Kaufmanns stellte keinesfalls ein Problem dar. Ganz im Gegenteil – seine Anwesenheit erfüllte einen anderen Zweck.

Heseke hatte ihn eingeladen, da er geschwätzig wie ein Waschweib war und mit Sicherheit nicht an sich halten würde. Der soeben geschmiedete, vermeintlich gottesfürchtige Plan würde sich wie ein Lauffeuer unter den Ratsherren verbreiten, und jeder würde noch vor der nächsten Ratssitzung wissen, wer die Urheber dieser Forderung waren. Aus Ehrfurcht würden es die wenigsten bei der nächsten Ratssitzung wagen, den mächtigen Fürsprechern dieser Idee oder gar der christlichen Notwendigkeit dieser Reise zu widersprechen.

Heseke stand vor der Tür und lauschte zufrieden den aufgeregten Stimmen der Männer. Alles schien so zu laufen, wie sie es geplant hatte. Sie war eigentlich zu klug für ein Weib, dachte sie selbstverliebt. Sollte dieser Schachzug tatsächlich gelingen, hätte sie genug Zeit, um den nächsten Teil ihres Plans zu durchdenken und in die Tat umzusetzen. Ihr war durchaus bewusst, wie viel leichter es war, gestandene Ratsmänner zu manipulieren, im Vergleich zu dem, was sie noch tun musste, um ihr Ziel zu erreichen. Der letzte Teil ihres Plans würde ein Opfer fordern, und ihre Tat konnte sie sehr wohl das Himmelreich kosten.

Ein Handschlag besiegelte das Gesagte der vergangenen Stunde. Alle drei Männer schienen sichtlich zufrieden mit dem Ergebnis der Verhandlung. Es war bereits weit nach Mittag, als die beiden Ratsherren das Haus von Symon von Alevelde verließen.

Die Niedernstraße, in der es stand, wirkte mindestens genauso wenig einladend wie das dunkle, verwohnte Haus des alternden Kaufmanns selbst. Symon von Alevelde war ein Bürger aus der oberen Mittelschicht. Vor mehr als einem Jahr hatte er seine Frau und auch das Neugeborene im Kindbett verloren und war seither mit der ältlichen Magd und seinem achtjährigen Sohn Jacob allein. Obwohl er nicht weniger wohlhabend als andere seines Standes war, hatte er es trotz aller Bemühungen nie geschafft, sich mit den höhergestellten Familien der Stadt gesellschaftlich zu verflechten. Der Vorschlag des heutigen Tages hatte sich für ihn daher angehört wie der Gesang der Engel selbst. Ohne langes Zögern war er auf alle gestellten Forderungen eingegangen, um nur endlich das zu bekommen, was er so sehr begehrte – die Verbindung zu einer angesehenen Ratsfamilie!

Dass er bloß eine verschwindend geringe Mitgift erhielt und

noch drei Kinder dazu, war für ihn akzeptabel. Zum Glück waren es wenigstens zwei Jungen und nur ein Mädchen. Sicher würde er auch noch eigene Kinder bekommen, denn die Bälger ließen ja darauf schließen, dass seine Zukünftige noch fruchtbar war.

Es schien ihm wie der Anfang eines neuen Lebens. Endlich würde er es in die höheren Kreise schaffen, dessen war er sich nun sicher. In ein paar Jahren wären alle drei Kinder und auch sein eigener Sohn alt genug, um wiederum verheiratet zu werden, und er malte sich jetzt schon aus, welche der edlen Familien dann wohl für ihn infrage kämen.

Viel zu sehr mit diesen Gedanken beschäftigt, hatte er während der Verhandlungen fast vergessen, nach dem Weib selbst zu fragen.

Man versicherte ihm, sie sei noch einigermaßen jung, von angenehmer Erscheinung und fügsamen Gemüts. Wenn dies alles so stimmte, konnte er sich glücklich schätzen.

Eine Frau konnte er in seinem Haushalt wirklich dringend gebrauchen, dachte er noch, während er sich umschaute. Bestimmt würde sich dann auch das Durcheinander wieder legen, dem die Magd allein nicht Herr zu werden schien. Auch er selbst würde gewiss wieder an Form gewinnen, sinnierte er mit einem schelmischen Grinsen. Die rosigen Schenkel einer jungen Frau würden diesen Bauch zweifellos zum Schmelzen bringen. In seiner Mitte steckte noch die Kraft eines Hengstes, und er lechzte geradezu danach, dies seinem baldigen Weibe jede Nacht aufs Neue zu beweisen. Gedankenverloren strich er sich mit seinen schmutzigen Händen über den aufgeblähten Wanst.

Während er sich noch sagte, dass er zur Feier des Tages die Arbeit für heute ruhen lassen wollte, trugen ihn seine Füße wie von selbst in seine Kammer, wo er sich auf seine stinkende Bettstatt fallen ließ, um den Druck in seinen Lenden abzubauen, der sich bei dem Gedanken an seine Braut angestaut hatte.

Der Magen des Bürgermeisters knurrte so laut, dass er meinte, sein Weib daheim müsse es noch hören können. Leider war ihm schon gleich nach Beginn der heutigen Ratssitzung klar geworden, dass er wohl noch lange hungrig bleiben würde.

Kaum hatte er den Saal betreten, wurde er mit der vollkommen überraschenden Forderung der Ratsmänner konfrontiert, einen Boten nach Friesland zu senden, um Alberts Tod zu bestätigen. Alle redeten wild durcheinander, und Bertram Esich brauchte einen Augenblick, um sich einen ersten Überblick zu verschaffen; doch seine Erfahrung als Bürgermeister kam ihm dabei zugute.

Eines begriff er ziemlich schnell; zu diesem Zeitpunkt war es bereits zu spät, um die Meinungen der fordernden Ratsmänner noch maßgeblich zu beeinflussen. Wie eine Wand hielten sie im Streitgespräch starr gegen die wenigen Gegner ihrer Forderung. Ganz offensichtlich waren sie nicht erst in den letzten Minuten zu ihrer Meinung gekommen. Die ausgefeilten Argumente und die selbstbewusste Körperhaltung der Männer verrieten es. Die gegnerische Seite war hingegen völlig überrumpelt und hatte unverkennbar den schlechteren Stand.

Bertram Esich ging davon aus, dass es in der jüngsten Vergangenheit schon den einen oder anderen meinungsbildenden Disput in den Häusern der Ratsherren zu diesem Thema gegeben hatte. Auch wenn diese Art der Beeinflussung von Ratsmitgliedern nicht erwünscht war, so wäre es gewiss nicht zum ersten Mal vorgekommen. Es wurde erwartet, dass die Ratsmitglieder stets neutral an jede neue Entscheidung herantreten sollten, doch in Wahrheit gab es immer wieder dieselben Gruppen von Männern, die eine Meinung vertraten. Diese Gruppen waren nicht selten miteinander befreundet und trafen sich vielfach in ihren Häusern, um sich vorher abzustimmen. Sosehr Bertram Esich dies auch missbilligte, er konnte es nicht verhindern.

Noch ging es im Saal einigermaßen gesittet zu, doch die Stimmung an diesem Tage war vom ersten Moment an entsprechend gereizt gewesen, und so änderte sich der Ton zwischen den Männern bald.

»Wie bitte?«, donnerte Conrad so laut, dass seine Stimme im Versammlungsraum des Rathauses widerhallte. »Ich soll jemanden nach Friesland aussenden, um die Leiche meines Bruders zu suchen? Wer ist denn auf diesen Schwachsinn gekommen? Das ist doch so gut wie unmöglich!«

»Wollt Ihr damit etwa sagen, dass die Gebote des Herrn *Schwachsinn* sind?«, fragte Johannes vom Berge angriffslustig.

Abrupt drehte sich Conrad zu seinem Schwager um. »Du? War das etwa deine Idee? Was haben die Gebote mit Albert zu tun?«

Johannes vom Berge überhörte die allzu vertraute Anrede und erwiderte belehrend: »Mir scheint, Euch ist nicht bewusst, wie gotteslästerlich Euer Verhalten ist. Sollte Euer Bruder nämlich noch leben, wäre es eine große Sünde, sein Weib mit einem anderen Mann zu verheiraten.«

»Albert ist tot!«, herrschte Conrad ihn mit überschlagender Stimme an. »Sein Weib ist eine Witwe, und ich bin ihr Muntwalt. Sie wird verheiratet, sobald ich mir mit ihrem zukünftigen Ehemann, Symon von Alevelde, über die Einzelheiten einig bin.«

Johannes vom Berge überging die Nachricht von der bevorstehenden Hochzeit einfach. Ihm war nicht verborgen geblieben, dass Conrad bereits einen Ehemann für Alberts Weib gefunden hatte. Heseke und er hatten damit gerechnet, dass Conrad nichts unversucht lassen würde, schnell mit einen Mann handelseinig zu werden, um die lästigen Hinterbliebenen seines Bruders loszuwerden. Die Dringlichkeit ihres Plans war somit noch mehr gewachsen. Gott sei Dank hatte Johannes gestern, wie durch ein Wunder, einen Trumpf zugespielt bekommen, den er sogleich einsetzen würde. Er zitterte bereits vor Aufregung und konnte es kaum erwarten, Conrads Gesicht zu sehen, wenn er verkündete, was ihm unerwarteterweise gestern widerfahren war.

»Woher wollt Ihr wissen, ob Euer Bruder tot ist? Nur der Herrgott selbst kann dies mit Gewissheit sagen. Maßt Ihr Euch etwa an, die Wege des Herrn zu kennen?«

Conrad atmete tief durch, bevor er antwortete. Die Diskussion entwickelte sich zu einer theologischen Fragestellung, und das musste er unbedingt verhindern. Er wusste, dass er einem solchen Disput nicht standhalten würde, und durfte sich darum nicht provozieren lassen. Bemüht um einen ruhigen Ton, sagte er: »Mein Bruder ist tot. Sein Schiff ist gesunken, das ist eindeutig bewiesen. Das Wasser der Nordsee war zu diesem Zeitpunkt mit Eisschollen bedeckt. Jedermann wäre binnen weniger Augenblicke entweder ertrunken oder erfroren. Es wurden Leichen gefunden; wenn auch nicht eindeutig die von Albert selbst. Doch all dies lässt den Schluss zu, dass niemand dieses Unglück überlebt hat.«

Sichtlich zufrieden mit dieser Argumentation, schaute Conrad seinem Schwager herausfordernd in die Augen. Doch statt sich mit dieser Antwort geschlagen zu geben, legte sein Gegenüber einen spöttischen Gesichtsausdruck auf.

»Genau in dieser Annahme, lieber Schwager, liegt Euer Fehler.« Johannes drehte sich zur Tür und befahl dem dünnen Ratsboten in der Ecke mit lauter Stimme: »Bringt ihn herein.« Dieser gehorchte sofort und ging hinaus.

Niemand sprach ein Wort, und alle starrten gebannt zur Tür. Außer Johannes vom Berge wusste niemand im Raum, was nun geschehen würde.

Nach ungefähr drei Atemzügen trat der Ratsbote in Begleitung des Wartenden wieder ein. Conrad traute seinen Augen nicht. Hinter dem schmächtigen Gehilfen stand der Smutje der *Resens*, Heyno!

Im Saal schwoll blitzschnell das Gemurmel von über dreißig Männerstimmen an. Johannes drehte sich zu Conrad um und lächelte ihn zufrieden, aber wortlos an.

»Was hat das zu bedeuten?«, fragte der Bürgermeister aufgebracht. Mit hektischen Handbewegungen verlangte er Aufmerksamkeit. »Ruhe, meine Herren, ich bitte um Ruhe.« Es dauerte einen Moment, bis die Unruhe sich gelegt hatte und Bertram Esich wieder Herr der Lage war. Er drehte sich zu Conrads Schwager um und forderte ihn verblüfft auf: »Könnt Ihr mir das erklären?«

Der Angesprochene stand auf und machte eine angedeutete Verbeugung vor dem Bürgermeister. »Bitte entschuldigt, dass ich Euch nicht schon früher informiert habe, Bürgermeister. Dies ist der Smutje der gesunkenen *Resens*. Fahrende Händler haben ihn auf dem Landweg von Rüstringen nach Hamburg aufgelesen und am Hafen abgesetzt. Zwei meiner Männer, die dort beschäftigt waren, haben ihn dann zu mir gebracht, wo ich ihm zunächst ein Obdach für die Nacht gewährte.« Johannes machte eine kurze Pause, um sich zu räuspern, und sagte dann mit Nachdruck in Conrads Richtung: »Hier vor Euch steht also der Beweis, dass es doch möglich ist, Euren Bruder noch lebend aufzufinden. Dieser Mann hier hat das Unglück überlebt; warum also nicht auch noch andere Besatzungsmitglieder? Aber bitte, befragt ihn doch selbst«, forderte Johannes die Ratsherren mit einer ausladenden Armbewegung auf.

Der Bürgermeister ergriff sofort das Wort. »Sprich, Smutje! Wie bist du dem Unglück entkommen, und gibt es noch mehr Überlebende?«

Heyno bot ein Bild des Jammers. Er hatte erheblich an Gewicht verloren. Seine Kleidung war dreckverschmiert und sein Bart ungestutzt. Der kranke Arm hing leblos an ihm herunter, und die Hand des anderen Arms umklammerte unsicher seine schmierige Mütze. Nach einem leisen Husten fing er mit rauer Stimme an zu sprechen.

»Das Unwetter hatte uns überrascht. Als wir von Flandern lossegelten, war die See eisfrei. Tagelang gab es weder Regen noch Schnee. Wir kamen gut voran. Doch dann wurde es kälter, und Eisschollen bildeten sich auf dem Wasser. Ungefähr drei oder vier Tagesreisen vor Hamburg ist es dann passiert.« Heyno musste sich bemühen, nicht zu stottern. Die Anwesenheit der hohen Herren schüchterte ihn ein, und die schrecklichen Ereignisse steckten ihm noch in den Knochen. Er atmete tief durch und sprach dann mit festerer Stimme weiter. »Die *Resens* war nur ein kleines Schiff, und sie hätte dem dicken Eis niemals standgehalten. Wir wussten, das Eis würde uns zerquetschen, wenn wir auf See blieben. Obschon der edle Herr, der uns begleitete, zur Weiterfahrt drängte, entschied unser Schiffsherr, beim ersten Tageslicht anzulegen. In dieser Nacht ist das Unwetter über uns hereingebrochen. Wellen, so hoch wie fünf Mann, schlugen über uns zusammen. Wir liefen auf Grund und sanken.«

Seine Stimme hallte im Saal wider. Nur das Rascheln der teuren Gewänder der Ratsherren war noch zu hören.

»Wie hast du es geschafft, dich zu retten?«, fragte der Bürgermeister.

»Wie Ihr sehen könnt, Herr, taugt mein Arm nicht mehr viel. Es ist mir unmöglich, mich irgendwo festzuhalten.« Während er sprach, hob er seinen schlaffen Arm und ließ ihn demonstrativ baumeln. »Weil ich mich nicht festhalten kann, musste ich mir was einfallen lassen, und da habe ich das Bierfass an Deck umgestoßen und mich hineingesetzt. Als das Schiff unterging, hätte es mich fast mit hinuntergezogen, aber irgendwie habe ich es geschafft, mich über Wasser zu halten. Wie durch ein Wunder hat der Herrgott mich dann irgendwann an die Küste gespült.«

Noch immer war es totenstill im Versammlungssaal. Jeder hing wie gebannt an Heynos Lippen. Irgendwer fragte endlich, was allen im Kopf herumging.

»Hat es außer dir noch einer geschafft?«

»Ich weiß es nicht genau, Herr. Als ich an die Küste gespült wurde, war ich allein. Natürlich wusste ich nicht, wo ich war, aber ich ging die ganze Küste ab, um nach Strandgut... oder nach meinen Kameraden zu suchen.« Die Worte fielen dem großen Smutje sichtlich schwer, und er redete nun nur noch mit gesenktem Blick. »Ich habe nichts gefunden. Nicht eine Planke. Wahrscheinlich bin ich in meinem Holzfass in eine andere Richtung abgetrieben. Das gefundene Strandgut, von dem mir hier erzählt wurde, habe ich jedenfalls nicht gesehen.«

»Ich danke dir, Smutje«, sagte Bertram Esich sichtlich betroffen. »Sollten wir dich noch einmal brauchen, werden wir nach dir schicken lassen.«

Mit einer ungelenken Verbeugung in die Richtung des Bürgermeisters verließ Heyno den Saal. Conrad war für einen Moment ebenso sprachlos wie alle anderen. Bertram Schele war der Erste, der seine Stimme wiederfand.

»Ich denke, dass dies die Dringlichkeit des Aussendens eines Boten noch verstärkt hat. Wir sollten keine Zeit mehr verlieren und schnell handeln.« Um seinen folgenden Worten mehr Gehör zu verleihen, stand er auf und stützte sich mit beiden Händen auf den Tisch. »Als Mitglied des Rates und treuer Anhänger unseres Herrn Jesus Christus fühle ich mich aus zwei Gründen dazu verpflichtet, mich für diese Reise auszusprechen und somit natürlich auch vorerst gegen eine Hochzeit der Dame Ragnhild zu stimmen. Erstens ist soeben der Beweis erbracht worden, dass nicht alle Männer der Besatzung ums Leben gekommen sind, und zweitens darf man eines Mannes Weib nicht einem anderen geben, wenn nicht eindeutig geklärt ist, dass er tot ist. Das ist eine

Sünde, und ich werde mich nicht an dem Zweitgeborenen des ehrenwerten Conradus von Holdenstede versündigen.«

Die letzten Worte wurden durch das Knallen seiner Hände auf die Tischplatte unterstrichen.

»Jawohl!«, hörte man es aus mehreren Mündern. Wo eben noch fast ein Drittel der Anwesenden auf Conrads Seite gewesen waren, hatte das überraschende Erscheinen des Überlebenden seine Wirkung nicht verfehlt. Nun schien wirklich kaum noch jemand gewillt zu sein, sich für Conrad einzusetzen. Es war wie eine Welle, die durch den Raum schwappte und die Anwesenden erfasste.

Conrad musste machtlos zusehen, wie diejenigen, deren Fürsprache er sich immer sicher gewesen war, nun immer stiller wurden oder sich gleich der anderen Seite anschlossen. In seiner Verzweiflung schaute er sogar zu dem fetten Hans Wulfhagen hinüber, der jedoch über alle Maßen mit seinen Fingernägeln beschäftigt war. Feigling, dachte Conrad abschätzig und wandte sich mit einem wütenden Schnauben von ihm ab. »Offenbar ist das Ganze bereits beschlossene Sache«, stellte er empört fest. »Wenn so etwas schon einfach über meinen Kopf hinweg entschieden wird, wäre es sehr freundlich, wenn Ihr mir auch sagen könntet, wie das vonstattengehen soll.« Niemand entging Conrads spöttischer Unterton. Er war fassungslos ob der Dreistigkeit, mit der man ihm Vorschriften machte. Mehr und mehr wurde ihm bewusst, was diese Auflage bedeutete. Ragnhild würde weiterhin bei ihm im Hause leben und ebenso die Bälger seines Bruders. Es kam ihm vor wie ein Fluch. Wann würde er diese Bürde endlich abschütteln können?

»Es ist doch ganz einfach«, platzte Ecbert von Harn mit dargebotenen Handflächen heraus. »Ihr entsendet einen Boten an die Küste Butjadingens. Dieser Bote soll sich da, wo die Wrackteile gefunden wurden, nach Hinterlassenschaften oder Gräbern umsehen. Er soll einen Sprachkundigen mitnehmen, der die einheimischen Friesen und die Missionare dort befragt. Wie viele Leichen wurden gefunden? Wie sahen sie aus? Gab es vielleicht Verletzte, die noch immer unter den Lebenden sind und in den umliegenden Klöstern gepflegt werden? Nach den heutigen Neuigkeiten ist doch so gut wie alles möglich. Seid Ihr etwa nicht ebenso daran interessiert zu erfahren, ob Euer Bruder noch am Leben ist? Fast könnte man meinen, Ihr wärt erleichtert, dass er fort ist.«

»Das ist eine unerhörte Anschuldigung!«, donnerte Conrad zurück. »Solche Worte muss ich mir nicht von Euch gefallen lassen!«

»O doch, das müsst Ihr. Ich kannte Euren Vater, Conradus von Holdenstede. Vielleicht sogar besser, als Ihr ihn selbst je gekannt habt. Er hätte alles getan, um sich vom Tod seines Sohnes zu überzeugen. Er war ein gottesfürchtiger und gerechter Mann, der wahrscheinlich sofort, nachdem ihn die Kunde von dem Unglück erreicht hätte, eigenmächtig jemanden ausgesandt hätte. Ihr beschmutzt sein Erbe, indem Ihr Euch gegen diese Form des Beweises wehrt.«

Conrad fiel zurück auf das harte Ratsgestühl. Er konnte sich nicht erklären, wie diese Sitzung eine solche Wende hatte nehmen können. Auch wenn er wusste, dass die Freunde seines Vaters derzeit nicht besonders gut auf ihn zu sprechen waren, beschlich ihn dennoch das Gefühl, dass hier irgendwas nicht mit rechten Dingen zuging. Angestrengt fragte er sich, was es war. Obwohl es in dieser Diskussion um seine eigene Zukunft ging, schirmte er für einen kurzen Moment seine Augen mit einer Handfläche ab. Nach einigen tiefen Atemzügen schaute er wieder auf. Sein Blick blieb bei Johannes vom Berge hängen, der als Einziger, mit einem selbstherrlichen Grinsen über den Tisch hinweg, genau in seine Augen schaute.

Conrad wurde stutzig. Warum starrte sein Schwager ihn so zufrieden an, während es ihm an den Kragen ging? Warum lächelt der Bastard so? Wut brodelte in ihm. Am liebsten wäre Conrad über den Tisch gesprungen und hätte seinen illoyalen Schwager zur Rede gestellt; doch er hatte keine Gelegenheit mehr, diesen Gedanken zu vertiefen.

Stetig wurde es lauter im Saal. Drei besonders hitzköpfige Redner sprangen von ihren Bänken hoch, um ihren Argumenten Nachdruck zu verleihen. Sie gestikulierten wild mit den Händen und fielen sich gegenseitig ins Wort. Die Diskussion kochte hoch, und die Köpfe einiger Ratsherren verfärbten sich rot.

Obwohl der Großteil der Männer für das Aussenden eines Boten war, gab es dennoch ein paar wenige, die dagegenhielten. Jene Männer waren überzeugt, dass es einfach unmöglich sei, Albert nach so langer Zeit noch lebend aufzufinden. Doch die Gegenseite, die sich auf die Heilige Schrift berief, beharrte ebenso starr auf ihren Darlegungen. Die Ratssitzung geriet mehr und mehr außer Kontrolle. Niemand wollte nachgeben, und alle hielten in grimmiger Entschlossenheit an ihrer Meinung fest. Nun gab es nur noch einen Weg. Der Bürgermeister musste eine Entscheidung treffen.

Bertram Esich hob die Hände, um so für Ruhe zu sorgen. Er konnte Conrads Empörung nur allzu gut verstehen. Niemand ließ sich gerne Vorschriften machen; schon gar nicht, wenn es um die eigene Familie ging. Auch er selbst hatte zunächst Zweifel an der Notwendigkeit dieser Reise gehegt; oder besser gesagt, die Erfolgsaussichten kritisch hinterfragt. Doch nach dem Erscheinen des Smutjes hatten sich die Tatsachen, und somit auch seine Meinung, schlagartig geändert. Bertram Esich war in Anbetracht der Heftigkeit, mit der die Ratsherren heute vorgegangen waren, zwar noch immer überrascht, doch nun galt es, all sein Geschick und seine Erfahrung einzusetzen, um die Gemüter beider Lager nicht noch mehr zu erhitzen. Auch wenn das Ziel nicht sein konnte, es allen Männern recht zu machen, war es dennoch wichtig, den Frieden im Rat wiederherzustellen. Er wusste, wie riskant es war, sich während einer so heißblütigen Sitzung sofort für eine der beiden Seiten zu entscheiden. Gute Argumente mussten angebracht werden, bevor er sich gegen einige der sehr einflussreichen Ratsherren stellte – und vor allem brauchte er Zeit!

Im Raum herrschte eine gebannte Stimmung. Alles starrte auf den Bürgermeister, um dessen verzwickte Lage ihn wohl in diesem Moment niemand beneidete.

Die Lösung dieses Falls stellte sich äußerst problematisch dar, doch Bertram Esich war zu schlau, um vor einer solchen Aufgabe zu kapitulieren. Mit betont ruhiger Stimme entschied er: »Für mich klingt es ganz so, als ob die Klärung dieser Frage einer weiteren geschulten Meinung bedarf. Auch wenn der Rat üblicherweise *neben* der Geistlichkeit Recht spricht und sie nicht in Angelegenheiten der städtischen Führung zurate zieht, verhält es sich bei diesem Fall wohl ein wenig anders. Diese Entscheidung ist nicht eindeutig der Geistlichkeit oder dem Rat zuzuordnen. Vielmehr betrifft sie den Rat sowie die heilige Kirche zu gleichen Teilen. Darum werden wir für die Klärung den ehrenwerten Domdekan Sifridus hinzuziehen. Sein Urteil soll dann, zusammen mit dem meinen, über diese Reise entscheiden. Ich nehme zur Kenntnis, dass die Mehrheit der Anwesenden sich für das Einsetzen eines Sendboten ausspricht. Ich wünsche, dass Conrad von Holdenstede als Gegensprecher der Forderung und Ihr, Ecbert von Harn, als Ältester der Fürsprecher mich noch heute zum Domdekan begleitet. Hiermit ist die Sitzung geschlossen.«

14

Die Kapuze tief ins Gesicht gezogen, hastete Heseke durch die dämmrigen Gassen. Es wäre durchaus besser, wenn sie niemand auf dem Weg zum Beginenkloster bemerken würde. Ansonsten hätte sie sicher einige lästige Fragen zu beantworten. Ihr Mann Johannes hatte ihr geraten, sich zu dieser späten Stunde von einem Knecht begleiten zu lassen, doch Heseke hatte abgelehnt. Nicht einmal den Geringsten unter ihnen wollte sie in ihren Plan einweihen.

Seit dem Gespräch mit Luburgis fühlte sie sich beflügelt; endlich hatte sie eine neue und spannende Beschäftigung neben den sonst so eintönigen Arbeiten einer fügsamen Hausfrau. Endlich fühlte sie sich wieder lebendig. Ein Gefühl, welches ihr tatsächlich nur vergönnt zu sein schien, sobald sie einen selbst ausgeheckten Plan in die Tat umsetzen konnte. Dieses Handeln vermittelte ihr die Empfindung von Freiheit. Seitdem ihr das klar geworden war, strebte sie unentwegt danach, obwohl Freiheit ein Privileg der Männer war.

Sie erreichte die gepflasterte Steinstraße, auf der ihr das Laufen leichterfiel als auf den schlammigen Wegen. Seit einer Woche regnete es unentwegt. Der frühe Frost war unerwartet mildem Wetter gewichen und hatte den Boden in eine sumpfige Kloake verwandelt. Hesekes Atem ging schnell; sei es wegen ihres raschen Schrittes oder wegen der Aufregung, die sie befiel, sobald sie an das kommende Gespräch dachte. Im dämmrigen Licht lag es jetzt vor ihr, das Beginenkloster! Sie raffte die Röcke, um auch noch die letzten Schritte schleunigst zurücklegen zu können, bis sie endlich vor der übergroßen verzierten Flügeltür des Klosters stand. Nach einem kurzen Pochen mit dem massiven Türklopfer wurde ihr der Eintritt in den Hof der Schwestern gewährt. Die Magistra selbst öffnete Heseke das Tor.

Ihr faltiges Gesicht wirkte freundlich, aber regungslos. Die kleinen blassblauen Augen waren gerade auf Heseke gerichtet. Sie schien auf etwas zu warten.

Nach einer kurzen Starre wurde Heseke gewahr, worauf die Magistra wartete. Schnell holte sie die entsprechend höfliche Begrüßung nach und trug etwas atemlos ihr Begehr vor. Sie hatte nicht damit gerechnet, einer solchen Persönlichkeit zu begegnen. Auch wenn die alte Frau mit dem mageren Körper etwas verloren in der viel zu weiten blauen Kutte aussah, flößte sie ihrem Gegenüber doch auf geheimnisvolle Weise Respekt ein.

Nachdem Heseke aufgehört hatte zu sprechen, forderte die Alte sie auf, ihr zu folgen. Sie ging sehr langsam, und Heseke musste an sich halten, um nicht ungeduldig vorauszulaufen. Doch nach ein paar Schritten legte sich ihre innere Anspannung, und sie sah sich um. Erst jetzt wurde ihr bewusst, dass sie noch niemals zuvor innerhalb der Klostermauern gewesen war.

Es war unglaublich still hier, und diese Stille hatte etwas Heiliges. Sie kamen an den einfachen Einzelkammern der Schwestern vorbei, wo sie auch einigen von ihnen begegneten. Die Magistra wurde jedes Mal ehrerbietig gegrüßt. Es herrschte eine friedliche Stimmung. Selbst die freiheitsliebende Heseke fühlte sich trotz der Mauern um sie herum behaglich. Der hohe Status, den die Schwestern in Hamburg innehatten, verhalf ihnen offensichtlich zu einem unbefangenen Leben.

Die Magistra bemerkte den staunenden Blick der Fremden und sagte: »Lasst mich Eure Gedanken erraten. Ihr wundert Euch sicher über die Größe des Klosters, habe ich recht? Von außen wirkt es kleiner als von innen.«

Heseke blickte die Alte von der Seite an, die den Blick auch während ihrer Worte starr nach vorn gerichtet hielt. »Es stimmt, ich bin tatsächlich erstaunt, was sich mir hinter den hohen Mauern offenbart.«

»Ja, wir frommen Schwestern dürfen uns glücklich schätzen. Zu verdanken haben wir unser Kloster der Großzügigkeit der Grafen Johann I. und Gerhard I. von Holstein und Schauenburg.« Die Magistra blieb plötzlich vor einem großen Wandbildnis stehen, das fünf Männer zeigte. Sie wies auf zwei von ihnen, welche wohl die Grafen waren. Dann erklärte sie: »Vor vierzehn Jahren schenkten sie uns Beginen einen Teil ihres Obstgartens, damit wir hier, im Schutze der Kirche St. Jacobi, leben können.«

»Wer sind die anderen Männer?«

Die Magistra zeigte nacheinander auf jeden Einzelnen der übrigen drei Männer und sprach: »Dies ist der damalige Domdekan Bertold, und jene sind die beiden Ratsherren, welche gemeinsam mit dem Domdekan die Schenkung des Obstgartens bezeugt haben. Seither haben wir das große Glück, unsere Tage im Gebet, bei der Pflege von Kranken oder bei Handarbeiten verbringen zu dürfen.«

Die Magistra ging langsamen Schrittes weiter, und Heseke folgte ihr durch einen dunklen Gang. Nur gedämpft drangen die Geräusche der Straße bis hierher. Ihre Schritte dagegen hallten laut von den Wänden wider. Heseke hatte ihren Blick auf die alte Magistra geheftet, als sie von einem frischen Luftzug aus ihren Gedanken geholt wurde. Unbemerkt hatten sie den Klostergarten erreicht, und Heseke staunte nicht schlecht über die vielen Kräuter und Gemüsesorten, die hier angebaut wurden. Trotz des immer schwächer werdenden Lichtes und der kargen Jahreszeit erblickte sie im Vorbeigehen viele ihr bekannte Kräuter.

Meisterwurz gegen Husten und Atemnot, Liebstöckel gegen Darmleiden, Kamille gegen Schuppen und Leberflecken, Knoblauch gegen Gelbsucht und Wassersucht, Brennnessel gegen Gicht und Gelenkleiden, Katzenminze gegen Magenschmerzen und für Frauen während der unreinen Tage, Fenchel gegen Blähungen, Verstopfungen und Augenleiden, Mohn gegen Schlafstörungen und Schmerzen und Andorn zur Behandlung von eiternden Wunden und Geschwüren. Der Duft war betörend, und die Vielfalt der Pflanzen wurde nur von der Schönheit des Gartens übertroffen, dessen Wege und Beete sich gepflegt aneinanderreihten.

Noch immer schlich Heseke hinter der zerbrechlich wirkenden Frau her. Fast wäre sie gegen ihren Rücken geprallt, denn durch ihr erstauntes Herumblicken hatte sie gar nicht bemerkt, wie die Magistra plötzlich vor einer der Frauen im Garten stehen geblieben war. Wortlos machte sie der Begine klar, dass der Besuch hinter ihr für sie bestimmt war.

Die Schwester bedankte sich bedächtig, legte ihre Arbeit beiseite und drehte sich dann mit jener Ruhe, die hier jeder Frau anzuhaften schien, zu ihrer Besucherin um. »Ich grüße Euch, Domina Heseke.«

»Seid ebenfalls gegrüßt, Ingrid«, erwiderte Heseke auf die Worte ihrer einstigen Nachbarin. Gleich darauf entschuldigte sie sich jedoch. »Oh, bitte verzeiht, ich meine natürlich *Schwester* Ingrid.«

»Schon in Ordnung«, beschwichtigte diese sie sofort. »Manches Mal klingt es selbst für mich noch fremd. Auch noch nach fünf langen Jahren.«

Die beiden Frauen schauten sich in die Augen, als wollten sie die Gedanken der anderen lesen. Sie hatten sich vor dem freiwilligen Eintritt Ingrids ins Kloster einige Male gegenseitig eingeladen, bis eine Art Vertrautheit entstanden war. Jene Vertrautheit schien noch nicht ganz verschwunden zu sein.

Heseke konnte sich noch gut an die Zeit erinnern, als Ingrid von Horborg dem Konvent beigetreten war. Gerade siebzehn Jahre alt, hatte sie damals den verzweifelten Blick einer zurückgewiesenen Braut gehabt. Zurückgewiesen von Albert von Holdenstede.

Obwohl Ingrids neues Leben nicht das Schlechteste für eine unverheiratete Frau war, gingen die meisten Frauen doch unter anderen Umständen zu den Beginen. Der häufigste Grund war wohl der Tod des Ehemanns, aber auch alte Frauen ohne Hab und Gut oder diejenigen, die ein selbstbestimmtes, religiöses Leben führen wollten, kamen hierher. Im Gegensatz zum Kloster der Zisterzienserinnen, wo nur Frauen aus Ratsfamilien aufgenommen wurden, konnte den Beginen jede Bürgersfrau beitreten. Es wurde auch kein lebenslanges Gelübde von den Blauen Schwestern verlangt. Ihre Regeln waren weit weniger streng als die der Zisterzienserinnen.

Heseke vermutete hier die Gründe für Ingrids Entscheidung. Denn sollte sie es irgendwann wollen, konnte Ingrid das Kloster wieder verlassen. Sicher war dieser Weg für ein so junges Mädchen, wie Ingrid es gewesen war, der wohl weniger schwierige gewesen. Auch wenn sie damals freiwillig dem Konvent beigetreten war, wusste Heseke doch, dass sie keine Wahl gehabt hatte. Nachdem kein Mann von Stand die Verschmähte mehr wollte, war dies die einzige Möglichkeit gewesen, um ihre Ehrbarkeit zu schützen.

Auch wenn Ingrids ehemals lebhaftes Wesen ruhiger geworden zu sein schien, hatte sich an ihrem Äußeren in den vergangenen Jahren nichts geändert. Immer wieder war Heseke über ihren Anblick erschrocken; so auch heute. Wie es schien, wies die Haut im Gesicht der Schwester noch tiefere Furchen auf als die Jahre zuvor. Überall waren eitrige Wunden und Kratzspuren zu erkennen. Auch jetzt, während sie redeten, fingerte die Begine unentwegt an den entzündeten Pusteln herum.

»Ich freue mich über Euren Besuch, Domina Heseke«, gestand Ingrid aufgeschlossen. »Wollen wir vielleicht ein Stück gehen?«
»Sehr gerne«, bejahte Heseke.

Ingrid geleitete ihren Besuch langsam zwischen den Kräutern hindurch. Keine der beiden Frauen sagte etwas, bis Heseke nicht länger an sich halten konnte. Etwas zu direkt platzte es aus ihr heraus. »Schwester Ingrid, wo können wir uns ungestört unterhalten?«

Die Begine blieb unvermittelt stehen und blickte ihren Besuch erstaunt an. Sofort war sich Heseke bewusst, dass sie behutsamer hätte vorgehen müssen, und ärgerte sich über ihre Unbedachtheit. Gerade wollte sie etwas anfügen, was das Gesagte weniger geheimnisvoll klingen ließ, als sie etwas Interessantes erblickte. Etwas in Ingrids Augen. Einen ganz bestimmten Ausdruck, den sie von sich selbst kannte. Es war eine Mischung aus Neugier und Abenteuerlust, gepaart mit fester Entschlossenheit. Heseke wusste mit einem Mal, dass ihr Plan gelingen würde. Frauen wie Ingrid waren zu allem bereit.

Die nächsten Worte der Begine bestärkten Heseke in ihrer Einschätzung. Denn statt verwundert nachzufragen, sagte Ingrid nur: »Folgt mir bitte in meine Kammer.«

Conrads Laune war nach dem Gespräch in der Kurie des Domdekans schlechter denn je. Er wollte nur noch nach Hause, um sich ordentlich zu betrinken. Niemals hätte er gedacht, dass der Tag nach der Ratssitzung noch schlechter werden konnte – doch er hatte sich geirrt.

Wütend hastete er durch die bereits dunklen Straßen. Der Unrat unter seinen Füßen machte patschende Geräusche, und die Feuchtigkeit kroch von unten durch das Leder seiner Stiefel. Der Regen war eiskalt und sein Mantel bereits vollkommen durchnässt. In seiner Wut hatte er vollkommen vergessen, einen Knecht mitzunehmen, der ihm den Weg leuchtete. So stapfte er durch die nur noch schemenhaft anmutenden Straßen und hing seinen düsteren Gedanken nach.

Warum nur entglitt ihm mehr und mehr die Kontrolle über sein eigenes Leben? Zuerst beschlossen die Mitglieder des alten Rates, Albert bei seiner Rückkehr in den Kreis der Electi zu wählen, dann stellte sich das gleiche Pack von Ratsherren öffentlich gegen ihn und verhinderte somit die geschickt eingefädelte Eheschließung zwischen Ragnhild und Symon von Alevelde. Und als wäre das alles noch nicht genug, entscheidet auch noch dieser schmierige Pfaffe Sifridus im Sinne des Rates.

Binnen drei Tagen sollte ein berittener Bote in Begleitung eines Sprachkundigen nach Rüstringen aufbrechen. Doch nicht genug, dass Conrad dieser Forderung überhaupt Folge leisten musste; der Domdekan hatte die Auflage sogar noch verstärkt. Der Bote sollte aus vertrauenswürdigem Hause stammen, sodass kein Zweifel an seiner Loyalität entstünde, und er sollte von einem Sprachkundigen begleitet werden. Zwischen den beiden entsendeten Männern durfte es keine Verwandtschaft geben, und egal, wie das Ergebnis ihrer Reise ausfiel, es durfte ihnen kein Nach- oder Vorteil daraus entstehen. Sollten die beiden Männer keine Hinweise auf Alberts Verbleib finden oder nach einer Frist von drei Monaten nicht zurückgekehrt sein, so galt die Dame Ragnhild offiziell als Witwe, und Conrad würde die Muntwaltschaft wieder übertragen bekommen. Doch bis dahin galt sie als verheiratete Frau und durfte nicht neu vermählt werden. Conrad, als ihr nächster männlicher Verwandter, hatte auf die übliche Weise für sie zu sorgen und ihr in seinem Hause Obdach zu gewähren. Ebenso musste er für das Wohl ihrer Kinder aufkommen, und auch die Kosten der gesamten Reise fielen zulasten seiner Geldbörse.

Nachdem Conrad gegen diese Forderung aufbegehren wollte, ließ der Domdekan ihn unmissverständlich verstehen, dass es bereits ein Zugeständnis sei, die Frist auf nur drei Monate anzusetzen. Bertram Esich war einverstanden, und somit galt es als beschlossen.

Conrad war ernüchtert. Nicht genug damit, dass er dieses Weib noch länger ertragen und durchfüttern musste, nun hatte er auch noch zwei Männer zu bezahlen, die eine unmögliche Aufgabe erledigen sollen. Er könnte seine Münzen auch ebenso in das Nikolaifleet werfen, dachte er erbost. Nur gut, dass derzeit die kalten und geschäftsärmeren Wintermonate herrschten und er so Zeit für diese Sache aufwenden konnte, ohne dass sein Tuchhandel darunter litt. Was hingegen jedoch sehr litt, war sein Stolz. Früher einmal hatte er etliche Vorteile genossen, da er einer so angesehenen und erfolgreichen Kaufmanns- und Ratsfamilie angehörte. Doch die Blicke der Menschen um ihn herum hatten sich verändert. Nur Niedrigergestellte begegneten ihm nach wie vor mit großem Respekt, doch dies war in Anbetracht der drohenden Strafen für fehlbares Verhalten gegenüber einem Bürger und Ratsherrn nicht verwunderlich. Diejenigen, die sich mit ihm aber auf Augenhöhe befanden oder gar über ihm standen, machten keinen Hehl mehr aus ihrer schlechten Meinung über ihn. Man konnte es nicht leugnen; sein Stern war am Sinken.

Die heutige Ratssitzung stellte die Krönung dieser Kränkungen dar. Wie ein Stachel im Fleisch war die Erinnerung daran, und Conrad sehnte sich nach Zerstreuung. Obwohl es viele Dinge gab, über die er nachsinnen konnte, schlugen seine Gedanken wie von selbst immer wieder einen Bogen zu der Ratssitzung und insbesondere zu einer bestimmten Person; seinem Schwager Johannes vom Berge.

Nie zuvor hatte sich sein einflussreicher, aber eher unscheinbarer Schwager derart massiv gegen ihn ausgesprochen. Warum heute? Was hatte sich da im Rathaus abgespielt? Warum kam er nicht dahinter? Was zum Teufel trieb Johannes dazu, sich so vehement für diese schwachsinnige Reise auszusprechen? Auch wenn Conrad angesichts des Verrats aus der eigenen Verwandtschaft wohl in erster Linie hätte verletzt sein müssen, überwog für ihn dennoch die Frage, welchen Vorteil sich Johannes durch das Befürworten der Forderung erhoffte. Doch sosehr Conrad sich auch anstrengte, er konnte zunächst absolut keinen Mehrwert für seinen Schwager entdecken. Er war jedoch schlau genug, um sich selbst zu ermahnen, vorerst vor Johannes auf der Hut zu sein. Solange er nicht wusste, ob er etwas im Schilde führte, würde er ihn besser genau im Auge behalten. Conrad kannte die Familie vom Berge gut genug, um zu wissen, dass er sich genau genommen sogar vor zwei Personen in Acht nehmen musste. Überall da, wo Johannes war, konnte eine gewisse andere Person nicht weit sein. Deshalb war es auch nicht auszuschließen, dass er von den Einflüsterungen seines Weibes vergiftet worden war. Diese Heseke war bei Weitem nicht so unschuldig, wie sie immer tat; nicht nur er wusste das. Doch für ein Weib war sie anscheinend nicht gerade dumm, denn in Gesellschaft konnte niemand ihr auch nur das Geringste nachsagen.

Mein Gott, dachte Conrad plötzlich kopfschüttelnd. Der Tag hatte ihm mächtig zugesetzt. Nun suchte er tatsächlich den Feind in den eigenen Reihen. Konnte es wirklich sein, dass seine eigene Familie ihm an den Kragen wollte? Was war, wenn das alles nur Hirngespinste waren und wenn Johannes aus reiner Tiefgläubigkeit auf dieser Reise bestand?

Conrad blieb stehen. Die Gedanken in seinem Kopf hatten sich verknotet, und die verstrickten Überlegungen begannen ihn zu verwirren. Fest entschlossen, sie für heute vorerst zu verbannen, stemmte er die Fäuste in die Seiten, legte den Kopf in den Nacken und atmete tief durch. Was für ein Tag. Regentropfen fielen ihm aufs Gesicht. Er war mittlerweile bis auf die Bruche durchnässt. Während er sich mit beiden Händen über das Gesicht fuhr, um sich die Tropfen aus den Augen zu wischen, dachte er mit Vorfreude an den heißen Würzwein, den er sich gleich genehmigen würde.

Der Regen wurde stärker und das Prasseln um ihn herum lauter. Niemand, der es nicht musste, wagte sich bei diesem miesen Wetter noch nach draußen. Doch trotz der Nässe, der Kälte und der Dunkelheit hatte diese Einsamkeit nach den ganzen Disputen etwas Heilsames. Wie gern wäre er gleich allein im Haus und würde alle Weiber, die ihm zurzeit nichts als Ärger bescherten, für eine Nacht hinauswerfen.

Kaum hatte er diesen Gedanken zu Ende gedacht, hörte er hinter sich die gleichen schmatzenden Geräusche, die er eben noch selbst beim Waten durch den Schlamm erzeugt hatte. Conrad brauchte etwas Zeit, um sich gewahr zu werden, was das bedeutete. Er war doch nicht allein! Wer zur Hölle war dort hinter ihm? Die Schritte wurden schneller, und Conrad drehte sich abrupt um. Doch er blickte bloß in die schwarze Nacht. Nichts war zu erkennen. Die Schritte verklangen in ebendiesem Moment; jetzt war es still. Ein Schaudern kroch Conrad den Rücken hoch. »Wer da!«, rief er übelgelaunt in die dunkle Gasse. Er erhielt keine Antwort. Konnte es womöglich der Nachtwächter sein, der seine Runden drehte? Fahrig fing er an, sich um die eigene Achse zu drehen. Nichts war zu sehen, zu viel Regen, zu wenig Licht. Mit festerer Stimme stieß er nun hervor: »Antworte, du Feigling!« Dann. Die Schritte. Da waren sie wieder. Oder war es doch bloß der Regen? Conrad war sich mit einem Mal nicht mehr sicher. Immer wieder wischte er sich das Wasser vom Gesicht, um besser sehen zu können. Hinter ihm? Nein. Neben ihm? Er drehte sich wieder um, konnte aber nur die Schwärze der Gasse sehen. Alles war still, nur der Regen war zu hören. Keine Schritte.

»Jetzt wirst du wohl verrückt, Conrad von Holdenstede«, sagte er sich selbst und schmunzelte über seine Hirngespinste. »Der Tag war wohl zu viel für dich, alter Mann.«

Gerade wollte er weitergehen, als er plötzlich direkt in eine Kapuze blickte. Das Gesicht des Trägers war von ihrem Schatten verdeckt. Ein Laut des Erstaunens entfloh Conrads Mund, und er taumelte rückwärts. Schon nach einem Schritt prallte er gegen einen anderen Körper. Bevor er die Flucht ergreifen konnte, traf ihn ein dumpfer Schlag auf den Hinterkopf, der ihn bewusstlos in den Dreck der Straße sinken ließ.

Tatsächlich ahnte niemand außer Ragnhild etwas vom wahren Grund für Luburgis' Verschleierung. Von den Schreien geweckt, mit aufgerissenen Augen und zitternd vor Angst, hatte sie an diesem einen Morgen alles mit angehört, was in der Kammer nebenan vor sich gegangen war. Sie konnte Luburgis damals nicht helfen. Als Frau war sie machtlos. Nach den Schreien hatte Conrad das Haus verlassen, und zurück geblieben war das Weinen von Luburgis.

Ragnhild, die von Albert niemals geschlagen worden war, wusste die Geräusche natürlich dennoch zu deuten. Sie hatte in der Vergangenheit mehr als einen gewalttätigen Akt zwischen den Eheleuten unfreiwillig mit anhören müssen. Doch nie zuvor war es so schlimm gewesen wie in jener Nacht.

In den ersten Tagen nach ihrer Hochzeit hatten die Laute für Ragnhild etwas Beängstigendes gehabt. Natürlich war sie als Jungfrau in die Ehe gegangen und hatte nicht die geringste Ahnung, was das alles zu bedeuten hatte. Die Töne aus dem Nebenzimmer ließen sie wahrhaft Schlimmes vermuten. Conrad klang, als würde er furchtbare Schmerzen leiden, und Luburgis gab zu Anfang immer einen erstickten Schrei von sich.

Auch wenn sie Albert sehr liebte und seine zärtlichen Berührungen zu Beginn des Aktes genoss, hatte es immer ganz fürchterlich geschmerzt, sobald er in sie eingedrungen war. Sie musste an sich halten, um nicht so zu schreien wie Luburgis.

Auch wenn Albert vor ihrer Ehe schon ein wenig Erfahrung mit ein paar leichten Mädchen gemacht hatte, vermochte er es anfänglich trotzdem nicht, Ragnhild Vergnügen zu bereiten. Erst als sie schwanger wurde und sie sich nun nicht mehr auf die übliche Art lieben konnten, wurden sie erfinderisch und lernten eine ganz neue Seite an sich kennen. Sie küssten und liebkosten sich gegenseitig an vorher vollkommen vernachlässigten Stellen. Ihre Spiele wurden immer erfinderischer, und an so manchem Morgen trieb ihnen die Erinnerung an die vergangene Nacht die Schamesröte ins Gesicht. In diesen Nächten lernte Ragnhild Gefühle kennen, an die sie nicht im Traum zu glauben gewagt hätte, und beide konnten die Zeit des Zubettgehens an manchen Tagen kaum erwarten. Die Erinnerungen daran waren wunderschön – aber genau deshalb auch so unglaublich schmerzhaft.

Ragnhild war sich sicher, dass Luburgis niemals derartige Zuneigungen hatte erleben dürfen. Ein Beweis dafür war ganz sicher der Schleier, den sie seit dem besagten Morgen trug. Ihr ohnehin unterkühltes Verhältnis zueinander hatte sich nach dem Vorfall in Stein verwandelt. Es gab absolut keinerlei Herzlichkeit mehr zwischen den Frauen, und Ragnhild wusste, dass Luburgis sie weggestoßen und alles geleugnet hätte, wenn sie die stolze Hausherrin auf das Geschehene angesprochen hätte. Also ignorierte sie, was sie wusste, so gut sie es eben konnte, und ging Luburgis mehr denn je aus dem Weg. So kam es, dass das Haus sehr still wurde. Selbst die Kinder schienen diese seltsame Stimmung zu spüren und verhielten sich ruhiger als jemals zuvor.

Doch nur weil Ragnhild kaum sprach, hieß das nicht, dass sie nicht dachte.

Sie wusste, dass es ihr Schicksal war, so schnell wie möglich wieder verheiratet zu werden. Diese Gewissheit schien ihr zwar dermaßen unbegreiflich, dass sie gewillt war, den unliebsamen Gedanken weit wegzuschieben, doch sie wollte vorbereitet sein, wenn Conrad ihr verkündete, wer ihr neuer Gemahl werden würde. Darum zwang sie sich darüber nachzudenken und verbrachte manchmal Stunden damit, einfach nur im Haus umherzuwandern und zu grübeln. Sosehr sie sich jedoch auch anstrengte, es wollte ihr nicht gelingen, sich in Conrad hineinzuversetzen.

Wäre er gnädig ihr gegenüber und suchte einen halbwegs jungen, gutherzigen Mann für sie aus? Ihr neues Zuhause, wie könnte es wohl aussehen? Ob sie wenigstens Marga mitnehmen dürfte? Und ließe Conrad ihr zumindest noch ihre Trauerzeit? Niemand hätte von außen sehen können, was für Ängste Ragnhild innerlich ausfocht. An manchen Tagen schien ihr die Ungewissheit fast schlimmer zu sein als ihr drohendes Schicksal selbst, und sie hätte Conrad am liebsten gezwungen, endlich mit ihr zu reden. Doch sie musste sich gedulden, bis er endlich bereit war, ihr zu sagen, wen sie als Nächstes ehelichen sollte. So verstrich die Zeit, und Ragnhild kam immer wieder zum selben Ergebnis – warte ab!

An diesem Morgen jedoch wendete sich das Blatt. Obwohl es seit Tagen nicht die geringste Veränderung ihrer Lage gegeben hatte, überschlugen sich plötzlich die Ereignisse, und die Wahrscheinlichkeit, auch ohne Conrads Erbarmen etwas mehr über ihre Zukunft herauszubekommen, rückte mit einem Mal in greifbare Nähe.

Es war wohl der guten Verkettung von Ratsherren- und Bürgersfrauen zu verdanken, dass jene Information, die durch das Lauschen an den Türen oder das Bestechen von Boten und Mägden zutage gekommen war, auch zu Ragnhild drang. Conrad hatte tatsächlich einen Ehemann für sie gefunden – und dieser sollte sogar ein Kaufmann sein!

Ragnhild fühlte Erschrecken und Beruhigung zugleich. Sie wusste, wenn es Conrad erlaubt wäre, frei über sie zu entscheiden, würde sie womöglich noch im Hurenhaus landen. Da das aber unmöglich war, lebte sie in der ständigen Angst, seinen Hass noch auf anderem Wege zu spüren zu bekommen. Irgendwann hielt sie es nicht mehr aus. Tapfer entschied Ragnhild, ihre Tatenlosigkeit zu beenden. Doch noch bevor sie sich an diesem Tage aufmachen konnte, um sich nach Genauerem umzuhören, tauchte plötzlich Agatha von der Mühlenbrücke ohne jegliche Vorwarnung im Haus in der Reichenstraße auf.

»Agatha«, stieß Ragnhild erschrocken aus, als die Frau des Gewandschneiders Voltseco plötzlich vor ihr in der Diele stand. »Wo kommst du denn her? Wer hat dich eingelassen?«

»Nicht hier, wo uns jeder im Haus sehen und hören kann«, flüsterte Agatha und zog ihre Freundin mit sich. Heimlich und ungesehen verschwanden die beiden Frauen aus der Diele in eine dunkle Nische hinter der Küche.

»Ragnhild, ich kann nicht lange bleiben. Ich habe mich in aller Heimlichkeit aus der Schneiderei geschlichen, um dir zu berichten, was ich gerade über deinen zukünftigen Ehemann erfahren habe.«

»Was ist es?«, flüsterte Ragnhild zitternd. »Sag es mir, Agatha, oder mein Herz wird vor Aufregung aufhören zu schlagen.«

»Ich kenne seinen Namen. Bist du dir wirklich sicher, dass du es wissen willst?«

»Ja, o großer Gott, ja!«, sagte Ragnhild mit banger Stimme. Doch als sie schließlich den Namen ihres Zukünftigen erfuhr, wünschte sie fast, sie wäre ahnungslos geblieben. Augenblicklich schnürte sich ihre Kehle vor Ekel und Entsetzen zu. Sie schloss einfach nur die Augen und atmete tief durch.

»Ist alles in Ordnung mit dir?«, fragte Agatha besorgt, als Ragnhild keine Anstalten machte, die Augen wieder zu öffnen.

Ragnhild nickte bloß. »Gib mir einen kurzen Moment, gleich geht es wieder.« Es war nicht viel, was Ragnhild über ihren Zukünftigen wusste – schließlich wohnte er im Kirchspiel St. Jacobi und kreuzte somit nur selten ihren Weg –, doch was sie wusste, deutete darauf hin, umsonst gehofft zu haben, Conrad würde ihr gegenüber Gnade walten lassen.

Symon von Alevelde war alt, fett und faul, und somit das komplette Gegenteil von Albert. »Weißt du noch mehr?«

»Ich... ich weiß sonst nichts«, log Agatha ungeschickt. Sie hatte sich vorgenommen, sich mit ihren Ausführungen über die Begegnung mit Ragnhilds baldigem Ehemann zurückzuhalten, aber die Witwe durchschaute sie.

Ragnhild öffnete die Augen. Sie sah die Schneidersfrau direkt an. Es war so offensichtlich, dass sie noch mehr wusste, und so forderte sie Agatha auf, freiheraus zu sprechen. »Erzähle mir alles. Schone mich nicht, ich will vorbereitet sein.«

Agatha senkte den Blick, als sie sprach. Sie wagte es einfach nicht, Ragnhilds Gesicht zu sehen, wenn sie ihr beichtete, was für ein Scheusal ihr Zukünftiger war. »Symon von Alevelde kam soeben in die Schneiderei. Er wollte Maß nehmen lassen für ein festliches Gewand, welches er zu eurer Hochzeit zu tragen vorhat.« Agatha stockte.

»Und? Erzähle weiter!«

»Oh Ragnhild«, sprudelte es plötzlich aus ihr heraus. »Es war so furchtbar. Er... er ist ein fetter, ungehobelter Widerling, der unentwegt irgendwelche anzüglichen Bemerkungen über eure Hochzeitsnacht gemacht hat. Er stinkt und ist unansehnlich. Es tut mir so leid, dass ich dir nichts Angenehmeres erzählen kann, meine Liebe.«

Ragnhild schluckte schwer, doch sie war Agatha dennoch dankbar. Nur wenige Augenblicke und eine herzliche Umarmung später hastete die Schneidersfrau wieder aus dem Haus in der Reichenstraße. Ragnhild blieb geschockt zurück. Sie wusste, dass sie keine Wahl hatte, und sie wusste, dass sie aufhören musste, sich mit aller Kraft gegen den Gedanken zu wehren, bald die Frau eines anderen zu sein. Es war das Schicksal fast jeder Witwe, erneut verheiratet zu werden; warum sollte es ihr anders ergehen?

Nachdem Agatha das Haus verlassen hatte, entschied Ragnhild, zu ihren Kindern zu gehen. Sie waren jetzt alles, was ihr von Albert geblieben war. Vielleicht würde ihr aufgewühltes Wesen bei ihnen wenigstens einen Moment des Friedens bekommen. Doch sie hätte es besser wissen müssen. Luburgis war in ihrer Kammer; wie die Henne stets bei ihren Eiern. Trotzigen Blickes trat Ragnhild dennoch ein, nahm einen der Zwillinge hoch und schmiegte den Säugling an sich.

Luburgis wollte etwas sagen, doch sie hielt inne, als sie den vernichtenden Blick Ragnhilds auffing. Niemals hätte Ragnhild sich heute aus dieser Kammer vertreiben lassen. Ganz im Gegenteil; diesmal war es Luburgis, die zuerst ging.

Erst nach zwei Stunden verließ Ragnhild die Zwillinge. Tatsächlich hatte sich in den letzten Stunden eine unerwartete Ruhe in ihr ausgebreitet. Es tat gut zu wissen, was einen erwartete. Nun fühlte sie sich bereit, mit ihren Freundinnen Hilda und Marga über das Erfahrene zu sprechen.

Zu diesem Zeitpunkt hatte Ragnhild noch keine Ahnung, was an diesem fast schon zur Neige gehenden Tag noch alles geschehen würde.

15

Ella musste den Weg vom Nachbarhaus der von Horborgs bis zum Haus der von Holdenstedes gerannt sein. Ihre Wangen glühten, und ihr Atem ging so schnell, dass sie zunächst gar nicht zu Wort kam. Das Dämmerlicht des Abends war ihr zugutegekommen. Ohne anzuklopfen, hatte sie sich ebenso unbemerkt und heimlich wie zuvor Agatha in die Küche der von Holdenstedes geschlichen und stand nun vor Hilda, Marga und Ragnhild, die sie fragend anblickten. Manches Mal erwies es sich eben doch als Vorteil, eine Magd zu sein, dachte Ella noch. Schließlich waren es die Mägde, die es besser als alle anderen verstanden, sich unsichtbar zu machen.

»Schleicht sich an diesem Tage eigentlich jeder wie ein Dieb ins Haus, anstatt vorher anzuklopfen?«, fragte Ragnhild verwirrt, als sie das Mädchen hereinkommen sah.

»Was meinst du damit?«, fragte Hilda erstaunt, die nichts von dem Besuch der Schneidersfrau wusste.

Zweifelsohne musste die Magd etwas Wichtiges auf dem Herzen haben, wenn sie sich so heimlich verhielt, doch was sie kurz darauf erzählte, ließ den Herzschlag der Frauen vor Aufregung fast aussetzen.

»Ich... ich habe...«, japste Ella atemlos und legte sich dabei die Hand auf die Brust.

»Nun setz dich erst einmal und dann erzähle in Ruhe«, befahl Hilda der Magd und führte sie zu einer hölzernen Bank.

Ella gehorchte und setzte sich. Mit einem schuldbewussten Blick in Hildas Richtung gestand sie zunächst: »Ich habe an der Tür meines Herrn gelauscht.«

Hilda jedoch schien nicht im Geringsten daran interessiert, Ella wegen ungebührlichen Betragens zu tadeln. Ganz im Gegenteil. »Was hast du dabei herausgefunden?«, fragte sie in der Gewissheit, es müsse etwas überaus Bedeutsames sein. »Sprich endlich, Ella!« Hilda fasste die Freundin ihrer Tochter am Arm und rüttelte sie sanft.

Die junge Magd schaute nun zu Ragnhild und fing an zu erzählen. »Es hat einen Disput auf der letzten Ratssitzung gegeben. Wie es aussieht, sind einige der Ratsherren doch nicht vom Tod Eures Gemahls überzeugt. Sie forderten, dass ein Bote an die friesische Küste ausgesandt wird. Dieser Bote soll am Ort des Schiffsunglücks nach Eurem Gemahl suchen, um seinen Tod und somit Eure Witwenschaft eindeutig zu beweisen.«

Ragnhild starrte Ella an, als hätte sie in der Sprache der Mauren zu ihr gesprochen. Sie wusste wirklich nicht, ob sie lachen oder weinen sollte. »Aber... warum... auf einmal?« Ihre Gedanken überschlugen sich. Was hatte das zu bedeuten? Gab es etwa tatsächlich noch Anzeichen dafür, dass Albert noch lebte?

Da Ragnhild kaum ein vernünftiges Wort herausbekam, war es Hilda, die jene Frage stellte, die ihnen allen auf der Zunge lag. »Haben die Herren etwas über die anstehende Hochzeit gesagt?«

»Ja. Die Dame Ragnhild soll erst dann erneut heiraten dürfen, wenn endgültig geklärt ist, ob es nicht noch weitere Überlebende gibt.«

»Weitere *was*...?«, schoss es gleichzeitig aus Hildas und Ragnhilds Mund. Sofort wollten die Frauen Ella mit Fragen bestürmen, doch das war nicht nötig.

Die junge Magd hob rasch die Hände und bedeutete ihnen, dass sie mit ihren Ausführungen noch nicht fertig war. Dann fasste sie Ragnhild über den Holztisch bei den Händen und erzählte von dem überraschenden Erscheinen Heynos. »Ich hörte, wie mein Herr davon erzählte, dass der Smutje des untergegangenen Handelsschiffs überlebt hat. Er ist wieder in Hamburg, und er hat bereits vor dem Rat gesprochen.«

Gerade noch rechtzeitig konnte Ragnhild einen leisen Schrei mit den Händen ersticken. Sie sprang von ihrer Bank auf, nur um einen Moment später von den Frauen wieder daraufgezerrt zu werden. Sie mussten sich still verhalten, wenn sie nicht wollten, dass Luburgis Ella bemerkte und Verdacht schöpfte. Ragnhild wollte stark sein, aber ihre Gefühle übermannten sie. Tränen rannen ihr über das Gesicht, doch ihre Stimme klang fest und klar. »Einer hat überlebt! Einer hat das Unglück tatsächlich überlebt! Und wenn er es geschafft hat, sich von der sinkenden *Resens* zu retten, warum sollte es dann nicht auch Albert geschafft haben?« Ragnhilds Herz klopfte wie wild, und sie begann am ganzen Körper zu zittern. Sie musste mit diesem Heyno sprechen, und zwar bald!

Ella war noch immer nicht am Ende ihrer Erzählung. »Noch ist nicht entschieden, ob der Forderung der Herren entsprochen wird und man einen Boten nach Friesland schicken wird. Der Rat war sich bei der ersten Sitzung nicht einig. Die Entscheidung für oder gegen die Reise nach Friesland sollte nach einem Besuch beim Domdekan Sifridus fallen. Gerade in diesem Moment ist Conrad von Holdenstede zusammen mit Bürgermeister Bertram Esich und dem Ratsmann Ecbert von Harn beim Domdekan, um eine Einigung zu erzielen.«

»Das heißt, heute entscheidet sich, ob ich alsbald die Frau eines anderen werde oder nicht«, schlussfolgerte Ragnhild richtig.

Wenig später verließ Ella das Haus ebenso unauffällig, wie sie gekommen war. Ragnhild rannte in der Küche auf und ab. Immer wieder schickte sie Stoßgebete gen Himmel, in denen sie um das Einsetzen eines Boten flehte. Draußen war es bereits stockdunkel, und Conrad war noch immer nicht zurück. Fast glaubte Ragnhild, vor lauter Neugier und Ungewissheit wahnsinnig werden zu müssen. Sie hätte nicht sagen können, was genau sie zu tun gedachte, sobald Conrad nach Hause kommen würde, und dennoch wartete sie begierig auf seine Rückkehr. Natürlich war es unmöglich, ihn auf die Ratssitzung anzusprechen, ohne dabei die helfenden Frauen zu verraten. Sie konnte nur darauf hoffen, dass er ihr freiwillig von den Entscheidungen über ihr Schicksal berichtete, wenn sie ihm zufällig in der Diele über den Weg lief. Irgendwann *musste* er es schließlich tun.

»Warum ist er bloß noch nicht zurück, Hilda? Wie lange will er mich denn noch im Unklaren lassen?« Ungeduldig knabberte Ragnhild an ihren Fingernägeln.

Hilda hatten die Neuigkeiten nicht weniger aufgewühlt, doch sie versuchte, sich mit Küchenarbeit abzulenken. Zeit ihres Lebens war sie eine Magd gewesen, und der Gedanke, sich in die Machenschaften der Männer einzumischen, schien ihr schlichtweg unmöglich. »Du musst abwarten, Kind. Er wird dir schon noch sagen, was mit dir geschehen wird«, erwiderte sie mit dem Blick auf das für den nächsten Tag kochende Suppengemüse.

Ragnhild schaute skeptisch zu Hilda hinüber. Auch wenn sie sich eine andere Reaktion gewünscht hätte, beneidete sie ihre Freundin um die Fähigkeit, alles stets so zu nehmen, wie es eben kam. Sie selbst hatte diese Ruhe vor langer Zeit auch besessen, doch heute war Ragnhild alles andere als gelassen. Nachdem der Kummer sie in den letzten Wochen fast in die Knie gezwungen hatte, gab es heute endlich wieder Hoffnung, doch sie konnte absolut nichts tun, als in dieser verdammten Küche auszuharren. Nein, sie war nicht bereit, ihrem Schicksal tatenlos entgegenzusehen. Ragnhild spürte regelrecht, wie das Leben in ihre Glieder zurückkehrte. Seit einer gefühlten Ewigkeit hatte sie sich Conrads

Willen gebeugt; niemals hatte sie aufbegehrt; heute jedoch wallte das plötzliche Gefühl in ihr hoch, an dieser weiblichen Unterwürfigkeit fast ersticken zu müssen. Entschlossen sagte sie: »Ich werde morgen zu diesem Heyno gehen.«

Hilda legte die Hände in den Schoß und blickte zu Ragnhild auf. »Du willst heimlich zu einem fremden Mann gehen? Bist du von Sinnen? Was, meinst du, wird passieren, wenn das herauskommt? Und was, meinst du, wird Vater Lambert dann mit dir machen? Er wird dich von deinen Knien gar nicht mehr hochkommen lassen! Hast du schon vergessen, was er immer predigt?«

Nach einer kurzen Pause bemerkte Hilda, dass ihr Tadel nicht die gewünschte Wirkung erzielte. Noch immer schaute Ragnhild fest entschlossen – fast trotzig –, deshalb änderte sie ihre Taktik und sagte nun etwas mütterlicher: »Sieh dich doch an, Kind. Du bist ganz aufgewühlt. Ich kann dich ja verstehen, aber es nützt doch nichts. Es wäre besser für dich, du würdest dich ablenken, anstatt hier auf und ab zu wandern. Setz dich zu mir.« Hilda machte eine einladende Geste.

Auch darauf reagierte Ragnhild nicht. Ihr bissiger Blick irritierte Hilda zunehmend. In einem noch ruhigeren Ton – fast schon einem Flüstern – fügte sie hinzu: »Verstehe doch. Ich habe Angst, dass du dich in Gefahr begibst. Wir Frauen mussten uns schon immer dem Willen der Männer beugen, und so wird es immer sein. Du wirst nichts daran ändern können, Kleines.«

Unvermittelt drehte Ragnhild sich zu Hilda um. Ihre Stimme klang verändert. »Du meinst, ich soll einfach nur dasitzen und warten, bis ich weiß, ob ich nun eine Witwe bin oder nicht? Ich soll mein Leben in Conrads Hände geben, der mich hasst? Meinst du das? Hilda, vielleicht ist Albert noch am Leben, und ich sitze hier tatenlos herum. Heilige Muttergottes, das kann doch nicht dein Ernst sein!« Ragnhild war über ihre Scharfzüngigkeit selbst ein wenig überrascht. Dieser harsche Ton wollte so gar nicht zu ihr passen, doch sie konnte und wollte nicht länger klagen und weinen. Nein, im Gegenteil. Sie musste endlich handeln, schon ihren Kindern zuliebe. Jahrelang hatte sie sich auf die Stärke Alberts verlassen können, doch er war jetzt nicht da. Möglicherweise brauchte er im Gegenzug gerade ihre Hilfe.

Sie schaute auf und sagte mit fester Stimme: »Wenn der Bote tatsächlich nach Flandern geschickt wird, dann gewinne ich ein bisschen Zeit. Ich weiß noch nicht, was ich mit dieser Zeit anfangen werde, aber eines weiß ich genau: Ich werde die Zeit sinnvoll nutzen. Ich werde sie nutzen für mich und meine Kinder. Und wer weiß, vielleicht sogar für Albert!«

Eine Weile lang sprach keiner ein Wort. Dann standen Marga und Hilda auf und schlossen Ragnhild wortlos in die Arme. Die Freundinnen konnten nichts für sie tun, das wusste Ragnhild, doch das gemeinsame Schweigen hatte dennoch etwas Tröstliches an sich. Kurz darauf wünschte sie den beiden Mägden eine gute Nacht und ging in ihre Kammer, wo sie, dicht an Runa gekuschelt, einschlief.

Conrad kam langsam zu sich. Er hätte allerdings nicht sagen können, ob es wegen der Schmerzen an seinem Hinterkopf oder wegen des stinkenden Wassers war, das ihm soeben ins Gesicht gekippt worden war.

»Aufwachen, du Hundsfott!«, fuhr ihn eine Männerstimme an.

Für einen kurzen Moment versuchte sich Conrad daran zu erinnern, was eigentlich passiert war. Er musste sich sehr anstrengen, um seine Gedanken zu ordnen und gleichzeitig die Augen zu öffnen. Kurz darauf wünschte er fast, er hätte sie geschlossen gelassen. Wo war er hier? Seine Umgebung löste Panik in ihm aus. Fauliges Stroh lag auf der Erde, und die glitschigen Steinquader an den Wänden waren grünlich verfärbt. Der Gestank um ihn herum machte ihn fast besinnungslos. Erst jetzt bemerkte er, dass seine Hände in eiserne Schellen geschlossen waren, die an den Wänden hingen. Conrad befand sich in einem Verlies!

Vor ihm standen drei Gestalten, alle in lange Mäntel gehüllt und ihre Gesichter durch weite Kapuzen im Schatten verborgen. Das schwache Licht der beiden Wandfackeln hinter ihnen genügte gerade, um ihre Umrisse abzuzeichnen.

»Was wollt Ihr? Wer... wer seid Ihr?« Conrads Stimme war nicht viel mehr als ein Krächzen. Sein Mund war trocken und seine Zunge vom Durst geschwollen.

Der Größte unter ihnen ergriff das Wort. »Ihr habt doch nicht etwa geglaubt, dass wir es Euch so einfach machen, oder?«, fragte er höhnisch. »Ratet doch mal. Wer hätte wohl Spaß daran, Euch so zu sehen?«

Sofort glaubte Conrad, die Stimme zu erkennen. Doch er schaffte es nicht, sie mit einem Gesicht in Verbindung zu bringen. Zu schwer fiel ihm jeder Gedanke. »Was... was wollt Ihr von mir? Lasst mich gefälligst gehen. Wisst Ihr überhaupt, wen Ihr vor Euch habt?«

Ein brutaler Schlag in den Magen ergänzte die folgende Antwort. Conrad wurde die Luft aus den Lungen gepresst. Helle Punkte zeichneten sich vor seinen geschlossenen Augen ab. Mit schmerzverzerrtem Gesicht krümmte er sich zusammen, so gut es die Ketten zuließen.

Einer der anderen Männer antwortete, indem er sich hämisch die Hand auf die Brust legte und dabei verbeugte. »Sicher, sicher. Wir wissen genau, wen wir vor uns haben. Bitte verzeiht die fehlenden Annehmlichkeiten Euer Unterkunft.«

Dröhnendes Gelächter folgte, und Conrad glaubte, sein schmerzender Schädel müsse zerbersten.

»Genug der Späße«, schloss wiederum der Größte streng, woraufhin alles verstummte. »Kommen wir nun zum, ich nenne es mal, geschäftlichen Teil.« Er trat einen Schritt auf Conrad zu, blieb aber gerade noch weit genug entfernt, sodass er sein Gesicht nicht zu erkennen gab. »Dieses eine Mal habt Ihr noch Glück gehabt, Conrad von Holdenstede. Unser kleines Treffen in dieser unwirtlichen Stube ist lediglich eine Warnung. Allerdings wird es nur dann dabei bleiben, wenn Ihr genau das tut, was wir von Euch verlangen.«

Conrad war verwirrt. »Wovon redet Ihr, Mann? Werdet gefälligst deutlicher!«

Der Vermummte ignorierte den hitzigen Ton Conrads und begann in dem kalten Verlies umherzuwandern. »Wie wir wissen, haben unser ehrenwerter Bürgermeister und Domdekan Sifridus heute entschieden, dass Ihr einen Boten nach Friesland schicken müsst, um nach Eurem Bruder suchen zu lassen. Sollte Albert wie der Smutje tatsächlich überlebt haben, müsst Ihr dafür Sorge tragen, dass er die Stadt nie wieder betritt. Das heißt, anstatt Albert wohlbehalten nach Hamburg zurückzuführen, wie es eigentlich der Plan ist, soll der Bote ihn aufspüren und töten!« Bei diesem Satz ballte der Vermummte die Faust und erhob die Stimme. Dann wurde er wieder ruhiger und sagte an Conrad gewandt: »Bis zu dieser Stelle könnte Euch der Plan noch ganz gelegen kommen. Schließlich ist es offensichtlich, dass Ihr Euren Bruder hasst. Ich fürchte allerdings, dass das Folgende Euch weniger gut gefallen wird. Bedauerlicherweise habt Ihr jedoch keine Wahl.« Der Sprecher baute sich abermals zu seiner vollen Größe vor seinem gefesselten Opfer auf. Langsam verschränkte er die Arme vor der Brust und genoss, was er sah.

Conrad zitterte vor Kälte am ganzen Leib, und das Klappern seiner Zähne übertönte fast die nächsten Worte.

»Die Hochzeit zwischen der Dame Ragnhild und Symon von Alevelde wird nicht stattfinden. Nicht jetzt und auch nicht nach der Rückkehr der Boten, wenn sie offiziell eine Witwe sein wird. Ihr werdet sie stattdessen in das Beginenkloster schicken. Bedauerlicherweise wird Euch das etwas mehr kosten als die lächerliche Mitgift, die Ihr mit von Alevelde vereinbart habt.«

Conrad schaute auf. Woher wusste sein Gegenüber von den Vereinbarungen über die Mitgift? Wut keimte in ihm auf und ließ seinen steifen Körper sich aufbäumen, doch seine Stimme klang noch immer dünn. »Das werde ich nicht tun. Die Hochzeit ist bereits besprochene Sache. Warum sollte ich dem Weib meines Bruders mein Silber nachwerfen, wenn ich sie fast ohne Verlust für mich verheiraten kann?« Conrad war so wütend, dass er nicht darüber nachdachte, ob seine unüberlegt ehrlichen Worte ihm schaden könnten.

Doch der Vermummte antwortete nur mit einem kurzen Lachen und sagte: »Glaubt mir, Ihr werdet tun, was wir von Euch verlangen, ansonsten bereut Ihr es, von Holdenstede.« Dann entfernte sich der Sprecher von Conrad und stellte sich zu den anderen beiden Gestalten. »Da ich mich nicht noch einmal wiederholen werde, lege ich Euch nahe, nun weiter gut zuzuhören. Das war nämlich noch nicht alles, was Ihr tun müsst, um uns zufriedenzustellen.«

Die anderen Männer lachten leise über den beißenden Ton ihres Anführers.

»Die Kinder Eures Bruders werdet Ihr als Eure legitimen Erben annehmen. Alle drei. Ihr werdet sie aufziehen, als wären es Eure eigenen, und somit die Erbfolge Eures Eheweibes und die ihrer Sippe sichern.« Ein siegessicheres Lachen leitete den nächsten Satz ein. »Na, kommt Ihr langsam darauf, wer vor Euch steht?«

»Ich soll *was* tun? Diese dänischen Bastarde als meine eigenen...« Conrad blinzelte. Noch immer fiel ihm das Denken schwer. Was hatte sein Peiniger zum Schluss gesagt? Die Erbfolge von Luburgis' Sippe sichern? Der Familie derer vom Berge? Diese Stimme...

»Johannes!«, entfuhr es Conrad atemlos.

Sein Gegenüber ließ die Kapuze von seinem Kopf gleiten und klatschte betont langsam in die Hände. »Sehr gut. Euer Kopf hat anscheinend keinen großen Schaden genommen.«

»Ihr!«, spie Conrad jetzt voller Verachtung aus. »Wie könnt Ihr es wagen, mich hier in Ketten zu legen wie einen Verbrecher? Das wird Euch den Kopf kosten. Ich werde ...«

»Gar nichts werdet Ihr«, unterbrach ihn sein Schwager barsch. »Meine Freunde hier werden ihr Gesicht, im Gegensatz zu mir, nicht preisgeben. Doch vergesst nicht, sie kennen das Eure. Seid gewarnt, Conrad von Holdenstede«, sprach Johannes vom Berge beschwörerisch ruhig. »Ein falscher Schritt, und Ihr landet wieder hier in Ketten. Doch dann werden wir Euch, im Gegensatz zu heute, nicht mehr gehen lassen. Ihr werdet hier verrotten, und niemand wird Euch an diesem gottverlassenen Ort je finden.«

Johannes vom Berge legte eine Pause ein. Er blickte auf Conrad herab und wartete auf eine Antwort, doch dieser schien von seiner Drohung zunächst erstarrt.

Um seinen Worten nochmals Nachdruck zu verleihen, setzte Johannes vom Berge mit gespielt gleichgültiger Miene nach. »Selbstverständlich können wir Euch auch gleich hierlassen und Eure Frau, meine Schwester, so zur Witwe machen. Ein jeder würde denken, dass Ihr die Flucht ergriffen hättet, da Ihr dabei seid, Euren Einfluss im Rat zu verlieren. Es wäre nicht das erste Mal, dass ein Mann aus Scham vor Machtverlust verzweifelt aus der Stadt geflüchtet wäre.«

Conrad versuchte sich zu sammeln. Die Angst kroch in ihm hoch. Er musste nachdenken, sich konzentrieren. Sie würden ihn wieder gehen lassen, sagte er sich immer wieder. Auch wenn diese Erkenntnis große Erleichterung in ihm auslöste, musste er sich dennoch eingestehen, dass seine Freiheit einen hohen Preis hatte. Es blieb ihm keine Wahl, als sich der Erpressung zu ergeben. Was für eine Schmach. Conrad brauchte nicht lange abzuwägen, um einzusehen, dass es keinen anderen Ausweg für ihn gab.

»Entscheidet Euch!«, schrie Johannes vom Berge ihn nun an. »Ich werde hier nicht ewig stehen und auf Eure Antwort warten. Vergesst nicht, Euer Tod würde mich meinem Ziel ebenso nahe bringen wie das Erfüllen meiner Forderungen. Nach Eurem Tod wäre meine Schwester wieder mein Mündel, und ich könnte sie neu verheiraten. All Euer Besitz würde durch sie in meine Hände fallen, und damit wäre es mir ein Leichtes, einen neuen Ehemann für sie aufzutreiben. Entscheidet selbst: Wollt Ihr leben oder sterben?«

Conrad wollte sich das letzte bisschen Würde bewahren und trotz der Schmerzen und der Erniedrigung mit fester Stimme antworten. »Ich gehe auf Eure Forderungen ein.«

»Kluge Entscheidung, geliebter Schwager«, erwiderte Johannes nun zufrieden. »Kommen wir nun zu dem Boten. Damit ich sichergehen kann, dass der Auftrag zu meiner Zufriedenheit erfüllt wird, habe ich mich bereits um einen passenden Mann bemüht. Er heißt Bodo und ist bereits eingeweiht; Ihr werdet mit ihm vorliebnehmen müssen. Sein Begleiter wird ein Mann der Kirche sein. Ein sprachkundiger Missionar namens Vater Nicolaus. Beide werden morgen zu Euch kommen und sich eine Börse mit dem Geld für die Reise abholen. Außerdem gebt Ihr jedem einen kleinen Zusatzbetrag von fünfzehn Silbermark, den ich ihnen versprochen habe. Könnt Ihr mir bis hierher folgen, Schwager?«

Conrads Mund hatte sich geöffnet, doch er nickte nur ungläubig. Es gab nichts, was er sonst hätte tun können, und so richtig überraschen konnte ihn in seiner jetzigen Situation nichts mehr – auch nicht die enorme Summe von dreißig Silbermark.

»Sobald die beiden Männer aus Friesland zurück sind und die Dame Ragnhild Witwe ist, werdet Ihr sie ins Kloster der Beginen schicken. Falls sie nicht freiwillig Euren Forderungen Folge leistet, werdet Ihr, wie soll ich sagen, zu gegebener Zeit Unterstützung erhalten.«

»Unterstützung? Was meint Ihr damit?«

»Das werdet Ihr beizeiten erfahren. Wir werden Euch stets im Auge behalten und dafür sorgen, dass alles so verläuft, wie wir es eben besprochen haben. Solltet Ihr Euch jemandem anvertrauen oder nicht entsprechend den Anweisungen handeln, werdet Ihr Euch schneller hier in Ketten wiederfinden, als Ihr meinen Namen rufen könnt. Merkt Euch das!«

Trotz seiner gefährlichen Lage wurde Conrad von seinem Zorn übermannt. Speichel speiend schleuderte er allerlei Verwünschungen heraus. Jede einzelne wurde von Johannes vom Berge mit einem milden Lächeln überhört. Dieser wandte sich schon unbeeindruckt zum Gehen, bis Conrad ihn einen Feigling nannte, der sich von seinem Weib befehligen ließ.

Als Johannes vom Berge dies vernahm, blieb er ein letztes Mal stehen und drehte sich zu dem Gefangenen um. Trotz der Dunkelheit sah Conrad die Röte ins Gesicht seines Schwagers steigen. Er hatte einen wunden Punkt getroffen, wie er zufrieden bemerkte, und wollte voller Genugtuung Kapital daraus schlagen.

Doch Johannes vom Berge kam unvermittelt zurück und näherte sich mit seinem Gesicht dem von Conrad bis auf eine Handbreit. Mit vor Hass bebender Stimme sagte er: »Eines hätte ich fast vergessen. Gut, dass Ihr mich auf diese Weise daran erinnert. Ihr bekommt noch etwas von mir. Etwas, was Ihr meiner Schwester auch habt angedeihen lassen.«

Auf einen Handwink von Johannes traten die anderen Gestalten langsam auf Conrad zu.

»Das ist dafür, dass Ihr das Antlitz meiner Schwester zerschlagen und somit eine erneute Heirat nach Eurem eventuellen Dahinscheiden noch teurer für mich gemacht habt.«

Conrad konnte ihm nicht ganz folgen. Wie von selbst stellten sich aber alle seine Nackenhaare auf, und er presste sich rücklings gegen die moosigen Mauersteine. Dann sah er hinter den Gefolgsmännern Johannes' ein Kohlebecken, in dessen roter Glut eine gleißende Zange lag.

»Nein«, entwich es Conrad atemlos. »Was habt Ihr mit mir vor?«

Die folgenden Worte von Johannes schafften endgültig Klarheit über die nächste Stunde vor seiner Freilassung. »Verschont sein Gesicht, er soll unversehrt aussehen. Aber verfahrt nicht zu freundlich mit ihm.«

Der Sessel seines Kontors war Conrad noch nie so einladend vorgekommen wie in diesem Moment.

Nachdem die zwei vermummten Gestalten mit ihm fertig gewesen waren, hatten sie ihm einen schmierigen Lappen in den mit Erbrochenem gefüllten Mund gestopft. Mit einem Sack über dem Kopf wurde Conrad mehr geschleift, als dass er selbst ging. Immer wieder stolperte er, nur um sich unter Schlägen wieder aufzurappeln. Seine Peiniger zerrten ihn mehrere Treppenstufen hoch, bevor sie endlich eine Straße erreichten und Conrad das erste Mal seit Stunden wieder die Luft der Stadt riechen konnte. Er hatte jedwede Orientierung verloren und konzentrierte sich nur noch darauf, nicht mehr hinzufallen, um erneute Schläge zu vermeiden. Mit aller Macht kämpfte er gegen die Ohnmacht an. Sein Leib war vollkommen kraftlos, und er stank nach verbranntem Fleisch. Auch wenn die verkohlten Stellen an seinen Beinen unblutig waren, schmerzten sie doch ganz fürchterlich. Sein Oberkörper war mit Knüppeln bearbeitet worden und fühlte sich an, als wäre er aus Hirsebrei. Erst kurz bevor Conrad glaubte, unter den Schlägen und der Folter sterben zu müssen, hatten sie von ihm abgelassen.

Nach einem schier endlosen Weg über schlammige Straßen

blieben die stummen Schläger stehen und warfen Conrad in den Dreck. Sie lösten seine Handfesseln, sodass er sich selbst des Knebels und des Sacks über seinem Kopf entledigen konnte, und verschwanden lautlos und ungesehen in der Dunkelheit.

Wie er letztendlich von der kleinen Gasse im Nikolaikirchspiel in sein Haus in die Reichenstraße und auf seinen Sessel im Kontor gekommen war, vermochte Conrad kaum mehr zu sagen.

Nur schwerlich wollte es ihm gelingen zu denken. Er hatte rasende Kopfschmerzen, und sein ganzer Körper schien nur noch aus Schmerz und Scham zu bestehen. Immer wieder wechselte er unter gequältem Stöhnen seine Haltung, um vielleicht irgendwann eine Stellung zu finden, die nicht so heftig schmerzte. Irgendwann fand er die erträglichste Position. Endlich kam er etwas zur Ruhe und ließ die Bilder der schrecklichen Nacht noch einmal vor seinem inneren Auge vorbeiziehen.

Was war genau geschehen und wo, in Gottes Namen, befand sich dieses Verlies? Johannes hatte es einen *gottverlassenen Ort* genannt, was darauf hindeutete, dass dieser Ort geheim war und möglicherweise niemandem außer diesen drei Männern bekannt war.

Conrad war der Weg nach seiner Freilassung ewig erschienen, doch das bedeutete noch lange nicht, dass sich das Verlies nicht doch in der Stadt befand. Möglicherweise waren die Männer mit ihm im Kreis gelaufen, um ihn zu verwirren. Ganz in der Nähe der Kirche St. Nikolai hatte er sich seines Knebels entledigt; vielleicht war das Verlies tatsächlich auch dort zu finden; nur wo genau?

Conrad merkte schnell, dass es keinen Sinn hatte, weiter darüber nachzugrübeln. Er würde ja doch nichts damit erreichen. Eines allerdings wusste er ganz genau: Er wollte nie wieder dorthin zurück. Zweifelsohne würde er deshalb tun müssen, was Johannes von ihm verlangte. Conrad war sich sicher, dass sein

Schwager seine Drohung wahrmachen und ihn erneut verschleppen würde, um ihn dann elendig verrecken zu lassen. Wie Johannes selbst betont hatte, war es nicht ausschlaggebend für den Erfolg seines Plans, ob Conrad lebte oder starb.

Erst jetzt wagte er es, seinen dröhnenden Kopf zu betasten. Das Gesicht hatten sie tatsächlich verschont, doch sein Hinterkopf wies eine dick geschwollene Beule auf, die sich heiß anfühlte. »Heilige Muttergottes«, murmelte er leise vor sich hin, als er an die Schwellung fasste. Wie sollte er dieses Ungetüm die nächste Zeit versteckt halten können? Es fühlte sich an, als würde sie eine Handbreit von seinem kahlen Kopf abstehen. Die kommenden Tage würde er sein Haus nicht ohne spitzen Filzhut verlassen können.

Völlig erschöpft sank er noch tiefer in den Sessel. Er wollte sich zwingen, weiter über die Ereignisse nachzudenken, doch er schaffte es nicht, wach zu bleiben. Der Mond stand schon viele Stunden am Himmel, als Conrads Körper in einen unruhigen Schlaf fiel.

16

Nachdem bekannt wurde, dass es mit Heyno einen Überlebenden des Schiffsunglücks gab und zwei Reiter losziehen sollten, um nach weiteren Männern der *Resens* zu suchen, musste Luburgis ihren Trauerschleier abnehmen.

Conrad hatte den Moment seiner Anweisung wohl gewählt. Als alle Holdenstedes mitsamt den Mägden am Abend in der Stube zum Mahl versammelt waren, sprach er sie mit strenger Stimme an.

»Nimm deinen Schleier ab, Eheweib.«

Luburgis zuckte zusammen. Vor diesem Moment hatte sie sich seit Tagen gefürchtet. Noch immer war ihr Gesicht an einigen Stellen grünlich und geschwollen. Auch ihre Nase wies noch immer die seltsame Krümmung auf, in die sie Conrads Faust geschlagen hatte. Doch das Schlimmste für sie war das Fehlen ihrer vorderen Zähne. Ihre Oberlippe hatte bereits begonnen, sich ein wenig nach innen zu wölben, und sie fühlte sich wie eine alte Frau. Starr saß sie da, voller Angst vor den Reaktionen der Anwesenden. Noch nie hatte sie sich so geschämt.

»Gehorche, Weib! Ich werde mich nicht wiederholen.« Wütend stieß Conrad die Spitze seines fettbeschmierten Messers in den Holztisch, sodass alle anwesenden Frauen zusammenzuckten.

Ragnhild hatte als Einzige eine Ahnung, was sie gleich zu sehen bekommen würden, und schaute vorsorglich auf die Maserung der Tischplatte. Mit langsamen Bewegungen und gesenktem

Blick enthüllte Luburgis ihr Gesicht. Nichts war zu hören, keiner sagte ein Wort, doch in den Augen der Frauen waren großes Entsetzen und tiefes Mitgefühl zu erkennen.

Conrad sah jeder Einzelnen lange ins Gesicht. Es waren keine Worte nötig, um klarzustellen, dass er weder über Luburgis' Entstellung noch über seine unangefochtene Machtposition innerhalb der Familie zu reden gedachte. Irgendwann zog er sein Messer wieder aus der Tischplatte und setzte sein Mahl fort – ungeachtet dessen, dass niemand außer ihm mehr etwas herunterbekam.

Vater Lambert ging in dem kärglichen Wohnraum seines Pfarrhauses fahrig auf und ab, als es zweimal lang und zweimal kurz an seiner Tür pochte. Den ganzen Morgen über hatte er bereits auf dieses vereinbarte Zeichen gewartet; endlich hatte das Warten ein Ende. Ein Mann trat ein, und der Geistliche schloss die Tür.

»Seid gegrüßt, Johannes vom Berge. Ich habe bereits auf Euer Kommen gewartet.«

»Gott zum Gruße, Vater«, antwortete Johannes mit einer kleinen Verbeugung und ging sogleich auf den Krug Wein zu, der auf dem Tisch bereitstand.

»Wo ist unser dritter Mann?«, fragte der Pfarrvikar mit einer Geste in Richtung Tür.

Johannes hatte keine Zeit mehr zu erklären, dass sie entschieden hatten, etwas zeitversetzt zu kommen, um keine Aufmerksamkeit zu erregen. Just in dem Moment, als er den Mund öffnete, klopfte es erneut zweimal lang und zweimal kurz.

Hastig riss Vater Lambert die Tür auf, um sie nach einem prüfenden Blick auf die Straße schnell wieder zu schließen. Der Eingetretene machte eine spöttelnde Geste hinter dem übervorsichtigen Geistlichen, sodass Johannes sich das Lachen verkneifen musste.

»Da wären wir wieder vereint, Männer. Gott sei Dank diesmal in einer gastlicheren Umgebung als dem Verlies«, sprach Johannes einleitend. Gleich darauf bot er dem nach ihm Gekommenen einen vollen Becher Wein an.

Es war Willekin von Horborg.

»Danke, mein Freund. Zu so früher Stunde kann ich eine Stärkung gut gebrauchen.«

»Erzählt, Willekin, hat sich Conrad bisher an unsere Weisungen gehalten und sich niemandem anvertraut?«

Der Angesprochene nahm einen tiefen Schluck aus dem Becher, bevor er antwortete. »Wenn er die Absicht gehabt hätte, jemandem von der Nacht im Verlies zu erzählen, dann hätte er es wohl gestern mir gegenüber erwähnt, als wir zusammen einen Krug Wein in meiner Wohnstube geleert haben.«

»Sehr gut«, erwiderte Johannes. »Offenbar haben meine Worte und Eure Fäuste ihre Wirkung nicht verfehlt. Was ist mit Symon von Alevelde? War er schon dort, um die Vermählung abzusagen?«

»Meine Nachfrage hat ihm zwar sichtliches Unbehagen bereitet«, berichtete Willekin, »aber nach ein paar Bechern Wein gestand er mir, dass er seine Pläne mit der Dame Ragnhild aufgrund der jüngsten Ereignisse geändert hätte. Symon von Alevelde war wohl zunächst etwas ungehalten angesichts der verschobenen Hochzeit, doch selbst einem Dummkopf wie ihm ist wohl schnell klar geworden, dass man ein Weib, das noch nicht erwiesenermaßen Witwe ist, nicht erneut verheiraten kann.«

»*Verschoben* ist ja wohl kaum der richtige Ausdruck«, sagte Vater Lambert in die Runde. »Viel eher sollte sich der alte Sack besser gleich nach einer anderen Braut umschauen. Alberts Weib wird er nur dann bekommen, wenn er sich eine blaue Kutte über den dicken Wanst streift und selbst ins Kloster der Beginen eintritt.«

Die Männer fingen schallend an zu lachen. Ein jeder von ihnen hatte Grund, sich über den Lauf der Dinge zu freuen. Wie von selbst hatten sie zueinandergefunden und diesen Geheimbund gegründet. Der Hass auf mindestens ein Familienmitglied der von Holdenstedes verband sie alle miteinander, und so war der Weg zu ihrem niederträchtigen Plan nicht weit gewesen. Sie hatten nur auf eine passende Gelegenheit warten müssen – und jetzt war diese Zeit gekommen.

Johannes vom Berge und seine Frau Heseke hatten den Anstoß zu alldem gegeben, indem sie die Erbfolge derer vom Berge zu sichern versuchten und der geschändeten Luburgis die Kinder von Albert von Holdenstede zuspielten.

Vater Lambert hingegen verachtete Ragnhild, und sowieso alle Dänen, leidenschaftlich. Er konnte es nicht erwarten, diesen Schandfleck seiner Glaubensgemeinde endlich auszumerzen.

Willekin von Horborg war zuletzt dazugestoßen. Sein Antrieb war Rache. Tatsächlich hasste er die ganze Familie von Holdenstede bereits so lange, dass er schon gar nicht mehr zu sagen vermochte, wann genau es begonnen hatte. Sein Wunsch nach Vergeltung gärte nun schon so viele Jahre in ihm, dass es zu seinem stillen Lebensinhalt geworden war, die von Holdenstedes einen nach dem anderen zu stürzen – besser noch, ihnen ganz den Garaus zu machen. Er hatte der Reihe nach begonnen und einen Teil seines persönlichen Rachefeldzugs schon vor einigen Jahren erledigt.

Nachdem Conradus von Holdenstede damit gescheitert war, die Demütigung der aufgehobenen Verlobung zwischen Ingrid und Albert durch eine erhebliche Summe Silbermark sowie Geschick und Verhandlungskunst ungeschehen zu machen, hatte sich Willekin an ihm gerächt, indem er Conrad bei der Tötung seines Vaters behilflich gewesen war. Conrad hatte dies als Akt der Loyalität ihm gegenüber verstanden und Willekin daraufhin nur noch mehr Vertrauen geschenkt. Willekins Tarnung als vermeintlicher Freund war somit perfekt. Tatsächlich aber hatte er Conrad seine Freundschaft vom ersten Tag an bloß vorgespielt, um irgendwann ebenso Vergeltung an ihm üben zu können – genau wie zuvor an seinem Vater. Willekins Aufgabe in dem Geheimbund war es deshalb auch, Conrad auszuhorchen und sein Verhalten zu überwachen.

Darüber hinaus hatte Willekin auch ein zusätzliches Interesse daran, sich an Ragnhild zu rächen. Schließlich hatte sie damals maßgeblich zur Nichteinhaltung des Eheversprechens beigetragen. Mit Genugtuung würde er zur Kenntnis nehmen, wenn sie in das Kloster der Beginen kam, wo seine Tochter schon auf sie wartete. Dort würde Ragnhild die Annehmlichkeiten einer Kaufmannsfrau nicht mehr genießen können, und Ingrid würde endlich ihre Rache nehmen können; wie auch immer sie das tun wollte.

Erst vor Kurzem war Domina Heseke ins Kloster der Beginen gegangen, um mit Ingrid über die geschmiedeten Ränke zu sprechen. Dieser Teil des Plans, der nur sie selbst und Ingrid betraf, war auch allein Domina Hesekes Kopf entsprungen.

Willekin musste gestehen, dass er erschrocken über die Skrupellosigkeit dieses Weibes war. In weiser Voraussicht riet er sich selbst, sich besser nicht allzu sehr in die Angelegenheiten der Frauen einzumischen.

Neben Domina Heseke gab es allerdings noch eine weitere Person, vor der sich Willekin in Acht nehmen sollte. Es war seine eigene, zweite Ehefrau – Hildegard von Horborg. Zu seinem Bedauern hatte diese noch nie viel mit ihrer zänkischen Stieftochter anfangen können. In der kurzen Zeit des Zusammenwohnens vor Ingrids Eintritt ins Kloster hatte es ständig Streit zwischen ihnen gegeben. Willekin war sich sicher, dass Hildegard niemals etwas tun würde, was Ingrid zugutekam. Außerdem wusste er, dass ihr jede Art von Ränkespiel zuwider war, denn Hildegard war eine überaus fromme und gerechte Frau. Noch viel schlimmer war allerdings die Tatsache, dass sie eine gewisse Vertrautheit mit Ragnhild von Holdenstede zu verbinden schien. Schon des Öfteren hatte er die beiden Frauen vor der Kirche miteinander reden und scherzen sehen. Er musste also aufpassen, dass sein eigenes Weib von all dem Tun nichts mitbekam.

Der Pfaffe riss Willekin aus seinen Gedanken. »Wann haben die berittenen Boten die Stadt verlassen?«

»Gestern Morgen«, antwortete Johannes sofort. »Wie vereinbart sind sie beide am Tag nach dem Treffen im Verlies zu Conrad von Holdenstede gegangen, um sich ihre Geldbörsen abzuholen. Gleich darauf haben sie sich dann zwei schnelle Pferde besorgt und sind losgeritten.«

»Wann werden sie zurückerwartet?«, wollte Willekin wissen.

Wieder war es Johannes, der antwortete. »In ungefähr neun oder zehn Wochen. Vom Rat und dem Domdekan haben sie die Anweisung, nach Butjadingen zu den Überresten der *Resens* zu reiten, doch ich habe ihren Auftrag noch erweitert. Sie sollen sich vom Norden des Seelandes, in Langwarden, wo die Wrackteile gefunden wurden, über die größeren Kirchdörfer wie Burhave, Tossens und Bockhorn bis in den Süden nach Rastede vorarbeiten. So werden sie ganz Rüstingen nach Albert von Holdenstede absuchen, und sollte der Totgesagte wie durch ein Wunder doch noch am Leben sein, werden die Boten dafür sorgen, dass er schnell dorthin gelangt, wo er bereits liegen sollte – auf dem Meeresboden!« Bei diesen Worten legte sich ein boshafter Gesichtsausdruck auf das Antlitz Johannes'.

Der unruhige Geistliche fügte unaufgefordert noch etwas hinzu. »Vater Nicolaus war bereits einige Male in den friesischen Seeländern und wird dafür sorgen, dass er und Bodo in den ihm bekannten Kirchen und Klöstern unterkommen können. Dort wird keiner unangenehme Fragen stellen.«

»Sehr gut«, schloss Willekin begeistert.

Zufrieden mit sich und den bisherigen Ereignissen, tranken die Männer einander zu und legten sich gegenseitig die Hände auf die Schultern. Der Plan schien zu gelingen, und keiner der drei verspürte auch nur einen Funken Mitleid mit den Opfern ihrer Machenschaften. Nun würden sie einfach nur abwarten müssen, bis die Reiter nach Hamburg zurückkehrten. Erst dann waren Heseke und Ingrid mit ihrem Teil des Plans an der Reihe.

Es war nicht ganz einfach gewesen, herauszubekommen, wo der Smutje der *Resens* wohnte, doch Hilda kannte die Leute des Fischerviertels und wusste, wen sie zu fragen hatte. Ein paar Kringel lockerten die Zungen der Fischerjungen, und so erfuhr sie schließlich den Weg zu der kleinen maroden Hütte Heynos. Zunächst war sie dagegen gewesen, Ragnhild diesen Dienst zu erweisen, doch diese hatte Hilda unmissverständlich zu verstehen gegeben, dass sie anderenfalls allein an jede einzelne Hütte des Jacobikirchspiels geklopft hätte.

Ragnhilds neu gewonnene Entschlossenheit ließ Hilda kaum eine Wahl, und so half sie ihrer Freundin, damit diese sich nicht durch ihr ungebührliches Verhalten ins Unglück stürzte. Zurück in der Reichenstraße, beschrieb ihr Hilda den Weg, so gut es ging.

Ragnhild schloss die Augen und versuchte krampfhaft, sich die einzelnen Straßen zu merken, doch sie zitterte vor Aufregung am ganzen Körper, und das Konzentrieren fiel ihr schwer. Es gab für sie keinen Weg mehr zurück. Sie musste mit Heyno sprechen. Sie musste erfahren, wie es Albert in der Nacht des Unglücks ergangen war. Was sie aber mit diesem Wissen anfangen wollte, das wusste sie noch nicht genau.

Dann verließ sie unbemerkt das Haus und hastete entschlossen durch die engen Gassen des Fischerviertels. Zu ihrem Glück war es in diesem Januar bitterkalt auf den Straßen, und so konnte sie ihr Gesicht in der Kapuze ihres dicken Mantels verbergen. Immer wieder murmelte sie die Sätze Hildas vor sich hin, um auch ja an den richtigen Stellen abzubiegen. Geschickt wich sie entgegenkommenden Karren aus, die fast die komplette Breite des Weges einnahmen, sprang zur Seite, als ein Nachttopf aus einer Luke über ihr geleert wurde, und verscheuchte drei dreckige Kinder, die sie nach etwas zu essen anbettelten. Eilig bog sie in die Altstädter Fuhlentwiete ein, wo sie den Kunzenhof der Schauenburger Grafen überquerte. Nun erreichte sie die Steinstraße. Zu ihrer Linken lagen das Beginenkloster und die Kirche St. Jacobi. Ragnhild wandte sich nach rechts und dann noch mal nach links. Nur noch wenige Meter, dann würde sie die Kate sehen können. Viel schneller als gedacht erreichte sie ihr Ziel. Das musste sie sein, flüsterte sie sich selbst zu. Die Beschreibung passt genau.

Ragnhilds Mund war trocken vor Aufregung, und für einen kurzen Moment hielt sie vor der Tür der Hütte inne. Was nur, wenn der Smutje sie wieder fortschickte oder wenn er ihren Besuch verriet oder ihr nur Schauriges von der Nacht im Sturm zu berichten hatte? Sie wusste nicht, was schlimmer wäre. Welche Worte sollte sie wählen? Sie war wie erstarrt. Als sie kurz davor war, wieder kehrtzumachen, öffnete sich die Tür, und eine dralle Frau mit erstauntem Gesicht stand ihr gegenüber.

»Bitte verzeiht, ich ... ich bin ... wohnt der Smutje Heyno hier?«

»Ja, was wollt Ihr von meinem Mann?«, fragte die Frau misstrauisch.

Fast verließ Ragnhild auch noch das letzte bisschen Mut, doch dann holte sie noch einmal tief Luft und sagte: »Ich bin Ragnhild von Holdenstede, die Ehefrau des Kaufmanns, der mit Heyno auf der *Resens* nach Flandern gesegelt ist. Ich bitte Euch, lasst mich ein, und ich sage Euch, was mein Begehr ist.«

Die Frau des Smutjes trat wortlos, aber skeptisch beiseite und gewährte Ragnhild Einlass.

Sie wartete die Erklärungen der Besucherin nicht ab, sondern sagte nur kühl: »Mein Mann ist nicht da, ich werde ihn holen gehen.«

»Wartet«, stieß Ragnhild aus. »Bitte ... Ihr werdet doch sonst niemandem etwas von meinem Besuch erzählen? Keiner darf wissen, dass ich hier bin.« Ohne dass Ragnhild es wollte, war ihre Stimme von der Angst gezeichnet, entdeckt zu werden.

Die dralle Frau schüttelte den Kopf. »Nein, das werde ich nicht. Ich weiß zwar nicht, was Ihr von meinem Mann wollt, aber ich hoffe, dass Ihr uns keinen Ärger macht. Mein Mann hat ganz sicher nichts mit dem Tod des Euren zu tun.« Sie gab sich keine Mühe, den Argwohn in ihrer Stimme zu unterdrücken.

Bevor Ragnhild etwas sagen konnte, ließ die Frau sie allein in der Hütte zurück. Es war eine kleine Hütte aus Flechtwerk und Lehmbewurf, und sie stank nach Fisch, doch in der Feuerstelle flackerten noch kleine Flammen, und Ragnhild wärmte sich dankbar die kalten Finger. Nur Augenblicke später kam der Smutje mit seiner Frau zurück.

Sofort als er sie sah, nahm er seine dreckige Mütze ab und sagte freundlich: »Seid gegrüßt, Dame Ragnhild. Wie kann ich Euch zu Diensten sein?«

Ragnhild wollte ihm gerade danken, da setzte er aufmerksam nach: »Oh, die Flamme erlischt gleich. Sicherlich friert Ihr. Ghesa, leg etwas Holz nach, damit es nicht ausgeht.«

»Pah, auch das noch. Als hätte ich mit dir allein nicht schon genug Arbeit...«, murmelte die Frau des Smutjes düster vor sich hin und verschwand um die Ecke.

»Nehmt es Ihr bitte nicht übel. Meine Ghesa meint es nicht so.«

Ragnhild antwortete ihm mit einem schmalen Lächeln. Sie zitterte vor Anspannung und Kälte am ganzen Körper. Auch wenn sie sich bis zu diesem Moment erfolgreich zusammengerissen hatte, jetzt konnte und wollte sie nicht länger an sich halten. Ohne jede weitere Höflichkeitsfloskel brach es aus ihr heraus.

»Bitte verzeiht, dass ich so ungebeten in Euer Haus platze, doch ich muss wissen, was in der Nacht des Sturms passiert ist. Ich bitte Euch, sagt mir, was mit meinem Mann geschehen ist und wann Ihr ihn das letzte Mal gesehen habt.«

Ghesa kam mit einem Holzscheit zurück und entfachte das fast erloschene Feuer damit erneut.

Während dieser ganzen Handlung starrte Heyno seine Frau wortlos an.

Ragnhild kämpfte mit ihrer Ungeduld. Warum spricht er denn nicht endlich? Auffordernd blickte sie in sein Gesicht, doch er bemerkte es nicht einmal. Sie konnte ihm nun deutlich ansehen, dass er die schrecklichen Ereignisse gerade wieder in Gedanken durchlebte, und sie bekam Mitleid mit dem Mann, der so viel Schlimmes hatte erleiden müssen. Mit Mühe zügelte sie ihre Unbeherrschtheit und atmete tief durch. Sie musste Ruhe bewahren, ermahnte sie sich selbst. Sanft nahm sie den Smutje bei seinem Arm und zog ihn auf die grob gezimmerte Holzbank, die vor einem wackeligen Tisch stand. Ruckartig kam er wieder zu sich.

»Verzeiht, werte Dame. Wie war Eure Frage noch gleich?«

Beharrlich wiederholte Ragnhild ihre Worte, und Heyno fing an zu erzählen.

Selbst die mürrische Ghesa kam mit der Zeit dazu, und so saßen sie eine ganze Weile zusammen. Beide Frauen hingen an Heynos Lippen. Offensichtlich hatte auch Ghesa die Geschichte noch nicht in voller Gänze zu hören bekommen. Es fiel dem Smutje augenscheinlich schwer, darüber zu reden, doch er erzählte trotzdem sehr lebendig. Fast schien es, als wären sie alle tatsächlich mitten im Geschehen. Ohne dass es seine Absicht war, verschaffte er den Frauen eine Gänsehaut nach der anderen.

Ragnhild meinte, die Kälte, die Dunkelheit und die Todesangst der Besatzung nun am eigenen Leib spüren zu können. Unweigerlich stellte sie sich vor, wie furchtbar diese Nacht auf See für ihren geliebten Mann gewesen sein musste. Obwohl sie sich erfolgreich zwang, nicht zu weinen, war der Ausdruck in ihren Augen wohl so herzerweichend, dass Ghesa plötzlich Ragnhilds Hände mit den ihren umschloss.

Als Heyno geendet hatte, waren alle drei in Gedanken an dem Strand, an dem er angespült worden war. Nach einigen Momenten der Stille fand Ragnhild als Erste ihre Stimme wieder. »Ich danke Euch!«

Heyno nickte ihr kurz zu. Sein Gesicht war von Trauer gezeichnet.

»Sicher war es schwer für Euch, über das Erlebte zu sprechen«, fügte Ragnhild etwas leiser hinzu. Sie bekam keine Antwort; und die erwartete sie auch nicht. Obwohl sie sehr dankbar darüber war, nun mehr über das schreckliche Unglück erfahren zu haben, war sie auch etwas enttäuscht. Sie wusste nicht, was sie erwartet hatte, doch etwas in ihr blieb unbefriedigt.

Noch immer hielt Ghesa ihre Hände fest. »Was habt Ihr nun vor mit diesem Wissen?«, fragte sie ihren edlen Besuch sanft.

Ragnhild zuckte mit den Schultern und gab wahrheitsgemäß zurück: »Ich weiß es nicht genau. Vielleicht werde ich ...«

»Da ist noch eine Sache, die ich Euch erzählen möchte«, unterbrach der Smutje die beiden, ohne den Blick zu heben. »Ich habe den Kaufmann im Wasser gesehen. Der Sog des Schiffs hatte zunächst fast alles und jeden mit in die Tiefe gezogen. Irgendwie schaffte ich es, mich in meinem Fass über Wasser zu halten, und plötzlich sah ich, wie der junge Herr vor mir auftauchte. Ich habe versucht ihn auf mich aufmerksam zu machen, aber die Wellen waren so hoch und das Unwetter so laut, dass ich es nicht geschafft habe und ihn schließlich wieder aus den Augen verlor.

Dann trieb ich ab.« Er machte eine kurze Atempause und schaute Ragnhild dann genau in die Augen. »Ich kann Euch nicht sagen, ob er es geschafft hat, aber ich habe noch niemals einen Mann so kämpfen sehen. Er hat sich, solange ich ihn sehen konnte, über Wasser gehalten.«

Ragnhild hatte unbewusst angefangen, Ghesas Hände immer fester zu drücken. So saß sie da und lauschte voller Anspannung seinen Ausführungen.

»Als der edle Rat mich befragte, habe ich gelogen. Ich sagte den werten Herren, dass ich nichts am Strand gefunden hätte; doch das stimmt nicht ganz.« Die Stimme des Schiffskochs war jetzt kaum mehr als ein Flüstern. »Ich habe mich einfach nicht getraut, es zu sagen. Möglicherweise bedeutet es gar nichts, und dann wären die Herren vielleicht gram mit mir gewesen und hätten mich der falschen Aussage wegen bestraft.«

»Was habt Ihr gesehen?«, fragte Ragnhild nun auch im Flüsterton.

»Als ich nach dem Aufwachen den Strand abgelaufen bin, entdeckte ich plötzlich Spuren. Es waren die Spuren von zwei Menschen, und zwischen ihnen war eine Schleifspur zu erkennen. Ich verfolgte ihre Spuren, so weit ich konnte, doch irgendwann endete der Sand des Strandes auf einer Wiese, und ich verlor die Fährte. Das ist alles, was ich Euch noch erzählen kann.«

Sehr langsam ließ Ragnhild nun die Hände der Fischersfrau los. Sie verstand nur allzu gut, was diese Neuigkeit bedeuten konnte. Möglicherweise war Albert noch am Leben. Doch genauso gut könnte es sich auch um ein anderes Mitglied der Besatzung handeln oder um Jäger, die ihre Beute hinter sich herschleiften. Über die dritte Möglichkeit wollte Ragnhild gar nicht erst nachdenken, denn es war ebenso wahrscheinlich, dass es zwei Menschen mit einer Leiche gewesen sein könnten. Diese Spuren konnten alles oder auch nichts bedeuten.

Ghesa schaute ihren Mann mit offenem Mund an. Ihre rauchige Stimme durchschnitt die Stille.

»Aber dann gibt es Hoffnung?« Sie klatschte vor Aufregung in die Hände und drehte ihr Gesicht Ragnhild zu. »Habt Ihr gehört, was mein Mann gesagt hat? Vielleicht lebt der Herr noch. Euer Vormund sollte schnell jemanden ausschicken, um nach Eurem Gemahl suchen zu lassen.« Ghesas Tatendrang schien mit einem Mal ungebremst. Nichts erinnerte mehr an die misstrauische Frau, die sie noch zu Beginn des Gesprächs gewesen war.

Ragnhild schaute sie etwas erstaunt an. Wusste sie denn nichts von den Begebenheiten der letzten Wochen? Dann fiel ihr schlagartig ein, dass sie aus zwei verschiedenen Schichten Hamburgs kamen. Dass die Menschen der Unterschicht nichts von den Machenschaften der Oberschicht wussten, war durchaus nicht ungewöhnlich.

»Leider ist das alles nicht so einfach«, gestand Ragnhild. »Es wurden zwar bereits vorgestern ein Bote und ein Sprachkundiger ausgesandt, um dort, wo die Wrackteile angespült wurden, nach Albert zu suchen«, begann sie ihre Erklärung, »doch eigentlich war mein Muntwalt von vornherein gegen das Aussenden eines Boten. Er wurde nur durch den Beschluss des Rates und des Domdekans dazu gezwungen.« Sie erklärte den beiden, dass es absolut undenkbar war, Conrad von den neuen Erkenntnissen zu erzählen. Ihr selbst würde er niemals Glauben schenken, weil er sie verachtete. Viel wahrscheinlicher wäre es, dass er ihr unterstellte, sie hätte sich diese Geschichte zusammengereimt, um Zeit zu schinden und so der neuen Hochzeit mit Symon von Alevelde zu entgehen. Sie konnte nur abwarten, bis die Boten zurück waren, und hoffen, dass sie frohe Kunde brachten.

Als Ragnhild die fragenden Gesichter Heynos und Ghesas sah, wurde ihr klar, dass sie von vorn beginnen musste.

Geduldig fing sie an, den beiden die ganze Geschichte ihrer

Ehe zu erzählen, damit sie die Zusammenhänge verstanden. Keine Wahrheit ließ sie aus. Weder die Vereinbarungen im Testament des Schwiegervaters noch den Verdacht, dass es Conrad eigentlich ganz gelegen kommen müsste, wenn sein verhasster Bruder tot wäre. Ragnhild gestand ihre Befürchtung, dass diese vielleicht letzte Gelegenheit, ihren Gemahl als Überlebenden zu finden, nicht richtig genutzt wurde.

Sie wusste nicht, warum, aber es herrschte plötzlich eine unbeschreibliche Verbundenheit zwischen ihnen dreien. Ragnhild schüttete dem eigentlich fremden Ehepaar ihr Herz aus, und ihre Zuhörer schwiegen still, bis sie geendet hatte. Diese unerwartet ehrliche Anteilnahme an ihrem konfusen Schicksal legte sich wie eine heilende Salbe über Ragnhilds Seele. Beide schienen redlich daran interessiert zu sein, ihr zu helfen. Fast wie aus einem Mund fragten sie: »Was wollt Ihr nun tun?«

»Wie es scheint, gibt es leider momentan nichts, was ich tun kann. Mir bleiben noch drei Monate Zeit, dann kommen die Boten spätestens zurück, und ich habe endlich Gewissheit. Ich kann nur hoffen, dass sie Albert finden ...« Gerade als Ragnhild noch etwas hinzufügen wollte, fiel ihr Heyno abermals ins Wort.

»Das ist es! Wohin sagtet Ihr, hat Euer Vormund die Boten geschickt? Nach Langwarden in Butjadingen zu den Wrackteilen? Ja, aber ich bin doch an einer ganz anderen Stelle gestrandet – an den Ufern nahe Aldessen! Niemand hat mich bisher danach gefragt, anscheinend ist ein jeder davon ausgegangen, dass ich in Langwarden an die Küste gespült wurde.« Vor lauter Aufregung stand der Smutje auf und riss fast seinen Becher mit sich. Gerade eben noch konnte ihn seine Frau auffangen, die erstaunlich schnell reagierte. »Wenn Ihr meint, dass Euer Muntwalt Euch kein Gehör schenkt oder die Suche nach Eurem Gemahl nicht gründlich genug getan wird, dann müsst Ihr einfach Euren eigenen Boten ausschicken – und zwar nicht in den Norden Rüstringens, sondern westlich von Langwarden nach Aldessen – dort, wo ich auch die Schleifspuren gefunden habe. So besteht eine doppelt so hohe Aussicht auf Erfolg.« Heyno war sichtlich zufrieden mit sich und schaute die Frauen erwartungsvoll an.

Ragnhild musste einen ersten Impuls niederkämpfen, sich gegen den Vorschlag dieser unerhörten Eigeninitiative zu stellen. Eine Frau hatte sich schließlich den Männern ihrer Familie unterzuordnen. So war sie erzogen worden. Doch es war etwas mit ihr geschehen, gestern in der Küche. Sie hatte eine solche Stärke in sich verspürt und wollte sich ihrem Schicksal nun nicht mehr kampflos ergeben. Dieser Wille war noch immer da, und er formte ihre Antwort. »Ein eigener Bote. Ihr habt recht, ich muss es wagen. Könnt Ihr einen vertrauenswürdigen Mann auftreiben, Heyno?«

Der goldene Ring, der sie seit der Hochzeit für immer mit Albert verbinden sollte, glitt sanft von Ragnhilds Finger und tanzte klimpernd in dem leeren Becher, bis er in der Mitte zum Erliegen kam. Nun sollte genau dieser Ring sie wieder zusammenführen!

Das Donnern zweier Fäuste gegen die schwere Holztür des Kaufmannshauses weckte binnen weniger Augenblicke alle Bewohner.

Marga hatte den kürzesten Weg von ihrer Bettstatt aus zur Tür und kam als Erste dort an. Gerade als sie öffnen wollte, flog Conrad förmlich die Stufen der Treppe hinunter. Sein wütender Gesichtsausdruck und seine wedelnden Handbewegungen ließen Marga zurückspringen. Er riss die Tür auf, um dem Pochen endlich ein Ende zu machen. Vor ihm stand Symon von Alevelde.

Mit einer gespielt eleganten Verbeugung erzeugte er einen fassungslosen Ausdruck in Conrads Gesicht. Herablassend fragte dieser: »Was, zur Hölle, wollt Ihr zu so früher Stunde von mir, von Alevelde?«

»Ich möchte mein Recht einfordern. Meine Braut. Wir hatten

eine Vereinbarung, und auf der bestehe ich.« Ganz offensichtlich hatte der Störenfried heute Morgen bereits eine erhebliche Menge an Wein die Kehle herunterrinnen lassen. Seine Nase war knallrot und sein Blick unbeherrscht.

Conrad, der gar nicht versuchte sein Missbehagen über diesen Besuch zu verbergen, wollte üblen Klatsch der Nachbarn vermeiden und bat den Besuch widerwillig in die Wohnstube. Auf Margas Nachfrage, ob sie etwas zu trinken servieren solle, bekam sie bloß eine barsche Abfuhr.

Alle Bewohner des Hauses waren nun wach und lauschten von dort, wo sie gerade standen. Auch Ragnhild hatte die Szenerie bemerkt. Dieser schmierige Kerl war doch tatsächlich ihretwegen gekommen. Allein der Gedanke, sich von ihm berühren lassen zu müssen, ließ sie erzittern. Diese Hochzeit durfte einfach nicht stattfinden. Eher würde sie, trotz ihrer Skepsis, zu den Zisterzienserschwestern nach Harvestehude gehen. Bis zur Rückkehr der Boten war sie noch vor Symon sicher; aber dann? Was hätte sie dafür gegeben, das Gespräch der Männer belauschen zu können. Doch nachdem Conrad die dicke Holztür der Wohnstube mit einem lauten Krachen hinter sich hatte zufallen lassen, war kein Wort mehr zu verstehen. Wäre Luburgis nicht da gewesen, hätte Ragnhild ihr Ohr wohl ungeniert an die Tür gepresst, doch der Blick ihrer entstellten Schwägerin, die genau wie Ragnhild noch in der Tür ihrer Schlafkammer stand, ließ sie wieder zurück in ihr Bett gehen, in dem Runa neugierig wartete.

»Mama, wer war da an der Tür?«, fragte sie keck.

Mit einem kleinen Stupser auf ihre Kindernase antwortete die Mutter: »Das hat kleine Mädchen wie dich überhaupt nicht zu interessieren. Am besten schläfst du noch ein wenig.«

Ragnhild selbst bekam kein Auge mehr zu.

17

Bereits seit der Mittagsstunde trug Johann Schinkel, die rechte Hand des Stadtnotars Jordan von Boizenburg, die jüngst verfassten Handschriften seines Mentors vor.

Das Ordeelbook war so gut wie fertig, und das Vortragen des Registers und der Artikel diente eigentlich nur noch der finalen Kenntnisname aller Formulierungen. Zu diesem Anlass waren der alte Rat und der sitzende Rat vollständig zusammengekommen. Doch nur selten erhob einer der Männer die Stimme, um etwas zu hinterfragen oder um doch noch einen Einspruch zu erheben. Das Werk war nahezu perfekt.

Auch wenn zu dieser Stunde gerade Hamburgs hellste Köpfe im Rathaus beisammensaßen, war es dennoch unbestritten, dass sich niemand von ihnen mit dem Wissen und der Redegewandtheit eines Jordan von Boizenburg messen konnte. So zittrig seine Hände auch mittlerweile waren, sein Geist war klar. Alle Anwesenden wussten, dass jeder unangebrachte Disput über einen seiner Texte unweigerlich in der Niederlage seines Gegenübers gemündet hätte.

Er allein hatte dieses Meisterwerk vollbracht; seinem Kopf war es entsprungen und durch die Feder Johann Schinkels zu Papier gebracht, dessen Stimme gerade von den Wänden des großen Saals widerhallte.

»Wenn ein Mann sein Weib ohne ihre Schuld übel behandelt, und das ist Nachbarn bekannt und guten Leuten und dem Rate, dem soll man die Verfügungsgewalt über sein Gut entziehen. Und wenn die Frau Schuld hat, so soll der Mann sie in ihre Kammer schließen und ihr alles Notwendige geben, bis sie ihre Angelegenheiten wieder ordentlich tut.«

Ein Blick in die Runde bestätigte, dass es auch dieses Mal keinen Widerspruch gab und mit dem nächsten Absatz weitergemacht werden konnte.

Conrad hatte sich erfolgreich bemüht, bei dem gerade vorgetragenen Artikel nicht in die Augen seines Schwagers zu schauen. Es war ihm sehr wohl bewusst, dass er mit der Züchtigung seines Weibes wider diesen Absatz gehandelt hatte.

Doch Johannes vom Berge wollte die einmalige Gelegenheit, Conrad daran zu erinnern, dass er sich noch immer in seiner Gewalt befand, nicht ungenutzt verstreichen lassen. »Verzeiht, Johann Schinkel. Ich bitte Euch, den letzten Absatz noch einmal vorzulesen. Meine Aufmerksamkeit schwindet wohl angesichts der vielen Worte, die es hier aufzunehmen gilt.«

Schinkel, dem bereits die nächsten Worte auf der Zungenspitze gelegen hatten, räusperte sich kurz und fing an, das Gewünschte erneut zu lesen.

Während dieser Worte schaute Conrads Schwager ihm direkt ins Gesicht. Es war klar, was Johannes damit bezwecken wollte. Conrad sollte daran erinnert werden, was er Luburgis angetan hatte und dass sein Schwager durchaus in der Lage war, für ihre Vergeltung zu sorgen. Mit dem rechtswirksamen Erscheinen des Ordeelbooks besaß er sogar eine statthafte Grundlage, um ihm das Recht am eigenen Hab und Gut zu entziehen.

Conrads Wut über die Dreistigkeit Johannes', ihn so heimtückisch zu maßregeln, wich gleich darauf der Vernunft. Wie ein geprügelter Schuljunge musste er diese Schmach über sich ergehen lassen. Es war erniedrigend.

Endlich waren sie bei dem zwölften Stück – über Diebstahl

und Raub – angelangt und somit dem Ende nahe. Das Gerede von Johann Schinkel floss mehr und mehr durch Conrad hindurch. Viel zu lange schon saß er auf seinem Hintern, dessen Backen regelmäßig taub wurden. Er wusste nicht, wohin mit seinem Blick. Genau gegenüber saß sein verhasster Schwager, am linken Kopfende die Bürgermeister und am rechten Jordan von Boizenburg und sein Sprecher. Eigentlich hätte er aus Respekt in die Richtung Schinkels schauen müssen, der seit einer Ewigkeit vorlas, doch sein Hals wurde langsam steif, und so gönnte er seinen Gliedern einen kurzen Moment der Entspannung und dehnte und streckte sich auf seiner geschnitzten Holzbank so unauffällig wie möglich.

Ein plötzlicher Schrei ließ ihn zusammenzucken und holte ihn aus seiner Trägheit zurück. Sofort schaute er auf und suchte den Ursprung des Ausrufs.

Einige der Männer sprangen eilig auf und hasteten zum rechten Ende des Tisches. In kürzester Zeit hatte sich dort eine Menschentraube gebildet, und die Ersten der dort Versammelten fielen auf die Knie.

Auch Conrad war nun aufgesprungen und quetschte sich an Hans Wulfhagen vorbei, der mit seinem massigen Leib ein Durchkommen fast unmöglich machte. Das aufgebrachte Gerede und lautstarke Verrücken der Holzbänke hatten das Röcheln des Stadtnotars bisher völlig übertönt. Jetzt, da Conrad nur zwei Schritte von ihm entfernt stand, konnte er ihn nicht nur hören, sondern auch sehen.

Rücklings auf dem Boden liegend, bot er ein Bild des Entsetzens. Alle Farbe war aus dem faltigen Gesicht des Gelehrten gewichen. Weißer Schaum trat aus den Mundwinkeln, und seine Augen waren nach hinten verdreht. Die zittrigen Hände hielten die linke Seite der Brust. In regelmäßigen Abständen entfuhr seinem Mund noch ein stöhnender Laut, bis der Kopf mit dem schlohweißen Haar endgültig zur Seite rollte. Jordan von Boizenburg war tot!

Die Trauerfeierlichkeiten waren gewaltig, fast schon die eines Grafen. Es wurden Messen in allen Pfarrkirchen gelesen und ein Meer von Kerzen gespendet. Selbstverständlich war Hamburgs gesamter Klerus im Dom versammelt, als der Leichnam zur Bestattung dorthin überführt wurde. Unzählige liefen in einem Trauerzug hinter dem von sechs Ratsherren getragenen Leichnam her und hatten sich vor und im Dom versammelt, um ihm das letzte Geleit zu geben. Der Domdekan selbst reichte Jordan von Boizenburg die Sterbesakramente. Nie war eine Totenrede feierlicher gewesen.

Fast schien es, als wollte sich ganz Hamburg von dem Mann verabschieden, der ihr aller Leben so nachhaltig verändert hatte. Die enorme Ansammlung der Bürger war ein deutliches Zeichen dafür, wie beliebt der Gelehrte gewesen war. Selbst diejenigen, die die komplexe Stadtführung der Ratsherren, Grafen und Kirchenmänner kaum zu überblicken vermochten, wussten genau, was dieser Mann für ihre Stadt getan hatte. Jeder von ihnen hätte ohne Zögern die anschließende Totenwache übernommen.

Jordan von Boizenburg hatte fast drei Jahrzehnte lang im Dienste Hamburgs gestanden. Sein ganzes Leben hatte er dem Wunsch geweiht, irgendwann unvergesslich zu sein. Diesen Wunsch konnte er sich tatsächlich erfüllen.

»Es ist ein Jammer«, sagte Thedo von der Mühlenbrücke zu Bertram Esich und schlug sich gegen seine eiskalten Oberschenkel, die vom langen Stehen während der Trauerfeierlichkeiten taub geworden waren. »Nun wird er tatsächlich nicht mehr erleben, wie das neue Stadtrecht in Kraft tritt, dem er sich so lange gewidmet hat.«

»Ja, Ihr habt recht, sein Tod zu dieser Zeit ist wahrhaft bedauerlich«, bestätigte der Bürgermeister traurig. »Für mich, weil ich einen Freund verloren habe, und für die Stadt, weil sie den vielleicht klügsten Mann eingebüßt hat. Gott sei Dank haben wir bereits einen würdigen Nachfolger.«

Gleichzeitig schauten beide Männer zu Johann Schinkel, der sichtlich mit den Tränen zu kämpfen hatte. Dass er seine offenkundige Trauer so ungeniert zeigte, machte ihn für seine Beobachter nur noch gefälliger.

Johann bemerkte die Blicke der anderen gar nicht. Tatsächlich war in ihm keinerlei Raffgier, keine Freude darüber, endlich im Rat an der Reihe zu sein. Vielmehr hatte er sich mit seiner Rolle als Gehilfe des großen Notars sehr wohl gefühlt. Er hatte es geliebt, den Gänsekiel für Jordan zu schwingen und somit Teil seiner außerordentlichen Taten gewesen zu sein. Viel zu plötzlich schien ihm diese Zeit jetzt vorbei. Niemand konnte ahnen, wie schmerzlich er schon jetzt ihre Gespräche während der Arbeit vermisste. Häufig hatten sie nächtelang zusammen in Jordans privater Schreibstube gesessen und viele Stunden über theologische oder philosophische Fragen diskutiert. Interessant und lehrreich waren diese Erklärungen gewesen, nie hatte Johann sich gelangweilt. Obwohl er manche Männer darüber hatte reden hören, dass er für den alternden Stadtnotar niedere Arbeiten verrichtete, war er dennoch glücklich mit seinem Amt gewesen. Jedes Stützen, jeder Botengang und jeder Wein, den er dem Magister gereicht hatte, wurden ihm hundertfach gedankt; so empfand es Johann. Ohne dass es so geplant gewesen war, hatte ihn all das zu Jordans Schüler und somit auch mehr und mehr zu seinem einzig denkbaren Nachfolger gemacht.

Als die schier endlosen Trauerfeierlichkeiten geendet hatten, wollte Johann sich von seinen düsteren Gedanken ablenken und ging in die Ratsschreiberei, wo alle Schreibarbeiten der Ratsnotare getätigt wurden. Er wusste genau, an diesem Tage würde er hier allein sein. Ein jeder Mann gab sich heute seiner Trauer hin oder verbrachte den Tag im Gebet. Johann hingegen trieb es zu seinen Büchern.

Als er an den Schreibtisch trat, den er häufig mit seinem Lehrmeister geteilt hatte, schnürte es ihm wiederum die Kehle zu. Er erblickte Jordans eigene, kostbar gestaltete Ausführung des Sachsenspiegels von Eike von Repgow, einen Stoß ordentlich gestapelter loser Blätter und seinen Gänsekiel. In der Mitte des Tisches lag das *Registrum civitatis* – das Erbebuch –, an dem sie zuletzt gearbeitet hatten. Es war noch aufgeschlagen; fast so, als ob der Magister des Rechts gleich wieder zur Tür hereinkommen würde.

Johann atmete tief ein. Fest entschlossen straffte er den Rücken. Er wollte die Arbeit jetzt gleich wieder aufnehmen, um endlich auf andere Gedanken zu kommen. Es würde seine erste eigene Amtshandlung als offizieller *Notarius civitatis* sein; und wider Erwarten flammte trotz der Trauer um seinen Freund und Lehrer etwas Stolz in ihm auf. Mit dem Zeigefinger fuhr er die Linien der letzten Erbebucheintragung nach und verwischte versehentlich die Tinte mit seinen feuchten Händen. Es war seine eigene Handschrift und nicht die von Jordan. Schon lange hatte er alle Schreibarbeiten für ihn übernommen. Unvermittelt wurde ihm klar, wie unendlich wertvoll diese Erfahrungen waren. Er kannte jeden Handschlag dieses Amtes, und doch plagten ihn Zweifel. Das anzutretende Erbe war riesig und der Druck gewaltig. Warum nur hatte er Furcht davor, diese Handlungen einfach weiterhin zu tun? Sein Geist war gewappnet, sein Wille stark, und nun war seine Zeit gekommen. Nein, er brauchte wirklich nicht besorgt zu sein.

»Danke, Jordan, für alles, was du mir beigebracht hast. Ich werde dir ein würdiger Nachfolger sein.«

TEIL II

Friesland und Hamburg
Winter und Frühling,
in den Jahren des Herrn 1269 und 1270

1

Das Pferd unter ihm hatte einen so furchtbar schaukelnden Galopp, dass Thiderich Schifkneht sich beherrschen musste, nicht regelmäßig nachzusehen, ob es unterwegs vielleicht eines seiner vier Beine eingebüßt hatte. Leider hatte der Goldring der Dame Ragnhild für nicht viel mehr gereicht als für den Proviant in seinem Beutel und die fuchsfarbene Stute, die er gerade ritt. Millie war ihr wohlklingender Name.

Der Bauer, dem er sie abgekauft hatte, schien nicht im Geringsten traurig über ihren Verkauf gewesen zu sein. Schonungslos ehrlich hatte er Thiderich erzählt, dass er sie aufgrund ihrer Sturheit nicht Millie, sondern nur Muli genannt hatte. Schon nach den ersten Meilen bestand für Thiderich kein Zweifel mehr, dass sie diesen Namen auch wirklich verdiente.

Mit einem unglaublichen Ruck hatte sie im vollen Galopp einfach vor einer Pfütze angehalten und dabei die Hufe ihrer nach vorn gestemmten Vorderbeine tief in den nassen Boden gedrückt, sodass Thiderich in voller Gänze von ihrem Rücken abhob. Er war kein wirklich guter Reiter und schaffte es nur mit viel Glück, sich noch im letzten Moment an ihrem Hals festzukrallen. Mit zittrigen Beinen glitt er an demselben entlang und rutschte so von dem stehenden Pferd. Zwar landete er nicht komplett der Länge nach im Nass, doch seine Stiefel waren die nächsten zehn Meilen unangenehm von Wasser und Schlamm durchtränkt.

Seither musste er jede Pfütze in einer für Millie angenehmen

Geschwindigkeit umreiten – und es gab viele Pfützen auf dem Weg nach Friesland.

Wenn ihm sein Oheim Heyno nicht schon unzählige Male aus misslichen Situationen geholfen hätte und er ihm deshalb nicht wirklich etwas schulden würde, wäre er wahrscheinlich bereits umgekehrt. Schon oft hatte Heyno die Männer, mit denen Thiderich immer spielte, sobald er auch nur an einem Weinkrug roch, davon abgehalten, seinem Neffen an den Kragen zu gehen. Das Spiel war seine große Leidenschaft und das Bezahlen beim Verlieren seine große Schwäche. Seit jeher verdiente sich Thiderich sein Brot mit zweifelhaften Nebentätigkeiten, von denen viele an der Grenze der Ungesetzlichkeit waren.

Sein Oheim, der eine von Grund auf ehrliche Haut war, hatte ihn bisher noch nicht überzeugen können, ganz und gar davon abzulassen. Aber obwohl Heyno die Lebensführung des Neunzehnjährigen nicht billigte, stand er ihm doch sehr nah und hielt große Stücke auf ihn. Thiderich war sehr geschickt, konnte so ziemlich alles reparieren oder bauen, war kräftig und scheute keine Gefahr. Kurzum, er fand sich einfach überall zurecht. Ein Lebenskünstler, wie Tante Ghesa immer zu sagen pflegte; doch wenn er so weitermachte, würde er niemals ein Eheweib finden, tadelte sie immer gleich hinterher. Kein anständiges Mädchen wollte einen umherziehenden Gauner zum Mann.

Jedenfalls waren es Thiderichs Mut, sein Geschick und natürlich auch seine ewige Geldnot, die Heyno dazu veranlassten, ihn auf diese Reise zu schicken. Wie erwartet, nahm er den Auftrag an, der ihm eine volle Geldkatze in Aussicht stellte. Zudem war er ein Vagabund; schlief mal in diesem Stall oder in jener Scheune. Niemand würde ihn vermissen, und das war wichtig. Ragnhild, Ghesa und Heyno waren sich einig; sie durften keine Aufmerksamkeit erregen, wenn sie nicht wollten, dass der wagemutige Entschluss, einen eigenen Boten auszusenden, herauskam.

Thiderich war von seinen Verwandten bestens aufgeklärt worden. Er wusste, was er zu tun hatte, und er wusste, dass ihm dafür nur drei Monate Zeit blieben. Schon allein diese Tatsache hätte ihn zur Eile angetrieben. Doch es gab noch etwas anderes, was ihn beflügelte.

Gott hatte einen Engel gesandt, und diesem Engel durfte er nun dienen. Mit einem Lächeln dachte Thiderich an Ragnhild. Äußerst selten war ihm eine solche Schönheit begegnet. Ihre zarte Haut und das auffallend blonde Haar hatten ihn von Anfang an in ihren Bann geschlagen.

Während des letzten Treffens der Verbündeten in der Hütte Heynos war ihr zufällig eine Haarsträhne aus der Haube gerutscht. Dieses Bild konnte er nun nicht mehr vergessen. In der Farbe der gelben Schmetterlinge hing sie ihr leicht gewellt fast bis zur Hüfte. Wie gerne hätte er das Haar in diesem Moment berührt. Ghesa bemerkte seinen lüsternen Blick allerdings als Einzige und holte ihn unsanft aus seinen Träumen, indem sie ihre Hand blitzartig auf seinen Hinterkopf schnellen ließ. Heyno hingegen hatte so rasch gar nicht verstanden, warum seine Frau Thiderich schlug, doch Ragnhild wandte sich augenblicklich beschämt ab, um ihr Haar zu ordnen. Ohne Vorwarnung nahm Ghesa darauf ihr Fischmesser vom Tisch, ging auf Ragnhild zu und schnitt ihr die Haarsträhne aus der Hand. Lautlos fiel diese zu Boden. Einen Moment des Schreckens lang sagte keiner ein Wort. Auch Ragnhilds offener Mund blieb stumm. Dann hob sie die Strähne auf und blickte fragend zu Ghesa. »Gebt sie ihm«, hatte diese nur gesagt und auf ihren Neffen gezeigt.

Noch immer lächelnd, erinnerte sich Thiderich daran, dass Ragnhild wohl in diesem Moment geglaubt haben musste, Ghesa wollte damit die Gelüste ihres Neffen befriedigen. Dieser Gedanke brachte ihn immer wieder zum Schmunzeln.

Dann aber erklärte die Frau des Fischers, dass Albert, wenn er denn tatsächlich noch leben sollte, Thiderichs Geschichte vielleicht keinen Glauben schenken würde. Mit Ragnhilds Haarsträhne jedoch hätte dieser einen Beweis für seine Glaubwürdigkeit.

Seither trug er das Haar in einem kleinen Beutel um seinen Hals. Ab und zu holte er es heraus, um daran zu riechen. Er sah es gewissermaßen als zusätzlichen Lohn an; denn sehr wahrscheinlich würde es ihm sein Leben lang verwehrt bleiben, das Haar einer Dame von Stand zu berühren.

Die Gedanken an Ragnhild trugen ihn durch das nasskalte Wetter, welches seine Glieder steif werden ließ. Eigentlich war er seit Beginn des Rittes schon bis auf die Haut durchnässt. Die kurzen Regenpausen fielen ihm irgendwann schon gar nicht mehr auf. Doch er konnte wirklich von Glück sprechen, dass es diesen Winter kaum schneite. Auch kam es ihm durchaus zugute, dass er es gewohnt war, draußen zu schlafen, denn die letzten Nächte wären sonst nur schwerlich zu ertragen gewesen. Der Boden war überall durchweicht, und nach kurzer Zeit des Liegens kroch einem der Frost unter die Haut. Schon sechs Tage und Nächte hatte er auf diese Weise verbracht – des Tags auf Millie und des Nachts auf einer halbwegs trockenen und möglichst nicht gefrorenen Stelle unter einem Baum. Es war eintönig.

Leider kam er schlechter voran als geplant; sei es wegen des störrischen Gemüts der Stute, wegen des Wetters oder wegen der wunden Stellen an seinem Hintern und den Innenseiten seiner Beine. Er war es nicht gewohnt, so lange zu reiten, und jeder Knochen tat ihm weh. Manches Mal stieg er sogar freiwillig vom Pferderücken und lief ein Stück zu Fuß. Doch anhalten konnte er erst dann, wenn das schwindende Licht des Abends hereinbrach und ein Weiterkommen unmöglich machte. Jeder Lichtstrahl musste genutzt werden, um voranzukommen, denn die Zeit war knapp.

Glücklicherweise gab es in den friesischen Seelanden, zu denen auch das angestrebte Rüstringen zählte, einige Geistliche, die als Missionare aus Hamburg und anderen Städten zu den Friesen ausgezogen waren, um den Ungläubigen den christlichen Glauben beizubringen. In diese Männer legte Thiderich all seine Hoffnung, denn nur mit ihnen würde er sich in seiner Sprache unterhalten können.

Seine Bedingungen waren dennoch unlängst schlechter als die des anderen Boten. Dieser war nämlich schon vier Tage zuvor aufgebrochen und außerdem in Begleitung eines eigenen Sprachkundigen, was die Suche nach Albert für ihn sicher erleichtern würde.

Thiderich hingegen hatte nur wenige Münzen bei sich, keinen Übersetzer und eigentlich auch keinen genauen Plan. Er hatte nur sich selbst und damit das Geschick eines Spielers und Überlebenskünstlers. Das allein musste ausreichen. Doch die Tatsache, dass er die letzte Hoffnung der schönen Ragnhild war, spornte ihn an.

Nach ungefähr einer Woche veränderte sich die Landschaft, wie Heyno es vorausgesagt hatte. Je länger er ritt, desto flacher wurde es. Weniger Bäume säumten seinen Weg und dafür umso mehr weite Flächen, die im Sommer wohl saftige grüne Wiesen waren.

Thiderich war erstaunt über die frische, klare Luft, die ihm mit der Zeit entgegenschlug. Tatsächlich roch sie zeitweise ein wenig salzig; auch hierbei hatte sein Oheim recht behalten. Eigentlich hatte er bisher in allen Punkten recht, sogar, was das Aussehen der Leute und ihre Sprache anbelangte. Thiderich hatte seinen eigenen Kopf und glaubte häufig, dass sein ältlicher, armlahmer Verwandter wohl kaum in der Lage sein konnte, so viel mehr über das Leben zu wissen als er. Doch je weiter er ritt, desto mehr beschlich ihn das Gefühl, schon einige Male mit dieser Einschätzung falschgelegen zu haben.

Durch seine zahlreichen Schiffsreisen war Heyno viel in der Welt herumgekommen und hatte verschiedene Völker getroffen. Dieses Wissen wollte er vor der Reise mit Thiderich teilen, um ihn bestmöglich vorzubereiten. Schnell war jedoch klar, dass die Mühe vergebens war, denn sein Neffe hatte ihm nur widerwillig zugehört. Einfach losziehen, ohne Regeln, ohne Plan, das war es, was Thiderich konnte und wollte. Gott sei Dank, dachte er jetzt, hatte Heyno ihn schlussendlich zum Zuhören gezwungen; er nahm sich fest vor, in Zukunft besser auf die Worte des Älteren zu hören.

Heute war der achte Tag. Mit schweren Knochen erhob sich Thiderich von seiner feuchten Schlafstelle und befreite seinen Mantel wie jeden Morgen notdürftig von Sand und Moos. Dann kümmerte er sich um sein Pferd. Millie wartete wie immer brav dort, wo er sie am Abend zuvor angebunden hatte. Nachdem er lobend ihren Hals geklopft hatte, ging er zu seinem Beutel und kramte etwas Hafer heraus. Da sie auf den morastigen Wegen kaum einen Grashalm zu sehen bekommen hatten, hatte er die Stute bereits die vergangenen Tage mit dem Hafer füttern müssen, der eigentlich als Notration gedacht war. Nun hielt er die letzten Krümel in der Hand und hoffte inständig, dass er bald an eine Stelle mit etwas Essbaren kam – sei es zum Kaufen oder eben zum Klauen.

Aber nicht nur Millie musste Hunger leiden, auch Thiderich knurrte der Magen. An einem der letzten Tage hatte er ein Kaninchen vor seinem Bau erwischt und an einem anderen einen Vogel mit einem Stein, doch seither bestanden seine Mahlzeiten aus dem harten Kanten Brot und dem Käse, den er auf dem Markt vor der Abreise für sich gekauft hatte.

Die eintönigen Tage dieser anstrengenden Reise waren jedoch so gut wie gezählt. Bald schon würde er sich in den Landen der friesischen Häuptlinge befinden – fast jede Art der Veränderung war dem jungen Heißsporn mittlerweile recht. Schon heute würde es, laut Heyno, einen spannenden Wegabschnitt geben, denn heute war der Tag, an dem er die Weser mit einem Prahm überqueren musste. Nach dieser Überquerung würde er in das Friesenland Rüstringen gelangen. Von dort an waren es nur noch ein bis zwei Tagesritte nach Aldessen, wo Heyno angespült worden war.

Endlich war er seinem Ziel sichtlich näher. Im Laufe des Tages hatten sich nun auch die letzten großen Wälder der Umgebung gelichtet, und endlich, ja endlich, hatte der Regen aufgehört.

Thiderich hatte die einsamen Landstriche hinter sich gelassen. Je näher er der Weser kam, umso mehr Menschen begegneten ihnen. Viele von ihnen waren Fischer, was er an ihrem mitgeschleppten Hab und Gut erkannte. Gern hätte er angehalten und mit ihnen geredet, doch ihr Verhalten hielt ihn davon ab. Offenbar sah er so fremdländisch aus, dass sie gar nicht erst versuchten, ihn in ihrer Sprache anzureden. Ein kurzes Handheben und Kopfnicken als Gruß schienen ihnen sinnvoller zu sein, und Thiderich tat es ihnen gleich.

Bis hierherzugelangen war tatsächlich nicht allzu schwierig gewesen. Heyno hatte ihm gut beschrieben, wie er reiten musste und woran er sich orientieren konnte. Von Hamburg aus hatte er sich gen Westen gewandt. Sein erstes Ziel war die Horneburg gewesen, die er nach dem Nonnenkloster der Benediktinerinnen bei Buxtehude erreicht hatte. Eigentlich war diese Strecke leicht an zwei Tagen zu schaffen, doch Millies Eigensinn und seine mangelnde Ausdauer hatten fast drei daraus werden lassen. Von dort aus sollte er weiter zur Burg Vörde reiten. Dieser Abschnitt war zwar kürzer als der erste, doch die moorige Landschaft und der Muskelkater von Pferd und Reiter, die so viel Bewegung nicht gewohnt waren, ließen sie auch hier zwei Tage zurückfallen. Weiter Richtung Westen hatte er nach drei beschwerlichen Tagen die

Burg Stotel passiert, um dann endlich, erschöpft und müde, an die Weserböschung zu kommen, wo er sich gerade befand.

Zusammen mit ein paar anderen Fahrgästen standen Thiderich und Millie am Weserufer und sahen zu den beiden Bootsführern hinüber, die sich etwas umständlich abmühten, den alten Flußprahm aus zusammengebundenen Holzstämmen von einer Seite zur anderen zu bekommen. Sie benutzten dazu lange Holzstangen, die sie in den Flussboden stemmten, um das Boot gegen die Strömung zu bewegen. Ihren muskulösen Armen nach zu schließen, war diese Arbeit sehr kraftraubend, und als sie endlich ans Ufer stießen, stand den Männern der Schweiß auf der Stirn.

Geübt sprangen die Wartenden auf den Prahm und überreichten den Männern ihre Münzen für das Übersetzen. Thiderich wollte es ihnen gleichtun und legte dem Fremden zwei Münzen in die Hand. Doch als er den ersten Fuß auf das Holz setzte, hielt ihn der Mann auf und zeigte auf Millie. Im selben Moment begann er wild gestikulierend in seiner Sprache loszureden.

Thiderich hörte diese Laute nun bewusst zum ersten Mal, und er verstand wirklich kein einziges Wort. Dennoch war ihm klar, dass der Prahmführer eine weitere Münze für das Pferd von ihm wollte. Obwohl Thiderich bereits das Doppelte bezahlt hatte, weigerte sich der Fremde, ihn und Millie auf das flache Boot zu lassen.

Die wartenden Fahrgäste auf dem Prahm schienen ausnahmslos einheimische Rüstringer zu sein und fingen nun an, über die schimpfenden Worte des Mannes zu kichern.

Thiderich verstand sofort, dass der Fremde ihn übers Ohr hauen wollte, und wurde wütend. Mit eindeutigen Gesten verlangte er seine Münzen zurück, doch der Prahmführer dachte gar nicht daran, sie ihm wieder auszuhändigen, und wandte sich wieder seiner Arbeit zu. Das war zu viel; Thiderich packte den Fremden an seinem muskulösen Arm und drehte ihn grob herum.

Vollkommen unüberlegt stieß er ihn wütend gegen die Brust, doch der kräftige Mann blieb stehen wie ein Baum. Sein böser Blick allein hätte wohl fast dazu gereicht, um Thiderich niederzustrecken, doch nun sprang auch der andere Prahmführer, laut schimpfend und unter dem Gejohle der Fahrgäste, vom Boot und schnellte auf Thiderich zu. Ehe dieser begriffen hatte, dass seine Situation mehr als brenzlig war, erschütterte ein kräftiger Kinnhaken seine Sicht. Wie nach einem Schlag auf einen Zinntopf hallte der Hieb in seinem Schädel wider. Nach einer halben Umdrehung seines Körpers gaben beide Knie nach, und Thiderich sackte handlungsunfähig zusammen. Nur noch verschwommen nahm er wahr, dass einer der Männer Millies Zügel packte, um sie auf das Boot zu zerren.

Seine Augen waren offen, seine Gedanken einigermaßen klar, und dennoch war er unfähig, auch nur einen Finger zu rühren. Fast wähnte er sich schon den Rest der Strecke laufend zurückzulegen, als die träge Millie plötzlich zum Leben erwachte. Mit aller Gewalt stemmte sie ihre Vorderhufe in den morastigen Boden, wie sie es gerne vor Pfützen tat. Panik stieg in der Stute hoch. Sie wollte sich gegen den festen Griff an ihrem Zügel wehren und wieherte schrill. Angstvoll rollte sie die Augen, sodass das Weiße darin zu sehen war, und legte die Ohren flach nach hinten. Mit aller Kraft zog Millie an den Zügeln, bis endlich eine Seite riss.

Wütend brüllte der Mann etwas in seiner fremden Sprache, worauf der andere Mann zum Prahm ging, um sich mit einem Seil und einer Holzstange zum Abstoßen des Bootes zu bewaffnen.

In diesem Moment sprang der eben noch am Boden liegende Thiderich auf, rannte zu seiner Stute, stemmte sich an ihrem Rücken hoch und gab ihr unter lautem Rufen die Hacken. Die zu Tode erschrockene Millie stieß sich augenblicklich mit den Hinterbeinen ab und sprang mit einem gewaltigen Satz nach vorn. Fast wäre Thiderich dabei von ihrem Rücken gefallen, doch er schaffte es tatsächlich, noch im letzten Moment in ihre Mähne zu greifen und sich daran festzuhalten. Dann preschten sie im wilden Galopp davon. Die zerrissenen Zügel flatterten wild um den Kopf der Stute, doch sie schien es nicht einmal zu bemerken. Thiderich fand langsam seinen Halt wieder, bekam die Zügel zu greifen und trieb das Tier immer weiter an. In all den Tagen war Millie niemals so schnell gelaufen wie in diesem Moment. Thiderich bezweifelte sogar, jemals zuvor in seinem Leben so schnell geritten zu sein. Wie ein Blitz schossen sie am Ufer der Weser entlang, bis die schimpfenden Männer mit ihren Stöcken schon lange nicht mehr zu sehen und zu hören waren.

Vor fast zwei Wochen waren der Bote Bodo und der Missionar Nicolaus aus Hamburg aufgebrochen.

Auch wenn sie nach Anweisung ihrer drei Auftraggeber Johannes vom Berge, Willekin von Horborg und Vater Lambert, keine übermäßige Eile bei der Suche nach Albert an den Tag zu legen brauchten, denn keiner von ihnen glaubte wirklich, dass er noch lebte, waren sie unerwartet schnell vorangekommen. Beide waren sie gute Reiter, und dank ihrer prall gefüllten Börse führten sie zwei mindestens ebenso gute Pferde mit sich.

Bodo war das Ausführen von Befehlen gewohnt. Seit Jahren schon ritt er für die verschiedensten Auftraggeber, ohne sich in der Regel je für die Hintergründe ihrer Befehle zu interessieren. Dieses Mal aber war es anders. Er konnte nicht umhin, sich über die hohen Herren zu wundern, und musste sich bemühen, den Auftrag auch tatsächlich ernst zu nehmen – schließlich galt es dieses Mal, einen Totgesagten zu finden.

Endlich hatten sie Butjardingen erreicht. Vor den Männern lag ihr erstes Reiseziel in Langwarden, die St.-Laurentius-Kirche.

Beide spürten eine ungemeine Erleichterung darüber, dem nasskalten Wetter an diesem Tag bald zu entkommen.

Forsch traten sie durch die quietschende Holztür der enormen Kirche ein. Sie hatten den prächtigen Ziegelbau schon von weit her sehen können, da er sich von allen anderen Gebäuden deutlich abhob. Ihr Bauplatz auf einer Wurt machte die Kirche für die Landbevölkerung, genauso wie für die Seeleute, zu einem festen Orientierungspunkt.

Die Reisenden waren so erschöpft, dass sie kaum ein Auge für die beeindruckenden Ausschmückungen des Gotteshauses hatten. Die Mäntel vom Schneeregen vollständig durchnässt und halb gefroren, standen sie nun tropfend im schummrigen Inneren und schauten sich um. Niemand war zu sehen; nur die kostspielige Ausstattung der offensichtlich reichen Kirche funkelte im verschwenderischen Kerzenlicht. Es war beängstigend still; eigentlich war es das in ganz Rüstringen.

Sie hatten diesen Ort als ihr erstes Ziel in Friesland gewählt, da hier einerseits die Wrackteile der *Resens* geborgen worden waren, wie die fahrenden Händler berichtet hatten, und andererseits ein Geistlicher ihres Landes hier weilte.

Vater Nicolaus war bereits vor vielen Jahren hier gewesen. Doch seither hatte die Stadt sich verändert. Langwarden war stark angewachsen und versprach auf den ersten Blick, eine willkommene Abwechslung von dem beschwerlichen Ritt zu sein. Der Ort verfügte über eine strategisch besonders günstige Lage und deshalb auch über einen eigenen Hafen. Überall spiegelte sich der durch den Handel erwirtschaftete Reichtum wider.

»Willkommen in meiner Kirche«, hallte es völlig unerwartet hinter ihnen.

»Willkommen, Bruder«, antwortete der Missionar Nicolaus. »Wir sind aus Hamburg und bitten um Obdach.«

Der Geistliche der Langwardener Kirche war sichtlich gerührt, so unverhofft wieder seine Sprache sprechen zu können. Offensichtlich hatte er die Herkunft der Reisenden bereits an ihrer Kleidung erkannt, sodass er sie gar nicht erst in der Sprache der Friesen ansprach. Nach einer herzlichen Begrüßung führte er sie in seine eigenen Schlafgemächer, wo die erschöpften Reiter auch bald in tiefen Schlaf fielen.

Erst am nächsten Tag, als die Laudes, das Morgengebet, vorüber war, erzählten die Reisenden von ihrem Begehr.

»Wir kommen im Auftrag des Hamburger Domkapitels und des Hamburger Rates, um Erkundigungen über den Untergang eines Kaufmannsschiffs einzuholen. Fahrende Händler erzählten, dass in einer nicht weit zurückliegenden Sturmnacht Wrackteile im Langwardener Hafen angespült worden sind.«

Der Priester nickte. »Ich erinnere mich; an die Sturmnacht ebenso wie an die Spielleute. Es kommen nicht häufig Spielleute hierher.«

Nicolaus überging die Bemerkung und fragte ganz direkt: »Stimmt es also, was sie sagen?«

»Ja, es wurden tatsächlich Wrackteile angespült. Einige Fischer haben sie gefunden«, bestätigte der Geistliche. »Dieser Vorfall war allerdings nicht besonders bemerkenswert. Schon häufig konnte man nach einem Sturm altes Strandgut an unserer Küste entdecken. Zumeist stammte es von Schiffen, die vor langer Zeit gekentert waren. Doch dieses Mal war es ungewöhnlich viel Strandgut, das auch noch nicht mit Algen überzogen war, wie es bei älteren Schiffsteilen stets der Fall ist. Die Fischer vermuteten deshalb, dass das Schiff tatsächlich in der vergangenen Sturmnacht, und zwar in unmittelbarer Nähe untergegangen sein musste.«

»Das ist hochinteressant, Bruder«, sagte Nicolaus, während er nachdenklich sein Kinn zwischen Zeigefinger und Daumen nahm. »Können wir die Wrackteile begutachten?«

»Leider nein. Angeschwemmtes Holz wird stets von den Küstenbewohnern eingesammelt und sogleich anderweitig verwendet. Ich bin überzeugt, dass keine der Planken noch aufzufinden ist.«

Diese Antwort war eigentlich keine Überraschung für die Boten. Überall an der Küste wurde so mit noch zu gebrauchendem Strandgut verfahren.

»Wie ist es zum Fund der Schiffsherrnmütze gekommen, die die fahrenden Händler nach Hamburg gebracht haben?«, fragte Bodo den Pfaffen nach der Mütze Arnoldus', die den Beweis erbracht hatte, dass es sich bei dem gekenterten Schiff um die *Resens* gehandelt haben musste.

»Nun, gleich nach dem Sturm fror die aufgebrochene Eisplatte an der Küste wieder zu. Erst Tage später fanden ein paar Kinder die im Eis eingefrorene Mütze, die dann von Händlern nach Hamburg gebracht wurde.«

Als alles gesagt war, fassten die drei Männer ihr Wissen zusammen und stellten fest, dass sich die Geschichte der Langwardener mit der Geschichte der fahrenden Händler deckte. Somit hatten sie zwar noch nichts Neues erfahren, doch sie wussten nun, dass sie der richtigen Spur folgten.

Dennoch, viele der folgenden Informationen waren zweifelhaft. Die Friesen verhielten sich Fremden gegenüber nicht besonders aufgeschlossen, und die Nachfrage nach den weiterverarbeiteten Wrackteilen hinterließ misstrauische Blicke. Doch so vage die Aussagen der Befragten auch waren, einen Überlebenden hatte es hier in Langwarden eindeutig nicht gegeben. Die beiden Boten mussten weiterziehen.

Auch wenn Bodo und Vater Nicolaus auf die Mithilfe und Redebereitschaft der Friesen und der ortsansässigen Geistlichen angewiesen waren, mussten sie vorsichtig vorgehen. Sie durften nicht zu viel erzählen, denn schließlich war die Grenze zwischen dem von dem Domkapitel und den Bürgermeistern übertragenen Auftrag und der Absprache mit ihren geheimen Auftraggebern fließend. Bis zu einem gewissen Punkt verfolgten beide Aufträge zwar das gleiche Ziel, nämlich Albert von Holdenstede aufzufinden, doch in der Frage, wie dann zu verfahren sei, unterschieden sie sich gewaltig voneinander. Die einen wollten Albert lebend, die anderen tot!

Um vielleicht mehr über Alberts Verbleib zu erfahren, mussten Bodo und Nicolaus weiterziehen. Möglicherweise gab es in anderen Küstenstädten Rüstringens Hinweise auf Überlebende. Ihr nächstes Ziel war Burhave.

Thiderich hätte nicht sagen können, wie weit er mit dieser mörderischen Geschwindigkeit geritten war. Er wusste nur, dass er irgendwann angefangen hatte, Millie stumm anzuflehen, endlich stehen zu bleiben. Obwohl er den gerissenen Zügel sogar zu fassen bekommen hatte, war es ihm einfach unmöglich gewesen, sie damit anzuhalten. Das zusätzliche Antreiben seinerseits am Anfang der Strecke hatte sie dazu gebracht, vollkommen kopflos durchzugehen. Sie war nun in Panik und ließ ihrem Fluchtinstinkt freien Lauf. Als er sich bereits mit dem Gedanken angefreundet hatte, einfach loszulassen und sich im Galopp abzuwerfen, wurde Millie endlich langsamer. Stark hustend und prustend fiel sie zunächst in einen sanften Trab und dann irgendwann in einen gemächlichen Schritt.

Thiderich löste seine verkrampften Hände aus der Mähne und rutschte erleichtert von Millies Rücken. Er hatte ihr wohl einige kleine Haarbüschel ausgerissen, denn noch immer fühlte er Mähnenhaare zwischen seinen Fingern. Zittrig griff er nach den Zügeln und band sie an den nächsten Baum, wo auch er seinen weichen Knien nachgab. Er war vollkommen erschöpft und musste sich dazu zwingen, ruhiger zu atmen.

Der erste Kontakt mit den Bewohnern Frieslands war gründlich misslungen. Ihm wurde klar, dass er wohl zu entspannt an die

Sache gegangen war und dass Fremde nicht allerorts warmherzig begrüßt wurden. Nach einem Grund dafür suchend, probierte er sich an die Worte seines Oheims zu erinnern. Von ihm wusste Thiderich, dass die heidnischen Friesen nicht alle von der Christianisierung überzeugt waren und einige sich den langen Armen der Missionare noch immer geschickt entzogen. Heyno hatte ihn davor gewarnt, doch das war anscheinend eine der Sachen, die er gar nicht erst hatte hören wollen oder tatsächlich nach kurzer Zeit verdrängt hatte. Jetzt fiel sie ihm wieder ein, und er schalt sich einen Narren. In Zukunft musste er vorsichtiger sein, sagte er zu sich selbst. Doch jetzt galt es erst einmal, irgendwie über die Weser zu gelangen. Die Münzen, die er dem Prahmführer gegeben hatte, waren fort und rissen ein großes Loch in seine Reisebörse, aber aufzugeben war nicht seine Art. Thiderich war sich sicher, dass er eine andere Möglichkeit finden würde, um über den Fluss zu kommen. Bedauerlicherweise würde ihm die Suche nach diesem Weg viel seiner kostbaren Zeit kosten.

Nachdem er einen kleinen innerlichen Kampf erfolgreich ausgefochten hatte, ob er sich noch einmal auf Millie wagen könnte, knotete er nun doch die gerissenen Zügel zusammen, stieg wieder auf und ritt am Weserufer entlang Richtung Süden.

Einige Bauern kreuzten seinen Weg, und Thiderich meinte irgendwann an ihrer Sprache hören zu können, dass er sich wieder vom Friesenland entfernte. Manche verstand er gut, wieder andere gar nicht.

Es machte ihn schier verrückt, nun zwanghaft in die falsche Richtung reiten zu müssen und nicht zu wissen, wo er sich befand. Als er eine Gruppe Frauen mit Eimern und Tonkrügen an einer flachen Stelle des Flusses traf, fragte er sie nach dem Namen dieser Gegend. Mit skeptischem Blick antworteten die Weiber, dass sie Stedinger Bauern seien und dass er sich auf dem Stedinger Land befand. Niemals zuvor hatte Thiderich von Stedingen gehört. Auf seine Nachfrage nach einer Möglichkeit der Flussüberquerung deuteten die Frauen in Richtung Süden.

Den ganzen restlichen Tag lang ritt er am immer schmaler werdenden Fluss entlang, jedoch ohne eine Möglichkeit zum Übersetzen zu finden. Wäre die Weser nicht so breit gewesen, hätte er vielleicht durch das Wasser schwimmen können. Schon häufig hatte er sich in der Vergangenheit an dem Schweif seines Pferdes festgeklammert und war so über das ein oder andere Gewässer gekommen. Pferde waren gute Schwimmer und hatten einen starken Willen; bekam man ein Pferd also erst einmal zu Wasser, war auch die Wahrscheinlichkeit groß, von ihm hinübergezogen zu werden. Dennoch war es sehr gefährlich. Thiderich selbst konnte nämlich nicht schwimmen, und ein einziger Tritt mit dem Hinterhuf würde ausreichen, dass er seinen Griff um das Schweifhaar für einen Moment lockerte und dann jämmerlich unterging. Zudem war das Wasser jetzt im Winter eiskalt und die Strömung der Weser sehr schnell. Ein Durchschwimmen konnte er wohl ausschließen. Er musste also einen anderen Weg finden und ritt weiter.

Der Hunger überfiel ihn mindestens so überraschend wie der Schneeregen. Nach kurzer Zeit waren Reiter und Pferd bis auf die Knochen durchnässt. Millie hatte sich bei ihrer Flucht offensichtlich sehr verausgabt und war unwilliger als je zuvor. Wo sie noch vor wenigen Stunden Höchstleistungen erbracht hatte, taten Thiderich jetzt die Beine vom Antreiben weh.

Auf seinem Weg die Weser hinab kam er an mehreren einsam gelegenen Bauernhöfen und Fischerhütten vorbei. Jedes Mal, wenn er jemanden zu Gesicht bekam, sah er zu, dass er sich unauffällig verhielt und schnell weiterkam. Er spürte das Misstrauen der Leute, konnte es sich aber nicht recht erklären. Zudem fiel es ihm nach dem heutigen Erlebnis mindestens ebenso schwer, einem Fremden zu trauen.

Je weiter er ritt, desto häufiger teilte sich der Fluss in immer weitere Arme auf, um dann an einer anderen Stelle erneut zusammenzufließen. Das Land wurde mooriger und das Wetter immer unfreundlicher. Weit und breit war kein größerer Ort, geschweige denn ein Übergang über den Fluss zu sehen. Thiderich fragte sich wahrlich, ob die Bewohner des Stedinger Landes denn niemals über das Wasser mussten.

Als er schon meinte, sein Lager für die Nacht am Ufer aufschlagen zu müssen, kam er an ein kleines Dorf namens Rechtenfleth – wie ihm ein junger Bursche mit zwei Säcken auf dem Rücken sagte. All seine Zweifel und seine Vorsicht Fremden gegenüber waren mit dem immerwährenden Regen weggespült worden. Er wollte nur noch ins Trockene, und so folgte er dem Burschen, der ihm das Wirtshaus des Ortes zeigen sollte, das es nach seiner Aussage hier gab.

Millie schien zu ahnen, dass endlich eine Pause nahte, und beschleunigte noch ein letztes Mal ihren Schritt. Hinter dem Jungen betraten sie das kleine Dorf. Thiderich hoffte hier einen ruhigen Abend und eine geruhsame Nacht verbringen zu können, doch die Worte des Jungen verhießen nichts Gutes.

Mit einem warnenden Unterton in der Stimme sagte er: »Wenn ich Euch einen Rat geben darf, Herr, dann verärgert nicht die Ritter, die sich hier auf ihrer Durchreise für die Nacht niedergelassen haben.«

»Von welchen Rittern sprichst du, Bursche?«, fragte Thiderich erstaunt.

Ohne ein weiteres Wort zeigte der Junge mit dem Finger auf eine Ansammlung von sieben gut gekleideten Männern, die vor dem Wirtshaus standen. Sie waren noch einige Längen von ihnen entfernt, doch Thiderich konnte bereits sehen und hören, wie betrunken sie waren. Noch bevor er eine weitere Frage an den Jungen richten konnte, verschwand dieser ängstlich hinter einer kleinen Scheune.

Thiderich blieb allein zurück. Er wunderte sich nicht darüber, dass einem jungen Burschen beim Anblick der rauen Kerle angst und bange wurde, doch er selbst spürte keine Furcht. Durch sein Vagabundendasein war er den Umgang mit Betrunkenen gewohnt, und so trieb er Millie beherzt in Richtung der Männer.

Je näher Thiderich kam, desto mehr verstummten die Gespräche der Ritter. Feindselig starrten sie den Fremden an. Thiderich nahm sich vor, sie einfach nicht zu beachten; sicher würden sie ihn dann in Ruhe lassen. Fast schon war er an der Gruppe der Trunkenbolde vorüber, als einer von ihnen Millies Zügel ergriff.

»Heda, wohin des Weges, Bürschchen?«, lallte der Ritter. »Hast du nicht etwas vergessen?«

Augenblicklich fingen die Umherstehenden an, grölend zu lachen. Thiderich wurde klar, dass die Männer Streit anzetteln wollten, und antwortete so ruhig, wie es ihm möglich war: »Was meint Ihr?«

»Das kann ich dir sagen. Ich meine den Wegezoll. Wenn heute jemand in die Schänke will, muss er an uns Wegezoll zahlen.« Die anderen Ritter stimmten ihrem Sprecher lauthals zu und kamen näher an Millie heran.

Ein Glatzköpfiger packte den anderen Zügel der Stute und erklärte mit schwerer Zunge: »Wir fordern Wegezoll von dir, oder du gibst uns deinen Mantel und den Gaul.«

Millie wurde immer unruhiger und tänzelte ängstlich auf der Stelle. Wie Thiderich ja bereits wusste, mochte es die Stute gar nicht, so eng am Zügel gehalten zu werden. Sie versuchte rückwärtszugehen, doch auch da standen bereits einige der baumlangen Kerle. Es war nun eindeutig; er hatte ein Problem! Gewiss würden sie ihm seinen kompletten Geldbeutel abnehmen, wenn er jetzt tatsächlich ein paar Münzen herausholte, um den geforderten Wegezoll zu zahlen. Doch würde er es nicht tun, dann konnte es auch sein, dass die besoffenen Hünen ihn im nächsten Augenblick in Stücke rissen. Er war allein, und sie waren zu siebt; und wer weiß, wie viele von ihnen noch in der Schänke saßen. Er musste sich also irgendwie geschickter anstellen, wenn er heil aus dieser Lage entkommen wollte. Nur einen kurzen Moment lang besann er sich seiner gaunerhaften Vergangenheit und schmiedete einen Plan. Bevor er den Mund öffnete, flehte er stumm alle Heiligen an, dass er auch gelingen möge. So locker, wie es ihm noch über die Lippen ging, sprach er: »Männer, was wollt Ihr denn schon mit einem so störrischen dürren Gaul? Auch mein Mantel wird Euch nicht wärmen, so nass wie er ist. Aber Ihr seht durstig aus. Was haltet Ihr davon, wenn ich dem Schankwirt sage, er soll ein ordentliches Fass Bier aufmachen? Tüchtige Kerle wie Ihr sollten keine trockenen Kehlen haben, richtig, Männer?«

Ein besonders Streitlustiger antwortete grob: »Bist du blind, Bursche, wir haben Krüge voller Met in den Fäusten«, und hob seinen Arm mit dem Krug in seiner Hand. An seine Kameraden gerichtet, hetzte er: »Los, durchsucht ihn und nehmt ihm seine Münzen ab!«

Bevor sie ihn ergreifen konnten, setzte Thiderich nach: »Das nennt Ihr Met?« Er musste gegen das Zittern in seiner Stimme ankämpfen. »Ich nenne das eine stinkende Pissbrühe. Ich sage, der Wirt gibt Euch Edelleuten den letzten Fusel und spart sich sein gutes Bier für seine eigene Wampe auf. Wollt Ihr Euch das etwa gefallen lassen?«

Die gerade auf ihn zugestürzten Ritter hielten inne und schauten in ihre Krüge. Thiderich betete, dass seine Hetzparolen gegen den Wirt die streitbaren Männer von ihm selbst ablenkten. Einer der Ritter hielt mit einem Mal tatsächlich die Nase in seinen Krug und schüttete daraufhin den Inhalt mit einem angeekelten Ausdruck im Gesicht auf den Boden. »Er hat recht; es stinkt wie Kuhscheiße. Von dem Gesöff trinke ich keinen Schluck mehr. Der Hundsfott von einem Wirt will uns betrügen. Den schnapp ich mir jetzt.«

Unendlich erleichtert sah Thiderich, wie andere es dem Ritter nachtaten und ihr Bier samt Krug auf den Boden warfen. Das Geschepper war ohrenbetäubend und somit wohl auch noch in der Schänke zu hören.

Hochroten Kopfes riss der Wirt die Tür auf und reckte wütend die Fäuste in die Höhe. Den dicken Bauch voranschiebend, stürmte er auf die Ritter zu, die seine Krüge nacheinander zerschmetterten. Erst kurz vor der Gruppe, die um Thiderich herumstand, schien er zu bemerken, wie feindselig die Ritter ihn anstarrten.

»Du wagst es, solch ein Gesöff an Edelleute auszuschenken und es auch noch *Bier* zu nennen?«

Der völlig erstaunte Wirt begriff nun, dass er in Schwierigkeiten war. Seine Fäuste öffneten sich und machten nun beschwichtigende Gesten. »Freunde, was wollt Ihr damit sagen? Ihr bekommt gutes Bier von mir. Noch nie hat sich jemand beschwert.«

Nun war es wieder der Kahlköpfige, der ihm entgegendonnerte: »Willst du uns etwa mit dem Bauernpack vergleichen, das du sonst bedienst?«

Mehrere Stimmen wurden laut. »Du wagst es...«; »Schenke sofort deinen besten Tropfen aus...«; »Wir sind Herren von Stand, du Hurensohn!«

Fast hatte Thiderich Mitleid mit dem Mann, den er mit seinen Worten in diese missliche Lage getrieben hatte. Doch die Erleichterung darüber, seinen Kopf gerade noch aus der Schlinge gezogen zu haben, war größer. Nun musste er nur noch den richtigen Moment abwarten, um sich heimlich aus dem Staub machen zu können.

Der Wirt hatte keine Wahl. Wenn ihm sein Leben lieb war, musste er den Rittern geben, wonach es sie dürstete. Schon von zweien an beiden Seiten gepackt, schleppten sie den fetten Mann in seine eigene Schenke. Jeder Schritt wurde von dem Flehen und Bitten des Mannes begleitet, doch die Ritter kannten kein Erbarmen.

Fast wähnte Thiderich sich schon in Sicherheit, als einer der noch zurückgebliebenen Ritter auf ihn zeigte und sagte: »Den nehmen wir besser mit. Schließlich scheint der ja ganz gut zu wissen, was der Wirt in seinen Vorratsräumen noch so gelagert hat.«

Die Männer stimmten lachend zu und zogen Thiderich vom Pferd. Die noch immer aufgebrachte Millie banden sie an einen Baum.

Nur einen Wimpernschlag später wurde Thiderich auf eine Holzbank zwischen zwei Ritter gedrückt, die ihn mindestens um Haupteslänge überragten. Von weiteren zig Rittern im hinteren Teil der Schenke eingekesselt, konnte er nur hoffen, dass der Wirt tatsächlich noch etwas Besseres in seinem Vorrat hatte. Andernfalls würde es ihm selbst wohl gehörig an den Kragen gehen. Thiderich sah sich um. Der Schankraum war eng gefüllt mit rohen Holzbänken und Holztischen. Nur wenige Fackeln erhellten den Raum. Der Lärm war heftig und die Luft zum Zerschneiden dick. Fast meinte Thiderich nicht atmen zu können. Gerüche von Ruß, Schweiß und angebranntem Essen vermischten sich, und die Männer neben ihm stanken so stark aus ihren Mäulern, dass es wohl Tote hätte wecken können. Regelmäßig rülpsten und furzten sie, und Thiderich, der seit Tagen nur klare Waldluft zu riechen bekommen hatte, meinte fast die Besinnung zu verlieren.

Tatsächlich kam der Wirt nur Augenblicke später mit einem großen Fass und einer üblen Platzwunde auf der Stirn zurück. Grob wurde er beiseitegestoßen.

Der Kahle schnappte sich das Fass, als wäre es ein leerer Eimer, und schulterte es mit einem Arm. Den anderen Arm reckte er in die Höhe und löste so ein ohrenbetäubendes Gejohle unter den Männern aus.

Die Ritter kippten das kühle Nass nur so in sich hinein, und auch Thiderich musste trinken. Immer wieder wurde ihm nachgeschenkt, und wenn er nicht trank, stieß einer seiner Sitznachbarn ihm den Ellenbogen grob in die Seite. So trank er, bis das Grölen erträglicher wurde und der Gestank um ihn herum nachließ. Er fühlte sich eingemummt in seinem Rausch und wäre wohl auch bald eingeschlafen, wenn nicht in dem Moment einer der Ritter mit einer kreischenden Frau auf den Schultern in die Schankstube gekommen wäre.

Es war die Frau des Wirts, der sofort versuchte, seinem Weib zu Hilfe zu eilen. Doch ein einziger Kinnhaken des kahlen Ritters, der die Frau wohl aus ihrem Versteck gezogen hatte, genügte, um den Wirt ohnmächtig zusammensacken zu lassen.

Der Ritter wischte einen der Holztische mit einem Armhieb frei, warf die Wirtsfrau rücklings darauf und rieb sich erwartungsfroh die Hände. Alle um ihn herum begannen, ihn lärmend anzufeuern.

Thiderich brauchte einen Moment, um zu begreifen, was dort vor sich ging, doch als er verstand, sprang er einer inneren Eingebung folgend auf. Noch bevor ihm gewahr wurde, was er da gerade tat, zerrten ihn zwei Ritter mit hasserfüllten Blicken zurück auf die Bank. Sie brauchten nur mit dem Kinn auf den blutenden Wirt zu deuten, um Thiderich klarzumachen, dass er ebenso enden würde, wenn er sich jetzt nicht still verhielt. Danach war klar, dass er keine andere Wahl hatte, als die Grausamkeiten mit anzusehen, die nun geschehen würden.

Der Kahle hatte der schreienden Frau bereits alle Kleider vom Leib gerissen. Ihr Körper war gezeichnet von den vielen Geburten, die sie offenbar schon hinter sich hatte. Die blau geäderten, schlauchartigen Brüste hingen links und rechts von ihr herab. Der Bauch wies dunkle Risse auf und war ansonsten ebenso schwammig und blass wie ihre Arme und Beine.

All das schien den Ritter nicht zu stören, denn sein mächtiges Glied stand bereits wie ein Pfahl.

Das Schreien der Frau wurde nun zu einem Weinen und Flehen, aber die rauen Kerle schienen es gar nicht wahrzunehmen. Auf ein Nicken hin packten die Ritter ihre Arme und Beine und spreizten Letztere bis zum Anschlag. Anscheinend kannten sie den Kahlen und seine Gelüste bereits, denn bevor er sein Gemächt in sie stieß, spuckte er in die Hände und fuhr mit den Fingern seiner Rechten zunächst langsam in die Frau hinein. Die nun schreckerstarrte Wirtsfrau schaute dem Ritter panisch in die Augen. Dieser genoss den Anblick sichtlich. Offenbar war es genau das, was er wollte – die Angst in ihren Augen sehen. Als die Frau vor Schmerz und Scham zu schreien begann, wurde das Grölen der Männer immer lauter. Nun schien auch der Kahle zufrieden zu sein, denn sein Glied war noch einmal um ein gutes Stück angewachsen. Auf ein weiteres Zeichen drehten die Männer die Nackte auf den Bauch. Der Ritter schob sein Wams nach oben und zog die Frau an sich heran, sodass ihre Beine vom Tisch rutschten und er ihren blanken Hintern vor sich hatte. Nach zwei heftigen Schlägen auf ihre Backen packte er sein Gemächt und stieß es in sie hinein. Ein letztes Stöhnen verließ den Mund der Wirtsfrau, dann war sie still. Nachdem der Anführer der Ritter mit dem Weib fertig war, fielen die anderen Männer über die Regungslose her.

Thiderich hätte sich am liebsten übergeben. Mit einem Schlag war er stocknüchtern. Zwar verhielten sich Ritter oft grob, und auch in Hamburg hatte er schon den einen oder anderen Vorfall mit den Rittern der Grafen von Holstein und Schauenburg erlebt, aber nichts davon besaß diese Heftigkeit. Alles in ihm drängte danach, diesen Ort zu verlassen, doch er wusste, dass die Männer ihn schlichtweg erschlagen würden, wenn er nun zu flüchten versuchte. Er musste ausharren und hoffen, dass sie irgendwann in einen berauschten Schlaf fielen.

Scheinbar endlos zog sich die Nacht. Thiderich war noch immer eingekeilt von seinen beiden Sitznachbarn. Irgendwann aber wurde es dann doch etwas ruhiger in der Schankstube. Die Ersten legten ihre Köpfe auf die Tische oder rutschten die Bänke hinunter. Seine Nebenmänner sanken kurz darauf ebenso in sich zusammen, bis der Letzte unter ihnen endlich zu schnarchen anfing.

Zum Glück hatten die Ritter neben ihm irgendwann vergessen, darauf zu achten, dass Thiderichs Krug stets gefüllt blieb, und so war er jetzt einigermaßen nüchtern und klar in seinen Gedanken. Mit schlangenartigen Bewegungen gelangte er zunächst lautlos unter den Tisch. Auf allen vieren kroch er langsam über den Boden. Überall lagen Körper herum; er wagte kaum zu atmen. Immer wieder verharrte er einen Augenblick, um zu schauen, ob auch niemand erwachte, doch alle Ritter schnarchten laut vor sich hin. Als Thiderich den Ausgang schon fast erreicht hatte, sah er in seinem Augenwinkel plötzlich eine Bewegung. Blitzartig fuhr er herum. Da er keine Waffe bei sich trug, hätte er sich beinahe blindlings auf die Person gestürzt, um sich zu verteidigen, doch im letzten Moment hielt er inne. Es war die Wirtsfrau, die sich gerade mit ebenso langsamen Bewegungen wie er selbst von dem Tisch gleiten ließ, auf dem sie geschändet worden war. Notdürftig bedeckte sie sich mit einem Fetzen ihres zerrissenen Kleides, als ihre Blicke sich trafen. Ein eiskaltes Schaudern lief ihm dabei über den Rücken. Thiderich war sich absolut sicher, noch niemals in seinem Leben einen so verletzten und hasserfüllten Blick bei einer Frau gesehen zu haben. Selbst wenn er einen kurzen Moment daran gedacht hatte, zurückzulaufen, um ihr zu helfen, erstarb dieses Vorhaben bei diesem Anblick.

Als sie durch eine Tür verschwunden war, die wohl zu den

Kammern der Wirtsfamilie führte, schlich er auf Zehenspitzen weiter durch die Schankstube. Bevor er die Tür durchschritt, die wegen der schlechten Luft Gott sei Dank geöffnet war, nahm er zweien der Ritter noch die Geldbörsen ab. Sie hingen einfach an ihren Gürteln; die Gelegenheit war zu gut und der Dieb in ihm zu übermächtig, als dass er hätte widerstehen können.

Endlich gelangte er nach draußen. Es war mittlerweile stockdunkel, und Millie hatte ihren Hinterhuf zum Dösen eingeknickt. Die Gefahr war noch nicht vorüber. Thiderich flehte die Stute stumm an, wenigstens dieses eine Mal ganz brav am Zügel zu gehen und sich lautlos aus dem Dorf führen zu lassen. Wie sich herausstellte, waren seine Sorgen unbegründet, denn sie folgte ihm artig wie ein Lämmchen und machte keinen Laut.

Ganz bestimmt war er noch nie so froh darüber gewesen, auf Millie zu sitzen. Thiderich fühlte sich mit einem Mal völlig erschlagen und unfähig, selbst zu laufen, die Stute hingegen hatte sich gut erholt und ging trotz der totalen Düsternis flott voran.

Ihr Reiter hatte keine Ahnung, wohin sie ihn brachte, doch das Rauschen der Weser rechts neben ihnen wähnte ihn in der richtigen Richtung. Für ihn zählte im Augenblick sowieso nur eines: dass sie weg aus Rechtenfleth kamen.

2

Bodo und Vater Nicolaus hatten das Wurtendorf Burhave schon kurz nach Sonnenaufgang verlassen. Der Pfarrer der Kirche war ein mürrischer alter Mann gewesen, der den beiden Reisenden nur argwöhnisch ihre Fragen beantwortete. Auch die Bewohner der nur wenigen Höfe, die sich um die Wehrkirche scharten, waren eher kühl als höflich, und so war auch dieser Abschnitt ihrer Reise ein Misserfolg.

Der Missionar merkte schnell, dass sein Begleiter ein unangenehmer Reisegefährte war. Ständig beklagte er sich; über das schlechte Wetter, die Kälte, die ungastliche Umgebung und nun auch noch über sein Pferd. Soeben hatte es eines seiner Hufeisen eingebüßt und lahmte seither so stark, dass Bodo sogar absteigen und es führen musste. In regelmäßigen Abständen schimpfte er lautstark vor sich hin, und Vater Nicolaus hoffte inständig, dass sie in Tossens, ihrem nächsten Ziel, einen fähigen Schmied auftun würden. Wenigstens sollte dem Griesgram nun, da er zu Fuß gehen musste, nicht mehr kalt sein, dachte der Geistliche spöttisch.

Nachdem sie in Tossens zunächst den Schmied, dann die Schenke, dann die Kirche und schließlich einzelne Bewohner des Ortes aufgesucht hatten, um sich nach dem Schiffsunglück zu erkundigen, stellte sich auch hier heraus, dass es so gut wie nichts Neues zu erfahren gab.

Die Menschen des Küstenortes hatten zwar ebenso von dem Unglück erfahren, denn sogar hier war in der Sturmnacht einiges an Strandgut angespült worden – möglicherweise von der *Resens* –, doch niemand wollte etwas über etwaige Überlebende wissen.

Die beiden Boten waren nach zwei Tagen bereit zur Weiterreise. Ihr nächstes Ziel sollte der Kirchort Bockhorn sein, welcher auf halbem Wege zum Kloster Rastede lag. Hier lebte ein Vetter von Vater Nicolaus, und sie erhofften sich, nach den erfolglosen Erkundigungen der bisherigen Reise spätestens dort ein wenig mehr zu erfahren. Der Weg zum Kloster Rastede war weit, und sie würden, die Rast in Bockhorn eingerechnet, mindestens drei Tage dorthin brauchen.

Die Aussicht auf diesen Ritt mit seinem sauertöpfischen Begleiter stimmte Vater Nicolaus nicht gerade fröhlich, doch die Hoffnung auf gutes Essen und eine feste Unterkunft am Ende der drei Tage trieb ihn an.

Irgendwann nachdem es hell geworden war, hatte Thiderich mit Erstaunen festgestellt, dass die gestern noch so breite Weser sich mittlerweile nur noch als kleines Flüsschen zeigte. Er brauchte eine Weile, um zu begreifen, dass er vom Weg abgekommen war. Durch das beständige Rauschen neben ihm war er davon ausgegangen, stets dem richtigen Weg gefolgt zu sein, doch anscheinend hatte ein kleiner Nebenarm ihn in die Irre geführt. Missmutig hatte er also seine Stute gewendet, um wieder zurück zu dem Punkt zu reiten, an dem sie falsch abgebogen waren. Erst zu ziemlich später Stunde fand er die besagte Stelle. Verärgert darüber, abermals einen Tag verschenkt zu haben, trieb er Millie zu einem schnelleren Gang an, um das letzte Tageslicht auszunutzen. Als es bereits dämmerte, erreichten sie einen kleinen Ort. Normalerweise hätte Thiderich nach den jüngsten Ereignissen auch hierum eher einen Bogen geschlagen und lieber am Fluss übernachtet, doch erstens würde es sicher nicht in jedem Dorf eine Schar

Ritter geben, und zweitens entdeckte er eine Kirche. Augenblicklich hallten die Worte Heynos in seinen Ohren wider. Fast konnte er tatsächlich die Stimme seines Oheims hören, die ihm dazu riet, sich als Pilger auf Abwegen auf dem Weg zum Kölner Dom zu den Reliquien der Heiligen Drei Könige auszugeben. Auch wenn die Gastfreundschaft ohnehin zu den christlichen Pflichten gehörte, würden ihm so auch das Pilgerrecht und Hospizrecht zugutekommen. Fromme Christenmenschen, die nahe einer Kirche wohnten, durften ihm die Bitte nach einer Bleibe also nicht verwehren. Auch Gott, dessen war sich Thiderich sicher, würde diese Lüge sicher verzeihen, da es um eine gute Sache ging.

Hier in Sandstedt, wie der Ort laut einer Bauersfrau hieß, die er am Fluss traf, wartete also sein Obdach für die Nacht. Erleichtert über die Aussicht, nach zwei Tagen ohne Schlaf möglicherweise wieder auf eine trockene Bettstatt zu treffen, zog er die erschöpfte Millie am Zügel und steuerte direkt auf die Kirche des Dörfchens zu.

Die Menschen in Sandstedt waren weit freundlicher als die hinterhältigen Prahmführer oder die Ritter, die Thiderich bisher auf seiner Reise angetroffen hatte. Obwohl er nicht alle von ihnen verstand, da manche die Sprache der Friesen verwendeten, gab es doch einige, die auch seiner Sprache mächtig waren. Gleich nach der Ankunft im Dorf wurde Thiderich von dem freundlichen Dorfpfarrer empfangen, der ihn gottlob verstand. Nachdem er die Geschichte des verirrten Pilgers, der von Rittern seiner Pilgerinsignien beraubt worden war, erzählt hatte, versprach der Geistliche, ihm eine Unterkunft zu besorgen. Thiderichs Gewissensbisse wegen der notwendigen Lüge hielten sich tatsächlich in Grenzen – was ihm wiederum ein schlechtes Gewissen bereitete. Doch ganz offensichtlich kam es hier nicht selten vor, dass sich einzelne Pilger verirrten und auf die Hilfe der Dorfbewohner angewiesen waren. Geübt führte ihn der Kirchenmann zu einem dem Gotteshaus nahe gelegenen Hof. Der stille Bauer wiederum geleitete ihn weiter in den Stall seiner Ziegen.

Das frisch aufgeschüttete Stroh sah weich und einladend aus, und Thiderich ließ sich sogleich daraufallen. Als eines der Bauernkinder sogar noch mit etwas zu essen kam, war sein Glück vollkommen.

Auch Millie durfte mit hinein in den niedrigen Stall. Mit mächtigen Bissen hieb sie ihre Zähne in das duftende Stroh, bis der Boden fast kahl war.

Thiderich befürchtete, dass sie das Stroh unter seinem Körper wohl auch fressen wollte, und band sie kurzerhand an einem Balken an. Seit dem Teufelsritt vor wenigen Tagen traute er der Stute so einiges zu. Auch, dass ihr wohl jedes Mittel recht war, um noch den letzten Halm unter ihrem Reiter zu bekommen; wenn nötig mit Tritten und Bissen. Kurz darauf fiel Thiderich in einen tiefen Schlaf. Er erwachte erst spät am nächsten Tage, als der kleine Sohn des Bauern ihn mit scheuen Handbewegungen und fremden Worten ins Haus bat.

Die Familie begrüßte ihn herzlich, doch ein Gespräch kam aufgrund der sprachlichen Unterschiede nicht zustande. Nachdem sie ihm einen Becher Met in die Hand gedrückt hatten, trat plötzlich ein blonder Junge in die Bauernküche.

Vollkommen selbstverständlich begrüßte er Thiderich in dessen Sprache. Er selbst hieß Walther, und es stellte sich heraus, dass er eigens vom Pfarrer für Thiderich geschickt worden war, damit er ihm den richtigen Weg weisen konnte. Präzise erklärte er ihm, wie und wo er von hier aus am schnellsten über die Weser gelangen konnte. Während sie beide redeten, platzierte die gute Bauersfrau noch eine Schüssel mit Rübensuppe vor ihnen. Jetzt konnte Thiderich es nicht mehr leugnen, sein schlechtes Gewissen wegen der Pilgerlüge war mittlerweile gewaltig. Wortreich und mit umständlichen Gesten versuchte er ihr zu danken. Die fast Zahnlose lachte und nickte zum Zeichen, dass sie verstanden hatte.

Thiderich lächelte zurück und genoss danach das warme Gefühl in seinem Bauch. Seit er Walther in der vom Ruß der Kochstelle geschwärzten Bauernküche gegenübersaß, drängte es ihn, sich zu erkundigen, wer die gestrigen Ritter gewesen waren. Er gab sich einen Ruck und fragte: »Auf meiner Reise haben kürzlich Ritter meinen Weg gekreuzt. Sie nahmen mir fast all meine Habe mitsamt meiner Pilgertasche und...«

Sein Gegenüber wartete erst gar nicht, bis Thiderich zu Ende gesprochen hatte. »Ritter? Meint ihr die rohen Kerle des Grafen von Oldenburg? Pah, der Teufel soll sie alle holen!«

Streng gebot der Bauer ihm Einhalt. Augenscheinlich verstand er doch mehr, als er zugeben wollte. Nach einem reumütigen Blick Walthers erlaubte der Bauer dem Blonden dann doch zu erzählen. Die strenge Maßregelung war jedoch Anlass genug für den Jungen, fortan in einem leiseren Ton und mit angemesseneren Worten zu sprechen. »Ihr seid hier im Stedinger Land, mein Herr. Dieses Land hat eine lange Geschichte. Vor vielen Jahren waren die Stedinger einmal freie Bauern. Sie konnten selbst über ihr Leben bestimmen und waren niemandem verpflichtet. Aber die Adeligen des Landes haben uns diese Rechte gestohlen und die Kreuzritter Tausende von uns ermordet. Seither lassen die Herren nichts unversucht, unseren stolzen Willen zu brechen. Aber eines sage ich Euch; im Herzen sind wir noch immer frei und werden es auch immer sein.«

Der Bauer nickte kaum erkennbar und löffelte seine Suppe.

Thiderich konnte spüren, wie tief die Wunden waren, und bohrte deshalb nicht weiter nach, obwohl er viele Fragen gehabt hätte. Kurz darauf verabschiedete sich Walther und gab somit auch für Thiderich den Anstoß, die Weiterreise anzutreten. Frisch gestärkt verließ er das Bauernhaus und holte Millie aus dem Ziegenstall, die zur Begrüßung ein freundliches Wiehern für ihn ausstieß. Auf dem Hof übergab die Bäuerin ihm noch ein Bündel mit Brot und Käse für die Reise. Ganz offensichtlich hatten die frommen Leute Mitleid mit dem Fremden ohne Orientierung und seinem klapperdünnen Pferd. Schon auf Millie sitzend, sprach Thiderich noch Worte des Dankes, und da er nun wusste, dass der Bauer ihn verstand, verwendete er dazu seine eigene Sprache. Zwar bekam Thiderich keine Antwort von dem Mann mit dem wettergegerbten Gesicht, doch sein Lächeln war vielsagend.

Er verließ den Hof, ließ die Kirche hinter sich und steuerte in die Richtung, die ihm von dem blonden Jungen gewiesen worden war. Seine Gedanken kreisten bereits um die vor ihm liegenden Wege, als der Pfarrer und Walther plötzlich vor ihm standen. Auf der Schulter des Jungen ruhte die Hand des Geistlichen, und seine rechte Faust umklammerte einen Beutel. Feierlich sprach der Kirchenmann: »Ich bitte Euch, nehmt mein Mündel Walther mit auf Eure Reise. Er ist so weit und sollte sich auf Pilgerfahrt begeben, wie es ein jeder Christenmensch einmal im Leben tun sollte.«

Thiderich verstand erst nicht. Der blonde Junge war das Mündel des Geistlichen? Er sollte Walther mitnehmen? Wohin? Doch dann fiel ihm plötzlich ein, dass er sich ja als Pilger ausgegeben hatte. Nein, was sollte er denn jetzt nur tun? Kalter Schweiß trat ihm auf die Stirn. Er konnte nach der empfangenen Gastfreundschaft der Sandstedter ja nun schlecht sagen, dass er sie belogen hatte. Es war wahrlich eine groteske Lage. Vorsichtig antwortete Thiderich: »Vater, ich weiß nicht, ob ich dafür Sorge tragen kann, dass Eurem Mündel nichts geschieht. Außerdem bin ich zu Pferd und Walther zu Fuß ...«

»Eure Sorge um mein Wohlergehen ehrt Euch, doch ich bin ein schneller Läufer«, gab Walther nun ernst zurück, ohne den stechenden Blick von Thiderichs Augen zu nehmen. Genauso ernst setzte er nach: »Ich werde Euch sicher nicht zur Last fallen, Herr. Überdies ist es nicht unüblich, einen Glaubensbruder bei seiner Pilgerreise zu unterstützen. Sicher wird der Herr es mit Wohlwollen betrachten.«

Thiderich fühlte sich mehr und mehr von Walther in die Ecke gedrängt. Er spürte die bohrenden Blicke der beiden auf sich ruhen. Ein unangenehmes Schweigen trat ein.

Wenn er jetzt noch länger zögerte, dann flog seine Lüge womöglich noch auf. Was hätte er für einen Grund, den Jungen nicht mitzunehmen? Verdammt, dachte Thiderich. Was blieb ihm schon für eine Wahl? Gerade öffnete er den Mund, um seine Antwort zu bekunden, als Walther vorschlug: »Lasst uns zu zweit beten. Sicher wird Gott uns die Antwort geben, die wir brauchen.«

Thiderich konnte es nicht fassen. Warum hatte er nicht im gestreckten Galopp das Dorf verlassen? Nun sah er sich wieder vom Pferd absteigen, um ein Gebet mit dem blonden Pfarrersjungen zu sprechen.

Der Geistliche kam übereifrig nickend auf Millie zu, um sie so lange für Thiderich zu halten. Aufmunternd klopfte er ihm auf die Schulter und sagte: »Im Gebet findet man immer eine Antwort. Gott hat Euch Walther als Begleitung geschickt. Wehrt Euch nicht dagegen, mein Freund.«

Thiderich wollte nicht unhöflich sein und formte seine zusammengepressten Lippen zu einem verkrampften Lächeln. Innerlich allerdings hätte er in den ledernen Zügel seiner Stute beißen können, die schon wieder unruhig tänzelte. »Bitte, nicht so fest halten. Mein Pferd ist etwas eigen und mag das nicht.« Thiderich ließ den verdutzten Pfarrer einfach stehen und folgte dem einladend lächelnden Walther ein paar Schritte. Kaum waren sie außer Hörweite, veränderte sich der nette Tonfall des Jungen.

»Ich kenne Euer Geheimnis. Die anderen dummen Bauern hier und vielleicht auch den leichtgläubigen Pfarrer könnt Ihr vielleicht täuschen, aber nicht mich. Niemals seid Ihr ein Pilger. Wenn Ihr nicht wollt, dass Eure kleine Lüge auffliegt, dann nehmt mich mit.«

Thiderich war wie vor den Kopf gestoßen. Einen kurzen Moment dachte er daran, alles abzustreiten, doch er spürte, dass Walther einen hellen Kopf hatte und es sinnlos war zu leugnen. »Warum willst du mitkommen, wenn du doch schon jetzt weißt, dass ich keine heilige Stätte ansteuern werde?«

Walther blieb stehen und schaute Thiderich in die Augen. »Seht Euch doch um. Dies hier ist das Leben, das auf mich wartet. Ich bin nicht wie die Bauern hier. Ich will etwas erleben und nicht bis an mein Ende auf einem Bauernhof schuften oder in der Kirche des Pfarrers verkommen. Nehmt mich mit, ich bitte Euch. Egal, wohin es geht, ich scheue keine Gefahr.«

Thiderich ließ entwaffnet den Kopf hängen und fuhr sich mit der Hand durchs Haar. Er wusste nicht, wie er sich entscheiden sollte.

Wieder fing Walther an, auf ihn einzureden.

»Seht doch, ich kann für Euch übersetzen. Ansonsten werdet Ihr mich kaum bemerken; ich verspreche es!«

»Also gut, du kannst mitkommen. Aber wenn du mir den letzten Nerv raubst, dann bind ich dich an den nächsten Baum; *das* verspreche ich *dir*!«

Thiderich konnte sehen, wie Walther mit seinem Grinsen kämpfen musste. Zusammen gingen sie zurück zu Walthers Vormund, der seinen Ziehsohn noch ein letztes Mal umarmte. »Mach mich stolz, Walther, und erfülle deine Pflicht unserem Herrn gegenüber.«

Thiderich stieg auf und zog danach den Blonden auf Millie. Diese legte übellaunig die Ohren an, um ihren Unmut darüber zu äußern, nun zwei Reiter tragen zu müssen. Da musst du jetzt leider durch, Millie, dachte Thiderich mitleidsvoll. Zumindest vorerst. Gleich darauf gab er ihr die Hacken, damit sie endlich fortkamen. Nicht, dass der Pfarrer noch all die anderen Bälger des Dorfes zusammenrief, um sie mit Thiderich auf Pilgerreise zu schicken. Noch immer war er wütend auf den ungebetenen Gast und wollte nicht mit ihm sprechen. Walther spürte das und hielt den Mund.

Kurze Zeit später erreichten sie Wersabe und fanden auch gleich darauf den Prahmführer von Harrien. Diese Siedlung lag auf der anderen Seite der Weser und schien um einiges größer zu sein als Sandstedt, weshalb sie auch eine Möglichkeit zum Übersetzen hatte. Dieser Prahmführer war sehr viel freundlicher als der erste auf Thiderichs Reise. Sicher brachte er ihn, Walther und auch Millie an das andere Ufer. Sie durchquerten Harrien ohne Verzögerungen und kamen dann in die scheinbar endlosen grünen und moorigen Weiten Frieslands.

Stundenlang sprach keiner ein Wort. Nur das Trappen von Millies Hufen war zu hören. Doch der Grund des Schweigens war keine Verbitterung. Längst hatte sich Thiderich mit seinem Schicksal abgefunden und Walthers Anwesenheit akzeptiert. Für ihn waren die Fronten geklärt. Sollte er ihm zur Last fallen, würde er ihn zurücklassen. Was ihn eigentlich beschäftigte, war sein Auftrag und wie er den Kaufmann in den kommenden Tagen finden sollte.

Walther hingegen schwieg aus einem anderen Grunde. Zu keiner Zeit war er weiter ins Land vorgedrungen als bis nach Harrien. Alles um ihn herum war neu und aufregend, jeder Schritt ins Unbekannte mehr als willkommen. Er konnte es nicht erwarten, etwas Spannendes zu erleben. Doch um diese Reise heil zu überstehen, sollte er sich besser mit Thiderich anfreunden. Allein war es einfach zu gefährlich – und auch viel zu langweilig. Zu gerne hätte er Thiderich ungeniert nach dem Ziel seiner Reise gefragt, doch das wäre ungeschickt gewesen. Vielleicht war das Ziel geheim, und dann hätte sein Gegenüber ihn vielleicht für zu neugierig gehalten. Nein, er sollte mit etwas Belangloserem anfangen.

Sicher würde er noch früh genug erfahren, was Thiderich antrieb. Freundlich begann er das Gespräch. »Seid Ihr schon einmal in Friesland gewesen?«

Thiderich erwachte jäh aus seinen Gedanken und wollte zunächst barsch um Ruhe bitten, damit er weiterplanen konnte. Doch dann entschied er, dass es sicher förderlich wäre, sich besser kennenzulernen. So antwortete er dem Jungen, wenn auch weniger freundlich: »Nein, noch nie. Und du, hast du deine Heimat schon einmal verlassen?«

Wahrheitsgemäß gab Walther zurück: »Nein. Es ist das erste Mal.« Nach einer kleinen Pause gab er sich einen Ruck und sagte: »Ich danke Euch dafür, dass Ihr mich mitnehmt.«

Thiderich hielt Millie ruckartig an und drehte sich um, sodass er Walther ins Gesicht sehen konnte. Mit ernster Miene gab er zurück: »Meinst du wirklich, ich hätte eine Wahl gehabt? Sofern ich mich recht erinnere, hast du mich erpresst.«

Einen Atemzug lang hätte Walther sich für seine Blödheit ohrfeigen können, doch dann sah er, wie Thiderichs Mundwinkel zuckten. Kurz darauf lachte dieser laut los. Er lachte über all das Unglaubliche, was ihm auf seiner Reise bereits passiert war, und darüber, dass er sich jetzt gerade tatsächlich mit einem zweiten Mann ein Pferd teilte.

Nachdem er dem verdutzten Walther erklärt hatte, worüber er sich so amüsierte, fiel auch dieser mit ein. Sie lachten so schallend, dass sie vergaßen, sich richtig festzuhalten. Ein kleiner Schritt von Millie genügte, um die beiden Männer plötzlich ins Wanken zu bringen. Wie nasse Säcke fielen sie in den Dreck. Dieser Vorfall ließ nun alle Dämme brechen, und sie kugelten sich vor Lachen. Als sie sich endlich beruhigt hatten, entschieden sie, vorerst nicht wieder aufzusteigen, sondern eine Zeitlang zu Fuß zu gehen. Der Boden war viel zu weich für ein so schwer beladenes Pferd, und auf diese Weise kamen sie deutlich schneller voran.

Nun war es Thiderich, der die Fragen stellte. Er konnte sich so vieles nicht erklären und war dankbar für jede Antwort. Schnell wurde ihm klar, dass er gar keine Ahnung von der bewegten Geschichte der Vorfahren Walthers hatte.

Dieser hingegen fragte sich verständnislos, wie ein ganzer Kreuzzug an jemandem unbemerkt vorbeigehen konnte. Wo sollte er beginnen und welche Worte waren die richtigen, damit Thiderich den Stolz der Bauern des Landes, das sie gerade durchkreuzten, verstand? Eines war klar, er musste weit ausholen.

»Also gut, hört mir zu«, begann Walther auffordernd. »Lange Zeit bevor hier überhaupt Bauern siedelten, gab es in diesem Gebiet nicht viel mehr als das Moor. Der damalige Bremer Erzbischof Friedrich I. warb darum vor mehr als hundertfünfzig Jahren holländische und sächsische Siedler an, damit sie sich in diesem Landstrich niederließen, es urbar machten und es eindeichten.«

»Sie bekamen Geld dafür?«, fragte Thiderich ungläubig.

»Nein, kein Geld. Im Gegenzug bekamen sie ihre Freiheit, Selbstverwaltung, und er versprach ihnen geringe Abgaben. Zusätzlich bekamen alle Siedler das Hollerrecht zugesprochen, welches ihnen weit mehr Privilegien zubilligte als das sächsische Recht.«

»So? Welche zusätzlichen Rechte sind das?«

»Unter anderem, dass Söhne und Töchter gleichermaßen erbberechtigt sind und dass bei Verkauf eines Grundes der Nachbar ein Vorkaufsrecht bekommt.«

»Das klingt überaus gerecht. Und was mussten die Siedler für ihn tun?«

»Ihre erste Pflicht war es, sich um den Deich, der an das eigene Grundstück grenzt, zu sorgen und auch dem Nachbarn mit seiner Deichpflege zur Hand zu gehen, sollte dieser es nicht allein besorgen können. Sobald jemand der Verordnung des Deichrechtes nicht mehr nachkommen wollte oder konnte, hatte er aber die Möglichkeit, jederzeit seinen Boden aufzugeben, indem er einen Spaten in die Erde stieß. Wer auch immer ihn herauszog, erhielt das Land mit allen Rechten und Pflichten. Die Friesen sagen dazu: *Keen nich will dieken de mutt wieken*, was so viel heißt wie: *Wer nicht will deichen, der muss weichen.*«

»Bis hierher klingt es so, als ob alle zufrieden sein konnten. Wann kam es zum Krieg und warum?«

»Ihr habt recht. Jahrelang funktionierte diese Machtverteilung sehr gut, doch das Stedinger Land wurde immer reicher und die Gier der Grafen, die in der Umgebung wohnten, immer größer. Es kam Unruhe ins Land. Die Oldenburger Grafen bauten mächtige Burgen zur besseren Kontrolle über das Volk, doch die stolzen und freien Stedinger Bauern rissen sie einfach nieder. Vor ungefähr fünfzig Jahren verweigerten sie dann schlussendlich die Abgaben an die Edlen. Nach einem Angriff auf das Kloster Hude durch die Stedinger erklärte der damalige Erzbischof die Angreifer zu Ketzern. Man warf ihnen vor, sich den Künsten von Wahrsagerinnen zu bedienen, Kirchen zu entweihen und andere Schändlichkeiten zu begehen. Doch das alles war nur ein Vorwand.«

»Aber was wollte der Erzbischof damit erreichen?«, fragte Thiderich erstaunt.

»Er wollte Krieg führen, um das wertvolle Land zu bekommen. Doch dazu brauchte er Soldaten. Und was lag näher, als die Bewohner der Städte heranzuziehen? Zoll- und Abgabenerlass sowie Ablässe ihrer Sünden durch den Papst wurden den Bremer Bürgern damals versprochen, wenn sie gegen die Stedinger Bauern in den Krieg zogen.« Walther spuckte vor seinen Füßen aus. Obwohl er die Geschichte dieses Landes lediglich erzählte, wie man sie ihm erzählt hatte, konnte man deutlich die Verbitterung in seiner Stimme hören. »So kam es, dass vierzigtausend Mann auf Befehl Heinrichs I. von Brabant im Mai 1234 gegen nur elftausend Stedinger Kämpfer unter der Führung von Thammo von Huntorp, Detmar von Dyk und Bolko von Bardenfleth ins Feld zogen.«

Thiderich lauschte begierig jedem von Walthers Worten. Dessen lebendige Erzählung ließ ihn die misstrauischen Bauern zum ersten Mal in einem anderen Licht sehen. »Wer gewann diese Schlacht?«

»Die Stedinger Bauern wurden brutal geschlagen, und diejenigen, die nicht tot oder verstümmelt auf dem Feld in Altenesch lagen, wurden nachträglich auf dem Scheiterhaufen verbrannt. Seither gibt es den Status eines freien Stedinger Bauern nicht mehr, und wann immer die Ritter kommen, herrscht Angst. Doch ihren Stolz haben sie nicht eingebüßt«, sagte Walther bereits ein zweites Mal seit ihrem Kennenlernen. »Noch immer hört man in stillen Winkeln ihren Kampfspruch von damals. *Lever tod as Sklav*. Wisst Ihr, was das heißt? *Lieber tot als Sklave,* und ich sage Euch, für die Mehrheit der Friesen hat er noch immer seine Gültigkeit.«

Thiderich hörte stumm den Worten Walthers zu. Er wusste nicht, ob es daran lag, dass er bereits einige Tage allein gereist war und sich nach Gesellschaft sehnte, oder ob es tatsächlich seine Worte waren. Walther erzählte einfach wunderbar; trotz der Schaurigkeit der Geschichte. Fast meinte Thiderich, einen versteckten Spielmann in ihm zu erkennen, aber diesen Gedanken behielt er lieber für sich. Spielmänner waren neben Huren die am meisten verachteten Gestalten weit und breit, obwohl sie so viel Frohsinn schenkten. Mit so jemandem wollte Walther sicher nicht verglichen werden.

Auch wenn die beiden Männer fünf Jahre trennten, waren sie einander gar nicht so unähnlich. Genau wie sein Gefährte hatte Thiderich neben seiner Heimatstadt Hamburg auch noch nicht wirklich viel in seinem Leben gesehen. Offen gab er zu, auch deshalb diese Reise angetreten zu haben und Walther somit gut verstehen zu können.

So floss der Tag an den Männern vorbei, ohne dass sie es wirklich bemerkten. Ein Wort zog das nächste nach sich, und erst als das Tageslicht zu schwinden begann, suchten sie sich eine einigermaßen trockene und geschützte Stelle und rollten sich in ihre Mäntel.

Der Aufenthalt in Bockhorn hatte die beiden Boten des Rates und des Domkapitels nicht weitergebracht. Im Gegensatz zu den Küstenorten Butjadingens hatte man hier noch nicht einmal von dem Schiffsunglück gehört. Nur ein zerlumpter Bettler, welcher vor der St.-Cosmas-und-Damian-Kirche um Almosen flehte, faselte etwas von einer hellsichtigen Hexe und einem Fremden am Strand. Doch Bodo und Nicolaus gaben nichts auf seine krächzenden Worte. Schnell wurde ihnen klar, dass sie hier nur ihre Zeit verschwendeten, und so machten sie sich auf zum Kloster Rastede, wo sie hofften, Nicolaus' Vetter und den höchsten Würdenträger des Klosters anzutreffen. Abt Otto war ein Mann, den man nur schwer durchschaute. Er entstammte dem Haus Oldenburg und war sichtlich stolz auf seine Herkunft. Alles an ihm, seine Haltung, seine gebildete Aussprache und natürlich auch das gute Tuch, aus dem seine Kleidung war, verrieten seinem Gegenüber, dass er Respekt dafür einforderte. Neben seiner Amtstätigkeit als zehnter Abt zu Rastede war der vielbeschäftigte Geistliche auch noch Abt des St.-Pauls-Klosters zu Bremen. Immer wieder reiste er zwischen den beiden Klöstern hin und her; es war der reine Zufall, dass die Boten den umtriebigen Kirchenmann heute hier antrafen.

Gleich nach ihrer Ankunft in dem Benediktinerkloster wurden Bodo und Nicolaus zu Abt Otto geführt. Das offizielle Schreiben des Hamburger Rates und des Domdekans Sifridus machte sie zu wichtigen Gästen und verschaffte ihnen somit eine sofortige Audienz bei dem Geistlichen. Nachdem sie gemeinsam ein Dankgebet für ihre sichere Ankunft in der Klosterkirche St. Marien gesprochen hatten, geleitete Otto die Weitgereisten in seine privaten Gemächer.

»Sagt, Bruder Nicolaus, ich hörte, dass ein Vetter Eurerseits in meinem Kloster weilt?«

Den Kopf neigend, antwortete Nicolaus: »Das ist richtig, Vater. Es handelt sich um Bruder Anselm.«

»Bruder Anselm«, wiederholte der Abt in einer höheren Tonlage und nickte anerkennend. »Ich halte große Stücke auf Euren Vetter. Er ist einer der wissbegierigsten und fleißigsten unter den Brüdern und mir ebenso ein vertrauensvoller Helfer in weltlichen Dingen.«

»Es wird meinen Oheim freuen, das zu hören, ehrenwerter Abt.«

Nach dem üblichen Austausch der fast nicht enden wollenden Höflichkeiten stellte Abt Otto endlich die Frage, auf die sie alle warteten. »Also, was genau führt Euch von so weit her in mein Kloster? Eurem Geleitbrief nach zu schließen, seid Ihr mit Nachforschungen über das Schiffsunglück betraut, welches sich an den Küsten Rüstringens ereignet hat?«

Sofort nach diesen Sätzen war die Stimmung im Raum spürbar angespannt. Ottos skeptischer Blick beim Aussprechen der letzten Worte bestätigte nur, was Nicolaus bereits geahnt hatte. Der Abt wusste mehr, als er zugeben mochte, doch anscheinend wog er noch immer ab, ob er sein Wissen mit den Boten zu teilen gedachte.

Nicolaus war über diese Erkenntnis nicht überrascht. Auch wenn das Kloster recht weit von der vermeintlichen Unglücksstelle entfernt lag, bestand dennoch die große Wahrscheinlichkeit, dass entsprechende Details hierhergelangt waren. Klöster waren Orte der Zusammenkunft und ihre Äbte in der Regel Geistliche mit adeliger Herkunft. Sie pflegten somit nicht nur

Kontakt mit anderen Geistlichen, sondern auch mit ihren Familienangehörigen sowie mit geschäftigen Fürsten und Grafen weltlicher Herkunft, welche für gewöhnlich über Gegebenheiten wie Schiffsunglücke Bescheid wussten. Außerdem verfügten die Äbte selbst meist über ein gutes und weitverzweigtes Netz von Spähern und Boten, die ihnen alle gewünschten Neuigkeiten des Landes direkt oder über Briefe übermittelten.

Bodo hielt die Spannung fast nicht mehr aus und rutschte auf seinem Sessel hin und her. Noch immer stand die Antwort des Abts aus, doch er konnte nichts tun, als abzuwarten. Vor dem Passieren des Klostertors hatte Nicolaus ihm noch eingebläut, im Gespräch mit dem Abt besser den Mund zu halten. Viele hohe Geistliche schätzten es nicht, wenn sie durch Schutz- und Geleitbriefe mit einfachen Boten zu sprechen gezwungen waren. Wie sich herausstellte, war Abt Otto auch ein solcher Geistlicher, denn er würdigte Bodo keines Blickes.

So war es wieder Nicolaus, der auf die indirekte Frage Ottos antwortete. »Ganz richtig, Vater. Wir wurden geschickt, um Nachforschungen über das Unglück anzustellen und nach eventuellen Überlebenden zu suchen. Könnt Ihr uns etwas darüber berichten?«

Der Abt gönnte sich erneut eine lange Schweigepause, in der er noch immer sichtlich damit kämpfte, ob er sein Wissen preisgeben sollte oder nicht. Er winkte einen Novizen heran und deutete ihm, mehr Wein zu bringen. Ganz genau beobachtete er den Jungen, der mit zittrigen Händen nachschenkte. Erst dann setzte er zu einer Antwort an.

»Tatsächlich hat sich in den letzten Tagen etwas zugetragen, das möglicherweise ein Hinweis auf das Schiffsunglück sein könnte.«

Bodo atmete hörbar ein vor Aufregung, hielt jedoch gleich die Luft an, als ihn Nicolaus' strafender Blick traf. Um einen gelassenen Ton bemüht, fragte der Missionar: »Was genau besagt dieser Hinweis, ehrenwerter Abt?«

»Ich sagte ja bereits, dass Euer Vetter mir ein guter Vertreter in weltlichen Dingen ist. Gerade vor zwei Tagen kam er zurück von einer Reise aus der Stadt Varel, wo mein Kloster einige Höfe innehat. Von dort aus brachte er mir die Kunde mit, dass es unter den Bauern Gerede über einen fremden Mann gab. Wie ein Geist sei er am Strand aufgetaucht und wieder verschwunden.«

Auch Nicolaus musste seine Ungeduld nun bekämpfen, denn ihm kamen jetzt die Worte des Bettlers aus Bockhorn in den Kopf. Hatte der abgerissene Alte etwa doch recht gehabt? »Ist Euch der Name dieses Mannes bekannt?«

»Nein«, erwiderte der Abt gelangweilt. »Er ist mir nicht bekannt. Zugegeben, ich habe der Sache auch keine große Bedeutung beigemessen. Sagt mir, Bruder Nicolaus, warum ist dieser Mann von so großer Wichtigkeit für Hamburg?«

Nun kam der Missionar tatsächlich ins Schwitzen. Einem so hohen Würdenträger ins Gesicht zu lügen, fiel ihm doch schwerer als erwartet. »Ehrwürdiger Abt, ich würde Euch diese Auskunft gerne erteilen, doch wir sind nur zwei demütige Boten der klugen Köpfe Hamburgs. Wir schulden unseren Stadtvätern und der heiligen Kirche Gehorsam und sind viel zu unbedeutend, als dass man uns Näheres angetragen hätte. Bitte verzeiht einem Diener diese unbefriedigende Antwort.« Mit jedem seiner Worte sank der Kopf Nicolaus' tiefer, um somit Demut und Ehrerbietung zu beweisen.

Der Abt war zwar sichtlich enttäuscht darüber, nicht mehr zu erfahren, doch schlussendlich gab er sich damit zufrieden.

Nach einem weiteren Tag im Kloster Rastede verabschiedeten sich Bodo und Nicolaus mit überschwänglichem Dank und ritten in Richtung Varel.

3

Nach einer feuchten und kurzen Nacht hatten Walther und Thiderich sich aufgerafft und waren weiter in Richtung Aldessen gezogen.

Als Thiderich seinen Begleiter wieder hinter sich auf Millies Rücken ziehen wollte, wehrte sich die Stute mit gewaltigen Bucklern, sodass Walther prompt wieder abgeworfen wurde. Nach einem weiteren Versuch und einem weiteren Sturz weigerte sich Walther standhaft, es noch einmal zu probieren.

Thiderich ärgerte sich zwar darüber, dass die Stute nun ihren Willen bekam, doch ihm blieb nichts anderes übrig, als auch abzusteigen und neben Walther herzulaufen.

Nachdem die Landschaft lange Zeit eine weite Sicht bot, gelangten sie nun in ein dichter bewachsenes Gebiet. Der dunkle, fast unheimliche Wald machte eine Orientierung so gut wie unmöglich. Umso glücklicher waren sie um jeden, der ihren Weg kreuzte und den sie nach der Richtung fragen konnten. Walthers Sprachkenntnisse erwiesen sich in diesen Momenten als unverzichtbar.

Nachdem sie schon lange niemandem mehr begegnet waren, sahen sie von Weitem endlich einen fahrenden Händler. Anfangs blickte er etwas misstrauisch, schließlich konnte man nie vorsichtig genug sein, doch nach einer freundlichen Begrüßung wurde er aufgeschlossener.

»Guter Mann, könnt Ihr uns vielleicht den rechten Weg weisen? Wir sind fremd hier und wollen uns nicht verirren.«

»Wo soll es denn hingehen?«, fragte er daraufhin freundlich.

»Nach Aldessen.«

Der Händler überlegte kurz und drehte sich dabei in alle Himmelsrichtungen. »Diese Frage ist nicht so einfach zu beantworten. Von hier aus führen nämlich mindestens zwei Wege nach Aldessen. Ein kürzerer, aber gefahrenreicherer Weg und ein längerer, sicherer Weg. Wenn Ihr mich fragt, dann solltet Ihr zunächst nach Varel reiten, wo Ihr einen Tag lang ausruhen könnt. Von dort aus wendet Ihr Euch dann nach Norden, um Aldessen zu erreichen.«

Thiderich verstand die Erklärung des Mannes zwar nicht vollständig, aber einzelne Worte konnte er bereits deuten. Das Wort *Gefahr* hatte er erkannt und drängte Walther daraufhin, genauer nachzufragen.

»Welche Gefahren sind das, von denen Ihr sprecht?«

Der Händler musterte Thiderich vom Scheitel bis zur Sohle und sagte dann lächelnd zu Walther: »Aha, Euer Freund hat es entweder besonders eilig, oder er ist besonders wagemutig. Doch ich warne Euch; nach diesem Wald wird das Gebiet bis nach Aldessen von tückischen Sümpfen und unzähligen Bächen und Flüssen durchzogen. Wenn Ihr dort nicht feststecken oder Euch verirren oder gar ertrinken wollt, dann solltet Ihr Euch an die größeren Wege halten und keine Abkürzungen nehmen – auch wenn das einen Umweg bedeutet.«

Walther dankte dem Händler und verabschiedete sich. Es dauerte nicht lange, da fing Thiderich auch schon an, ihn ungehalten auszufragen. Er hasste es, dass er nichts verstand und auf seinen jüngeren Gefährten angewiesen war.

Walther wusste das und war klug genug, um Thiderich gar nicht erst etwas von möglichen Abkürzungen zu erzählen. »Der Mann hat gesagt, dass wir uns auf dem richtigen Weg befinden. Wir müssen zuerst nach Varel und dann nach Norden, in Richtung Aldessen gehen.«

Am Abend des wohl angenehmsten Tages für Millie und des wohl anstrengendsten für ihre Reiter erreichten sie die Stadt Varel. Seinem Ziel nun so greifbar nahe, wäre Thiderich am liebsten sofort wieder losgezogen, doch die Dunkelheit machte ein Weiterkommen absolut unmöglich. Es blieb ihnen nichts anderes übrig, als hier tatsächlich die Nacht zu verbringen, und so suchten sie eine Herberge für sich und das Pferd und fanden sich wenig später in einer Schankstube wieder. Die Vareler waren freundliche und geschwätzige Kerle. Als sie sich zu zwei kleinen, runden Männern an den Tisch setzten, die allem Anschein nach Bauern waren, kamen Thiderich und Walther schnell mit ihnen ins Gespräch.

»Ihr seid nicht von hier, richtig?«, fragte ein Blonder mit auffallend großer Unterlippe.

»Das stimmt, wir kommen von Osten her und sind auf der Durchreise«, bestätigte Walther, der nicht zu viel erzählen wollte.

»Was ist mit euch beiden? Seid ihr aus Varel?«

»Wir sind auch auf der Durchreise«, sagte der Dunkelhaarige schelmisch grinsend. »Nur mit dem Unterschied, dass wir bloß von unseren Feldern in die Schenke und wieder zurück reisen.« Daraufhin fing er dröhnend an zu lachen, und auch alle anderen, die seine Worte gehört hatten, begannen heiter mitzulachen. Sie hielten sich die Bäuche, hämmerten mit den Fäusten auf den Tisch und prosteten einander zu.

Einer der beiden friesischen Tischgenossen wischte sich die Tränen aus den Augenwinkeln und sagte zu Walther: »Lasst uns zusammen trinken – ganz gleich, woher ihr kommt.« Dann begann ein fröhliches Besäufnis. Immer wieder kam die Wirtsfrau zu ihrem Tisch, um neue Krüge voller Bier zu bringen, die alle vier prompt in sich hineinkippten. Schon bald war es um jede Beherrschung geschehen. Hemmungslos rissen sie Witze auf Kosten anderer Wirtshausbesucher oder hauten der Wirtsfrau so heftig auf ihr Hinterteil, dass sie sich nur noch mit Ohrfeigen zu helfen wusste. Trotzdem war die Stimmung friedlich, und niemand suchte ernsthaft Ärger. Irgendwann beendete Thiderich dennoch das Spiel mit der Wirtsfrau. Seit dem grauenhaften Zwischenfall, den er mit den Oldenburger Rittern in Rechtenfleth erlebt hatte, war ihm nicht mehr danach, Wirtsfrauen zu ärgern.

»Mein Freund hat recht, lassen wir sie in Ruhe, sonst bringt sie uns kein Bier mehr«, entschied Walther lachend. »Erzählt mir lieber, wie wir morgen von hier nach Aldessen kommen. Ein fahrender Händler sagte, es läge im Norden.«

Die beiden Bauern schauten Walther etwas verblüfft an. Sie waren zwar echte Trunkenbolde, aber auch stolze Friesen, wie sich herausstellte. Selbstbewusst sagte einer von ihnen: »Du bist wahrlich kein echter Rüstringer, mein Freund. Ansonsten wüsstest du den Weg dorthin. Weißt du denn überhaupt, wo du dich jetzt gerade befindest?«

»Was meinst du? Ich sehe nichts, was diesen Ort bedeutsamer macht als andere.«

»Ha, wenn du wüsstest«, lallte der Blonde im Suff und setzte sogleich mit geschwellter Brust zu einer Erklärung an, die trotz seiner schweren Zunge flüssig kam. »Varel ist sehr wohl bedeutend – und zwar für Rüstringen. Unser Gau ist in vier Teile aufgeteilt, und wir sind gerade im Quadranten Varel. Bloß Aldessen, Langwarden und Blexen sind ähnlich wichtig und haben auch eine Gaukirche. Unsere ist sogar aus Stein und steht schon seit über hundert Jahren«, erklärte er mit unverhohlenem Stolz. »Außerdem hat Varel das Rüstringer Sendrecht inne, was heißt, dass hier eine Stätte der geistlichen Gerichtsbarkeit ist. So, nun weißt du, was so besonders an diesem Ort ist.«

Walther hob kapitulierend die Hände und erwiderte nichts mehr. So interessant die Gespräche mit den Friesen auch waren, er hatte mit der Zeit wirklich Mühe, den Worten seines Gesprächspartners zu folgen. Auch seine Übersetzungen an Thiderich wurden immer wirrer, denn das Gesöff in seinem Becher war stärker als das, was er aus seiner Heimat kannte. Doch er amüsierte sich prächtig; hatte er sich doch genau danach gesehnt. Freiheit und Abenteuer. Nun saß er hier, in der Fremde, zusammen mit einem Fremden, und soff fremdartiges Bier.

Thiderich war zunächst noch etwas mulmig zumute. Seine Erfahrungen mit den Friesen waren bisher eher wechselhaft gewesen. Zudem begegnete ihnen hier, im tiefsten Rüstringen, so gut wie niemand mehr, der seine Sprache sprach. Doch in den letzten Tagen hatte er festgestellt, dass ihm sehr viel mehr Freundlichkeit entgegengebracht wurde, seitdem er mit dem sprachkundigen Walther unterwegs war. Die Einheimischen hielten ihn somit für einen Freund der Friesen und hießen ihn deshalb willkommen.

»Weißt du was, mein Freund, die Friesen sind doch nicht alle schlechte Leute«, faselte Thiderich betrunken in Walthers Richtung. »Doch weißt du, was mich wundert? Warum sitzen die hier herum und saufen? Haben sie denn keine Herrschaft, die ihnen Beine macht?«

Walther musste eine ganze Weile über die zwei Sätze seines Freundes nachdenken. Dann erst antwortete er: »Nein, die Friesen sind alle frei wie die Vögel. Sie haben bloß Redjeven.«

Thiderich kicherte betrunken. »Revedejen? Was ist das?«

»*Redjeven*«, wiederholte Walther langgezogen. »Das sind so etwas wie Richter.« Dann lachte auch er über Thiderichs Zustand und zeigte spöttisch mit dem Finger auf ihn. Seine fröhliche Art steckte jeden um ihn herum an, und nach kürzester Zeit in der Schenke geschah es, dass alle Tischnachbarn den beiden Fremden zutranken. Der Abend zog sich immer weiter in die Länge, und als weder Walther noch Thiderich kaum mehr verständlich sprechen konnten, hängte Walther seinen Arm schwer über die Schultern seines Reisegefährten. Mit bleierner Zunge sprach er Thiderich in unaufgefordert vertraulicher Weise an: »Sag, mein Freund. Findest du nicht, dass jetzt ein guter Zeitpunkt wäre, mir zu sagen, was für einen Auftrag du verfolgst?«

Thiderich war zunächst von der Frage und der freundschaftlichen Anrede überrumpelt und wollte den Arm Walthers abschütteln, doch diese Handlung hätte wahrscheinlich seine derzeitigen Kräfte überschritten, und so blickte er zunächst tief in seinen leeren Becher und winkte dann schwankend die Wirtsfrau heran. Nachdem er ihr ohne Worte klargemacht hatte, dass er noch mehr trinken wolle, fing er nun doch an zu erzählen.

Zunächst sprach er von Ragnhild – der wunderschönen Ragnhild und ihrem Haar. Unkontrolliert wankend holte er den Beutel mit ihrer Haarsträhne hervor und ließ Walther einen Blick hineinwerfen. Als dieser sie aber anfassen wollte, zog er den Beutel wieder zu und sagte lallend, dass das seine Strähne sei und sie niemand außer ihm anfassen dürfe.

Walther lachte besoffen und hätte sicher vergessen, Thiderich nach dem Rest der Geschichte zu fragen, wenn dieser nicht von selbst weitererzählt hätte. Mit umständlichen Worten und viel Gekicher dazwischen erklärte er Walther seinen Auftrag. Immer wieder wurden sie von ihren neuen Saufkumpanen unterbrochen, weil diese mit ihnen die Becher erheben wollten. Die Friesen waren neugierig und wollten wissen, was sein fremdländischer Freund sagte. In seinem Rausch übersetzte Walther Thiderichs Erzählungen, was bei den Männern immer wieder brüllendes Gelächter auslöste – sei es, weil sie seine Geschichte für erfundenen Schwachsinn hielten oder weil sie den Klang seiner Worte lustig fanden.

Am nächsten Morgen war es Thiderich, der zuerst erwachte. Er brauchte einen Augenblick, um zu begreifen, wo er sich befand. Dann fiel es ihm wieder ein. Varel! Der Auftrag! Sie mussten weiter! Als er sich aber erheben wollte, war ihm, als ob jemand seinen Kopf mit einem Schmiedehammer bearbeitet hätte. Stöhnend ließ er sich wieder zurückfallen und hielt sich die Stirn. Dann sah er sich mit halb geöffneten Augen um. Wo genau befand er sich? Ach ja, die Herberge. Er hatte wirklich nicht die geringste Ahnung, wie er des Nachts hierhergekommen war. Mit langsamen Bewegungen drehte er den Kopf. Neben ihm auf dem Boden lag Walther. Um ihn herum war es verdächtig nass, und der ganze Raum war erfüllt von dem Gestank des Erbrochenen.

Er selbst lag auf etwas Ähnlichem wie einem Strohsack, dessen Gestank den der Kotze fast übertraf. Thiderich meinte das Ungeziefer im fauligen Stroh rascheln zu hören und ekelte sich fürchterlich. Doch er sah sich derzeit einfach außerstande, auch nur einen Fuß aufzustellen. Mit rauer Stimme rief er Walthers Namen. So schwer es ihm auch fiel, sie mussten weiter; das Ziel war nicht mehr fern. »Walther, wach auf! Walther... rühr dich endlich!«

Unter brummenden Lauten fing der Gerufene an, sich langsam zu bewegen.

Thiderich dachte mit einem schmalen Lächeln, dass es seinem Reisegefährten wohl noch den Rest des Tages schwerfallen würde, seine Knochen zu bewegen, wenn er tatsächlich die ganze Nacht so verdreht wie jetzt dort gelegen hatte. Doch Walther stellte sich als der Tapferere der beiden heraus, denn er gab sich einen Ruck und erhob sich; allerdings nur, um sich gleich darauf wieder in eine Ecke der Kammer zu übergeben.

Es war bereits spät am Tage, als die beiden Männer sich endlich aufrafften, um den Weg zu Millies Stall anzutreten. Der Stall befand sich am Rande der Stadt. Hier konnten Reisende ihre Pferde gegen Bezahlung unterstellen, um sie dann, gestärkt und ausgeruht, wieder abzuholen, sobald die Reise weiterging.

Millie sah Thiderich schon von Weitem und wieherte ihm freundlich zu, was ihrem Reiter ein Lächeln auf die Lippen zauberte. So störrisch sie auch manchmal war, er musste zugeben, dass Millie ihm ans Herz gewachsen war. Bereits vor einigen Tagen hatte er sich vorgenommen, von dem Lohn, den er bei seiner Rückkehr noch von der Dame Ragnhild erhalten würde, die Stute zu kaufen. Er war sich sicher, dass eine Dame von Stand mit einem solchen Pferd nichts würde anfangen können und sie ihm Millie gerne überließ.

Sie zahlten den Stallmeister aus und machten die Stute bereit für die Weiterreise. All dies geschah vollkommen wortlos, denn beide Männer hatten noch mit immer wieder aufkeimender Übelkeit zu kämpfen.

Mit einem Mal verließ der gemütliche Stallmeister übereifrig den Stall. Anscheinend lockte ihn neue Kundschaft; und wie sein unterwürfiges Verhalten verriet, schienen es zahlungskräftige Kunden zu sein.

Walther, dem der Geruch des Pferdestalls Kopfschmerzen bereitete, entschied, ebenfalls an die frische Luft zu gehen. Er beobachtete müde, wie der Stallmeister die Zügel zweier edler Pferde ergriff.

Auf Friesisch erklärte einer der Reiter, dass der Stallmeister sich gefälligst persönlich um ihre Pferde zu kümmern habe. Mit vielen Verbeugungen und Kopfnicken bejahte dieser die Wünsche seiner Kunden und versicherte ihnen wortreich, alles zu ihrer Zufriedenheit zu erledigen. Angewidert von der überheblichen Art der Männer, wandte Walther den Blick von ihnen ab.

»He, du da, Bursche. Nimm gefälligst mein Pferd und mach dich nützlich!«, sprach ihn da der andere in Thiderichs Sprache an.

Walther, der zunächst gar nicht bemerkte, dass er gemeint war, kam gar nicht dazu zu antworten. Aufgrund der Gesten des Sprechers verstand wohl auch der Stallmeister, was der Mann gesagt hatte, und machte gleich darauf deutlich, dass der Junge nicht sein Stallbursche war.

Walther ärgerte sich fürchterlich über diese Beleidigung und wollte etwas erwidern, doch wegen seines schmerzenden Schädels hatte er nicht die geringste Lust auf einen Streit und ignorierte die hochnäsigen Männer. Diese jedoch machten es Walther zusehends schwerer, sich nicht provozieren zu lassen.

Mit dem fälschlichen Wissen, dass sie hier ja sowieso niemand verstand, sagte der Größere: »Tja, hier ist es halt schwer, einen Edelmann von einem Stallburschen zu unterscheiden. Die sehen in Friesland nämlich alle aus wie Bauern.«

Der zweite Mann konnte sich ein Lachen nicht verkneifen und entgegnete: »Dann lasst uns zu unserem Herrgott beten, dass sie nicht auch alle so dumm wie Bauern sind. Ansonsten wird es wahrscheinlich schwierig, etwas über den verdammten Albert von Holdenstede zu erfahren – falls er überhaupt noch lebt und nicht schon in der Hölle schmort, wo er hingehört.«

Sein Gegenüber sah den Geistlichen verwundert an und sagte: »Solche Worte von Euren Lippen? Mir scheint, die beschwerlichen Tage im Sattel lockern allmählich Euer Mundwerk. Wie erfrischend. Wo wir gerade bei *erfrischen* sind, fragt den Stallmeister doch mal nach der nächsten Schenke.«

Der Geistliche tat, wie ihm geheißen, und kurz darauf waren die Männer verschwunden.

Walther wunderte sich zwar darüber, so tief in Rüstringen Männer anzutreffen, die keine Friesen waren, doch das Denken fiel ihm schwer, und so verschwendete er keine weitere Zeit damit.

In diesem Moment trat Thiderich mit Millie aus dem Stall heraus, und so machten sie sich auf den Weg nach Aldessen.

Sie waren bereits eine geraume Zeit nebeneinander hergegangen, ohne ein Wort zu sprechen, als es Thiderich langweilig wurde. Zu gerne hätte er sich etwas unterhalten, doch er wusste, dass es Walther noch viel schlechter ging als ihm. Wo er selbst die erquickende Wirkung der frischen Waldluft durchaus positiv zu spüren bekam, schien Walther davon immer blasser zu werden. Ein wenig belustigt dachte Thiderich daran, dass es wohl ein Leichtes wäre, ihrer Spur zu folgen; man hätte sich nur an den in regelmäßigen Abständen auftretenden Kotzestellen seines Gefährten orientieren müssen. Doch so sichtlich schlecht es ihm auch zu gehen schien, sein Blick war nicht mehr so leer wie noch vor wenigen Stunden. Irgendwas beschäftigte ihn; das sah Thiderich ihm deutlich an.

Wie aus dem Nichts fragte Walther: »Kannst du mir sagen, worüber wir uns gestern in der Schenke unterhalten haben?«

»Warum ist das so wichtig für dich?«, entgegnete Thiderich verwundert.

»Ich kann es nicht mit Gewissheit sagen. Ich versuche mich schon die ganze Zeit zu erinnern.«

»Sei dir sicher, auch ich habe keinen blassen Schimmer mehr, worüber wir uns alles unterhalten haben. Ich weiß nur noch, dass das Gesöff furchtbar war und du entweder nichts verträgst oder ungefähr doppelt so viel getrunken hast wie ich.«

Walther hätte zu gerne seine Ehre verteidigt, doch er brachte nur ein schiefes Lächeln zustande. Auch wenn diese Antwort unbefriedigend war, musste er sich wohl oder übel damit zufriedengeben.

Als sie kurz vor Aldessen sein mussten, blieb Walther so ruckartig stehen, dass Millie erschrocken zur Seite tänzelte.

»Heilige Muttergottes. Das waren sie. Die Boten!«

Thiderich hatte alle Hände voll damit zu tun, die aufgeregte Stute zu beruhigen, ohne an ihren Zügeln zu zerren, was sie nur noch wilder gemacht hätte. »Wovon, zum Teufel, sprichst du?«

»Die Männer. Als du noch im Stall warst, kamen zwei Männer. Sie sprachen deine Sprache und… und sie nannten einen Namen. Wie heißt der Mann noch gleich, den wir suchen? Du hast mir gestern in der Schenke von ihm erzählt.«

»Albert von Holdenstede ist sein Name. Ich verstehe noch immer nicht, wovon du eigentlich faselst. Geht es vielleicht etwas genauer?«

Walther presste seine rechte Handfläche an die Stirn, um besser denken zu können. Dann erzählte er Thiderich von dem Belauschten.

»Was? Die Boten waren in Varel? Sie sollten doch eigentlich in Butjadingen sein. Wie kann das sein?«

Walther schüttelte verwirrt den Kopf.

»Nun verstehe ich gar nichts mehr, Thiderich. Was sollen sie denn in Butjadingen, wenn der Mann, den wir suchen, in Aldessen vermutet wird?«

Thiderich musste zugeben, dass es kompliziert war. Mit wirren Worten versuchte er zu erklären, dass die Boten eigentlich zu dem Fundort der Wrackteile ausgesandt worden waren. Er selbst aber sollte zu der Stelle reiten, wo sein Oheim als bisher einziger Überlebender der *Resens* gestrandet war. Der entscheidende Vorteil Thiderichs war bisher gewesen, dass die Boten nichts von der Bedeutung des Ortes Aldessen gewusst hatten und sich deshalb in Rüstringens Norden aufhalten sollten. Doch warum waren sie dann jetzt in Varel?

Walther versuchte die Geschichte in seinem Kopf zusammenzusetzen, und so langsam ergab alles einen Sinn. Selbst die Erinnerung an den gestrigen Abend in der Schenke kam allmählich zurück. Mit jedem Moment erwachte er mehr zu neuem Leben. All die Jahre, die er in seiner Heimat Sandstedt zugebracht und sich nichts mehr gewünscht hatte, als endlich ein Abenteuer zu erleben, schienen nun in diesen einen Augenblick zu münden.

»Thiderich, wenn die Boten eigentlich gar nicht wissen, dass dein Oheim Heyno in Aldessen angespült wurde, dann müssen sie tatsächlich einen Hinweis bekommen haben. Warum sonst sollten sie jetzt in Varel sein? Noch haben wir aber einen Vorsprung – schließlich wissen sie nicht, wer ich bin, aber ich habe sie erkannt.«

Ohne viele weitere Worte schwangen sich beide auf Millies Rücken. Diese wollte sich zunächst dagegen wehren, doch Thiderich brach kurzerhand einen Zweig ab und hieb ihn zischend auf die Kruppe der störrischen Stute. Eigentlich wollte er noch eine Warnung ausstoßen, doch es war zu spät. Mit einem sagenhaften Satz sprang Millie nach vorn und galoppierte los.

Walther, der nicht im Geringsten damit gerechnet hatte, dass dieser Gaul zu solch einer Geschwindigkeit fähig war, wäre fast hinuntergefallen, doch im letzten Moment griff Thiderich nach hinten und zog seinen Gefährten wieder hinauf.

Millie stürmte außerhalb jeder Kontrolle durch den Wald. Dieses Mal versuchte Thiderich nicht sie anzuhalten, sondern trieb sie immer weiter. Die Bäume am Wegesrand flogen nur so an ihnen vorbei. Ohne zu ermüden, rannte Millie weiter, wich geschickt jedem Hindernis aus und übersprang sogar die Pfützen, vor denen sie sonst so gerne stehen blieb. Irgendwie schien sie zu spüren, dass jede Minute zählte.

Erst als die ersten ärmlichen Häuser Aldessens zu sehen waren, drosselte Thiderich das Tempo. Wild schnaufend fiel Millie in einen ruhigen Schritt.

Sie waren da. Am Ziel ihrer langen Reise!

Nachdem sich Bodo und Nicolaus in der Schenke gestärkt hatten, wollten sie den Pfarrer der Vareler Kirche aufsuchen. Dieser war jedoch zurzeit in den umliegenden Dörfern unterwegs und wurde nicht vor dem morgigen Tage zurückerwartet. Übellaunig angesichts der Verzögerung blieb ihnen tatsächlich nichts anderes übrig, als auf den nächsten Tag zu warten. Nachdem sie die einzig freie und wahrhaft widerliche Bleibe für die Nacht gefunden hatten, in der es unerträglich nach Kotze stank, zog sich Nicolaus ins Gebet zurück, und Bodo ging allein wieder in die Schenke.

Der Bote hatte wenig Lust aufs Beten und viel mehr Lust aufs Trinken. Auch wenn er sich auf der weiten Reise trotz aller Dispute irgendwie an Nicolaus gewöhnt hatte, genoss er es doch, ihn nun für eine gewisse Zeit los zu sein.

Allein saß er vor seinem Bier und schaute in die Runde. Obwohl es noch früh am Nachmittag war, schienen alle Anwesenden bereits mächtig betrunken zu sein. Als sich zwei der Männer an seinen Tisch setzen wollten, machte er ihnen mit einem verächtlichen Blick klar, dass er allein zu sitzen wünschte. Er konnte es nicht erwarten, endlich wieder in die Heimat zu reiten. Es verunsicherte ihn, nicht zu verstehen, worüber dieses Pack redete. Mit jedem weiteren Schluck verstärkte sich sein Gefühl, dass sie möglicherweise über ihn sprachen. Am liebsten wäre er aufgesprungen und hätte jedem Kerl ein paar Hiebe verpasst, doch er allein gegen alle anderen? Das schien ihm sogar jetzt, da er selbst besoffen war, aussichtslos.

Mit einem Mal fiel sein Blick auf eine Frau. Sie war sehr groß, hatte rotes Haar und bot ganz offensichtlich ihre Dienste an. Das war es, was er brauchte. Ein paar rosige Schenkel und fleischige Brüste. Er leerte seinen Becher in einem Zug und stand auf.

Noch bevor er bei ihr war, bemerkte sie seinen lüsternen Blick. Gurrend wie eine Taube kam sie auf ihn zu und begann ihm friesische Worte ins Ohr zu flüstern. Dann nahm sie ihren Kunden bei der Hand und führte ihn in eine kleine Kammer hinter der Schankstube. Die Kammer war so gut wie leer. Nur ein paar Lumpen, die zu einer Art Bettstatt aufgetürmt waren, lagen in einer Ecke. Es stank nach Schweiß und den Säften der körperlichen Liebe.

Die Rothaarige entblößte unaufgefordert ihre schweren Brüste und begann sogleich, an Bodos Beinlingen zu nesteln. Dieser ließ sie einfach gewähren und grabschte derweil nach ihrem Busen. Wie lange schon hatte er darauf verzichten müssen? Sein eigenes Weib war nach dem siebten Kind unwillig im Bett geworden. Fast musste er sie zu ihrer Pflicht zwingen. Umso mehr genoss er jetzt die willige Bereitschaft der Hure.

Sie hob ihre Röcke und legte sich rücklings auf die Lumpen. Das rote Haardreieck zwischen ihren Schenkeln war verklebt von dem Liebessaft seiner Vorgänger – doch das war Bodo gleich. Sie befeuchtete sich selbst mit ihrem Speichel und spreizte dann einladend die blassen Beine.

Ohne zu zögern, ließ er sich schwer auf sie fallen und hieb sein hartes Glied tief in sie hinein. Nach wenigen Stößen schon ergoss er sich stöhnend in sie.

Nachdem sie beide ihre Kleider wieder geordnet hatten, sagte die Hure etwas in ihrer Sprache zu ihm und streckte ihm dabei fordernd die Hand entgegen. Natürlich wusste er, was sie wollte. Unwillig holte Bodo zwei Münzen hervor und warf sie ihr auf den Schoß. Unter anderen Umständen hätte er sich vielleicht gefragt, warum er diesem liederlichen Weib seine schönen Münzen in den Hals werfen sollte, wenn er ihren Körper auch so haben konnte, doch dieses Mal war es anders. Zufrieden wog er die volle Geldkatze in seiner Hand, die ihm Conrad von Holdenstede am Tag seiner Abreise überreicht hatte. Noch immer war sie voll genug, um sich getrost hin und wieder eine Dirne gönnen zu können.

Müde von dem Gesöff der Schankstube und dem Besteigen der Hure, schritt er in die stinkende Herberge, wo er sogleich in einen traumlosen Schlaf fiel.

Nach ihrer Ankunft in Aldessen liefen Walther und Thiderich zuerst zu dem Strand, der sich hinter dem eigentlichen Ort erstreckte. Hier war Heyno seiner Aussage nach angespült worden.

Keiner von ihnen hatte Zweifel, die richtige Stelle gefunden zu haben. Als sie auf das wilde Wasser blickten, das unermüdlich tosend an Land stürmte, waren sie sich sicher – diese Wellen waren durchaus in der Lage, Größeres aus den Weiten des Meeres heranzuspülen und auf den Sand zu spucken!

»Hier muss es sein«, schloss Thiderich. »Hier wurde mein Oheim in seinem Fass angespült.«

»Was wollen wir nun tun?«

»Wir werden die Fischer des Ortes befragen. Walther, dazu brauche ich dich jetzt. Wenn du mir dafür danken willst, dass ich dich mit auf meine Reise genommen habe, dann hilf mir jetzt und frage die Leute nach einem fremden Mann. Wenn er noch lebt, dann muss er irgendwo hier in der Nähe sein. Dass die anderen beiden Boten nach Varel gekommen sind, kann nur bedeuten, dass sie ihn auf ihrer bisherigen Reise nicht haben ausfindig machen können. Möglicherweise sind sie schon auf dem Weg hierher. Wir müssen Albert von Holdenstede unbedingt vor ihnen finden.«

Walther spürte unfassbaren Stolz bei Thiderichs Worten. Er war auf *ihn* angewiesen; brauchte *seine* Hilfe! Er war bereit, alles zu tun, um seinen neuen Freund nicht zu enttäuschen.

Gemeinsam klopften sie zunächst an die verlassen aussehenden Fischerkaten außerhalb des eigentlichen Ortes. Eine nach der anderen wurde von ihnen angesteuert, doch leider ohne Erfolg.

Walther übersetzte nach jedem Gespräch das Gesagte, doch fast immer waren es dieselben Sätze. Keiner konnte ihnen etwas über einen angespülten Mann mit fremder Sprache sagen – oder keiner wollte es. Die Fischer waren allesamt kurz angebunden, und niemand bat sie ins Haus hinein. Fast schienen die Leute, als hätten sie Angst. Doch der Ort war groß und ihre Möglichkeiten somit noch lange nicht ausgeschöpft.

Die günstige Lage direkt an der Nordseemündung hatte Aldessen zu einem bedeutsamen Ort in Rüstringen gemacht, aber weder in den Gasthäusern noch in den zahlreichen Webereien oder der Gaukirche erfuhren sie etwas über Albert von Holdenstede. Sobald sie sagten, nach wem sie suchten, schraken die Menschen zurück und schickten die Freunde fort. Thiderich und Walther konnten sich dieses Verhalten nicht erklären und vermuteten anfangs, dass die Leute einfach keine Fremden mochten, doch nach Stunden der erfolglosen Suche verließ sie schließlich jede Zuversicht. Hier würden sie nichts erfahren, und dafür gab es einen geheimen Grund.

Entmutigt kehrten Walther und Thiderich am Abend an den Strand zurück, den sie nach ihrer Ankunft gefunden hatten. Was sollten sie nun tun? Aufgeben? Es wurde tatsächlich immer wahrscheinlicher, dass Albert von Holdenstede nicht mehr am Leben war. Schließlich hatten sie bisher nicht einen einzigen Hinweis auf ihn gefunden. Vielleicht war das, was Heyno als Schleifspuren eines Verletzten zwischen zwei Männern gedeutet hatte, doch nur die Schleifspur eines Bootes oder die eines erlegten Tieres gewesen.

Fast war es dunkel. Der Wind pfiff unerbittlich über den Strand und ließ kleine dünne Wolken aus weißen Sandkörnchen in schleierartigen Bewegungen über den Boden fegen. Die Männer blickten fröstelnd aufs Wasser. In der Luft lag der Geruch von Salz. Bis auf den Gesang des Windes war es unglaublich still hier, und Thiderich schien es fast so, als hätten sie das Ende der Welt erreicht. Sollte das tatsächlich das Ergebnis ihrer Reise sein? War der weite Weg hierher umsonst gewesen? Er hob eine kleine Muschel auf. Erstmalig hielt er eine in der Hand. Nur die Pilger des Jacobsweges trugen welche an ihren Taschen oder Mützen, doch diese hier sah ganz anders aus. Sie war geschwungen, fast wie ein Schneckenhaus, nur länger und mit einem spitzen Ende. Nachdem er sie von Sand befreit hatte, steckte er die kleine Muschel in seinen Beutel. Möglicherweise würde er nie wieder in seinem Leben hierherkommen; dann sollte sie ihn an seine Reise erinnern.

Seine Enttäuschung darüber, den Auftrag wohl nicht erfüllen zu können, war groß, doch er musste sich eingestehen, dass die Wahrscheinlichkeit, Albert von Holdenstede lebend aufzufinden, von vornherein recht klein gewesen war. Gerade als er den ebenso enttäuschten Walther zum Aufbruch animieren wollte, kam eine sehr alte, gebückte Frau scheinbar aus dem Nichts heraus über den verlassenen Strand auf sie zugehumpelt. So unerklärlich es auch war: Die Greisin wollte eindeutig zu ihnen.

Weder Thiderich noch Walther hatten geglaubt, dass sie so bald schon wieder durch die unwegsame Landschaft Frieslands galoppieren würden.

Nachdem die unheimliche Alte sich mühsam durch den Sand zu den jungen Männern gekämpft hatte, forderte sie beide mit überraschend energischen Handbewegungen auf, ihr zu folgen. Dabei sprach sie kein einziges Wort. Nur ihr pfeifender Atem verriet, dass sie überhaupt Laute von sich geben konnte. Ihr hüftlanges Haar war schneeweiß, ihr Gang weit nach vorn gebückt und ihre Haut so faltig wie die eines alten Apfels.

Walther und Thiderich waren ihr einfach nachgegangen – ohne so recht den Grund dafür zu wissen. Gemeinsam liefen sie über den Strand, an den Häusern Aldessens vorbei und immer weiter, bis sie an eine windschiefe Hütte kamen, die aus altem Strandgut errichtet worden war.

In der Hütte fiel die Alte zunächst wie tot auf einen unordentlichen Haufen von Stofffetzen und weichen Gräsern. Dort lag sie eine ganze Weile mit geschlossenen Augen. Die Männer wussten nicht, was sie tun sollten, und so setzten sie sich auf den Boden und warteten. Nach einer halben Ewigkeit richtete sich die Erschöpfte dann endlich auf und fing an zu erzählen. Ihre Stimme war unangenehm kratzig und ihr Blick eigenartig starr. Sie hatte ihn auf irgendwas gerichtet, nur nicht auf ihre Besucher.

Selbst Walther hatte Mühe, ihre seltsame Aussprache zu verstehen, und auch das, was sie sagte, war kaum zu begreifen. Bis zu diesem Zeitpunkt waren beide Männer sich noch nicht sicher, ob die Alte fantasierte oder die Wahrheit sprach. Trotzdem blieben sie und hörten ihr zu. Irgendwann deutete sie während ihrer Erzählungen plötzlich mit dem Finger auf Thiderich, woraufhin dieser unruhig wurde. Im Flüsterton sagte er zu Walther: »Was machen wir hier eigentlich? Lass uns gehen, die Frau ist doch verrückt.«

Walther jedoch schaute weiter gebannt auf die unheimliche Alte und hob bloß die Hand vor Thiderichs Gesicht, um ihm zu bedeuten, dass er still sein sollte. Thiderich schüttelte etwas verwirrt den Kopf. War sie vielleicht doch eine Hexe und zog Walther gerade in ihren Bann?

Erst als sie verstummte, fing Walther an zu übersetzen, was er meinte verstanden zu haben.

»Sie ist nicht verrückt, Thiderich«, sagte er freudestrahlend in dessen Richtung.

»Ist sie nicht?«, fragte Thiderich ungläubig. »Na, da bin ich ja mal gespannt.«

Walther hörte gar nicht auf die spöttischen Worte und fuhr fort. »Du wirst es nicht glauben. Sie hat mir erzählt, dass sie vor einiger Zeit einen Mann am Strand entdeckt hat. Zunächst hielt sie ihn für tot, doch dann sah sie, dass er noch atmete. Da sie ihn nicht tragen konnte, brachte sie ihm Wasser und etwas zu essen. Zwei Tage lag er dort. Sie deckte ihn mit allem möglichen Gestrüpp zu, das sie fand, und hielt ihn warm. Am dritten Tage dann kam sie erneut zu ihm, diesmal in Begleitung zweier Männer aus dem Dorf. Diese Männer trugen ihn zu ihrer Hütte.«

Thiderich zog eine Augenbraue hoch und schaute Walther an, als sei er nicht ganz bei Sinnen. »Du hast recht, ich glaube es nicht, Walther. Wenn es so war, wo ist dieser Mann dann? Und warum lebt sie hier allein in dieser Hütte? Ich bin noch immer davon überzeugt, dass die Frau verrückt ist und sich etwas ausdenkt ...«

»Nun höre doch zu«, befahl Walther fahrig. »Sie hat noch weit mehr erzählt. Zum Beispiel, dass sie sonst niemals in das Dorf gehen würde, weil die Bewohner sie fürchteten. Als junges Mädchen hatte es angefangen. Sie hatte Eingebungen. Es waren Wachträume, die sich hinterher stets bewahrheiteten. Anfänglich hat sie versucht, den Dorfbewohnern davon zu berichten und sie zu warnen, wenn Unheil drohte. Doch statt ihr dankbar zu sein, jagten sie sie fort. Mit dem Teufel soll sie im Bunde sein, hatte ein Geistlicher ihr unterstellt. Erst seitdem wohnt sie hier allein und bleibt es auch die meiste Zeit.«

Thiderich konnte Walthers Aufregung nicht teilen. »Das ist in der Tat eine traurige Geschichte, doch beweist sie noch lange nicht, dass irgendetwas von dem, was die Frau erzählt, wahr ist.«

»Aber jetzt überleg doch mal, Thiderich!«, fuhr Walther seinen Begleiter plötzlich an und schüttelte dessen Schultern. »Das passt doch zum Verhalten der Bewohner Aldessens. Sie wollten uns keine Auskunft geben, weil sie die alte Frau fürchten!«

Zum ersten Mal war in Thiderichs Blick etwas anderes zu lesen als Hohn und Spott. Konnte es wirklich stimmen, was die Frau erzählte?

Walther fuhr unterdessen fort. »Wenn ich sie richtig verstanden habe, dann hatte sie, lange bevor sie den Mann am Strand fand, von ihm geträumt. Sie war vorbereitet gewesen, wie sie sagt – auch auf den darauffolgenden Besuch.«

»Was für ein Besuch?«, fragte Thiderich nun weit interessierter.

»Es waren Fremde, die den angespülten Mann holen wollten. Die Frau sagt, sie habe auch von ihnen geträumt. Sie kann wohl nicht sagen, zu welcher Zeit sich ihre Eingebungen bewahrheiten, doch geirrt habe sie sich bisher noch nie. Bevor die Männer kamen, hat sie versucht, den Kranken zu warnen, doch der fremde Mann verstand sie nicht. Sie konnte kein einziges Wort mit ihm reden; aber im Schlaf sprach er wohl in deiner Sprache, Thiderich. Deshalb hat sie eben mit dem Finger auf dich gezeigt.«

Thiderich verstummte. So langsam glaubte auch er, dass etwas Wahres an dem sein konnte, was die Frau sagte.

Walther hingegen war schon längst davon überzeugt, endlich eine Spur aufgetan zu haben. »Eines Tages kamen tatsächlich drei Bauern mit vier Pferden. Sie traten in die Hütte, packten den Angespülten, setzten ihn auf das freie Pferd und ritten davon. Und obwohl sie der Alten nicht gesagt hatten, wohin sie reiten würden, weiß sie trotzdem, dass ihr Ziel Blexen war. Sie sieht Bilder vor ihren geschlossenen Augen – nicht nur von Blexen, sondern auch von dem Hof, auf dem der Mann nun lebt.«

Thiderichs Zweifel hatten sich nun gänzlich in Aufregung verwandelt. »Walther, wenn das wirklich stimmt, dann kann es sich tatsächlich um einen Mann der *Resens* handeln – womöglich sogar um Albert von Holdenstede.«

Plötzlich fing die Alte wieder an zu sprechen. Mit eindringlichen Worten drängte sie die Männer, schnell nach Blexen zu reiten. Zwei andere Männer würden kommen – sehr bald schon. Sie würden nach dem Mann vom Strand suchen, und sie wollten ihm Böses.

Nachdem Walther auch das übersetzt hatte, überkam Thiderich eine Gänsehaut. »Die beiden Männer – das müssen die anderen Boten sein!«

Walther nickte. »Daran habe ich auch schon gedacht. Wir sollten uns tatsächlich beeilen, doch heute können wir nichts mehr ausrichten.«

Thiderich stimmte zu. Es fiel ihm schwer, seine Ungeduld zu bekämpfen und sich schlafen zu legen. Er war beflügelt, da ihnen so plötzlich eine neue Möglichkeit aufgezeigt wurde, nachdem sie schon dachten, gescheitert zu sein. Doch ihm war auch unheimlich zumute. War die Greisin tatsächlich hellsichtig? Woher sonst konnte sie all das wissen? Jedes ihrer Worte deutete darauf hin, dass es sich bei dem fremden Mann tatsächlich um Albert von Holdenstede handeln konnte. Ihnen blieb nichts anderes übrig, als ihr zu vertrauen und wirklich nach Blexen zu reiten.

Nach einer kurzen Nacht in der zugigen Hütte brachen sie beim ersten Dämmerlicht auf. Wie vom Teufel gejagt preschte Millie nun schon seit einigen Meilen in die Richtung, die die Alte ihnen gewiesen hatte. Wenn die Stute dieses Tempo beibehielt, wären sie noch vor der Mittagsstunde am endgültigen Ziel ihrer Reise.

Auch wenn Walther, der hinter Thiderich saß, bereits nach kurzer Zeit glaubte, die Haut müsse sich langsam von seinen Backen lösen, konnten sie nicht anhalten. Beide Männer wussten, dass ihnen nicht viel Zeit blieb, bis die Boten des Domkapitels und des Rates sie eingeholt hätten. Angetrieben von neuer Hoffnung, ihren Auftrag möglicherweise doch noch erfüllen zu können und den Totgesagten gesund heimzuführen, jagten sie wie der Wind über die matschigen Wiesen.

Dann endlich erblickten sie vor sich den einsamen Hof. Er lag abseits des Kirchspielortes Blexen, dessen Dächer in der Ferne zu sehen waren, und er war tatsächlich das exakte Abbild dessen, was die Frau ihnen gestern beschrieben hatte. Ein langes Haupthaus mit durchhängendem Dach, eingerahmt von zwei kleineren Scheunen an beiden Seiten. Vor dem Haus befand sich ein dünner, kahler Baum mit einer ungewöhnlich verwachsenen Baumkrone und einem Loch in der Mitte. Jeder Zweifel war fehl am Platze – sie waren am Ziel.

Endlich drosselte Thiderich das Tempo. Millie schnaubte und kaute aufgeregt auf ihrem Gebissstück. Ihre Brust, ihr Hals und ihre Flanken waren schweißnass, und ihr fuchsfarbendes Fell begann sich dort bereits zu wellen. Thiderich hielt die Stute an und klopfte ihr den Hals. Ebenfalls schwitzend und schwer atmend, glitten die Männer von Millies Rücken. Nun kam alles auf einen Moment an, denn eines war den Freunden klar: Sie mussten klug vorgehen, wenn sie nicht sogleich wieder vom Hofherrn verjagt werden wollten.

Natürlich war es Walther, der voranging – denn was hätte Thiderich dem Friesen schon sagen können? Mit vor Aufregung zitternden Fingern pochte er an die Tür des großen Bauernhauses. Gleich darauf wurde ihm geöffnet. Ein langer Kerl mit misstrauischem Gesicht und riesigen Händen stand vor ihm und fragte nach seinem Begehr.

Thiderich stand mit Millie in so großem Abstand von ihnen entfernt, dass er keinen Laut hören konnte. Er war so aufgeregt wie seit Tagen nicht mehr, und er hasste es, bloß unbeteiligt herumstehen zu können. Zig Fragen geisterten in seinem Kopf herum. Würden sie Albert von Holdenstede hier wirklich finden, oder hatte die Greisin womöglich irgendwelche alten Erinnerungen durcheinandergebracht? Sein Herz pochte ihm bis zum Hals, und sein Mund wurde trocken. Walther und der misstrauisch dreinschauende Hüne redeten bereits eine halbe Ewigkeit, als plötzlich und unerwartet das Gesicht des Mannes freundlicher wurde.

Lachend drehte Walther sich um und sagte: »Der Mann kennt meinen Ziehvater. Er bittet uns herein.«

Thiderich hätte am liebsten vor Erleichterung gejubelt. Schnell band er Millie an den seltsamen Baum und folgte der einladenden Geste des Bauern. Dann wurden sie an die Feuerstelle in der Küche geführt, wo noch eine ordentliche Glut glimmte. Dankbar wärmten sie sich daran die eiskalten Finger, während der Lange hinausging und nach irgendjemandem rief.

Walther blickte Thiderich ins Gesicht und nickte kaum erkennbar. Er für seinen Teil schien sich sicher zu sein, hier endlich den gesuchten Mann zu treffen. Die Spannung war kaum noch auszuhalten.

Es dauerte einige Zeit, da kam eine junge Frau herein. Sie sagte nichts, sondern nickte nur, um die Gäste zu begrüßen. Unaufgefordert stellte sie einen Krug mit trübem Wasser auf den Tisch, doch weder Thiderich noch Walther rührten ihn an.

Ungeduldig blickten sie immer wieder zu der Tür, durch die der Bauer verschwunden war. Dann endlich vernahmen sie Schritte. Der hochgewachsene Mann kam zurück, und hinter ihm betrat ein zweiter Mann die Küche. Es war tatsächlich der von ihnen Gesuchte. Es war Albert von Holdenstede!

Thiderich war sich todsicher. Obwohl er ihn noch nie gesehen hatte, passte die Beschreibung der Dame Ragnhild perfekt. Er war von normaler Statur, nicht übermäßig kräftig, und hatte braunes, jetzt schulterlanges Haar. Seine Gesichtszüge waren jungenhaft – so, wie seine Frau es geschildert hatte. Trotz des dichten Barthaares war es nicht zu übersehen; das war der gesuchte Mann.

Albert schaute die beiden Fremden an; einen nach dem anderen. Keine Regung war auf seinem Gesicht zu erkennen.

Thiderich ging auf ihn zu und deutete eine Verbeugung an. »Albert von Holdenstede, ich grüße Euch. Wir kommen im Auftrag Eurer Gemahlin Ragnhild von Holdenstede, um Euch wieder wohl nach Hause zu geleiten.« Zufrieden mit seiner höflichen Anrede, blickte Thiderich erwartungsvoll in Alberts Gesicht.

Dieser musterte ihn mit argwöhnischem Blick und wandte sich dann mit knappen Worten zum Gehen. »Es tut mir leid, ich kenne Euch nicht, und auch das Weib Ragnhild ist mir unbekannt. Ihr müsst Euch irren.«

Walther und Thiderich waren wie vom Donner gerührt.

Doch nicht nur sie; auch die junge Frau schlug erschrocken die

Hände vor den Mund und sog hörbar die Luft ein. Sie schaute Albert hinterher, dann zu Walther und dann wieder zurück. Hektisch erklärte sie Walther, dass Albert bisher kaum ein Wort gesprochen hatte; außer im Schlaf.

Thiderich drängte ihn zu übersetzen, um kurz darauf ebenso fassungslos zwischen ihnen hin und her zu schauen.

Albert von Holdenstede trat indes einfach aus der Tür und verschwand aus ihrem Blick.

Die Freunde trauten ihren Augen nicht. Der Mann, für den sie diese unglaubliche Reise auf sich genommen hatten, stand endlich vor ihnen, und nun drehte er sich um und wollte nichts von ihnen wissen. Hatten sie etwa doch den Falschen aufgespürt? War das alles ein riesengroßer Irrtum?

Nein, befand Thiderich entschlossen, das war unmöglich.

Der Bauer fing an, sich mit Walther zu unterhalten, und dieser übersetzte zeitgleich für Thiderich. Er fragte erstaunt, ob es ein Problem gebe, und erklärte dann, dass seine Tochter und der Fremde, den er Onno nannte, bald heiraten würden.

Nur mit Mühe konnte Thiderich verhindern, angesichts der unerwarteten Neuigkeiten laut aufzustöhnen und sich die Haare zu raufen. Sicher hätte der Bauer dies als sehr unhöflich empfunden; schließlich ging es hier um seine Tochter. Nachdem er dem Wortwechsel zwischen Walther und dem Bauern eine Weile zugehört hatte, fing die junge Frau auch noch an zu heulen. Nun konnte und wollte Thiderich nicht mehr an sich halten. Er stürmte hinaus, rannte Albert hinterher. Dieser hatte sich auf die andere Seite des Hofes verzogen und spaltete wie ein Besessener grobe Holzscheite mit einer Axt.

Wutgeladen kam Thiderich auf ihn zu und fuhr ihn an: »Ihr seid es, Albert von Holdenstede. Ich weiß es genau. Was für einen Sinn hat es für Euch, das zu leugnen?«

Sein Gegenüber hörte ruckartig auf, das Holzscheit auf dem

Klotz vor ihm zu bearbeiten. Mit wütender Miene und fest gepackter Axt kam er bedrohlich schnell auf Thiderich zu, der aber keinen Schritt zurückwich. Nur eine Handbreit vor den Füßen des ungebetenen Gasts trieb er die Schneide seiner Axt in den Boden. Dann richtete er seinen wilden Blick auf Thiderich und polterte: »Ich sage doch, ich kenne Euch nicht. Auch kenne ich keinen Albert von Holdenstede oder eine Ragnhild. Ich habe nicht die geringste Ahnung, wovon Ihr sprecht. Mein Platz ist hier, und ich gehe nirgendwo mit Euch hin, versteht Ihr?«

Thiderich war fassungslos. Was konnte er jetzt noch tun? Sollte er tatsächlich zurückreiten und Ragnhild mitteilen, dass ihr geliebter Ehemann in der Fremde eine Friesin heiraten würde? Nachdenklich richtete er den Blick auf den Boden und stemmte die Arme in die Seiten. Er fragte sich, was er falsch gemacht hatte. Vielleicht war alles zu schnell gegangen. Vielleicht hatten sie den Kaufmann, der nun aussah wie ein Bauer, überfordert. Er blickte wieder hoch und sah in das Gesicht des Gestrandeten. Um einen sanfteren Ton bemüht, fragte er: »Könnt Ihr mir sagen, wie Ihr hierhergekommen seid? Erinnert Ihr Euch an die alte Frau, die Euch am Strand gefunden hat?«

»Von welcher Frau sprecht Ihr?«

Thiderich war der Verzweiflung nahe. Er war nicht gut in so etwas und befürchtete, nun wieder das Falsche zu sagen. »Warum, glaubt Ihr, sprecht Ihr meine Sprache, aber nicht die Eurer Zukünftigen und ihres Vaters?«

»Ich ... ich weiß es nicht.« Alberts Ton veränderte sich. Er wirkte verwirrt. »Nichts weiß ich mehr, versteht Ihr? *Nichts!*« Mit fahrigen Bewegungen strich er sich das lange Haar zurück. Thiderich konnte sehen, wie verzweifelt der Mann in diesem Moment war. Mit gebrochener Stimme gestand Albert: »Eines Tages wachte ich auf. Hier, im Haus des Bauern. Neben meinem Bett wachte Tettla. Ich konnte mich nicht erinnern, was passiert war, und sie konnte es mir auch nicht sagen, da ich sie nicht verstand. Ich kam zu Kräften und fing an, auf dem Hof zu helfen, wo ich konnte. Tettla war sehr nett zu mir, und ich war ihr dankbar für ihre Pflege. Irgendwann legte ihr Vater mir ihre Hände in die meinen und versprach sie mir somit als Frau. Von diesem Tage an hörte ich auf zu hinterfragen und ergab mich meinem Schicksal. Es geht mir gut hier, und ich weiß ehrlich gesagt nicht, ob ich mich an mein anderes Leben erinnern möchte.«

In diesem Moment kamen Walther, der Bauer und seine Tochter aus dem Haus.

Die Augen Tettlas waren rot geweint. Als Albert dies sah, wurde sein Blick weich, und er ging auf sie zu. Mit liebevollen, aber stockenden Worten in ihrer Sprache, die Albert bruchstückhaft erlernt hatte, bedeutete er ihr, sich zu beruhigen. Dann schloss er sie zärtlich in die Arme, worauf sie die ihren dankbar um seinen Körper schlang. Entschlossenen Blickes wandte er sich an die beiden Fremden und sagte: »Ich bitte Euch: Geht! Mein Platz ist hier bei Tettla. Nehmt mein altes Leben wieder mit und lasst mich in Ruhe.«

In diesem Moment war alles klar. Kein Bitten und Flehen würde diesen Mann noch umstimmen. Sosehr sie das Erlebte auch erschütterte, es hatte keinen Sinn, länger als nötig hier zu verweilen. Der Rückweg würde lang und beschwerlich werden, und hier gab es nichts mehr für sie zu tun.

Sie wünschten Albert von Holdenstede aufrichtig alles Gute, banden Millie los und schlugen zu Fuß den Weg ein, auf dem sie gekommen waren.

Als sie schon ein gutes Stück schweigend hinter sich gebracht hatten, schwang sich Thiderich plötzlich auf Millies Rücken und wies Walter an, an dieser Stelle zu warten. Dann preschte er davon – zurück auf den Hof – und sprang vor dem Holz hackenden Albert von der tänzelnden Millie ab. Ohne eine Erklärung fingerte Thiderich an seinem Hals herum und zog eine Schnur mit einem Lederbeutel daran unter seiner Kleidung hervor. Es war der Beutel mit Ragnhilds Haar darin. Diesen Beutel übergab er dem erstaunten Albert und nickte ihm auffordernd zu. »Dies ist für Euch. Bewahrt es gut auf, und wenn Ihr Euch eines Tages erinnern wollt, dann nehmt es zur Hand.«

Mit einem letzten Gruß ritt Thiderich zu dem wartenden Walther zurück, um dann endgültig den Heimweg anzutreten.

4

Endlich war der nächste Tag gekommen. Bodo war nach dem Besuch der Hure sofort in einen tiefen Schlaf gefallen, doch Nicolaus' Geschnarche hatte ihn mitten in der Nacht geweckt. Vollkommen übermüdet wälzte er sich stundenlang auf seinem schmierigen Strohsack hin und her, bis er endlich das erste Tageslicht erblickte und den Geistlichen wenig freundlich wach rüttelte. Kurze Zeit später waren sie auch schon auf dem Weg zur Kirche.

Noch bevor sie die Tür erreicht hatten, öffnete ihnen der Pfarrer mit den friesischen Worten: »Ich habe Euch schon erwartet.«

Erstaunt traten die beiden Boten ein. Wie konnte der Pfarrer sie erwarten, wenn er ihr Begehr doch noch gar nicht kannte? Sie sollten es bald erfahren.

In der Kirche erwartete sie nicht nur der Geistliche, sondern auch ein abgerissener Kerl, der allem Anschein nach ein Bauer war. Offenbar verbrachte dieser seine Zeit aber lieber in der Schenke als auf dem Feld, denn seine Nase war rot, seine blonden Haare strähnig, und sein Atem roch beißend nach dem Gesöff der Schankstube.

Der Pfarrer ging jedoch zunächst gar nicht auf den Bauern ein. Er begann das Gespräch mit einer ermüdenden Erklärung seiner Arbeit in fremden Dörfern, obwohl sich der Sinn darin für die Boten anfangs nicht erschloss. Wie alle Kirchenmänner, denen sie auf ihrem Weg begegnet waren, richtete auch dieser sein Wort ausschließlich an Nicolaus.

»Ihr müsst wissen, dass nicht alle Orte Rüstringens einen eigenen Geistlichen haben, der für das Seelenheil der Friesen zuständig ist. Aus diesem Grunde reist ein jeder von uns häufig zwischen den Dörfern hin und her, um Gottes Wort auch in die entlegensten Winkel des Landes zu bringen.« Der Pfarrer war sichtlich stolz auf seine Arbeit, und er war es gewohnt, lange Reden zu halten – ganz zum Bedauern Bodos und Nicolaus'. »Sicher ist es verständlich, dass ich, als Pfarrer einer Gaukirche, nur zu außerordentlich wichtigen Zwecken mein Gotteshaus verlasse.«

»Gewiss doch, gewiss...«, antwortete Nicolaus gespielt interessiert und wunderte sich immer mehr über den Kirchenmann. Worauf wollte er hinaus? Von der Befürchtung getrieben, hier nicht weiterzukommen, überlegte der Missionar bereits, wie er das Gespräch mit dem Pfarrer höflich beenden konnte, als dieser plötzlich seinen Tonfall änderte. Mit zusammengekniffenen Augen und geheimnisvoll klingender Stimme sagte er: »Vor nicht allzu langer Zeit hat mich meine Arbeit an die Grenzen des Kirchortes Aldessen geführt. Dieser Ort stellt für mich stets eine besondere Herausforderung dar, weil am dazugehörigen Strand eine aus dem Dorf vertriebene Hexe wohnt.« Der Pfarrer begann nun so wortreich und ausschweifend von den bösen Mächten dieser Abtrünnigen zu erzählen, dass es den Männern einen Schauer über den Rücken jagte. »Sie ist ein bösartiges Weib mit Visionen, die der Teufel ihr einflüstert, da er die guten Seelen der Christenmenschen einzufangen versucht. Ihr Blick allein vermag dunklen Zauber hervorzurufen, und in ihren langen weißen Haaren spiegelt sich von Zeit zu Zeit eine dämonische Fratze. Schon einmal habe ich sie vertrieben, aber...«

»Verzeiht, Vater«, fiel Nicolaus ihm ins Wort. »Auch wenn Euer überaus lobenswerter Einsatz von großem Interesse für mich als Missionar ist, frage ich mich doch, was hat diese Hexe mit unserem Auftrag zu tun?«

Der Priester war für einen Moment sichtlich empört darüber,

so barsch unterbrochen worden zu sein. »Dazu komme ich jetzt. Die Bewohnern Aldessens berichteten mir kürzlich, dass die Weißhaarige einen vom Meer angespülten Mann bei sich aufgenommen habe. Als guter Christ konnte ich natürlich nicht zulassen, dass der Mann in den Fängen dieses Dämons verbleibt; und so trug ich selbst dafür Sorge, dass diese arme Seele von drei Männern Aldessens zu einer mir wohl bekannten, gottesfürchtigen Familie nach Blexen gebracht wurde.«

Nicolaus war bei der Erklärung der Mund aufgeklappt. Nachdem er für Bodo übersetzt hatte, begann dieser sofort, seinen Gefährten mit Fragen über den Gestrandeten zu löchern. Der Missionar gab diese Fragen ungestüm weiter, doch der Geistliche wusste darauf nur wenig zu sagen.

»Der Angespülte war sehr geschwächt, als man ihn holte. Er sprach kaum, und wenn, dann waren es Worte, die niemand verstand. Doch seiner Kleidung nach zu urteilen, schien es sich um einen Kaufmann zu handeln.«

Nach dieser Information geriet Bodos Blut endgültig in Wallung. Er war kaum mehr auf seinem Hintern zu halten und wollte sogleich losstürmen, um den Hinweisen nachzugehen. Doch der Pfarrer hielt ihn mit einem einfachen Handzeichen zurück. Ein abschätziger Fingerzeig auf den Trunkenbold genügte, um diesen wieder in das Gedächtnis der Männer zu rufen. Ganz offensichtlich hatte der Kirchenmann nicht viel für den Bauern übrig. »Auch wenn es nicht so scheint, könnte Euch dieser zerlumpte Kerl noch nützlich sein. Er war es, der mir von Eurer Suche erzählt hat. Und da er jedem geschwätzigen Waschweib den Rang abläuft, sobald er trinkt, habe ich sogar noch mehr aus ihm herausbekommen. Aber fragt ihn selbst.«

Der Besoffene bemerkte es kaum, dass man über ihn sprach. Er hatte größte Mühe, sich aufrecht zu halten, und schwankte gefährlich hin und her.

Rüde wurde er von Nicolaus zum Sprechen aufgefordert, was ihn allerdings maßlos überforderte. Kaum mehr in der Lage, zwei zusammenhängende Silben zu formen, brabbelte er unverständlich vor sich hin. Mühsam errieten die drei Männer den Sinn seiner gelallten Worte. Irgendwann war jedoch klar, dass er am gestrigen Tage ein Gespräch mit zwei Reisenden gehabt hatte, an das er sich zur allgemeinen Verwunderung noch erinnern konnte. Die beiden Männer hatten in der Schenke erzählt, dass sie auf der Suche nach einem verschollenen Kaufmann von einem Schiff namens *Resens* waren.

Bodo und Nicolaus rissen ungläubig die Augen auf. Das war unmöglich. So einen Zufall konnte es nicht geben. Was hatte das zu bedeuten? Fast schon waren sie gewillt, an den Worten des Trunkenboldes zu zweifeln, als dieser plötzlich und erstaunlich klar den Namen des Gesuchten nannte.

»Sie... sie suchten... Albert von Holdenstede, ja, das war sein Name!«

Wie vom Donner gerührt sprang Nicolaus von der Kirchenbank hoch und übersetzte Bodo blitzschnell das Gesagte. Auf ihre Nachfrage, wer denn die beiden Männer gewesen seien, erzählte nun der Pfarrer, dass einer der Männer dem Bauern gegenüber erwähnt hatte, dass sie Gesandte der Frau des Gesuchten waren.

Nicolaus zwang sich zu einem gepressten Dank und verabschiedete sich bei dem Geistlichen so unauffällig wie möglich. Sie durften sich nicht anmerken lassen, wie niederschmetternd diese Nachricht für sie war, doch auch Bodo gelang dies nur schwerlich. Der Missionar konnte sehen, wie sein Gefährte mit sich rang.

Dieses Miststück, dachte Bodo, ohne es laut auszusprechen. Sie hatte tatsächlich hinter dem Rücken ihres Muntwalts eigene Boten ausgeschickt. Ihm war klar, dass es schlimme Folgen für ihn haben konnte, sollten die Boten der Frau tatsächlich zuerst auf Albert von Holdenstede stoßen und ihn gesund zurück nach Hamburg bringen. Die Pläne seiner einflussreichen Auftraggeber wären mit einem Streich dahin. Sicher würde einer von ihnen, sei es Willekin von Horborg, Johannes vom Berge oder Vater Lambert, ihm ohne Zögern den Kopf abschlagen lassen. Er musste unbedingt verhindern, dass die Boten des Weibes vor ihnen in Blexen ankamen; das heißt, wenn sie nicht schon bereits dort waren.

Ohne weitere Verzögerungen erfragten sie den Weg zu dem Hof, auf dem Albert von Holdenstede nun weilen sollte, und machten sich auf zum Stall, wo ihre Pferde standen. Von Varel nach Blexen war es, bei schnellem Tempo, nicht mehr als ein Tagesritt. Im gestreckten Galopp verließen sie die Stadt, grimmig gewillt, ihre Widersacher aufzuhalten – wenn nötig mit roher Gewalt!

Es hatte wieder angefangen zu regnen, und der ohnehin schwere Boden wurde zu schier unüberwindlichem Schlamm. Frustriert und missgelaunt stapften Thiderich und Walther durch den Morast. Millie ließ die Ohren seitwärtshängen und trottete lahm hinter Thiderich her.

»Ich kann einfach nicht glauben, dass Albert von Holdenstede uns nicht einmal anhören wollte«, begann Thiderich das Gespräch.

Erbost gab der völlig durchnässte Walther zurück: »Und ich kann nicht glauben, dass du noch immer an diesen Trottel denkst. Was bringt dir das?«

Thiderich war erzürnt über Walthers Antwort und gab zurück: »Oh, der Herr ist wütend. Bitte verzeiht, dass ich ...«

»Still!«, unterbrach ihn Walther.

Nun hatte Thiderich genug. »Was fällt dir ein, du Bauernlümmel? Hältst du dich für etwas Besseres, mir den Mund zu verbieten?«

»Nun sei doch endlich still, du Narr«, entgegnete Walther und unterstrich seine Worte mit einem Wedeln der rechten Hand. »Hörst du das?«

»Was soll ich schon hören? Den beschissenen Regen höre ich, sonst nichts.«

Walther reagierte gar nicht auf Thiderichs Worte und versuchte angestrengt zu lauschen.

Plötzlich hörte Thiderich es auch. Hufgetrappel! Reiter! Und sie kamen schnell näher.

»Versteck dich, Thiderich«, rief Walther ihm aufgeregt zu.

Es war keine weitere Erklärung nötig. Beide wussten, dass es nichts Gutes verheißen konnte, wenn jemand diese unwegsame Strecke in so halsbrecherischer Eile entlangritt. Möglicherweise war derjenige auf der Flucht – vielleicht sogar vor Rittern. Thiderich legte keinen Wert darauf, noch einmal welche zu treffen.

Mit einem beherzten Satz war Walther in den Büschen verschwunden. Thiderich wollte es ihm eilig gleichtun und ebenso in das Unterholz flüchten, doch Millie hatte nicht die geringste Lust, sich in das nasse Gehölz zu quetschen. Störrisch stemmte sie wie so häufig ihre Vorderläufe in den Schlamm.

»Komm schon, Millie. Bitte nicht jetzt. Walther! Waltheeer!«, rief Thiderich nach Hilfe. Doch dieser war schon zu weit in das Unterholz geflüchtet, um die Rufe seines Begleiters zu hören.

Albert stand noch immer genau so vor seinen Holzscheiten, wie Thiderich ihn vor wenigen Augenblicken zurückgelassen hatte. Das leichte Ledersäckchen ruhte in seiner flachen Hand und wurde langsam von dem einsetzenden Regen betröpfelt.

Er kam sich vor wie ein Trottel, denn in seinem Inneren wogte ein stiller Kampf. Sollte er das Säckchen öffnen oder es doch besser gleich ins Feuer werfen?

Wie auf ein Zeichen trat Tettla gerade jetzt aus dem Haus;

in ihrer Hand trug sie einen Holzbecher mit einer dampfenden Flüssigkeit. Schnell versteckte Albert das Ledersäckchen hinter seinem Rücken. Sie übergab ihm den Becher und fragte, ob er nicht hineinkommen wolle, doch Albert verneinte dies und streichelte sanft ihre Wange. Darauf schenkte sie ihm noch ihr herzlichstes Lächeln und ließ Albert wieder allein; allein mit seinem kleinen Geheimnis.

Ohne dass er sich tatsächlich bewusst dafür entschieden hatte, begannen seine Finger, die Schnüre des Säckchens zu lösen. Zitternd vor Aufregung blickte er hinein und entdeckte eine Haarsträhne. Sie war blond, fast golden, und sie kam Albert mit einem Mal sehr kostbar vor. Einem unerklärlichen Instinkt folgend, führte er die Öffnung des Ledersäckchens an seine Nase. Er schloss die Augen und roch. Der intensive Geruch des feuchten Leders mischte sich mit etwas, das Albert das Blut in den Kopf schießen ließ. Sein Herz begann zu rasen. Das gleichmäßige Rauschen des Regens versetzte ihn in eine rätselhafte Stimmung. Fast schien es, als ob es nur noch ihn, diese Haarsträhne und den Regen gäbe. Vor seinen geschlossenen Augen erschienen ihm plötzlich Bilder. Dieser Geruch! Dieses Haar! Noch einmal nahm er den intensiven Duft in sich auf. Er sah eine Kammer. Ein Kohlebecken. Dann kamen Geräusche hinzu. Er vernahm das Weinen von einem, nein, zwei Säuglingen und dann... dann sah er ihr Gesicht. Ragnhild! Das blonde Haar in dem Säckchen war das ihre. Jetzt konnte er es sehen – er erinnerte sich!

Albert konnte nicht wissen, dass Tettla ihn beobachtete. Seit dem Besuch der beiden Fremden war sie höchst beunruhigt. Auch wenn er geblieben war, empfand sie große Angst; sie konnte nicht erklären, warum. Als sie zum unzähligsten Male zur Tür ging, um durch einen kleinen Spalt heimlich auf ihren Verlobten zu blicken, war die Stelle, an der er eben noch Holz gehackt hatte, plötzlich leer. Ohne zu zögern, rannte sie hinaus in den Regen und rief seinen Namen. Ihr Herz raste, und die Angst schnürte ihr die Kehle zu. Sie fand den Becher, den sie ihm eben noch gebracht hatte, auf dem Boden; die noch immer dampfende Flüssigkeit war ausgelaufen. Ihr Rufen wurde zu einem Schreien. Sie drehte sich um sich selbst und schirmte die Augen vor dem Regen ab. Ihr Haar war bereits vollkommen durchnässt, und ihr Kleid klebte an ihrem Körper. Dann ließ sie das Klappern von galoppierenden Hufen herumschnellen. Es war Albert, der, ohne sich ein letztes Mal umzuwenden, vom Hof preschte und somit Tettla für immer verließ.

Er hatte sie aus dem Augenwinkel gesehen, nass vom Regen und mit schreckgeweitetem Mund. Doch er brachte es einfach nicht übers Herz, sie noch einmal direkt anzusehen. Was hätte er sagen sollen, um ihren Schmerz zu lindern? Er wusste es nicht, und darum ritt er wie der Teufel an ihr vorbei – fast so, als wäre es weniger schmerzhaft, wenn er schnell ging.

Albert meinte ihre Schreie noch meilenweit hören zu können, und es zerriss ihm schier das Herz. Sie tat ihm unendlich leid, aber er konnte nicht anders. Er musste zu seiner Frau und seinen Kindern. Sie brauchten ihn. Dort war sein Platz!

Die Strecke zwischen Bodo und Nicolaus verlängerte sich mit jedem Galoppsprung. Auch wenn sie beide schnelle Pferde ritten, verfügte das Pferd Bodos doch über größere Ausdauer.

Nicolaus ließ seinen furchtlosen Gefährten ziehen und trieb sein Pferd nicht weiter zu diesem mörderischen Tempo an. Auch wenn ihm mindestens genauso viel daran lag, ihr Ziel noch an diesem Tag zu erreichen – schließlich ging es auch um seinen Kopf –, überwog dennoch die Angst vor einem Sturz. Der Boden war mittlerweile unberechenbar und weichte mit jedem Regentropfen mehr zu einer glitschigen Masse auf. Abgesehen davon war der Missionar schon über und über mit dem Schlamm bedeckt, den die Hinterläufe von Bodos Pferd aufgeschleudert hatten. Nicolaus konzentrierte sich bloß noch darauf, die Strecke zu Bodo nicht allzu groß werden zu lassen, um seinen Vordermann nicht vollends aus den Augen zu verlieren. Der Regen erschwerte diesen Balanceakt; kalt lag er auf seinem Körper und ließ Gesicht und Finger einfrieren.

Bodo bog mit einer gefährlich anmutenden Schräglage um eine Linkskurve und verschwand hinter den Bäumen. Nicolaus folgte seinen Spuren. Der Regen wurde immer stärker, und der gleichmäßige Dreitakt der Hufe seines Pferdes übertönte alle Geräusche. Mit halb zugekniffenen Augen gegen die dicken Tropfen blinzelnd, galoppierte nun auch Nicolaus um diese Kurve. Viel zu spät erst sah er, dass sich gleich dahinter der unbewegte Hintern von Bodos Pferd befand. Nur mit starken Zügelhilfen und einem halsbrecherischen Ausweichmanöver verhinderte Nicolaus im letzten Moment, dass es zu einem heftigen Zusammenstoß der Tiere kam. Sein Pferd wieherte erschrocken und riss den Kopf, der starken Zügelhilfe wegen, nach hinten, bevor es gänzlich zum Stehen kam. Einen unchristlichen Fluch auf den Lippen, wollte der Geistliche gerade loswettern, als er den Grund für Bodos Anhalten bemerkte.

Vor ihnen auf dem Weg standen zwei Männer, die ein Pferd am Zügel und am Schweif zogen. Das Pferd stand wie festgewachsen auf dem Weg und rührte sich keine Handbreit. Fast hatte die Szenerie etwas Komisches.

Beim Anblick der Reiter hielten auch die beiden Männer auf dem Weg inne. Für einen kurzen Augenblick starrten sich alle vier an – reglos und voller Erwartung, was nun passieren würde.

Nicolaus wischte sich den Regen aus den Augen und blickte genauer auf das, was sich vor ihm abspielte. Er meinte, einen der Männer zu erkennen. Den Blonden. Er hatte ihn schon einmal gesehen – und zwar im Stall in Varel. »Die anderen Boten!«, stieß er plötzlich selbstsicher aus.

Daraufhin begann Bodo finster zu lachen und sprach: »Euch hat also das Weib Alberts geschickt. Zwei junge Burschen mit einem lahmen Klepper? Wunderbar.« Sein boshaftes Lachen durchschnitt das gleichmäßige Rauschen des Regens. »Es ist mir ein Rätsel, wie Ihr es bis hierhergeschafft habt. Mut habt Ihr, das muss man Euch lassen. Zu schade nur, dass Euer Weg hier nun endet und Ihr nicht mehr rechtzeitig zurück nach Hamburg gelangen werdet.«

Nicolaus schaute angespannt zu Bodo herüber. Was hatte sein Begleiter vor?

Nun war es der wagemutige Walther, dessen wütende Stimme erklang. Er hatte die Männer ebenso erkannt. »Euer großes Maul wird Euch nicht helfen, Bote. Wir haben Albert von Holdenstede bereits gefunden, und er weigerte sich, mit uns zu kommen. Auch Ihr werdet ihn nicht überzeugen können. Ihr habt also ebenso versagt wie wir.«

Noch während Bodo von seinem Pferd stieg und die Zügel achtlos in den Schlamm fallen ließ, sagte er drohend: »Wer hat denn etwas von *überzeugen* gesagt?« Blitzschnell griff er unter seinen Mantel und holte ein kurzes Messer mit glänzender Klinge hervor.

Weder Walther noch Thiderich fürchteten Schlägereien, doch keiner von ihnen trug eine Waffe. Walther hatte noch niemals ein eigenes Messer besessen, und Thiderich hatte seines auf der wilden Flucht vor den Prahmführern verloren. Sie mussten sich also mit ihren Fäusten wehren – und sie waren bereit, das auch zu tun.

Plötzlich ließ ein donnerndes Geräusch die vier Männer aufblicken. Aus dem Nichts schoss ein schwarzes Pferd im vollen Galopp um die Ecke und hielt mit schrillem Wiehern, rollenden Augen und weit aufgerissenem Maul eine Handbreit vor der noch immer regungslosen Millie an, die den Weg versperrte. Der aufspritzende Schlamm verhinderte zunächst die Sicht auf den geheimnisvollen Reiter, doch dann lichtete sich das Bild.

Thiderich wollte seinen Augen kaum trauen. »Albert von Holdenstede, was tut Ihr denn hier?«

»Ich erinnere mich«, rief der Angesprochene aufgeregt. Dann sprang er von seinem Pferd; nass geschwitzt vom wilden Ritt und noch immer überwältigt von den neuen Erkenntnissen. Atemlos wiederholte er: »Ich erinnere mich. Nehmt mich mit zurück nach Hamburg, zu meiner Frau und meinen Kindern.«

Dann ging alles sehr schnell. Noch im selben Augenblick schoss Bodo, den alle für den Bruchteil eines Moments nicht beachtet hatten, mit gezücktem Messer auf den verdutzten Albert zu. »Dorthin werdet Ihr ganz sicher niemals mehr gehen.«

Der Schrei Thiderichs zur Warnung Alberts kam zu spät.

Bodo holte aus und rammte sein blitzendes Messer zwei Mal in Alberts Körper. Dann zog er es wieder heraus und versetzte seinem Opfer einen Stoß.

Darauf ging der Mann, für den alle vier Boten zig Meilen zurückgelegt hatten, zu Boden. Seinen Mund zu einem stummen Schrei geöffnet, presste Albert die Hände auf die Wunde, aus der ein dünnes Rinnsal Blut sickerte. Fragend blickte er ein letztes Mal auf, dann schlossen sich seine Augen.

Thiderich stürzte auf Bodo zu und verwickelte ihn sogleich in einen Kampf. Das Messer fiel zu Boden, doch der Hüne brauchte es auch nicht, um Thiderich zu schlagen. Er überragte ihn weit an Körperlänge und Kraft, und so musste sein Gegenüber umgehend harte Schläge einstecken. Mit geballten Fäusten prügelte Bodo auf den nun unter ihm liegenden Thiderich ein. Es dauerte nicht lange, da war dieser nicht mehr in der Lage, sich zu wehren.

Walther wollte seinem Freund zu Hilfe kommen, doch er hatte nicht mit dem Geistlichen gerechnet. Dieser war plötzlich von seinem Pferd geschnellt und sprang ohne Vorwarnung von hinten auf Walthers Rücken. Als Mann Gottes fehlte es ihm merklich an Kampferfahrung. Wie ein Mädchen klammerte er sich an seinen Gegner und fing an, diesen an den Haaren zu ziehen.

Walther, der rüde Schlägereien gewohnt war und wiederum keine Erfahrungen mit solcher Art Kämpfen hatte, war völlig überrumpelt. Bei dem Versuch, den Kirchenmann von seinem Rücken zu zerren, verloren sie beide das Gleichgewicht und stürzten in den Schlamm. Wild kugelten sie sich hin und her. In seiner Verzweiflung fing Nicolaus an, Walther zu kratzen, was dieser aber mit gezielten Griffen zu verhindern wusste. Er packte den Arm seines Gegners und drehte ihn so brutal auf den Rücken, dass der Geistliche johlend aufschrie. Walther jedoch verspürte nicht das geringste Mitleid. Er war voller Wut, und die neu gewonnene Überlegenheit beflügelte ihn. Mit einem beherzten Tritt schaffte es Nicolaus jedoch, sich wieder zu befreien. Nahezu gleichzeitig bekamen sie zwei hölzerne Knüppel zu fassen, mit denen sie augenblicklich aufeinander losgingen. Nach ein paar parierten Schlägen sammelte Walther noch einmal all seine Kraft und hieb brutal auf seinen Gegner ein. Als er tatsächlich die Oberhand gewann, ließ er keine Gnade walten. Unter wildem Schreien schlug er zu. In dem Moment, da sein Ast mit einem lauten Krachen barst, brach auch die Hand von Nicolaus. Brüllend ging dieser in die Knie, zitternd hielt er sich den weißen, herausragenden Knochen.

Fast wähnte Walther sich schon als Sieger des Zweikampfes, als ihn unerwartet etwas Hartes am Hinterkopf traf und ihn zu Boden streckte. Halb bewusstlos fiel er kopfüber in den Schlamm.

Mit der Hilfe Bodos, der zunächst Thiderich und dann Walther erledigt hatte, kam der lädierte Geistliche unter heftigen Schreien wieder auf die Füße. Die Wut auf Walther schien jedoch stärker zu sein als die rasenden Schmerzen in seiner Hand, denn kaum auf den Füßen, begann der Geschlagene auch schon, den am Boden Liegenden mit Tritten zu traktieren.

Als Walther glaubte, keinen einzigen Tritt mehr aushalten zu können, ohne doch gänzlich das Bewusstsein zu verlieren, ertönten von weit her Bodos Rufe. Er forderte den Kirchenmann streng auf, endlich auf sein Pferd zu steigen und dieses weibische Verhalten zu unterlassen. Abfällig fügte er hinzu, dass die anderen beiden hinüber wären und dieser eine Lümmel ihnen sicher keinen Ärger mehr machen würde.

Tatsächlich schien Nicolaus der Anweisung Bodos Folge zu leisten, denn er ließ endlich von Walther ab. Nachdem die beiden Männer davongestoben waren, wurde es still. Die drei Verlierer des Kampfes blieben allein und vollkommen reglos zurück. Schwere Regentropfen prasselten auf ihre blutenden Leiber, und die Pfützen um sie herum färbten sich rot.

Das Wasser stieg. Bald schon würde es die Münder und Nasen der am Boden liegenden Männer füllen und somit ihre Leiden für immer beenden.

5

Die Feierlichkeiten zur Fertigstellung des Ordeelbooks waren ausgelassen und fröhlich. Schon eine gute Weile vor der Rede des Bürgermeisters gab es großes Gedränge vor der Laube des Rathauses, von wo aus alle Verkündigungen gemacht wurden. Ein jeder wollte so weit vorn wie möglich stehen, um die Worte des Bürgermeisters auch genau hören zu können. Unzählige Schrangen mit allerlei Köstlichkeiten zierten die Ränder des Platzes, und heitere Musik erfüllte die Luft. Es herrschte allgemeine Einigkeit darüber, dass Gott selbst dieses Ereignis für gut befunden haben musste; war doch das plötzlich milde und sonnige Wetter Beweis genug dafür, nachdem es tagelang nur geregnet hatte.

Es war deutlich spürbar, wie stolz die Bürger der Stadt auf ihr neues Rechtsbuch waren – zeugte es doch vom Fortschritt ihrer Handelsstadt und der Freiheit der Bürger sowie zu guter Letzt von einem neu gewonnenen Zusammenhalt der Stadt. Das Ordeelbook sollte nun endgültig die beiden vorherigen Rechtsordnungen der Alt- und Neustadt ablösen, die das seit Jahren vereinte Hamburg noch immer auf eine Weise geteilt hatten. Mit dem heutigen Tage würde diese Zeit der Unübersichtlichkeit für alle Mal ein Ende haben.

Endlich kam Bertram Esich an die Öffnung der Laube getreten und begrüßte alle umstehenden Männer durch ein erhabenes, aber nicht hochmütiges Nicken. Obwohl er ein guter Redner war, der schon oft zu den Hamburgern gesprochen hatte, verspürte er seit dem Erwachen am Morgen eine große Aufregung. Nicht verwunderlich, denn dieser Tag war wahrlich etwas ganz Besonderes. Neben ihm stand, mit würdig geschwellter Brust, Johann Schinkel. Er war der eigentliche Ehrengast des heutigen Tages, da er das Werk seines berühmten Vorgängers zur Vollendung gebracht hatte.

»Wohlan, mein Freund. Seid Ihr bereit für den Jubel der Menge? Ihr habt ihn Euch redlich verdient.« Bertram Esich hatte dem Ratsnotar die Hand auf die Schulter gelegt und umfasste sie mit festem Griff.

»Ich war nie so bereit dafür wie in diesem Moment«, antwortete Johann Schinkel feierlich.

Daraufhin wandte sich der Bürgermeister den Hamburgern zu, stellte sich besonders gerade hin, um so über seine geringe Körpergröße hinwegzutäuschen, und ließ seine tiefe Stimme erklingen. »Ihr Bürgerinnen und Bürger Hamburgs, gewährt mir einen Moment der Stille«, sprach Bertram Esich die Menge zu seinen Füßen an, die sogleich verstummte. »Auf diesen Tag haben wir alle gewartet. Heute beginnt eine neue Zeit für jeden unter Euch. Viele Wochen sind vergangen, in denen die Ratsherren das veraltete Recht, welches vor und seit der Vereinigung der Stadt gegolten hatte, zu einem fortschrittlichen Stadtrecht entwickelt haben. Nicht dem Geringsten unter Euch noch Euren Kindern oder Kindeskindern soll nun mehr Unrecht durch die Männer des Gerichts widerfahren. Keine Willkür mehr, sondern mit Gleichheit und Gerechtigkeit werden noch die Erben jener Richter richten, welche jetzt im Amte sind. Sie alle sollen sich fortan auf dieses eine Buch berufen, das heute seine Gültigkeit erlangt.«

Bertram Esich packte das Ordeelbook mit beiden Händen und hob es weit über seinen Kopf, sodass alle es sehen konnten. Ein ohrenbetäubender Jubel folgte, der von immer neuem Rufen genährt wurde, sobald der Bürgermeister mit dem Buch in eine andere Himmelsrichtung zeigte. Erst als er es Johann Schinkel übergab, damit er die Hände für die Fortführung seiner Rede frei hatte, kehrte wieder Ruhe ein. Esich grinste unkontrolliert. Sein feierliches Gesicht war ihm heute aufgelegt wie eine Maske, der man sich unmöglich entledigen konnte. »Ihr guten Leute, hört, was ich Euch sage. Meine Worte mögen kühn sein, doch bin ich mir ihrer so sicher, wie ein Mann es nur sein kann. Mit diesem Werk ist uns eine bessere Zukunft bestellt. Genau wie eine unserer Hamburger Handelskoggen wird uns das Ordeelbook um die tückischen Klippen und Untiefen allen Übels in die sicheren Gewässer der Gerechtigkeit führen. Wo wir uns einst das Recht der Lübecker zu eigen gemacht haben, werden sich nun andere an unserem Recht bedienen, um ihren Städten zu mehr Gerechtigkeit und Freiheit zu verhelfen. Bald schon – das spüre ich – wird man mit dem Finger der Bewunderung auf uns zeigen, auf dass wir anderen ein gutes Beispiel an Redlichkeit und Christlichkeit sind.«

Kaum war die Rede Bertram Esichs beendet, rissen die Bürger die Hände erneut nach oben und jubelten. Nur mit Mühe und ausschweifenden Armbewegungen konnte er die Hamburger ein letztes Mal zur Ruhe zwingen. »Drum lasst uns noch hören, wie unser Ratsnotar verliest, welche Teile das Buch enthält. Danach soll das Fest beginnen.«

Johann schlug das schwere Ordeelbook auf. Obwohl er die Einteilung der Artikel natürlich auswendig kannte, tat er so, als würde er sie verlesen. Immer wieder richtete er den Blick in die Menge, als er mit lauter Stimme die zwölf Abschnitte des Ordeelbooks aufzählte.

»That erste stucke is van erue. That andere stucke is van eruetins. That dridde stucke is van delinghe ...«

Wie von selbst verließen die Worte seinen Mund. Fast ertönten sie wohlklingend wie eine Minne, so stimmig erschien ihm die Einteilung der Abschnitte in Erbgut, Erbzins, Teilung,

Schenkung, Vormundschaft, Klagen vor Gericht, Zeugenbeweise, Dienst, Gericht und Strafe, Verbrechen, Vorsatz, Diebstahl und Raub. Nach seinem letzten Wort klappte Johann Schinkel das Buch mit einem lauten Geräusch zusammen und labte sich an dem nicht enden wollenden Jubel der Hamburger. Dies war sein Lohn für wochenlange Arbeit in der stickigen und staubigen Ratsschreiberei. Wenn doch nur Jordan von Boizenburg noch hätte erleben können, was sein Lebenswerk den Bürgern bedeutete, wünschte er sich im Stillen. Doch ungeachtet der Traurigkeit über Jordans Tod war Johann Schinkel sich sicher, dass er das Erbe seines Meisters mit Würde fortgeführt und zur Vollendung gebracht hatte. Ja, er durfte stolz sein auf sich – und das war er auch. Nachdem er das Ordeelbook einem Ratsboten übergeben hatte, konnte auch er seine Miene nicht länger beherrschen. Die Begeisterung der Menge riss ihn mit, und so schritt er ausgelassen lachend neben dem Bürgermeister, gefolgt von allen Herren des alten und des sitzenden Rates, die Treppe hinab in die Menge.

Die Bürger bestürmten und beglückwünschten ihre Ehrenmänner überschwänglich, und sie vergaßen auch die Ratsherren nicht. Alle empfangenen Ehren und jede Beglückwünschung bezogen sich nämlich auf jeden einzelnen Mann, der am Ordeelbook mitgearbeitet hatte; so auch auf Conrad.

Dies versprach ein wahrhaft wunderbarer Tag für ihn zu werden. Er fühlte sich großartig. So unendlich lange schon hatte er diese Stunde herbeigesehnt, und nun wollte er sie mit jedem Atemzug genießen. Conrad hatte es tatsächlich geschafft, seinen Namen unsichtbar auf das Ordeelbook zu setzen, und vor allem hatte er es geschafft, seinen verhassten Bruder an diesem Tage aus Hamburg fernzuhalten. Niemals hätte er diesen Ruhm mit einem anderen von Holdenstede teilen wollen. Von diesem Gedanken fast besessen, hatte er Albert vor vielen Wochen auf die aussichtslose und gefährliche Flandernreise geschickt – heute erntete er die

Früchte seines Handelns. Obwohl er sich dadurch die Missgunst der früheren Freunde seines Vaters eingeheimst hatte und er derzeit unter der Erpressung seines Schwagers Johannes vom Berge und weiteren ihm unbekannten Feinden stand, fühlte er dennoch Stolz darüber, seinen Willen in dieser einen Sache durchgesetzt zu haben. Wenigstens dieses kleine Gefühl würde er sich von niemandem nehmen lassen; wenn es auch vielleicht das Letzte war, was ihm von seiner Selbstbestimmtheit noch geblieben war.

Auch die Frauen des Hauses von Holdenstede waren zugegen und versuchten, sich wenigstens jetzt, nach der Rede des Bürgermeisters, ihren Weg durch die Menschentraube zum Rathaus zu bahnen. Ragnhild folgte Luburgis, die sichtlich damit zu kämpfen hatte, möglichst würdevoll durch die drängende Menge zu gehen. Sie selbst hatte diese unlösbare Aufgabe bereits verworfen und ließ sich einfach von der schaukelnden Masse hinforttragen. Auch wenn sie von Anfang an wenig Lust auf die Feierlichkeiten gehabt hatte, war sie sich dennoch ihrer Pflicht als weibliche Angehörige einer Rats- und Kaufmannsfamilie bewusst. Also hatte auch sie ihr bestes Kleid hervorgeholt, ihren prunkvollsten Schmuck angelegt und ihre bitteren Ängste um Albert für kurze Zeit beiseitegeschoben. Und tatsächlich, es tat gut, wieder aus dem Haus zu kommen.

Hilda stand mit Runa und Marga am Rand und beobachtete alles aus einiger Entfernung. Sie liebte es, die feinen Damen in ihren wunderschönen Kleidern zu betrachten. Gerne hätte sie selbst auch einmal ein solches Kleid getragen, doch das würde wohl für immer ein Traum bleiben. Für sie gab es nur schlichte Kleider aus einfachen Stoffen in den gedeckten Farben Grau, Braun und Dunkelblau. Der Platz an der Rolandsäule hingegen bot an diesem Tage wahrhaft einen Rausch von Farben. Da es sich nicht um einen christlichen Feiertag handelte, an dem jede Art von Zierrat unerwünscht war, hatten es sich die Damen nicht nehmen lassen, ihr prächtigstes Kleid hervorzuholen und ihren protzigsten Schmuck anzulegen. Wo man auch hinsah, erschien einem funkelnder Zwirn aus leuchtendem Rot und golddurchwirktem Grün vor den Augen. Über den kunstvoll gearbeiteten Unterkleidern lagen langärmelige Cotten mit reichlich verziertem Saum und Ausschnitt. Darüber trugen die Damen entweder verbrämte Tasselmäntel oder Surkote ohne Ärmel, sodass die Verzierungen der Cotte noch zu sehen waren. Alles wurde in der Taille mit einem prunkvollen Gürtel zusammengehalten. Die Kleider waren überlang und mussten beim Gehen gerafft werden, was den Reichtum der Trägerin veranschaulichen sollte. Die Köpfe der Frauen waren mit Schleiern oder Gebende verdeckt. Diese bestanden aus zwei Teilen; der Haube und der Kinnbinde. Zum besseren Halt zierte den Kopf der Trägerin noch ein Schapelring aus Metall oder Stoff, welcher das Tuch wie eine Art Krone festhielt.

Die Männer trugen ebenso farbenfrohe Stoffe wie die feinen Damen. An der Bruche waren die hautengen Beinlinge mit Nesteln befestigt. Darüber legten die Herren ein Untergewand, und darüber trugen sie wiederum ein Obergewand. Diese Gewänder waren im oberen Bereich eng geschnitten und im unteren Bereich, durch eingenähte Stoffkeile, extra weit. Als Letztes legten die Herren sich ebenfalls einen Tasselmantel um, in dessen Kordel sie gerne ihren Zeigefinger einhakten. Auf ihren Häuptern trugen sie desgleichen edle Hüte aus Filz, Stoff oder Leder.

Auch wenn Hilda sich den lieben langen Tag mit nichts anderem beschäftigen konnte als mit dem Betrachten der feinen Damen, dauerte es nicht lange, da begann Runa sich zu langweilen. Schöne Kleider und vornehmes Benehmen hatten noch nie einen Reiz auf sie ausgeübt. Jedes Bitten und Flehen ihrerseits, sich entfernen zu dürfen, war aber zwecklos; sie musste weiter brav an Hildas Hand bleiben. Nach einiger Zeit ergab sie sich ihrem Schicksal und ließ den Blick schweifen. Aus der Not heraus fing sie an, alle

Hüte mit gleicher Farbe zu zählen, geriet dabei aber schnell an ihre Grenzen, da sie nur bis acht zählen konnte. Als das keinen Spaß mehr machte, begann sie ein Lied zu singen, das Marga ihr beigebracht hatte; aber schon nach den ersten Worten gebot Hilda ihr streng Einhalt. Ihre Langeweile wuchs fast ins Unermessliche, als sie plötzlich etwas entdeckte, das ihr Interesse entfachte.

Zwei Männer kamen langsam herangeritten. Anders als alle anderen anwesenden Männer waren diese überhaupt nicht edel gekleidet. Ganz im Gegenteil, sie waren schmutzig und hielten sich gerade noch eben auf ihren Pferden. Der Größere von beiden hatte eine Wunde an der Stirn, und der andere, der die gleiche Kleidung wie Vater Lambert trug und somit wohl ein Kirchenmann war, hatte seinen Arm in einer Schlinge aus schmutzigem Stoff. Niemand außer Runa schien die beiden Reiter bisher bemerkt zu haben, und so stieß sie Hilda mit dem Finger an.

Diese war noch immer ganz vertieft in das Beobachten der feinen Damen und wollte Runa gerade zurechtweisen, als sie dem Blick des Mädchens folgte. Es dauerte einen Moment, bis sie begriff, wer die beiden Männer waren, doch dann fuhr der Schreck ihr durch die Glieder. Es waren die Boten des Rates und des Domkapitels!

Hilda erkannte ihre Gesichter genau, denn sie hatte die Boten schon einmal gesehen – am Tag vor ihrer Abreise waren sie in die Reichenstraße zu Conrad gekommen und hatten sich zwei Säckchen voll mit Münzen geholt. Jetzt waren sie tatsächlich wieder zurück. Die Magd konnte nicht leugnen, dass dies kein gutes Zeichen für Ragnhild war. Von ihrem geheimen Boten fehlte bisher nämlich jede Spur. Einen kurzen Augenblick lang überlegte Hilda, ob sie loslaufen und die Freundin vorwarnen sollte, doch sie verwarf den Gedanken sofort wieder. Was hätte sie Ragnhild schon sagen können, was sie nicht sowieso gleich erfahren würde? Es schien tatsächlich das Beste zu sein, einfach hier stehen zu bleiben – es würde nun kommen, wie es kommen musste. Auch wenn Hilda nicht wissen konnte, welche Nachricht die Boten mitbrachten, befiel sie dennoch ein seltsames Gefühl. Ein Gefühl, als ob Ragnhild ihre Hilfe gleich sehr gut brauchen könnte. Um in ihrer Machtlosigkeit trotzdem irgendetwas zu tun, schloss sie die Augen und fing an zu beten.

Dann wurde es unruhig. Immer mehr Leute bemerkten die Reiter. Und als sich herumsprach, wer die Männer waren, gerieten die Feierlichkeiten fast in den Hintergrund. Jeder wollte wissen, welche Neuigkeiten sie über Albert von Holdenstede mitbrachten.

Hilda öffnete die Augen. Sie sah Ragnhild, die nun auch auf die Reiter starrte. Ihre Freundin war leichenblass.

Die Boten waren abgestiegen und drängten sich vor zu Bertram Esich und Johann Schinkel. Conrad, Luburgis und Ragnhild standen direkt dahinter. Große Aufregung entstand.

Hilda konnte nichts verstehen. Die Hände noch immer zum Gebet gefaltet, musste sie aus der Ferne mit ansehen, was sich in der Mitte der Menschentraube abspielte.

Wild mit den Armen fuchtelnd, befahl der Bürgermeister Ruhe. Dann fing einer der Reiter an zu berichten. Trotz jeder Bemühung, doch etwas von dem Gespräch aufzufangen, drangen bloß Wortfetzen zu Hilda hinüber. »Friesland... Leichnam... Beweis...«

Die Damen schienen tief erschrocken über das Gesagte, denn sie legten die Hände vor die Münder und begannen sich Luft zuzufächern. Die Herren waren nicht minder betroffen und bekreuzigten sich ein ums andere Mal.

Nach kurzer Zeit zog der Bote mit der verletzten Stirn etwas unter seinem Mantel hervor. Einen kleinen Gegenstand, der im strahlenden Licht des heiteren Januartages blitzte.

Hilda vermochte nicht mit Gewissheit zu sagen, was es war. Nur diejenigen, die in unmittelbarer Nähe standen, sahen, dass es sich um einen Ring handelte; und dass er genauso aussah wie der, den Ragnhilds geliebter Gemahl Albert stets an seiner Hand getragen hatte.

Mit zittrigen Fingern nahm Ragnhild ihn entgegen. Entsetzt musste sie feststellen, dass er blutverschmiert war; es gab für sie keinen Zweifel daran, dass es Alberts Blut sein musste. Völlig entrückt kratzte sie die Verkrustungen von dem Ring und zerrieb die Rückstände zwischen den Fingern. Einen Augenblick später sackte sie ohnmächtig zusammen.

Conrad war sogleich zur Stelle. Fast liebevoll hob er seine Schwägerin auf, als wöge sie nicht mehr als ein Kind, und trug sie aus der Menge. Die meisten Anwesenden zeigten sich gerührt von so viel Mitgefühl. Niemand bemerkte, wie sehr sich Conrad dazu zwingen musste, die ihm Verhasste auch nur zu berühren, und keiner von ihnen verstand, dass dieses Verhalten bloß Teil eines Plans war, der schon lange zuvor gereift war. Keiner außer den Mitwissenden natürlich – Willekin, Vater Lambert, Johannes, Heseke und Ingrid.

Alle fünf mussten sich ebenso um ein betroffenes Gesicht bemühen, da sie eigentlich innerlich frohlockten, angesichts der Tatsache, dass ihr Bote erfolgreich gewesen war und ihr teuflischer Plan nun weiter in die Tat umgesetzt werden könnte.

Die Feierlichkeiten hatten schlagartig ein Ende gefunden. Alle Bürger der Stadt, die noch eben gejubelt hatten, gingen jetzt betroffen in ihre Häuser zurück, und Bertram Esich führte die Boten ins Rathaus, um Genaueres über ihre Reise zu erfahren.

Conrad blieb tatsächlich nichts übrig, als Ragnhilds bewegungslosen Körper bis in die Reichenstraße zu tragen. Als er schon fast meinte, es nicht ganz zu schaffen, erreichten er und Luburgis endlich Ragnhilds Kammer. Achtlos warf er sie regelrecht auf das Bett und befahl seinem Weib schroff: »Versorge sie!«

Gleich darauf zog er sich in sein Kontor zurück. Er musste

nachdenken. Zig Fragen, auf die er noch keine Antwort hatte, schwirrten ihm im Kopf herum. Wie waren die Boten an Alberts Ring gekommen? Hatten sie seinen Bruder tatsächlich gefunden? Waren sie auf sein Grab gestoßen, oder hatten sie ihn ermordet? Doch zu weiteren Gedanken sollte es nicht mehr kommen. Kaum hatte er sich auf seinen Sessel fallen lassen, stand auch schon sein Schwager Johannes, in Begleitung seiner Gemahlin Heseke, in der Tür des Kontors. Diese beiden waren tatsächlich die Letzten, die Conrad nun zu sehen wünschte. Ohne um Einlass zu bitten, kamen sie herein und bauten sich vor seinem Schreibtisch auf.

Conrad bemühte sich gar nicht erst, seinen Unmut darüber zu verbergen. »Was wollt Ihr hier? Das ist mein Haus, und ich entscheide noch immer vorher, wem Einlass gewährt wird.«

Mit einem kurzen Lachen erwiderte Johannes: »Ihr vergesst Euch, liebster Schwager. Jetzt, da die Umstände klar sind und Euer Bruder in der Hölle weilt, schuldet Ihr mir den verlangten Gehorsam. Wir sind nur gekommen, um Euch an Euer *Versprechen* zu erinnern. Es ist nun an der Zeit, dafür zu sorgen, dass das Weib Ragnhild freiwillig ins Kloster der Beginen geht. Doch keine Angst, Ihr seid nicht allein mit dieser Aufgabe. Meine Gemahlin wird Euch dabei, wie damals angekündigt, zur Hand gehen.«

Voller Verachtung antwortete Conrad: »Heseke! Warum bin ich nicht überrascht? Ich hätte mir denken können, dass Ihr Eure Finger mit im Spiel habt.« Resigniert fügte er hinzu: »Lasst mich raten, nun werdet Ihr mir sagen, wie die weitere Umsetzung Eures Plans aussieht?«

»Ganz recht, werter Schwager«, gab Heseke zurück. »Genau das habe ich nun vor. Allerdings nicht, ohne zunächst Eure Gemahlin hinzuzubitten. Ich finde, es wird Zeit, dass Luburgis erfährt, auf welche Weise Euer schändliches Verhalten ihr gegenüber gesühnt wird.« Hesekes Stimme klang überheblich, und ihre Verachtung über Conrads Tat war nicht zu überhören.

Noch bevor Conrad Einspruch erheben konnte, stand Luburgis auch schon im Raum. Ganz eindeutig hatte sie nur auf dieses Zeichen gewartet. Mit unbewegter Miene trat sie ein, während ihr stechender Blick unbewegt auf ihrem Gemahl ruhte. Tief in ihrem Inneren allerdings hatte sich die Entsprechung eines übergroßen Grinsens ausgebreitet. Ja, sie musste sogar den Impuls niederkämpfen, ihrem Gemahl laut ins Gesicht lachen zu wollen. Endlich würde er die Strafe für das erfahren, was er ihr angetan hatte, und endlich war sie nicht mehr allein mit ihrem Hass. Lange Zeit hatte sie nicht verstanden, was Heseke damals gemeint hatte. Seinerzeit, in ihrer Kammer, als ihre Schwägerin sie dazu aufforderte, ihre Tränen zu trocknen, da für sie bald wieder die Sonne aufgehen würde. Doch nun war ihr alles klar, und Luburgis verspürte keine Zweifel, ob sie das Richtige tat. Es war ihr gleich, was Conrad darüber dachte, dass sie nun Teil des Plans war, zu dem er gezwungen wurde. Seit jener Nacht, in der er sich an ihr vergangen hatte, gab es keine liebevollen Gefühle mehr in ihr; nur der Hass war geblieben.

Seither lebte Luburgis nur noch für eines – die Aussicht auf das Mutterglück, das sie erwartete, sobald Ragnhild ins Kloster eintrat. Sie kannte weder den ganzen Plan noch alle Personen, die daran beteiligt waren, aber das war ihr auch nicht wichtig. Alle drei Kinder Ragnhilds sollte sie bekommen; diese Information reichte ihr aus, um bereit für das zu sein, was Heseke nun von ihr verlangte.

Mit knappen Worten erklärte diese Conrad und Luburgis, wie sie Ragnhild dazu bekommen wollte, freiwillig ins Kloster der Beginen einzutreten. Der Weg dahin schien fast zu einfach, als dass er klappen könnte. Fast geheimnisvoll übergab sie ihrer Schwägerin ein Fläschchen mit einem Gebräu aus Kräutern. Heseke wies Luburgis an, Ragnhild jeden Tag etwas davon einzuflößen. Eindringlich erklärte sie ihr, welche Sätze die richtigen waren, um

Ragnhild davon zu überzeugen, ihre Kinder zurückzulassen und ein Leben unter Gottes Führung zu akzeptieren. Es sollte nicht lange dauern, bis der Geist und ihr Wille von dem Trank so geschwächt waren, dass sie den Einflüsterungen Luburgis' erliegen würde und freiwillig ins Kloster eintrat.

Woher Heseke dieses geheimnisvolle Gebräu bekommen hatte, behielt sie wohlweislich für sich. Schließlich war es wichtig, dass Conrad nicht darauf gebracht wurde, wer außer ihnen noch an diesem Plan beteiligt war. Hätte sie den Namen Ingrid von Horborg genannt, wäre der Weg zu seinem Freund Willekin kurz, und ihre Tarnung, und somit auch ihr Druckmittel auf Conrad, wäre aufgeflogen.

Als Heseke und Johannes sich schon zum Gehen umwandten, richtete Letzterer noch einmal das Wort an Conrad. Drohenden Blickes sprach er eine Furcht einflößende Drohung aus. »Sei gewarnt, Conrad, solltest du dich noch einmal an meiner Schwester vergreifen, wie du es kürzlich getan hast, wirst du dich, in Ketten gelegt, im Verlies wiederfinden. Und dann werden wir nicht so nett mit dir verfahren wie einst. Also halte deine Fäuste in Zukunft still und führe lieber folgsam aus, was wir von dir verlangen.« Bei diesen Worten stieg Conrad das Blut in den Kopf – allerdings mehr vor Scham als vor Wut. Bisher hatte Luburgis nichts von seiner Gefangenschaft gewusst, und nun erfuhr sie auf diese Weise von der schamlosen Erniedrigung, mit der man ihn erpresste. Er wusste genau, dass Johannes den Zeitpunkt dieser Offenbarung wohl gewählt hatte. Er *wollte*, dass Luburgis diese Herabsetzung seinerseits mitbekam. Conrad schwor sich, eines Tages dafür Rache an ihm zu nehmen.

Johannes sah mit Freude, wie der Zorn in Conrad aufstieg, und er konnte es nicht unterlassen, seinen Schwager weiter zu reizen. Die Stirn scheinbar mitleidig in Falten gelegt, fügte er provokant hinzu: »Aber, aber, du solltest nicht so finster dreinblicken, Conrad. Schließlich hast auch du etwas gewonnen. Das alleinige Erbe deines Vaters ist dir jetzt, nach Alberts Tod, sicher. Und zusätzlich wirst du bald sogar noch drei Kinder bekommen, die du ja anscheinend nicht in der Lage bist, selbst zu zeugen. Es gibt also keinen Grund für dich, so verdrießlich zu schauen.« Johannes konnte sich ein Auflachen nicht verkneifen. Ohne auf eine Reaktion zu warten, verließen die Eheleute vom Berge kurz darauf das Haus in der Reichenstraße, und Conrad und Luburgis blieben allein im Kontor zurück.

Gleich nachdem die Tür ins Schloss gefallen war, sprang Conrad wutentbrannt auf und stürmte zu seinem Weibe. Luburgis allerdings schreckte nicht wie sonst vor ihm zurück. Nein, jetzt nicht mehr. Wie ein Fels stand sie vor ihm, das teuflische Gebräu für Ragnhild fest in den Händen.

Conrad wurde klar, dass er ihr nichts mehr antun konnte, ohne direkte Folgen an Leib und Leben zu erfahren. Er war absolut machtlos – sogar Luburgis gegenüber. Welch eine Schmach!

Ohne ein Wort wandte sich Luburgis um. Sie war nicht dumm und wusste, dass ihr Bruder Conrad nicht gedroht hatte, weil er um das Wohlergehen seiner geliebten Schwester fürchtete. Sie wusste, dass auch sie nur ein Mittel zum Zweck für ihn war, doch das kümmerte sie nicht. Das erste Mal in ihrer Ehe hatte sie die Oberhand, und sie genoss es. Wie ein ungezogenes Kind ließ sie Conrad einfach stehen und ging in Ragnhilds Kammer, wo sie ihrer verhassten, halb bewusstlosen Schwägerin zum ersten Mal den betäubenden Trank verabreichte.

Wie das Blatt sich doch gewendet hat, dachte sie mit einem Lächeln, als die grüne Flüssigkeit in Ragnhilds Kehle lief.

Ragnhild erwachte aus einem wirren Traum. Doch schien es nicht der Traum einer einzigen Nacht gewesen zu sein, sondern der von mehreren Tagen – oder waren es Wochen?

Obwohl ihre Augen nun geöffnet waren, umgab sie ein seltsamer Nebel. Sie versuchte sich zu konzentrieren. Was war geschehen? Nach Minuten der Anstrengung kamen die Erinnerungen zurück. Ihr Bote, Thiderich ... er war gescheitert. Die Boten Conrads waren vor ihm zurückgekehrt. Nun gab es keine Hoffnung mehr für sie.

Unter unglaublicher Anstrengung setzte sie sich auf und hob die rechte Hand. An ihrem Daumen steckte noch der viel zu große Ring Alberts. Stumm betrachtete sie ihn eine Weile. Wenigstens sein Ring war ihr von ihrem Mann geblieben, nachdem sie ihren für Thiderichs Reise hatte opfern müssen.

Unaufgefordert kamen ihr die Worte des Boten vor dem Rathaus in den Kopf. Ein friesischer Kirchenmann hätte ihnen den Ring ausgehändigt, nachdem er Albert auf seinem Gottesacker hatte begraben lassen. Das sollten seine Worte gewesen sein. Ragnhild wusste nicht, was sie davon halten sollte.

Sie fasste sich an ihren schweren Kopf. Das Hämmern wollte nicht verschwinden. Warum nur fiel ihr das Denken so schwer? Warum nur war sie zu keinem Gefühl fähig? Nicht einmal zur Trauer?

Gerade als sie sich erheben wollte, wurde die Tür zu ihrer Kammer geöffnet. Luburgis trat ein. »Sieh an, du bist erwacht«, sagte diese fast freundlich und ging um das Bett herum. Schon stellte sie die nächste Frage, dann noch eine und noch eine.

Ragnhild hatte Mühe, sie zu verstehen. Alles klang so weit weg; als höre sie die Stimme der Schwägerin wie durch dicken Damast.

»Ragnhild!«, wiederholte Luburgis. »Trink dies. Dann wird es dir bald besser gehen.«

Vollkommen willenlos schluckte Ragnhild die zähe Flüssigkeit, die ihr Luburgis hinhielt. Sie schmeckte nichts.

Dann begann Luburgis ihr das Haar zu bürsten. Dabei redete

sie unentwegt, aber mit ruhiger Stimme auf sie ein. »Ragnhild, höre mir zu. Dein Mann ist tot; hörst du mich? Albert ist tot. Du bist jetzt Witwe. Und weißt du auch, warum? Ich kann es dir sagen. Eure unstandesgemäße Ehe hat Gott erzürnt. In dir fließt nur das Blut einer Magd; Albert hingegen war hochwohlgeboren. Eure Verbindung hat Missgunst und Verderben über unsere Familie gebracht und hätte niemals sein dürfen. Nun ist er tot, weil er mit eurer Ehe unrecht gehandelt hat. Hörst du mich, Ragnhild? Du trägst Schuld an seinem Tod, und es wird nun Zeit für dich, Buße zu tun.«

Die Worte Luburgis' zerflossen in Ragnhilds Ohren zu einem einzigen Ton. Fast nichts von dem, was sie sagte, kam tatsächlich bei ihr an. Doch irgendwann hatte sie einen lichten Moment, und sie konnte ein paar von Luburgis' Worten deuten.

»Wenn du nicht willst, dass deine Sünden auf deine Kinder übertragen werden, musst du in ein Kloster gehen und für deine Taten büßen. Hörst du mich, Ragnhild? Tritt ins Kloster der Beginen ein und...«

»Nein«, schoss es plötzlich aus der Witwe heraus. »Was wird dann aus meinen Kindern?« Gleich darauf war alle Kraft verbraucht. Die Worte hatten Ragnhild so sehr angestrengt, dass sie sich bemühen musste, nicht auf der Stelle einzuschlafen.

»Die Kinder werden hierbleiben und eine gottesfürchtige Erziehung genießen. Denke doch an ihr Wohl, Ragnhild. Willst du etwa, dass Gottes Zorn sie ebenso trifft wie Albert?«

Luburgis' Worte wurden nun fast flehend. Seit über einer Woche schon bearbeitete sie Ragnhild täglich. Doch immer wieder führten sie bloß die gleiche Diskussion, die Ragnhild am nächsten Tag bereits wieder vergessen zu haben schien. Es war ermüdend. Langsam gingen Luburgis die Argumente aus. Sie war nicht einen Schritt vorangekommen, doch sie hatte keine andere Möglichkeit, als einfach weiterzumachen. Es war unabdingbar, dass

Ragnhild freiwillig zu den Blauen Schwestern ging – wie es eben den Aufnahmebedingungen entsprach.

Möglicherweise war das Gebräu zu stark. Sie musste mit Heseke sprechen. Voller Wut über ihren erneuten Misserfolg hielt sie das dicke, blonde Haar von Ragnhild fest in einem Zopf zusammen. Ohne es zu merken, zerrte sie den Kopf der Witwe daran immer weiter zurück. Als sie sich dessen gewahr wurde, ließ sie ihn mit einem Stoß wütend los, sodass der geschwächte Körper ihrer Schwägerin wie ein nasser Sack vornüber in die Laken fiel. Dort blieb er einfach liegen, verdreht, wie er war. Als Luburgis mit schnellen Schritten aus der Kammer hastete, befand sich Ragnhild schon längst wieder in ihrer wirren Traumwelt.

Nachdem der gewünschte Erfolg bislang ausgeblieben war, hatte Heseke die kräuterkundige Ingrid aufgefordert, das betäubende Gebräu für Ragnhild weniger stark zu dosieren. Von einer ewig im Schlaf befindlichen Ragnhild würden sie schließlich keine Zustimmung zum Beitritt in das Kloster der Beginen erhalten.

Hesekes Unzufriedenheit über den schleppenden Vorgang der Ereignisse ließ sich kaum verbergen. Warum schaffte es Luburgis nicht endlich, der Witwe ihr Wort abzuringen? Von ihrem Mann Johannes wusste sie, dass der Rat bereits ungeduldig wurde. Obwohl Conrad ihr Muntwalt war, stand es Ragnhild als Witwe dennoch frei zu wählen, ob sie noch einmal heiraten oder ihr Leben lieber Gott in einem Kloster widmen wollte. In den meisten Fällen entschieden sich Frauen mit Kindern allerdings für eine weitere Hochzeit, aus Angst, sie ansonsten gänzlich zu verlieren. Auch bei Ragnhild ging man davon aus, dass sie viel eher noch einmal heiraten würde. Darum war es so wichtig, ihren freiwilligen Eintritt bei den Beginen-Schwestern alsbald verkünden zu können.

Conrad besänftigte den Rat bisher mit der Erklärung, dass es der Witwe nicht gut genug gehe, da der Tod ihres Gemahls ihren Geist geschwächt habe. Dass er aber tatsächlich nicht wusste, wie lange dieser Zustand noch anhalten würde, machte ihn mehr als unruhig. Conrad befand sich unter enormem Druck. Schließlich hatte er den Rat bereits über die verabredete Hochzeit mit Symon von Alevelde in Kenntnis gesetzt. Dass dieser Plan dank seiner Erpresser bereits inoffiziell keine Gültigkeit mehr hatte, durfte offiziell nicht bekannt werden, wenn er nicht wieder im Verlies landen wollte. Conrad hatte wirklich nicht die geringste Ahnung, was er tun sollte, wenn Ragnhild nicht endlich einwilligte.

Obwohl der Nebel in ihrem Kopf noch nicht ganz verschwunden war, fühlte sich Ragnhild heute das erste Mal kräftig genug, um das Bett zu verlassen. Sie wollte hinaus, weg aus dieser Kammer und raus an die Luft. Heute war Wochenmarkt, und sie beschloss kurzerhand, mit Runa hinzugehen. Entgegen Hildas eindringlichen Worten, sich noch weiter auszuruhen, verließ sie das Haus.

Runa plapperte auf ihre Mutter ein, doch trotz ihres Alters merkte sie schnell, dass Ragnhild ihr nicht recht zuhörte. Ihre Mutter war in Gedanken.

Ragnhild hatte das Gefühl, seit einer Ewigkeit nicht mehr klar gedacht zu haben. Was war in den letzten Tagen geschehen? Bilder erschienen vor ihrem inneren Auge. Bilder von Luburgis und ihr, von Hilda und von Runa – doch sie wusste nicht mehr zu unterscheiden, was davon Traum war und was Wirklichkeit. Ragnhild dachte an die Zukunft. Was würde sie bringen? Schon seit Wochen war sie Symon von Alevelde versprochen; die Suche nach Albert hatte die Hochzeit nur verzögert. Jetzt, da sein Tod gewiss war und sie sich auf dem Wege der Besserung befand, würden die Hochzeitsfeierlichkeiten sicher nicht mehr lange auf sich warten lassen. Ragnhild hatte gelernt, mit dem Gedanken zu leben, schließlich brachte diese Ehe auch ihr Gutes – sie würde ihre Kinder bei sich haben. Instinktiv wurde ihr Griff um Runas Hand fester, bis diese anfing, sich zu beschweren.

»Mutter, du zerdrückst meine Finger.«

Sofort lockerte Ragnhild den Griff. »Bitte entschuldige, mein Schatz.«

Das Gedränge wurde dichter, je näher sie dem Markt kamen. Wegen des milden Wetters waren fast alle Frauen der Stadt hinausgeströmt. Ragnhild bedeutete Runa, dicht bei ihr zu bleiben. Sie wusste, dass ihre Tochter es hasste, die ganze Zeit über an ihrer Hand zu gehen, und darum erlaubte sie ihr, sich ein Stückchen zu entfernen; doch nur solange sie sie noch sehen konnte.

Ragnhild selbst richtete ihren Blick auf die feilgebotenen Waren. Gemächlich schritt sie einen Stand nach dem anderen ab und winkte Runa in regelmäßigen Abständen zu, um ihr zu zeigen, wo sie sich gerade befand. Sie hatte gar nicht wirklich vor, etwas zu kaufen, sondern wollte nur schauen. Vor einem Stand mit Tuchen blieb sie eine Weile stehen und strich bedächtig mit den Fingern über die weichen Rollen. Dann ging sie weiter zu einer Frau mit allerlei Gewürzen in kleinen Tongefäßen. Der Geruch war so intensiv, dass er Ragnhild unangenehm zu Kopfe stieg. Schnell ging sie weiter, doch das Gedränge zwischen den Ständen und das Geschubse der Frauen mit ihren Körben verstärkten ihre aufkeimende Übelkeit. Ragnhild merkte plötzlich, wie schwach sie noch auf den Beinen war. Der Marktbesuch strengte sie mehr an, als sie es vermutet hatte. Überall roch es nach Backwaren und Fisch, Leder und Fleisch, Kräutern und ungewaschenen Leibern. Sie hörte das Lärmen der Marktschreier und Kinder. Von irgendwoher drang Musik an ihr Ohr. Schwer atmend schaute sie sich um. Runa war vor einen Spielmann stehen geblieben und betrachtete ihn fasziniert. Ragnhild wollte gerade zu ihr gehen, als sie ein heftiger Schwindel erfasste. Ihre Beine wollten ihr kaum mehr gehorchen. Ganz plötzlich hatte sie das Gefühl, dass sich etwas Schweres auf ihre Brust legte. Mit offenem Mund rang sie nach Luft. Kalter Schweiß trat aus ihren Poren. Sie musste raus aus der Menge; nur ein kleines Stück, dann würde es ihr gewiss gleich besser gehen.

Der Markt befand sich wie immer am Hafen, sodass sie die Möglichkeit hatte, Richtung Wasser zu laufen. Dort war das Gedränge nicht ganz so dicht. Sie hoffte, dass die freie Sicht auf das Nikolaifleet ihr das beklemmende Gefühl in der Brust nehmen würde. Nach Luft ringend, schob sie sich durch die Massen. Gleich war sie da. Die Kaimauer war schon zu sehen. Nur noch wenige Schritte. Ragnhild kniff die Augen zu und riss sie wieder auf, um ihren Blick zu schärfen. Wenn doch nur der Schleier vor ihren Augen verschwinden würde. Warum nur hatte sie sich den Weg zum Markt jetzt schon zugemutet? Ihr Gang wurde schwankender. Auf ihrer Stirn perlten bereits dicke Schweißtropfen. Die Gesichter um sie herum formten sich zu verzerrten Fratzen. Ragnhild wurde angst und bange. Nur noch ein Gedanke beherrschte sie – Luft! Dann erreichte sie das Wasser und zwang sich zur Ruhe. Ihr Atem ging schnell und stoßweise. Beruhige dich, beruhige dich, sprach sie zu sich selbst, als plötzlich eine der Fratzen näher an sie herantrat. Ragnhild kniff erneut die Augen zu und blinzelte, um besser sehen zu können. Es war... das Gesicht Hesekes! Noch bevor sie wusste, wie ihr geschah, sah sie schon zwei zu Krallen geformte Hände auf sich zukommen. Wie von zwei Hämmern gegen die Brust gestoßen presste es ihr auch noch die letzte Luft aus den Lungen. Sie fühlte, wie ihr Körper fiel. Ragnhild wollte schreien, doch ihr Mund blieb stumm. Das Klatschen ihres Körpers beim Eintauchen ins Wasser war das einzige Geräusch, das sie verursachte. Die Wellen schlugen über ihr zusammen.

Dann vernahm sie doch ein Schreien, aber es stammte nicht von ihr, sondern von Heseke.

6

»Es betrübt mich, das zu hören, Conrad. Seid Ihr Euch sicher, dass es sich genau so zugetragen hat?«, fragte Bertram Esich hörbar schwermütig.

»Ja, leider gibt es keinen Zweifel«, antwortete Conrad ernsthaft.

»Ihr sagtet etwas von einer Zeugenaussage?«

»Ganz recht. Um meine Worte zu bekräftigen, habe ich mit der Erlaubnis ihres Gemahls die ehrenwerte Domina Heseke herbestellt. Sie war es, die des traurigen Schauspiels auf dem Markt ansichtig wurde.«

Nickend sagte der Bürgermeister: »Nun, vom Berge, da Ihr als ihr Vormund anwesend seid, bin ich bereit, Domina Heseke vor dem Rat sprechen zu lassen und mir ihre Aussage anzuhören.« Mit einer eindeutigen Geste in Richtung des Ratsboten forderte er laut: »Holt die Dame herein.«

Nur wenig später trat Heseke mit gespielt bekümmertem Gesicht in den Versammlungssaal des Rathauses. Sich der Wichtigkeit ihrer Aussage bewusst, hatte sie eine Zwiebel in den Falten ihres Rockes verborgen, an der sie vor der Tür des Rathauses gerochen hatte. Ihre Augen schienen nun rot geweint und ihr Gesicht von Trauer gezeichnet.

Als sie eintrat, konnte ihr Mann Johannes sich nicht erklären, wie sein Weib das nun wieder angestellt hatte. Sie war wahrlich eine Meisterin der Verstellung; das musste er ihr neidlos zugestehen.

Dann ergriff der Bürgermeister das Wort. »Domina Heseke, bitte verzeiht die Unannehmlichkeiten. Ich werde Euch dieser beschwerlichen Situation nicht länger als unbedingt nötig aussetzen. Erzählt dem Rat, was sich am gestrigen Tage abgespielt hat.«

Mit triefender Nase und züchtig gesenktem Blick fing Heseke an zu sprechen. »Es ... es fällt mir nicht leicht, von dem vergangenen Markttag zu erzählen. Der Schreck über das, was ich dort habe beobachten müssen, sitzt mir noch immer tief in den Gliedern. Ich ...« Heseke fasste sich ans Herz, um so ihre scheinbare Betrübtheit auszudrücken, und schluckte schwer. Dann erst schaffte sie es, weiterzusprechen. »Ich sah, wie die Dame Ragnhild sich von ihrer Tochter entfernte und diese einfach bei einem dieser teuflischen Spielmänner stehen ließ. Das arme Kind ...«, schluchzte sie nun herzerweichend. »Es stand dort, vollkommen allein, diesem ungläubigen Sünder schutzlos ausgeliefert.« Nach einer weiteren kurzen Pause festigte sich ihre Stimme. »Dann bemerkte ich, dass sie sich geradewegs auf das Wasser zubewegte. In ihrem Gesicht konnte ich deutlich Trauer und Verzweiflung erkennen – sehr wahrscheinlich über den Tod ihres geliebten Gemahls. Das Herzweh muss Ragnhild schließlich übermannt haben, denn sie ist ohne Zögern in das Nikolaifleet gesprungen.« Plötzlich hob Heseke zum ersten Mal den Blick. Sie sah dem Bürgermeister und all den anderen anwesenden Männern ins Gesicht und sagte: »Ich weiß, dass Selbstmörder gegen Gottes Gebote handeln und bestraft werden müssten, doch ich flehe Euch an, Ihr klugen Herren, lasst Gnade mit der trauernden Witwe walten. Der Schmerz über den Verlust ihres Ehemanns hat ihre Sinne getrübt. Sicher aber wird der grundgütige Herrgott seiner sündigen Tochter verzeihen, wenn sie nur Buße tut. Buße in den heiligen Gemäuern Gottes; etwa dem Kloster der Beginen.«

Der Bürgermeister dankte Heseke und befahl dem Ratsboten, die geschwächte Zeugin nach Hause zu geleiten.

Lange Zeit sagte Esich nichts. Seine Gedanken fochten einen Kampf aus. Was war die richtige Entscheidung? Brauchte die trauernde Witwe einen neuen Ehemann, der sie entsprechend züchtigte und mit einem neuen Haushalt und neuen Kindern von ihrer Trauer befreite, oder sollte sie Buße tun für die begangenen Sünden, die sie ihrer bedauernswerten Seele aufgebürdet hatte? Er selbst hätte sich kaum zugestanden, die richtige Entscheidung zu treffen, doch eine Abstimmung unter den gescheiten Köpfen in diesem Saal würde Gewissheit bringen. »Ihr habt nun die Zeugin gehört. Lasst uns gemeinsam über das Schicksal der Dame Ragnhild entscheiden. Wer dafür ist, dass die Witwe ins Kloster der Beginen geschickt wird, um dort Buße zu tun, hebe die Hand.«

Das Ergebnis der Abstimmung war eindeutig und ohne Gegenstimmen.

»Habt Dank, meine Herren. Es sei hiermit entschieden, dass die Witwe in das Kloster der Beginen geschickt wird, bis sie wieder klaren Verstandes ist. Das Vermögen ihres verstorbenen Mannes, welches er nach seinem fünfundzwanzigsten Geburtstag eigentlich ausgezahlt bekommen hätte, fließt am Tage des Eintritts in das Kloster an Conrad von Holdenstede zurück.«

Ragnhild verlor alles an diesem Tag. Jeden Anspruch auf das Erbe ihres Mannes, ihr Zuhause, ihre Kinder. Albert hatte vor seiner Reise kein Testament verfasst, das die Verteilung seines Vermögens im Falle seines Ablebens regelte, und auch wenn das Ordeelbook ihr dennoch Besitz zusprach, galt sie dieser Tage als verrückt. Dieser Umstand gereichte Ragnhild nun zum Nachteil und kam Conrad zugute. Lediglich den Betrag, den es zu vergüten galt, damit ihr der Eintritt in das Kloster gewährt wurde, hatte er zu zahlen. Damit war alle Schuld gegenüber seiner Schwägerin abgegolten. Runa und die Zwillinge wurden ab sofort unter die Obhut des Familienoberhauptes derer von Holdenstede gestellt.

Somit war es amtlich; Ragnhild war mittellos und entmündigt, und Conrad und Luburgis von Holdenstede waren ab heute die Eltern ihrer drei Kinder.

»Habe ich das wirklich getan, Hilda? Wollte ich sterben? Habe ich Runa einfach zurückgelassen? Ich kann mich nicht mehr erinnern. Mein Kopf ist so leer.«

Hilda war mit ihrer Freundin allein in deren Kammer. Wortlos half sie ihr beim Anziehen. Über das Gesicht der Magd rannen unaufhörlich Tränen. Heute war der Tag des Abschieds.

Von der einst so lebenslustigen Ragnhild war nichts mehr übrig geblieben. Ihr Gesicht war eingefallen, und ihr Haar wirkte fahl. Unentwegt plapperte sie wirres Zeug vor sich hin. Hilda drang nicht mehr zu ihr durch.

Die Magd fragte sich, wie sie der kleinen Runa nur erklären sollte, dass ihre Mutter ins Kloster ging. Sie hatte keine Antwort darauf. Alles in ihr sträubte sich bei dem Gedanken, ihre Freundin in dieser Verfassung gehen zu lassen. Aber so, wie ihr derzeitiger Gemütszustand war, konnte sie sich tatsächlich nicht um ihre Kinder kümmern. Das Einzige, was Hilda beruhigte, war die Tatsache, dass Ragnhild sich in die Obhut des barmherzigen Herrgottes begab. Sicher würde er Gnade mit ihr walten lassen oder ihr die sündigen Gedanken ihres Freitodes gar vollends verzeihen, wenn sie sich im Kloster gut betrug.

In diesem Moment kam Luburgis herein.

»Es ist Zeit. Die Schwestern sind da, um Ragnhild abzuholen.«

Hilda bekam einen Schock. Schon so früh? Ragnhild hatte sich doch noch gar nicht von ihren Kindern verabschiedet. Trotz der Gefahr, von Luburgis aufs Schärfste zurechtgewiesen zu werden, wagte sie es, mit gesenktem Kopf vorzutreten und zu sprechen. »Herrin, vielleicht möchte die Mutter sich noch von ihren Kindern verabschieden?«

Wie erwartet, stieg Luburgis die Zornesröte ins Gesicht. Mit schmalen Lippen und stocksteifer Haltung sagte sie: »Ragnhild ist keine Mutter mehr. Diese Kinder sind ab jetzt die meinen. Merk dir das!«

In diesem Moment hob Ragnhild den Kopf. Ihr war, als ob der Nebel in ihrem Kopf sich für einen winzigen Moment verdünnte. Klar und deutlich vernahm sie die Worte Luburgis' und blickte ihrer Schwägerin direkt in die Augen. Dann ging ein Ruck durch ihren Körper, und sie schoss an der völlig überrumpelten Hausherrin vorbei. Fast schon rannte sie in die Handarbeitskammer, in der Runa mit den Zwillingen saß. Hinter sich schloss sie die Tür und rückte eine schwere Truhe davor. Dann drehte sie sich langsam um und ging lächelnd zu ihren Kindern. Sie beugte die Knie und breitete einladend die Arme aus. Sofort lief Runa zu ihr und schmiegte sich eng an ihre Mutter. Sie sprachen kein Wort. Ragnhild streichelte das Haar ihrer Tochter und weinte.

Das Pochen und Poltern und all die Rufe hinter sich überhörte sie einfach. Mit Runa auf dem Arm erhob sie sich und ging zu ihren Zwillingen. Einzeln streichelte sie ihre Wangen.

Der Schmächtigere, Johannes, hatte mit der Zeit immer mehr die Züge seines Vaters angenommen. Mit wachem Blick schaute er zu seiner Mutter auf. Die Fäustchen wild schwingend, brabbelte er vor sich hin. Godeke, der Kräftigere, hatte mittlerweile noch dichteres und dunkleres Haar bekommen. Auch er war wach und sah seine Mutter direkt an.

Ragnhild wusste, dass sie ihren Kindern eine lange Zeit nicht mehr so nah sein würde wie in diesem Moment. Doch sie wusste nicht, wie sie diese Zeit überstehen sollte. Wenn es ihr doch nur gelingen würde, diesen Augenblick festzuhalten. Was konnte sie schon tun, außer sich jede ihrer Regungen einzuprägen?

Das Hämmern an der Tür und die Rufe wurden stetig lauter und eindringlicher. Ragnhild konnte hören, wie ein kräftiger

Körper sich immer wieder gegen die Holztür warf. Gleich würden sie die Truhe weit genug weggerückt haben, um durch den Türspalt zu schlüpfen.

Noch ein letztes Mal sah sie alle drei Kinder genau an, küsste und herzte jedes einzelne so lange, bis sie von hinten gepackt und Runa ihr brutal aus den Armen gerissen wurde. Ohne sich weiter zu wehren, ließ sie alles mit sich geschehen.

Runa schrie verzweifelt und reckte ihre Arme in Ragnhilds Richtung. Wild schlug und trat sie um sich, während Conrad versuchte, sie von ihrer Mutter wegzuzerren. Das Mädchen kämpfte so lange, bis ein harter Schlag ihres neuen Vaters sie auf die Wange traf. Die Wucht des Hiebes schleuderte sie im hohen Bogen in eine Ecke. Daraufhin gab sie auf. Sie rollte sich dort, wo sie liegen geblieben war, zusammen und begann bitterlich zu weinen.

Ragnhild war unfähig, sich zu rühren. Gepackt von, wie ihr schien, zehn Händen, musste sie mit ansehen, wie Conrad ihr geliebtes Kind schlug. Machtlos schloss sie die Augen und ließ sich hinausgeleiten. Sie nahm kaum noch wahr, was um sie herum passierte. Der Nebel in ihrem Kopf war zurückgekehrt, und so verging der Weg aus dem Haus, durch die Stadt und hinein ins Kloster der Blauen Schwestern wie im Fluge.

Gleich nach ihrer Ankunft wurde Ragnhild von zwei ältlichen Beginen-Schwestern in eine kleine Kammer gebracht. Dort rollte sie sich, genau wie Runa, in einer Ecke zusammen und weinte. Ragnhild war gefangen.

Walther erwachte von jenem hämmernden Geräusch, das ihn in letzter Zeit eigentlich immer weckte. Ohne aufzusehen, wusste er, dass die Alte auf irgendwelchen Kräutern herumklopfte, die sie zum Herstellen der Paste benötigte, mit der sie die Wunden der Männer behandelte.

Mittlerweile vermochte er kaum mehr zu sagen, wie lange der

Zusammenstoß mit den beiden anderen Boten bereits zurücklag. Er wusste nur, dass die Erinnerung an diesen Tag ihm immer noch den Schweiß auf die Stirn trieb.

Unter Aufwendung fast unmenschlicher Kräfte hatte er es irgendwie geschafft, Albert und Thiderich und auch sich selbst das Leben zu retten. Sie mussten stundenlang ohnmächtig auf dem Boden gelegen haben. Erst als es bereits zu dämmern begonnen hatte, war Walther von seinem eigenen Husten erwacht, den das angestiegene Wasser der Pfützen ausgelöst hatte, weil es ihm in Mund und Nase gelaufen war. Zitternd vor Kälte und Nässe war er zuerst zu seinem blutenden Gefährten Thiderich und danach zu dem halbtoten Albert hinübergekrochen. Keiner der beiden reagierte auf seine Worte oder war in der Lage zu laufen. Walther selbst hatte die leichtesten Verletzungen davongetragen. Albert hingegen hatte es am schlimmsten getroffen. Er hatte zwei Stichwunden im Bauch, viele Platzwunden im Gesicht und einen abgetrennten Finger; es war der Ringfinger seiner rechten Hand.

Heute konnte Walther sich kaum erklären, wie er es geschafft hatte, die beiden Verletzten auf den Rücken Millies und den des Rappens zu hieven. Zum Glück war der schwarze Wallach ein ruhiges Pferd, und auch die sonst so zickige Stute hatte dieses eine Mal alles brav über sich ergehen lassen. Danach war Walther losgelaufen. Den Arm über den Hals des Rappen hängend, stolperte er mehr, als dass er lief. Millie war ihm gefolgt, ohne dass er sie am Zügel führen musste. Immer wieder knickte Walther um und stürzte zu Boden. Jedes Mal dachte er, dass er dieses Mal nicht mehr würde aufstehen können. Doch er konnte. Schier endlos war der Weg durch die schlammige Landschaft gewesen. Seine Kräfte schwanden mit jedem Schritt. Dann wurde es dunkel, und Walther verlor endgültig die Orientierung. Niemals hätte er es bis zu seinem Ziel geschafft – die Hütte der alten Frau. Doch dann fand die Greisin Walther. Plötzlich kam sie aus der Schwärze der

Nacht auf ihn zugelaufen. Völlig selbstverständlich wies sie ihm den Weg. Schon bei ihrem letzten Besuch hatte sie sehen können, dass die Männer wiederkommen würden. Seither war sie regelmäßig auf die Suche nach ihnen gegangen; in jener Nacht hatte sie die Verletzten dann endlich gefunden. Mit energischen Worten ermahnte sie Walther, sich zusammenzureißen; der Weg wäre nicht mehr weit. Dann hatte sie Millies Zügel ergriffen und die Männer zu ihrer Hütte gebracht.

Seither lagen sie hier auf dem harten Boden. Thiderich und Albert kämpften noch immer um ihr Leben. Beide waren bisher nicht erwacht. Auch wenn es weit schlimmer um Albert stand, stellte sich heraus, dass auch Thiderich eine tiefe Wunde hatte. Sein Oberschenkel wies einen langen Schnitt auf, der bereits stark roch.

Das Warten auf die Genesung seiner Gefährten machte Walther schier wahnsinnig. Er wusste genau, dass jeder Tag, der verstrich, die anderen Boten näher an ihr Ziel brachte. Jeden Morgen erwachte er getrieben von der Hoffnung, seine Gefährten bald wohlauf zu sehen. Doch bisher wurde er jeden Morgen von der Wirklichkeit enttäuscht. Irgendwann war so viel Zeit vergangen, dass es fast schon töricht war zu glauben, es bestünde noch Hoffnung. Walther hatte jedenfalls keinen Zweifel mehr, dass die Boten Hamburg inzwischen erreicht haben mussten. Ja, sie hatten gewonnen und Thiderich verloren!

Eine kurze Zeitlang hatte Walther sogar mit sich gerungen, den Weg nach Hamburg allein anzutreten und so Thiderichs Auftrag zu Ende zu führen. Doch schnell war ihm klar geworden, dass es dumm war zu glauben, die Edlen Hamburgs würden ihm auch nur einen Funken Glauben schenken. Schließlich war er ein Fremder. Sehr wahrscheinlich hätte die schöne Ragnhild ihm sogar unterstellt, Thiderich getötet zu haben, um so an seinen Lohn zu kommen. Es war sinnlos, weiter darüber nachzudenken – also verwarf er den Gedanken wieder.

Die Alte sah zu ihm herüber. »Ah, Ihr seid erwacht. Wie geht es Euch heute?«, fragte sie ihn auf Friesisch.

Walther brachte zunächst nur ein Brummen zustande. Er setzte sich auf und blickte auf Thiderich und Albert. Beide hatten die Augen noch immer geschlossen. Mit Blick auf die Männer fragte er: »Gibt es eine Veränderung? Waren sie schon wach?«

»Nein, wach waren sie beide noch nicht. Doch die Wunde an seinem Bein sieht besser aus. Der rote Rand um den Schnitt herum ist blasser geworden. Seht her.«

Sie hob die dunkle matschige Paste an, die auf Thiderichs Bein lag. Auch wenn das nicht der Anblick war, den Walther am Morgen gut ertragen konnte, freute er sich dennoch zu sehen, dass der Schnitt tatsächlich zu heilen begann.

Dann wandte die Alte sich Albert zu. »Ihm allerdings geht es noch immer nicht besser. Das Fieber will nicht sinken. Manchmal öffnet er die Augen, doch er reagiert nicht auf meine Worte. Seine Augen glänzen, und sein Kopf ist heiß. Noch kann ich nicht sagen, ob er es schaffen wird.«

Walther nickte. Ihm blieb nichts anderes übrig, als abzuwarten. Um nicht nur untätig herumzuhocken, stand er auf und ging aus der Hütte. Es war bewölkt und windig, doch es regnete und schneite nicht. Walther ging zu Millie und dem Rappen, die immer irgendwo um die Hütte herumstanden und die kargen Grasbüschel abrupften. Als Millie Walther sah, kam sie zutraulich auf ihn zugelaufen. Mit einem schiefen Grinsen dachte er, dass diese verrückte Mähre wirklich etwas Besonderes war – er konnte verstehen, warum Thiderich so an ihr hing. Kurz darauf riss er eine Handvoll des harten Grases ab, knickte es in der Mitte und begann damit ihr Fell zu striegeln. Millie schien das zu genießen, denn sie drehte ihren Hintern gegen die Böen und blieb dann brav stehen.

Die losen Haare ihres helleren Winterfells wurden von dem Wind der See fortgetragen und brachten das kurze, dunklere Fell des Frühjahres zum Vorschein. Bald würden die langen Haare gänzlich verschwunden sein – dann kam die grüne Jahreszeit.

Der Alltag im Kloster war eintönig, doch Ragnhild lebte sich irgendwie ein. Sie musste sich eingestehen, dass ihr Bild von den Beginen-Schwestern und dem Leben im Kloster weit schlechter gewesen war, als es die Wirklichkeit sie nun lehrte. Zum ersten Mal in ihrem Leben war sie nicht fremdbestimmt durch die Hand eines Mannes. Dieses Gefühl war ihr neu, und sie wusste noch nicht, ob es sie freute oder ängstigte; doch eines war klar, sie würde sich auch daran gewöhnen müssen.

Die Beginen-Schwestern konnten das Kloster jederzeit wieder verlassen. Als Witwen oder unverheiratete Frauen und Mädchen entschieden sie eigenständig und ohne Zwang, ob sie ihr Leben Gott auf diese Weise widmen wollten. So waren sie allesamt zufrieden mit ihrem Schicksal und wirkten, zu Ragnhilds Erstaunen, sogar glücklich. Ihre täglichen Arbeiten konzentrierten sich auf die Pflege von alten oder kranken Menschen innerhalb und außerhalb der Klostermauern, der Arbeit im Klostergarten, das Schaffen von Handarbeiten und natürlich dem mehrmals täglichen Gebet im Kloster oder in der Kirche St. Jacobi.

Ragnhild hätte all das gut ertragen können und sich ihrem Schicksal sicher bald ergeben, wenn es da nicht diese eine Schwester gegeben hätte, die ihr das Leben vom ersten Tag an schwer machte. Ingrid von Horborg!

Ingrid ließ absolut keine Gelegenheit aus, um Ragnhild zu demütigen. Mal verschmutzte sie ihre Beginen-Tracht, dann zerstörte sie heimlich eine Handarbeit oder riss gerade gepflanzte Setzlinge des Nachts aus dem Beet. Bisher waren es nur Kleinigkeiten gewesen, die sich ausschließlich im Verborgenen abgespielt hatten, doch Ragnhild wusste, dass es nur eine Frage der Zeit war, bis die Begine die Möglichkeit zu richtiger Rache bekam. Ingrids

Verbitterung wegen ihrer Vergangenheit war groß, und Ragnhild war ihr schutzlos ausgeliefert. Mit den vielen Jahren, die Ingrid bereits im Kloster wohnte, war sie ihrer Feindin in gewisser Weise überstellt, was eine weitere Gefahr bedeutete. Ragnhild beschloss, ihr einfach, so gut es ging, aus dem Weg zu gehen.

Auch wenn es offiziell keine Hierarchie bei den Beginen gab, stellte die Magistra, unter deren Obhut die Schwestern lebten, die einzige Frau im Kloster mit gehobener Stellung dar. Sie war eine angenehme Person; steinalt, ruhig und freundlich. Doch auch sie konnte Ragnhild nicht vor Ingrid schützen. Durch ihr hohes Alter bedingt, übertrug die Magistra immer mehr ihrer Aufgaben an andere, jüngere Schwestern. So auch das Einführen der Neuzugänge – Neuzugänge wie Ragnhild.

Natürlich verstand es Ingrid geschickt, diese Aufgabe an sich zu reißen, ohne dass eine der anderen Schwestern Verdacht über ihre wahren Gründe schöpfte. Wenn sie Ragnhild weiterhin unbemerkt mit ihren Boshaftigkeiten quälen wollte, durfte keiner wissen, wie es wirklich in ihr aussah. Seit ihre Feindin mit ihr unter einem Dach lebte, war Ingrid regelrecht aufgeblüht. Ihr Leben hatte nun einen neuen Sinn, und ihre Motivation war Rache. Sie war noch lange nicht fertig mit Ragnhild.

»Meine lieben Schwestern«, sprach die Magistra über die lange Tafel im Speisesaal des Klosters hinweg. »Wer ist bereit, sich unserer neuen Schwester Ragnhild anzunehmen und ihr in der ersten Zeit beizustehen?«

Ragnhild konnte anhand der ihr freundlich zugewandten Mienen sehen, dass wohl alle dazu bereit gewesen wären, doch bevor eine von ihnen das Wort ergreifen konnte, erhob sich zu Ragnhilds Schrecken ihre Feindin Ingrid.

Mit gesenktem Blick und schüchterner Haltung äußerte sie ihr Anliegen. »Werte Mutter Magistra, bitte übertragt mir das Amt. Wie Ihr alle wisst, verbindet mich und Schwester Ragnhild eine gemeinsame Vergangenheit. Doch ich bin nicht frei von schlechten Gedanken. Ich habe mich der Sünde des Neides und des Hasses schuldig gemacht, und ich möchte mich davon befreien, indem ich meiner lieben Mitschwester Gutes tue. Bitte lasst mir diese Ehre zuteilwerden.«

Ragnhild trat der kalte Schweiß auf die Stirn. Gütige Muttergottes, bitte nicht Ingrid, flehte sie innerlich. Niemand außer ihr schien zu bemerken, dass die Begine ihre Demut bloß spielte. Vielmehr war das Gegenteil der Fall. Die Magistra bekam augenblicklich einen weichen Gesichtsausdruck und machte eine einladende Geste mit der Hand. »Schwester Ingrid, Gott vergibt allen Sündern, die um Vergebung bitten. Mit Freude übertrage ich dir dieses Amt. Befreie dich von deinen schlechten Gedanken und sei deiner Schwester eine Stütze.«

Damit war es besiegelt.

Ragnhild schloss die Augen und atmete durch. Das hatte ihr gerade noch gefehlt. Ein jeder in diesem Raum schenkte Ingrid Glauben und war sogar noch gerührt von ihrer Selbstlosigkeit. Sosehr es ihr auch widerstrebte, Ragnhild blieb nur noch eines zu tun. »Ich danke dir von Herzen, Schwester Ingrid. Dein Großmut wird deine Laster weit übertreffen, sodass du bald von deiner Sünde befreit sein wirst.«

Noch immer standen Hilda und Marga unter Schock. Nie hätten sie es für möglich gehalten, dass Ragnhild jemals auf diese Weise aus ihrer Mitte gerissen werden würde. Doch es blieb ihnen keine Wahl, sie mussten versuchen sich bestmöglich mit den neuen Gegebenheiten abzufinden. Das Leben würde nun ein anderes werden, und am schlimmsten traf dies Runa.

Sie vermisste ihre Mutter schmerzlich und hasste ihre Tante leidenschaftlich. Ganz offensichtlich war es Glück im Unglück, dass Luburgis fast nur Augen für die Zwillinge hatte. Runa war in ihren Augen bloß ein ungezogener Spross, welcher bereits zu stark von ihrer dänischen Mutter beeinflusst worden war. Solange sie tat, was Luburgis ihr auftrug, hatte sie ihre Ruhe und durfte die meiste Zeit bei den Mägden sein.

Luburgis legte all ihre Liebe in die Erziehung der Zwillinge. Im Gegensatz zu Runa würden die Knaben in ihr irgendwann ihre echte Mutter sehen; und das war Luburgis' ganzer Antrieb. Sie konnte den Tag kaum abwarten, an dem sie das erste Mal das Wort *Mutter* aus ihren Münder vernehmen würde. Ja, endlich kam sie ihrer Bestimmung nach, und endlich gab es nichts mehr, das zwischen ihnen stand. Sie war glücklich!

Bereits kurz nach Ragnhilds Eintritt ins Kloster begann Luburgis die Ratsherren- und Kaufmannsfrauen wieder einzuladen. Sie wollte Normalität, und sie wollte, dass Ragnhild in Vergessenheit geriet. Die Frauen kamen; und mit ihnen tatsächlich eine gewisse Selbstverständlichkeit. Fast schien es, als ob es nie anders gewesen wäre wie jetzt, und es hatte den Anschein, als ob auch die Damen es als Erleichterung empfanden, nun endlich ein verbindendes Thema mit Luburgis zu haben. Die Kinder von Ragnhild öffneten Luburgis den Weg zurück in die Kreise, die sie so sehr begehrte, und so saßen sie wieder häufiger beisammen; als Ehefrauen, als Hausherrinnen und eben als Mütter.

Keine von ihnen erwähnte je die tragischen Umstände, die es zu diesem Zustand hatten kommen lassen. Die meisten der wohlhabenden Damen wollten sich in Gesellschaft nur mit angenehmen Dingen umgeben.

Tatsächlich drohte das dunkle Geheimnis, welches Luburgis mit ihrem Mann, mit Heseke und mit Johannes teilte, in Vergessenheit zu geraten. Wenn es nach ihnen allen ging, sollte kein Mensch je erfahren, dass die Kinder geraubte Beute waren.

»Meine Liebe, gedeihen die Zwillinge wohl und prächtig?«, fragte Margareta Cruse, die ebenfalls in der Reichenstraße wohnte.

»O ja, die Amme kommt kaum mit dem Füttern hinterher, so hungrig sind sie häufig«, lachte Luburgis. »Eines Tages werden sie kräftige Kerle sein, wenn sie so weiteressen. Wie ist es um Eure Kleinen bestellt? Ich hörte, Ihr seid wieder guter Hoffnung?«

Ein frohes Grinsen machte sich auf Margaretas Gesicht breit. Deutlich waren der unverhohlende Stolz der Schwangeren und der unterschwellige Neid der Nichtschwangeren zu spüren.

»Ja, da habt Ihr richtig gehört, meine Liebe. Ich denke, dass ich es diesmal sofort gespürt habe. Seither bin ich glücklich wie nie«, gestand die Nachbarin lächelnd.

»Wie wunderbar«, warf Heseke ein. »Es wurde ja auch wieder Zeit. Eure letzte Schwangerschaft ist schließlich fast drei Jahre her.«

Das Gespräch zwischen den Frauen plätscherte so dahin. Alle schienen gefesselt von den Erzählungen zu sein. Nur eine von ihnen war mit den Gedanken woanders.

Es war die braun gelockte Agatha von der Mühlenbrücke, die Frau des Gewandschneiders Voltseco. Sie war stets Ragnhilds heimliche Vertraute gewesen und konnte sich mit den Umständen bis heute nicht abfinden. Noch genau erinnerte sie sich an den Tag, da sie ihrer Freundin beigestanden hatte, als es darum ging, herauszubekommen, wen Ragnhild nach Alberts Verschwinden heiraten sollte. Jetzt lebte sie bei den Beginen-Schwestern, und Agatha musste zugeben, dass dies wohl fast ein Glück für Ragnhild war. Symon von Alevelde war ihrer Meinung nach ein ungehobelter geiler Bock, den keine Dame von Stand gerne ihren Gemahl nennen wollte. Dennoch vermisste sie Ragnhild. Tatsächlich schien Agatha die Einzige unter den anwesenden Damen zu sein, die so empfand. Weder Luburgis noch Heseke noch Margareta oder eine der anderen Ratsherrenfrauen zeigten auch nur das geringste Interesse am Schicksal ihrer einstigen Nachbarin.

Als sich die Runde auflöste, ging Agatha mit schwerem Herzen nach Hause. Sie nahm sich fest vor, Ragnhild möglichst bald im Kloster zu besuchen.

»Ich kann nicht erkennen, was du hier den ganzen Tag im Garten getrieben hast, Schwester Ragnhild. Die Erde in diesem Beet hier ist noch immer nicht genug gelockert. Dort drüben habe ich sogar etwas Unkraut gefunden. Während wir hier alle schuften, machst du dir einen arbeitsfreien Tag. Ich denke, das wirst du jetzt alles noch einmal machen müssen. Wenn ich wiederkomme, möchte ich der Magistra schließlich berichten können, dass alles zu ihrer Zufriedenheit erledigt ist.«

Mit flatternden Röcken verließ Ingrid den Garten und ließ Ragnhild in der Abenddämmerung zurück.

Jeder Knochen tat ihr bereits weh. Ragnhild war es nicht gewohnt, so lange Zeit kniend zu verweilen – sei es im Gebet oder im Garten. Die blutigen Stellen von gestern waren längst wieder aufgeplatzt und schmerzten heute ganz furchtbar. Doch es blieb ihr keine Wahl. Sie atmete tief durch und machte sich mit einem Kloß im Hals wieder an die Arbeit. Die anfängliche Wut über Ingrids Gemeinheiten war einer resignierten Verzweiflung gewichen. Sie konnte tun, was immer sie wollte, sich mehr und mehr anstrengen, noch länger und noch gründlicher an etwas arbeiten, es war schlicht unmöglich, Ingrids Zufriedenheit zu erlangen.

Ihre Feindin war geschickt. Niemals maßregelte sie Ragnhild, wenn sonst jemand zugegen war, nur dann, wenn sich alle anderen Schwestern außer Hörweite befanden. Manchmal fragte sich Ragnhild, ob sie diese Demütigungen wirklich ein Leben lang würde ertragen können. Sie hatte es sich leichter vorgestellt. Zu dem ungerechtfertigten Tadel, der harten Arbeit und dem ständigen, stundenlangen Beten kam irgendwann auch noch das Heimweh. Sie vermisste Hilda und Marga, doch am meisten vermisste sie ihre Kinder.

Immer dann, wenn die Beginen eigentlich für die Genesung der Kranken, das Wohlergehen der Schauenburger Grafen oder für sonst irgendetwas beten sollten, betete Ragnhild heimlich für ihre Kinder. Sie flehte Gott an, dass es ihnen wohlergehen möge und dass Luburgis sie gut behandelte. Sie wünschte sich, eines Tages wieder mit ihnen vereint zu sein, und hoffte, dass die Kinder sie bis dahin nicht vergaßen. Erst wenn sie mit alldem fertig war, ersuchte sie Gott um ihren verloren gegangenen Glauben an ihn.

7

Wider Erwarten erwachte Albert vor Thiderich. Sein Fieber war noch nicht ganz gewichen, aber er verspürte einen unglaublichen Hunger, was die Alte als gutes Zeichen deutete, wie der blonde Walther ihm übersetzte.

Albert fragte ihn, wie lange er besinnungslos gewesen war, doch er erntete darauf zunächst nur ein Schulterzucken. »Ich weiß es nicht genau. Vielleicht drei oder vier Wochen. Lange genug jedenfalls, um um Euer Leben zu fürchten«, antwortete Walther wahrheitsgemäß.

Albert setzte sich zittrig auf. Sofort wurde er von einem Schwindel ergriffen. Seine Kräfte waren in der langen Zeit des Liegens geschwunden. Als er versuchte sich weiter zu bewegen, ließ ihn ein stechender Schmerz in seinem Leib in der Bewegung innehalten und das Gesicht verzerren. Langsam hob er seine Kleidung an und betrachtete eingehend die Wunden an seinem Bauch. Augenblicklich kam es ihm wie ein Wunder vor, dass er tatsächlich überlebt hatte. Dann überkam ihn die Neugier. Sein Mundwerk hatte zum Glück keinen Schaden davongetragen. Völlig unerwartet fing er an, Walther auszufragen.

Wer war die alte Frau, die ihn gepflegt hatte? Wer waren er und Thiderich? Er fragte ihn nach ihrer Reise, nach den anderen Boten und natürlich auch nach Ragnhild und seinen Kindern.

Einige der Antworten konnte Walther ihm geben, andere wiederum nicht. Thiderich hatte Walther auf ihrer gemeinsamen

Reise zwar viel erzählt, aber offenbar doch nicht alles. Walther spürte, dass Albert sich quälte.

Die Gedanken an seine Frau und seine Kinder schienen ihn hochzutreiben. Am liebsten wäre er wohl sofort losgeritten, doch als er sich erheben wollte, knickten seine geschwächten Beine einfach unter ihm weg. Wütend hievte er sich wieder auf seine Bettstatt und gestand sich ein, dass er wohl noch eine Weile warten musste, bevor er den Heimweg antreten konnte. Wenn doch nur dieser Thiderich endlich erwachen würde. Albert hatte so viele Fragen, doch es blieb ihm nichts anderes übrig. Er musste abwarten.

Nach weiteren zwei Tagen war es dann so weit. Thiderich öffnete die Augen.

Erleichtert, seinen Freund wieder halbwegs wohlauf zu sehen, hieb Walther ihm die Hand auf die Schulter. »Schön, dich wach zu sehen. Wurde auch Zeit, du hast dich wirklich lange genug ausgeruht«, spöttelte er.

Der Erwachte war zwar noch nicht in der Lage zu antworten, doch er schenkte den Männern ein schiefes Lächeln.

Seit diesem Tage versuchten alle drei unter großen Anstrengungen, wieder zu Kräften zu kommen. Sie wussten, dass die Zeit drängte und sie baldmöglichst aufbrechen mussten. Obwohl Albert es irgendwann gerade so schaffte, allein zu laufen, und Thiderich beim Gehen noch auf eine hölzerne Stütze angewiesen war, kam bald darauf der Tag der Abreise. Wortreich dankten sie der Alten und wünschten ihr aufrichtig alles Gute. Es war klar, dass sie ihre Retterin nie mehr wiedersehen würden, und die Betroffenheit darüber, nicht mehr für die einsame Frau vom Strand tun zu können, begleitete sie noch einige Meilen.

Hildegard von Horborg wunderte sich zwar über den seltenen Besuch, doch sie geleitete Vater Lambert freundlich zu ihrem

Mann und zu Johannes vom Berge, der kurz vor dem Geistlichen in ihrem Hause eingetroffen war. Gleich darauf ging sie wieder in die Küche, wo sie den Mägden auftragen wollte, sich um das leibliche Wohl der Gäste zu kümmern. Aber die Küche war leer. Ärger machte sich in der strengen Hausherrin breit. Wo trieben sich diese Mädchen nur wieder herum? Hatte sie Ella nicht schon unzählige Male angewiesen, dass sich immer eine von ihnen bereithalten sollte, falls unerwartet Besuch auftauchte? Hildegard raffte ihre Röcke und lief in den Hinterhof. Möglicherweise würde sie dort eine Magd beim Brunnen oder im Kräutergarten antreffen. Doch auch hier wurde sie enttäuscht. »Verdammt«, fluchte sie leise vor sich hin. »Dieses Verhalten werde ich nicht durchgehen lassen.« Entschieden hastete sie zurück in die Küche, wo sie selbst alles Notwendige zusammentrug, um die durstigen Herren zu bewirten. Gleich darauf flog sie schwer beladen wieder die Stiegen hinauf. Als sie vor der verschlossenen Tür versuchte, den vollen Krug und die Becher in der linken Armbeuge zu balancieren, um mit der rechten Hand die schwere Holztür öffnen zu können, schwappte ein Teil des Weins aus dem Krug.

Auch das noch, kam es ihr in den Sinn. Missmutig stieg sie über die Pfütze hinweg, bediente ihre Gäste und ging dann gleich darauf einen Lumpen holen, um die Sauerei damit aufwischen zu können.

Wofür habe ich eigentlich Mägde?, fragte sich Hildegard ärgerlich, als sie auf den Knien den Boden reinigte. Noch während sie vor sich hin grollte, begann hinter der Holztür eine hitzige Debatte zwischen den Männern. Sie horchte auf, denn sie konnte nicht umhin, jedes einzelne Wort mit anzuhören. Es war Vater Lamberts aufgeregte Stimme, die sie zuerst vernahm.

»Was war nur in Euer Weib gefahren, Johannes? Sie hätte die Dame Ragnhild mit dem Stoß in das Nikolaifleet töten können. Es gab einen Plan; warum hat sie sich nicht daran gehalten? Nicht auszudenken, was passiert wäre, wenn jemand gesehen hätte, dass die Dame Ragnhild nicht selbst gesprungen ist, sondern gestoßen wurde. Dann wären wir aufgeflogen. Gott sei Dank konnte sie sich am Tage darauf an nichts mehr erinnern.«

Nun antwortete Willekin von Horborg. »Unsinn. Es bestand zu keiner Zeit die Gefahr, dass unser Plan scheitert. Ihr seid ein Hasenfuß. Eure Feigheit wird es sein, die uns noch eines Tages verrät. Die Angst steht Euch bei jeder Messe förmlich ins Gesicht geschrieben. Reißt Euch gefälligst zusammen, Mann!«

»Aber, aber, meine Herren«, beschwichtigte Johannes vom Berge die beiden. »Lasst uns nicht streiten. Es ist doch alles bestens gelaufen. Willekins Tochter hat das Kräutergebräu, wie abgesprochen, durch Domina Heseke an Domina Luburgis weitergereicht, und diese hat damit die Sinne der Dame Ragnhild vernebelt. Sie wird niemals erfahren, dass sie nicht selbst gesprungen ist. Domina Heseke war doch gezwungen, zu härteren Mitteln zu greifen, nachdem sich die Dame Ragnhild ja offensichtlich nicht freiwillig dazu entschließen konnte, in das Kloster einzutreten. Schließlich wurde der Rat langsam ungeduldig, und die geplante Hochzeit mit Symon von Alevelde musste unbedingt verhindert werden. Wen interessiert es jetzt noch, was gewesen ist? Die Dame Ragnhild weilt im Kloster der Blauen Schwestern, und ihre Kinder erfüllen endlich den Zweck, die Nachkommenschaft meiner Familie zu sichern.«

Hildegards Mund war, ohne ihr Zutun, aufgeklappt. Sie konnte nicht glauben, was sie gerade gehört hatte. Die Pfütze zu ihren Knien breitete sich unbemerkt immer weiter aus und durchnässte bereits den Stoff ihres Kleides.

Träumte sie etwa? Hatte sie sich verhört? Alles in der redlichen Hildegard weigerte sich zu glauben, dass ihr eigener Gemahl zu solchen Schandtaten fähig war. Leider bestand aber nicht der geringste Zweifel. Sie hatte die Worte laut und deutlich vernommen. Noch immer war sie wie erstarrt. Was sollte sie tun? Sollte sie sich jemandem anvertrauen? Würde ihr überhaupt irgendjemand Glauben schenken? Obwohl sie aus gutem Hause kam, war sie doch bloß ein Weib. Selbst wenn sie undenkbarerweise erwägen würde, dem Vogtgericht von dem Erlauschten zu erzählen, hätte sie zunächst ein Problem. Denn als Frau dürfte sie ohne einen männlichen Vormund sowieso keine Forderung vor Gericht erheben. Wut stieg in ihr hoch. Wut darüber, dass sie als Frau solch einer Ungerechtigkeit machtlos gegenüberstand, und Wut darüber, dass ihr eigener Ehemann hinter ihrem Rücken solch schlimme Taten beging. Wie sollte sie mit diesem Wissen weiterleben? Womöglich versündigte sie sich sogar selbst, wenn sie sich niemandem anvertraute. Andererseits versündigte sie sich auch dann, wenn sie es tat, denn als gute Christenfrau hatte sie ihren Mann zu ehren und ihm zu gehorchen.

Dann hörte sie das Gepolter der schweren Holzsessel im Inneren des Raums. Gleich würden die Männer herauskommen; man durfte sie nicht entdecken. Schnell nahm sie den Rest des Weins mit ihrem Lumpen auf und lief hinunter in die Küche.

Ella stand an der Kochstelle und rührte fleißig in einem dampfenden Kessel. Vor wenigen Augenblicken noch hatte Hildegard gute Lust gehabt, ihrer Magd den Kopf zurechtzurücken. Doch nun war sie so in Gedanken, dass sie einfach an ihr vorbeilief, den Lumpen in einen Eimer in der Ecke warf und mit wehenden Röcken wieder aus der Küche verschwand.

Kurz darauf hörte die erstaunte Ella nur noch die Tür, die nach draußen führte, laut ins Schloss fallen.

»Ehrenwerte Magistra, Ihr habt nach mir schicken lassen?«, fragte Ragnhild schüchtern durch einen schmalen Türschlitz.

»Kommt herein, Schwester Ragnhild«, sprach die alte Frau von ihrem Bett aus. »Schließt die Tür hinter Euch und setzt Euch zu mir.«

Ragnhild tat, wie ihr geheißen. Die Aufregung, die sie befallen hatte, als eine der jüngeren Schwestern sie plötzlich zu der Magistra befahl, war mit einem Mal wie verflogen. Hier, im Zimmer der Konventsleiterin, war es friedlich. Ihr Bett sah etwas größer aus als das der Schwestern; doch das war auch fast schon der einzige Überfluss, den es hier zu erkennen gab. Neben der Bettstatt stand ein Kohlebecken, welches den Raum mit wohliger Wärme erfüllte. Daneben befand sich eine reich verzierte Truhe, die wohl zu dem spärlichen Privatbesitz der Magistra gehörte. Die andere Seite des schmalen Zimmers war vollständig durch ein Schreibpult mit allerlei Papieren darauf ausgefüllt. Hier verbrachte die Gelehrte viel Zeit – mindestens genauso viel wie im Gebet.

Ragnhild war gespannt. Was konnte die Konventsleiterin von ihr wollen? Mit gesenktem Blick wartete sie, bis sie etwas gefragt wurde. Doch bevor die Magistra auch nur einen Ton sagen konnte, wurde sie von einem keuchenden Husten geschüttelt. Ragnhild war sogleich zur Stelle. Behutsam setzte sie die zusammengesunkene Frau wieder auf und reichte ihr einen Becher. Als sie aber sah, wie sehr die Hände der Weißhaarigen zitterten, führte sie selbst den verdünnten Wein an die runzeligen Lippen und half ihr so beim Trinken. In diesem Moment konnte Ragnhild deutlich erkennen, wie alt die Magistra bereits war.

Erneut setzte die weise Frau zum Sprechen an. »Habt Dank, Schwester Ragnhild. Heute ist der Husten besonders schlimm. Doch ich habe Euch nicht rufen lassen, damit Ihr meine Krankenpflege übernehmt. Bitte, erzählt mir, wie es Euch bisher im Kloster ergangen ist.«

»Ehrwürdige Magistra, ich danke Euch für Eure Fürsorge. Mir ist es gut ergangen.« Ragnhild hoffte inständig, dass ihre Lüge glaubwürdig war. »Schwester Ingrid tut alles, um mich mit den Gegebenheiten des Klosters vertraut zu machen, und ich hoffe, dass ich Eurem Anspruch gerecht werde.« Bei diesen Worten hielt sie den Blick gesenkt. Eigentlich hatte Ragnhild bereits viel eher mit dieser Frage gerechnet. Schon seit vier Wochen war sie nun im Kloster; mehr als genug Zeit, um sich eine passende Antwort zu überlegen. Lange hatte sie darüber sinniert, ob sie tatsächlich lügen sollte. Es wäre schließlich eine gute Gelegenheit gewesen, der Magistra die Wahrheit über Ingrids Demütigungen zu sagen. Doch Ragnhild hatte sich dagegen entschieden. Zu groß war ihre Angst, dass die Magistra ihr keinen Glauben schenken würde. In diesem Falle hätte Ragnhild sehr wahrscheinlich nicht bloß ihre Gunst, sondern wohl auch die ihrer Mitschwestern verloren. Dieses Risiko konnte sie einfach nicht eingehen, und so entschied sie sich, irgendwie mit Ingrids Böswilligkeit zu leben.

Plötzlich griff die Magistra nach Ragnhilds Hand. Beide Frauen blickten einander an. »Schwester Ragnhild, auch wenn ich alt und krank bin, kann ich doch in Euer Herz sehen. Ich kann fühlen, dass Ihr noch immer Eurem Schicksal zürnt. Versucht Frieden zu schließen mit der Vergangenheit. Es ist verständlich, dass Euch die Umstände grämen, die Euch zu uns ins Kloster gebracht haben, aber im weltlichen Leben müssen sich die Frauen den Männern beugen. Hier im Kloster aber könnt Ihr neu anfangen. Dort draußen ist Euch vielleicht Unrecht widerfahren, aber hier sind wir alle Bräute Christi. Unser Herrgott ist gnädig; *Er* wird Euch nicht enttäuschen, meine Liebe.«

Ragnhild spürte, wie sich ihre Augen mit Tränen füllten. Die einfühlsamen Worte der Magistra kamen völlig unerwartet, und sie taten so unendlich gut. Erst jetzt bemerkte Ragnhild, wie sehr sie sich danach gesehnt hatte, von irgendjemandem etwas Fürsprache zu erhalten. Dankbar drückte und küsste sie die Hand der Konventsleiterin. »Wie kann ich Euch nur danken, weise Magistra? Jedes Eurer Worte ist wahr. Tatsächlich konnte ich bisher noch keinen Frieden mit meinem Schicksal machen. Doch ab heute will ich mich redlich bemühen und versuchen, Eurem Rat zu folgen.«

»So ist es richtig. Vertraut auf unseren Herrn und begebt Euch in seine schützenden Hände.« Dann setzte sie noch mit einem Augenzwinkern hinzu: »Am besten beginnt Ihr gleich damit, ihn mit Eurem Tagwerk zu erfreuen, und macht Euch wieder an die Arbeit im Klostergarten.«

Wenige Augenblicke später befand Ragnhild sich wieder auf den Fluren des Klosters. In ihr hatte sich eine unbeschreibliche Ruhe ausgebreitet, und neuer Lebensmut beflügelte ihren Schritt. Noch immer staunte sie über die Weisheit der greisen Frau. Woher konnte sie so genau wissen, welche Gefühle sie betrübt hatten? Nicht minder erstaunt war Ragnhild darüber, dass die Magistra offensichtlich mehr von der Welt außerhalb der Klostermauern verstand, als sie es zugeben wollte. Durch geschickte Worte hatte sie Ragnhild klargemacht, dass sie ihre Geschichte genauestens kannte und darum auch wusste, wie sie unter Conrad gelitten hatte. Ihre Worte gaben Ragnhild das Gefühl, nicht mehr allein mit ihrem Kummer zu sein. Es gab jemanden innerhalb der Klostermauern, der sie verstand. Sie war so ungemein erleichtert, so beschwingt und so heiter, dass sie in diesem Moment einen Entschluss fasste. Es sollte eine Wende in ihrem Leben geben. Ab heute würde sie die Zukunft so nehmen, wie sie vor ihr lag. Ragnhild war nun nicht mehr die Frau eines Kaufmanns. Nein, sie war jetzt eine Begine – Schwester Ragnhild –, und zum ersten Mal konnte sie sich darüber ein bisschen freuen.

Völlig gedankenverloren ging sie, den Blick nach unten gerichtet, durch das Kloster. Ihre Füße trugen sie wie von selbst. Sehr wahrscheinlich wäre sie noch bis zur Dämmerung so weitergewandert, wenn sie nicht ein plötzliches Pochen an das Klostertor aufgeschreckt hätte.

Keine Schwester war zu sehen; alle schienen im Garten oder

mit Handarbeiten beschäftigt zu sein. Darum ging Ragnhild kurzerhand selbst zum Tor und öffnete die kleine Guckluke in der Mitte, um sich zu versichern, wer um Einlass bat. Nach einem leisen Ausruf des Erstaunens sagte sie: »Hildegard! Was tust du denn hier? So komm doch herein.« Ragnhild öffnete das schwere, eisenbeschlagene Tor und bat ihre einstige Nachbarin ins Innere. Gleich darauf schlossen sich die Frauen herzlich in die Arme.

»Meine Liebe, du bist dünn geworden. Wie ist es dir ergangen?« Hildegard ließ Ragnhild gar keine Zeit zu antworten und sprach sofort weiter. »Ich habe sehr wichtige Neuigkeiten für dich. Bitte führe mich in deine Kammer, damit wir reden können.«

Ragnhild zögerte keinen Moment. Kurzerhand wies sie ihrer Freundin den Weg und geleitete sie unbemerkt in ihr karges Zimmer. Dort angekommen, bedeutete ihr Hildegard, sich besser zu setzen. Sie wirkte rastlos, und auch ihre Kleidung, die sonst niemals so in Unordnung war, deutete darauf hin, dass ihr Hildegard etwas Wichtiges mitzuteilen hatte. »Ich weiß nicht so recht, wie ich anfangen soll. Das, was ich zu sagen habe, fällt mir nicht leicht.«

Ragnhild wollte ihre Besucherin beruhigen und sagte: »Keiner kann uns hören, meine Liebe. Hier sind wir ungestört. Sprich einfach frei heraus.«

Hildegard straffte ihren Rücken, atmete tief durch und fing dann an zu erzählen. Es war ihr deutlich anzumerken, dass sie sich nicht wohl in ihrer Haut fühlte, und dennoch hatte sie sich entschieden zu reden – obwohl sie so ihren Mann hinterging. Zunächst klang die Geschichte etwas konfus. Wild sprang sie in ihrer Erzählung mehrmals hin und her, doch dann endlich fand sie ihren Rhythmus. Sie erzählte haarklein alles, was sie mit anhören musste, als sie den verschütteten Wein aufgewischt hatte. Davon, wie Luburgis durch Ingrid und Heseke an den betäubenden Trunk gekommen war, den sie Ragnhild eingeflößt hatte, um sie willenlos zu machen und sie so ins Kloster zu schaffen. Davon, wie ihr eigener Ehemann zusammen mit Johannes vom Berge und Vater Lambert dunkle Ränke geschmiedet hatte, um an Ragnhilds Kinder zu kommen, die unter Luburgis' Obhut die Sippe derer vom Berge vergrößern sollten. Und sie erzählte auch davon, dass Heseke sie am Kai geschubst hatte und Ragnhild somit gar nicht freiwillig gesprungen war. Als sie endlich geendet hatte, schnappte Hildegard nach Luft wie ein Fisch auf dem Trockenen. Sie hatte ihr Geheimnis einfach so herausgeschleudert, aus Angst, mitten in der Erzählung, von der Feigheit ergriffen, innezuhalten. Nun aber war alles gesagt. Erwartungsvoll starrte sie Ragnhild an. Diese hatte zwar aufmerksam zugehört, doch war sie nicht, wie eigentlich von Hildegard erwartet, in Tränen ausgebrochen. Sie saß einfach da und blickte unbewegt auf Hildegard.

»Ich bin nicht gesprungen? Ich wollte nicht sterben?«, fragte Ragnhild als Allererstes.

»Nein, bist du nicht. Heseke hat dich gestoßen. Sie wollte erreichen, dass alle denken, du wärst wegen Alberts Tod des Lebens müde. Deshalb hat der Rat auch entschieden, dich vorerst wegzusperren, bis du wieder bei Sinnen bist. Luburgis hat, wie beabsichtigt, deine Kinder zugesprochen bekommen. Es war alles ein von langer Hand geschmiedeter Plan!«

Noch immer blieb die erwartete Reaktion ihrer Freundin aus. Ragnhild hatte zunächst nur Platz für einen einzigen Gedanken in ihrem Kopf. »Das heißt ... das heißt, ich habe Runa nicht einfach zurückgelassen? Mein Kind war mir nicht gleichgültig, und ich bin doch keine schlechte Mutter, wie man es mir vorgeworfen hat?«

Hildegard schüttelte nur den Kopf.

Ein Lachen breitete sich auf Ragnhilds Gesicht aus. Sie sprang auf und fiel ihrer einstigen Nachbarin in die Arme. »Danke, Hildegard, du weißt gar nicht, was mir das bedeutet. Ich dachte, dass ich tatsächlich nicht mehr in der Lage wäre, mich um meine Kinder zu kümmern. Doch jetzt weiß ich, dass es nicht so ist.«

Hildegard war verwirrt. Sie konnte ja verstehen, dass sich Ragnhild über diese Erkenntnis freute, doch was war mit der Intrige? Interessierte sie sich denn tatsächlich so gar nicht dafür, dass sie das Opfer von gemeinen Lügen geworden war? Hildegard kam nicht umhin, sich ernsthaft zu fragen, ob Ragnhild möglicherweise nicht doch den Verstand verloren hatte. »Hast du gehört, was ich gesagt habe? Man hat dich reingelegt und gemein hintergangen. Alles, was passiert ist, waren die Machenschaften feindlich Gesinnter, die einen Plan zu deinem Sturz verfolgt haben.«

»Ja, ich habe verstanden. Ich bin einem Plan zum Opfer gefallen. Und dennoch ... ich weiß nicht genau, was du jetzt von mir erwartest.«

Hildegard packte Ragnhild so sanft an den Schultern, wie es ihr in ihrer Erregung möglich war, und sagte: »Du musst zum Rat gehen, du musst zum Grafen gehen, du musst irgendetwas tun, damit dir Gerechtigkeit widerfährt! Willst du denn tatsächlich mit dieser Ungerechtigkeit weiterleben? Was soll aus deinen Kindern werden, Herrgott noch mal?« Dann ließ Hildegard ihre Freundin wieder los. Der plötzlich aufwallende Gefühlsausbruch war wieder abgeebbt. Sie atmete tief durch, ordnete ihre verrutschte Haube und wartete auf Antwort.

Ragnhild jedoch ging gar nicht erst auf die vielen Fragen Hildegards ein. Die innere Ruhe, die sich seit dem Besuch bei der Magistra in ihr ausgebreitet hatte, erfüllte sie noch immer. Sie hörte sehr wohl, was Hildegard sagte, und sie wusste auch, dass sie eigentlich außer sich vor Wut sein sollte, doch Ragnhild hatte sich bereits entschieden. Mit ruhiger Stimme fragte sie: »Bitte, sage mir, liebe Freundin, wie geht es meinen Kindern? Sind sie wohlauf? Wie geht es meiner Runa bei ihrer Tante?«

Innerlich war Hildegard der Verzweiflung nahe. Sie konnte sich nicht erklären, warum Ragnhild so viel ruhiger und gelassener war als sie. »Warum nur bist du so ... ich meine, wieso ... Ach ...« Hildegard musste neu ansetzen. »Es geht ihnen gut. Die Zwillinge sind natürlich Luburgis' ganzer Stolz. Doch auch Runa ist wohlauf. Ich denke, dass sie die meiste Zeit mit deinen Mägden verbringt. Luburgis zeigt wohl wenig Lust, sich mit ihr abzugeben, doch das ist für Runa sehr wahrscheinlich auch besser so.« Hildegard hatte die Sätze halb trotzig, halb resigniert gesagt. Nun war sie mehr als gespannt auf Ragnhilds Reaktion. Sie rechnete wohl mit einigem, nur nicht damit, was nun kam.

»Das ist gut«, fasste Ragnhild in sich gekehrt zusammen. »Sie sind also wohlauf.« Dann blickte sie Hildegard direkt ins Gesicht. Ragnhild ging auf sie zu und fasste sie an den Händen. »Ich danke dir von Herzen, Hildegard. Deine Nachricht ist überaus wichtig für mich. Es geht mir nun viel besser. Jetzt weiß ich, was wirklich geschehen ist, und kann meinen Frieden damit machen. Aber ich werde dennoch hier im Kloster bleiben.«

Hildegard machte einen Schritt zurück und ließ wie von selbst Ragnhilds Hände los. »Du willst *was*? Ich verstehe nicht. Was wird dann aus deinen Kindern? Willst du denn nicht deinen Ruf wiederherstellen?«

Ragnhild schüttelte den Kopf. »Hildegard, ich habe nichts mehr. All mein Erbe ist unwiderruflich auf Conrad und in den Besitz des Klosters übergegangen. Würde ich versuchen auszutreten, bliebe mir nur eine Wahl. Ich müsste zurück zu Conrad und Luburgis; zurück zu den Menschen, die mir all das angetan haben. Nein, ich werde hierbleiben. Auch meinen Kindern wird es ohne mich besser gehen. Was wäre das für ein Leben? Mittellos und ohne Rechte. Glaubst du wirklich, mir würde jemand Glauben schenken? Man würde mich viel eher für noch verrückter erklären, als sie es ohnehin schon getan haben. Und dann würde man meine Kinder ächten. Nein, wie es jetzt ist, wird es bleiben; es ist besser so. Für mich und für die Kinder.«

Hildegard stutzte. Aus diesem Blickwinkel hatte sie die Geschichte noch nicht betrachtet. Seit dem Belauschen der Männer und ihrem Eintreffen hier im Kloster war nicht viel Zeit vergangen, in der sie darüber hätte nachdenken können. »Möglicherweise hast du recht, und es ist tatsächlich besser so für dich und die Kinder, aber mein redliches Herz kann das kaum ertragen.«

Obwohl sie es langsam einsah, wollte dennoch alles in Hildegard rebellieren. Gab es denn keine Gerechtigkeit mehr? Konnten sie wirklich gar nichts tun? Doch egal, in welche Richtung die Frauen die Geschichte drehten und wendeten, es schien aussichtslos. Sehr wahrscheinlich würde niemand einem für verrückt erklärten Weib Glauben schenken, das einen Kirchenmann, zwei Ratsherren, deren Frauen und eine Beginen-Schwester des Verrats bezichtigte – vielleicht wäre das sogar Ragnhilds Tod!

Die Frauen sahen einander an. In ihren Blicken war nun Einvernehmen und Mitgefühl zu lesen. Sie umarmten sich herzlich zum Abschied. Dann brachte Ragnhild Hildegard unbemerkt zurück zum Tor des Klosters.

8

Alle drei Männer hatten die Strapazen der Reise weit unterschätzt. Nachdem sie die Hütte der alten Frau verlassen hatten, dauerte es nur einen einzigen Tag, bis Thiderich und Albert diese Entscheidung im Stillen bereits bereuten. Dennoch hätte keiner von ihnen es je als Erster zugegeben.

Sie waren schon ein ziemlich lädierter Haufen, dachte Walther spöttisch, während er einen Blick auf seine zwei Gefährten warf. Mit schmerzverzerrten Gesichtern und in gebückter Haltung saßen sie auf ihren Pferden; Albert auf seinem Rappen und Walther selbst mit Thiderich auf Millie. Immer dann, wenn die Stute müde wurde, tauschte Walther entweder das Pferd oder ging eine Weile zu Fuß.

Bereits vor drei Tagen waren sie an der Weggabelung vorbeigeritten, wo Walther eigentlich hätte absteigen und in Richtung seines Heimatdorfes Sandstedt weitergehen müssen, doch er hatte sich anders entschieden. Der bloße Gedanke daran, nach den erlebten Abenteuern wieder in sein Dorf heimzukehren und sein altes Leben fortzusetzen, löste einen dermaßen großen Schauder in ihm aus, dass ihn die Gefahren der bevorstehenden Reise und die Ungewissheit der Zukunft nicht hatten abschrecken können. Er wollte mit Albert und Thiderich nach Hamburg reiten – komme danach, was wolle. Zu seiner Freude spürte er, dass den Männern seine Entscheidung sehr willkommen war, denn mittlerweile verband die drei eine tiefe Freundschaft. Außerdem wurde die Reise durch den dritten Reiter auch nicht verzögert, denn weder Albert noch Thiderich waren derzeit in der Lage, schneller zu reiten als Schritt. Jede zusätzliche Erschütterung durch eine schnellere Gangart hätte unerträgliche Schmerzen bei den beiden Verletzten ausgelöst. So kam es, dass die Tage langsam und mit einem immer gleichen Viertakt in den Ohren verstrichen. Es wurde nur wenig gesprochen. Ein jeder hatte genug mit sich selbst zu tun.

Um ungewollte Zusammentreffen mit Plackern oder Wegelagerern zu vermeiden, wichen sie auf die kleineren Nebenstraßen aus. Es war einfach zu offensichtlich, dass sie in ihrem jetzigen Zustand leichte Beute waren. Glücklicherweise waren die Tage bisher ohne Zwischenfälle verlaufen.

Sie hatten die Burg Vörde bereits hinter sich gelassen, als ihnen plötzlich ein altersschwacher Wagen mit einem Ochsen davor entgegenkam. Der Wagen war geschmückt mit allerlei bunten Stofffetzen, und sogar der Bulle hatte farbige Bänder um seine Hörner. Schon von Weitem konnten die drei Reiter sehen, dass es sich um Mitglieder des fahrenden Volkes handelte. Solchen Leuten war in der Regel mit Vorsicht entgegenzutreten. Nicht umsonst wurden sie allerorts gleichermaßen geächtet und verehrt. Waren es Künstler, die ihr Handwerk verstanden, dann brachten sie den Städtern Vergnügen und Erheiterung. Manches Mal sogar den ein oder anderen Zaubertrank. Aber auf der anderen Seite waren sie auch heimatlose Vagabunden ohne Bürgerrechte. Gezielt zogen sie von Stadt zu Stadt, um ihre Dienste feilzubieten; nicht selten waren diese Dienste von zweifelhaftem Ruf. In der Regel ging es um Hurerei, Schaustellerei und Quacksalberei. Beides – Frohsinn und Verbrechen – stand in ständigem Konflikt zueinander, und so wussten die Spielleute selbst niemals genau, ob sie in einer Stadt willkommen waren oder nicht. Eines jedoch hatten alle von ihnen miteinander gemein: Sie waren ein stolzes Volk und verteidigten ihre Sippe bis aufs Blut!

Albert, Thiderich und Walther waren alarmiert. Als sie sich der Gruppe näherten, konnten sie erkennen, dass es sich um drei Männer und zwei Frauen handelte. Einer der Männer kam direkt auf sie zu.

»Heda, werte Herren. Es grüßen Euch der sagenhafte Spielmann Sibot und seine Gefährten.«

Albert ritt sogleich voran und erwiderte den freundlichen Gruß. »Seid gegrüßt, Spielmann Sibot. Sagt, wer seid Ihr Leute und woher kommt Ihr?«

Obwohl der erste Teil der Frage eigentlich überflüssig war, da weder Sibots Aussage noch die auffällig bunte Kleidung der ganzen Gruppe einen Zweifel daran ließen, dass es sich bei ihnen tatsächlich um Spielleute handelte, wusste Albert genau, was er tat. Schon seit Tagen hoffte er darauf, einer Gruppe vom fahrenden Volk zu begegnen, denn er ersehnte sich Nachrichten aus Hamburg. Doch so redselig diese Leute auf ihren Bühnen auch waren, so verschlossen waren sie ansonsten. Es schien grotesk, aber Albert musste zunächst einmal *ihr* Vertrauen gewinnen. Mit seiner Frage zeigte er deutlich, dass sein Interesse geweckt war, und gab Sibot gleichzeitig die Möglichkeit, sich wortreich und ausführlich vorzustellen; was dieser auch sofort ausnutzte.

»Habt Ihr etwa noch nicht von Sibot und seinen Gefährten gehört? Ihr müsst geradezu in einem Erdloch gelebt haben, edler Mann. Jedes Kind, jede holde Jungfrau und jeder mutige Recke, der etwas auf sich hält, wurde unsereins schon ansichtig. Wir bringen Tränen der Freude und des Leides mit uns, sodass Ihr denken werdet, Ihr selbst wärt ein Ritter des Königs!« Mit einer schwungvollen Verbeugung beendete Sibot seine Rede, die ihm von den Lippen floss, als hätte er sie bereits unzählige Male aufgesagt.

Zu Walthers und Thiderichs Erstaunen ging ihr Freund voll und ganz auf den Spielmann ein und klatschte bewundernd in die Hände. Mit auffordernder Geste animierte Albert seine Reisegefährten sogar, es ihm gleichzutun.

Der Spielmann strahlte übers ganze Gesicht, denn Applaus war sein Lebenselixier.

Albert nutzte diese Stimmung, indem er ihn fragte: »Sagt, Sibot, woher seid Ihr gekommen? Wo durften sich die Menschen das letzte Mal an Eurer Kunst erfreuen?«

Der noch immer lächelnde Sibot antwortete nun bereitwillig. »Wir sind in den vergangenen Wochen weit gereist. Zuletzt waren wir in Beckdorf. Vor zwei Tagen haben wir dann das Kloster Harsefeld passiert. Davor haben wir unser Glück auf den Burgen Horneburg und Moisburg versucht, und davor erfreuten wir die Städter von Hamburg, Buxtehude und Stade mit unserer Kunst. Jetzt sind wir auf dem Weg zur Burg Vörde.«

Albert horchte auf. Hamburg! Sie waren tatsächlich in Hamburg gewesen. Möglicherweise wussten sie etwas über die Ereignisse in der Stadt. Gerade, als Albert danach fragen wollte, schlug Sibot den drei Männern vor, das Nachtlager zu teilen. Dieser Vorschlag war keinesfalls unüblich. Häufig schlossen sich einzelne Reisende fremder Gruppen für die Nacht zusammen, um so vor Überfällen geschützt zu sein. Da es sowieso bald dämmern würde, willigten die Männer ein. Wenige Augenblicke später hatten sie die Pferde versorgt und saßen mit den Spielleuten am Feuer. Wie sich herausstellte, waren die beiden Frauen Sibots Schwester und sein Eheweib. Die zwei verbleibenden Männer stellten sich als Brüder heraus, deren Ähnlichkeit wahrhaft verblüffend war. Beide hatten die gleichen schiefen Zähne und jeweils nur ein abstehendes Ohr. Albert fand, dass sie einfach unglaublich komisch aussahen.

Die Frauen hingegen waren beide sehr hübsch. Sibots Schwester ähnelte ihrem Bruder sehr. Beide besaßen sie dunkles, fast schwarzes Haar, einen ganz kleinen Höcker auf der Nase und elegant geschwungene Brauen über den braunen Augen.

Sibots Eheweib hatte langes, feuerrotes Haar und überragte ihren Gemahl um eine halbe Haupteslänge. Sie war nicht sonderlich zierlich oder fein, doch ihre hellblauen Augen hatten etwas Anmutiges und zogen ihr Gegenüber sofort in ihren Bann. Sibot stellte sie als Judda vor.

Dieser Abend war weit unterhaltsamer, als es die vorangegangenen Abende gewesen waren. Sibot und Judda konnten wunderbar erzählen; was wohl auch mit ihrer Tätigkeit als Schausteller zu erklären war. Manchmal vermochten Thiderich, Walther und Albert kaum zu unterscheiden, ob die Eheleute gerade eine Geschichte zum Besten gaben, die sie selbst erlebt hatten, oder ob sie bloß aus den Liedern der Minnesänger schöpften. Es war schlussendlich auch nicht wichtig. Die Spielleute verstanden es wahrlich, ihren Weggefährten Abwechslung zu verschaffen. Durch weiche Blicke unterstrichen sie das Gute und mit wilden Gesten das Böse. Die Flammen des Feuers warfen zusätzlich unheimliche Schatten auf ihre verzerrten Gesichter, was der Geschichte wahrlich zugutekam. Wenn Albert, Thiderich und Walther nicht gerade zwischen nervenaufreibender Spannung oder aufkeimender Traurigkeit hin- und hergezerrt wurden, hielten sie sich vor lauter Gejuchze die Bäuche. Besonders Albert musste sich zwanghaft zurückhalten, nicht zu heftig zu lachen, da sich ansonsten seine Wunden am Bauch schmerzlich bemerkbar machten.

Irgendwann beendeten Sibot und Judda ihr Schauspiel und setzten sich ebenso ans Feuer.

Die stille Schwester Sibots hatte inzwischen etwas zu essen bereitet. Alle nahmen sich dankbar von der köstlichen Speise, und es kehrte Ruhe ein.

Albert entschied, dass dies der richtige Moment für die in ihm schwelende Frage war. »Sagt, Ihr Spielleute, vorhin erwähntet Ihr, dass Ihr in Hamburg gewesen seid. Erzählt uns davon, was hat sich dort zugetragen?«

Sibots Gesicht erhellte sich sofort, und er fing an mit den Händen zu gestikulieren, da sein Mund noch zu voll zum Sprechen war. Er schluckte schnell alles herunter, um dann zu berichten, was er schon fast wieder vergessen hatte. »In Hamburg ist uns wahrhaftig Merkwürdiges widerfahren. Ich sage Euch, das war ein Trubel.«

Albert, Thiderich und Walther blieb das Essen fast im Halse stecken. Was würde der Spielmann jetzt berichten?

»Tatsächlich?«, sagte Albert so gelassen wie möglich. »Ich bin gespannt, was gab es denn so Aufregendes?«

»Es ist ungefähr vier oder fünf Wochen her«, begann Sibot seine Erzählung. »Wir spielten auf dem Markt am Hafen. Das Wetter war uns hold, und die Leute kamen in Scharen. Jung und Alt waren zugegen, und sie waren uns wohlgesinnt. Auch eine edle Dame von wunderschönem Antlitz mit ihrer kleinen Tochter erfreute sich an meinem Spiel. Das Kind war ihr Ebenbild. Es hatte fast goldenes Haar.«

Albert sog scharf die Luft ein. Konnte es tatsächlich sein, dass Sibot von Ragnhild und Runa sprach? Wer sonst hatte solch hellblondes Haar? Die Aufregung ließ ihn innerlich beben.

»Ich erinnere mich noch so gut an sie, weil kurze Zeit später ein schreckliches Unglück geschah.«

Da war es um Albert geschehen. Er sprang auf und lief zu Sibot, um sich kurz vor ihm auf die Knie fallen zu lassen und ihn an seinem Mantel zu packen. »Erzählt weiter, Spielmann. Was ist dann geschehen?«

Der erschrockene Sibot wollte zunächst innehalten und wich ein kleines Stück vor Albert zurück, doch dann sah er in den Augen seines Gegenübers echte Verzweiflung aufblitzen. Mit vorsichtigen Worten fuhr er fort. »Die hübsche Dame verschwand ganz plötzlich. Ich konnte erkennen, dass sie erblasst war. Da ich auf meinem Wagen stand, war es mir möglich zu sehen, dass sie in Richtung der Kaimauer lief. Dort blieb sie stehen. Nur einen Moment später erhob sich ein großes Geschrei. Ich musste mein Spiel unterbrechen, da die Massen zum Wasser liefen. Die edle Dame war gesprungen. Hinterher wurde mir erzählt, dass sie gesprungen sei, weil ihre große Liebe in der Fremde verschollen und ihr Herz daraufhin schwermütig geworden war. Das blonde Mädchen fing an zu weinen und wurde gleich darauf von einer anderen Dame weggeführt.«

»Nein, nein, nein. Das darf einfach nicht sein!«, flehte Albert, der Verzweiflung nahe. »Ragnhild, was hast du getan?« Er ließ Sibots Mantel los, stand auf und vergrub seine Hände in seinem Haar. Von den schlimmsten Vorahnungen geplagt, begann er vor dem Feuer auf und ab zu gehen.

Dann war es Thiderich, der das Wort ergriff.

»Was war dann? Erzählt weiter. Wurde die Dame gerettet?«

Sibot schaute zwischen den Männern hin und her. Er war sichtlich verwirrt.

Judda gab schließlich die ersehnte Antwort. »Ja, sie wurde gerettet.«

Albert drehte sich ruckartig um und schaute auf Judda. »Sie lebt? Ragnhild lebt? Sagt das noch einmal.«

»Ihr kennt sie?«, wollte Judda wissen.

Nun hatte es keinen Sinn mehr zu leugnen. »Ja«, gestand Albert. »Die Dame Ragnhild ist meine Gemahlin und das blonde Mädchen meine Tochter.« Noch während er sprach, holte er das kleine Ledersäckchen mit der hellblonden Haarsträhne heraus und zeigte es den Spielleuten.

Judda fühlte sofort großes Mitleid mit Albert, und nach einer kurzen Schreckenspause erzählte sie den drei Fremden, was ihr selbst nur durch Marktweiber angetragen wurde, bis sie schlussendlich die Stadt verließen. »Eure Frau wurde vom Rat der Stadt ins Kloster der Beginen geschickt. Dort weilt sie nun, da man glaubt, sie wurde durch den schmerzlichen Verlust des Ehemannes ihres Verstandes beraubt. Seid also beruhigt, Herr. Sie lebt!«

Albert brauchte einen Moment, bis Juddas Worte zu ihm durchdrangen. »Ja, sie lebt. Gott der Herr sei gepriesen, Ragnhild lebt.« Erst jetzt wagte Albert tief durchzuatmen. Sein Herz machte einen Satz und begann nun merklich ruhiger zu schlagen. Auf seine Frage, was mit seiner Tochter geschehen sei, wusste Judda allerdings keine Antwort. Jetzt war es an Albert, sich zu erklären. Zunächst wusste er nicht, wo er anfangen sollte, doch dann begann er einfach am Anfang der Geschichte – seiner Hochzeit. Nun waren es die Spielleute, die gebannt den Worten des Fremden lauschten. Noch bis spät in die Nacht saßen sie so da und redeten. Erst als der Mond schon über seinen Zenit hinaus war, fielen ihnen vor Müdigkeit und Erschöpfung die Lider zu.

Früh am nächsten Morgen erwachten sie wieder. Ein jeder musste seines Weges gehen. Sie verabschiedeten sich mit guten Wünschen und der Hoffnung, sich vielleicht eines Tages wiederzusehen.

Durch die unglaublichen Neuigkeiten angetrieben und nun von neuem Mut gepackt, machten sich Albert, Thiderich und Walther auf den Weg nach Hamburg. Albert trieb seinen Rappen in einen schnelleren Schritt. Die Wundschmerzen ließen noch immer nicht zu, dass sie den Weg im Trab oder Galopp fortsetzten, doch das schien vielleicht auch nicht mehr so wichtig zu sein. Sollte Ragnhild tatsächlich im Kloster der Beginen sein, würde sie jederzeit wieder austreten können. Alberts Herz wurde von purem Glück erfasst. Bald wären sie wieder vereint, und das Warten, Bangen und Hoffen hätte endlich ein Ende.

»Agatha! Agaaaathaaaa!«, schallte es durch das ganze Haus.

Die Gesuchte trat mit gerunzelter Stirn in die Diele. »Du meine Güte, musst du denn so schreien, Voltseco? Was gibt es nur so Wichtiges, dass du offenbar nicht einmal einen Augenblick lang warten kannst?«, fragte sie ihren Mann verständnislos.

Voltseco war völlig außer Atem. »Er ist schon früher gekommen; früher als erwartet. Ich kann sein Gewand nicht finden. Wenn du nicht immer alles umräumen würdest, hätte ich es bereits in den Händen, Weib. Komm und hilf mir suchen«, stieß er vorwurfsvoll aus.

Kopfschüttelnd folgte Agatha ihrem Mann in die Schneiderei. Sie wusste weder, um wen es ging, noch, welches Gewand ihr Gemahl meinte. Ohne es laut auszusprechen, dachte sie aber, dass es ganz sicher nicht ihr Aufräumen war, welches ihn seine Sachen nie finden ließ, sondern vielmehr seine Unordentlichkeit.

Als sie die Schneiderei gemeinsam betraten, erkannte Agatha den Kunden sofort. Es war der schmierige Symon von Alevelde, der sich letzte Woche eine neue Ausstattung hatte schneidern lassen. Heimlich verdrehte sie hinter seinem Rücken die Augen. Erst vor wenigen Wochen war er gekommen, um Maß für ein neues Festgewand nehmen zu lassen. Damals hieß es noch, er würde Ragnhild von Holdenstede ehelichen. Auch wenn dieses Gewand wohl kaum zusammen mit dem Eheversprechen geplatzt sein dürfte, war es anscheinend wieder Zeit für einen edlen Zwirn. Eigentlich hätte Agatha sich darüber freuen sollen, dass dieser Mann ihnen so gute Einnahmen bescherte, doch bei Symon von Alevelde war es etwas anderes. Er war ein ekeliger, stinkender und ungehobelter Kerl, der versuchte, die Nichtigkeit seiner Person hinter pompösen Gewändern zu verbergen. Agatha konnte ihn nicht ausstehen. Heuchlerisch flötete sie ihm entgegen: »Welch ehrenwerter Gast in unserem bescheidenen Hause. Euer Gewand wurde bereits gestern fertiggestellt. Sicher wird es ganz wunderbar an Euch aussehen. Ich werde es rasch holen gehen.« Geschwind flitzte sie hinaus, um das Gesagte zu erledigen. Erst als sie zurückkam, sah sie, dass Symon von Alevelde seinen missratenen Sohn dabeihatte, der mit seinen speckigen Fingern an einer teuren Rolle Seidentuch herumfingerte. Abermals konnte sich Agatha ein Augenrollen nicht verkneifen. Wenn es jemanden gab, den sie noch mehr verachtete als Symon von Alevelde, dann war es sein fetter Sohn Jacob. Doch es half nichts, Symon von Alevelde war ein Kunde, und sie musste ihn genauso behandeln wie alle anderen. Folgsam übergab sie ihrem Mann das gesuchte Gewand aus edelsten Stoffen. Es war wahrlich ein prächtiges Stück. Immer wieder war Agatha von dem Können ihres Gemahls überwältigt. Auch wenn diese Arbeit eigentlich viel zu schade für den schwammigen Körper Symons war, ging sie ihrem Ehemann dennoch mit gelenken Griffen zur Hand und half dem ungeliebten Kunden, in seine neuen Kleider zu steigen.

Um Symon währenddessen zu unterhalten, fing Voltseco wie immer an, mit ihm zu plaudern.

Agatha hingegen hatte zunächst nur Augen für Jacob von Alevelde, der noch immer den teuren blauen Seidenstoff beschmutzte. Als ihre Blicke sich zufällig trafen, schaute sie ihn so unsagbar böse an, dass er in seiner Bewegung erstarrte. Endlich ließ er von den Stoffen ab.

Erst danach bemerkte Agatha, in welche Richtung sich das überaus interessante Gespräch der beiden Männer entwickelte. Unauffällig, aber beschäftigt wirkend, nestelte sie weiter an Symons Gewand herum. Sie versuchte sich möglichst still zu verhalten, um nicht doch noch von ihrem Mann hinausgeschickt zu werden, bevor sie das Ende des Gesprächs mitangehört hatte.

Die Worte Symons klangen über alle Maßen überheblich. »Tja, und nachdem die Dame Ragnhild ja offenbar verrückt geworden zu sein scheint, sind Conrad von Holdenstede und ich uns eben anderweitig handelseinig geworden.« Niemals hätte er zugegeben, dass er damals, voll des Weins, wie ein weinerliches Kind an Conrads Tür gepocht hatte, um seine versprochene Braut einzufordern. Er wollte unbedingt allerorts den Eindruck hinterlassen, dass er sich wie ein echter Kaufmann gegen Conrad durchgesetzt hatte. Auch wenn der neu geschlossene Pakt ganz und gar nicht zu seiner vollsten Zufriedenheit war, da er selbst schlussendlich ohne eine Braut dastand, war er dennoch nicht ganz leer ausgegangen.

Voltseco schien zwar, im Gegensatz zu Agatha, kein gesteigertes Interesse an der Geschichte zu haben, doch er fragte dennoch höflich weiter, um das Gespräch am Laufen zu halten. »Hört, hört. Da spricht der kluge Handelsmann. Was für eine Vereinbarung ist das, die Ihr mit Conrad von Holdenstede getroffen habt?«

Wichtigtuerisch fing Symon an sich zu räuspern, bevor er fortfuhr. »Conrad von Holdenstede versprach mir die Hand seiner Tochter für meinen Sohn. Sobald sie das heiratsfähige Alter erreicht hat, wird sie Jacob zur Braut gegeben. Auch wenn sie mit ihrem dänischen Blut eigentlich eine Verbindung unter Standes ist, wird sie mir doch die Bande zu den von Holdenstedes sichern.«

Agatha konnte ihren Schock kaum verbergen und musste sich kurzerhand von den Männern wegdrehen. Auch wenn es überhaupt nicht unüblich war, bereits kleine Mädchen und Jungen einander zu versprechen, bevor sie das heiratsfähige Alter erreicht hatten, stellte sich die Situation hier noch etwas anders dar. Agatha konnte es nicht mit Gewissheit sagen, doch irgendwie fühlte sie, dass Ragnhild von dieser Vereinbarung nichts wusste. Wie sie ihre Freundin kannte, wäre sie mit dieser Verbindung niemals einverstanden gewesen. Zum einen wäre diese Ehe, auch wenn Symon von Alevelde dies ja ganz offensichtlich genau andersherum sah, eine Verbindung weit unter Runas Stand, und zum anderen war Jacob ein schrecklicher Junge. Keine Mutter wünschte sich diesen dümmlichen Fettwanst als zukünftigen Ehemann der eigenen Tochter. Auch wenn bei der Wahl eines Gemahls in der Regel keine Rücksicht auf gutes Aussehen oder wahre Liebe gelegt wurde, achteten die Eltern einer Tochter zumeist wenigstens darauf, einen Gemahl mit entsprechendem Ansehen zu bekommen. Jacob von Alevelde bot gar nichts von alledem.

Voltseco bekam von dem Schrecken seiner Frau gar nichts mit. Auch schien ihm nichts an dem Gesagten ungewöhnlich zu sein, sodass er bedenkenlos weiterplauderte. »Wie erfreulich für Euch. Ihr habt wahrhaft schlau verhandelt. Die Geschichte der Dame Ragnhild ist ja auch wirklich tragisch!« Voltseco war offensichtlich in die Betrachtung seiner Arbeit vertieft. Wie auswendig gelernt leierte er seine Worte herunter, während er prüfend um seinen Kunden herumlief. Dann schien er sich jedoch seines Anstands zu besinnen und wandte sich zu Symons Sohn um. »Ich beglückwünsche dich zu deiner Braut, Jacob von Alevelde.«

Der Angesprochene starrte den Schneider zunächst nur hohl an. Ganz offensichtlich hatte er nicht richtig zugehört. Dann jedoch erhellte sich sein stumpfer Blick, und er erwiderte: »Danke, Schneider. Wenn meine Braut erst einmal bei mir ist, muss sie jeden Tag etwas Gutes für mich kochen. Außerdem soll sie mir dann auch solche Gewänder schneidern, wie Ihr eines tragt. Und wenn sie nicht gehorcht, dann bringe ich ihr mit meinem Gürtel Benehmen bei!«

Symon von Alevelde begann schallend zu lachen. »Das ist mein Sohn. Er weiß genau, was er will. Die Brut der Dame Ragnhild sollte besser schon mal zusehen, dass sie schnell ein fügsames Eheweib wird.«

Alle Schwestern standen um das Bett herum, als die weise alte Frau ihren letzten Atemzug tat. Keine von ihnen konnte ihre Tränen zurückhalten. Ragnhild war elend zumute.

Mit dem Tod der Magistra starb eine wundervolle Frau. Ihr

Wesen war voller Gerechtigkeit und Güte gewesen; und mit ebendiesen Eigenschaften hatte sie das Kloster geführt. Einzig der Gedanke, dass sie sich nun in die Hände Gottes begeben hatte, linderte den Schmerz der Schwestern. Auch Ingrid zeigte ungeniert ihre Trauer; und diese schien sogar ehrlich zu sein.

Bereits am nächsten Tage saßen die ältesten Schwestern zusammen, um eine neue Magistra zu wählen. Es galt, möglichst schnell wieder eine Vertreterin zu finden, die das Kloster und seine Geschäfte nach außen hin leitete und gleichzeitig das Bindeglied zwischen dem Kloster und dem Domdekan darstellte.

Die Wahl verlief nahezu still. Ein heimlicher Betrachter hätte denken können, dass es ein vorangegangenes Abkommen zwischen den Schwestern gegeben haben musste, doch das war ein Trugschluss. Eine jede Begine tat ihre Wahl aus der vollen Überzeugung, die für sie einzig richtige Entscheidung getroffen zu haben. Sie vertrauten ihrer neuen, wenn auch noch sehr jungen Magistra und waren zuversichtlich, dass sie eine würdige Nachfolgerin gefunden hatten.

Nur eine einzige Schwester war davon überzeugt, dass mit der neuen Magistra eine schwere Zeit auf das Kloster zukommen würde. Ragnhild kannte das wahre Gesicht der Frau, die sich all die Jahre erfolgreich vor ihren Mitschwestern hatte verstellen können. Sie selbst war noch nicht lange genug im Kloster, um überhaupt für die Wahl berücksichtigt zu werden. Es blieb ihr also nichts übrig, als tatenlos zuzusehen, wie ihr Schicksal eine schreckliche Wende nahm.

Ingrid war endlich am Ziel! Sie hatte die höchsten Würden erhalten, die eine Frau in ihrer Situation jemals erreichen konnte. Nie hätte sie sich bei ihrem Eintritt ins Kloster vor fast sechs Jahren träumen lassen, dass ihr Leben nach der schrecklichen Zurückweisung Alberts noch einmal eine solche Wende nehmen würde. Die Freude darüber, endlich die Anerkennung zu erhalten, die ihr damals verwehrt worden war, als man ihr die Möglichkeit genommen hatte, Eheweib und Mutter zu werden, wurde ihr nun durch das Amt der Magistra wieder zurückgegeben. Und als ob das noch nicht genug Grund zur Freude gewesen wäre, ermöglichte ihr die neue Stellung sogar noch die Erfüllung eines lang gehegten Traums. Es war sozusagen der Honig in ihrer Speise; denn von nun an gab es nichts mehr, das zwischen ihr und Ragnhild stand.

Auch wenn alle Beginen-Schwestern das Kloster theoretisch jederzeit wieder verlassen durften, wusste Ingrid, dass es um Ragnhild in Wahrheit anders stand. Der Rat hatte ihren Eintritt ins Kloster gemeinschaftlich verfügt, und ein Austritt würde somit ebenso der Zustimmung des Rates bedürfen. Ragnhild hatte ihre Glaubwürdigkeit verloren. Würde sie tatsächlich versuchen Ingrid beim Rat anzuschwärzen, um ihr entkommen zu können, würde man ihr mit großer Wahrscheinlichkeit keinen Glauben schenken. Sie hatte ihre Feindin endlich dort, wo sie sie immer haben wollte – in ihren unerbittlichen Fängen!

Diese Tatsache beflügelte Ingrid zu den düstersten Gedanken. So düster, dass die Magistra fast über ihre eigene Bosheit erschrak. Gleich am nächsten Tage, das nahm sie sich ganz fest vor, würde sie einen dieser Gedanken in die Tat umsetzen.

Ragnhild eilte geschwind durch die Gänge des Klosters. Sie wollte Ingrid, die sie soeben durch eine der jüngeren Schwestern zu sich befohlen hatte, auf keinen Fall warten lassen. Außerdem nahm sie sich fest vor, ihr demütig und folgsam gegenüberzutreten und sich nicht reizen zu lassen. Die neue Magistra sollte keinen Grund des Tadels an ihr finden. Seit Hildegards heimlichem Besuch im Kloster hatte sich etwas in Ragnhild verändert. Obwohl sie ihre geliebten Kinder hatte zurücklassen müssen, konnte sie mittlerweile damit leben, eine einfache Begine zu sein und ihr

Leben im Kloster zu verbringen. Die Gewissheit darüber, nicht freiwillig ins Wasser gegangen zu sein und ihr Kind nicht mutwillig allein gelassen zu haben, gab ihr Kraft. Diese Kraft wollte sie nun aufwenden, um mit den Schwierigkeiten des Klosterlebens umzugehen; und ihre größte Schwierigkeit würde ganz sicher Ingrid sein. Wenn sie aber starken Willens blieb, ihre Beherrschung nicht verlor und fügsam alle Gemeinheiten der neuen Magistra ertrug, dann würde diese sicher sehr bald müde werden, dieses Spielchen mit ihr zu spielen.

»Kommt herein«, schallte es aus dem Zimmer, in dem noch eine Nacht zuvor die altehrwürdige Magistra gelegen hatte, die Ragnhild schon jetzt vermisste. Folgsam trat sie ein und fragte mit gesenktem Blick: »Was wünscht Ihr von mir, ehrenwerte Magistra?«

Sofort nach diesen Worten fuhr Ingrid, die bisher mit dem Rücken zu Ragnhild gestanden hatte, herum. »Zunächst wünsche ich, dass Ihr nur dann sprecht, wenn Ihr etwas gefragt werdet. Von Eurem Geplapper bekomme ich Kopfweh.«

Eine Weile lang sagte keine der beiden Frauen ein Wort. Ingrid trank eine dampfende Flüssigkeit aus einem Holzbecher und betrachtete Ragnhild dabei eingehend aus der Entfernung. Sie genoss es zu wissen, jetzt von niemandem mehr dabei gestört werden zu können. Keine der Schwestern würde es wagen, einfach in das Gemach der Magistra zu stürmen, ohne vorher um Einlass zu bitten. Es war also das erste Mal seit Ragnhilds Eintritt ins Kloster, dass ein genaues Betrachten ihrer Feindin ungestört möglich war. Ingrid ging auf Ragnhild zu. Noch immer hielt diese den Kopf gesenkt. Dann zückte die Magistra einen Zeigefinger, legte ihn an Ragnhilds Kinn und hob damit den Kopf ihrer Feindin nach oben, bis sich ihre Blicke kreuzten. Ingrid begann zu grinsen, Ragnhilds Miene war unbewegt. Erst nach einer elend langen Weile ließ die Magistra ihren Finger wieder sinken. Langsam schritt sie um die ihr untergebene Schwester herum.

Eingehend betrachtete sie jedes Detail an ihr. Leider musste sie es zugeben: Ragnhild hatte sich in den letzten Jahren kaum verändert. Noch immer waren ihre Hüften kräftig, doch ihre Taille schlank. Die blauen Augen hatten nichts von ihrer Schönheit eingebüßt, und auch wenn die Haube auf ihrem Kopf nicht viel Einblick gewährte, kräuselten sich dennoch hier und da ein paar dieser unverschämt hellen Haarsträhnen. Am meisten jedoch neidete Ingrid ihr die immerzu rosig schimmernde Haut. Ragnhilds Gesicht war ebenmäßig und strahlend weiß, nur ihre Wangen schienen stets eine leichte Rötung zu haben.

Die Magistra hingegen hatte schon vor langer Zeit aufgehört, sich selbst zu betrachten. Jedes Mal war der Schock noch größer als der vorangegangene, denn jedes Mal sah ihr Antlitz schlimmer aus. Sie konnte deutlich fühlen, dass ihr Gesicht von schmerzhaften Beulen überzogen war, die sich von Zeit zu Zeit öffneten und einen dicken, grünlich gelben Brei freiließen; sehen wollte sie diese Grässlichkeiten aber irgendwann nicht mehr. Ihr Neid auf alle Frauen, die mit einer ebenmäßigen Haut gesegnet waren, war allerdings nach wie vor ungebrochen.

Ragnhild spürte den eiskalten Blick der neuen Magistra auf sich und wagte kaum zu atmen. Auch wenn Ingrid sie bisher nicht ein einziges Mal körperlich angegriffen hatte und sie eigentlich überzeugt davon war, dass sie einen solchen Angriff auch in Zukunft nicht zu befürchten hatte, waren Ingrids bisherige Methoden, sie zu quälen, nicht weniger schlimm für Ragnhild gewesen. Mit aller Macht versuchte sie, sich auf das vorzubereiten, was ihre Feindin wohl dieses Mal für sie bereithielt.

Nach einer halben Ewigkeit begann Ingrid endlich zu sprechen. »Wie Ihr Euch sicher denken könnt, habe ich mit meinem neuen Amt eine Menge neuer Aufgaben bekommen, die es zu erledigen gilt.«

Ragnhild überlegte, ob dies nun eine Frage war und sie etwas antworten sollte oder besser nicht. Doch in diesem Moment sprach Ingrid auch schon weiter.

»Um diese Aufgaben bewältigen zu können, brauche ich eine der Schwestern, die mir all das abnimmt, wofür meine Zeit nun zu kostbar geworden ist. *Ihr* werdet diese Schwester sein. Immer wenn ich nach Euch schicken lasse, kommt Ihr unverzüglich zu mir; habt Ihr das verstanden, Schwester Ragnhild?«

»Ja, ehrwürdige Magistra. Es wird mir eine Freude sein, Euch zur Hand gehen zu dürfen.«

Ingrid begann gleich darauf schallend zu lachen. »Ha! Es wird dir eine *Freude* sein? Dass ich nicht lache, Ragnhild.« Die vorher angewandte höfliche Anrede war plötzlich verschwunden. »Auch wenn du es noch so geschickt hinter deiner Unschuldsmiene zu verstecken versuchst, ich kann dennoch sehen, wie gerne du mir an den Hals springen würdest. Es muss dich schrecklich ärgern, dass du nun nicht mehr auf mich herabblicken kannst. Dein schöner Gemahl ist tot. Deine Würden als Kaufmannsfrau sind verschwunden. Du bist nur noch eine Begine, die jetzt unter meiner Führung lebt. Na, wie fühlt sich das an?« Ingrid redete sich regelrecht in Rage. Es gab nichts, das Ragnhild hätte besser oder richtiger machen können, um diese Situation zu beruhigen. Ihr Schweigen machte Ingrid wütend und ihr Reden ebenso. So blieb ihr einzig und allein, den Wutanfall abzuwarten.

Ingrid nahm einen weiteren tiefen Zug aus dem noch immer dampfenden Becher. Mittlerweile schien sich ein leichter Glimmer in ihr auszubreiten, denn ihre Worte wurden zäher und ihre Zunge merklich schwerer. »Du hast wohl gedacht, dass du mich damals für alle Zeit besiegt hast, was? Du und Albert und auch seine törichten Eltern Conradus und Mechthild, ihr alle habt wohl gedacht, dass ihr so mit uns von Horborgs umspringen könnt, was? Aber wir lassen uns eine solche Behandlung nicht gefallen!«

Nahezu unaufhörlich prasselten die Worte auf Ragnhild ein. Diese hatte zunehmend Mühe, der wahrhaft angetrunkenen Ingrid zu folgen. Sie spürte, wie das lallende Geschwätz der Magistra sie langsam provozierte. Immer wieder musste sie sich ermahnen, an ihren guten Vorsätzen festzuhalten und sich nicht reizen zu lassen.

»Ach, wenn du nur wüsstest ... Eigentlich bist du ja noch ganz gut weggekommen ... bei unserem Pakt. Schließlich hättest du jetzt auch tot sein können ... Mir wäre es recht gewesen, wenn du ersoffen wärst ... Heseke musste dich ja unbedingt retten ... wahrscheinlich verstehst du dummes Ding kein Wort ...«

Nun wurde es Ragnhild endgültig zu viel. Wütend hob sie den Blick und ging einen Schritt auf Ingrid zu. Mit bedrohlich kontrollierter Stimme sprach sie: »Wenn Ihr glaubt, dass ich jetzt weinend vor Euch zusammenbreche, weil Ihr mir gerade eröffnet habt, dass ich das Opfer eines hinterhältigen Plans geworden bin, dann muss ich Euch wohl enttäuschen. Ich bin bereits bestens über die Machenschaften Eures Vaters, die Vater Lamberts sowie die der Eheleute vom Berge informiert. Und trotzdem habe ich mich entschlossen, hier im Kloster zu bleiben. Ich bleibe und ergebe mich Euch – egal, was für Unlauterkeiten Ihr noch mit mir vorhabt. Ihr könnt Euch die vielen Worte also sparen, *werte Magistra*!« Die letzten beiden Worte spuckte Ragnhild ihr regelrecht vor die Füße. Ihr Kampfesgeist war geweckt. Böse funkelte sie ihrer Feindin ins Gesicht.

Damit hatte Ingrid nicht gerechnet. Für einen kurzen Moment hielt sie inne. Zunächst war sie verdutzt, dann kurz darauf fast enttäuscht. Doch ihr Missvergnügen darüber, dass Ragnhild bereits Bescheid wusste und keinerlei Anzeichen von Verzweiflung oder Trauer zeigte, verwandelte sich schon bald darauf in Wut. »Wer hat dich in die Pläne eingeweiht? Woher weißt du das alles? Sag es mir gefälligst, ansonsten werde ich ...«

»Ansonsten werdet Ihr *was*?«, unterbrach Ragnhild die Magistra. »Zum Rat laufen, um Euch über mich zu beschweren? Die wären sicherlich sehr interessiert daran zu erfahren, was Ihr getan habt. Nur zu, lauft hinaus und ruft in die Stadt hinein, dass Ihr mich vergiftet habt und Heseke mich in das Nikolaifleet gestoßen hat, nur um an meine Kinder als Erben heranzukommen. Ruft es entweder heraus oder schweigt besser still, wenn Ihr nicht dumm seid. Viele der altehrwürdigen Ratsherren sind *gegen* Conrad und *für* Albert; glaubt nicht, dass ich das nicht wüsste. Ihr seid Euch sicher, dass der Rat mich für verrückt hält und mir keinen Glauben schenken würde? Aber wollt Ihr es tatsächlich darauf ankommen lassen?« Ragnhild hatte alles riskiert. Sie wusste, dass ihre Drohung dünn war, doch sie entsprach der Wahrheit.

Ingrid war nun vollends verstummt. Die eben noch so stille, scheinbar unterwürfige Ragnhild schaute ihr nun angriffslustig ins Gesicht. Das Blatt schien sich langsam zu wenden. Noch immer rang die Magistra um Fassung.

Ragnhild hingegen war bereits sehr weit weg von ihren guten Vorsätzen, sich züchtig und unauffällig zu benehmen. Ingrid hatte sie mit ihren Worten so furchtbar gereizt, dass es nun kein Zurück mehr für sie gab. Seit dem Tag, da Hildegard ihr die Hintergründe der jüngsten Ereignisse geschildert hatte, zermarterte sich Ragnhild den Kopf, um den niederträchtigen Plan ihrer Feinde bis aufs letzte Detail zu rekonstruieren. Irgendwann dann, des Nachts auf ihrer kargen Bettstatt, war ihr die Lösung wie von selbst gekommen. Plötzlich lag es ganz klar vor ihr, warum diese unterschiedlichen Männer und Frauen sich zusammengeschlossen hatten, und sie konnte sehen, was sie allesamt antrieb. »Euer Plan scheint gut funktioniert zu haben. Eigentlich hat doch ein jeder von Euch das bekommen, was er wollte, oder etwa nicht? Heseke und Johannes vom Berge haben ihre Erben, Luburgis ihre lang ersehnten Kinder, Vater Lambert hat es geschafft, mich aus dem St.-Petri-Kirchspiel zu verbannen, und Euch und Eurem Vater ist doch ebenso Gerechtigkeit widerfahren. Albert ist tot, und ich befinde mich hier im Kloster. Ich bin nun nur noch eine einfache Begine, keine Frau von Stand mehr, keine Kaufmannsfrau und keine Mutter. Was also wollt Ihr noch von mir, Ingrid von Horborg?«

Die Magistra hatte inzwischen wieder zu ihrer alten Selbstsicherheit gefunden und klatschte nun bewundernd in die Hände. »Ich bin beeindruckt, du hast uns alle durchschaut. Das hätte ich dir gar nicht zugetraut. Tatsächlich scheinst du nicht so dumm zu sein, wie ich dachte.«

Ragnhild überging die höhnische Rede Ingrids einfach und nutzte die Gelegenheit, um die eine noch ausstehende Frage zu stellen, die sie sich bisher noch nicht hatte beantworten können. »Eines allerdings ist mir nach wie vor unklar. Es gibt eine Person, die nicht so ganz in den Plan hineinpassen will. Conrad. Ich weiß, dass er mich stets verachtet hat; schon seit unserer Kindheit. Sicherlich kommt es ihm auch gelegen, dass ich fort bin, aber was ist mit meinen Kindern? Er hätte sie niemals seinen eigenen Erben vorgezogen, sollte er denn noch welche bekommen. Sie tragen das von ihm so verhasste dänische Blut in sich und sind auch noch die Sprösslinge seines ebenso verhassten Bruders. Was also hat ihn dazu veranlasst, sie bei sich aufzunehmen?«

Ingrid zog die Augenbrauen hoch und grinste über das ganze Gesicht. »Du versetzt mich abermals in Erstaunen, Ragnhild. Wäre Conrad nur halb so gewitzt gewesen, wie du es wohl zu sein scheinst, hätten wir ihn nicht mit derart unangenehmen Mitteln zwingen müssen, unseren Anweisungen Folge zu leisten. Eine sehr lange Nacht in Gefangenschaft hat ihn dann aber schließlich davon überzeugt, deine Hochzeit mit Symon von Alevelde abzusagen – wofür du ihm vielleicht sogar dankbar sein solltest – und deine Kinder als sein eigen Fleisch und Blut aufzuziehen. So bekam ich, was ich wollte, nämlich dich in meiner Gewalt, Vater Lambert wurde dich los, Luburgis bekam ihre Kinder, und Heseke und Johannes erhielten drei Erben für ihre Sippe. Nur Conrad ist leider nicht ganz zufrieden. Er hätte dich gerne mit dem fetten Symon von Alevelde verheiratet. Bloß eine winzige Mitgift hätte er an ihn zu zahlen brauchen, und die dänische Brut seines verhassten Bruders wäre er auch noch losgewesen. Aber nachdem er Luburgis' Gesicht zerschlagen hatte, blieb ihm leider nichts anderes übrig, als sich zu fügen. Johannes vom Berge drohte ihm damit, zum Rat zu gehen und dort von den Schlägen zu erzählen, die das Gesicht seiner Schwester entstellt haben. Durch die neuen Gesetze im Ordeelbook hätten ihn schlimme Strafen erwartet, und so musste er sich darauf einlassen, deine Kinder als die seinen großzuziehen und somit seiner Frau ihren größten Wunsch zu erfüllen.«

Ragnhild nickte kaum merklich. Die Geschichte war weit komplexer, als sie gedacht hatte. Jetzt allerdings stellte sich ihr alles klarer dar. Für jeden Mitwirkenden war sie bloß ein Mittel zum Zweck gewesen. Einige der Beteiligten hätten sogar billigend ihren Tod in Kauf genommen. Diese Niederträchtigkeit erschreckte Ragnhild gewaltig, doch sie wollte es sich vor Ingrid nicht anmerken lassen. Ruhig hörte sie sich die weiteren Worte ihres Gegenübers an.

»Auch wenn du die Geschichte nun kennst, ändert das gar nichts an deiner Situation. Ja, du hast recht, viele der Ratsherren trauen Conrad nicht und sind unzufrieden darüber, wie er Albert in der Vergangenheit behandelt hat, doch dein Gemahl ist tot, und die Zeit wird Gras über die Sache wachsen lassen. Was kannst du schon ausrichten? Hast du etwa vor, drei Ratsherren, zwei Ratsherrenfrauen, einen Mann der Kirche und eine Magistra vor das Vogtgericht zu zerren? Dass ich nicht lache. Du bist absolut machtlos gegen uns, und das solltest du besser früher als später akzeptieren. Man wird Albert und dich eines Tages einfach vergessen haben; dein altes Leben gibt es nicht mehr. Du hast keine Wahl, als hier im Kloster zu bleiben, und ich werde für dich ein Verlies daraus machen. Jeden deiner Schritte werde ich überwachen lassen, dir den Ausgang und das Besuchsrecht entziehen – und das für den Rest deiner erbärmlichen Tage! Nur du und ich; Seite an Seite, bis wir verrotten!«

Ragnhilds Kehle war wie zugeschnürt. Gerne hätte sie etwas Passendes erwidert oder Ingrid einfach nur aus lauter Verachtung vor die Füße gespuckt, doch deren letzte Worte waren so wahr, dass sie es fast körperlich spüren konnte. Ihre Feindin hatte sie in ihrer Gewalt, und es gab keinen Ausweg mehr.

Ingrid weckte Ragnhild aus ihrer Starre, indem sie ihr einen Haufen Kleidung mit dem Fuß herübertrat. Die Stoffe flogen nur so herum und landeten wild zerstreut um Ragnhilds Beine. »Wir haben nun wirklich genug Zeit mit Plaudereien verschwendet. Nimm diese Kleider und bring sie in Ordnung. Sie sind zerrissen und dreckig. Noch heute Abend will ich sie wiederhaben. Und jetzt geh!«

9

Jeder Versuch Agathas, an ihre Freundin heranzukommen, scheiterte bereits am Tor des Beginenklosters. Immer dann, wenn sie um Einlass ersuchte, war Ragnhild entweder krank oder aber sonst irgendwie beschäftigt.

Nach dem vierten Versuch kam Agatha all das höchst merkwürdig vor, und sie beschlich der Gedanke, dass Ragnhild davon abgehalten wurde, mit ihr zu sprechen. Gleich darauf rief sie sich jedoch wieder zur Ordnung. Dies war ein Beginenkloster. Von wem sollte Ragnhild aufgehalten werden? Die Blauen Schwestern konnten sich frei innerhalb der Mauern bewegen, gingen selbstbestimmten Tätigkeiten nach, durften Besuch empfangen und das Kloster jederzeit verlassen. Schließlich verwarf sie ihre Gedanken an eine Verschwörung als töricht.

Was aber war es sonst, das Ragnhild seit Tagen unerreichbar machte? Agatha kam zunächst nicht zu einer befriedigenden Lösung; möglicherweise war ihr Herzweh wegen Alberts Verlust doch schlimmer, als ihre Freundin es zunächst hatte wahrnehmen wollen. Vielleicht aber mochte Ragnhild auch nicht mehr mit den Kaufmannsfrauen ihrer Vergangenheit reden und hoffte, so besser vergessen zu können. Wenn dies tatsächlich so sein sollte, würde Agatha dies natürlich akzeptieren müssen. Tagelang schleppte die Schneiderin diese Gedanken mit sich herum und versuchte sich damit abzufinden, ihre Freundin gehen zu lassen, doch der innere Drang war schließlich stärker. Sie musste unbedingt mit Ragnhild über Runas Verlobung mit Jacob von Alevelde sprechen – egal wie. Als sie erneut über eine Möglichkeit nachdachte, irgendwie an Ragnhild heranzukommen, überkam es Agatha wie ein Blitzschlag. Natürlich. Ingrid von Horborg. Warum war sie nicht schon früher darauf gekommen?

Seitdem Ingrid die neue Magistra des Klosters war, verweigerte man Agatha strikt den Kontakt zu Ragnhild. Es *musste* hier einfach einen Zusammenhang geben; jeder wusste um die Geschichte von damals, die die beiden Frauen unweigerlich miteinander verband. Wenn dies allerdings wirklich wahr sein sollte, dann würde es tatsächlich sehr schwer werden, an Ragnhild heranzukommen.

Fast eine Woche verging, bis Agatha eine Lösung einfiel. Es gab einen Ort, an dem die Frauen sich begegnen konnten – in der Kirche St. Jacobi! Der Plan war perfekt. Hier könnte es tatsächlich zu einen kurzen Gespräch kommen. Da Agatha und ihr Mann ebenso ein Erbe in diesem Kirchspiel besaßen, war es nicht ungewöhnlich, dass sie auch hier von Zeit zu Zeit die heilige Messe besuchten.

Am nächsten Tag war es so weit. Stocksteif saß Agatha neben ihrem Mann in der Kirche. Kaum ein Wort hatte sie bisher von der Predigt vernommen, doch sie spürte, dass diese sich dem Ende neigte. Kaum wagte sie zu atmen, so aufgeregt war sie. Immer wieder schweifte ihr Blick hinüber zu den Bänken, auf denen die Beginen-Schwestern saßen. Ragnhild hielt den Blick stets gesenkt.

Wenn sie doch wenigstens ein einziges Mal aufschauen würde, dachte Agatha frustriert. Dann hätte sie ihr ein Zeichen geben und sie so um ein Gespräch bitten können. Doch das Hoffen war vergebens.

Als der Pfarrvikar der Kirche St. Jacobi die Schlussworte gesprochen hatte, erhoben sich die Gläubigen fast zeitgleich von ihren Plätzen. Agatha reckte den Hals. Ragnhild durfte auf keinen Fall aus ihrem Blickfeld verschwinden. Ohne auf ihren Mann Voltseco zu warten, kämpfte sie sich vor, entschuldigte sich links und rechts und stand dann endlich vor der Gruppe der Beginen. »Schwester Ragnhild, auf ein Wort, bitte!«, rief Agatha ihr mit erhobener Hand zu, um auf sich aufmerksam zu machen. Doch wie auf ein unsichtbares Zeichen hin schoben sich die Schwestern zu einer Traube zusammen. In ihrer Mitte, gut abgeschirmt von allem, ging Ragnhild; vorneweg die neue Magistra.

Agatha schüttelte verwirrt den Kopf. Was wurde hier gespielt? Warum ließ Ragnhild das mit sich machen? Jetzt war ihr Ehrgeiz erst recht angestachelt. Ganz bestimmt würde sie sich durch solche niederen Mittel nicht davon abhalten lassen, ihrer Freundin die Nachricht über Runas Verlobung zu überbringen. Sie hatte bereits eine andere Idee, die sie auch augenblicklich in die Tat umsetzte. Wild entschlossen raffte sie ihre Röcke und stürmte an den Beginen vorbei. Sie ließ die Schwestern und auch Ingrid hinter sich und steuerte direkt auf Symon und Jacob von Alevelde zu, die sich im Gemenge vor der Traube der Blauen Schwestern befanden.

Mit voller Absicht stellte sich Agatha breit vor Vater und Sohn auf, die nun direkt im Eingangsportal der Kirche standen. Für einen kurzen Moment lang versperrten die drei den Durchgang für alle Gläubigen. Agathas Plan schien aufzugehen. Nun würden alle, die in unmittelbarer Nähe standen, zwangsweise Zeuge dessen werden, was Agatha zu sagen hatte. »Symon von Alevelde, wie schön, Euch in Eurem neuen Gewand anzutreffen. Ihr seht vorzüglich aus; wie ein wahrer Edelmann!«

Der anfänglich verdutzte Symon bekam zusehends eine geschwollene Brust. »Ich danke Euch, Schneiderin Agatha. Euer Gemahl hat wahrhaft ein Meisterstück geschaffen. Wie gemacht für einen Mann wie mich.«

Nickend gab Agatha zurück: »Wie wahr, wie wahr. Ihr sagt es. Beehrt uns doch bald wieder, mein Herr. Sicherlich gibt es nun Anlass genug für schöne Gewänder, nachdem Euer hochwohlgeborener Sohn mit Runa von Holdenstede verlobt wurde.« Nach einer ungelenken Verbeugung Symons gab Agatha den Weg nach draußen frei.

Bedrohlich langsam ging die Magistra mit ihren Schwestern an der Schneiderin vorbei. Ingrids wutgeschwängerter Blick bohrte sich in Agathas Augen, doch diese erwiderte ihn mit Leichtigkeit und freute sich darüber, der intriganten Ingrid eine Falle gestellt zu haben. Die Freude über ihren Erfolg wurde allerdings jäh getrübt, als sie den Blick Ragnhilds auffing.

Es schien ihr sichtlich der Schock in die Glieder gefahren zu sein, denn sie vergaß für einen kurzen Moment, weiterzulaufen. Nur der Druck der Menschenmasse hinter ihr ließ sie sich wieder in Bewegung setzen. Den erschrockenen Blick starr auf ihre Freundin gerichtet, formte Ragnhilds Mund ein lautloses *Danke*.

Ihr Entschluss stand fest. Niemals würde sie es so weit kommen lassen. Eine Hochzeit zwischen Runa und diesem fetten, dummen Jungen war einfach undenkbar. Ragnhild hatte Conrads Absichten sofort durchschaut. Jetzt, da sie selbst handlungsunfähig im Kloster saß, versuchte er die ungeliebte Stieftochter an den Nächstbietenden abzustoßen. Ganz sicher war dies auch in Luburgis' Sinne; schließlich konnte sie Runa noch niemals leiden. Sie besaß nur Augen für die Zwillinge. Ihnen galt ihre ganze Liebe! Doch Ragnhild liebte alle ihre Kinder, und sie würde nicht zulassen, dass eines von ihnen unglücklich wurde. Sie war fest entschlossen, alles zu tun, um diese Hochzeit zu verhindern. Der Preis dafür war hoch, ja, er war sogar sehr hoch. Doch Ragnhild war es das wert.

Als Erstes musste sie so schnell wie möglich aus dem Kloster heraus; am besten noch am selben Tag. Denn genau heute bot sich die Möglichkeit, ihren Plan in die Tat umzusetzen. Sollte sie heute scheitern, gäbe es vielleicht keine zweite Möglichkeit mehr.

Aus dem Kloster zu fliehen stellte sich allerdings als eine der schwersten Aufgaben dar. Schließlich hatte Ingrid seit dem gestrigen Kirchgang zwei der jüngeren Schwestern vor Ragnhilds Tür postiert, um sie allzeit zu bewachen. Von der Freiheit der Blauen Schwestern, die noch vorherrschte, bevor Ingrid das Amt der Magistra übernommen hatte, war nichts mehr geblieben. Alle, die Ingrid zuwiderhandelten, wurden kurzerhand eingesperrt, bis sie sich ihren Wünschen fügten. Die Enttäuschung der Schwestern, die Ingrid mit gutem Gewissen als ihre Magistra gewählt hatten, war ihnen förmlich an den Gesichtern abzulesen. Doch nun war es zu spät für Reue, denn das Amt der Konventsvorsteherin war eines auf Lebenszeit – nur der Domdekan konnte sie absetzen.

Ragnhild ging in ihrer Kammer auf und ab. Irgendwann ließ sie sich entmutigt auf ihren Schemel fallen. Seit Stunden war sie bereits dabei, sich krampfhaft etwas auszudenken, was ihre beiden Bewacherinnen dazu veranlassen könnte, sie aus ihrem Zimmer herauszulassen. Die Zeit rann ihr unaufhaltsam durch die Finger, als ihr vollkommen unerwartet das Schicksal zu Hilfe kam. Die Tür ihrer Kammer wurde geöffnet, und die dünne Stimme der jungen Begine sagte zu ihr: »Die Magistra wünscht Euch zu sprechen, Schwester Ragnhild. Kommt bitte mit mir.«

Fügsam erhob sich Ragnhild von ihrem Schemel. Ihre Gedanken begannen zu rasen. Würde diese Situation ihr eine Fluchtmöglichkeit bieten? Scheinbar ergeben folgte sie den beiden Schwestern die Flure entlang. Nach ein paar Schritten erreichten sie den Gang, der zum Gemach der Magistra führte. Dort angelangt, konnte Ragnhild sogar schon das Tor des Klosters sehen. Ihr Körper war bis zum Zerreißen gespannt. Sie musste es irgendwie schaffen, hinauszugelangen, doch wie sollte sie das tun? In ihrem Kopf schwirrte es. Die drei Frauen schritten an dem Tor nach draußen vorbei. Aus dem Augenwinkel konnte Ragnhild erkennen, dass es leider verschlossen war. Wäre es offen gewesen, hätte sie wohl tatsächlich in Erwägung gezogen, einfach hinauszurennen. Doch so verstrich diese Möglichkeit ungenutzt, und sie passierten das geschlossene Tor, ohne dass etwas geschah. Bald schon würden sie das Gemach Ingrids erreichen. Wer weiß, was darin geschehen würde. Vielleicht gäbe es danach gar keine Möglichkeit zur Flucht mehr. Ragnhild beschloss augenblicklich, dass sie unbedingt verhindern musste, überhaupt zu Ingrid hineinzugehen. Es musste ihr etwas einfallen; und zwar schnell.

»Wartet«, stieß Ragnhild plötzlich aus. »Ich... ich habe die Kleider der Magistra, die ich zum Nähen und Säubern bekommen habe, in meiner Kammer liegen gelassen. Sie sollten bereits fertig sein. Ich werde sie schnell holen gehen.«

Die beiden Schwestern schauten sich beunruhigt an. Ingrid hatte ihnen klargemacht, wie sehr sie es hasste, zu warten. Doch dann sagte die Größere der beiden: »Ich werde schon einmal vorgehen. Lauf du mit ihr zurück und hole die Kleider. Beeilt Euch!«

Ragnhilds Herz machte einen Sprung. Nun galt es nur noch, eine Schwester zu überwältigen. Das sollte zu schaffen sein.

Die dünne Begine lief voraus. Fahrig hastete sie zu Ragnhilds Kammer, öffnete die Tür und wollte gerade nach dem Stoffhaufen auf der Truhe greifen, als sie plötzlich über ihm zusammenbrach.

Ragnhild ließ erschrocken den Schemel fallen und schlug beide Hände vor ihren Mund. Mit einem lauten Krachen ging das Holz zu Boden, dann war es still. Noch immer starrte Ragnhild auf ihre Mitschwester. So kräftig hatte sie gar nicht zuschlagen wollen. Heilige Muttergottes, hatte sie die Schwester womöglich getötet? Ragnhild beugte sich hinunter und horchte. Die Bewusstlose atmete noch, und so langsam wurde sie auch wieder munterer. Nicht mehr lange, und sie würde wieder bei Sinnen sein.

Schnell, ermahnte sich Ragnhild. Beeile dich. Du musst hier raus! Geschwind blickte sie aus ihrer Kammertür. Der Flur war ruhig, niemand war zu sehen. Dann eilte sie los. Auf Zehenspitzen durchquerte sie die Gänge. Ragnhild verursachte keinen einzigen Laut. So schnell sie nur konnte, hastete sie weiter, bis sie schließlich am Tor ankam. Atemlos öffnete sie die schwere Holztür mit den Eisenbeschlägen einen Spaltbreit und schlüpfte lautlos hindurch.

Sie hatte es geschafft. Sie war tatsächlich entkommen. Nun gab es für sie nur noch ein Ziel – das Rathaus!

Das dicke Stadterbebuch lag vor dem übermüdeten Johann Schinkel. Der allwöchentlich stattfindende Audienztag war für ihn stets eine Qual. Niemals verlief dieser Tag friedlich, immer wurde heftigst gestritten. Wenn es um das Feststellen von Besitzansprüchen ging, dann gab es unter den Nachbarn keine Freunde mehr.

Jeder Hamburger Bürger, der ein Grundstück als sein Eigentum anmelden und ins Stadterbebuch eintragen lassen wollte, konnte an diesem Tage der Woche vor den Rat treten. Voraussetzung für das Zusprechen von Besitz war, dass der Antragsteller dieses Grundstück bereits für ein Jahr und einen Tag innehatte. Erst dann trat das so genannte Gewohnheitsrecht in Kraft.

Heute waren besonders viele Bürger gekommen. Es sah ganz so aus, als ob es eine lange Sitzung werden würde. Schon der erste Mann sorgte für eine hitzige Diskussion. Er behauptete, schon seit Jahr und Tag einen Weg neben seinem Grundstück zu benutzen, den er nun gerne als sein Eigentum eintragen lassen wollte. Sein Nachbar aber behauptete das Gleiche und war nicht bereit, von seiner Forderung abzulassen.

Die anwesenden Ratsherren und der Bürgermeister versuchten nach Kräften, die Gemüter zu beruhigen, doch wie auch schon in so vielen Fällen zuvor ging es eigentlich nicht um den genannten Weg, sondern um einen bereits seit Jahren schwelenden Nachbarschaftsstreit. Als sich die Zwistigkeiten nach einer gefühlten Ewigkeit endlich zu lösen begannen und Bertram Esich zur Zufriedenheit beider Parteien entschied, dass der Weg in der Mitte geteilt und somit jedem der Männer ein gleich großes Stück zugesprochen wurde, kam plötzlich eine blau gewandete Gestalt herein.

Johann Schinkel entdeckte sie zuerst; niemand sonst schenkte ihr Beachtung. Der Stadtnotar sah natürlich gleich, dass es sich um eine Begine handelte; und auch, dass sie aussah, als würde sie von Tod und Teufel gehetzt. Noch bevor der Bürgermeister zu seiner Rechten den nächsten Bittsteller aufrufen konnte, machte Schinkel ihn auf die Beginen-Schwester aufmerksam.

Bertram Esich zog erstaunt die Brauen hoch. Es war absolut nicht üblich, dass die frommen Frauen sich unter die Besucher des Audienztages mischten – und schon gar nicht ohne Vormund! Gerade wollte er einen Ratsboten zu sich rufen, der die Schwester wieder hinausgeleiten sollte, als er plötzlich etwas genauer hinschaute. Er verengte seine Augen und stutzte. War das möglich? War diese Schwester tatsächlich die Dame Ragnhild?

Nun folgten auch andere Ratsmänner dem Blick des Bürgermeisters. Nach und nach verstummte der Saal. Von außen betrachtet, hätte wohl niemand bemerkt, dass einigen der anwesenden Männer beim Anblick Ragnhilds ein Kloß im Halse stecken blieb.

Willekin von Horborg und Johannes vom Berge wollten ihren Augen kaum trauen, doch Conrad war wie vom Donner gerührt. Was fiel diesem Weib ein, das Kloster zu verlassen? Fast verzweifelt suchte Conrad den Blick des Bürgermeisters. Auch wenn ihm nicht im Geringsten einfiel, wie Ragnhild ihm jetzt noch schaden konnte, klammerte er sich doch an die Hoffnung, dass Esich das Weib in den nächsten Momenten aus dem Rathaus werfen würde. Conrad konnte es sich nicht erklären, aber die Gegenwart Ragnhilds kam ihm vor wie ein auf ihm lastender Fluch.

Nach einem Handzeichen des Bürgermeisters verstummte auch noch der letzte unaufmerksame Sprecher. Nun hingen alle an seinen Lippen.

Bertram Esich wusste, was die Ratsherren jetzt von ihm erwarteten. Natürlich war es unerhört, dass sich die Dame Ragnhild ohne männliche Begleitung hierherwagte, und das auch noch, nachdem der ehrwürdige Rat selbst sie ins Kloster verwiesen hatte. Es wäre nur rechtens, sie auf der Stelle wieder dorthin zurückzuschicken. Doch Esich hatte andere Pläne. Er hatte sich spontan dazu entschieden, seine erhabene Stellung als erster Bürgermeister Hamburgs heute auszuspielen, indem er seiner Intuition nachgab. Nur schweren Herzens hatte er die Dame Ragnhild damals für verrückt erklärt und sie ins Kloster geschickt. Er konnte bis heute nicht glauben, dass sie tatsächlich eine Selbstmörderin war. Jetzt sagte ihm sein Herz, dass er sie sprechen lassen sollte. Zum grenzenlosen Entsetzen von Conrad, Johannes und Willekin forderte Esich sie auf: »Tretet näher, Dame Ragnhild. Was ist Euer Begehr?«

Ragnhild schloss für einen kurzen Moment die Augen und schluckte schwer. Das war ihr Augenblick! Würde sie jetzt auch nur ein einziges Wort herausbekommen? Hatte sie die rechte Entscheidung getroffen? Sie atmete ein und wieder aus. Dann streifte sie sich die blaue Kapuze vom Kopf. Ja, sie war sich sicher; und gleich würde es kein Zurück mehr geben. Mit einem beherzten Schritt trat sie näher an den Bürgermeister heran. Dabei vermied sie es, so gut es ging, in die Menge der Ratsherren zu blicken. Sie wusste, dass dort ihre Feinde saßen; doch sie war ihnen einen Schritt voraus. Keiner der Männer ahnte nämlich, was sie bereits alles über ihre Machenschaften wusste, und das würde sie jetzt ausnutzen.

»Sprecht frei heraus, Dame Ragnhild«, forderte Esich sie erneut auf.

Dann ertönte Ragnhilds Stimme. Sie war klar und kräftig, genau so, wie sie es sich vorgenommen hatte. »Ehrenwerter Bürgermeister, ich möchte Euch danken für die weise Entscheidung, mich in das Kloster der Beginen geschickt zu haben. Dort haben die Gebete meiner frommen Mitschwestern meinen einst kranken Geist wieder erhellt. Die Trauer um meinen geliebten und vor Gott angetrauten Gemahl, Albert von Holdenstede, hatte meinen Verstand getrübt, sodass ich in das Wasser gegangen bin. Nun aber bin ich wieder klaren Verstandes und stehe hier vor Euch mit wachem Geist.«

Conrads Mund wurde trocken. Ganz offensichtlich glaubte sie, was ihr damals eingeflüstert worden war. Warum sonst würde sie jetzt versuchen, einen versuchten Freitod zu erklären, den sie nie begangen hatte? Aber warum war sie hier? Allein die Tatsache, dass sie nun wieder bei Verstand war, wäre niemals Grund genug, um vor den Rat zu treten. Conrad beschlich das Gefühl, dass Ragnhild etwas im Schilde führte. Dann fing er plötzlich den Blick seines Schwagers Johannes vom Berge auf. Mit einer winzigen Kopfbewegung in Ragnhilds Richtung machte er Conrad klar, dass er gefälligst einschreiten sollte.

Nun hielt ihn nichts mehr auf seinem Platz. Wütend sprang er auf und donnerte die Faust auf den Tisch. »Was fällt dir ein, den Audienztag mit deinem Gewäsch zu stören, Weib? Gehe gefälligst zurück ins Kloster, wo du vom ehrenwerten Rat der Stadt hinverwiesen wurdest.«

Ragnhild zuckte unwillkürlich zusammen und trat einen Schritt zurück. War dies nun das Ende ihrer Ansprache? Nein, so weit durfte es nicht kommen. Sie hatte bisher nur zugegeben, dass sie damals tatsächlich in den Tod hatte gehen wollen – was natürlich gelogen war. Doch diese Lüge stellte den ersten Teil ihres Plans dar, der plötzlich zu scheitern drohte, wenn man ihr wirklich den Mund verbot.

Dann erhob sich ein weiterer Mann; und dann noch einer.

Ragnhild konnte nicht hinsehen, doch sie war sich sicher, dass es ihre Feinde waren, die aufstanden, um sich für Conrads Rede einzusetzen. Ingrid hatte tatsächlich recht behalten; sie kam einfach nicht gegen ihre Feinde an.

Als die Männer jedoch zu sprechen begannen, vernahm Ragnhild die Stimmen der altehrwürdigen Ratsmänner Bertram Schele und Ecbert von Harn. Diese Stimmen hätte sie aus Tausenden herausgehört; so häufig waren diese beiden achtbaren Männer damals bei ihrem gemeinsamen Freund Conradus im Haus in der Reichenstraße zugegen gewesen.

Es war Bertram Schele, der zuerst seine Stimme erhob. »Ich sage, lasst die Dame Ragnhild sprechen!«

Dann gab Ecbert von Harn seine Zustimmung und blickte gleichzeitig kampfeslustig in Conrads Richtung. »Auch mir fällt kein Grund ein, warum die Dame Ragnhild fortgeschickt werden sollte. Ich sage, sie soll gehört werden.«

Nun war es wieder Esich, der das Wort ergriff. »Bitte, nehmt wieder Platz, meine Herren. Ich entscheide hiermit...«, setzte der Bürgermeister an und richtete den Blick auf die Begine vor ihm, »...dass Ihr fortfahren könnt, Dame Ragnhild. Bitte sprecht.«

Jetzt fühlte Ragnhild keine Furcht mehr. Vielleicht war es der Zuspruch der beiden Ratsherren, vielleicht aber auch das starke Gefühl, das Richtige zu tun. Sie stellte sich mit geradem Rücken vor dem Bürgermeister hin, blickte ihm direkt ins Gesicht und sprach mit lauter Stimme. »Jetzt, da Gott mir den richtigen Weg gewiesen hat, stehe ich hier vor dem weisen Rat der Stadt und möchte eine Bitte vortragen. Ich wünsche, das Kloster verlassen zu dürfen, und es soll rechtens sein, dass mein eingebrachtes Vermögen für alle Zeit im Kloster verbleibt. Alles, was ich dann noch habe, trage ich jetzt am Leibe.« Dann wandte sich Ragnhild von dem Bürgermeister ab. Sie drehte sich um sich selbst und schaute in die Menge der Bittsteller. Dort hatte sie bereits den Mann entdeckt, in dessen Hand es lag, ihr Leben für immer zu verändern. Nur ihm allein oblag es, sie vor Ingrid zu schützen und Runa von ihrer schrecklichen Verlobung zu befreien. Ragnhilds Blick galt nur noch diesem Mann, der sie anstarrte, als ob er sie am liebsten hier und jetzt verspeisen würde. »Wenn Ihr mich dennoch wollt, obwohl ich ohne Mitgift bin, so werde ich mit Freuden Euer angetrautes Eheweib, edler Symon von Alevelde.«

Damit hatte niemand im Saal gerechnet. Ein Tumult brach los. Die Ratsherren redeten wild durcheinander, und Bertram Esich musste mehrfach um Ruhe bitten.

Conrad brauchte nur den Bruchteil eines Augenblicks, um zu verstehen. Dieses durchtriebene Luder wollte mit dieser Verbindung verhindern, dass ihre Tochter mit Jacob von Alevelde verheiratet wurde. Wenn sie nämlich das Eheweib von Symon von Alevelde würde, konnte sein Sohn ja schlecht ihre Tochter Runa heiraten. Die wäre dann ja Jacobs Stiefschwester. Conrad fuhr sich ungläubig über den kahlen Kopf. Das durfte doch alles nicht wahr sein. Er hatte angenommen, Ragnhild tatsächlich für alle Zeit los zu sein, und nun sah es ganz danach aus, als käme sie auf diesem Wege sogar zurück in ein bürgerliches Leben. Er hatte eine beachtliche Summe gezahlt, damit sie für immer hinter den Mauern des Klosters verschwand und unter Ingrids Kontrolle niemals mehr ein Grund für Ärgernisse sein würde. Was würden seine Erpresser mit ihm tun, wenn dieser Plan jetzt scheiterte? Abermals sprang Conrad auf und öffnete gerade die Lippen, als laut und deutlich durch den Saal hallte: »Ich nehme an!«

Alle Köpfe drehten sich in die Richtung, aus der die Worte gekommen waren; und sie erblickten ein breites Grinsen.

Symon war die Verlobung seines Sohnes angesichts der ihm

dargebotenen Verlockung gleichgültig. Jacob würde eine andere Braut finden. Der Mehrwert seiner Hochzeit wäre schließlich die Verbindung zu einer ehrenhaften Kaufmannsfamilie gewesen, und dazu würde Symon durch die Hochzeit mit Ragnhild sogar noch viel eher kommen, als wenn er dafür auf Jacobs Hochzeit warten würde. Es gab also keinen Grund mehr, noch länger auf diese Würden zu verzichten. Symon war sichtlich zufrieden, und nichts würde ihn mehr von dieser Entscheidung abbringen.

Als Bertram Esich die aufgebrachte Menge endlich wieder zur Ruhe bekommen hatte, teilte er den Anwesenden seinen Entschluss mit. »Da die Dame Ragnhild ganz offensichtlich wieder bei klarem Verstand ist und somit die Absicht des Rates, die mit dem zwanghaften Verweis ins Kloster verbunden war, aus meiner Sicht erfolgreich erfüllt worden ist, sehe ich keinen Grund, warum sie nun nicht wieder austreten und heiraten dürfte. Symon von Alevelde, habe ich richtig gehört, dass Ihr die Dame Ragnhild zu Eurer Gemahlin nehmen wollt, obwohl sie keine Mitgift mehr besitzt?«

»Ja, das habt Ihr«, antwortete Symon von Alevelde mit erhobenem Haupt.

»Dann sei es so. Ich beglückwünsche Euch zu Eurer Verlobung.«

Seine Wunde am Bauch pochte mit jedem Herzschlag, und sein Fingerstumpf schmerzte bei jedem Schritt. Das Zügelhalten fiel Albert schwer. Er gewöhnte sich nur langsam daran, ohne zweiten Ringfinger zu leben. Beinahe fühlte es sich an, als ob der Finger noch vorhanden wäre. Immer wieder musste er sich mit einem Blick auf die rechte Hand davon überzeugen, dass ihm sein Kopf einen Streich spielte.

Thiderich ging es nicht wesentlich besser als ihm. Seit zwei Tagen war seine Gesichtshaut blasser denn je, doch er beklagte sich nie.

Walther hingegen war der Einzige, der kräftig und gesund aussah. Seine Blessuren von der Schlägerei waren bereits vollständig verheilt. So war er es auch, der seine Begleiter regelrecht am Leben hielt. Abends verpflegte er die Pferde, richtete ein notdürftiges Nachtlager her und sorgte dafür, dass es etwas zu essen gab. Zu ihrem großen Glück gelang es dem geschickten Walther, hier und da ein Eichhörnchen oder einen Vogel mit seiner Steinschleuder zu erlegen. Nur so hatten sie die letzten Tage und Nächte überlebt und es schlussendlich bis kurz vor die Tore Hamburgs geschafft.

Heute war endlich der ersehnte Tag gekommen, und die letzten Stunden ihrer Reise lagen vor den Freunden. Nichts konnte sie mehr halten, weder der Schmerz ihrer Wunden noch die morgendliche Dunkelheit.

Die beiden Pferde schnauften schwer unter dem Gewicht ihrer Reiter. Unerbittlich wurden sie auf den letzten Meilen nun doch zur Höchstleistung angetrieben, bis der weiß schäumende Schweiß ihnen in Strömen vom Körper rann.

Walther, der hinter Albert auf dem Rappen saß, hatte größte Mühe, sich an dessen Körper festzukrallen, ohne die Wunden an dessen Bauch zu berühren. Er wusste, dass es sinnlos gewesen wäre, seinen Freund überreden zu wollen, langsamer zu reiten. So schwieg er still und bemühte sich redlich, mit der Bewegung des Pferdes mitzugehen.

Albert schien den Schmerz seiner Wunden tatsächlich zu ignorieren. Wild trieb er sein Tier an. Seit so langer Zeit hatte er sich nichts sehnlicher gewünscht, als endlich die Dächer seiner Heimat zu sehen, doch jetzt, da es fast so weit war, überkam ihn ein mulmiges Gefühl. Was würde ihn erwarten? Er konnte nur vermuten, was genau sich während seiner Abwesenheit ereignet hatte und wie es all seinen Lieben ergangen war. Die Unsicherheit machte ihn schier verrückt. Während die Hufe seines Pferdes über den Boden flogen und das alte Laub des vergangenen Jahres aufwirbelten, überdachte er immer wieder die Worte Sibots und Juddas. Sie hatten ihn einerseits erschreckt, aber andererseits auch wieder beruhigt. Doch selbst wenn er nicht wissen konnte, wie schlimm es wirklich um die Sinne seiner Frau stand, war eines völlig klar: In welchem Zustand auch immer er sie antreffen mochte, er würde sie wieder zu sich nehmen. Mit ihr vereint zu sein war alles, was er sich wünschte.

Als die Sonne dieses ungewöhnlich warmen Märztages ihren höchsten Stand schon lange verlassen hatte, erlaubten die Reiter ihren Pferden erstmals, das Tempo zu drosseln. Mensch und Tier atmeten stoßweise von der großen Anstrengung, die hinter ihnen lag.

Walther, der noch niemals in Hamburg gewesen war, konnte nicht ahnen, was Thiderich und Albert bereits wussten. Der Weg vor ihnen schlug eine letzte Kurve und entließ die drei Freunde ganz plötzlich aus dem Wald. Da lag es vor ihnen. Hamburg. Sie hatten es geschafft!

Die Männer wurden vom Anblick der Stadt regelrecht in den Bann gezogen. Blinzelnd schauten sie der strahlenden Sonne entgegen und ergaben sich für einen Moment ihrer Schönheit. Die seichten Wellen des Wassers der Alster glitzerten so hell, dass man kaum hineinschauen konnte. Nie zuvor war Albert dieses Spektakel aufgefallen. Fast hätte man sagen können, dass die Stadt leuchtete. Die in alle Himmelsrichtungen abfallenden Häuserdächer aus Stroh und Schindeln wurden unregelmäßig stark von der Sonne angeleuchtet und boten ein unwirkliches Schauspiel aus Rot und Orange. Der alles überragende Dom erschien ihnen wie ein mächtiger Wächter, der inmitten der Stadt seinen riesigen Schatten warf.

Dies war seine Heimat – Albert war zu Hause.

Mit letzter Kraft ritten sie in die Stadt hinein. Durch das gewaltige Millerntor und vorbei an dem Heiligen-Geist-Spital, in dem die Lahmen, Blinden und Tauben Hamburgs von den Franziskanermönchen versorgt wurden. Außer dem jungen Torwächter, der sie mit einer müden Handbewegung einließ, war kaum eine Menschenseele zu sehen. Die Straßen waren wie leergefegt. Nur spärliche Laute waren zu hören, und das gleichmäßige Geräusch der acht Hufe brach sich an den Häuserwänden. Sie passierten die Kirche St. Nikolai zu ihrer Rechten und ritten auf die Johannisstraße zu. Vorbei an der Niedermühle mit ihren mächtigen Wasserrädern, die rauschend das plätschernde Nass umwälzten, und vorbei an den Klöstern St. Marien Magdalenen und St. Johannis.

»Ist das dein Hamburg?«, fragte Walther enttäuscht. »Wo sind die vielen Menschen, von denen du immer erzählt hast, Thiderich?«

Alle drei schauten sich verwundert um. Außer ein paar streunenden Hunden und alten Bettlern war kaum jemand zu sehen.

»Ich weiß es auch nicht«, gab Thiderich verwundert zurück. Angestrengt versuchte er sich zu erinnern, ob heute ein Heiligentag oder weltlicher Feiertag war, doch er wusste nicht einmal, welcher Wochentag es war.

Mit fragenden Gesichtern ritten sie geradewegs auf den freien Platz in der Mitte der Stadt zu, der *Berg* genannt wurde, als Albert plötzlich seinen Rappen zügelte. »Hört ihr das auch? Das ist doch... Musik?«

In diesem Moment vernahmen es auch seine Freunde. Je gebannter sie lauschten, umso deutlicher wurden die die Klänge. Doch woher kamen sie? Die Antwort ließ nicht lange auf sich warten, denn im nächsten Augenblick wurde der Platz vollkommen unerwartet von etlichen Hamburgern geflutet. Flötenspieler kamen herbei und entlockten ihren Instrumenten liebliche Melodien. Kinder rannten lärmend herum, und alle Leute waren fein gekleidet. Je näher sie der Petrikirche kamen, desto mehr Leute strömten ihnen entgegen. Sie lachten ausgelassen, und niemand schenkte den drei Reitern Beachtung.

Unbemerkt stiegen die Freunde von ihren Pferden; achtlos ließen sie die Zügel zu Boden gleiten. Wo eben noch eine gespenstische Stille vorgeherrscht hatte, fanden die Männer sich schlagartig in einer großen Festgemeinde wieder. Fast schien es, als wäre die Reise niemals gewesen. Nach all dem Grauen, das sie in den letzten Wochen durchlebt hatten, war die Situation unwirklich. Keiner von ihnen verspürte den Drang nach Ausgelassenheit. Viel übermächtiger war der Wunsch nach dem endgültigen Ende ihres Martyriums.

Albert kannte nur noch einen Gedanken – Ragnhild! Er musste sie finden; er musste zu ihr. Seine Blicke durchkämmten die feierlich gekleidete Menschenmasse.

Und tatsächlich, dort, wo sich die Menge am dichtesten zusammendrängte, entdeckte er sie. Sein Herz machte einen Sprung, und seinem Mund entwich ein Geräusch der Erlösung. Wie schön sie doch war. Er hätte sie aus jeder Entfernung erkannt. Ihre feinen Bewegungen verrieten sie einfach unter Tausenden. Nun würde alles gut werden. Ohne auf seine Begleiter zu achten, stürmte er los. Drei große Schritte hatte er bereits genommen. Beinahe rannte er. Nicht mehr viel trennte ihn von seiner Frau, als plötzlich Agatha von der Mühlenbrücke in seinen Weg trat. Albert hielt gezwungenermaßen inne und sah sie ungeduldig an.

Sie hatte eine Hand auf ihren Mund gepresst, und die andere reckte sie ihm entgegen. Zitternd berührte die Schneidersfrau sein Gesicht, als müsste sie sich vergewissern, dass er kein Geist war.

Albert wollte ihr ausweichen, sie zur Seite schieben und weiterlaufen; weiter zu Ragnhild. Aber dann sah er, dass Agatha weinte.

»Du kommst zu spät, Albert«, waren ihre einzigen Worte.

»Zu spät wofür?«, fragte er und richtete den Blick wieder suchend in die Menge.

In diesem Moment hob auch Ragnhild den Kopf. Fast war es, als hätte sie den lautlosen Ruf ihres Gemahls vernommen, denn ihre Augen erfassten Albert sofort. Sie erstarrte. Sein Anblick traf sie vollkommen unerwartet, und die Zeit schien für einen Moment stehen zu bleiben. Die Blumen in ihren Händen entglitten ihren Fingern und fielen vor ihr auf den Boden. All ihre Trauer und ihr Schmerz vermischten sich mit ihrer Liebe und Erleichterung zu einem einzigen Gefühl, welches sie mit ungeahnter Heftigkeit traf.

Um Albert herum wurde es still. Die Worte Agathas verschwammen zu einem brummenden Ton. Er schüttelte ihre Hände einfach ab und ging weiter auf Ragnhild zu. Bei jedem seiner Schritte blickte er nur auf sie und sie nur auf ihn. Fast gleichzeitig formten ihre Lippen tonlos den Namen des anderen. Wie von einem unsichtbaren Band wurden sie voneinander angezogen. Nur noch wenige Längen trennten die Liebenden.

Auch die Feiergemeinde hatte den Totgesagten mittlerweile bemerkt. Einige wollten Albert aufhalten, doch alles Rufen und Reden war zwecklos. Nichts davon erreichte ihn! Nichts davon erreichte sie! Auch Ragnhild war mittlerweile losgegangen. Ungeachtet dessen, was um sie herum geschah, den Blick starr, der Gang steif, den Mund leicht geöffnet.

Dann, kurz bevor sich ihre ausgestreckten Hände berührten, wurde sie unsanft aus ihrem Tagtraum gerissen.

Symon hatte mit Entsetzen das erniedrigende Schauspiel bemerkt und war sogleich zu Ragnhild gestürmt. Grob packte er sie am Arm und riss sie mit einem heftigen Ruck zurück, sodass sie unsanft zu Boden stürzte.

Albert sah sie fallen und wollte ihr zu Hilfe eilen, doch Symon stellte sich ihm in den Weg.

»Sieh mal einer an, der schiffbrüchige Sohn kehrt tatsächlich zurück«, bemerkte er höhnisch.

Ruckartig kam Albert zum Stehen. Er wusste nicht, was sich dieser fette, ehrlose Kaufmann einbildete, den er nur flüchtig kannte. Wutschnaubend blickte er Symon von Alevelde ins Gesicht, der es gewagt hatte, seine Ragnhild derart anzufassen. »Legt noch einmal Hand an meine Frau, und ich breche sie Euch auf der Stelle.«

Symon ging nicht auf die Drohung ein, sondern sagte nur: »Ihr wart lange fort, von Holdenstede. Habt Ihr überhaupt eine Ahnung, was hier gerade geschieht?«

Albert stutzte. Er spürte plötzlich, dass etwas nicht stimmte. Verwirrt blickte er zu Ragnhild, die noch immer am Boden lag, und dann erst erkannte er, was seine Augen und sein Verstand ihm bisher vorenthalten hatten.

Ragnhild. Sie war so fein gekleidet. Alle hier waren es. Die Wahrheit traf Albert wie ein Hammerschlag. Dies war kein Feiertag; und auch kein Tag zur Verehrung eines Heiligen. Dies war eine Hochzeit – und Ragnhild war die Braut!

»Es tut mir leid«, sagte Symon überheblich und ohne Mitgefühl. »Ihr kommt zu spät, Albert von Holdenstede. Wir wurden soeben rechtskräftig und vor den Augen Gottes in der St.-Petri-Kirche vermählt.« Symons Blick verengte sich, und seine Stimme wurde zu einem bösen Grollen. »Und mit Sicherheit werde ich es nicht dulden, dass mein Weib einem anderen Mann in die Arme läuft wie eine Dirne.«

Albert taumelte einen Schritt zurück und schaute zwischen Symon und Ragnhild hin und her. Das konnte nicht sein. Ragnhild war *seine* Frau. Wie konnte sie da einem anderen zum Eheweib gegeben werden? So viele Fragen schossen ihm gleichzeitig in den Kopf. Er ballte die Fäuste. Seiner Verwirrung folgte Wut. Am liebsten hätte er gebrüllt: *Elender Lügner, was erlaubt*

Ihr Euch!, doch es war nur ein einziger Satz, der seine Lippen auch tatsächlich verließ. Mit Blick auf die noch immer am Boden liegende Ragnhild fragte er: »Ist das wirklich wahr? Sag mir die Wahrheit!«

Das Senken ihrer Augenlider war Albert Antwort genug. Es stimmte also tatsächlich. Er war zu spät gekommen; nur einen einzigen verdammten Tag zu spät; und Ragnhild hatte sich einen anderen Mann genommen.

Vollkommen unbemerkt waren Walther und Thiderich hinter Albert getreten und hatten ihm die Hände auf die Arme gelegt. Diese Geste erlöste Albert aus seiner Starre und ließ ihn die bedrohlich geballten Fäuste wieder öffnen. Kurze Zeit später wurde er von allen Seiten mit Fragen bestürmt. Unzählige Gesichter blickten ihn an, und jeder Einzelne wollte wissen, was genau passiert war. In kürzester Zeit hatte sich eine riesige Traube um den Verlorengeglaubten versammelt; doch sein Mund blieb noch immer verschlossen. Er konnte den Blick einfach nicht von Ragnhild abwenden. Erst als ihr soeben angetrauter Ehemann sie rüde an den Armen hochzerrte und mit ihr davonging, war er überhaupt in der Lage, sich zu rühren. Dennoch, das Letzte, wonach ihm jetzt der Sinn stand, war, die unverhohlene Neugier der reichen Pfeffersäcke um ihn herum zu stillen. Liebend gern hätte er sich einfach in der nächsten Schenke verkrochen und sich besinnungslos gesoffen, doch dazu gab es keine Gelegenheit.

Der Bürgermeister Bertram Esich trat plötzlich aus der Menge hervor. Ohne viele Worte bat er Albert und seine Begleiter zu sich in sein Haus.

Alberts erster Impuls war es, die Einladung abzulehnen. Alles in ihm sträubte sich dagegen, nun, da er sich seiner Ragnhild so nah wusste, nicht zu ihr zu gehen. Er wollte losrennen, Symon hinterher. In ihm tobte der Drang, seinem Widersacher das Gesicht zu zerschlagen. Doch Albert fühlte, dass er keine Wahl hatte.

Allein das Wissen, dass er wohl viele der Antworten auf seine unzähligen Fragen bei Bertram Esich bekommen würde, ließen ihn mitgehen.

Auch in diesem Moment war es wieder Walther, der sich seiner Freunde annahm, wie er es auch die vorherigen Tage schon getan hatte. Brüderlich legte er seine rechte Hand auf die Schulter des Mannes mit dem verletzten Bein und die linke Hand auf die Schulter des Mannes mit dem verletzten Herzen. Dann deutete er auffordernd mit dem Kinn in Richtung des Bürgermeisters.

Die Menschentraube öffnete sich vor den Männern und gab einen Weg frei. Schnell schritten die Freunde hindurch und folgten dem kleinen Bertram Esich, während sie spürten, wie sich die Blicke der enttäuschten Neugierigen förmlich in ihre Rücken brannten.

10

Ragnhild wurde noch immer von Symon durch die Gassen gezerrt. Es gab keine Möglichkeit für sie, sich aus seinem Griff zu befreien. Viel schlimmer jedoch war, dass sie ab heute auch kein Recht mehr hatte, sich aus seinem Griff zu befreien. Sie war seine vor Gott angetraute Ehefrau und hatte zu tun, was er ihr befahl.

Immer wieder fiel sie auf den unwegsamen Straßen hin. Unerbittlich schleifte Symon sie weiter. Ragnhild versuchte einen klaren Gedanken zu fassen. Albert lebte. Er war zurückgekommen. Die ganze Zeit über hatte sie geglaubt, dass dieser Tag, wenn er denn je kommen würde, ein Tag der größten Freude für sie wäre. Doch sie hatte sich geirrt; so furchtbar geirrt!

Alles war anders gekommen, als sie es gedacht hatte. Albert war niemals tot gewesen und sie somit auch niemals eine Witwe – zu keiner Zeit! Was hatte sie bloß getan? Sie selbst hatte diese Ehe verschuldet und schlussendlich dafür gesorgt, dass sie beide nun niemals mehr vereint sein würden. Sie war es gewesen, die vor dem Rat um eine erneute Hochzeit gebeten hatte. Sie allein hatte ihr Schicksal besiegelt.

Der Gedanke, dass man es Albert wohl in diesem Moment auch genauso berichtete, zerriss ihr fast das Herz. Wie sollte sie ihm jemals die Wahrheit erzählen? Sehr wahrscheinlich würde sie nie die Gelegenheit bekommen, ihm zu erklären, dass sie damit nur ihre gemeinsame Tochter vor Jacob von Alevelde hatte retten wollen. Sicher würde er glauben, dass sie selbst diese Hochzeit gewollt und ihn einfach vergessen hatte.

Ragnhild musste an sich halten, sich nicht zu übergeben. Ein heftiger Schwindel erfasste sie und machte ihre Knie weich. Immer wieder sah sie Alberts fassungslosen Blick vor sich, als er sie fragte, ob Symons Worte wirklich die Wahrheit waren. Warum nur war sie nicht einfach bei den Beginen geblieben? Dann wäre es jetzt Albert, der sie an der Hand durch die Stadt führen würde. Tränen der Verzweiflung rannen ihr lautlos die Wangen herunter und verschleierten den Weg vor ihren Augen.

Irgendwann erreichten sie Symons Haus in der Niedernstraße. Hier war ab heute Ragnhilds neues Zuhause. Ihr Gemahl zerrte sie durch die Tür und knallte diese hinter sich zu. Es war dunkel im Inneren und roch erbärmlich nach Schweiß, Ruß und Pisse. Endlich ließ er ihren Arm los.

Ragnhild rieb sich die schmerzende Stelle, wo Symon sie festgehalten hatte, und wagte kaum zu atmen. Dann vernahm sie Schritte, die aus der Dunkelheit des Hauses kamen.

»Es ist alles bereit, Herr.«

Die Stimme kam von einer Frau. Ragnhild kannte sie bereits flüchtig vom Markt. Es handelte sich zweifellos um die Magd Symons – Grit.

Ohne auf das Gesagte einzugehen, befahl Symon ihr mit harschen Worten: »Dies ist die Dame Ragnhild – meine neue Gemahlin und deine neue Herrin. Du hast zu tun, was sie dir aufträgt, Magd.«

Dann wandte er sich an Ragnhild. Ohne jeden Klang von Herzlichkeit sagte er: »Ich heiße Euch in Eurem neuen Heim willkommen, Frau.« Dann wurde er ernst. »Ich kann Euch nur raten, mir ein fügsames Eheweib zu sein, denn solltet Ihr Euch noch einmal so aufführen wie gerade eben, dann werdet Ihr meinen Stock zu spüren bekommen!« Er trat bedrohlich nahe an

Ragnhild heran und nahm ihr Kinn in eine seiner großen Hände. »Ich werde nicht zulassen, dass mein Weib mich vor allen Leuten zum Gespött macht, weil sie in die Arme eines Fremden läuft. Findet Euch besser heute als morgen damit ab, dass Ihr nun nicht mehr das Weib des jungen von Holdenstede seid. Ich werde nämlich nicht so nachlässig mit Euch verfahren wie er. Habt Ihr verstanden?«

Ragnhild nickte. Sie verstand sehr wohl. Es lag jetzt an ihr, die nächsten Jahre zu gestalten. Sie konnte um einen Mann, den sie bereits verloren hatte, und um eine Liebe, die nicht mehr sein durfte, kämpfen, oder sie konnte sich fügen und vielleicht irgendwann in ferner Zukunft wieder Frieden finden.

Die Magd Symons führte Ragnhild kurz darauf wortlos in eine Kammer. Hier war die Bettstatt gerichtet; für den Vollzug der Ehe.

Kaum in der Kammer, begann die Magd auch schon, die Kleider ihrer neuen Hausherrin zu öffnen und abzustreifen. Ragnhild wehrte sich nicht. Es dauerte eine ganze Weile, bis alle Schnüre geöffnet waren. Doch schließlich war sie vollkommen nackt. Einzig ihr geöffnetes Haar verdeckte noch ihre Brüste.

Grit verließ den Raum und ließ Ragnhild allein zurück. Wie im ganzen Haus war es auch in dieser Kammer fast völlig dunkel.

Dann kam Symon herein. Er war ebenso nackt wie Ragnhild. »Leg dich aufs Bett«, lautete seine lieblose Anweisung, bevor er sie bestieg.

Sie fühlte keine Angst, aber auch kein winziges bisschen Lust. Die Erinnerungen an die Berührungen Alberts waren gegenwärtiger denn je. Sie schmerzten wie eine offene Wunde. Zu groß war der Unterschied zwischen ihm und Symon, als dass sie ihn hätte ignorieren können.

Wo Ragnhild während früherer Liebesakte stets die Rundungen von Alberts Muskeln über sich hatte sehen und fühlen können, waren nun bloß die weichen behaarten Wölbungen von Symons fettem Körper auszumachen. Auch der Moment, in dem ihr jetziger Ehemann in sie eindrang, unterschied sich gewaltig. Albert war behutsam mit seiner Männlichkeit umgegangen. Stück für Stück hatte er sein großes Gemächt unter sinnlichen Küssen in sie hineingearbeitet, bis sie sich ihm vor Wollust entgegengereckt hatte.

Symon war aufgrund seiner Leibesfülle unbeweglich und hatte merkliche Probleme damit, sein weit kürzeres Glied an seinem Bauch vorbei in Ragnhilds trockene Spalte zu drücken. Immer wieder rutschte es heraus, und Symon begann zu schwitzen. Sein Schweiß tropfte in einem fort auf ihren Körper, und sein heißer, stinkender Atem umhüllte sie wie ein dunkles Tuch.

Sie wollte bloß, dass es endlich vorbeiging, und so öffnete sie sich weiter und zog die Knie höher, damit er besser in sie eindringen konnte. Wenige Stöße später schoss eine gewaltige Flut unter lautem Stöhnen aus seinem kleinen Glied heraus. Geschickt schaffte es Ragnhild, sich in genau diesem Moment so zu bewegen, dass der Großteil davon an ihr vorbeilief. Sie wusste, dass sie es irgendwann akzeptieren musste, von ihm besamt zu werden, doch heute hätte sie es einfach nicht ertragen können, mit seinem Saft in ihrem Schoß neben ihm liegen zu müssen. Wenigstens das Innerste ihres Körpers und ihre Gedanken sollten diese Nacht noch ihr gehören – ihr und Albert; ein letztes Mal!

Dann drehte sie sich in einer großen klebrigen Pfütze aus Symons Liebessaft um und rollte sich so eng zusammen, wie sie konnte. Bis zum Morgengrauen weinte sie stumm, während ihr Gemahl neben ihr schnarchte.

Albert bekam seine Antworten, doch entsprachen sie nicht dem, was zu hören er sich ersehnt hatte. Wenn er überhaupt noch ein Fünkchen Hoffnung in sich getragen hatte, dass die Ehe zwischen Ragnhild und Symon von Alevelde wegen seiner Wiederkehr möglicherweise nicht rechtskräftig sei, war dieses bisschen Hoffnung nun zu Staub und Asche zerfallen.

Geduldig, aber schonungslos hatte der Bürgermeister ihm und seinen Begleitern von den Geschehnissen der letzten Wochen berichtet. Esich erzählte von dem fahrenden Händler, der die Mütze des Schiffsherrn der *Resens* nach Hamburg gebracht hatte und wie es so zu einer Verzögerung der bereits beschlossenen Hochzeit zwischen Ragnhild und Symon gekommen war. Er berichtete von dem Beschluss des Rates und des Domdekans, mit zwei Boten nach Albert suchen zu lassen, und auch davon, dass er nach Rückkehr der Boten für tot erklärt wurde.

An dieser Stelle wäre der übermütige Walther dem Bürgermeister fast ins Wort gefallen. Er wollte Bodo und Nicolaus schwer beschuldigen, damit sie ihre gerechte Strafe erhielten. Es war ihm unbegreiflich, warum keiner seiner Freunde bisher ein Wort über diese beiden Schurken verloren hatte, von denen sie so brutal niedergestreckt worden waren. Doch der junge, ungestüme Walther verstand einfach nicht, was Thiderich und Albert schon längst verstanden hatten.

Wenn sie Bodo und Nicolaus beschuldigt hätten, dann hätten sie ebenso zugeben müssen, dass Thiderich der heimliche Bote Ragnhilds war. Dann aber wäre Ragnhild in große Schwierigkeiten gekommen. Allein der Gedanke, dass eine Frau sich so unverfroren in die Machenschaften der Männer einmischte, war ungeheuerlich. Möglicherweise hätte man Ragnhild zur Strafe sogar aus der Stadt gejagt.

So kam es, dass Thiderich Walther einfach das Wort abschnitt und dem Bürgermeister seine eben erdachte Geschichte erzählte, um sie beide zu retten und Ragnhild zu sichern. Kaufleute aus fremden Landen seien sie, die zufällig auf Albert gestoßen waren und sich ihm angeschlossen hatten, um im fernen Hamburg gemeinsame Geschäfte zu tätigen. Der Bürgermeister war von den jüngsten Ereignissen offenbar so überwältigt, dass ihm diese Geschichte glaubhaft erschien.

Albert war dankbar für Thiderichs schnelles Denkvermögen. Er selbst hätte es in diesem Moment sehr wahrscheinlich nicht verstanden, so schlau zu lügen. Viel zu beschäftigt war er mit den neuen Informationen, die gerade auf ihn einprasselten. In seinem Kopf verknüpften sich bereits die ersten Auskünfte Esichs mit seinen eigenen Vermutungen. Nachdem der Bürgermeister die Geschichte der Boten von ihrem Ursprung her erzählt hatte, war für Albert klar, dass Conrad hier seine Finger im Spiel haben musste. Albert war seinem Bruder schon immer im Wege gewesen, und nun hatte dieser die Gelegenheit anscheinend nicht ungenutzt verstreichen lassen wollen, Albert gänzlich aus dem Weg zu räumen. Zunächst die aussichtslose Reise nach Flandern, dann diese mörderischen Kerle – alles deutete darauf hin. Schließlich hatten die Boten versucht ihn zu töten. Vieles, was Albert bereits geahnt hatte, wurde nun zur grausigen Gewissheit – beweisen konnte er das allerdings nicht. Dann kam es zu dem Teil der Erzählung, der Albert fast das Herz zerriss.

Esich berichtete von dem Moment, als Ragnhild im Wasser sterben wollte, sowie ihrer anschließenden Verweisung ins Kloster der Beginen. »Ich weiß, dass es schwer ist, das zu verstehen, aber die Gemüter von Frauen sind zart, und die Dame Ragnhild war, laut der Aussage von Domina Heseke, von ihrer Trauer übermannt worden. Sie war einfach nicht mehr bei Sinnen. Aber die Blauen Schwestern haben ihren Geist wieder gestärkt – genau so war es gedacht. Gott ist groß, mein Freund. Er hat ein Wunder an ihr vollbracht.« Der Bürgermeister schien zu merken, wie viel Pein Albert bei dieser Geschichte empfand, und kam deshalb schnell zum Ende.

Gott hatte *kein* Wunder vollbracht, dachte Albert bitter.

Schließlich war Ragnhild heute die Frau eines anderen. Was war daran ein Wunder? Vielmehr fühlte es sich an wie ein Fluch des Teufels. »Wie ging es weiter?«, fragte Albert gepresst, fast schon unhöflich. Es fiel ihm überaus schwer, bei diesem Thema die Fassung zu wahren.

»Nun, wie ich schon sagte, die Dame Ragnhild erholte sich rasch wieder. Eines Tages trat sie unvermittelt vor den Rat, bat um Gehör und verkündete ihre Genesung. Nachdem sie das getan hatte, sagte sie zum Erstaunen aller Anwesenden, dass sie unter den neuen Umständen nun doch wünsche, Symon von Alevelde zu ehelichen, falls dieser sie denn noch zum Weibe nehmen würde. Von Alevelde stimmte zu, und somit stand der Hochzeit am heutigen Tage nichts mehr im Wege.«

Als der Bürgermeister seine Ausführungen beendet hatte, war Albert merklich in seinem Sessel zusammengesunken. Er konnte es einfach nicht begreifen. Ragnhild hatte *selbst* um die Hochzeit mit Symon von Alevelde gebeten, obwohl sie weiter im Kloster hätte leben können? Sie hatte ein Leben an seiner Seite vorgezogen! Der Kummer über den Verlust ihres Gemahls, dessentwegen sie sich angeblich in das Nikolaifleet gestürzt hatte, war äußerst schnell verflogen. »Hättet Ihr wohl einen Becher Wein für mich?«, fragte Albert mit trockener Kehle.

»Aber natürlich, wie unaufmerksam von mir. Die Ereignisse setzen mir wohl kaum weniger zu, wenn ich schon vergesse, meine Gäste ordentlich zu bewirten«, entschuldigte sich der Bürgermeister.

Erst nach einer ganzen Weile und zwei vollen Bechern schweren Weins hatte Albert sich wieder einigermaßen gefasst. Dann wagte er, nach seinen Kindern zu fragen. Doch auch wenn es aufgrund der Streitigkeiten zwischen Conrad und ihm eigentlich hätte klar sein müssen, dass seine Kinder mit der Mutter in das Haus des Symon von Alevelde gezogen waren, ahnte Albert bereits, dass es auch hier nichts Gutes zu erfahren gab. »Sind meine Kinder bei ihrer Mutter?«

Esich tat es aufrichtig leid, diesem Mann einen weiteren Schlag versetzten zu müssen, doch es war bloß eine Frage der Zeit, wann er es erfuhr. »Eure Kinder befinden sich in der Obhut von Conrad und Luburgis von Holdenstede.«

»Was sagt Ihr da?«, stieß Albert ungläubig aus.

»Ich kann mir denken, dass das für Euch zunächst merkwürdig klingt, aber Ihr müsst versuchen zu verstehen«, besänftigte der Bürgermeister sein Gegenüber. »Nachdem die Dame Ragnhild für schwachsinnig und Ihr für tot erklärt wurdet, ernannte der Rat Euren Bruder zum Vormund Eurer Kinder. Es war zu ihrem Besten, das seht Ihr doch sicher ein, oder?«

Albert hätte am liebsten laut die Worte *Nein, das sehe ich nicht ein!* gebrüllt, so wenig stimmte er zu, aber es schien momentan zwecklos zu sein, darüber zu debattieren. Es bedurfte nicht mehr vieler Erklärungen, um ihm deutlich zu machen, dass seine Kinder derzeit weder zu Ragnhild und Symon kommen würden noch dass er selbst eine Möglichkeit hatte, sie zu sich zu holen. Der gemeinsame Beschluss von Kirche und Rat war rechtskräftig, wie Esich weiter ausführte – auch wenn Albert nun doch am Leben war.

Alle Anwesenden waren beschämt von der prekären Situation. Selbst der Bürgermeister schaffte es zeitweise nicht, Albert in die Augen zu sehen. Dennoch bemühte er sich um Trost. »Vielleicht gibt es für Euch in Zukunft ja eine... eine andere... Möglichkeit. Ich meine, Ihr müsst ja nicht alle Zeit allein sein. Kein Mann würde das auf Dauer wollen; und es ist auch nicht Gottes Wille. Er hat uns Menschen dazu geschaffen, in Zweisamkeit zu leben.« Bertram Esich war nicht besonders geschickt mit seinen Worten. Dennoch versuchte er, Albert so behutsam wie möglich nahezulegen, möglichst bald wieder zu heiraten und Ragnhild zu vergessen. Es war unmissverständlich, was er damit sagen wollte. Albert hatte Ragnhild für alle Zeit an Symon verloren.

»Es ist zu früh für ein solches Gespräch, das werdet Ihr doch sicher verstehen«, schnitt Albert dem Bürgermeister unvermittelt das Wort ab und wechselte brüsk das Thema. »Was sonst hat sich während meiner Abwesenheit ereignet?«

Der Bürgermeister war sichtlich erleichtert, nun zu einer Angelegenheit zu kommen, die ihm weit mehr lag als die vorherige. Fast beschwingt sagte er: »Ihr werdet sicher staunen, von Holdenstede, wenn ich Euch erzähle, dass nach Eurer Abreise aus Hamburg ein wilder Streit bei der Ratssitzung entbrannte. Grund dafür waren die Ungerechtigkeiten, die Euer Bruder Conrad Euch in den letzten Jahren angedeihen ließ.«

Albert wusste im ersten Moment nicht, ob er sich darüber freuen oder ob er beschämt sein sollte, da er sich anscheinend so offensichtlich von Conrad hatte herumstoßen lassen. Skeptisch antwortete er: »Ihr seht mich tatsächlich hocherstaunt. Wie kam es dazu?«

»Ecbert von Harn war dafür verantwortlich. Als er hörte, dass Conrad Euch so spät im Jahr nach Flandern sandte, unterstellte er Eurem Bruder, dass er Euch in der Hoffnung fortschickte, dass Ihr in Gent überwintern müsst und so den Wahltag für die neuen Ratsherren im Februar verpasst. Schließlich hattet Ihr dieses Jahr das Mindesteintrittsalter von fünfundzwanzig Jahren erreicht. Als der Streit zwischen Ecbert von Harn und Eurem Bruder gerade auf dem Höhepunkt war, nahm sich auch Bertram Schele Eures Falls an und tadelte Conrads einseitige Machtausübung. Er sagte, dass dies nicht im Sinne Eures werten Herrn Vaters, Conradus von Holdenstede, gewesen wäre, dessen Absichten er meinte, gut zu kennen, da er ihm zeit seines Lebens ein wahrer Freund gewesen war.«

Albert war überaus erstaunt über diese Neuigkeiten. Niemals

hätte er sich träumen lassen, über so einflussreiche Fürsprecher zu verfügen.

»Sicher wollt Ihr nun wissen, wie dieser Streit geendet hat, richtig?« Esich setzte ein feierliches Gesicht auf. »Nun, ich freue mich, Euch heute wenigstens eine frohe Kunde überbringen zu dürfen. Bertram Schele schlug Euch für die nächste Wahl als Kandidaten für den sitzenden Rat vor, und eine anschließende Abstimmung ergab eine Mehrheit für Euch. Herzlichen Glückwunsch, Albert von Holdenstede. Nächstes Jahr werdet Ihr zum Ratsmann – das heißt, sofern Ihr annehmt.«

»Ha, was für eine Frage«, stieß Albert aus. »Natürlich nehme ich an. Ich... bin sprachlos.« Albert erlebte einen Wechsel der Gefühle. Obwohl die Nachricht über Ragnhild und seine Kinder ihn sehr getroffen hatte, zauberte der Entschluss der Ratsherren nun doch ein schiefes Lachen auf seine Lippen. Die nächste Wahl im Februar war zwar noch fast ein ganzes Jahr hin, aber allein die Aussicht auf einen Stuhl im Rat beflügelte ihn bereits. Schließlich hieß das auch, dass Conrad entweder ein Mitglied des alten Rates werden musste und er dann nur noch bei besonders entscheidenden Sitzungen hinzugebeten wurde oder dass er den Rat ganz zu verlassen hatte.

Doch sosehr ihn diese Nachricht auch beschwingte, es war bei Weitem nicht alles, was es zu bereden gab. Zig Dinge waren noch ungeklärt und zig Fragen noch ungestellt. Wie genau sollte es nun weitergehen? Wo würde er wohnen und wie sollte er, ohne Vermögen, eigene Geschäfte führen? Eines war ihm genau wie allen Anwesenden klar: Albert würde niemals wieder in das Haus in der Reichenstraße ziehen. Er war den Weisungen Conrads nun unabänderlich entwachsen!

Albert selbst hatte das Gefühl, auf seiner Reise um viele Jahre gereift zu sein. Sein altes Leben gab es nicht mehr, und sein neues lag direkt vor ihm. Noch wusste er zwar nicht, wie schwer es für ihn werden würde, doch er verspürte keinen Zweifel, dass es ihm eines Tages gelingen würde, wieder glücklich zu sein.

Fast schien der Bürgermeister Alberts Gedanken erraten zu haben. »Ich versichere Euch, dass der Rat sich Eures Falls ehest annehmen wird, damit die Besitzverhältnisse der von Holdenstedes alsbald überprüft werden können. Bis dahin allerdings müsst Ihr Euch noch gedulden.«

Als Geste des Wohlwollens bot Esich ihm und seinen Freunden eine Kammer in seinem eigenen Hause an. Doch dieses Angebot lehnten die Freunde gemeinschaftlich dankend ab. Kein Reichtum und kein noch so weiches Bett konnten gerade das ersetzen, was sie alle meinten, nun am meisten zu brauchen. Sie wollten sich im Kreise von Menschen wissen, die sie ihre Freunde nannten; und sie wollten zusammen sein; genau so, wie sie es die letzten Tage und Nächte immer gewesen waren.

Zusammen verließen sie das Haus des Bürgermeisters und gingen geradewegs in das Viertel der Fischer. Dort pochten sie an eine kleine, windschiefe Hütte, deren Tür sogleich von einer etwas mürrisch dreinschauenden Frau geöffnet wurde. Ihr lauter Freudenschrei ließ die Männer auflachen, und wenig später saßen sie alle drei mit Heyno und Ghesa an einem Tisch. Bis spät in die Nacht sprachen sie über das Erlebte, und erst viele Stunden später schliefen sie auf dem harten, aber trockenen Boden der Hütte ein.

Fast ebenso schnell, wie die Welle des Erstaunens wegen Alberts Rückkehr über die Stadt hereingebrochen war, gewöhnten sich die Hamburger auch wieder an seinen Anblick. Nur wenige Wochen lang war Alberts Schicksal das Futter der Weibertratschereien und Grund für Diskussionen im Rat. Dann aber stand der Entschluss fest.

Albert sollte das Grundstück im Kirchspiel St. Katharinen auf der Grimm-Insel zurückerhalten, auf dem er vor seiner Abreise angefangen hatte, ein Haus für sich und seine Familie zu bauen. Außerdem wurde beschlossen, dass er ebenso einen gewissen Betrag des familiären Vermögens zugesprochen bekommen sollte. Doch die Verhandlungen, die zu diesem Ergebnis führten, erwiesen sich als überaus prekär.

Kurz nach Alberts Abreise war sein fünfundzwanzigster Geburtstag verstrichen. An diesem Tage hätte er, laut des väterlichen Testaments, die Hälfte des damaligen Wertes des familiären Tuchhandelsgeschäfts entgegennehmen sollen. Da Albert zu dieser Zeit aber in Flandern weilte, war dieses Vermögen auf ihn übergegangen, ohne dass er es jemals in Händen gehalten hatte. Nachdem man ihn wegen der Aussage der Boten Nicolaus und Bodo für tot erklärt hatte, waren all seine Ansprüche verfallen und das gesamte Erbe durch ratsherrlichen Beschluss zurück auf Conrad übertragen worden. Weil Albert vor seiner Reise kein Testament verfasst hatte, das nach seinem Ableben regelte, wer genau die Begünstigten seines Vermögens waren, hatte Conrad, als nächster männlicher Verwandter, die alleinige Verfügungsgewalt über das verbliebene Erbe sowie die Muntwaltschaft über seine verwitwete Schwägerin erhalten. Als Ragnhild nach dem Vorfall am Hafen dann vom Rat zum Eintritt in das Kloster gezwungen wurde, zahlte Conrad ihr das Erbe ihres Gemahls aus, indem er ihr die Eintrittssumme zu den Beginen finanzierte. Auch wenn dieser Betrag weit kleiner gewesen war als das, was Albert eigentlich zu dieser Zeit besessen hätte, waren damit all ihre Ansprüche auf Alberts Erbe unwiederbringlich erloschen.

Conrad wähnte sich damals in dem Glauben, nie wieder etwas von seinem Vermögen herausgeben zu müssen, doch nun, da Albert lebte, galt es für den Rat, eine neue Lösung zu finden. Diese Lösung konnte nur ein Mittelweg sein, der zwangsweise zur Folge hatte, dass wahrscheinlich beide Parteien unbefriedigt bleiben würden. Albert beharrte darauf, durch die fälschliche Annahme seines Todes übervorteilt worden zu sein, und Conrad weigerte sich nach Kräften, noch mehr von seinem Vermögen herauszugeben, als er es bereits getan hatte – und zweifellos war das geltende Recht durch den damaligen Beschluss des Rates auf seiner Seite.

Es war verzwickt. Auch wenn viele der Ratsherren fühlbar auf Alberts Seite waren, konnten sie ihren eigenen Beschluss von damals nicht für nichtig erklären, ohne dabei ihre Glaubwürdigkeit zu verlieren. Schlussendlich stellte der Betrag, den Conrad bei Ragnhilds Eintritt ins Kloster der Beginen dorthin eingezahlt hatte, den gesuchten Mittelweg dar. Jene Summe galt aus der Not heraus nun offiziell als Alberts Erbe und wurde als maßgeblich angesetzt. Wie erwartet, ging dieser Entschluss zu beider Lasten.

Albert sollte wohl oder übel auf einen großen Anteil seines Vermögens verzichten, und Conrad sollte den gleichen Betrag, den er schon einmal an das Kloster gezahlt hatte, ein weiteres Mal an Albert zahlen. Einzig und allein Conrads Habgier war es zu verdanken, dass er seiner verhassten Schwägerin das Grundstück im Kirchspiel St. Katharinen nicht übertragen hatte, es so auch nicht in den Besitz der Beginen gekommen war und Albert es deshalb nun zurückerhalten konnte.

Eigentlich hätte Albert mit der Verteilung des Holdenstede-Erbes zufrieden sein können. Wenigstens besaß er nun ein ähnlich bescheidenes Vermögen wie jenes, welches er vor der Reise nach Flandern besessen hatte. Doch Albert war nicht zufrieden. Er wollte mehr – mehr Vermögen, mehr Gerechtigkeit und mehr Rache!

Nachdem er auf so schmerzhafte Weise seine Frau und seine Kinder verloren hatte, umgab ihn stets das Gefühl, rein gar nichts mehr verlieren zu können. Seine Kampfeslust war geweckt und sein Hass auf Conrad unbändig; schließlich war dieser es auch gewesen, der den alles vernichtenden Vorschlag, Ragnhild und Symon miteinander zu verheiraten, überhaupt erst gemacht hatte.

Seit Alberts Ankunft in Hamburg hatten die Brüder kein einziges Wort miteinander gewechselt. Weder suchte Albert das Gespräch in der Reichenstraße noch Conrad selbiges auf der Grimm-Insel. Die zerstrittenen Brüder verspürten kein Bedürfnis danach; und beide waren sich unbewusst einig, dass sie dem anderen den Einlass in ihr Haus verwehrt hätten. Nichts war zwischen ihnen geblieben als eine unüberwindliche Feindschaft.

Albert war überzeugt davon, dass Conrad ihn in der Fremde hatte töten wollen, doch er würde es niemals beweisen können. Nur er selbst wurde jeden Tag aufs Neue daran erinnert – immer dann, wenn er seinen fehlenden Ringfinger an der Rechten betrachtete.

Conrad hingegen fühlte sich schlussendlich als Gewinner. Auch wenn er Albert eine gewisse Erbsumme hatte zahlen müssen, war der größte Teil des Vermögens in seiner Hand geblieben. Doch ganz offensichtlich gab es etwas, das er weit unterschätzte. Conrad konnte nicht ahnen, dass sein kleiner Bruder in den letzten Wochen zu einem willensstarken Mann herangewachsen war und dass ihn das Erlebte hatte eisern werden lassen. Diese neu gewonnene Entschlossenheit war es auch, welche Albert dazu befähigte, Conrad ohne einen Anflug von Skrupel vor das Vogtgericht von Hamburg zu zerren.

Es war fraglich, wann eine Gerichtsverhandlung das letzte Mal so viel Aufmerksamkeit erregt hatte. An jedem der drei Tage, die das Vogtgericht für die Lösung dieses Falls tagte, waren unzählige Schaulustige gegenwärtig. Dabei war es nur allzu offensichtlich, dass nicht der Inhalt des verhandelten Falls das vorrangige Interesse der Bürger weckte.

Albert und Conrad hassten einander mit solch heftiger Leidenschaft, dass das eigentlich ehrwürdige Ereignis eines Vogtgerichts zu einem skurrilen Spektakel wurde. Zu Recht hatten viele Hamburger berechtigte Zweifel, ob die zwei Mannslängen, die

die Männer voneinander getrennt saßen, ausreichend waren, um einen plötzlichen Übergriff zu verhindern.

Schnell wurde klar, dass Conrad seine Münzen eher in das Nikolaifleet geworfen hätte, als sie seinem Bruder freiwillig zu geben. Albert indessen machte deutlich, dass er bereit war, Fürsten, Könige und Kaiser mit seinem Anliegen zu ersuchen, damit ihm endlich Gerechtigkeit widerfuhr. Kein Mann kam dem anderen auch nur das kleinste Stückchen entgegen, und so wurde diese Verhandlung zu einer, die man viele Jahre lang nicht vergessen würde.

Der erste Tag verging mit dem bloßen Feststellen der Tatsachen, doch schon hier gab es heftigen Streit. Während Conrad behauptete, Albert hätte sich geweigert, vor seiner Abreise ein Testament zu verfassen, und würde somit einen Großteil seiner jetzigen Armut selbst verschulden, hielt es Albert nicht mehr auf seinem Stuhl. Allein der blitzschnellen Reaktion seines Freundes Thiderich war es zu verdanken, dass er erfolgreich zurückgezerrt wurde und man ihn so daran hinderte, Conrad wegen dessen Lüge an den Hals zu springen. Doch die heftigen Verwünschungen, die er in Gegenwart des Gerichts ausgestoßen hatte, kosteten ihn die erste Geldstrafe.

Als Conrad hingegen von Albert angeklagt wurde, damals das schlechteste Schiff im Hafen für die gefahrenreiche Winterreise nach Flandern angeheuert zu haben, war es wiederum Conrad, der eine Geldstrafe wegen wüster Reden auferlegt bekam. Beide Brüder sollten am Ende der drei Tage mit so hohen Bußgeldern belastet sein, dass sie diese bloß in mehrfachen Raten abzuzahlen vermochten.

Der zweite Tag diente den Aussagen der Zeugen. Conrad versuchte, seine Glaubwürdigkeit durch Willekin von Horborg, Hans Wulfhagen und Hinrich Cruse zu beweisen. Es waren gute Zeugen. Ehrbare Männer mit tadellosem Ruf. Doch Albert konnte mit Zeugen glänzen, deren Aussagekraft weit stärker war als die der Zeugen Conrads. Für ihn traten Bertram Schele und Ecbert von Harn ein. Sie sprachen sich zum einen für Alberts tadellosen Gehorsam während der vier Jahre nach der Testamentsverkündung des Vaters – ihres Freundes – aus und betonten überdies noch, wie sehr sie Conrads vergangenes Verhalten seinem Bruder gegenüber missbilligten. Auch wenn es unschwer zu erkennen war, dass Conrad die beiden Ratsherren am liebsten auf der Stelle erstochen hätte, wagte selbst er nicht, in gewohnter Schärfe gegen sie zu argumentieren. Der zweite Verhandlungstag verging, ohne dass der Vogt ein Urteil fällte. Erst der dritte Tag brachte die erwünschte Wende. Unter Beachtung aller gewonnenen Erkenntnisse entschieden die Beisitzer, die Dingleute und der Vogt schlussendlich zu Alberts Gunsten. Um die Ungerechtigkeit auszugleichen, die ihm durch die fälschliche Annahme seines Todes und die neue Ehe seines Weibes entstanden war, wurde ihm tatsächlich die Hälfte des damaligen Familienvermögens der von Holdenstedes zugesprochen – so, wie es sein Vater in seinem letzten Willen auch vorgesehen hatte.

Albert verspürte endlich Genugtuung. Zwar hatte er einen Bruder verloren, doch sein Vermögen und sein Leben zurückgewonnen; und er war sich sicher, dass er dies zum großen Teil zwei einflussreichen Ratsmännern zu verdanken hatte.

Bertram Schele und Ecbert von Harn waren im Stillen die ganze Zeit über auf seiner Seite gewesen. Schon wenige Tage nach Alberts Rückkehr aus Friesland hatten die beiden Familien angefangen, Albert regelmäßig zu sich einzuladen. Diese Einladungen verfolgten zunächst einmal den Zweck, offenkundig zu machen, dass diese beiden hohen Herren für Albert und somit gegen Conrad waren. Dieser Pakt mischte die Edlen Hamburgs regelrecht auf. In den Kontoren der Stadt wurde heiß diskutiert, und viele Ratsmänner fühlten sich alsbald aufgefordert, selbst Stellung zu beziehen. Es dauerte nicht lange, da kamen sie und schlossen sich ihm an. Schnell galt er nicht mehr als der kleine, unbedeutende Bruder Conrads, der im Schatten des Älteren stand. Er war zurück – und zwar größer und stärker denn je zuvor!

Kurz nach den Verhandlungen nahm Albert die Bauarbeiten an seinem Haus wieder auf, und bereits vor Beendigung des Baus stieg er wieder ins Handelsgeschäft ein. Die Freundschaft zu den einflussreichen Herren der Stadt machte sich auch hier bezahlt. Immer wieder knüpfte Albert in den Häusern seiner Freunde neue geschäftliche Kontakte. Die Aufträge flogen förmlich nur so durch seine Tür.

Wo viele der anderen Hamburger Kaufleute ihren Handel seit ewiger Zeit auf Flandern und dessen Tuche ausgerichtet hatten, verfolgte Albert eine andere Idee. Er wollte nicht mehr zurück in sein altes Leben – und somit auch nicht mehr zurück in den Tuchhandel. Womöglich wäre es Albert sowieso nur schwerlich gelungen, Conrads Vorsprung vieler Jahre irgendwann wettzumachen, und außerdem hätte das eine ewige Konkurrenz zwischen ihm und seinem Bruder bedeutet. Nein, Albert wollte abschließen. Bereits während seiner erlebnisreichen Reise durch das Gau Rüstringen hatte er sich zu diesem Wandel in seinem Leben entschieden. Auch wenn es ein Risiko darstellte, mit etwas zu handeln, dessen er nicht kundig war, stand Alberts Entschluss dennoch fest. Friesisches Holz. Das sollte sein neues Tuch werden.

Alberts Idee fand schnell Anklang bei den bautüchtigen Hamburger Bürgern, und sein Handel mit dem Holz aus den friesischen Landen brachte ihm bald schon einen beachtlichen Reichtum ein.

Auch Walther und Thiderich profitierten von Alberts schnellem Aufstieg. Bald schon wuchs ihrem Freund die Arbeit regelrecht über den Kopf, sodass er Leute brauchte, denen er vertrauen konnte. Der Weg zu seinen beiden Freunden war kurz.

Wie selbstverständlich zogen die Männer in Alberts Haus mit ein. Beide brachten völlig unterschiedliche Qualitäten mit; beide waren für Albert schnell unentbehrlich.

Walther konnte, dank seines geistlichen Ziehvaters, schreiben und lesen. Diese Eigenschaft erwies sich als äußerst nützlich, denn so konnte er sich um die Führung der Kaufmannsbücher kümmern, die seit einigen Jahren in der Stadt so unentbehrlich zu sein schienen. Mit großer Gewissenhaftigkeit sorgte er dafür, dass kein einziger Pfennig abhandenkam. Außerdem war Walther des Friesischen kundig, was sein Freund ebenfalls geschickt zu nutzen wusste.

Thiderich hingegen war Albert außerhalb des Kontors nützlich. Als seine rechte Hand begleitete er ihn auf seinen Reisen und lernte das Handwerk eines Kaufmanns schnell. Er war Albert zutiefst dankbar für sein Vertrauen und zeigte ihm dies durch seinen unermüdlichen Fleiß und seine nie enden wollende Lernbereitschaft. Obwohl es vorher keiner geglaubt hätte, entwickelte sich Thiderich sehr bald schon zu einem geachteten Kaufmannsgehilfen, der binnen kürzester Zeit seine niedere Herkunft mit geübten Reden, ansehnlicher Kleidung und einem kleinen Wohlstandsbauch übertünchte.

Selbst die Ratsmänner, die nun, da das prächtige Kaufmannshaus Alberts fertiggestellt war, häufig mit ihren Damen zu Besuch kamen, erfreuten sich an Thiderichs und Alberts aufregenden Geschichten von den Handelsreisen, die sie zusammen bestritten. Doch so bewegt die Erzählungen Thiderichs auch waren, an das Talent Walthers vermochte er nicht heranzureichen.

Schon auf ihrer gemeinsamen Reise, noch bevor die beiden Männer Albert gefunden hatten, war Thiderich aufgefallen, wie fesselnd Walther erzählen konnte. Die lebendigen Worte, mit denen er ihn über den Stedinger Bauernkrieg aufgeklärt hatte, klangen ihm noch immer im Ohr. Damals drängte sich Thiderich der

Gedanke auf, an dem jungen Mann sei ein Spielmann verloren gegangen. Nun bemerkten auch andere diese Gabe, und besonders die Frauen und Kinder hingen des Abends regelrecht an seinen Lippen.

Walther nutzte jeden freien Moment, um sich neue Geschichten zu erdenken, nur um sie bei nächster Gelegenheit seiner bereits beachtlich gewachsenen Gruppe von Anhängern zum Besten geben zu können. Er hätte nicht glücklicher sein können als während dieser Stunden.

Man hätte wohl mit Fug und Recht sagen können, dass es Albert sichtlich gut ging. Er hatte ein Haus, Freunde, sein Ansehen, seine Geschäfte; doch all das war nichts im Vergleich zu dem, was er meinte, zuvor besessen zu haben. Niemand ahnte, was er sich wünschte, wenn er des Nachts in seinem Bett lag. Stets wahrte er den äußeren Schein; immer in endgültiger Gewissheit darüber, doch nichts an seinem Schicksal ändern zu können. Denn kein Haus, kein Freund, kein Ansehen und auch kein Geschäft würden Ragnhild zurück in seine Arme bringen, und das wiederum brachte ihn manches Mal fast um den Verstand. Mitunter gelang es ihm, fest zu schlafen, doch häufig lag er auch die ganze Nacht wach, weil ihn die Frage quälte, ob Symon sie vielleicht jetzt gerade bestieg.

Auch wenn er sich niemandem anvertraute, gab es bald kaum einen Besucher mehr in Alberts Hause, der ihn nicht in regelmäßigen Abständen dazu drängte, sich endlich eine neue Braut zu suchen. Selbst das eine oder andere offensichtliche Angebot hatte sich bereits ergeben; doch Albert tat sie alle ab. Freundlich log er die Väter an, indem er ihnen versicherte, ernstlich über deren Vorschläge nachzudenken. Doch der Gedanke, eine andere Frau zu ehelichen, kam ihm immer noch völlig absurd vor. In seinem Herzen war Ragnhild nach wie vor die Einzige für ihn. Sein Verstand allerdings drang mittlerweile immer häufiger zu ihm durch.

Er musste es einsehen – Ragnhild gehörte zu Symon von Alevelde, und er selbst sollte zusehen, dass er sich endlich mit den Angeboten der Brautväter beschäftigte, wenn er selbst noch ein paar Erben zeugen wollte. Doch wie sollte er sein Herz überlisten?

Manches Mal hatte er Ragnhild sogar gesehen. Zufällig und immer unbemerkt von ihr; aber stets in Begleitung von Symon. Es schien Albert fast, als ob sie nicht einmal allein zum Abtritt gehen durfte. In der ersten Zeit nach der Hochzeit hatte sie blass und abwesend gewirkt. Den Blick immer tief gesenkt, hinterließ sie den Eindruck, sehr traurig zu sein. Albert konnte sich dann nur mit großer Mühe davon abhalten, zu ihr zu gehen. Ohne dass er es wollte, trug er dieses Bild dann immer so lange in sich, bis er endlich vermochte, sich abzulenken. Dann irgendwann änderte sich ihre Haltung. Noch immer wich ihr Gemahl ihr nicht von der Seite, aber ihr Blick wurde wacher und ihr Gang aufrechter. Hin und wieder scherzte sie sogar mit den Weibern auf dem Markt, und bald war es für jedermann sichtbar – Ragnhild war schwanger!

Obwohl Albert gewusst hatte, dass dies irgendwann passieren würde, traf ihn die Wahrheit härter, als er es je für möglich gehalten hätte. An diesem Abend soff er sich fast besinnungslos. Erst Stunden später fanden ihn Thiderich und Walther in seinem Kontor und schleiften ihn sabbernd, lallend und stinkend in sein Bett. Am nächsten Morgen war sein Herz noch immer schwer, doch sein Kopf war um vieles schwerer. Stundenlang kotzte er sich die Seele aus dem Leib und war unfähig aufzustehen, doch er ließ niemanden zu sich. Es war wie ein endgültiges Abschiednehmen für ihn.

Die folgenden Tage waren geschäftig. Unzählige Besuche bei den verschiedensten Kaufmannsfamilien standen an. Immerzu wurde Albert eingeladen; und es wurde kein Geheimnis daraus gemacht, dass es in den jeweiligen Häusern heiratsfähige junge Frauen gab.

Albert galt mittlerweile als gute Partie. Er war von edler Herkunft, von anmutiger Gestalt und besaß hohes Ansehen unter den Großen Hamburgs. Viele Männer beneideten ihn um den Umstand, regelrecht zwischen den ehrbaren Jungfrauen der Stadt wählen zu können, und auch Albert fing an, das Buhlen um seine Person zu genießen.

Selbstverständlich war die Verbindung zu dem jeweiligen Hause, aus dem seine Zukünftige kommen würde, eigentlich das wichtigste Kriterium, doch Albert war gewillt, im Zweifel mit dieser Sitte zu brechen. Es gab nämlich etwas, was ihm weit wichtiger war als jedes Ansehen und jede Mitgift. Seine neue Braut sollte ihn unter keinen Umständen an Ragnhild erinnern. Möglichst anders musste sie sein, damit er nicht immerzu an sie erinnert würde, während er neben seiner neuen Gemahlin lag. Dies schien ihm tatsächlich der einzige Weg zu einer neuen Heirat zu sein, und er war fest entschlossen, sich nicht davon abbringen zu lassen.

Wochenlang folgte er den Angeboten der Väter und besuchte jede einzelne Jungfrau, bloß um festzustellen, dass es bei allen eine Winzigkeit gab, die ihn an Ragnhild erinnerte. Als er schon fast nicht mehr daran glaubte, fand er schließlich doch ein paar Frauen, die infrage kamen. Schnell stand für Albert fest, zwischen wem er sich letztendlich entscheiden würde. Zum einen gab es da Ava von Staden, dann noch die Jungfrau Elizabeth Niger und die drei Schwestern Alheidis, Elizabeth und Margareta von Grove.

Ava war die sechzehnjährige Stieftochter des Fridericus von Staden, der durch Hochzeit die beiden Stiefkinder Ava und Helprad bekommen hatte. Sie war eine auffallende Schönheit mit dunklen Augen und sehr blasser, ebenmäßiger Haut. Ihr Bruder Helprad wachte über sie wie ein bissiger Köter.

Albert hatte das am eigenen Leibe zu spüren bekommen, als er bei der Familie von Staden zu Besuch gewesen war, um Ava seine Aufwartung zu machen. Wenn er sich ihr auch nur um einen Fingerbreit zu dicht genähert hatte, drohte Helprad sogleich von seinem Sessel aufzuspringen. Es war nicht zu übersehen, dass er sich der Vermittlung seiner Schwester angenommen hatte und seinen allzu netten Stiefvater einfach überging.

Die Verbindung zur Familie von Staden wäre eine vortreffliche Wahl. Es waren tüchtige Kaufleute, die es verstanden, ihre Sippe geschickt mit anderen hohen Familien Hamburgs zu verbinden, und zusätzlich war Ava mit ihrem fast schwarzen Haar das genaue Gegenteil von Ragnhild.

Elizabeth Niger war aus einer weniger vornehmen Familie als Ava; doch auch sie hatte ihren Reiz für Albert. Elizabeth war eine kecke, etwas vorlaute junge Dame, die immerzu lachte. Ihr Gesicht war rundlich und wies stets eine rote fleckige Färbung an den Wangen auf. Im Gegensatz zu den meisten Frauen, die Albert besucht hatte, schien sie die Einzige zu sein, die nicht von einem überstrengen Vormund den Mund verboten bekam. Im Hause Niger ging es lebhaft zu, fast schon laut. Mutter, Vater und Tochter redeten alle durcheinander. Die wenigste Zeit ging es um eine möglicherweise anstehende Hochzeit ihrer Tochter. Scheinbar hatte keiner hier im Raum die Angst, dass die siebzehnjährige Frohnatur am Ende keinen Gatten abbekam.

Der Besuch bei den von Groves hingegen war der skurrilste während Alberts gesamter Brautwerbung. Kaum hatte er das großzügige Haus der tüchtigen Kaufleute betreten, konnte er bereits einen lautstarken Streit zwischen den drei Schwestern vernehmen. Albert kam nicht umhin, mit anzuhören, dass es dabei um ihn ging.

Die Mädchen schrien aus Leibeskräften und wollten so ihren höheren Anspruch auf Albert geltend machen. Den Eheleuten und Eltern, die Albert gerade zur Tür hereingebeten hatten, war dieser Aufruhr sichtlich peinlich, und noch im gleichen Augenblick entschuldigte sich der Vater knapp und stürmte nach oben. Es folgten ein Geklatsche und Geschrei, und dann war es still. Einen Moment später kam der Vater wieder die Treppe herunter. Hinter ihm folgten die Mädchen, alle drei mit hängenden Köpfen und jeweils einer stark geröteten linken Wange. Auf einmal kaum noch an Liebreiz zu überbieten, begrüßten ihn die Schwestern mit einem angemessenen Knicks und ohne viele Worte.

Albert wurde in eine feine Wohnstube geführt, wo sich alle ihm gegenüber niederließen. Diesen Moment nutzte er, indem er sich die Mädchen genau anschaute. Auffälligerweise hatten alle von ihnen das gleiche rote Haar, blasse Haut mit vielen Sommersprossen und grüne Augen. Die Schwestern waren einander sehr ähnlich – jedenfalls äußerlich –, denn beim genaueren Hinsehen meinte Albert, bereits gewisse Wesenszüge ausmachen zu können.

Diejenige, die der Vater als seine Jüngste vorgestellt hatte, hieß Alheidis. Sie besaß eine unübersehbare Würde. Obwohl sie gerade aufs Heftigste gemaßregelt worden war, blickte sie freundlich, aber distanziert auf Albert. Ihre Haltung war gerade, und die Hände ruhten gefaltet in ihrem Schoß. Das teure grüne Kleid passte wunderbar zu ihren großen grünen Augen. Albert mochte sie auf Anhieb.

Elizabeth war die zweitälteste der Schwestern. Sie schien sehr zart besaitet zu sein, denn ihre Augen waren noch immer vom Weinen gerötet. Immer wieder schniefte sie, und jedes Mal, wenn der Vater sie daraufhin anschaute, zuckte sie zusammen. Sie war kleiner als ihre Schwestern, und ihre überschlanke Figur ließ ihr kostbares Kleid an ihr hängen wie einen Sack.

Margareta hingegen entblößte als Einzige offen ihre schneeweiße Zahnreihe und lächelte Albert spitzbübisch an. Sie war die

Älteste und augenscheinlich bereits ein wenig verzweifelt, weil sie im Alter von zweiundzwanzig Jahren noch immer nicht verheiratet war. Alles an ihr machte deutlich, dass sie Albert wollte – egal wie. Ihre kokette Art, mit ihm zu reden, wurde nur von dem wie zufällig verrutschenden Ausschnitt ihres Kleides übertroffen. Ohne Zweifel war ihr Ziel, Albert wissen zu lassen, was er darunter zu erwarten hatte, wenn er sie auswählen würde.

Nachdem ein paar belanglose Höflichkeiten unter der strengen Aufsicht des Vaters ausgetauscht worden waren, schickte er die Mädchen mitsamt ihrer Mutter wieder nach draußen. Nun kam der Teil, in dem sich Albert und der Brautvater über die Vorzüge der Mädchen unterhalten würden.

Albert wusste bereits einiges über die Familie von Grove. Es handelte sich um eine recht große Sippe, die allerdings noch nicht mit wirklich einflussreichen Verbindungen gesegnet war. Die Eheleute hatten nur einen Sohn und dafür aber drei Töchter. Ganz offensichtlich war keine von ihnen bereits versprochen; und die Zeit drängte.

Das älteste der Mädchen war mit seinen zweiundzwanzig Jahren schon fast nicht mehr vermittelbar, Elizabeth und Alheidis hingegen hatten mit ihren siebzehn und sechzehn Jahren noch Grund zur Hoffnung.

Sofort als Albert allein mit dem Vater war, setzte dieser unbewusst ein flehendes Gesicht auf. Albert spürte das Bangen fast körperlich. Drei Mädchen in gutem Hause unterzubringen konnte einen Mann zwar finanziell ruinieren, doch sie ein Leben lang zu Hause zu behalten war auf jeden Fall schlimmer. Auch wenn mit einer einzigen Hochzeit seine Probleme noch lange nicht gelöst waren, wäre die Vermittlung zu Albert von Holdenstede ein sehr guter Anfang. Der Vater war nicht gewillt, diese Gelegenheit ungenutzt verstreichen zu lassen, und machte seinem Gegenüber unmissverständlich klar, dass er bereit war, eine hohe

Mitgift an ihn zu zahlen. Bedauerlicherweise konnte er nicht wissen, dass Albert genau darauf keinen großen Wert legte.

»Sagt, Albert von Holdenstede, haben Euch meine Töchter gefallen?«

Vorsichtig antwortete er: »Aber ja, sie sind alle reizend und von großer Schönheit.«

Der Vater war sichtlich geschmeichelt. Sogleich setzte er nach, um das Interesse des Bewerbers nicht schwinden zu lassen. »Gewiss, das ist wahr. Doch sie sind nicht nur schön anzuschauen, sondern auch vortrefflich erzogen. Ihr Wesen ist fügsam und mütterlich, und im Haushalt sind alle drei geschickt. Ihre Handarbeiten fanden bisher schon auf den Altären jeder Pfarrkirche Hamburgs Platz, und außerdem können alle drei lesen und schreiben.«

Albert nickte zwar anerkennend, doch er musste sich ein Lachen verkneifen. Wie fügsam ihr Wesen war, davon zeugten ja ihre rot geschlagenen Wangen. Doch es schreckte Albert nicht ab, eine etwas lebhaftere Gemahlin zu haben. Er konnte nicht verstehen, warum manche Männer es bevorzugten, Frauen zu heiraten, die niemals von selbst sprachen und jede Nacht im Ehebett vor Angst zitterten. Albert wollte eine Frau, die fröhlich war und es verstand, sich im Hause zu behaupten.

Noch während der Vater wortreich über die Vorzüge der drei Mädchen sprach, ging Albert diese noch mal in Gedanken durch. Im Gegensatz zu den Besuchen in den anderen Häusern hatten die wenigen Augenblicke, in denen er der Schwestern ansichtig wurde, ausgereicht, um eine Entscheidung zu fällen. Albert hatte einfach sein Herz sprechen lassen, und so gab es für ihn nicht den geringsten Zweifel, dass er das Richtige tat. Entschlossen unterbrach er den überschwänglichen Redeschwall des Vaters und sagte: »Hört, edler Kaufmann Grove, Ihr könnt Euch Eure Worte sparen.«

Alberts Gegenüber bekam einen versteinerten Gesichtsausdruck. »Was genau soll das bedeuten?«

»Das erkläre ich Euch gern. Die lieblichsten Jungfrauen der ganzen Stadt sind mir angeboten worden, und sie alle haben mich verzaubert. Doch keine ist mir so lieb und teuer wie Eure Tochter.« Albert lächelte ein wenig wegen seiner übertriebenen Worte, doch er fand, es gehörte sich so, wenn man um eine Braut warb.

Diese unerwartete Entscheidung löste zunächst ein ungläubiges Staunen im Gesicht des Vaters aus, auf das kurz darauf ein unkontrolliertes Lachen folgte. Es war deutlich zu erkennen, dass er nicht mit einer sicheren Zusage dieses edlen Bewerbers gerechnet hatte – und schon gar nicht damit, dass dieser sich sofort entscheiden würde.

»Albert von Holdenstede, wie ich mich freue. Liebend gerne gebe ich Euch mein Kind in die Hände.«

Noch bevor Albert etwas erwidern konnte, entschuldigte sich der aufgeregte Vater und verschwand aus der Wohnstube. Wenig später kam er mit seiner Gemahlin und den drei Töchtern zurück. In Anwesenheit aller baute er sich vor seiner Familie auf. »Meine Lieben«, fing er feierlich an zu erklären, »unser edler Gast hat sich soeben entschieden, eine Tochter dieses Hauses zu ehelichen!«

Sofort fingen die Mädchen an, ausgelassen zu lachen, und die Mutter weinte vor lauter Glück.

Albert war indes zwar etwas überrumpelt davon, dass der Vater die Nachricht sofort überbracht hatte, ohne vorher die Einzelheiten der Mitgift mit ihm zu besprechen, doch er konnte sich ebenso an der Heiterkeit der Familie erfreuen. Ob es jetzt oder später verkündet wurde, war Albert eigentlich gleich, und so sah er sich seine Auserwählte noch einmal gründlich an.

Jedes einzelne der Mädchen reagierte auf ihre Weise. Alheidis stand einfach nur da, den Kopf würdevoll erhoben, die geschlossenen Lippen zu einem vollen roten Halbmond geformt. Ihr Blick traf den von Albert, und sie lächelten einander ohne Scheu an.

Elizabeth hingegen hatte die Hände laut lachend vor den Mund geschlagen und wandte sich Margareta zu.

Diese jubelte ebenfalls etwas zu laut. Nach einem strengen Blick des Vaters besann sie sich jedoch ihrer damenhaften Erziehung, straffte ihren Körper und führte in genau dem Moment, als Albert ihr den Blick zuwandte, einen formvollendeten Knicks durch. Gleich darauf schritt sie näher an Albert heran und streckte ihm auffordernd die Hand zum Kuss entgegen.

Vater und Mutter hatten sich dicht hintereinander aufgestellt und lächelten sich zufrieden an. Mit auffordernden Gesten sagte der Vater zu Albert: »Nur zu, nehmt die Hand Eurer zukünftigen Braut und begrüßt einander.«

Albert stockte der Atem. Ihm wurde schlagartig klar, dass die Situation eine seltsame Wende genommen hatte. Ohne dass er es je gesagt hatte, ging die Familie von Grove davon aus, dass er die älteste Tochter des Hauses zu ehelichen wünschte. Albert jedoch hatte niemals vorgehabt, Margareta zur Frau zu nehmen. Seine Wahl war auf Alheidis gefallen! So unangenehm es auch war, er musste dieses Missverständnis sofort aufklären. »Bitte verzeiht, meine Damen ...«

Sofort hörten die Mädchen auf zu reden und blickten Albert fragend an. Noch immer streckte Margareta Albert ihre Hand entgegen. Doch dieser ging einfach an ihr vorbei. Auch Elizabeth passierte er, ohne sie eines Blickes zu würdigen. Dann stand er vor Alheidis.

Sie verhielt sich genau so, wie Albert es von ihr gedacht hatte. Es gab keinen gesenkten Blick, keine gespielte Scham, sie stand einfach da, legte den Kopf leicht schief und blickte erwartungsvoll zu ihm auf.

Albert lächelte sie an, und sie lächelte zurück. Allerdings nicht wie bisher mit geschlossenem Mund, sondern diesmal aus vollem Herzen. In diesem Augenblick verstand Alheidis, dass Albert tatsächlich sie meinte. Zeitgleich ging er ohne Worte vor ihr auf die Knie, nahm ihre Hand und führte sie an seine Lippen.

Im gleichen Augenblick hörte man nur noch das ungläubige Prusten Margaretas. Gekränkt fuhr sie Albert ungeniert an: »Ihr nehmt *sie*? Dieses dumme Ding? *Ich* bin die Älteste hier im Hause; Ihr solltet *mich* nehmen. So war es von meinem Vater gedacht, und so muss es geschehen!«

Darauf erhob sich Albert wieder. Gerne hätte er Margareta für ihre Frechheit getadelt, doch das stand ihm nicht zu. So wandte er sich ihrem Vater zu, der einen ähnlich geschockten Gesichtsausdruck wie Margareta zeigte.

»Ihr wollt Alheidis und nicht Margareta zur Frau nehmen?«, fragte er ungläubig.

»Ganz genau, ich bitte hiermit um die Hand Eurer jüngsten Tochter.« Aus dem Augenwinkel konnte Albert erkennen, dass Alheidis nun doch errötete. Zum ersten Mal seit seiner Ankunft senkte sie tatsächlich den Blick. Albert lächelte darüber.

Der Vater war sichtlich enttäuscht, doch wirklich überrascht war er nicht. Er wusste ganz genau, dass bisher nur deshalb kein Mann Interesse an Margareta gezeigt hatte, weil sie sich immer so furchtbar aufbrausend aufführte. Sie war ein Hitzkopf, und das machte sich ständig bemerkbar. Fortwährend fing sie Streit mit ihren Schwestern an. Er fühlte sich mittlerweile schon fast zu alt dafür, immerzu zwischen den Mädchen zu schlichten, und wünschte sich von ganzem Herzen, dass sie das Haus endlich verließ. Nach Überwindung des ersten Schocks hatte sich der Vater wieder gefasst. Er war ganz offensichtlich noch nicht bereit, die Möglichkeit einfach verstreichen zu lassen, seine älteste Tochter heute doch noch zu verloben. »Alheidis ist ein gutes Kind, aber auch noch sehr jung. Warum wollt Ihr Euch nicht eine Gemahlin ins Haus holen, die ein wenig mehr Erfahrung in der Führung eines Haushaltes hat? Meine Margareta wird eine strenge Hausherrin sein. Sie ist gesund und kräftig und nicht so dünn wie meine jüngeren Töchter. Sicher wird sie Euch viele starke Söhne gebären.«

Albert hörte höflich den Worten des Vaters zu. Als dieser geendet hatte, sprach er jedoch mit deutlicher Stimme: »Meine Entscheidung steht fest. Sie fällt auf Eure jüngste Tochter. Ich möchte sie oder keine von ihnen.« Dieses eine Mal, nahm sich Albert vor, würde er seine Macht ausspielen und es ausnutzen, dass er so gut wie jede Jungfrau Hamburgs haben konnte. Albert wusste, der Vater würde ihm seine Bitte nicht abschlagen. Eine Verbindung zu seiner Familie war einfach zu kostbar.

Ohne weitere Diskussion willigte der Kaufmann ein.

In diesem Moment gipfelten die Unhöflichkeiten Margaretas in einem Ausruf der Wut. »Vater! Wie kannst du das zulassen? Nicht sie, sondern ich ...«

Da erreichte die Geduld des Vaters ein jähes Ende. Im nächsten Moment drehte er sich brüsk um und flog regelrecht mit zwei großen Schritten zu seiner aufmüpfigen Tochter. Blitzschnell holte er aus, und ehe sich Margareta versah, fuhr der Handrücken ihres Vaters erneut über ihre bereits gerötete linke Wange. Sie wurde so sehr von dem Schlag überrascht, dass sie ins Taumeln geriet und stürzte. Zu ihrer grenzenlosen Scham war das noch nicht das Ende. Wutentbrannt zeigte ihr Vater mit dem Finger auf sie und sagte vor allen Anwesenden, was ihm seit so langer Zeit auf den Lippen lag. »Mäßige dich gefälligst, Tochter, ehe ich mich vergesse. Du allein trägst Schuld daran, wenn du eines Tages als alte Jungfer ohne Ehemann und Kinder endest. Kein Mann von Stand will ein Weib wie dich. Dein freches Mundwerk werde ich dir schon noch stopfen, du missratene Dirne! Geh hinauf!«

Tränen des Entsetzens rannen Margareta übers Gesicht. Noch

nie hatte der Vater so etwas Furchtbares zu ihr gesagt. Noch unter Schock rappelte sie sich auf und flüchtete aus dem Raum.

Dann drehte sich der Mann, der noch eben eine so hasserfüllte Rede geführt hatte, zu Albert um. In einem weit freundlicheren Ton sagte er: »Also gut, Ihr habt Eure Wahl getroffen. Meine Tochter Alheidis wird Euch sicher ein gutes Eheweib sein. Ich freue mich, dass wir unsere Familien auf diese Weise verbinden werden. Lasst uns jetzt über die Einzelheiten sprechen.« Die Männer setzten sich einander gegenüber an den Tisch. »Nimm die Mädchen mit und lass uns allein«, richtete der Kaufmann ein letztes Wort an seine Frau.

11

Ragnhild stand vor der Tür ihres Hauses und streichelte ihren leicht gewölbten Bauch. Die Sonne war herausgekommen, und nichts hatte sie mehr drinnen halten können. Sie reckte ihr Gesicht dem morgendlichen Licht entgegen und schloss die Augen. Es war Anfang Juni, und die Sonnenstrahlen wärmten bereits am frühen Morgen mit einer ungeheuren Kraft. Nie hätte Ragnhild es für möglich gehalten, doch seitdem sie wusste, dass sie wieder ein Kind erwartete, empfand sie so etwas wie Glück. Sie konnte es nicht erwarten, das Ungeborene endlich in den Armen zu halten und ihm all ihre Liebe zu schenken. In einer Zeit, da sie ihrer drei Kinder und auch Alberts beraubt worden war, fühlte sie sich häufig, als müsste sie an all der aufgestauten Liebe in sich ersticken.

Die Zwillinge Johannes und Godeke wurden ihr mit jedem Tag fremder, und auch Runa hatte Ragnhild seit ihrer Hochzeit nur zweimal zufällig und leider nur von Weitem gesehen. Nun jedoch war sie schwanger und würde bald das erste Kind von Symon gebären. Ragnhild hoffte inständig darauf, dass es ein Mädchen werden würde, denn das sollte ihr länger erhalten bleiben, als es bei Jungen häufig der Fall war. Schnell nahmen die Väter ihre Söhne mit auf Reisen, damit sie ihr Handwerk erlernen konnten. Ein Mädchen jedoch fand weniger Anklang bei den Vätern und blieb bis zur Hochzeit meistens ausschließlich bei ihrer Mutter im Haus.

Die letzten Wochen waren für Ragnhild nur langsam vergangen. Obwohl sie ihr Schicksal freiwillig gewählt hatte, empfand sie anfangs nur Verachtung für ihren Gemahl. Seine überaus vornehmen Kleider täuschten leider nur entfernte Betrachter über seine Körperausdünstungen hinweg. Doch nicht nur sein Äußeres und sein Gestank stießen sie anfangs ab, sondern auch seine herrschsüchtige Art. Die offensichtlich allgegenwärtige Angst Symons davor, dass sein hübsches Weib einem anderen Mann – ganz besonders Albert – schöne Augen machen könnte, ließ ihn sie regelrecht einsperren. In dieser ersten Zeit ihrer Ehe fühlte sich Ragnhild darum mehr als Gefangene denn als Ehefrau.

Symon hatte die Abneigung seines Weibes in den ersten Wochen zwar gespürt, dies aber nicht als wirklich bemerkenswert empfunden. Noch niemals hatte eine Frau seine Gesellschaft geschätzt oder sich ihm gar lustvoll hingegeben. Er hatte sich daran gewöhnt, dass der Mann diesen Teil der Ehe von seinem Weib einzufordern hatte; so wie es auch sein gutes Recht war. Dann aber begannen die Eheleute sich langsam aneinander zu gewöhnen.

Ragnhild wusste, dass sie anfangen musste, sich in ihrem neuen Leben zurechtzufinden, wenn sie jemals wieder glücklich sein wollte. Sie hoffte darauf, dass die Geburt des Kindes die Situation zwischen ihnen entspannen würde, und zwang sich regelrecht dazu, ihre Abscheu in eine Art der Akzeptanz zu verändern; doch lieben tat sie Symon nicht.

Zugleich mit dem Anwachsen des Bauches seines Weibes wurde auch Symon etwas zugänglicher. Er wusste, dass er seine Gemahlin nicht für immer im Haus würde einsperren können, und versuchte redlich, sich von den Dämonen der Eifersucht zu befreien. Die daraufhin langsam und schwerlich erarbeitete Vertrautheit der Eheleute veranlasste Symon dazu, Ragnhild wieder mehr Freiheiten zuzugestehen. Zunächst erlaubte er ihr, zusammen mit der ewig mürrischen Magd Grit zum Wochenmarkt zu gehen, und dann irgendwann sogar, die häufigen Kirchgänge allein zu bestreiten.

Mit diesem Entgegenkommen hatte sich Ragnhilds Leben schon sehr verbessert. Ihre Wünsche waren mittlerweile bescheidener geworden und ihre Dankbarkeit für jedes noch so kleine Zugeständnis groß. Immer häufiger nahm Symon sie mit zu Voltseco und ließ ihr schöne Kleider machen. Er wollte, dass sie hübsch aussah, damit er sich mit ihr schmücken konnte. Vielleicht wollte er ihr sogar tatsächlich eine Freude machen, doch es war für ihn nicht zu erkennen, ob ihr all die schönen Kleider etwas bedeuteten.

Auch er selbst hatte irgendwann angefangen, sich über den feinen Zwirn auf seinem Leib hinaus zu pflegen. Nachdem Ragnhild ihm zu verstehen gegeben hatte, dass sie es schätzte, wenn er nicht allzu stark stank und sein Barthaar stutzte, schien er irgendwann sogar selbst Gefallen daran zu finden, sich herzurichten. Sehr zur Freude Ragnhilds begann er sogar eines Tages, Minzeblätter zu kauen.

Es fiel ihr nun leichter, sich ihm hinzugeben und die unzähligen Male, die er des Nachts zwischen ihre Schenkel wollte, zu erdulden. Die Hoffnung darauf, schwanger zu werden, hatte sie dafür stark gemacht, und nun, da sie es war, überkam sie gänzlich neuer Lebensmut. Das Kind gab ihr die Kraft für einen Kampf, der längst überfällig war; und so fing sie eines Nachts tatsächlich an, dafür zu beten, dass ihre Gedanken bald von Alberts Gesicht befreit sein würden, damit sie endlich Frieden fand.

Ragnhild stand noch immer an der Tür. Die Arme in die Seiten gestützt, atmete sie noch einmal tief ein und ging dann zurück ins Haus. Sie hätte noch Stunden so dastehen können, doch dann hätte es sehr wahrscheinlich nicht mehr lange gedauert, bis

Grit sie entdeckt hätte und zu Symon gelaufen wäre, um Ragnhild der Faulheit zu bezichtigen.

Die beiden Frauen waren sich nicht nähergekommen. Anfänglich hatte Ragnhild sich um die Magd bemüht, doch schnell musste sie feststellen, dass Grit ein Leben ohne Ragnhild noch immer bevorzugte. Eine ganze Zeitlang hatte sie sich gefragt, woher diese Ablehnung kam. Dann wurde es ihr schlagartig klar. Grits heimliche Blicke in Symons Richtung, wenn sie sich unbeobachtet fühlte, verrieten sie. Ragnhild hatte keinen Zweifel mehr – Grit war in der Zeit vor ihrer Ehe Symons heimliche Geliebte gewesen!

Viel zu alt zum Kindergebären, hatte die Magd für ihn tatsächlich eine willkommene Gelegenheit dargestellt, sein Bett zu wärmen, bis sich etwas Besseres ergab. Dies war mit der Hochzeit geschehen, und Grit hasste nicht etwa Symon dafür, sondern Ragnhild.

Offensichtlich glaubte die Magd, dass Ragnhild ihr eine Möglichkeit genommen hatte, die es in Wahrheit aber niemals gegeben hatte. Ihr Wunsch, dass Symon sie eines Tages heiraten werde, hatte sie blind gemacht. Nur wegen dieser Hoffnung war sie bei ihm geblieben, und nun traf es sie mit voller Wucht, dass sie nur eine Gespielin für ihn gewesen war. Fast tat sie Ragnhild leid.

Auch die Beziehung zu Jacob war schwierig. Angefangen hatte es bereits am Tag der Eheschließung. Durch die Heirat zwischen Symon und ihr wurde die Verlobung von Jacob und Runa aufgelöst. Schon dafür hatte er Ragnhild verachtet. Nun konnte er sich vor seinen Freunden nicht mehr damit brüsten, einmal eine Dame von Stand zu ehelichen. Ganz im Gegenteil, sicher wurde er der Umstände wegen auch noch verspottet. Seit Ragnhilds Schwangerschaft war das Verhältnis zwischen ihnen allerdings noch angespannter. Jacob war über zwölf Jahre lang das einzige

Kind im Hause gewesen. Er konnte und wollte sich ganz offensichtlich nicht mit dem Gedanken anfreunden, dass er sich den Platz an der Seite seines Vaters möglicherweise mit einem weiteren Erben teilen sollte.

Auch Symon merkte die Anspannung zwischen Ragnhild, Jacob und Grit. Zunächst hatte er versucht das Ganze auszusitzen, doch als die Situation sich nicht zu bessern schien, wusste er, dass es nun an ihm war, den Frieden im Hause wiederherzustellen. Ganz davon abgesehen, dass er Streit und Zickereien zwischen Frauen verabscheute, wollte er auch zusätzlich sein neues Eheglück nicht gestört wissen. Denn auch wenn er es niemals zugegeben hätte, war er noch immer ganz trunken vor Glück über die Wende, die sein Leben genommen hatte. Sein Eheweib war aus gutem Hause und hatte ihm Tür und Tor bei den hohen Familien der Stadt geöffnet, was er sich bereits seit einer halben Ewigkeit gewünscht hatte. Zusätzlich war sie von sehr ansprechendem Aussehen und würde ihm in naher Zukunft ein Kind gebären. Sein Glück war perfekt, und er würde sich das weder von seinem Sohn noch von seiner eifersüchtigen Magd kaputt machen lassen. Dieses dumme Ding hatte ihn tatsächlich am Tage nach der Hochzeitsnacht heimlich aufgesucht, um ihn zu bespringen. Symon jedoch hatte sie daraufhin von sich gestoßen und ihr unmissverständlich klargemacht, dass er nun ein Eheweib habe und sie nicht mehr für das Bett benötige. Seither fing sie fortwährend Streit mit Ragnhild an, den Symon allerdings mit harten Worten zu beenden wusste.

Als sie eines Tages gemeinsam am Tisch speisten und Grit gerade dabei war aufzutragen, packte er sie unerwartet rüde am Arm und befahl ihr, sich neben Jacob zu setzen. Die folgende Standpauke ließ selbst Ragnhild erröten. Mit dröhnender Stimme befahl Symon den beiden, seiner Gemahlin gefälligst den gebührenden Respekt zu zollen, und drohte mit allerlei Strafen, falls sie es nicht täten.

Seit diesem Moment empfand Ragnhild das erste Mal ein Gefühl der Achtung Symon gegenüber. Er hatte sich für sie eingesetzt, hatte sie verteidigt, wie es ein Ehemann auch tun sollte, sobald seinem Weibe Unrecht geschah. Das rechnete sie ihm hoch an.

Auch wenn der Gedanke an ihr altes Leben, in dem es so viel Liebe gegeben hatte, ihr noch immer einen Stich versetzte, wurde Ragnhild mit der Zeit klar, dass sie es mit dem wenig ansehnlichen Symon vielleicht doch irgendwie würde aushalten können. Sie hatte recht gehandelt und Runa mit der Hochzeit vor einem Ehemann bewahrt, der weit schlechter für sie gewesen wäre, als Symon es für Ragnhild war. Das Gefühl, ihr als Mutter wenigstens auf diese Weise noch ein letztes Mal beigestanden zu haben, war gut. Noch war sie zu klein, um zu verstehen, doch eines Tages würde Ragnhild es ihr erklären.

Sie vermisste ihr kleines mutiges Mädchen sehr. Jeden Tag fragte sich Ragnhild, wie es ihren Kindern wohl ergehen mochte – selbstverständlich erhielt sie niemals eine Antwort darauf. Doch sie ließ es sich nicht nehmen, jede Nacht ein langes Gebet für sie zu sprechen.

Ragnhild konnte nicht wissen, dass ihre kleine Tochter jede Nacht das Gleiche tat.

Gleich mehrere Gründe hatten dazu geführt, dass sich Alheidis sofort nach der Ankunft in ihrem neuen Zuhause auf der Grimm-Insel sehr wohl gefühlt hatte.

Ihr Gemahl Albert war ein gutherziger Mann. Freundlich wurde sie von ihm aufgenommen. Er drängte sie zu nichts; ließ ihr einfach Zeit, sich an ihn und an ihr neues Heim zu gewöhnen. Nach und nach kamen sie sich näher, und sehr bald spürte Alheidis all jene Gefühle, von denen die Minnesänger immer berichteten. So schön hätte sie sich das Leben als Ehefrau niemals vorgestellt. Sie war glücklich!

Die letzten Tage vor ihrer Hochzeit hatte sie es gar nicht mehr erwarten können, endlich aus dem Haus der Eltern zu gehen. Auch wenn sie Vater und Mutter sehr liebte, war ihr Leben nach der Verlobung ein anderes geworden.

Ihre älteste Schwester Margareta war nach dem Besuch Alberts regelrecht rasend vor Eifersucht. Nicht genug damit, dass sich alle ihre bisherigen Bewerber nach einem ersten Kennenlernen für eine andere Braut entschieden hatten; nun bekam auch noch ihre jüngste Schwester vor ihr einen Ehemann. Diese Ungerechtigkeit war für Margareta kaum zu ertragen.

Zusätzlich hatte sie nach dem Besuch Alberts auch noch die Gunst ihres Vaters eingebüßt. Grün und blau wurde sie für ihr ungebührliches Verhalten von ihm geschlagen. Immer wieder schrie er dabei, dass sie niemals einen Mann bekommen würde und er sie deshalb in ein Kloster schicken werde. Als wäre das alles nicht schon genug, fingen die Eltern auch noch an, in den höchsten Tönen über Alheidis zu reden. Ihre Schönheit, ihre damenhafte Zurückhaltung und ihr Liebreiz – alles schien plötzlich der Rede wert zu sein; Margareta fühlte sich zurückgesetzt und elend, und diesen Kummer ließ sie Tag für Tag an Alheidis aus, sobald sie sich unbeobachtet glaubte. Den Ehemann hatte das Biest ihr gestohlen, und dafür sollte sie büßen! Wenigstens so lange, wie sie noch im Hause der Eltern war.

Alheidis ertrug die Zeit bis zur Hochzeit mit zusammengebissenen Zähnen. Schon immer hatte es Streit zwischen den Schwestern gegeben. Zu verschieden waren ihre Wesen ab dem Tag ihrer Geburt und zu groß die Konkurrenz, die von den anderen beiden ausging. Seit sie dem Kleinkindalter entwachsen waren, gab es für sie irgendwann nur noch das eine Thema – Heiraten –, und um einen Mann zu bekommen, war vor allem Margareta alles recht. Ihre Eltern hatten dieses Verhalten geschürt, indem sie ihnen seit frühester Zeit eingebläut hatten, dass nur Nonnen und Witwen achtenswerte Frauen waren – und natürlich die Verheirateten. So fieberten sie alle ihrer künftigen Ehe mit größter Ungeduld entgegen und beteten jeden Abend um einen Gemahl.

Als der Tag ihrer Hochzeit endlich gekommen war, fühlte sich Alheidis großartig. Sie war im besten Alter, würde Herrin über ein großes Haus werden und bekam einen Ehemann, um den sie von allen unverheirateten Frauen Hamburgs beneidet wurde. Viele Damen waren gekommen, um sie herzurichten. Ihr Haar, ihre Haube, ihr Kleid, alles war so wunderschön und ließ sie sich fühlen wie eine Königin. Sie verspürte keine Angst darüber, ihr Elternhaus zu verlassen, oder gar vor der Hochzeitsnacht. Alles würde so kommen, wie es kommen sollte – sie vertraute einfach auf Gott.

Die Hochzeitsfeier auf der Grimm-Insel war herrlich, wenn auch schlicht und bloß im kleinen Kreis der beiden Familien. Die Brautmutter weinte eigentlich den ganzen Tag. Um ihr den Abschied etwas zu erleichtern, versprach Alheidis, sie regelmäßig zu besuchen.

Erst spät am Abend hatten sich die Brautleute, begleitet von einigen anzüglichen Witzen von Thiderich und Walther und den Glückwünschen der Frauen für ein gutes Gelingen, vom Fest entfernt, um ihre erste gemeinsame Nacht zu verbringen.

Albert bat Alheidis, ihr beim Ausziehen zusehen zu dürfen, und sie gewährte ihm den Wunsch ohne jede Scheu. Daraufhin hatte sie die vielen Schnüre ihres Kleides mit geschickten Fingern geöffnet und den schimmernden Stoff einfach von ihrem schlanken Körper zu Boden gleiten lassen.

Ihr Angetrauter betrachtete sie dabei mit Wohlwollen, kam jedoch nicht umhin, sie doch mit seiner ersten Frau zu vergleichen. Alheidis war kleiner als Ragnhild, und sie hatte dünnere Schenkel und einen schmaleren Po. Dann folgte eine sehr schlanke Taille. Ihr Bauchnabel war leicht vorgewölbt und ihre

Brüste überraschend füllig und von großen Brustwarzen gekrönt. Nahezu überall auf ihrem Körper fanden sich kleine Sommersprossen.

Während er sie lächelnd ansah, öffnete sie ihre Haarflechten und ließ die langen Strähnen frei über ihre Schultern fallen. Genauso erstaunt, wie Albert damals über Ragnhilds blondes Haar gewesen war, erstaunte ihn nicht weniger die kräftige Färbung von Alheidis' Haar. Zufrieden stellte Albert fest, dass sie tatsächlich ganz anders aussah als seine große Liebe Ragnhild; genauso hatte er es gewollt!

Liebevoll zog er sie an sich. Sie lächelte und zeigte sich kein bisschen ängstlich. Wegen genau dieser Eigenschaft hatte Albert sie ausgewählt. Sanft legte er sich auf sie und genoss das Gefühl ihrer weichen, warmen Haut. Sie öffnete sich einladend, und er versuchte sie so zu nehmen, dass er ihr möglichst wenig Schmerz bereitete. Tapfer ertrug sie den leidvollen Akt und gab sich ihm danach sogar noch ein zweites Mal hin. Diesmal genoss sie es sichtlich mehr. Erst jetzt war es vor Gott besiegelt – sie waren nun Mann und Frau.

Albert mochte Alheidis vom ersten Tag an. Trotz ihres jungen Alters versprühte sie eine enorme Selbstsicherheit, was sich auch in der Führung des Haushaltes bemerkbar machte. Schnell hatte sie jeden Bewohner – ob Mann oder Frau – dazu gebracht, sich ihren Wünschen gern zu beugen. Sogar Thiderich und Walther waren ihr verfallen und erfüllten ihr jeden Wunsch auf Anhieb. Ein jeder im Hause hieß sie willkommen und freute sich aufrichtig über das Glück der Eheleute. Tatsächlich schien es so, als ob sich für Albert alles zum Guten wenden würde.

Als er eines Morgens von einer frühen Ratssitzung nach Hause kam, begrüßte seine Gemahlin ihn bereits am Tor. Ihre sommersprossigen Wangen glühten vor Aufregung, und ihre grünen Augen glitzerten verheißungsvoll. Sofort merkte Albert, dass sie ihm etwas sagen wollte, und noch bevor er danach fragen konnte, gestand sie ihm: »Ich bin schwanger!«

In diesem Moment vergaß er, dass eine Umarmung auf offener Straße ungebührlich war, und nahm sie hoch und wirbelte sie herum. Er war berauscht vom Glück und gleichzeitig beherrscht von einem einzigen Wunsch. *Lieber Gott, lass dieses Kind mir helfen, meine Gedanken endlich von Ragnhild zu lösen. Lass mich Alheidis lieben können, wie sie es verdient hat!*

TEIL III

Hamburg
Sommer, im Jahre des Herrn 1284

1

»Nunc dimittis servum tuum Domine, secundum verbum tuum in pace. Quia viderunt oculi mei salutare tuum, quod parasti ante faciem omnium populorum, lumen ad revelationem gentium et gloriam plebis tuae Israel.«

Das Komplet war fast beendet. Gerade hatte der Pfarrvikar den Gesang des *Nunc dimittis* ertönen lassen, worauf jetzt die Oration und der Segen für die Nacht erfolgten. Danach würde bis zum nächsten Morgen nicht mehr gesprochen werden. Laut ertönte das Wort *Oremus* aus dem Mund des Pfarrvikars, der damit die Gläubigen aufforderte, nun mit ihm zu beten. Nur selten mussten die Schwestern des Beginenklosters den Stundengebeten eines Tages vollständig beiwohnen. Da es hierfür keine festen Regeln gab, bestimmte der Domdekan diese Tage nach seinem Gutdünken.

Runa trat ungeduldig von einem Bein auf das andere. Sie hatte ein schlechtes Gewissen, weil sie sich nicht auf das Gebet konzentrierte, sondern immerzu nur an *ihn* dachte. Schon am nächsten Tage würde es wieder so weit sein. Dann würden sie sich endlich wiedersehen. Sie konnte förmlich fühlen, wie seine Arme sich um sie schlossen und seine Lippen ihr Gesicht mit Küssen bedeckten. Zum unzähligsten Male fragte Runa sich, womit sie diese wunderbare Liebe verdient hatte. Es war ein so vollkommenes und herrliches Gefühl, wie sie es noch niemals zuvor verspürt hatte. Nichts, das sie kannte, war schöner als er, und niemand vermochte es, sie so sehr um den Schlaf zu bringen, ohne überhaupt anwesend zu sein. Eigentlich war Runas Glück perfekt – wäre da nicht die Tatsache, dass sie eine Beginen-Schwester und er der Ratsnotar von Hamburg war!

Die Beginen erhoben sich wortlos und gingen den kurzen Weg über die Steinstraße, auf deren anderer Seite ihr Kloster lag. Stumm wünschten sie sich eine gute Nacht und zogen sich in ihre schmucklosen Kammern zurück.

Als Runa am nächsten Morgen erwachte, konnte sie ihre innere Unruhe kaum mehr beherrschen, doch bevor sie sich heute Abend mit Johann treffen konnte, musste sie ihre Arbeiten verrichten.

Beschwingt machte sie sich auf den Weg zur Gröningerstraße auf der Grimm-Insel. Hierher kam sie seit einem Jahr fast täglich, um eine steinalte Frau zu versorgen, die nicht mehr sprechen noch aufstehen konnte. Sie mochte diese Besuche sehr – vielleicht gerade weil die Dame nicht sprach. Hier konnte sie ihren Gedanken freien Lauf lassen und musste nicht befürchten, bei ihren Tagträumereien erwischt zu werden.

»Guten Tag, Schwester Runa. Ich habe schon auf Euch gewartet«, begrüßte sie die Hausherrin bereits an der Tür. Sie trug einen Korb bei sich und schien in Eile zu sein.

»Guten Morgen, Domina Remburgis. Bin ich etwa so spät dran heute? Bitte verzeiht«, entschuldigte sich Runa erstaunt.

»Nein, nein, Ihr seid nicht zu spät. Ich wollte das Haus nur nicht vor Eurem Eintreffen verlassen. Ihr werdet heute mit Mutter allein sein, denn ich muss ein paar Besorgungen tätigen. Kommt Ihr zurecht?«

»Aber natürlich; sorgt Euch nicht, Domina Remburgis. Eure Frau Mutter und ich werden wie immer prächtig miteinander auskommen.«

Die Ratsherrnfrau rief noch einen Dank zum Abschied und

winkte der Begine zu, die sie mittlerweile so gut kannte, dass sie ihr das Haus ohne Bedenken überließ.

Runa ging nach oben und klopfte an die Tür der alten Dame. Obwohl diese sie nicht hereinbitten konnte, tat Runa es dennoch, um die Alte nicht zu erschrecken.

»Guten Morgen, Mütterchen. Habt Ihr gut geschlafen? Es ist ganz wunderbares Wetter draußen. Fast schon ein wenig zu warm«, plauderte sie, während sie die Läden des Fensters öffnete.

Die Alte blinzelte dem Sonnenlicht entgegen, zeigte jedoch sonst keine Regung. Wie immer stand der Krug mit Wasser schon bereit, und auch ein Haufen Leinen lag ordentlich gefaltet neben der Bettstatt. Das Mütterchen, wie Runa die Dame stets nannte, sollte tatsächlich weit über siebzig Jahre alt sein, doch das konnte sie sich nur schwerlich vorstellen. Mit sanften Bewegungen entkleidete sie die alte Dame, deren Finger bereits steif und krumm waren. Ihr Gesicht zeigte sich von unzähligen Falten durchzogen, und auch jeder andere Teil ihres Körpers war runzlig. Dennoch fühlte sich ihre Haut samtweich an.

Runa war jedes Mal aufs Neue fasziniert von Gottes Schöpfung. Noch war ihr eigener Körper straff, doch irgendwann würde er ähnlich aussehen. Der Gedanke schreckte sie nicht – wie könnte er, schließlich hatte auch Johann schon ein paar Falten. Sie liebte jede einzelne.

Während sie behutsam die schlaffen Körperteile des Mütterchens wusch, flohen ihre Gedanken zu ihrem Geliebten. Sofort stieg ein Kribbeln in ihr auf. Sie war allein und unbeobachtet, niemand konnte ihr strahlendes Lächeln sehen.

Vor einem Jahr hatte es begonnen, schleichend und unschuldig. Weil diese Verbindung so verboten wie undenkbar war, diente ihnen der Umstand selbst als Tarnung. Niemand hätte je vermutet, dass Johann Schinkel, Mitglied des Domkapitels und ratsherrlicher Kopf des Obrigkeit Hamburgs, jemals Gefallen an einer Frau finden würde – und schon gar nicht an einer einfachen Beginen-Schwester, die zudem vom Alter her seine Tochter hätte sein können. Nicht einmal Runa und Johann selbst hätten das für möglich gehalten und wurden ebenso davon überrascht.

»Ich habe jemanden kennengelernt, Mütterchen«, begann Runa plötzlich zu erzählen. Sie wusste nicht, warum sie es tat, schließlich hatte sie der alten Dame noch niemals etwas erzählt, doch sie konnte es plötzlich nicht mehr unterlassen. Bis zum heutigen Tage wusste niemand von ihr und Johann. Wem hätte sie dieses unglaubliche Geheimnis auch anvertrauen können? Doch Runa musste ihr Herz einfach erleichtern. Der Drang, ihr großes Glück auszusprechen, war zu übermächtig, und heute, da sie und die Alte ganz allein in diesem großen Haus waren, tat sie es einfach. Das Mütterchen würde ganz sicher nichts verraten.

»Er heißt Johann. Ich sah ihn das erste Mal auf meinem regelmäßigen Wege zum Heiligen-Geist-Hospital, als ich auf dem Weg zur Pflege der Notleidenden und Alten war. Ich erinnere mich noch gut, er war stets so kostbar gekleidet und zeigte sich immer mit aufrechtem Gang. Sein Haar ist fast ebenso blond wie das meine, und seine Augen strahlen in einem so herrlichen Blau, dass ich fast nicht hineinschauen kann. Versteht Ihr, was ich meine, Mütterchen?«

Runa erinnerte sich. Sein Anblick hatte sie sogleich verzaubert. Auch wenn alles an ihm die gleiche Würde und Erhabenheit ausstrahlte, die allen Ratsherren anzuhaften schien, hatte sie schon bei ihrer ersten Begegnung etwas Besonderes an ihm entdeckt. Etwas, was sie bei den anderen hohen Würdenträgern der Stadt nicht zu sehen vermochte. Es war irgendwas in seinem Blick, was sie sofort eine gewisse Vertrautheit hatte spüren lassen und sie eines Tages, als sie sich das unzähligste Mal auf den Straßen begegnet waren, lächeln ließ. Johann hatte zurückgelächelt. Obwohl es ein verbotenes Lächeln zwischen zwei Ungleichen war, gewann es mit jedem Mal an Breite. Irgendwann wurde das Lächeln von einer gewissen Gesichtsröte begleitet, was Runa dazu veranlasste, immer schnell den Blick zu senken, um ihre verbotenen Gefühle nicht zu verraten. Dann, als viele Wochen mit diesem Spiel verstrichen waren, kam der Tag, da er sie einfach ansprach. Leise fragte er sie beim Vorbeigehen nach ihrem Namen. Runa! Er hatte ihren Namen mit seiner wohlklingenden Stimme wiederholt und ihr dabei ganz tief in die Augen geblickt.

»Diese Augen, Ihr könnt Euch nicht vorstellen, was sie mit mir machen, Mütterchen«, lachte Runa und wrang das Leinentuch mit einem plätschernden Geräusch über der Waschschüssel aus. »Wollt Ihr wissen, wie unser erstes heimliches Treffen zustande gekommen ist? Ich erzähle es Euch«, sagte sie mehr zu sich selbst als zu ihr. Eine ganze Weile lang war bloß das Plätschern des Wassers zu hören. Runa war wieder in Gedanken versunken und fühlte sich an den Tag zurückversetzt, da sie sich zum ersten Mal trafen. Zu dieser Zeit konnte sie den Weg zum Heiligen-Geist-Hospital kaum mehr zurücklegen, ohne innerlich vor Aufregung zu beben. Bereits aus einiger Entfernung hatten sie einander erkannt. Zu lange war der Gang des einen von dem anderen beobachtet worden, als dass er sie nicht schon von Weitem verriet. Tatsächlich waren sie dieses eine Mal für einen kleinen Moment allein auf der Straße, und so flüsterte er ihr die Beschreibung eines Ortes zu. Runa war in diesem Moment nicht mehr in der Lage, klar zu denken, geschweige denn zu antworten. Ein winziges Nicken nur zeugte von ihrer Zustimmung. Daraufhin hatte sie die Krankenpflege in einer unwahrscheinlichen Eile abgeleistet. Vollkommen entrückt kümmerte sie sich um Wunden, sprach Gebete und wusch die siechenden Körper, bis sie endlich zu dem Ort hasten konnte, den Johann ihr genannt hatte.

Sie fand ihn nicht auf Anhieb, denn nur eine winzige, leicht zu übersehende Gasse führte dorthin. Doch als sie endlich davorstand, hatte sie keinen Zweifel. Das musste es sein!

»Wir trafen uns heimlich in einem kleinen Haus. Ich sage Euch, es ist mit Sicherheit das kleinste Haus, das ich je gesehen habe. Es steht zwischen zwei weit größeren Häusern und wirkt fast, als würde es von ihnen auf die Hälfte seiner eigentlichen Breite zusammengedrückt. Die Balken weisen überall lange Risse auf und sind schon ganz schief, weshalb sich die Tür nur noch schwer öffnen lässt. Sie ist gerade eben hoch genug, um aufrecht hindurchzugehen – jedenfalls für mich.« Runa lachte leise und dachte daran, wie Johann sich schon einige Male schmerzhaft den Kopf an dem oberen Türbalken gestoßen hatte. »Sicher denkt Ihr gerade, dass dies nicht nach einem gemütlichen Ort für ein erstes Treffen klingt, oder, Mütterchen? Aber ich kann Euch versichern, dass dieses Haus mir vorkam wie das Paradies selbst. Nirgendwo wäre ich in diesem Augenblick lieber gewesen.«

Runa bemerkte nicht, dass sie schon seit geraumer Zeit bloß den rechten Arm der Alten wusch. Sie hatte sich auf die Bettkante gesetzt und starrte in Gedanken versunken in die Luft. Sie war nun wieder in dem Haus und erinnerte sich an dieses erste Treffen. Unsicher war sie eingetreten. Was tat sie hier bloß, hatte sie sich im Stillen gefragt. Für einen kurzen Moment hatte sie sogar in Erwägung gezogen, wieder zu gehen. Doch ihre Neugier und Erregung waren stärker gewesen, und so zog sie die Tür leise hinter sich zu. Im Inneren war es dunkel gewesen. Nur ein paar Schlitze der rissigen Außenwand ließen die Sonne herein. Staubflocken tanzten in den Lichtstrahlen herum. Es war still. Runa vernahm den Geruch des alten Holzes. Sie mochte diesen Duft und fühlte sich sofort geborgen.

Ohne eine Vorwarnung oder ein Geräusch war jemand von hinten an sie herangetreten. Runa wollte sich umdrehen, doch sie wurde durch sanfte Hände daran gehindert. Dann nahm man ihr den Schleier ab und band ihr einen weichen Stoffstreifen über die Augen. Sie ließ es einfach mit sich geschehen und rührte keinen Finger. Der Duft, der Johann entströmte, hatte ihn sogleich verraten. Sie kannte diesen Duft so gut, denn die Luft schien jedes Mal davon erfüllt, wann immer er an ihr vorbeigegangen war. Nun umhüllte sie dieser Geruch wie ein Traum.

Johann war mit langsamen Schritten um sie herumgegangen. Sie hatte seinen Atem auf ihrem Gesicht gefühlt, was ihr Herz fast dazu brachte, vor Erregung ein paar Schläge auszusetzen. Jede seiner Berührungen brannte auf ihrer Haut wie Feuer und ließ sie erzittern.

Er hatte ihr Gesicht in seine großen Hände genommen und seine Lippen sanft zu den ihren geführt. Unsicher begann Runa, sich seinen Lippenbewegungen anzupassen. Seine Zunge suchte den Weg zu ihrer und zeigte ihr sanft, was sie zu tun hatte. Runas Körper erbebte unter seinen Küssen. Johann schien zu spüren, dass ihre Knie nachgaben, und nahm sie wortlos auf seine starken Arme. Behutsam hatte er ihren Körper auf ein weiches Bett gelegt und gleich darauf begonnen, langsam ihre Kleider auszuziehen.

Noch immer trug Runa die Augenbinde. Zu gerne hätte sie damals gewusst, was sie zu sehen bekäme, wenn sie sich der Binde entledigte, doch die Angst vor dem Ungewissen und die Furcht, sich dann nicht mehr weiterzutrauen, ließen sie innehalten. Mit verbundenen Augen hatte sie das seltsame Gefühl, nicht wirklich Teil dieses Moments zu sein, der eigentlich nicht sein durfte.

Runa war bis heute außerstande zu sagen, wie genau er es angestellt hatte, doch plötzlich fühlte sie, wie er ihr mit geschickten Händen das letzte Stückchen Stoff vom Körper zog. Seine Bewegungen waren so fließend gewesen, dass sie oft nicht zu sagen vermocht hatte, wo genau er sich gerade befand.

Johann begann daraufhin, ihren Körper zu liebkosen. Seine Lippen spielten an ihrem Hals, und seine Zunge kreiste um ihre harten Brustwarzen. Seine Hände schienen damals überall zu sein und lösten bei ihr Wellen der Erregung aus, die ihren Körper sich unkontrolliert aufbäumen ließen. Sanft hatte er sie jedes Mal zurück in die Laken gedrückt, nur um gleich darauf von Neuem anzufangen. Irgendwann fühlte Runa, wie er behutsam ihre Schenkel auseinanderschob und sich dazwischen platzierte. Seine Zunge hatte sich tiefer und tiefer an ihrem Bauch entlanggearbeitet, bis er die Stelle ihres ganzen Glücks erreichte. Dort ließ er seine Zunge kreisen und drang immer wieder in sie ein.

Zu dieser Zeit war es um Runa geschehen, und sie stöhnte hemmungslos. Ihr Liebhaber wusste, dass ein jeder Laut sie verraten konnte, und verschloss ihren Mund sogleich mit seinen Küssen. Dankbar ließ sie ihre Laute damals auf diese Weise ersterben. Seine Lippen rochen nach ihrem Schoß, und der Kuss fühlte sich feuchter an als die vorangegangenen. Er lag nun auf ihr; ebenso nackt wie sie selbst.

Ohne zu wissen, warum sie das tat, reckte sie sich ihm entgegen. Sie wollte ihm nahe sein. Noch viel näher, als sie es zu dieser Zeit schon war. Dann plötzlich hatte sie etwas Hartes gefühlt und war erschrocken zusammengezuckt. Es war warm und trocken, und sie konnte sich nicht erklären, was es war.

Johann verstand damals sofort und sagte mit leiser Stimme: »Vertraue mir jetzt, Runa.« Dann hatte er angesetzt und war ganz in sie hineingefahren. Auch er konnte sein Stöhnen nicht mehr unterdrücken. Runa war so feucht, dass er einfach in sie glitt. Der Moment, der den Jungfrauen eigentlich Schmerzen bereitete, erstarb mit einem kaum zu vernehmenden Ausatmen Runas. Gleich darauf hatten sich ihre Hüften im Gleichtakt bewegt und ihre Hände sich lustvoll in den Rücken des anderen gekrallt.

Alles um Runa herum war verschwommen; jedes Gefühl floss augenblicklich in ihren Schoß. Dann war es geschehen. Sie hatte ihren Kopf zurückgeworfen und für einen kurzen Moment das

Atmen vergessen. Ein Zittern hatte ihren ganzen Körper erfasst und sie kurz darauf wieder freigelassen. Im selben Moment zog Johann sich aus ihr zurück, um sich einen Augenblick später zuckend auf ihrem Bauch zu ergießen. Der Akt war vorbei, doch etwas anderes hatte begonnen. Noch einige Zeit lagen sie eng umschlungen da und atmeten schwer. Dann endlich hatte Johann Runas Augenbinde gelöst. Sie blickten einander an und küssten sich erneut.

Von da an war ihre Liebe geboren, und sie trafen sich in dem kleinen, windschiefen Haus, so häufig sie nur konnten. Wie Runa später erfuhr, war es seit jeher im Besitz von Johanns Familie. Doch kaum jemand wusste davon; und genau so sollte es auch bleiben. Immer dann, wenn er sich von dem arbeitsreichen Leben im Rathaus erholen wollte, zog Johann sich gerne hierhin zurück, wo ihn niemand fand. Nun war dieses Haus zu der Stätte ihrer Liebe geworden, und es schien mit jedem Mal, da sie sich hier liebten, wertvoller zu werden.

Plötzlich zuckte die Alte mit ihrem rechten Arm. Runa erwachte aus ihrem Tagtraum. Sie bemerkte jäh, dass sie seit geraumer Zeit dieselben Bewegungen vollführte, und bekam augenblicklich ein schlechtes Gewissen. »Bitte verzeiht, Mütterchen. Ich war so in Gedanken.« Sie legte den rechten Arm vorsichtig neben den Körper der Greisin und umrundete das Bett, um ihre linke Seite zu waschen. Dann führte sie ihr Selbstgespräch fort.

»Ich denke, ich weiß, was Ihr mich fragen wollt, und ich kann Euch versichern, dass unsere Liebe bisher unentdeckt geblieben ist. Niemand ahnt etwas, Ihr seid also die Erste, die davon erfährt, meine liebe Freundin«, sagte Runa schmunzelnd und strich der Alten zärtlich über die Hand. »Nicht einmal die anderen Schwestern im Kloster wissen etwas, und wie Ihr Euch sicher vorstellen könnt, muss das auch so bleiben. Aber ich gebe offen zu, Mütterchen, dass ich häufig nicht weiß, wie es weitergehen soll«, gestand

Runa etwas traurig, während sie mit ihrem feuchten Leinen den Oberkörper der Dame wusch.

Bislang war Runas Verhalten unauffällig gewesen, denn ihre Tarnung war nahezu perfekt. Der Gang zu den Notleidenden und Armen im Heiligen-Geist-Hospital war schon immer eine Selbstverständlichkeit für die Beginen-Schwestern gewesen, denn Barmherzigkeit, Krankenpflege und Nächstenliebe stellten neben Armut, Keuschheit und Frömmigkeit die wichtigsten Eigenschaften ihres Ordens dar. Nur für die aufopfernde Pflege der Kranken und Alten durften sie sogar ihre Gebete vernachlässigen. Auch wenn Runa häufig das schlechte Gewissen plagte, nutzte sie diese Freiheit der Klosterschwestern stets für ihre Zwecke. Immer dann, wenn es sich anbot, schlich sie sich nach getaner Krankenpflege in das kleine Haus Johanns, nahe dem Hospital. Niemand hegte je Zweifel daran, dass die Krankenpflege an diesen Tagen einfach so viel Zeit in Anspruch genommen hatte, sodass Runa deshalb nicht rechtzeitig zum Gebet erscheinen konnte. Ganz im Gegenteil. Ihre Aufopferung wurde bei den Schwestern wohlwollend gewürdigt. Bisher war ihr Geheimnis also gewahrt, doch wie lange würde dieses Spiel noch so weitergehen? Runa wusste es nicht, und das plagte sie.

»Ich muss jetzt gehen, liebes Mütterchen«, sprach Runa, nachdem sie die alte Dame wieder angekleidet hatte. Ein letztes Mal setzte sie sich auf die Bettkante und nahm eine der runzligen Hände in ihre. »Ich danke Euch dafür, dass Ihr mir zugehört habt. Mein Herz fühlt sich jetzt leichter an. Bitte denkt nicht schlecht von mir, weil ich mich auf diese Weise versündige. Ich kann nicht anders. Ich liebe ihn!«

Die Greisin bewegte sich nur noch äußerst selten, doch in diesem Moment fühlte Runa deutlich, wie sie ihre Hand kurz drückte. Dankbar und zutiefst gerührt, küsste Runa ihre Stirn und verließ das Haus.

Der Gang vom Katharinen-Kirchspiel zum Jacobi-Kirchspiel war eigentlich eine Kleinigkeit, doch Runa verlangsamte mit Absicht ihren Schritt. Sie hatte es nicht eilig, ins Kloster zurückzukommen, wo sie ihre Gefühle wieder tief in sich verschließen musste, um sich nicht zu verraten. So spazierte sie gemächlich Richtung Norden und überquerte das Reichenstraßenfleet bis zum alten Marktplatz, über den es zur Sattlerstraße ging. Sie hatte diesen Weg mit Absicht gewählt, da sie so am Dom vorbeikam. Hier verweilte sie einen Augenblick.

Vor vierzehn Jahren hatte sie genau hier mit ihrer Mutter, Marga und Hilda gestanden. Mit kindgerechten Worten hatte die Magd ihr damals von der Aufgabe des Mariendoms als *Mutter der vier Pfarrkirchen Hamburgs* erzählt. Diese einprägsamen Worte hatte Runa niemals vergessen. Damals war der Bau noch sichtlich unfertig gewesen, doch Domdekan Sifridus hatte viel bewirkt. Schon längst waren viele Teile des Doms vollkommen, und doch war es zu bezweifeln, dass die Fertigstellung noch in einem Menschenleben getan sein würde. Runa versuchte sich einzureden, dass es der große Sakralbau war, den sie betrachten wollte, doch eigentlich hoffte sie, einen zufälligen Blick auf Johann werfen zu können, der in seinem Amt als Domherr täglich hier betete. Sie verweilte genau so lange vor dem Eingangsportal, wie sie es gerade noch verantworten konnte, ohne aufzufallen – vielleicht sogar noch ein wenig länger –, dann aber musste sie unverrichteter Dinge weitergehen.

Manchmal konnte sie sich nur noch über ihr Verhalten wundern. Als sie vor vier Jahren in das Kloster der Beginen eingetreten war, hätte sie sich niemals träumen lassen, dass sie sich jemals für einen Mann so sehr in Gefahr begeben würde. Die meisten Männer um Runa herum waren stets grausam zu ihr gewesen. Niemals wollte sie deshalb eine Ehefrau sein, um zu vermeiden, jemals einem Manne untertan sein zu müssen. Alles war anders gekommen, und dass sie mit einem Mal tatsächlich einen Mann liebte, überraschte sie selbst wohl am allermeisten.

Eigentlich musste sie ihrer Familie, unter der sie jahrelang gelitten hatte, fast dankbar sein, denn unter anderen Umständen hätte sie Johann niemals kennengelernt. Nach Jahren der Erniedrigung hatte sie es einfach nicht mehr im Haus in der Reichenstraße ausgehalten. Die ständigen Prügel von Conrad immer dann, wenn er zu viel getrunken hatte oder sie sich auch nur die kleinste Verfehlung leistete, der unerklärliche Hass ihrer Stiefmutter und die Verachtung ihrer damals elfjährigen Zwillingsbrüder: Das alles hatte sie nicht mehr ertragen und Conrad schließlich regelrecht angebettelt, sie ins Kloster zu schicken.

Zunächst hatte er sich strikt geweigert. Sie loszuwerden war zwar kein Verlust für ihn, doch die Zahlung an das Kloster für Runas Aufnahme und das Eintrittsessen, welches ebenso von ihm ausgerichtet werden musste, war nur mit einer beachtlichen Summe zu bestreiten. Schließlich wog er ab, dass ihn eine Heirat ebenfalls etwas kosten würde, und willigte ein.

Seither war Runa eine Begine, wie es auch ihre Mutter vor vierzehn Jahren gewesen war. Und genau wie ihre Mutter litt auch Runa jetzt unter Ingrid.

Die Magistra führte das Kloster noch immer mit harter Hand und trug die kleinsten Verfehlungen einer jeden Schwester dem Domdekan vor. Stets schien sie der Hoffnung zu sein, dann eine der besonders harten Strafen aussprechen zu können, die der Absprache mit dem Domdekan bedurften.

Schon häufig war Runa diejenige gewesen, die in den zweifelhaften Genuss einer solchen Strafe gekommen war. Einmal hatte sie zehn Stockhiebe auf die Handflächen bekommen, ein anderes Mal musste sie einen Tag und eine Nacht kniend in ihrer Kammer verbringen und immerzu im Wechsel das Paternoster und das Ave-Maria aufsagen.

Ingrid hatte es sich nicht nehmen lassen, diese Strafe höchstpersönlich zu beaufsichtigen. Ganz offensichtlich verspürte die Magistra Genugtuung dabei, die Neunzehnjährige zu quälen.

Doch diese Art von Misshandlung konnte Runa ertragen. Schon als Kind hatte sie gelernt, damit umzugehen. Ingrid bemerkte das schnell, und ebenso schnell hatte sie etwas anderes gefunden, mit dem sie Runa wirklich treffen konnte. Daraufhin musste die Magistra nur auf eine winzige Verfehlung Runas lauern, um ihren Plan sogleich in die Tat umsetzen zu können. Natürlich sollte dieser Tag nicht lange auf sich warten lassen.

Als Runa das Kloster betrat, wurde ihr gleich nach dem Durchschreiten des Eingangs die gute Laune des gelungenen Morgens wieder genommen.

Eine der älteren Beginen, Schwester Abeke, hastete mit geröteten Wangen auf sie zu. »Runa, schnell. Du sollst sofort zur Magistra kommen«, richtete sie ihr atemlos aus. »Ich habe dich schon überall gesucht.«

Runa zog verständnislos die Augenbrauen hoch und schüttelte den Kopf. »Ich war wie jeden Morgen in der Gröningerstraße, Abeke. Was gibt es denn diesmal zu beklagen?«

»Das weiß nur Gott. Aber nun rasch. Spute dich, du weißt, wie ungern sie wartet.«

»Ja, das weiß ich«, sagte sie missmutig und klopfte kurz darauf an Ingrids Tür.

»Herein«, ertönte es gewohnt verstimmt. Als die Magistra jedoch sah, wer um Einlass bat, wurde ihr Gesichtsausdruck noch strenger. Sofort ging sie zu ihrem Schreibpult, auf dem ein Altartuch lag.

»Diese Stickerei sollte ein Geschenk an den Pfarrvikar unserer Kirche St. Jacobi sein. Und nun schau dir an, was du getan hast. Jeder zweite Nadelstich ist schief«, donnerte Ingrid ungehalten und warf Runa das halbfertige Tuch achtlos vor die Füße. »Ich darf mir gar nicht ausmalen, wie beschämend es für mich und deine Mitschwestern gewesen wäre, wenn wir diesen Schund aus unseren Gemäuern herausgetragen hätten. Gott selbst hätte es sicher eher in Flammen aufgehen lassen, als es auf seinem heiligen Altar zu dulden.«

Runa wusste im ersten Moment gar nicht, was die Magistra von ihr wollte. Erst als sie das kostbare Tuch vor die Füße geworfen bekam, ahnte sie, worum es ging. »Verzeiht, wenn ich unerlaubt spreche, Magistra, aber dies ist nicht meine Arbeit. Es ist die der Schwester Clara.«

»Das ist ja wohl unerhört«, prustete Ingrid entrüstet. »Wage es nicht noch einmal, deine lügnerische Zunge zu bewegen, bevor ich dich dazu auffordere. Schwester Clara liefert stets tadellose Stickereien ab, im Gegensatz zu deinen Pfuschereien. An dir ist jeder noch so grobe Stoff verschwendet. Deine zwei linken Hände taugen ja kaum dazu, Unkraut aus dem Klostergarten zu entfernen«, wetterte Ingrid weiter. Diese Behauptung entbehrte selbstverständlich jeder Wahrheit. Runa war unter den Schwestern dafür bekannt, die Geschickteste mit der Nadel zu sein. Doch es hatte keinen Sinn, sich erneut gegen Ingrids Behauptungen zu stellen. Jedes weitere Wort würde die kommende Strafe nur noch härter ausfallen lassen.

Die Magistra mäßigte ihren Ton wieder, strich ihre Röcke glatt und richtete ihren Schleier. Dann verkündete sie ihren unanfechtbaren Willen. »Mir scheint, du bist zu abgelenkt mit anderen Dingen. Aber ich werde dafür sorgen, dass es dir in Zukunft wieder einfacher fällt, dich auf deine Aufgaben zu besinnen. Von nun an verbiete ich dir, Besuch von deiner Mutter Ragnhild von Alevelde zu empfangen. Vielleicht schaffst du es ja dann, Stickereien zu fertigen, die unserer heiligen Mutter Kirche würdig sind. Du kannst jetzt gehen.« Mit unverhohlener Zufriedenheit konnte die Magistra sehen, dass Runa bei der Verkündung ihrer Strafe mit den Tränen kämpfte. Doch Mitleid war ihr fremd – ganz im Gegenteil –, sie genoss es, die Macht zu besitzen, Ragnhilds Tochter solch einer infamen Lüge beschuldigen zu können und sie auch noch dafür bestrafen zu dürfen.

Runa hingegen war fassungslos. Obwohl es so offensichtlich war, dass Ingrid sich diese angebliche Verfehlung bloß ausgedacht hatte, musste sie sich fügen. Die Ungerechtigkeit dieser Strafe traf sie hart, doch weit härter traf sie die Strafe selbst. Ingrid hatte tatsächlich etwas gefunden, womit sie Runa Schmerz bereiten konnte. Nun musste die junge Begine fürchten, dass sie einen der wenigen Menschen, der sie aufrichtig liebte, für immer verlor.

»Was soll das heißen, Schwester Runa ist nicht zu sprechen?«, fragte Ragnhild entrüstet.

»Es tut mir leid. Schwester Runa hat heute keine Zeit«, wiederholte die Begine abermals tonlos.

Jetzt hatte Ragnhild genug. Wie oft wollte die blöde Gans diese Worte noch wiederholen?, fragte sie sich insgeheim. »Ich verlange, dass Schwester Runa mir diese Nachricht selbst überbringt. Holt sie bitte ans Tor.« Daraufhin hörte Ragnhild nur noch, wie die kleine Luke in der schweren Tür vor ihrer Nase zugeknallt wurde. Das konnte doch einfach nicht wahr sein. Am liebsten hätte Ragnhild vor Wut mit den Fäusten gegen die Tür gehämmert. Sie wusste nur zu gut, dass die Schwester sie eben belogen hatte. Runa hätte ihr Treffen niemals abgesagt. Ingrid steckte dahinter; da gab es keinen Zweifel.

Eigentlich wunderte sich Ragnhild schon eine Zeitlang darüber, dass die Magistra sie einfach gewähren ließ. Bereits viel früher hatte sie damit gerechnet, dass ihre alte Feindin etwas unternahm, um sie von ihrer Tochter fernzuhalten. Nun hatte sie es tatsächlich geschafft. Wütend ließ Ragnhild das Kloster hinter sich. Ohne dass sie es wollte, fühlte sie sich zurückversetzt in die

Zeit, da sie selbst noch eine Begine gewesen war und unter dem Joch Ingrids zu leiden hatte. Wie froh war sie, diese Tage hinter sich zu haben. Es erschien ihr furchtbar ungerecht, dass Runa nun unter der alten Feindschaft der Frauen zu leiden hatte.

Ragnhild beschloss, nicht gleich wieder nach Hause zu gehen. Allein der Gedanke, dort wieder auf die mürrische Grit zu treffen, hielt sie davon ab. Was sie jetzt brauchte, war ein liebes Gesicht um sich; das Gesicht einer Freundin. So beschloss sie, noch schnell einmal bei Agatha vorbeizuschauen. Wenige Augenblicke später fand sie sich in deren Küche wieder.

»Wie lange saßen wir nicht mehr so in meinem Hause zusammen, meine Liebe?«, fragte Agatha mit einem sehnsüchtigen Blick und gab sich selbst die Antwort: »Eines steht fest, auf jeden Fall viel zu lange.«

Ragnhild griff nach Agathas Hand und drückte sie. »Du hast ja so recht. Unzählige Male schon hatte ich das dringende Bedürfnis, dich zu treffen, aber du weißt ja, wie Symon ist.«

Nun drückte Agatha die Hand ihrer Freundin. »Lässt er dich noch immer nicht allein hinausgehen? Und das nach all den Jahren?«, fragte sie kopfschüttelnd.

»Nein. Er ist wie besessen von dem Gedanken, dass ich zu... na ja... du weißt schon... in die Arme eines anderen Mannes rennen könnte.« Ragnhild wagte es nicht, Alberts Namen auszusprechen. Zu heftig war der Schmerz, der sie noch immer durchzuckte, sobald sie ihn nannte. Irgendwann hatte sie einfach aufgehört, seinen Namen zu benutzen; selbst dann, wenn sie für ihn betete. »Obwohl Symon in den vergangenen vierzehn Jahren niemals einen Grund des Tadels an mir hatte finden können, lässt er mich im Hause ständig von dieser übellaunigen Grit bewachen. Wenn es nicht gerade der Gang zur Kirche ist, besteht er noch immer darauf, dass sie mich überallhin begleitet. Ständig muss ich mir irgendwelche Geschichten einfallen lassen, um ihn zu überlisten und doch mal kurz allein sein zu können, und vor allem, um Runa besuchen zu können.« Ragnhild hasste dieses Spielchen, doch nur so konnte sie regelmäßig bei ihrer Tochter sein. Symon hätte nie zugelassen, dass sie das Kind eines anderen Mannes besuchte. Die Gefahr, eines Tages von Grit oder Symon erwischt zu werden, war groß, doch sie nahm es in Kauf – Runa zuliebe. »Ich hatte immer gehofft, dass es aufhören würde, sobald ich ihm Kinder gebäre, doch nach unseren beiden Knaben ist es fast noch schlimmer geworden.«

»Meine Liebe, es tut mir so leid für dich. Doch sieh nur, eine jede von uns Ehefrauen hat ihr Säcklein zu tragen. Ich kann vielleicht gehen, wohin es mir beliebt, doch weiß ich, dass Voltseco den Damen unserer Stadt nicht abgeneigt ist. Ständig werden mir Geschichten von Leuten zugetragen, die ihn hier und da mit irgendwelchen Dirnen gesehen haben wollen. Das ist auch nicht immer leicht für mich.«

Auch wenn die Anlässe ihrer Gespräche eher traurig waren, fühlen beide Frauen dennoch, wie gut es tat, sich endlich einmal alles von der Seele zu reden.

Ragnhild hatte Agatha bis zu diesem Tage tatsächlich immer beneidet, doch die Worte ihr Freundin Agatha belehrten sie. Nicht nur sie selbst ertrug Ungerechtigkeit. Es musste schlimm sein zu sehen, wie der Mann, den man liebte, sich anderen Damen zuwandte. Auch Ragnhild hatte schon hier und da so manche Geschichte über Voltseco gehört, doch sie hätte Agatha niemals darauf angesprochen. Dass ihre Freundin dies nun von selbst tat, konnte nur bedeuten, dass es ihr mittlerweile schwer auf der Seele lastete. Sie hatte recht; eine jede Ehefrau hat ihr Leid zu tragen. Sie selbst sollte sich nicht immerzu beklagen. Schließlich ging es ihr eigentlich gut. Sie wurde weder von Symon geschlagen, noch musste sie Hunger leiden. Sie war eine ehrbare Frau mit zwei Söhnen von dreizehn und zehn Jahren, und sie trug gute Kleidung. Doch wie konnte eine Frau, die einmal die wahre Liebe erfahren hatte, sich mit den schönsten Kleidern und den köstlichsten Speisen zufriedengeben? Einfach nichts von dem, was sie hatte, vermochte ihren Hunger nach echter Liebe zu stillen. Es war dieser unstillbare Hunger nach Albert – ein törichter Wunsch, welcher auch in den vergangenen Jahren nicht vollständig verschwunden war –, doch hatte Ragnhild es wenigstens geschafft, ihn tief in sich zu vergraben.

Die Frauen wechselten das Thema, und Agatha fragte Ragnhild nach Runa. Leider waren auch diese Neuigkeiten nicht besonders erfreulich, wie die Schneidersfrau wenig später feststellen musste. »Wie geht es Runa? Ich schätze, du kommst gerade vom Kloster, richtig?«

»Ach, Agatha«, seufzte Ragnhild schwer. »Leider komme ich heute nicht aus dem Kloster. Ich wurde an seinen Toren abgewiesen.«

Agatha schaute ihre Freundin verwundert an. »Was soll das heißen? Ich verstehe nicht.«

»Selbst ich verstehe es nicht. Jedenfalls nicht so richtig. Aber eine Vermutung habe ich bereits.«

»Ingrid!«, stieß Agatha abfällig aus, die sich noch sehr gut an die Ursprünge der Feindschaft zwischen ihrer Freundin und der heutigen Magistra erinnern konnte.

»Ja, Ingrid steckt dahinter, ich bin mir ziemlich sicher, dass sie Runa mit Absicht von mir fernhält«, stimmte Ragnhild ihrer Freundin zu. »Ausgerechnet jetzt. Es hatte doch gerade erst angefangen.«

»Du meinst, die Treffen mit Runa? Aber ihr seht euch doch schon eine ganze Weile«, fragte Agatha verwundert, während sie die Becher nochmals füllte.

Ragnhild nickte etwas betrübt und sagte: »Das stimmt zwar, aber wir haben auch eine Menge aufzuholen. Du darfst nicht vergessen, dass wir uns eine ziemlich lange Zeit gar nicht gesehen haben. Vor vierzehn Jahren haben Conrad und Luburgis meinem Kind jedweden Kontakt mit mir verboten, und später dann war es Symon, der mich bloß in Begleitung aus dem Haus ließ. Als ich dann nach Runas Eintritt ins Kloster vor vier Jahren angefangen habe, sie heimlich zu besuchen, wussten wir beide zunächst nicht so recht, wie wir miteinander umgehen sollten. Es hat fast drei Jahre und viele Besuche lang gedauert, bis wieder eine Vertrautheit zwischen uns entstanden ist, wie sie bei Mutter und Tochter üblich ist.«

Agatha musste zugeben, dass sie darüber nicht nachgedacht hatte. Erst jetzt, wo Ragnhild es aussprach, fiel ihr auf, wie schwer diese Zeit für ihre Freundin gewesen sein musste. »Wie hast du das hinbekommen? Euch fehlen tatsächlich so unendlich viele Jahre«, bemerkte Agatha schwermütig.

»So genau weiß ich es auch nicht. Ich war einfach fest entschlossen, die verlorene Zeit mit meiner Tochter wieder aufzuholen. Darum wollte ich bei unseren Treffen auch keine falschen Höflichkeiten und keine Unwahrheiten zwischen uns wissen – ich wollte einfach das kleine Mädchen wiederhaben, welches ich damals zurücklassen musste, verstehst du das? Und darum habe ich ihr alles erzählt; die ganze Wahrheit. Ich erzählte ihr von Conrads unbändigem Hass auf ihren Vater und von den Umständen, die ihn damals nach Flandern gezwungen haben. Dann berichtete ich ihr von der Zeit seines vermeintlichen Todes und von den Verstrickungen, die mich selbst damals ins Kloster gebracht haben. Und da sie heute eine Frau und kein Kind mehr ist, habe ich ihr auch davon erzählt, dass du und ich sie damals vor einer Ehe mit Jacob von Alevelde bewahrt haben.«

»Du hast ... nicht wirklich!«

»Sehr wohl, ich habe ihr erzählt, wie du mich damals in der Kirche St. Jabcobi mit einer List von den Absichten Conrads in

Kenntnis gesetzt hast, und auch, dass ich nur deshalb, um ihr dieses Schicksal zu ersparen, freiwillig um eine Vermählung mit Symon gebeten habe. Das alles habe ich ihr gesagt. Runa war dankbar für meine Ehrlichkeit und ließ irgendwann tatsächlich zu, dass wir uns wieder näherkamen. Ich sage dir, wir beide waren das letzte Jahr lang überglücklich, einander zu haben – schließlich sind wir beide auf unsere Art einsam.«

»Wie recht du hast, liebe Freundin«, pflichtete Agatha ihr bei.

»Auch ich wusste so vieles nicht. Runa ist es bei Conrad und Luburgis nicht gerade gut ergangen. Zwar hat sie den bösen Einflüsterungen ihrer Stiefmutter über ihre verdorbene dänische Mutter niemals Glauben geschenkt, doch als sie damals hörte, dass ich ein Kind mit Symon bekommen hatte, fing sie irgendwann an zu glauben, dass ich dieses Kind vielleicht mehr lieben könnte und sie selbst in Vergessenheit geraten würde. Sie sagte mir, dass sie sich damals damit abgefunden hatte, vollkommen allein zu sein.«

Als Ragnhild ihre Erzählung beendet hatte, bemerkte sie, dass ihre Freundin weinte. »O nein, nicht doch. Weine nicht. Jetzt ist doch wieder alles gut.«

»Nein, nichts ist gut. Ingrid hält Runa wie eine Gefangene. Es ist so ungerecht, dass sie für etwas büßen muss, was sie nicht verschuldet hat«, schluchzte die Schneidersfrau.

Ragnhild streichelte Agathas Schultern. Leider musste sie ihr recht geben. Runa büßte heute für Alberts und ihren Fehltritt. Das schmerzte sehr. Und nun sollte auch noch dieses verspätete Glück zwischen Mutter und Tochter durch Ingrids boshaften Plan ein Ende finden. Fast schien es, als sei Mutter und Tochter ein gemeinsames Leben nicht bestimmt.

Agatha wusste einen Moment nichts zu sagen. Es war kein betretenes Schweigen – hervorgerufen durch etwas Peinliches, das man vernommen hatte. Vielmehr war es ein gemeinsames

Schweigen, das auf dem Bewusstsein über die vielen Schrecklichkeiten, die Ragnhild und Runa hatten ertragen müssen, fußte.

Auch Ragnhild schwieg. Sie erinnerte sich nicht gern zurück an diese Zeit. Zu viele Tränen waren geflossen. Doch irgendwann war alles erzählt. Keine noch so unangenehme Einzelheit hatte sie bei den Gesprächen mit Runa ausgelassen – bis auf die eine Tatsache, dass Heseke, Luburgis und Ingrid sie hatten töten wollen. Diese Tat war so schrecklich, dass Ragnhild entschied, ihre Tochter nicht damit zu belasten. Runa hatte noch eine lange Zeit unter Ingrid zu leben – es wäre schlimm gewesen, wenn sie immerzu an den misslungenen Mordversuch an ihrer Mutter hätte denken müssen, sobald sie der Magistra begegnete.

Ragnhild wollte gerade noch sagen, dass Agatha sich nicht um sie zu sorgen brauche, als sie erschrocken bemerkte, dass sie sich bereits viel zu lange bei ihrer Freundin aufgehalten hatte. Hastig verabschiedete sie sich und machte sich auf den Heimweg. Innerlich aufgewühlt von den Ereignissen des Tages und der jetzt aufkeimenden Angst, zu spät zu Hause zu sein, hetzte sie durch die Straßen. Hoffentlich hatte Symon ihr Verschwinden nicht bereits bemerkt. Er war am Morgen, wie so oft, mit ihren beiden Söhnen Symon und Christian zum Hafen gegangen. Sie sollten das Kaufmannshandwerk von ihm erlernen, das der Familie mit den Jahren ein bescheidenes Vermögen eingebracht hatte.

Seit er die Söhne nunmehr tagtäglich mit sich nahm, war Ragnhilds Einsamkeit an manchen Tagen schier unerträglich. Umso mehr litt sie dann unter seiner Eifersucht. Als er in der Früh das Haus verlassen hatte und Grit zum Wochenmarkt gegangen war, hielt Ragnhild nichts mehr im Hause, und sie machte sich heimlich auf den Weg zu Runa.

Durch Grit hatte Symon seine Frau wissen lassen, dass sie ihn nicht vor der Mittagsstunde zurückerwarten sollte, und nun stand die Sonne bereits hoch am Himmel. Ragnhild begann vorsichtshalber, sich allerhand Erklärungen bereitzulegen, falls er sie außerhalb des Hauses erwischte.

Ausgerechnet heute waren besonders viele Leute unterwegs. Ragnhild musste sich regelrecht durch die Menge schieben, um einigermaßen schnell voranzukommen. Der Wochenmarkt und das gute Wetter zogen die Alten und die Jungen, die Armen und die Reichen sowie die Ehrlichen und die Unehrlichen an wie der Mist die Fliegen. Gerade vor Letzteren musste man sich in Acht nehmen, denn den Beutelschneidern kamen große Menschenmengen zugute. Ein kurzer Moment der Unaufmerksamkeit reichte aus, und man war seiner Geldkatze beraubt. Ragnhild hielt stets eine Hand in ihren Rockfalten, wo sich ihre Münzen befanden.

Der Tag war so warm wie bereits etliche davor, und schon nach kurzer Zeit rann Ragnhild der Schweiß von der Stirn. Den Blick starr nach vorn gerichtet, wich sie geschickt den Leuten aus und kam so einigermaßen gut voran. Endlich erreichte sie den Platz des Wochenmarktes. Hier verteilten sich die Kaufwilligen an den Schrangen und Ständen mit allerlei Back- und Lederwaren, Tonkrügen, Gewürzen, Messern, Pelzen, Bändern, Stoffen, Obst und Gemüse. Gerne hätte auch Ragnhild genauer geschaut, denn zu Hause erwartete sie sowieso nur die Langeweile, doch diese Freiheit war ihr nicht vergönnt.

Als sie gerade in eine kleine Gasse abbiegen wollte, die eine ihr bekannte Abkürzung war, stockte ihr plötzlich der Atem, und sie blieb stehen. Vollkommen unvermittelt und nicht weit von ihr entfernt sah sie ihn stehen – Albert!

Er hatte sie nicht entdeckt. Ragnhild versuchte mit all ihrer Kraft, den Blick von ihm loszureißen und weiterzugehen, doch sie konnte es einfach nicht. Vollkommen reglos starrte sie ihn an. Sein Haar hatte noch immer diese warme hellbraune Farbe. Er trug es länger als sonst. Noch immer wusste sie genau, wie es sich zwischen ihren Fingern angefühlt hatte. Sein Gesicht war zwar zum großen Teil von seinem vollen Bart bedeckt, doch trotz dieses Bartes konnte Ragnhild darunter noch immer seine jugendlichen Gesichtszüge entdecken.

Ragnhild hatte Albert nun schon eine lange Zeit nicht mehr gesehen – vielleicht waren es schon ein oder zwei Jahre –, doch kam es ihr nicht so vor, da er ständig in ihren Gedanken weilte. Erst bei genauerem Hinsehen erkannte sie, dass er um die Augen und den Mund bereits die ersten Falten trug. Er war älter geworden – genau wie sie selbst. Doch seine neununddreißig Jahre gereichten ihm nicht zum Nachteil. Aufrechten Ganges schritt er an den Ständen vorbei, die ganze Aufmerksamkeit noch immer auf die Waren gerichtet.

Sein Anblick schien Ragnhild so vertraut, dass er ihr Herz wärmte. Alle Entschlossenheit, die sie eben noch weitergetrieben hatte, war verschwunden, und jede Vernunft gleich mit. Hemmungslos wollte sie sich so lange an ihm sattsehen, bis sie meinte, alle Einzelheiten in sich aufgesaugt zu haben. Doch plötzlich wurde das schöne Bild gestört.

Zarte Frauenhände hielten Albert die Augen von hinten zu. Er lachte augenblicklich und nahm die Hände von seinem Gesicht, um sie gleich danach einzeln zu küssen. Es waren die Hände Alheidis', die sich einen hübschen grünen Stoff um den Kopf gelegt hatte. Kokett wand sie sich vor ihrem Gemahl hin und her, legte sich den Stoff darauf um die Schultern, dann um die Hüfte und sah bittend zu ihm auf. Bei dieser Bewegung war deutlich zu erkennen, dass ihr Bauch eine enorme Wölbung aufwies. Sie war wieder schwanger – von Albert!

Dieser Anblick versetzte Ragnhilds Herz einen Stich, und sie musste mit sich kämpfen, nicht seinen Namen zu rufen. Sie wollte gehen, doch sie konnte es einfach nicht.

Noch immer hatte er sie nicht bemerkt. Ganz offensichtlich musste Alheidis nicht viel Überredungskunst anwenden, bis er sich von ihr zu dem Stoffhändler ziehen ließ. Er lachte über ihr kindisches Betteln, doch zückte sogleich seinen Geldbeutel.

Als wäre dieses augenscheinliche Glück noch nicht schmerzlich genug für Ragnhild, sah sie nun hinter Alheidis auch noch deren Ebenbild stehen. Die kleine Margareta, die nach ihrer Großmutter benannt worden war, glich ihrer Mutter vom Scheitel bis zur Sohle. Sie hatte dasselbe feuerrote Haar, die gleichen grünen Augen und das ganze Gesicht voller niedlicher Sommersprossen. Herzlich strich Albert seiner Tochter über den Kopf.

Ragnhild war wie gebannt von der Szenerie. Neid und Sehnsucht keimten gleichsam in ihr auf und legten sich über ihr Gemüt wie ein schwarzer Schleier. Ein Kloß in ihrem Halse erschwerte ihr das Atmen. Immer wieder hallte eine Frage in ihrem Kopf: Warum kann nicht sie diese Frau an Alberts Seite sein?

Plötzlich wurde sie ohne Vorwarnung am Arm gepackt und herumgerissen. Ragnhild war so erschrocken, dass ihr ein Laut des Erstaunens entfuhr. Sie hatte kaum einen Moment, um sich wieder zu fangen, als sie in das hasserfüllte Gesicht ihres Stiefsohnes, Jacob von Alevelde, schaute.

Auch wenn er bereits seit Jahren verheiratet war und ebenso lange ein eigenes Haus bewohnte, hatte er ihr trotzdem noch immer nicht verziehen, dass er durch sie damals um seine versprochene Braut gekommen war. Schon häufig hatte Ragnhild die Verachtung des Dreiundzwanzigjährigen zu spüren bekommen, doch heute war es tatsächlich das erste Mal, dass er auch wirklich eine Handhabe gegen sie hatte. Er kannte die Regeln seines Vaters genau, und Ragnhild wurde von ihm auf frischer Tat ertappt.

»Was treibst du dich hier allein auf den Straßen herum, Weib? Wo sind mein Vater oder die Magd?«

Ragnhild wollte zwar etwas antworten, doch sie wusste nicht, was. Tatsächlich hatte sie keine Erklärung, warum sie allein unterwegs war.

Dann tat er das, was Ragnhild unbedingt hatte verhindern wollen. Er schaute in die Richtung, in die sie die ganze Zeit so gebannt gestarrt hatte; und er erblickte Albert! Einerseits fassungslos über ihre Dreistigkeit und andererseits sichtlich erfreut darüber, endlich einen wahren Grund zu haben, um sich bei seinem Vater über ihr Verhalten zu beklagen, lachte er höhnisch auf. »Sieh mal einer an, das Weib schleicht sich wie eine geile Hure aus dem Haus, um sich an dem Anblick ihres früheren Gemahls zu laben.« Jacob packte ihren Arm noch fester und drückte sie rücklings gegen eine Häuserwand. Er kam so nah an ihr Gesicht heran, dass sich ihre Nasenspitzen fast berührten. Mit einem boshaften Unterton sagte er zu ihr: »Es wird mir eine wahre Freude sein, dich nun persönlich in das Haus meines Vaters zu begleiten, liebste Stiefmutter.« Dann stapfte Jacob ohne Vorwarnung los und zog sie grob hinter sich her. Ragnhilds Körper durchfuhr ein heftiger Ruck, und sie musste sich bemühen, nicht zu stürzen. Zum unzähligsten Male verfluchte Ragnhild ihre Röcke, die, nach der Mode der edlen Frauen geschneidert, viel zu lang ausfielen, um den Reichtum der Trägerin anzuzeigen. Sie hatte nicht die geringste Möglichkeit, sie zu raffen, um nicht zu stolpern, geschweige denn, sich aus dem Griff ihres Stiefsohnes zu befreien. Der fette kleine Junge von einst war nämlich zu einem Baum von einem Mann herangereift, und seine Kräfte überstiegen ihre bei Weitem.

Völlig unerwartet blieb Jacob mit einem Mal stehen. Ragnhild konnte nichts sehen, da sie hinter Jacob stand und er sie mindestens um eine Haupteslänge überragte.

»Lasst sie los!«, befahl eine Männerstimme streng.

Ragnhild erkannte sofort, wem die Stimme gehörte. Es war Alberts Stimme! Er kam ihr zu Hilfe! Ragnhild wusste nicht, wie ihr geschah.

Jacob jedoch ließ sich nicht im Geringsten von seinem Gegenüber einschüchtern. Angriffslustig zischte er: »Das geht Euch nichts an, von Holdenstede. Kümmert Euch um Eure Angelegenheiten. Diese Angelegenheit hier ist die meines Vaters – ihres Gemahls. Es liegt in seiner Hand, sie zu bestrafen, wenn sie sich wie eine willige Stute aufführt.«

Albert trat noch immer nicht beiseite, doch er wusste, dass Jacob recht hatte. Es gab nichts, das er tun konnte, um Ragnhild zu helfen. Drohend ging er noch einen Schritt auf Jacob zu und sagte so leise, dass es keiner außer ihnen dreien hören konnte: »Krümmt Ihr Ragnhild auch nur ein Haar, so werdet Ihr es eines Tages bitter bereuen!« Dann ging er, ohne weitere Worte und ohne einen Blick auf Ragnhild zu werfen, zurück zu Alheidis und Margareta, die noch immer mit den bunten Stoffen beschäftigt waren und von dem Zwischenfall nichts mitbekommen hatten.

Jacobs Freude über die Entdeckung seiner Stiefmutter bei einer frevelhaften Tat wurde durch Alberts Drohung merklich geschmälert. Noch gröber als zuvor zerrte er Ragnhild weiter bis in die Niedernstraße. Dort wartete sein Vater bereits voller Wut auf seine Gemahlin. Jacob stieß seine Stiefmutter so kräftig in die Wohnstube, dass sie genau vor die Füße ihres Ehemannes fiel.

In dieser Position verharrte sie so lange, bis Jacob seine vollkommen überspitzte Geschichte über ihr Fehlverhalten auf dem Markt beendet hatte.

»Vater, ich habe dein Weib auf dem Markt eingesammelt, als sie gerade dabei war, ihrem früheren Gemahl nachzustellen. Wie eine Hure hat sie ihn angestarrt. Wäre ich etwas später gekommen, hätte sie ihn wahrscheinlich auf offener Straße verführt. Ich habe es dir schon immer gesagt, Vater. Du bist zu nachlässig mit ihr. Und nun hast du den Beweis. Du solltest sie züchtigen.«

Ragnhild wagte es nicht, aufzustehen oder ihren Gemahl auch nur anzublicken, denn sie konnte seine Wut regelrecht fühlen.

Selbst mit gesenktem Haupt meinte sie, seinen Gesichtsausdruck vor Augen zu haben.

Symon hörte sich jedes Wort seines Sohnes genau an, und mit jeder Silbe wuchs sein Zorn. Allein die Vorstellung, von seinem Weib noch einmal so gedemütigt zu werden wie am Tage seiner Hochzeit, da sie in Alberts Arme laufen wollte, hatte ihn in der Vergangenheit fast um den Verstand gebracht. Doch nun war es tatsächlich geschehen. »Steh auf!«, befahl er schließlich mit bebender Stimme.

Ragnhild tat, was er wünschte, und stand auf. Ihre Knie waren jedoch so weich, dass sie fürchtete, nicht mehr lange von ihnen getragen zu werden. Ihr Blick heftete sich starr auf den Boden. Sie hatte Angst.

»Schau mir ins Gesicht, du liederliches Weibsbild.«

Auch das tat Ragnhild umgehend, doch der Blick ihres Gemahls ließ sie noch mehr erschaudern.

»Ich habe also doch recht behalten«, sagte Symon mit einer Mischung aus Enttäuschung und Hass. Er blickte seine Frau an, als wäre sie ein fauliges Stück Obst. »In der Vergangenheit waren mir so manches Mal sogar Zweifel gekommen, ob mein Misstrauen begründet war, aber irgendetwas in mir hatte mich stets glauben lassen, mit meinen Vermutungen richtigzuliegen. Ich habe es gewusst, tief in mir habe ich es immer gewusst, du würdest es wieder tun, und nun bringt mir ausgerechnet mein Sohn den Beweis. Du hast mich erniedrigt! Erneut! Doch dafür wirst du bezahlen, Ragnhild!« Alles an ihm machte deutlich, dass er der Raserei nahe war. Seine Augen waren weit aufgerissen und sein Körper verkrampft. Noch schrie er nicht, doch das sollte sich bald ändern. »Was war ich doch für ein Narr. Du wirst dieses Haus niemals mehr allein verlassen«, sagte er noch ruhig, bevor der Sturm losbrach. Außer sich vor Zorn zerrte er sein Weib an Armen, Beinen, der Kleidung und den Haaren hinauf in ihre Schlafkammer.

Erst hier fing er an zu schreien. Eine ganze Weile lang dachte Ragnhild, dass es dabei bleiben würde, doch sie hatte sich geirrt. Symons verletzter Stolz trieb ihn regelrecht zu Höchstleistungen an, und erst als er vor lauter Anstrengung kaum noch Luft bekam, stoppte die Salve von Fausthieben und Gürtelschlägen, und er ließ von ihr ab.

Ragnhild hielt während der ganzen Zeit ihre Hände schützend über ihren Kopf, was den Rest ihres Körpers für ihren Mann zu einer willkommenen Angriffsfläche machte.

Jacob saß zufrieden auf einer Bank an der Feuerstelle und lauschte ungerührt dem Gepolter und Geschreie. Er konnte sich nicht entsinnen, dass sein Vater jemals die Hand gegen Ragnhild erhoben hätte – bis heute. Seine Erinnerungen an die Zeit, da er noch in diesem Hause gelebt hatte, waren präsenter denn je. Immerzu hatte sein Vater die Stiefmutter vor ihm in Schutz genommen. Selten hatte er eine der zig erfundenen Geschichten seines Sohnes über Ragnhild ernst genommen. Meistens schenkte er Jacob weder Glauben noch Gehör, und fast jedes Mal musste er sich hinterher eine Rede über den gebotenen Respekt seiner Stiefmutter gegenüber anhören. Das alles hatte Jacobs Hass nur noch mehr geschürt. Er wusste, dass sein Vater Ragnhild liebte und dass der Gedanke, sie könnte Albert noch immer lieben, ihn fast verrückt machte.

Nun endlich hatte er geschafft, was er all die Jahre vergeblich versucht hatte. Sein Vater schlug Ragnhild, und er glaubte seinem Sohn. Endlich würde er die Gunst des Vaters wieder zurückbekommen.

2

Thiderich und Walther kannten ihren Freund Albert wie sonst keiner. Ein einziger Blick auf ihn hatte genügt, um zu wissen, dass er heute auf Ragnhild gestoßen war.

An solchen Tagen griff er häufig zum Wein. Heute allerdings schien es besonders schlimm um ihn bestellt zu sein. Nach kürzester Zeit konnte Albert sich kaum noch aufrecht halten. Nur deshalb offenbarte er seine geheimen Gedanken, die er sonst niemals laut ausgesprochen hätte. Die beiden Männer waren die Einzigen, vor denen er sich derart gehen ließ.

»Ich sage euch, Symon sperrt sie ein. Sie ist nicht sein Eheweib, sondern seine Gefangene!«

»Albert, du musst aufhören, an Ragnhild zu denken«, riet Thiderich mit sanfter Stimme, doch er wusste schon jetzt, dass seinem Freund nicht gefallen würde, was er gesagt hatte.

»Sag du mir nicht, was ich tun soll! Du hättest sehen sollen, wie Jacob von Alevelde sie heute angefasst hat. Das nächste Mal werde ich ihm einfach die Zähne...«

»Gar nichts wirst du tun«, warf nun Walther ein. »Du musst sie endlich vergessen, hörst du? Das hat doch keinen Sinn, Albert!«

Wütend blickte der Betrunkene zu seinem jüngeren Freund herüber. »Was weißt du denn schon über Weiber?«

Walther blieb eine Weile lang stumm. Oft wurde Albert unredlich, wenn er soff, doch irgendwie hatte er ja auch recht. Im Gegensatz zu Thiderich und Albert war er noch immer unverheiratet. Sosehr ihn seine Freunde in den letzten Jahren auch gedrängt hatten, sich endlich eine Frau zu nehmen – Walther schien auf den Ohren taub und auf den Augen blind zu sein. Keine Dame, sei sie auch noch so schön, konnte sein Herz erobern, und mit den Jahren wurden seine Freunde stutzig. Zwar dichtete Walther über die Liebe und besang die feinen Damen mit den schönsten Worten, doch keine von ihnen schien ihm zu genügen.

Sie konnten nicht wissen, dass er sein Herz bereits vor langer Zeit vergeben hatte. Dieser einen Dame gehörte seine ganze Liebe. Für sie waren seine Dichtungen in Wahrheit gedacht, und nur sie besang er tatsächlich, sobald er die Lippen öffnete. Doch kein noch so lieblicher Gesang und kein noch so werbendes Gedicht würden jemals Wirkung zeigen. Auch wenn er sie häufig sah, ihren Duft vernahm und ihre Stimme hörte, war sie dennoch unerreichbar. Walther würde sich damit abfinden müssen.

»Du solltest nichts im Suff sagen, was du morgen schon bereust, Albert«, sagte Walther ruhig. »Ich habe vielleicht noch keine Braut heimgeführt, doch du dafür schon die zweite. Und an diese solltest du jetzt auch denken – an Alheidis!«

Albert schaute in seinen leeren Krug. Selbst in diesem Zustand wusste er, dass Walthers Worte sein Problem genau betitelt hatten. Zu viele Jahre waren vergangen, als dass er noch über sie reden oder nachdenken sollte. Ragnhild war seit langer Zeit die Frau eines anderen Mannes. Sie hatte zwei Söhne mit Symon, und auch Albert und Alheidis selbst waren im Jahr nach ihrer Hochzeit mit einem Mädchen gesegnet worden. Nachdem eine erneute Schwangerschaft seiner Frau lange ausgeblieben war, war sie nun abermals guter Hoffnung. Jeden Tag konnte es so weit sein – und unter diesen Umständen war es sogar noch ungebührlicher, über Ragnhild zu sprechen.

Das Ereignis auf dem Markt hatte Albert bis nach Hause auf die Grimm-Insel verfolgt. Den ganzen Heimweg lang musste er sich bemühen, sich nichts anmerken zu lassen, was ihm nur schwerlich gelang. Alheidis hatte von dem Vorfall zum Glück nichts mitbekommen, weil sie zu sehr mit ihren geliebten Tuchen beschäftigt gewesen war. Albert wusste, dass seine Frau es nicht besonders schätzte, wenn er über Ragnhild sprach. Die ersten Wochen der Ehe hatte sie ihm geduldig zugehört, doch irgendwann kam eine Zeit, da sie ihren Gemahl wissen ließ, dass es nun genug sei; und sie hatte ja auch recht.

So hörte Albert auf, über Ragnhild zu sprechen – doch er wusste genau, niemals würde er es je unterlassen, im Stillen an sie zu denken. Erst als Alheidis sich frühzeitig in die eheliche Schlafkammer zurückzog, da sie sich nach der Anstrengung des Marktbesuchs unpässlich fühlte, griff Albert entschlossen zum Weinkrug.

Walther hatte sich zuerst zu ihm gesellt. Der Achtundzwanzigjährige wohnte noch immer bei Albert im Haus, und er führte auch noch immer seine Bücher. Genauso, wie es vor vierzehn Jahren um ihn bestellt war, war es auch noch heute. Walther war glücklich damit. Seine Leidenschaft galt dem Minnesang und der Dichtkunst; Arbeit war eine Notwendigkeit, die er gewissenhaft, aber leidenschaftslos verrichtete. Konnte er dichten und singen, hatte er alles, was er brauchte. Im Gegensatz zu seinen Freunden dürstete es ihn nicht nach mehr Vermögen, einem eigenen Haus oder feinen Kleidern.

Thiderich war als Letzter dazugestoßen. Wie fast jeden Tag war er auch heute wieder im Hause seines Freundes. Obwohl er bereits seit vielen Jahren mit seinem Weib und seinem Sohn ein eigenes Haus auf der Grimm-Insel bewohnte, führten die Männer noch immer den Holzhandel zusammen. Es lag schon einige Jahre zurück, da hatte Thiderich Ava von Staden geheiratet, die Albert damals abgelehnt hatte. Noch immer war sie eine dunkelhaarige Schönheit mit auffallend blasser und ebenmäßiger Haut.

Thiderichs Stolz darüber, eine so schöne Frau zu haben, war nach wie vor ungebrochen.

Noch bis spät in die Nacht saßen die drei Freunde zusammen, redeten und tranken, bis sie irgendwann in ihren Sesseln einschliefen.

Mitten in der Nacht wurde die Ruhe des Hauses jäh gestört. Ein markerschütternder Schrei hallte lange und schrill durch seine Kammern und weckte die Männer unsanft. Tief erschrocken fuhren sie gleichzeitig aus ihren Sesseln hoch und schauten einander fragend an. Albert hatte dabei den noch halbvollen Krug mit sich gerissen, worauf er mit einem lauten Scheppern zu Boden ging und diesen dunkelrot färbte.

»Was zur Hölle war das, Albert?«, fragte Thiderich benommen.

Es dauerte eine Zeit, bis Albert antwortete. Er griff sich an den schmerzenden Kopf. Dann aber erstarrte er und rief: »Alheidis!«

Die Männer rannten zur Schlafkammer, wo Alberts Magd sich sofort mit ausgebreiteten Armen in die Türe stellte. Hinter ihr konnte Albert seine Tochter sehen, wie sie Laken und eine Schüssel mit Wasser vorbereitete. Die Wehmutter war schon zugegen und kniete zwischen den Beinen seiner Frau. Eine ihrer Hände verschwand gerade gänzlich in Alheidis' Schoß, während die andere auf den aufgeblähten Bauch der Kreißenden drückte. Die Wehmutter schwitzte und stöhnte und war umgeben von Blut; sehr viel Blut. Und Alheidis schrie.

»Tretet gefälligst zur Seite, ich will zu meiner Frau«, befahl er barscher, als er wollte.

Doch die Magd dachte gar nicht daran, dem Befehl ihres Herrn Folge zu leisten. »Herr, geht. Dies ist Frauensache. Domina Alheidis verliert wahrscheinlich das Kind. Nun müssen wir ihr Leben retten. Ihr könnt uns hier nicht helfen.« Dann schloss sie die Tür von innen.

Die Stunden vergingen, ohne dass sich etwas an der Situation änderte. Die Schreie der Gebärenden erfüllten das ganze Haus. Thiderich hatte sofort nach Ava schicken lassen und wich selbst nicht von Alberts Seite. Zwanghaft und erfolglos hatten die Männer versucht, ihre Arbeit im Kontor aufzunehmen, um sich irgendwie abzulenken. Doch Alheidis' Schreie raubten ihnen jede Konzentration.

Irgendwann wurde es dann schließlich ruhiger im Haus. Die immer wieder zu vernehmenden Schreie ebbten mehr und mehr ab. Zunächst wurden sie bloß leiser, dann kamen sie nur noch in großen Abständen, bis kaum noch welche zu vernehmen waren.

Albert hatte die Schreie seiner Frau zunächst als unerträglich empfunden, doch das jetzige Ausbleiben stellte sich als weit schlimmer heraus.

Die Sonne stand schon lange am Himmel, als Ava vollkommen blutverschmiert in das Kontor trat. Albert sprang auf. Er wollte etwas sagen, doch als er Avas Blick auffing, erstarb jeder Ton auf seinen Lippen.

»Alheidis ist tot«, waren ihre ersten Worte. Von den Strapazen der Nacht sichtlich gezeichnet, fiel es ihr schwer zu erzählen, was passiert war. Mit dem Handrücken wischte sie sich die schweißnassen Haarsträhnen von der Stirn, die sich aus ihrer Haube gelöst hatten. Dann hob sie den erschöpften Blick in Richtung Albert und sagte: »Das Kind lag verkehrt herum im Bauch. Die Amme hat noch versucht es zu drehen, doch die Nabelschnur hatte sich um den kleinen Körper gelegt und dem Säugling die Luft genommen. Alheidis verlor die ganze Zeit über viel Blut. Auch nachdem das Kind geboren war, wollte es nicht aufhören zu fließen. Es tut mir so leid!«

Die darauffolgende Stunde verlief still. Das ganze Haus schien in tiefer Trauer erstarrt zu sein, doch jeder trauerte für sich. Alle wussten, dass Alheidis' ansteckend frohes Wesen ihnen ebenso fehlen würde wie das sehnsüchtig erwartete Kindergeschrei, das nun für immer ausbleiben würde.

Nicht nur Albert und seine Tochter waren zunächst wie besinnungslos, sondern tatsächlich alle, die Alheidis gekannt hatten. Es gab niemanden, der Alberts Gemahlin nicht gemocht hatte, doch Albert selbst durchlitt die schrecklichsten Qualen, die sich etwa eine Stunde nach Alheidis' Ableben unerwartet Bahn brachen.

Es nahm Anfang in seinem Kontor, wo er wie von Sinnen zu toben begann, bis alles, was sich irgendwie anheben und werfen ließ, zerbrochen war. Er schrie und zürnte Gott mit so heftigen Worten, dass sie niemals ein Geistlicher hören dürfte. Dann stürmte er zu Alheidis in die Kammer und schickte die Frauen mit wüstem Gebrüll nach draußen, die gerade die Tote für den Geistlichen herrichteten. Wein sollten sie ihm bringen, donnerte er ihnen aus voller Kehle nach, und niemandem von ihrem Tod berichten, bis er es bestimmte. Keiner sollte Alheidis aus seinem Haus wegbringen, bevor er sich nicht für immer von ihr verabschiedet hatte – ganz gleich, wie lange das dauern mochte.

Hier kniete er nun. Allein an ihrer Bettkante, die Hände um ein Stück ihres Kleides gekrallt, welches er vor sein Gesicht presste, und weinte hemmungslos.

»Warum musstest du gehen, Alheidis? Warum jetzt und warum auf diese Weise?«, schluchzte er. »Wie soll ich dir nun all das sagen, was ich noch in meinem Herzen trage? Ich wollte dich um Verzeihung bitten. So oft habe ich es gewollt, doch ich war zu feige. Was bin ich doch für ein elender Bastard!«

Albert war so sehr von Kummer geplagt, dass er sich seiner Tränen und Worte nicht schämte. Es war ihm gleich, wer ihn hören konnte. Sollte die Welt doch wissen, dass er Alheidis Unrecht getan hatte – vielleicht würde seine Schuld dadurch ein wenig gesühnt.

Nach einer Weile öffnete sich die Tür. Still und leise trat Margareta ein. Sie brachte den gewünschten Wein. Auch ihr liefen die Tränen. Beim Anblick ihrer Eltern fühlte sie sich unendlich hilflos. Niemals hatte sie ihren Vater zuvor weinen sehen. Ihre Mutter lag mit geschlossenen Augen und gefalteten Händen auf dem Bett. Sie sah aus, als würde sie schlafen und im nächsten Moment erwachen, doch der Schein trog. Margareta verließ die Kammer wieder, als sie spürte, dass sie störte. Sie war die Letzte, die in den nächsten vierundzwanzig Stunden durch diese Tür trat.

Albert weinte noch bis spät in die Nacht. Er machte sich Vorwürfe. Sosehr er auch versuchte, die Dämonen der Vergangenheit zu verdrängen, seine Gedanken mündeten immer an demselben Punkt. War Alheidis' Tod die gerechte Strafe Gottes für seine nicht enden wollenden Gefühle Ragnhild gegenüber? Konnte er sich deswegen überhaupt Vorwürfe machen? Hatte er nicht stets versucht, Ragnhild zu vergessen und Alheidis zu lieben?

Immer wieder stiegen die Tränen in ihm auf. Abwechselnd empfand er Trauer und eine unbändige Wut. »Warum bestrafst du sie?«, schrie er vollkommen außer sich gen Himmel. »Ich bin derjenige, den du mit Schmerz und Tod schlagen solltest, nicht sie!« Dann war sein Zorn wieder verraucht, und er gab sich erneut seiner Trauer hin. Heulend legte er sich neben Alheidis ins Bett und schlang seine Arme um sie. Während er sein tränennasses Gesicht an ihre Schulter drückte, wiederholte er immer wieder die Worte: »Es tut mir leid. Bitte verzeih mir. Es tut mir so leid!«

Die Wahrheit quälte ihn noch Stunden. Sie trug keine Schuld an seinen mangelnden Gefühlen. Ganz im Gegenteil. Alheidis war eine wundervolle Ehefrau und eine gute Mutter gewesen, und Albert hatte sie stets geachtet; doch niemals hatte er es geschafft, sie so zu lieben, wie er Ragnhild liebte. Er war sich sicher, dass sie es gespürt hatte. Trotz seiner beachtlichen Mühen, es vor ihr zu verbergen, musste es seiner Frau nach den ersten Ehejahren irgendwann schmerzlich klar geworden sein. Niemals schaffte er es, sie so anzusehen, wie er Ragnhild ansah, wenn sie einander zufällig begegneten. Tapfer hatte Alheidis diese Kränkung ertragen und sich niemals beklagt, doch manchmal hatte sie sich deshalb des Nachts in den Schlaf geweint. Albert hatte es vernommen, doch er konnte sie nicht trösten und war darum stumm geblieben. Was hätte er schon sagen sollen? Es wären bloß Versprechen gewesen, die er nicht hätte einhalten können.

Nun war sie tot, und Albert konnte nicht fassen, dass er die Ungerechtigkeit, die er ihr ungewollt angetan hatte, niemals würde gutmachen können. Schmerzlich spürte er, wie viel sie ihm bedeutet hatte. Er vermisste sie, vermisste ihr ständiges Lachen, ihre roten Haare und ihre Sommersprossen. Doch er vermisste sie wie eine Schwester, die ihm sehr nahegestanden hatte. Seine Trauer war aufrichtig, aber es war nicht die Trauer eines Ehemannes um sein Weib.

Nachdem der nächste Tag schon zur Hälfte vorbei war, richtete er sich endlich auf und sah Alheidis das letzte Mal in ihr mittlerweile fahles Gesicht. Seine Tränen waren versiegt und der Weinkrug leer. Es gab hier nichts mehr, das ihn hielt. Albert zückte sein Messer, griff nach einer ihrer roten Haarsträhnen und schnitt sie ab. Danach küsste er ihre erkalteten Lippen und sagte: »Verzeih mir, Alheidis. Verzeih, dass ich dich nicht lieben konnte, wie du es verdient hattest. Ich wünschte, ich wäre dir ein besserer Gemahl gewesen.«

Runa lag mit aufgerissenen Augen auf ihrer Bettstatt und starrte in die tiefschwarze Leere über sich. Schon die ganze Nacht über lag sie so da und konnte nicht einschlafen. Zu viele Gedanken hielten sie wach.

Sie fragte sich, wie es ihrer Mutter in den letzten Tagen ergangen war. Ahnte sie, dass Ingrid Schuld daran trug, dass ihre regelmäßigen Treffen nun nicht mehr stattfanden, oder dachte sie womöglich, dass Runa sie nicht mehr sehen wollte? Letzteres versetzte der jungen Begine regelrecht einen Stich ins Herz, doch es gab nichts, was sie tun konnte, ohne sich selbst oder ihre Mutter in Gefahr zu bringen.

Zunächst hatte Runa überlegt, ihrer Mutter eine Nachricht zukommen zu lassen, doch sie wusste, dass Ragnhild mindestens genauso streng von Symon überwacht wurde wie sie selbst von Ingrid. Würde man eine von ihnen beiden bei einer Zuwiderhandlung beobachten, so hätte das sicher strenge Konsequenzen für sie.

In Gefahr begab sich Runa sowieso allemal genug. Die heimlichen Treffen mit Johann waren mittlerweile zu einem gefährlichen Spiel geworden, dessen beide nicht mehr Herr waren. Zwischen ihnen war eine heftige Liebe entbrannt, die weder er noch sie aufzuhalten in der Lage waren. Immer häufiger vernachlässigte Runa ihre Pflichten als Begine, nur um sich mit Johann in dem kleinen windschiefen Haus zu treffen.

Johann drängte sie zu kommen, wann immer es ging, und Runa folgte seinem unerhörten Wunsch, der ja eigentlich auch der ihre war. Ihr Herz frohlockte, sobald sie zusammen waren, doch ihr Verstand warnte sie. Runas einst so gute Tarnung funktionierte nicht mehr, denn ihr bisher unauffälliges Verhalten war mit der Zeit auffälliger geworden, und es begann sie zu verraten. Immerzu hing sie ihren Gedanken nach, und die Tagträumereien gingen zulasten ihrer Aufmerksamkeit. Jede Schwester, die Runa ansprach, musste das Gesagte ein zweites Mal wiederholen. Erst gestern hatte sie zu ihrem Erschrecken vernommen, wie einige Beginen hinter ihrem Rücken zu tuscheln begannen. Es konnte so nicht weitergehen.

Runa wusste schon seit langer Zeit, dass diese Treffen ein Ende haben mussten, bevor man sie entdeckte. Ihre Liebe würde sowieso niemals bestehen können, und sie sollte besser jetzt enden, bevor noch etwas Schlimmes geschah. Auch wenn allein der Gedanke Runa fast das Herz zerriss, stand ihr Entschluss fest. Dieses Mal würde sie sich durchsetzen! Sie würde Johann sagen, dass ihre heimlichen Treffen nun der Vergangenheit angehörten.

Doch genauso fest entschlossen wie jetzt in diesem Moment war sie auch schon am gestrigen Tage in das kleine Haus gegangen; nur um anschließend unverrichteter Dinge in das Kloster zurückzukehren.

Die Erinnerungen an den vergangenen Abend lösten abermals Sehnsucht nach ihm und Sorge um die Zukunft in ihr aus – wie konnte etwas nur gleichzeitig so schön und doch so schrecklich sein?

Auch gestern wieder war ihr als Erstes der vertraut holzige Geruch in die Nase gestiegen, den sie wohl für alle Zeit mit ihren leidenschaftlichen Treffen verbinden würde. Johann hatte bereits im Inneren des Hauses auf sie gewartet und war lächelnd auf sie zugegangen. Doch Runa hatte nicht gelächelt. Sie wich seiner Umarmung aus und offenbarte ihm sogleich ihre Gedanken. »Johann, wir können unsere Liebschaft nicht so weiterführen. Es muss ein Ende haben, bevor man uns entdeckt.« Ihr Wille war stark gewesen, doch ihre Stimme zitterte. Sie hatte erwartet, dass er wütend über ihre Zurückweisung reagieren würde, doch sie irrte sich.

Wohl wissend, dass ihre Forderung rechtens war, hatte er genickt und gesagt: »Es stimmt, was du sagst, Liebste. Wir begeben uns in große Gefahr. Mir ist bewusst, was du auf dich nimmst, damit wir uns treffen können. Auch dafür liebe ich dich und werde es immer tun.«

Sein Verständnis hatte die Sache für Runa noch schwerer gemacht. Nur mit größter Not konnte sie an sich halten, um nicht sogleich in seine Arme zu stürzen. Als sie schon dachte, dass sie es jetzt fast geschafft hatte und sie im nächsten Moment siegreich aus dem Haus gehen würde, war er noch einmal auf sie zugekommen und hatte sie in seine starken Arme geschlossen. Zunächst konnte Runa sich noch einreden, dass es eine Umarmung war, die sich zwei Menschen zum Abschied gaben, doch dann fühlte sie, wie er mit sanften Fingern ihre Haube löste und ihre Haarflechten öffnete. Augenblicklich schmolz sie in seinen Händen dahin, und kurz darauf war es wieder um beider Beherrschung geschehen. Sie liebten sich, als würde es das letzte Mal sein, und beim Abschied liefen Runa die Tränen.

Nun lag sie wieder da, allein in der Dunkelheit und mit all ihren verwirrenden Gefühlen. Es hatte sich wieder so unglaublich schön angefühlt, bei ihm zu liegen und seinen wärmenden Körper zu fühlen. Noch immer meinte sie, seine Berührungen auf ihren Schultern, auf ihren Brüsten und auf ihrem Rücken spüren zu können. Doch sosehr sie es sich beide auch wünschten, es würde niemals eine gemeinsame Zukunft für sie geben.

Sie war eine Beginen-Schwester, und er war der Ratsnotar der Stadt Hamburg. Auch wenn sie selbst das Kloster jederzeit verlassen konnte und heiraten durfte, war eine Heirat zwischen ihnen beiden völlig ausgeschlossen. Nicht genug damit, dass seine hohe Stellung im Rat der Stadt ihn in einen Stand erhob, der für sie unerreichbar war, Johann gehörte zusätzlich auch noch dem Domkapitel an. Dieses Amt untersagte ihm zum einen natürlich jede Art der fleischlichen Vereinigung und zum anderen ebenfalls die Ehe auf das Strengste. Nicht nur Runa brachte sich mit ihren Treffen demnach in große Gefahr, sondern auch er selbst.

Bedrückt dachte Runa daran, dass auch sie das Kloster niemals mehr würde verlassen können. Selbst wenn sie jemanden fand, der sie ohne eine Mitgift und mit dänischem Blut heiraten wollte, könnte Runa dem niemals zustimmen. Johann hatte sie entehrt. Ihr Blut war geflossen, und es war für alle Zeit versiegt. Sie war sich bewusst darüber gewesen, als sie sich ihm hingegeben hatte, und sie hatte es dennoch gewollt. Runa bereute es bis heute nicht, denn es würde sowieso nie wieder einen Mann geben, den sie so lieben könnte wie Johann. Lieber darbte sie bis zum Ende ihrer irdischen Zeit im Kloster, als sich je einem anderen hinzugeben und ihre kostbare Liebe auf diese Weise zu verraten. Leider bedeutete dieser Entschluss für Runa ebenso, dass sie sich für alle Zeit ihrer verhassten Magistra Ingrid würde beugen müssen. Doch das Wissen darum, dass sie ein derart unglaubliches Geheimnis in sich trug, gab ihr das schöne Gefühl, Ingrid auf gewisse Weise geschlagen zu haben.

Während dieser Gedanken hatte sich Runas Unterlippe wie von selbst trotzig vorgeschoben. Etwas in ihr war noch immer dieses kleine starrsinnige Mädchen von damals, das keine Strafen fürchtete und stets tat, was es wollte. Nur ein wenig klüger war sie geworden, sodass diese Seite von ihr nicht mehr die Führung übernahm.

Irgendwann gestand sich Runa ein, dass es keinen Sinn hatte, noch weiter im Dunkeln zu liegen und grübelnd an die Decke zu starren. Sie stand auf und ging in den gemeinsamen Gebetsraum der Beginen-Schwestern.

Die ersten vier Jahre ihres Lebens, die sie mit ihrer Mutter verbringen durfte, hatten offenbar ausgereicht, um deren Zweifel am Glauben zu übernehmen. Es kam deshalb eher selten vor, dass Runa sich um diese Zeit von allein hierherbegab, um zu beten. Doch heute hatte sie wahrhaft einen Grund.

Es war nicht das schlechte Gewissen, das sie wegen ihres sündhaften Verhaltens plagte. Sie wollte Gott nicht auf Knien um Vergebung bitten, wie es wohl die meisten anderen Schwestern in ihrer Lage getan hätten. Nein, sie wollte vielmehr dafür danken, dass ihr eine solche Liebe wenigstens einmal in ihrem Leben widerfahren war. Auch wenn diese Liebe leidvoll war, da sie niemals hätte sein dürfen, war Runa dennoch dankbar dafür.

Während des Gebets erinnerte sie sich an einen Moment aus ihrer Kindheit. Sie sah, wie Hilda ihrer Tochter Marga in der Küche erklärte, dass die wahre Liebe zwischen zwei Menschen etwas Besonderes und Seltenes sei. Damals hatte Runa das nicht verstanden, doch heute wusste sie, was die kluge Hilda damit gemeint hatte. Tatsächlich hatte Runa das Gefühl, etwas Besonderes und Seltenes zu erleben.

»Mutter, lass mich das machen. Du kommst doch kaum noch die Treppe hoch«, schimpfte Marga mit ihrer Mutter Hilda. Unbelehrbar, wie diese war, hatte sie sich gerade einen Haufen Kleider gegriffen, den sie die Stiegen nach oben tragen wollte. Bevor sie sich versah, wurde ihr das Bündel von Marga aber sogleich aus der Hand genommen.

Hildas Protest ließ nicht lange auf sich warten. »Kind, ich will nicht, dass du allein zu den beiden Rüpeln hinaufgehst. Ich weiß selbst, dass ich nicht mehr so gut zu Fuß bin, aber wenn es darum geht, diesen Burschen die Ohren langzuziehen, reichen meine Kräfte allemal aus. Lass mich dich wenigstens begleiten.«

Marga wusste, dass jeder Widerspruch sinnlos war. Auch wenn ihre Mutter in den letzten Jahren stark gealtert war, hatte sie trotz alledem nicht an Willen eingebüßt. So machten sich die beiden Frauen gemeinsam auf den Weg in die oberen Gemächer des Hauses. Schon auf den ersten Stufen hörten sie Luburgis rufen. »Marga! Marga! Wo bleibst du denn, du lahme Gans? Beweg dich gefälligst.«

Die Angesprochene ließ die Beschimpfung über sich ergehen und verdrehte bloß die Augen. Jeden Morgen das gleiche Spektakel. Irgendwann war es den beiden jungen Herren in den Kopf gekommen, und seither gab es keine Ausnahmen mehr. Johannes und Godeke verlangten von Marga, dass sie ihnen täglich die gebürstete Kleidung nach oben trug und ihnen beim Anziehen behilflich war; fast so, als wären sie echte Edelleute.

Luburgis fand diesen Einfall ganz vorzüglich. Nichts war zu

gut, kein Verhalten zu übertrieben und kein Zwirn zu fein für ihre einverleibten Söhne. Alle hatten sich nach ihren Wünschen zu richten, allein das beherrschte ihren Tag. Sie war Mutter mit Leib und Seele.

Nur eine wagte es, sich regelmäßig gegen die Knaben aufzulehnen – Hilda! Auch heute wollte sie nicht, dass ihre Tochter allein zu den beiden Fünfzehnjährigen ging. Nur zu gut kannte sie die makabren Späße der Jungen, welche sie mit Vorliebe Marga angedeihen ließen.

Als die beiden Jungs erst Marga und kurz darauf Hilda erblickten, verdunkelte sich ihr vorheriges Grinsen schnell wieder. Mit Hilda im Raum konnten sie Marga schlecht auf die Weise herumschicken und angaffen, wie sie es sonst gerne taten.

Obwohl beide Jungen von nahezu gleichsam schlechtem Wesen und ähnlicher Überheblichkeit waren, unterschied sich ihr Äußeres umso mehr.

Godeke sah mit seinen dunklen Locken und dem markanten Kinn schon jetzt ausgesprochen gut aus. Er hatte bereits eine beachtliche Körpergröße erreicht, und auch sein Kreuz schien in letzter Zeit enorm in die Breite gewachsen zu sein. Niemand, der die beiden nicht kannte, wäre je darauf gekommen, dass sie dieselben Eltern hatten; und schon gar nicht darauf, dass sie Zwillinge waren!

Johannes hingegen war gerade einmal einen Fingerbreit größer als Marga. Er hatte helles, glattes Haar, dünne Arme und fast stockartige Beine. Obwohl alles an ihm wenig furchteinflößend aussah und seine Stimme noch immer klang wie die eines kleinen Jungen, spielte er dennoch stets den Anführer der beiden.

Insgeheim meinte Hilda, dass man sich vor ihm ein bisschen mehr in Acht nehmen sollte als vor seinem Bruder. Genau aus diesem Grund ging sie auch an Godeke vorbei und stellte sich mit entschlossener Miene vor Johannes, damit Marga heute von ihm verschont blieb.

Wie jeden Morgen standen die Jungen mit übertrieben hochmütigem Blick nebeneinander in ihrer Kammer und warteten darauf, dass die Frauen sie bedienten. Doch als Hilda und Marga gerade beginnen wollten, sagte Johannes plötzlich: »Halt. Ich wünsche, dass du mich heute ankleidest«, und zeigte mit dem Finger auf Marga.

Diese zuckte merklich zusammen und erstarrte. Skeptisch fragte sie sich, was er vorhatte.

Luburgis, die das Geschehen aus einer Ecke heraus beobachtet hatte, fuhr Marga augenblicklich an. »Hast du nicht gehört, was mein Sohn zu dir gesagt hat? Los, wechselt die Plätze und tut, was euch aufgetragen wurde. Danach kommt ihr zu mir in die Küche.« Mit diesen Worten rauschte sie davon.

Marga gehorchte, doch sie war gewarnt. Während sie Johannes ankleidete, versuchte sie ihm niemals in die Augen zu sehen. Sie spürte, dass er sie boshaft lächelnd anstarrte. Er war nur mit einer Bruche bekleidet, an deren Seiten die Nestelbänder herabhingen, die sogleich die Beinlinge halten sollten. Ansonsten war er nackt. Sein Blick glitt an den Rundungen der Magd entlang. Sie hatte soeben die ersten Handgriffe getan, da regte sich langsam sein Glied. Als Marga sich umwandte, um ein Stück Kleidung aufzunehmen, schob Johannes sein Becken nach vorn, sodass sie gegen die Ausbuchtung in seiner Bruche stieß. Marga erschrak so heftig, dass sie einen Schritt zurücksprang. Augenblicklich schoss ihr das Blut in den Kopf.

Johannes lachte über ihr erschrockenes Gesicht und befahl ihr schroff, ihn weiter anzukleiden. Mit einigen Umständlichkeiten wegen der dominanten Beule zwischen seinen Beinen gelang es der Magd schließlich, das Gewünschte zu erfüllen. Die Schamesröte wich bis zum Schluss nicht mehr aus ihrem Gesicht. Dann endlich war sie fertig und stürmte mit wehenden Röcken aus dem Zimmer.

Hilda beendete ihre Arbeit im gleichen Moment und lief geschwind hinter ihrer Tochter her. In der Diele fing sie die Verstörte dann schließlich ein. Energisch nahm sie Marga von hinten am Arm und drehte sie herum. Fest entschlossen, ihrer unerfahrenen Tochter nun eine Belehrung für das ganze Leben zu erteilen, sagte sie streng: »Marga, du darfst ihnen dein Entsetzen nicht zeigen, hast du verstanden? Sie haben Spaß daran, dich zu ängstigen. Erst wenn du ihnen zeigst, dass du stark bist und ihre Grausamkeiten nicht fürchtest, werden sie von dir ablassen.«

Marga schaute zu Boden. Auch wenn sie mittlerweile neunundzwanzig Jahre alt war, hatte sie keinerlei Erfahrung mit solchen Dingen. Dieser Umstand würde sich auch in den kommenden Jahren niemals ändern, da Luburgis Marga vor langer Zeit unmissverständlich klargemacht hatte, dass sie nur dann im Hause der von Holdenstedes würde arbeiten dürfen, wenn sie davon absah, jemals zu heiraten. Marga hatte eingewilligt – und zwar aus Überzeugung. Männer ängstigten sie. Niemals hätte sie sich vorstellen können, die Dinge mit ihnen zu tun, die ihre Freundin Ella mit ihnen tat.

Die Magd der von Horborgs war noch immer ihre engste Freundin; und noch immer unterschieden sie sich von Grund auf. Ella war im Gegensatz zu Marga verheiratet. Ein Knecht der von Horborgs hatte ihr vor acht Jahren schöne Augen gemacht und sie zur Frau genommen. Immer wieder erzählte die offenherzige Ella ihrer schüchternen Freundin von den Dingen, die sie in ihrer Kammer taten. Diese Geschichten, dazu die widerlichen Blicke der Zwillinge und das nächtlichen Stöhnen von Luburgis, wenn Conrad sie bestieg, schürten Margas Abscheu. Auch jetzt empfand sie nichts als Scham und Ekel über den eben dargebotenen Anblick von Johannes' steifem Glied. Sie wusste, dass ihre Mutter recht hatte. Sie durfte den Zwillingen ihre Angst nicht zeigen, sonst erwartete sie hier ein schweres Leben.

Hilda schaute betrübt auf ihre Tochter, die trotz ihres Alters noch so unerfahren und kindlich wirkte. Sie fragte sich, wie es wohl einmal werden sollte, wenn sie selbst nicht mehr lebte. Dann konnte sie Marga nicht mehr vor den Zwillingen schützen.

In diesem Moment wurde die Tür aufgerissen. Völlig unerwartet trat Conrad herein, der zu dieser frühen Stunde selten ins Haus zurückkam. »Wo sind die Jungs?«, fragte er sofort.

Hilda reagierte schnell. »Sie sind oben. Soll ich sie holen gehen, Herr?«

Ohne ihr zu antworten, fing er bereits an, ihre Namen zu rufen. »Johannes, Godeke, kommt herunter in die Diele!«

Schnell kamen beide herbeigelaufen. Es war leicht zu erkennen, dass es etwas zu verkünden gab, und offensichtlich schien es sich um etwas Erfreuliches zu handeln, denn Conrads Lippen wurden von einem kleinen Lächeln umspielt, als er zu reden ansetzte. »Alberts Weib ist heute Nacht im Kindbett verstorben. Das Balg ist auch tot. Wie es scheint, ist das Pech tatsächlich wieder mit eurem Vater, Jungs.«

Hilda durchfuhr ein Stich. Sie konnte kaum glauben, was sie hörte, doch noch weniger konnte sie Conrads Gesicht dazu ertragen. Auch wenn es kein Geheimnis war, dass er seinem Bruder schon seit Jahren jedes Glück missgönnte, war die Freude über Alheidis' Tod dennoch unbarmherzig und grausam. Unter den missbilligenden Blicken der drei Männer schlugen Hilda und Marga fast gleichzeitig ein Kreuz. Was für eine furchtbare Kunde – die Frauen waren tief erschüttert.

Conrad hingegen empfand seit langer Zeit endlich wieder ein Gefühl der Gerechtigkeit. Albert hatte nun wirklich genug Glück gehabt. Eine hübsche Gemahlin, eigene Kinder und das erfolgreiche Handelsgeschäft; nun endlich schien ihn dieses unverschämte Glück zu verlassen, und Conrad ließ seiner Freude darüber freien Lauf.

Johannes war der Erste, der etwas dazu sagte. Die jahrelangen Einflüsterungen seiner Stiefeltern hatten ihn schon vollkommen vergiftet. »Wahrscheinlich ist sein Weib an ihren eigenen Zaubertränken zugrunde gegangen. Ihr Haar war rot wie Feuer. Sie war mit Sicherheit eine Hexe. In der Hölle soll sie schmoren; und unser Vater gleich mit ihr!«

Conrad fing an zu lachen und hieb seinem Stiefsohn stolz die Hand auf die Schulter. »So ist es recht, Johannes. Albert hat keine Anteilnahme verdient.« Conrad ließ keine Möglichkeit ungenutzt, die beiden Jungs gegen seinen Bruder aufzuhetzen.

Nun fing auch Godeke an, seinem Zwilling die hassgeschwängerten Worte nachzuplappern, um so auch an ein Lob des Stiefvaters zu gelangen. Häufig stand er seinem Bruder nach – wenn auch nicht an Körperlänge, dann aber doch in Sachen Boshaftigkeit. Es war offensichtlich, dass er versuchte ihm in allen Dingen nachzueifern. Ebenso offensichtlich war es, dass Conrad Johannes bevorzugte.

Als die Männer sich wieder in alle Richtungen verstreut hatten, blieben Marga und Hilda wie erstarrt zurück. In dieser Familie hatte es niemals Mitgefühl für Ragnhild oder Runa gegeben; doch ebenso wenig gab es das für Albert – den blutsverwandten Sohn des Hauses.

Hilda, die ihn seit dem Tag seiner Geburt kannte und liebte, kämpfte sichtlich mit den Tränen. Da sie selbst vor vielen Jahren ihren Ehemann verloren hatte, wusste sie genau, wie quälend ein solcher Verlust war. Zu gerne hätte sie Albert jetzt etwas Tröstendes gesagt oder ihm irgendwie anders beigestanden. Sie wusste, dass ihm die immer fröhliche Art von Alheidis sicher schmerzlich fehlen würde; doch sie wusste ebenso, dass Albert seine Frau dennoch niemals so angeschaut hatte wie Ragnhild. Die Schlüsse, die sie daraus zog, behielt Hilda jedoch seit Jahren für sich.

3

Seitdem Runa das Bett ihrer kleinen Kammer verlassen hatte, fühlte sie sich elend in der Bauchgegend. Schon während der ersten Worte ihres morgendlichen Gebets hatte ihr Magen angefangen zu grimmen und seither keine Ruhe gegeben. Eine ganze Zeitlang fragte sie sich, ob sie wohl etwas Falsches gegessen hatte, doch sie kam auf keine Antwort. Ausgerechnet heute, ärgerte Runa sich stumm, denn der Tag war dicht gepackt mit Krankenbesuchen. Doch bevor sie damit begann, wollte sie noch zu ihrem Vater auf die Grimm-Insel gehen.

Wie allen Beginen-Schwestern war es auch ihr erlaubt, in regelmäßigen Abständen ihre Familie zu besuchen. Auch wenn ihr durch Ingrids Strafe seit jüngster Zeit untersagt war, Besuch von ihrer Mutter zu empfangen, galt dieses Verbot glücklicherweise nicht für ihren Vater. Es hätte Runa allerdings nicht gewundert, wenn Ingrid bald einen Grund finden würde, um ihr auch diese Freude zu nehmen.

Die Zeit der Annäherung zwischen Runa und ihrem Vater war schneller vonstattengegangen als bei ihrer Mutter. Auch wenn sie sich damals davor gefürchtet hatte, was wohl passieren würde, hatte sie dennoch gleich nach ihrem Eintritt ins Kloster von dem Recht Gebrauch gemacht, ihren Vater zu besuchen. Weinend hatte sie an seine Tür geklopft; Albert selbst hatte ihr geöffnet und seine Tochter sogleich wortlos in die Arme geschlossen. Dieser Tag war nun bereits vier Jahre her, und seitdem kam es allen

Bewohnern des Hauses so vor, als seien sie niemals von Runa getrennt gewesen.

Ihre Besuche auf der Grimm-Insel waren auch Conrad und Luburgis nicht verborgen geblieben. Nachdem sie viele Jahre lang alles getan hatten, um Runa von ihren Eltern fernzuhalten, stellte das Verhalten ihrer Stieftochter nun eine Art Niederlage für sie dar. Nicht den kleinsten Gruß sprachen sie einander noch aus, wenn sie sich zufällig begegneten.

Doch Runa interessierte schon lange nicht mehr, was die andere Hälfte ihrer Familie dachte. Sie war überglücklich, ihre lang vermissten Eltern wenigstens vorübergehend wieder um sich haben zu können, und erwischte sich oft dabei, wie sie die Zeit zwischen den Besuchstagen kaum abwarten konnte – so sehr freute sie sich darauf.

An diesem Tage jedoch sollte alles anders kommen. Gleich nachdem sie das Haus im Katharinen-Kirchspiel betreten hatte, war es ihr aufgefallen. Diese unglaubliche Stille. Runa durchsuchte alle Räume, immer von dem Gefühl begleitet, dass hier irgendetwas nicht stimmen konnte. Dann endlich fand sie ihren Vater.

Als sie in das Kontor eintrat, hob Albert nur kurz den Kopf. Runa konnte selbst aus der Ferne erkennen, wie ausgezehrt sein Gesicht aussah. »Vater, was ist passiert? Wo sind denn alle hin? Es ist so still hier«, fragte Runa leise.

Albert atmete schwer. Wie sollte er es ihr sagen? Er wusste, Runa hatte Alheidis sehr geliebt. Unfähig, es besser oder schonender zu umschreiben, sprach er mit gedämpfter Stimme: »Alheidis und das Kind sind tot.«

Runa brauchte einen Moment, um die Worte ihres Vaters zu begreifen. Dann schlug sie die Hand vor den Mund und schloss die Augen. Sofort quollen Tränen hinter ihren geschlossenen Lidern hervor. Sie wollte und konnte es einfach nicht glauben. Doch nicht Alheidis!

Kurz darauf begann ihr ohnehin schon angeschlagener Magen vollends zu rebellieren. Ohne Vorwarnung schoss es durch ihren Körper und wollte heraus. Gerade noch schaffte sie es, vor die Tür zu hasten, um sich dort zu übergeben. Als sie wieder zurück in die Diele kam, blickte sie plötzlich direkt in das Gesicht Walthers. Leise wie immer hatte er sich von hinten angeschlichen. Nun stand er einfach da und sah sie an; fast so, als wäre sie ein Geist. Eigentlich tat er das immer, und trotzdem fühlte sie sich niemals unbehaglich in seiner Gegenwart. Dennoch hatte sich Runa schon häufig gefragt, warum er sich immer so seltsam benahm.

»Runa, ist alles in Ordnung mit dir?«, fragte er besorgt.

Gerührt von seiner Anteilnahme und etwas beschämt, weil er sie in diesem Zustand sah, senkte sie den Blick. Sie mochte den etwas sonderbaren Walther sehr, doch ihr war nicht nach einer Unterhaltung. »Es geht schon«, wiegelte sie ab. »Ich habe wohl etwas Falsches gegessen.« Runa wollte sich mit aller Kraft zusammenreißen. Sie wollte nicht vor ihm weinen. Doch sosehr sie auch gegen ihre Tränen anzukämpfen versuchte, es gelang ihr einfach nicht, sie zurückzuhalten. Unkontrolliert begann sie zu schluchzen. Sie hatte Alheidis wirklich geliebt. Beide Frauen waren von Anfang an sehr vertraut miteinander gewesen. Dass sie nun tot sein sollte, wollte Runa einfach nicht begreifen. Ihr Schultern fingen an zu beben, und sie begann zu weinen.

Walther zerriss es fast das Herz, Runa so zu sehen. Ihr sonst immer lächelndes Gesicht war von Tränen nass. So hatte er sie noch nie gesehen. Ansonsten kannte er alle ihre Züge. Wie oft schon hatte er heimlich an sie gedacht? Wie oft ihr Gesicht in den Sand gemalt oder ihre Lieblichkeit in seinen Reimen versteckt? Niemand wusste davon, dass sie seine Auserwählte war; nicht einmal Runa selbst. Nun stand sie vor ihm, und sein Herz hätte erfüllt sein können von Freude, doch die Frau, die er so innig liebte, weinte.

Natürlich trauerte auch er um Alheidis. Jeder hatte sie gemocht, und auch er selbst würde sie wahrhaft vermissen, doch nun, da er Runa nah war, vergaß er alles andere um sich herum. Er vergaß, dass sie eine Klosterschwester war, und er vergaß, dass es ungebührlich war, als unverheirateter Mann mit einer unverheirateten Frau allein zu sein. Er vergaß auch, dass er seinen Gefühlen nicht einfach nachgeben durfte, und ging langsam auf sie zu.

Sie hatte ihr Gesicht in den Händen vergraben und konnte nicht sehen, dass er sich ihr bis auf eine Handbreit genähert hatte. Im nächsten Moment schloss er die viel kleinere Runa in seine tröstenden Arme. Das Glück durchfloss ihn warm und wohlig. Seine Lungen fühlten sich an, als dürften sie das erste Mal Luft einziehen, und sein Herz schlug so kräftig, als schlüge es das erste Mal. Wie ein Verdurstender, der endlich einen Becher Wasser bekam, umarmte er Runa, nach der es ihn schon so lange dürstete. Seine Nase sog ihren Duft ein, und sein Körper schien zu brennen an all jenen Stellen, wo seine Haut die ihre berührte. Er schloss die Augen und küsste ihre Stirn – leicht, so leicht, dass sie es fast nicht bemerkte; aber eben nur fast!

Ruckartig löste sich Runa aus Walthers Umarmung und blickte ihn fragend an. Hatte er sie tatsächlich geküsst, oder spielte ihr die Trauer um Alheidis einen Streich?

Plötzliche Schritte durchschnitten den Moment. Noch immer blickten sie einander an. Walther wusste, dass er sich verraten hatte. Es hatte ihn einfach überkommen, und es war ihm unmöglich gewesen, es zu verhindern. Also blickte er ihr direkt in die Augen und nickte, um zu bestätigen, was sie ihn stumm fragte. Runas Gesicht war rot geweint, ihre Augen geschwollen, doch nie zuvor hatte sie schöner für ihn ausgesehen.

Dann trat Albert aus der Tür. Er bemerkte nicht, was in diesem Moment zwischen seinem Freund und seiner Tochter passiert war. Zu groß war seine eigene Trauer und zu stark sein Vertrauen in Runa und Walther. Gemeinsam verbrachten sie noch einige Zeit. Auch Margareta, Thiderich und Ava kamen irgendwann hinzu und erzählten Runa, was sich in der Nacht zugetragen hatte.

Runa war froh, nun endlich zwei Frauen um sich zu haben. Jetzt konnte sie all jene Fragen stellen, die ihr die Männer niemals hätten beantworten können. Unter Tränen erzählten Ava und Margareta so lange von der grausamen Nacht, bis Runa alles wusste.

So gerne sie auch bei ihrem Vater und ihrer Halbschwester geblieben wäre, um ihnen beiden eine Stütze zu sein, sie musste wieder gehen. Viele Kranke und Alte warteten noch auf sie, und außerdem war es den Beginen-Schwestern strengstens und unter Androhung harter Strafen untersagt, dem Kloster ohne ausdrückliche Erlaubnis über Nacht fernzubleiben. Vielleicht hätte sie aufgrund der neuen Situation sogar die Erlaubnis bekommen, aber sie wollte ihr ohnehin schon angespanntes Verhältnis zur Magistra nicht weiter belasten.

Bis sie schlussendlich gehen musste, vermied Runa es erfolgreich, Walther direkt anzublicken, doch nachdem sie das Haus verlassen hatte, ging ihr der Moment in der Diele des Hauses nicht mehr aus dem Kopf. Walther hatte sie geküsst. Er war wie ein Bruder für sie. Sie war verwirrt und fühlte sich von der Trauer um Alheidis geschwächt. Noch immer war ihr unwohl im Bauch, und auf dem Weg zu ihrem weiteren Tagwerk wünschte sie sich sehnlich, dass die Stunden bis zum Abend schnellstmöglich vorüber sein mögen. Doch der Tag zog sich hin wie zähes Baumharz. Ein jeder Krankenbesuch schien heute so unendlich viel anstrengender zu sein, als sie es sonst waren. Am liebsten hätte Runa sich verkrochen, doch die Alten und Schwachen brauchten ihre Pflege natürlich an jedem Tag – auch dann, wenn jemand in der eigenen Familie starb.

Immer wieder übermannte sie die Trauer um Alheidis, und

die Tränen liefen wie von selbst. Runa nahm sich fest vor, Ingrid wenigstens um die Erlaubnis zur nächtlichen Totenwache ihrer Stiefmutter zu bitten.

Als die Arbeit endlich getan war, fühlte Runa sich unglaublich erschöpft. Sie sehnte sich nach Anlehnung, Verständnis und Ruhe. Ihre Gedanken galten Johann.

Auch wenn sie ihm erst gestern gesagt hatte, dass ihre Treffen ein Ende haben mussten und sie heute Morgen auch noch überzeugt von dem gewesen war, was sie von ihm verlangt hatte, zog es sie jetzt wie an einem unsichtbaren Band zu dem kleinen windschiefen Haus. Kein einziges Mal hatten sie sich dort ohne vorherige Absprache getroffen, doch so unwahrscheinlich es auch schien, Johann jetzt dort anzutreffen, Runa ging trotzdem hin. Schon das Haus an sich, der holzige Geruch und ihre wohligen Erinnerungen, würden ihr das Herz wärmen.

Als sie eintrat, konnte sie es tatsächlich sofort fühlen. Das Haus gab ihr Kraft. Sie beruhigte sich, ihr Herz schlug ruhiger.

»Ich habe es schon gehört, Runa«, sprach die von ihr so geliebte Stimme plötzlich.

Runa drehte sich um und sah in sein Gesicht. »Du bist hier? Wie kann das sein? Woher wusstest du ...«

Die beiden Verliebten schlossen sich stürmisch in die Arme. Tröstende Küsse bedeckten das Gesicht der Begine, und ihre Hände griffen hastig nach dem, was sie von Johann zu greifen bekam. Tief atmete sie erst ein und dann wieder aus. Gleich darauf schmiegte sie sich in seinen Arm. Den Kopf dabei an seine Schulter gelehnt, hörte sie seine erklärenden Worte.

»Als ich heute von dem plötzlichen Tod der Domina Alheidis gehört habe, wusste ich, dass du kommen würdest. Es tut mir so leid, meine Liebste. Ich weiß, wie sehr du sie geliebt hast.« Johann hielt Runa noch eine Zeitlang im Arm. Er fühlte, dass sie das jetzt brauchte, und auch er selbst hatte das Verlangen danach.

An diesem Tage liebten sie sich nicht. Sie lagen lediglich dicht beieinander und redeten über alles; nur nicht über sich. Zu schmerzhaft war die Erkenntnis, die doch beiden schon allzu klar war. Dieser kleine Moment sollte davon nicht belastet sein – er gehörte ihnen ganz allein –, und sie wollten ihn zur Zerstreuung benutzen.

Wie so oft erzählte er ihr auch heute wieder von den Inhalten der Ratssitzungen, die derzeit zuhauf mit den Streitigkeiten zwischen der Stadt und den Schauenburger Grafen gespickt waren. Runa liebte diese Gespräche. Ihr Wissen über die Angelegenheiten Hamburgs, welches sie dank Johann angesammelt hatte, war mittlerweile so beträchtlich, dass sie seinen Erzählungen mühelos folgen konnte. Als Johann anfing, über die Streitigkeiten der Grafen von Holstein und Schauenburg untereinander zu erzählen, wusste sie sogleich, worum es ging.

Nachdem Graf Gerhard I. lange Jahre als einziger Landesherr fungiert hatte, war es vor elf Jahren zu einer Landesteilung mit seinen beiden mittlerweile mündigen Neffen gekommen. Seither geriet Hamburg immer wieder mit den drei regierenden Fürsten in Streit. Die Gründe dafür waren vielfältig, doch hauptsächlich beschwerten sich die Hamburger über die fehlende Unterstützung bei Überfällen von Hamburger Kaufleuten durch Wegelagerer und Placker und die schier endlose Verschwendungssucht des Grafenhauses. Johann ereiferte sich, während er erzählte. »Um den Grafen ihr Missverhalten endlich deutlich zu Papier zu bringen, haben die Ratsherren nun beschlossen, einen Kostenbericht mit deren Ausgaben aufzustellen. Ich bin gespannt, ob die Fürsten dann endlich verstehen, wie sehr sie die Stadt schröpfen und vor allem, wie groß ihre Abhängigkeit der Stadt gegenüber ist...« Plötzlich blickte er versonnen zu Runa. »Langweile ich dich, Liebste?«

Runa blickte zurück. »Nein, ganz und gar nicht.«

»Verzeih mir, du hast solchen Kummer wegen Alheidis, und ich rede unentwegt vom Rat. Erzähle du etwas«, forderte er Runa auf und zog sie gleichzeitig näher an sich. Johann liebte diese Gespräche nicht minder, boten sie doch eine angenehme Abwechslung zu den allzu strengen Unterredungen im Rathaus.

»Hm, was möchtest du hören?«

»Ganz gleich, ich will nur deine Stimme in meinem Ohr haben. Erzähle irgendwas.«

Runa begann mit etwas Unverfänglichem. Geschichten aus dem Kloster gab es schließlich genügend. »Gestern wurde Schwester Kristine abermals beim Stehlen von Brot und Käse erwischt. Die Magistra kam zufällig in die Küche, als die Diebin sich gerade eine dicke Scheibe in den Mund stopfte. Wir anderen haben nur das Gebrüll gehört und kamen herbeigelaufen; da hatte Kristine noch den ganzen Mund voller Krümel.«

»Oje«, lachte Johann heiter. »Ich wette, das gab gehörigen Ärger.«

»Mehr noch. Kristine musste einen Tag in unserer Arrestzelle verbringen – ohne Essen und Trinken. Die Arme kann einem leidtun. Sie hat ständig Hunger. Ihr fällt es am schwersten von allen, bescheiden zu leben. Seitdem sie im Kloster ist, hat sie zwar schon einiges ihrer Leibesfülle verloren, doch gibt es immer noch keine dickere unter den Schwestern. Na ja, sie ist ja auch noch nicht lange eine Begine. Ich glaube, es fällt ihr sehr schwer, von ihrer Familie getrennt zu sein.«

»Das kann sein«, stimmte Johann ihr zu und verweilte einen Moment lang schweigend. Dann fragte er geradeheraus: »Und wie war das bei dir?«

Runa schaute ihren Geliebten nicht an, als er diese Frage stellte. Sie überlegte kurz, ob sie darauf eine unverfängliche Antwort geben oder ob sie schonungslos ehrlich sein sollte. Sie hatte Johann schon häufig von ihrer Familie erzählt. Alles, was mit ihr zusammenhing, schien ihn zu interessieren. Doch waren es bisher immer Gespräche gewesen, die sich auf die Gegenwart und vor allem mehr auf Albert und Alheidis bezogen hatten. Ihre Vergangenheit mit Conrad und Luburgis versuchte sie stets zu meiden. Doch möglicherweise war heute ein guter Tag dafür, um diese Regel zu brechen. »Nun, bei mir war es anders als bei Kristine. Mir fiel es keineswegs schwer, von Conrad und Luburgis getrennt zu sein, die ja damals meine Eltern waren.«

Mit einer solch harten Antwort hatte Johann nicht gerechnet. »Hast du es denn niemals vermisst, frei zu sein in deinen Entscheidungen, wie es innerhalb einer Familie der Fall ist, und gehen zu können, wohin es dir beliebte? Die Umstellung auf das Leben einer Begine muss doch ungewohnt für dich gewesen sein.«

»Freiheit?«, fragte Runa verwundert zurück. »Ich bin freier hier hinter den Mauern des Klosters, als ich es ab meinem vierten Lebensjahr jemals im Haus in der Reichenstraße war.«

Runa spürte Johanns Betroffenheit und redete weiter, um zu erklären. »Es mag für dich merkwürdig klingen, aber gleich wirst du es verstehen. Vielleicht erinnerst du dich noch daran, dass mein Vater vor vierzehn Jahren nach Flandern aufbrach und nach über vier Monaten plötzlich wieder auftauchte, obwohl man ihn totgesagt hatte? Damals ist der langjährige Streit zwischen meinem Vater und meinem Onkel endgültig entbrannt. Dieser Streit währt auf seine Weise bis heute und hat mein Leben total verändert.«

»Ja, ich erinnere mich gut an diese Zeit«, gab Johann mit einem grübelnden Gesicht zurück. »Damals hatte ich mein Amt als Ratsnotar gerade erst erhalten, da Magister Jordan von Boizenburg gestorben war. Die Streitfragen um deine Familie zählten zu den ersten Ratssitzungen, die ich als Ratsnotar miterlebt habe. Nachdem dein Vater fort war, galt es zu klären, ob deine Mutter erneut heiraten dürfe, solange der Tod deines Vaters nicht zweifelsfrei bewiesen war. Dann geschah ihr furchtbarer Selbstmordversuch, woraufhin der Rat die Entscheidung fällte, sie vorerst in das Kloster zu verweisen. Es muss eine aufwühlende Zeit für deine Familie gewesen sein, aber all das ist sehr lange her, mein Herz, und heute ist alles anders.«

»So ist es, mein Liebster. Es ist lange her, und ich selbst war in der Tat noch viel zu klein und konnte viele Dinge nicht verstehen. Aber ich glaube, du vergisst, dass in diesen Tagen auch mein Schicksal geschrieben wurde. Auch ich war von den Entscheidungen des Rates betroffen, und sie waren nicht gerade zu meinem Vorteil.«

Jordan stutzte. Einen kurzen Moment lang versuchte er sich in das kleine Mädchen von damals hineinzuversetzen. Plötzlich verstand er, dass seine Sichtweise auf die Ereignisse sich grundlegend von Runas unterschied. Mit den Augen eines Mannes, der es gewohnt war, Entscheidungen zu treffen, hatte er den Fall zu dieser Zeit kühl von außen betrachtet. Als Ratsnotar war er damals dafür verantwortlich gewesen, mit den anderen hohen Herren über das Schicksal der Beteiligten zu entscheiden. In der festen Überzeugung, das Richtige zu tun, hatte er dafür gesorgt, dass Ragnhild ins Kloster geschickt wurde, und gleichzeitig veranlasst, dass Runa und ihre Brüder Conrad und Luburgis zugesprochen wurden. Runa hatte zu dieser Zeit nicht nur ihren Vater, sondern auch ihre Mutter verloren, und ihre Stiefeltern waren ein schlechter Ersatz. »Es ist dir nicht gut ergangen bei Conrad und Luburgis von Holdenstede, oder?«

»Nein, ganz und gar nicht«, bestätigte Runa tonlos. Doch so schwer es ihr auch fiel, über die Vergangenheit zu sprechen, der Anfang war gemacht. An diesem Abend öffnete sie ihrem Geliebten den Blick zu einer weitreichenderen Sicht der Dinge. Sie erzählte ihm die Geschichten, die ihre Mutter ihr erzählt hatte, als sie ihre Tochter zum ersten Mal im Kloster besuchen kam. Damals hatte Ragnhild versucht, das Vertrauen Runas zurückzugewinnen, indem sie ihr die ganze Wahrheit über ihre gemeinsame Vergangenheit beichtete. Nun gab Runa ihr Wissen zum ersten Mal weiter.

»Das ganze Leid der letzten Jahre hat seinen Anfang mit Großvaters Testament genommen. Mein Vater sollte Buße tun, weil er Ingrid von Horborg verschmäht und dafür meine Mutter geheiratet hatte. Aber mein Onkel hat Großvaters Worte zu genau genommen und meine Eltern unterdrückt, wo er nur konnte. Selbst als Vater nicht aus Flandern heimkehrte, konnte er seinen Hass nicht zügeln. Nicht einmal das Trauerjahr wollte er Mutter lassen. Es ist nicht verwunderlich, dass sie sterben wollte. Jetzt, da ich selbst liebe, kann ich ihren Schmerz verstehen.« Runa schmiegte sich noch enger an Johann, während sie sprach. Bei diesen traurigen Geschichten wollte sie ihm umso mehr nahe sein.

Johann kam dieser stummen Bitte dankbar nach und schlang seine Arme noch fester um sie. Er wollte, dass sie weitererzählte, doch er hatte auch Angst, sie zu verletzen. Vorsichtig stellte er darum seine nächste Frage. »Weißt du denn, was deine Mutter damals dazu gebracht hat, Symon von Alevelde vor dem Rat um die Ehe zu bitten?«

»Ja, ich weiß es, mein Liebster. Ich, Mutter und vielleicht niemand sonst. Mir ist bewusst, dass alle Hamburger damals dachten, dass sie nicht wirklich in Trauer sei – selbst Vater war dieser Meinung –, und ich musste Mutter versprechen, ihm nichts über die Wahrheit zu sagen. Aber dir werde ich es jetzt erzählen.« Nach diesen Worten löste sie sich sanft aus seiner Umarmung und schaute ihm ins Gesicht. Dann nahm sie seine Hände, um etwas zu haben, an dem sie sich festhalten konnte, und sagte: »Ich weiß, dass viele meine Mutter für die von ihr selbst angestrebte Hochzeit mit Symon von Alevelde verurteilt haben, aber sie hat es aus Liebe getan.«

»Aus Liebe?«, fragte Johann mit gerunzelter Stirn. »Wie soll ich das verstehen? Sie liebte deinen Vater und ...«

»Nicht aus Liebe zu Vater, sondern aus Liebe zu mir. Durch eine List ihrer Freundin Agatha hat sie während ihrer Klosterzeit herausbekommen, dass Symon von Alevelde über die geplatzte Heirat mit ihr so erbost gewesen war, dass er zu Conrad gegangen ist und eine Entschädigung gefordert hatte. Conrad hatte ihm daraufhin eine Braut für seinen Sohn versprochen – und diese Braut war ich.«

»Ist das dein Ernst? Conrad hat dich diesem Jacob von Alevelde versprochen, obwohl du erst ... vier Jahre alt warst?«

»Ganz recht. So war es. Verstehst du nun? Mutter hat versucht mich vor der Ehe mit Jacob von Alevelde zu bewahren, indem sie auf dem Audienztag der Stadterbeansprüche um Symons Hand angehalten hat. Für einen kurzen Moment lang hatte sie Conrad damals überlistet – und dennoch verlor sie schlussendlich gegen ihn. Denn als Vater doch noch nach Hamburg zurückkehrte, waren wir Kinder bereits Conrad und Luburgis zugesprochen worden, Vaters Vermögen in Form einer Witwenrente für Mutter in den Besitz des Beginenklosters übergegangen und Mutter selbst mit Symon von Alevelde verheiratet. Nur der spätere Urteilsspruch des Vogtgerichts, vor dem sich Vater und mein Onkel drei Tage lang bekämpften, hatte dazu beigetragen, dass ihm wenigstens ein bisschen Gerechtigkeit widerfuhr, indem er seine Güter zurückerhielt.«

»Großer Gott, Runa«, stieß Johann erschrocken aus. »Ich kann es kaum glauben. Was für eine Geschichte. Ich hatte ja keine Ahnung.« Er war aufrichtig bewegt. »Wenn ich mich zurückerinnere, kamen mir die Gerichtsverhandlungen zwischen Albert und Conrad so unglaublich übersteigert vor ... ich war mir sicher, dass sie sich beide bloß aufspielen wollten. Ich begreife tatsächlich erst jetzt, wie sehr sich diese beiden Brüder hassen müssen. Conrad habe ich noch nie sonderlich gemocht, aber deine Geschichte bringt mich dazu, ihn wahrlich zu verachten.« Fast sah Johann ihn vor sich sitzen; im Rathaus auf seinem angestammten Platz. Wie viele Streitigkeiten hatte er zwischen den ungleichen Brüdern während der letzten vierzehn Jahre im Rathaus schon miterlebt? Nie waren sie einer Meinung – vollkommen egal, worum es ging. Johann hatte stets gedacht, es handele sich dabei um das weibische Verhalten zweier Männer, die sich stets uneins waren, doch nun wusste er es besser. Es machte ihn fast betroffen, dass er diese Geschichte nicht früher verstanden hatte. Sein Einfluss hätte Runa damals möglicherweise vor einem Leben unter Conrad bewahren können – doch jetzt war es zu spät, und Runa war schon seit einigen Jahren den Fängen ihres Onkels entschlüpft.

So innig wie selten zuvor nahm er das Gesicht Runas in seine Hände und küsste sie auf die Lippen. Dann schauten die Verliebten sich noch ein letztes Mal tief in die Augen, bevor Johann aufstand. Beide wussten ohne Worte, dass er nun wieder gehen musste, und auch Runa sollte sich beeilen. Die wenige gemeinsame Zeit verflog doch immer allzu schnell. Noch einmal blickte Johann seine Runa an. Er wollte sich ihr Bild einprägen, so, wie sie jetzt gerade da auf dem Bett lag.

Ihr Körper war komplett unter der unförmigen blauen Kleidung der Beginen-Schwestern verborgen, doch ihre hübschen Rundungen zeichneten sich deutlich darunter ab. Nur die weiße Haube hatte sie abgelegt, sodass ihr auffallend schönes Haar zu sehen war, das er so liebte. Lang, weich und hellblond fiel es ihr über die Schultern bis hin zur Hüfte. Durch die Flechten, die sie immer trug, wenn sie ihr Haar unter der Haube verbarg, war es leicht gewellt. Runas Augen waren groß und rund, und ihre dichten, geraden Brauen bildeten einen starken farblichen Kontrast zu ihrem hellen Haupt. Immer wenn sie lächelte, entblößte sie eine Reihe schöner Zähne, von denen der rechte Schneidezahn ein Stück hervorschaute.

Johann liebte, was er sah, und am liebsten hätte er es nie wieder hergegeben; doch er musste gehen.

»Noch heute werde ich die Stadt verlassen und nach Lübeck reisen. Wir werden uns also eine Weile nicht sehen können, Liebste.« Johann wusste selbst, wie grotesk das klang. Vor kurzer Zeit noch hatten sie darüber gesprochen, sich nie mehr wiederzusehen, und nun versuchte er das zu überspielen, indem er so tat, als hätte es diesen Gedanken niemals gegeben.

Doch auch Runa war wohl gewillt, die Stimme der Vernunft zu übergehen, und ignorierte diese Tatsache ebenso. »Warum musst du nach Lübeck?«

Während Johann seine Kleider ordnete, gab er Runa Antwort. »Ich werde in Zukunft häufiger hin und her reisen müssen. Die Handelsbeziehungen zwischen Hamburg und Lübeck werden mehr und mehr durch Überfälle der Dithmarscher auf hamburgische Schiffe gestört. Es muss eine Lösung für dieses Problem gefunden werden.«

Runa, die sich an frühere Gespräche zu diesem Thema erinnerte, fragte neugierig nach. »Gab es nicht bereits eine Vereinbarung, die diesen Umstand regeln sollte?«

»Ja, es gab sogar zwei. Doch die streitbaren Dithmarscher ignorieren die Abkommen und berauben die Schiffe einfach weiter. Es wird wohl noch einige Zeit brauchen, bis die Verhandlungen zu einem Ergebnis führen. Darum werde ich wohl noch einige Male dorthin reisen und auf dein liebliches Gesicht leider eine Zeit verzichten müssen.«

Runa lächelte. Ständig machte er ihr Komplimente; und das trotz der wenig kleidhaften Beginentracht. Allein dafür musste sie diesen Mann lieben. Doch zugleich liebte sie ihn, weil er sie ebenbürtig behandelte. Er redete ganz selbstverständlich mit ihr über seine Arbeit und behandelte sie nicht bloß wie ein dummes Weib. Sie war immer wieder verblüfft, wenn er von seiner Tätigkeit als Ratsnotar erzählte, denn für sie war er einfach nur Johann; kein Edelmann oder Geistlicher. Hätte er nicht regelmäßig etwas von seiner Arbeit erzählt, dann liefe sie wohl Gefahr, eines Tages womöglich glatt zu vergessen, dass er einer der bedeutendsten Männer der Stadt war. Sie musste es sich immer wieder ins Gedächtnis rufen, dass er tagtäglich überaus wichtige Entscheidungen traf, die das Leben der Städter maßgeblich beeinflussten. Schon häufig hatte Runa sich gefragt, ob ihre Vergesslichkeit in diesem Punkt vielleicht auch ein bisschen an diesem wenig prunkvollen Ort lag. Selbstverständlich hatten sie sich noch nie irgendwo anders treffen können als in dem kleinen, schiefen Häuschen. Sie sah ihn weder im Rathaus noch in Gesellschaft feiner Leute. Alles, was ihn außerhalb dieser geheimen Stätte ausmachte, ließ er unweigerlich draußen. Hier, in dieser kleinen Stube, gab es nur sie und ihn – Runa und Johann.

»Ich werde dich vermissen«, waren ihre letzten Worte, bevor er ihr Kinn noch einmal mit den Fingern hochschob und sie zum Abschied zärtlich küsste.

Kurz nach Johanns Abreise war es Runa klar geworden. Die Erkenntnis traf sie wie ein Blitz. Schnell und ohne Vorwarnung; und sie hinterließ ein Trümmerfeld.

Wie hatte sie die Tatsachen so lange ignorieren können? Die Übelkeit, die Unverträglichkeit von gewissen Speisen, die düstere Vorahnung, dass ihre Liebschaft mit Johann kein gutes Ende nehmen konnte. Runa war schwanger!

Wenn auch noch nichts von ihrem Bauch zu sehen war, hatte sie dennoch keinen Zweifel daran, tatsächlich ein Kind zu erwarten. Seit dieser Einsicht waren ihre Tage mit unzähligen Ängsten bestückt.

Was sollte aus ihr werden? Eine schwangere Beginen-Schwester hatte von niemandem Hilfe zu erwarten. Ganz im Gegenteil. Sollte jemand Runas Zustand bemerken, würde sie harte Strafen zu erwarten haben – wenn nicht sogar den Tod.

Einen kurzen Moment lang hatte Runa sogar überlegt, es Johann zu sagen. Sie wollte sich der Vorstellung hingeben, dass er sich möglicherweise darüber freuen würde oder vielleicht sogar eine Lösung wusste. Schnell jedoch wurde Runa klar, wie töricht ihr Wunsch war. Johann war ein angesehener Mann und sie bloß ein Niemand. Noch dazu war er ein Mann der Kirche. Sie schalt sich eine dumme Gans. Wie könnte er sich jemals über eine solche Nachricht freuen? Schließlich bedeutete sie den Untergang für sie beide. Nein, er durfte niemals etwas von dem Kind erfahren.

Runa grübelte hin und her. Woche um Woche war bereits vergangen, ohne dass sie auf eine Lösung gekommen war. Wie sich ihre Situation jetzt darstellte, gab es für sie nur eine einzige Möglichkeit. Sie musste das Kind bekommen; und zwar heimlich! Ihre weite Beginentracht konnte ihr möglicherweise dabei helfen, den anschwellenden Bauch bis zum Tage der Niederkunft zu verbergen. Nur Gott wusste, warum es ihm gefiel, dass die meisten Kinder des Nachts das Licht der Welt erblickten. Sollte es bei ihr genauso sein, könnte es ihr vielleicht gelingen, die Geburt unbemerkt in ihrer Kammer zu vollziehen. Anschließend müsste sie den Säugling nur noch unbemerkt aus dem Kloster schaffen und auf die Türschwelle einer Kirche legen. Allein der Gedanke, ihr Kind tatsächlich auszusetzen, zerriss Runa schon jetzt fast das Herz, doch es schien ihr die einzige Möglichkeit für sie beide zu sein.

Nachdem sie diesen Entschluss gefasst hatte, ging es Runa irgendwann ein wenig besser. So riskant ihr Plan auch war; sie hatte nun wenigstens einen. Dennoch lastete ihr Geheimnis an manchen Tagen schwer auf ihr. Zu gerne hätte sie sich jemandem anvertraut; doch wer hätte das schon sein können? Ihre Mutter hatte sie schon seit Wochen nicht mehr gesehen. Seit dem Vorfall auf dem Markt, von dem ihr Vater ihr berichtet hatte, ließ Symon seine Frau nicht einmal mehr mit Grit heraus. Nur in seiner Gesellschaft, streng bewacht und stets dicht an seiner Seite, durfte sie einen Fuß vor das Haus setzen. Sie wäre wohl die Einzige gewesen, die Runa ins Vertrauen gezogen hätte, denn sie war überzeugt, dass ihre Mutter sie nach erstem Tadel verstanden hätte. Schließlich hatte auch sie selbst einmal eine große Liebe erfahren – eine mindestens ebenso große wie die zwischen Runa und Johann.

Zu ihrem Vater zu gehen schien Runa absolut unmöglich. Sosehr sie ihn auch liebte, er war ein Mann. Niemals würde er das unzüchtige Verhalten seiner Tochter billigen. Nein, mit ihm darüber zu reden war absolut unmöglich. Wäre Alheidis noch am Leben, hätte Runa in ihr sicher auch eine Zuhörerin gehabt. Sie war fest davon überzeugt, dass ihr Geheimnis bei der Stiefmutter ebenso gut verwahrt gewesen wäre wie bei ihrer leiblichen Mutter. Doch Alheidis war tot, und Runas letzte Möglichkeit auf Hilfe war mit ihr gestorben.

Runa fühlte sich allein. Die nächsten Monate drohten einsam für sie zu werden, das war ihr jetzt klar. Beide Frauen, denen sie sich anvertraut hätte, waren entweder eingesperrt oder tot, und die beiden Männer in ihrem Leben kamen als Vertraute nicht infrage. Auch die zusätzliche Angst davor, entdeckt zu werden, würde sie ständig begleiten und vielleicht irgendwann zermürben. Und dennoch, trotz der schwierigen Umstände wünschte Runa sich nicht den Tod des Kindes. Sie wunderte sich selbst darüber, denn eine Fehlgeburt hätte ihr einiges leichter gemacht. Doch sie verspürte selbst jetzt schon Mutterliebe, und diese Liebe zu dem Ungeborenen war stärker als alle Widrigkeiten. Wenn sie schon nicht bei ihrer großen Liebe Johann würde sein können, trug sie wenigstens seinen Spross unter ihrem Herzen. Es war grotesk, doch dieser Gedanke machte Runa auf gewisse Weise glücklich.

Langsam brach die Nacht herein, und sie ging in ihre Kammer. Mit den Händen auf ihrem Bauch und der unbegründeten Zuversicht, es trotz aller Schwierigkeiten schaffen zu können, legte sie sich auf ihre Bettstatt und schlief ein.

4

Es war der 5. August des Jahres 1284, als es irgendwo in der ehemaligen gräflichen Neustadt von Hamburg begann.

Zunächst war es nur ein winziges Glimmen. Unschuldig und ungefährlich. Eine Feuerstelle, die zur Nacht nicht gänzlich gelöscht worden war; übersehen von einer Magd, die etwas schläfrig die Küche verlassen hatte. Unzählige Male schon war es so gekommen – nie war etwas passiert. In dieser Nacht jedoch hatte das Glück ein Ende.

Neben der Feuerstelle lag unbemerkt ein alter Lumpen. Er lag dort bereits so lange, dass ihn niemand mehr wahrnahm. Verborgen unter Staub und Ruß, hatte er die Farbe seiner Umgebung angenommen und sich auf diese Weise perfekt getarnt. Ein Fünkchen der unschuldigen Glut aus der Feuerstelle reichte aus, um diesen trockenen alten Lumpen auf gefährliche Weise wieder zum Vorschein zu bringen. Leise kohlte sich zunächst ein Loch hinein, bis irgendwann kleine Rauchschwaden aufstiegen und der graue Lumpen vollends Feuer fing. Schon bald schlugen die Flammen hoch. Nur für wenige Augenblicke gelang es ihnen, die Sitzbank darüber überhaupt zu berühren. Lautlos leckten sie an ihr, bis die Bank an einer Stelle schwarz wurde. Das trockene Holz fing an zu knacken; fast so, als wollte es die Bewohner des Hauses wecken. Doch es erwachte niemand. Der Lumpen war längst verbrannt, doch die Holzbank gab dem Feuer neues Futter. Unerbittlich fraß es sich weiter. Gierig nahm es alles, was seinen Weg kreuzte. Schnell stand der Tisch in Flammen und noch viel schneller das ganze Haus. Kein Schrei war zu vernehmen und kein Fluchtversuch zu erkennen, als die Flammen aus den Fenstern des Hauses stoben. Seine Bewohner erstickten im Schlaf; und so war es auch im Haus daneben und dem daneben.

Es brannten bereits die Deichstraße, die Steintwiete und der Rödingsmarkt, als das Feuer endlich bemerkt wurde. Zum Löschen war es nun zu spät. Menschen rannten um ihr Leben, während sich die Flammen unersättlich durch die Gassen fraßen. Nichts wurde verschont.

Zusammen mit dem tosenden Feuer schien sich ein ganz bestimmter Laut voranzuwälzen. Das Gemisch aus dem Knacken des brennenden Holzes, dem Schreien der Sterbenden und dem Donnern der zusammenstürzenden Häuser war wie ein einziger Ton.

Ein jeder, der davon erwacht war, versuchte sich in Sicherheit zu bringen. Überall in den Straßen wurden die Luken und Türen der bereits brennenden Häuser aufgerissen, um Ausgänge zu schaffen. Doch die Flammen waren überall, und nur wenige Bewohner entkamen dem höllischen Tod. Einige waren vom Feuer so weit eingeschlossen, dass sie in ihrer Verzweiflung aus den Luken der oberen Stockwerke sprangen, worauf ihre Körper mit verrenkten Gliedern hilflos liegen blieben, bis sie von den Fliehenden totgetrampelt oder unter herabfallendem Gehölz begraben wurden. Andere schafften es gerade noch, aus den Türen ihrer Häuser zu laufen, obwohl sie bereits am ganzen Leib brannten. Schreiend und mit letzter Kraft taten sie alles, um zum Wasser zu gelangen, wo sie dann, ohne zu zögern, hineinsprangen. Zischend erstarben die Flammen auf den Körpern, doch gleich darauf ertranken die Gelöschten still und leise in den nachtschwarzen Fluten. Der Tod war ihnen allen sicher.

Fast schlimmer als die Flammen selbst waren der Rauch und

die Gluthitze, die sich innerhalb der Häuser und in den engen Gassen bildete. Jedem, der diese Luft atmete, wurde das Innerste erbarmungslos gekocht, und allen, die nicht schnell genug einen Fluchtweg fanden, verkohlte das Fleisch auf den Knochen.

Die Aussicht darauf, den Flammen unversehrt zu entkommen, war selbst für die Gesunden gering, doch den Alten und Lahmen war der Tod gewiss. Das Heilige-Geist-Hospital war nach kürzester Zeit von der roten Glut umschlossen. Als das Licht des Feuers den Schlafsaal erhellte und die Kranken aus ihren Träumen erweckte, war jedem von ihnen sein Schicksal unmissverständlich klar. Doch anders als die Bewohner der Stadthäuser klagten und weinten sie nicht. Tapfer lagen sie in ihren Betten und fassten einander in der Gewissheit des unvermeidlichen Todes, der sie ohnehin bald ereilt hätte, an den Händen. Eine Frau mit langem grauem Haar, der noch eine kräftige Stimme geblieben war, begann laut, das Ave-Maria für alle Anwesenden zu sprechen. Dann dauerte es nicht mehr lange, bis das Feuer sich von draußen nach drinnen gearbeitet hatte. Durch jede Ritze kam es gekrochen, bis es schließlich die ersten Betten erfasste. Rauch entwickelte sich und nahm allen die Sicht und den Atem. Dann fielen die ersten von ihnen in eine gnädige Ohnmacht. Andere hatten weniger Glück und mussten die eigenen Glieder brennen sehen. Wegen ihrer Gebrechen wehrlos, blieb ihnen nichts, als das peinigende Schicksal zu ertragen. Sie starben einen qualvollen Tod, doch vernahmen sie dabei die laute Stimme der betenden Frau, bis auch sie von den Flammen erfasst wurde.

Das Feuer hatte sich des Kirchspiels St. Nikolai vollständig bedient und verlangte nun nach neuer Nahrung. Es erfasste die hölzerne Hohe Brücke und griff so auf die Cremon-Insel über.

Schnell, aber nicht schnell genug, hatten die Bewohner des Katharinen-Kirchspiels, die der Grimm-Insel und die der ehemaligen bischöflichen Altstadt einige der hölzernen Brücken über das Nikolaifleet zerstört, um die Flammen aufzuhalten. Nur die Hohe Brücke an der südlichsten Stelle der Stadt und die Mühlenbrücke am nördlichsten Ende waren übrig geblieben und hatten sogleich Feuer gefangen.

Wo die vielen Bewohner des dicht besiedelten St.-Petri-Kirchspiels schnell zur Stelle waren und der Feuersbrunst mit dem Wasser der Alster entgegenstanden, breiteten sich die Flammen auf der Cremon-Insel nahezu ungebremst aus. Rasend schnell wurde ein Kaufmannshaus nach dem anderen gefressen. Die prall gefüllten Lager der Tuchhändler, die hier vielfach wohnten, gaben den Flammen immer neue Kraft. Schon bald war es die Katharinen-Kirche, die zunächst hell aufleuchtete, um dann unter ohrenbetäubendem Lärm und einer heißen Wolke aus Funken und Staub in sich zusammenzufallen.

Dieser Lärm war wohl auch der Grund, warum Albert von Holdenstede hochschreckte. Aufrecht saß er in seinem Bett. Er hatte von Alheidis geträumt und dachte im ersten Augenblick, der Traum trage Schuld an seinem unsanften Erwachen. Noch immer benommen, wischte er sich den Schweiß von der Stirn. Es war unglaublich heiß in seiner Kammer; viel heißer, als es in den vergangenen Nächten dieses überaus warmen Sommers der Fall gewesen war. Gelbliches Licht tanzte in seinem Zimmer umher, welches durch die weit geöffneten Luken hereinkam. Albert kniff die Augen zusammen. Dann erst vernahm er den beißenden Geruch in der Luft, die grollenden Geräusche der Feuersbrunst und die spitzen Schreie der Brennenden.

Nur einen Wimpernschlag später sprang er mit einem Satz aus dem Bett und riss die Tür auf. Was er dahinter zu sehen bekam, ließ ihn aufschreien und unerwartet zurückprallen. Albert meinte, den Schlund der Hölle vor sich zu haben. Sein Haus brannte, und seine Kammer würde als Nächstes von den Flammen verschluckt werden. Er musste raus. Albert rannte mit über dem Kopf verschränkten Armen durch die brennenden Flure. Walther, Margareta, die Magd! Er musste sie finden! Zuerst erreichte er die Kammer von Walther. Als er die Tür öffnete, hatte er das Gefühl, gegen eine Wand zu laufen. Albert konnte kaum noch atmen, und sein immerwährender Husten zwang ihn, die stickige Luft einzuziehen. Glühende Hitze schlug ihm entgegen – auch hier drinnen stand schon alles in Flammen. Der dichte Rauch machte ein Weiterkommen fast unmöglich. Irgendwie gelang es Albert doch, zur Bettstatt seines Freundes zu kommen. Erst als er eine Handbreit von ihm entfernt war, konnte er etwas erkennen.

Walther hatte die Augen geschlossen, und im ersten Moment sah es aus, als sei er bereits tot. Doch Albert hatte keine Zeit, das zu überprüfen, und überlegte nicht lange. Roh ergriff er Walthers Arm und riss ihn unsanft aus dem Bett, sodass sein Körper hart auf dem Boden aufschlug. Walther erwachte hustend und verwirrt. Im nächsten Moment begriff er jedoch die Gefahr für sein Leben und krabbelte mit Albert aus der brennenden Kammer.

Beide Männer konnten sich kaum mehr orientieren. Sie japsten nach Luft. Die Hitze war schier unerträglich, und die Flammen kamen aus allen Richtungen.

Mit letzter Kraft schrie Albert gegen das Brüllen des Feuers an. »Margareta. Wir müssen sie holen!« Noch im gleichen Moment wollte er bereits losstürmen, um das Gesagte in die Tat umzusetzen, als Walther ihn mit aller Gewalt zurückhielt.

Vor ihnen kam krachend ein brennender Balken der Decke herunter; fast wäre Albert darunter begraben worden. Doch auch das konnte ihn nicht aufhalten. Als er gerade Anlauf nehmen wollte, um über den brennenden Balken zu springen, hielt Walther seinen Freund abermals grob zurück.

»Bist du denn des Wahnsinns? Was hast du vor?«

Albert hörte gar nicht, was Walther sagte. Mit aller Kraft schüttelte er die Hände seines Freundes ab, um tiefer in das brennende

Haus laufen zu können. Irgendwo dort war seine Tochter Margareta – er musste sie finden!

Walther war jedoch nicht gewillt, ihn gehen zu lassen. Unentwegt versuchte er, mit seinem Rufen zu ihm durchzudringen. »Albert, das verdammte Haus stürzt ein. Wir müssen hier raus!«

»Nein, ich muss zu meiner Tochter!«, schrie Albert wie im Wahn.

In diesem Moment krachte es erneut irgendwo. Walther konnte nicht mehr warten. Er packte Albert mit beiden Fäusten am Kragen und knallte ihn mit aller Wucht rücklings gegen eine Wand. Speichel speiend schrie er ihm ins Gesicht. »Verstehst du nicht? Entweder hat sie sich in Sicherheit bringen können, oder sie ist bereits tot. Und wir werden auch gleich sterben, wenn wir jetzt nicht zusehen, dass wir hier rauskommen.« Walther wartete nicht auf eine Antwort. Er ließ einfach von Albert ab und trat einen Schritt zurück. Dann endlich verstand auch sein Freund, dass sie ihr eigenes Leben retten mussten, und rannte in Richtung Ausgang.

Das Haus brannte derweil lichterloh. Überall knarrte und knackte es. Der Rauch war mittlerweile so dicht, dass man die Hand vor Augen kaum noch erkennen konnte, und mit jedem Atemzug füllten sich ihre Lungen mit heißem Staub. Es gab keinen Zweifel, in wenigen Augenblicken würde hier alles in sich zusammenstürzen.

Die Männer rannten um ihr Leben. Überall züngelten Flammen hervor, denen sie ausweichen mussten. Fast hatten sie es geschafft, sie konnten den Ausgang bereits sehen, als direkt über ihnen erneut ein Teil der brennenden Decke herunterkam.

Ein gellender Schrei fuhr aus Walthers Mund und übertönte sogar das Donnern des Feuers.

Albert fuhr herum und sah, wie sein Freund sich, auf dem Boden liegend, den blutenden Kopf hielt. Einer der herabgestürzten

Holzbalken hatte ihn getroffen und ihm eine üble Wunde auf der Stirn beigebracht. Albert wollte ihm gerade aufhelfen, da wurde Walther unter einem noch größeren Schwall brennender Balken begraben.

Wie schon viele Nächte zuvor ließ ihr Kind Runa auch in dieser Nacht nicht schlafen. Obwohl es noch so winzig war, hatte es schon einen beachtlichen Einfluss auf sie. Langsam begannen die durchwachten Nächte Runa auch am Tage zu beeinträchtigen. Immer wieder musste sie sich ermahnen, nicht mitten im Gebet einzuschlafen.

Um in den Nächten, in denen sie nicht schlafen konnte, vielleicht doch irgendwann zu ermüden, wanderte sie häufig im Kloster umher. Auch heute war eine solche Nacht. Nachdem sie zunächst eigentlich ohne Probleme eingeschlafen war, hatte es sie nach kürzester Zeit doch wieder aus der Kammer getrieben. Vielleicht war auch die unerträgliche Hitze ein wenig an ihrer Schlaflosigkeit schuld, die dieser Sommer mit sich brachte. Was sie auch tat, ihr lief der Schweiß. Heute Nacht erschien es Runa sogar besonders heiß, und sie entschied kurzerhand, in den Klostergarten zu gehen, um sich dort ein wenig abzukühlen.

Bereits nach wenigen Schritten in Richtung Garten vernahm sie den Geruch. Es war dieser eine Geruch, den jeder von Kindheit an fürchtete. Der Geruch von Feuer!

Von der inständigen Hoffnung getrieben, dass sie sich vielleicht doch irrte, eilte Runa weiter. Beruhigt stellte sie zunächst fest, dass es in den Gängen des Klosters nicht zu brennen schien. Wo sie auch hintrat, sie konnte nichts Ungewöhnliches entdecken. Trotzdem ließ sie das unruhige Gefühl, dass hier etwas nicht stimmte, nicht los. Schließlich hatte sie die Gebäude des Klosters passiert und gelangte in den Garten. Was sie hier zu sehen bekam, ließ ihr Herz für einen Schlag aussetzen.

Der Himmel über der Stadt war glutrot, und der Geruch des Feuers raubte ihr fast die Luft. Runa streckte die Handfläche aus und fing damit ein paar Ascheflocken auf, die überall vom Himmel regneten. Im nächsten Augenblick drehte sie sich auf dem Absatz um und rannte, so schnell sie konnte, zurück in das Kloster. Sie bemerkte gar nicht, dass ihr wärmendes Wolltuch von ihren Schultern flog und hinter ihr sanft auf den aschebedeckten Boden schwebte.

»Feuer! Feuer! Es brennt! Die Stadt brennt!« Noch im Rennen hämmerte Runa an jede Tür, die sie passierte. Sie schrie aus Leibeskräften.

Schnell steckten die ersten Schwestern die Köpfe durch die Türen. Sie waren von Runas wilden Schreien zwar erwacht, doch brauchten einen Moment, um zu verstehen. Dann ging alles sehr schnell. Panik brach aus. Mit angstverzerrten Gesichtern stoben die Frauen durcheinander.

Runa rannte weiter. Vor ihren Augen bildete sich ein Tunnel. Sie schenkte keiner ihrer Mitschwestern Beachtung, denn sie hatte nur ein einziges Ziel – den Ausgang!

In diesem Moment trat Ingrid aus dem Gewühle heraus. Sie hatte die Stimme Runas sofort erkannt und suchte nun nach ihrem Gesicht. Es dauerte nicht lange, bis sie die Tochter ihrer Feindin an ihren hellblonden Flechten erkannte. Blitzschnell schoss sie in Richtung Ausgang, auf den Runa zusteuerte, und packte sie am Arm. »Wohin willst du?«, fragte Ingrid mit drohender Stimme und böse zusammengekniffenen Augen.

Runa zog an ihrem Arm und wollte sich losreißen. »Bitte, lasst mich gehen, Magistra. Die Stadt brennt. Ich muss wissen, ob es meinen Eltern gut geht. Vielleicht brauchen sie meine Hilfe... Lasst mich gehen! Bitte!«

Ingrid jedoch dachte gar nicht daran, Runa gehen zu lassen. Sie zerrte sie mit sich und sagte teuflisch lachend: »Du wirst nirgendwo hingehen. Wenn deine verdammte Mutter und dein verfluchter Vater heute verbrennen würden, wäre das nur die gerechte Strafe Gottes für das, was sie mir angetan haben.« Ingrid schleppte Runa in ihre Kammer und schleuderte sie dort in eine Ecke. Ihr Gesicht war zu einer verzerrten Fratze geworden. Sie schien das Feuer nicht im Geringsten zu fürchten. Alles in ihr war besessen von dem Gedanken, Runa hier festzuhalten. Sie beugte sich über ihr am Boden liegendes Opfer und sagte: »Hast du wirklich gedacht, dass ich eine solche Möglichkeit verstreichen lassen würde? Ha! Ganz bestimmt nicht. Dieses Feuer schickt der Himmel. Du wirst hier in dieser Kammer bleiben, dafür sorge ich persönlich. Selbst wenn das bedeutet, dass du hier verbrennst. Niemals werde ich dich deine missratenen Eltern warnen lassen. Eher verbrenne ich hier mit dir; hast du gehört?« Ingrid stieß ein hasserfülltes Lachen aus, das immer lauter wurde.

Runa lag noch immer auf dem Boden. Sie war zu Tode erschrocken über so viel Boshaftigkeit. Doch dieser Schockzustand währte nicht lange. Es war ihr egal, was für Bußen sie später erwarteten oder wer gerade vor ihr stand. Das kleine, trotzige Mädchen in ihr, das keine Strafe fürchtete und vor nichts und niemandem Angst verspürte, hatte sich lange Zeit tief in ihr versteckt. Doch es war noch da, und jetzt brach es aus ihr heraus. Runa stand einfach auf und stellte sich aufrecht hin. Sie konnte sehen, wie verwirrt Ingrid ob dieser Dreistigkeit war. Gerade als die Magistra etwas zu Runa sagen wollte, nutzte sie den Moment für sich aus und schleuderte ihr entgegen: »Geh mir aus dem Weg, Ingrid. Du wirst mich nicht aufhalten, du verbitterter, jähzorniger Dämon. Ich werde jetzt durch diese Tür gehen, und wenn du mich daran zu hindern versuchst, wirst du es bereuen!«

Ingrid erwachte schnell aus ihrer Starre und wollte sich auf Runa stürzen, doch diese war genau darauf vorbereitet. Wie ein Mann im Suff ballte Runa die Fäuste und schlug wild auf Ingrid ein. Die Magistra war viel zu überrascht, um auch nur einen Arm zur Abwehr zu heben. Schnell stand sie mit dem Rücken zur Wand. Runa hatte natürlich keine Erfahrung mit Schlägereien, doch ihr Zorn trieb sie an. Sie war in Rage. All die aufgestaute Wut der letzten Jahre entlud sich in ihren Schlägen. Viel zu lange hatte sie die Demütigungen Ingrids ertragen müssen. Die Begine hörte nicht, dass sie selbst während ihrer Schläge schrie und weinte. Ohne dass sie wirklich wusste, was sie tat, schlug sie gegen das Nasenbein der Magistra, die daraufhin wie ein nasser Sack zu Boden fiel. Runa blickte nicht zurück. Sie konnte nicht sehen, dass ihre Schläge ihre Widersacherin bereits getötet hatten; sie wusste nicht, dass weder sie noch ihre Mutter jemals wieder unter Ingrid von Horborg würden leiden müssen. Dann öffnete sie die Tür und rannte aus dem Kloster. Das Tor stand bereits weit offen, und die Beginen-Schwestern flohen aus dem Gebäude wie die Bienen aus ihrem Stock.

Während die meisten versuchten, über die Steinstraße in Richtung Osten die Stadt zu verlassen, rannte Runa als Einzige nach Norden; direkt in das Feuer hinein!

Schnell erreichte sie die Altstädter Fuhlentwiete, die sie zur Niedernstraße führte, in der ihre Mutter wohnte. Von überall her kamen ihr schreiende Menschen entgegen. Runa kämpfte sich mühsam durch sie hindurch und hoffte inständig, unter ihnen vielleicht auch ihre fliehenden Eltern zu entdecken – doch sie wurde enttäuscht. Als sie endlich das Haus der von Aleveldes erreichte, stellte sie erstaunt fest, dass es drinnen still und dunkel war. Die Tür war verschlossen, und nichts deutete auf eine übereilte Flucht hin. Sie flehte wortlos, dass die Familie bereits entkommen war, und pochte nur zur Sicherheit noch einmal kräftig gegen die Tür. So laut sie konnte, schrie sie dabei die Namen der Bewohner, doch weder Symon noch ihre Halbbrüder noch ihre Mutter oder die mürrische Grit kamen daraufhin aus dem Haus.

Fast wollte Runa sich schon abwenden, als sich die Tür vor ihr plötzlich doch öffnete.

Es war die Magd, die durch einen winzigen Spalt herausguckte und Runa erblickte. »Grit! Schnell, lass mich ein. Weck deinen Herrn und meine Mutter. Die Stadt brennt. Wir müssen ...«

Schon war die Tür wieder geschlossen. Runa stand ungläubig davor. Sie ahnte, dass Symon seiner immer griesgrämigen Magd aufgetragen hatte, niemanden einzulassen. Doch diesmal ging es um Leben oder Tod! Runa hieb erneut mit den Fäusten gegen die massive Tür und schrie nach ihrer Mutter, doch es regte sich nichts. Sie wusste, es machte keinen Sinn. Selbst wenn Symon und ihre Mutter jetzt herausgekommen wären, hätte er Runa wohl verscheucht. Hier konnte sie nichts mehr ausrichten; sie hatte getan, was sie konnte. Grit würde nun mit Sicherheit alle wecken, und das war alles, was zählte. Runa konnte nicht länger warten; sie musste zu ihrem Vater und ihrer Halbschwester.

So schnell sie ihre Füße trugen, rannte sie in Richtung des Katharinen-Kirchspiels, wo ihr Vater wohnte. Sie kam an den Domkurien vorbei und überquerte das Reichenstraßenfleet und das Gröningerstraßenfleet. Was sie hier sah, war weit schlimmer, als sie erwartet hatte.

Die ehemalige Neustadt stand komplett in Flammen, und auch von der Grimm- und der Cremon-Insel waren bereits weite Teile dem Feuer zum Opfer gefallen. Plötzlich vernahm sie mit Schrecken ein ohrenbetäubendes Donnern und sah dann, wie eine glühende Wolke genau dort aufstob, wo einst die Katharinen-Kirche gestanden hatte. Das Licht des Feuers war so hell, dass man kaum hinschauen konnte, und die Hitze der Glut brannte auch in dieser Entfernung heiß auf Runas Gesicht. Immer mehr Menschen kamen ihr in panischer Flucht entgegen – wild entschlossen, alles niederzutrampeln, was ihnen im Wege stand. Jeder wollte dorthin, woher Runa gekommen war. Niemand lief in ihre Richtung, und so musste sie sich wieder durch eine immer dichter werdende Masse kopflos flüchtender Menschen quetschen. Nur nicht hinfallen, war ihr einziger Gedanke. Wenn sie hinfiel, würde man sie einfach überrennen – und das wäre ihr sicherer Tod!

Je näher sie dem Haus ihres Vaters kam, desto furchtbarer wurden die Bilder um sie herum. Fast jedes Haus stand bereits mehr oder weniger in Flammen. Immer wieder liefen brennende Menschen schreiend an ihr vorbei, und der Gestank von verkohltem Fleisch übertraf fast den des verkohlten Holzes.

Runa hatte furchtbare Angst. Am liebsten wäre sie einfach umgedreht und aus der Stadt gelaufen, doch die Sorge um ihren Vater und Margareta war mächtiger. Sie hatte es schon fast geschafft. Die nächste Wegbiegung würde ihr freie Sicht auf das Haus ihres Vaters gewähren, doch was sie dort erblickte, ließ sie abrupt stehen bleiben. Sie wollte und konnte ihren Augen nicht trauen. Das obere Stockwerk brannte bereits lichterloh und drohte jeden Moment in sich zusammenzufallen. Aus der unteren Etage quoll dicker, schwarzer Rauch. Auch aus den benachbarten Häusern züngelten bereits helle Flammen. Wie aus dem Nichts fing in genau diesem Moment das Dach des rechten Hauses mit einer gewaltigen Stichflamme Feuer. Die Menschen darunter hoben schreiend ihre Arme über ihre Köpfe und stoben auseinander.

In Runa schrie mittlerweile alles nach Rückzug, doch ihre Beine trugen sie dennoch weiter zum Haus ihres Vaters. Während sie geschubst und gestoßen wurde, starrte sie die ganze Zeit wie gebannt auf die kunstvoll geschnitzte Eingangstür. Noch immer hoffte sie inständig, dass diese jeden Augenblick aufspringen und ihre Familie freigeben würde, doch es geschah nichts dergleichen. Stoßweise atmend und mit wilden Armbewegungen bahnte sie sich den Weg durch die Menge. Es blieb ihr nichts anderes übrig, als genauso brutal vorzugehen wie alle anderen. Sie wusste nicht, wie viele Menschen sie auf diese Weise zu Fall gebracht und somit möglicherweise in den Tod gestürzt hatte, doch wenig später stand sie tatsächlich vor der Tür ihres väterlichen Hauses. Ohne zu zögern, verdeckte sie ihr Gesicht mit ihrem Arm und stieß die Tür des Hauses auf. Sofort kam ihr eine dichte, schwarze Rauchschwade entgegen, welche ihr augenblicklich die Sicht und den Atem nahm. Erst als sich die Wolke etwas lichtete und ihr Husten sich wieder beruhigte, ging Runa hinein in das brennende Haus. Dabei schrie sie unentwegt und immer im Wechsel die Namen aller Bewohner. Ungeachtet dessen, dass sie eine Antwort im Lärm des Feuers sehr wahrscheinlich nicht einmal hätte hören können, rief sie weiter.

Dann plötzlich krachte es nur eine Mannslänge von ihr entfernt, und Runa sprang erschrocken zur Seite. Ein Teil der Decke hatte sich gelöst und war neben ihr zu Boden gegangen. Starr vor Schreck blickte sie auf den Haufen brennenden Holzes. Dann plötzlich entdeckte sie eine Hand unter den Balken; kurz darauf auch ein Gesicht. Es war Walther!

Seinen Mund zu einem tonlosen Schrei geöffnet, versuchte er vergeblich, sich zu befreien.

Sofort stürzte Runa zu ihm; und ohne dass sie hätte sagen können, woher er gekommen war, sprang plötzlich auch ihr Vater herbei. Gemeinsam schafften sie es, den Verletzten aus den Trümmern zu ziehen. Sie nahmen ihn in ihre Mitte und schleppten sich zusammen durch die offene Tür nach draußen. Alle drei husteten stark. Ihre Augen brannten von dem beißenden Rauch, und ihre Körper schienen erfüllt von der glutheißen Luft. Doch an eine Pause war nicht zu denken. Sie mussten hier weg – und zwar rasch.

Auf den Straßen reihten sie sich in den Strom der Flüchtenden. In diese Richtung ließ es sich weit besser laufen als in die andere. Doch nebeneinander brauchten sie zu viel Platz, weshalb Walther ihnen klarmachte, dass er versuchen wollte, allein zu laufen. Mit schmerzverzerrtem Gesicht hielt er sich dabei die Seite. Anscheinend hatte er neben der Verletzung am Kopf nun auch ein paar gebrochene Rippen.

Die drei kämpften sich durch die kopflos Fliehenden, wichen brennenden Hindernissen aus und stiegen über gefallene Leiber hinweg, bis sie endlich die Niedernstraße erreichten. Hierher war das Feuer noch nicht gekommen – aber es würde jeden Moment so weit sein.

Albert hielt seine Tochter und Walther an. Gegen den ohrenbetäubenden Lärm anschreiend, sagte er: »Walther, bring Runa in Sicherheit und kommt nicht zurück in die Stadt, bevor der Brand vorüber ist! Hast du verstanden?«

Noch bevor der Angesprochene antworten konnte, fiel Runa ihm ins Wort. »Vater, was hast du vor? Warum kommst du nicht mit uns?«

»Ich muss versuchen Ragnhild zu finden. Du gehst mit Walther.«

Als Runa protestieren wollte, schnitt Albert seiner Tochter das Wort ab. »Ich erlaube keine Widerrede, Kind. Geht jetzt!«

Walther kannte Albert. Er wusste, dass er ihm seine Begleitung gar nicht erst anzubieten brauchte. So nahm er Runa am Arm und rief ihr zu: »Lass uns gehen. Wir haben keine Zeit mehr. Gleich wird die ganze Stadt brennen. Du hast deinen Vater gehört.«

Runa kannte Walther indes sehr gut und wusste, dass auch hier jeder Widerstand zwecklos war. Sie warf noch einen letzten Blick auf ihren Vater, der bereits auf das Haus ihrer Mutter zusteuerte, und folgte daraufhin Walther, der ihren Arm fest umklammert hielt.

Alles ging so furchtbar schnell. Runa hatte bisher noch nicht einmal die Möglichkeit gehabt zu fragen, wo Margareta sich befand, und sie hatte auch nicht mehr die Kraft dazu.

Walther hingegen schien sein neuer Auftrag ungeahnte Stärke zu verleihen. Sein Schmerz war plötzlich nicht mehr wichtig, denn er musste Runa in Sicherheit bringen. Entschlossen zog er sie dicht an sich und legte ihr schützend den Arm um die Schultern. Mit dem anderen Arm schaufelte er ihnen eine Gasse durch die Menschen. Seine Kraft beeindruckte Runa mehr, als sie für möglich gehalten hatte, und sie nahm seine Nähe gerne an.

Walther versuchte sich vor Runa nicht anmerken zu lassen, dass er tatsächlich seine Schmerzen vergessen hatte, seit er sie im Arm hielt. Nichts hätte ihn davon abhalten können, Runa unversehrt aus der Stadt zu bringen. Vollkommen beseelt von diesem Gedanken, schob er sich mit ihr durch die Menge. Jeden Schlag gegen seine gebrochenen Rippen und auch das immerwährende Pochen seiner Kopfverletzung nahm er gerne in Kauf, wenn sie nur dicht bei ihm blieb.

Als sie es fast geschafft hatten, brach Runa plötzlich mitten auf dem Weg zusammen. Völlig unerwartet hatten ihre Beine nachgegeben. Ein stechender Schmerz durchfuhr ihren Leib wie ein Schwerthieb. Dem unvermeidlichen Instinkt folgend, ihr Kind zu schützen, legte sie beide Hände um ihren Bauch und stieß einen spitzen Schrei aus.

Walther dachte im ersten Moment, dass Runa gestolpert wäre, und wollte sie sogleich wieder aufheben. Doch als er sich über sie beugte, ließ ihn eine Entdeckung innehalten. Mit Erstaunen sah er, dass sie sich den Bauch auf diese komische Weise hielt, die er schon häufig bei anderen Frauen beobachten konnte. Walther erstarrte. Dieses Bild wollte so gar nicht zu Runa passen. Sie war eine Begine. Das konnte nicht sein! Noch immer lag sie vor ihm, während er krampfhaft versuchte, die aufkeimenden Gedanken zu verdrängen. Die Gewissheit durchdrang ihn langsam und schmerzhaft. Sie war nicht gestolpert. Sie war auch nicht geschubst worden. Nein, Runa war zusammengebrochen, weil sie

Schmerzen litt; und Walther kannte die Ursache dieses Schmerzes. Unangemessen direkt und ohne die geringste Zurückhaltung fragte Walther ungläubig: »Runa, bist du schwanger?«

Erst in diesem Moment wurde ihr klar, wie eindeutig ihre Geste gewesen war. Sie hätte sich ohrfeigen können; wenn die Schmerzen nur nicht so heftig wären. Runa wollte verneinen oder sich wenigstens erheben, doch sie schaffte weder das eine noch das andere.

Noch immer stand Walther mit entsetztem Gesicht über ihr und starrte sie an. Ihr Schweigen war ihm Antwort genug. Er wusste nicht, was er tun sollte. In ihm tobten so viele widersprüchliche Gedanken, und er sah sich in jenem Moment außerstande, seine Gefühle zu ordnen.

Runa begann zu weinen. Mit belegter Stimme sagte sie: »Walther, bitte hilf mir!« Nach diesem Satz verließ sie die Kraft. Sie wollte noch so vieles sagen, so vieles versprechen oder versuchen zu erklären, doch sie konnte es einfach nicht. Ihr war klar, dass sie ihren sorgfältig zurechtgelegten Plan selbst zerstört hatte. Nun würde ihre Schwangerschaft doch auffliegen, und sie würde keine Gelegenheit mehr bekommen, das Kind unbemerkt zur Welt zu bringen. Warum sollte Walther schweigen? Er hatte absolut keinen Grund, ihren Vater, seinen Freund, in einer solch heiklen Angelegenheit zu belügen. Sie war bloß ein Weib, das sich offensichtlich unsittlich benommen hatte. Nein, er würde sie sicher nicht schützen. Sie konnte froh sein, wenn er sie nicht hier im Staub der Straße zurückließ.

Doch wider Erwarten tat er das nicht. Wortlos, aber sichtlich erbost half er ihr aufzustehen und zog sie weiter mit sich.

Er konnte es einfach nicht glauben. Runa hatte sich einem Mann hingegeben. Ein anderer war der Frau, die er mehr liebte als sein Leben, nah gewesen. Die Eifersucht riss ihn fast in Stücke. Wie hatte sie das tun können – noch dazu als eine Beginen-

Schwester? Seine Gedanken rasten. Vollkommen hilflos klammerte er sich an der Idee fest, dass sie möglicherweise einem Verbrechen zum Opfer gefallen war. Dieser Gedanke löste zwar ebenso große Pein in ihm aus, doch er war weit besser zu ertragen als die Vorstellung, dass sie es aus Liebe getan haben könnte.

Bis zu dem Zeitpunkt, da sie endlich aus der Stadt heraus waren und unter einem Baum Schutz gefunden hatten, sprachen sie kein einziges Wort mehr. Beide lehnten mit dem Rücken an dem dicken Stamm einer Eiche und atmeten schwer. Vor ihnen lag das brennende Hamburg.

Runa beruhigte sich langsam wieder, und der Schmerz in ihrem Leib ließ endlich nach. Sie hoffte so sehr, dass Walther sie nochmals ansprechen würde, doch er schwieg eisern. Nachdem sie eine Weile unverändert still nebeneinandergesessen hatten, hielt sie es jedoch nicht mehr aus. Sie wollte etwas tun und riss einen Streifen aus ihrem ohnehin zerfetzten Beginen-Gewand heraus. Dann fing sie an, Walthers Kopfwunde damit zu versorgen.

Walther ließ es mit sich geschehen. Obwohl ein Teil von ihm sie am liebsten von sich fortgestoßen hätte, überwog seine Liebe zu ihr. Um sich nicht zu verraten, schloss er die Augen. Er spürte ihre sanften Finger auf seiner Haut und konnte nur mit Mühe widerstehen, sie an sich zu ziehen und zu küssen.

5

Albert hatte eine ganze Weile für das kurze Stück die Niedernstraße herauf zu Ragnhilds Haus gebraucht. Überall rannten schreiende und weinende Menschen umher. In Panik suchten sie alle nach einem Weg aus der brennenden Stadt. Albert sah Mütter, die ihre Kinder im Gedränge verloren hatten, Alte ohne Gehstöcke, die einfach umgerissen wurden, und auch jene Verletzte, deren offene Wunden noch dampften und die es ganz sicher nicht lebend schaffen würden. Er selbst wurde erbarmungslos von allen Seiten geschubst und gestoßen. Es blieb ihm nichts anderes übrig, als ebenso brutal vorzugehen. Niemand nahm hier noch Rücksicht auf den anderen; es sei denn, er gehörte zur Familie.

Der dichte Rauch der bereits verbrannten Stadtteile zog bereits durch die Niedernstraße. In wenigen Augenblicken würden auch diese Häuser vom Feuer verschluckt werden. Der glutrote Himmel kündigte an, wie nah die Flammen schon waren.

Als Albert Ragnhilds Haus endlich erreichte, bemerkte er verwundert, dass die Eingangstür noch verschlossen war. Anders als bei den anderen Häusern der Straße, deren Türen weit offen standen und die wie leergefegt wirkten, machte dieses Haus den Eindruck, als schliefen seine Bewohner noch einen geruhsamen Schlaf. Albert zögerte nicht lange. Alles Rufen und Klopfen wäre sowieso vergebens gewesen, denn der vorherrschende Lärm schluckte jedes Geräusch. Außerdem wäre Albert wohl der Letzte gewesen, den Symon freiwillig eingelassen hätte. Kurzerhand wölbte er die Schulter vor und nahm Anlauf. Nach drei oder vier Versuchen sprang die Tür endlich auf.

Im Inneren des Hauses war es weit stiller als auf den Straßen. Der eingedrungene Rauch sorgte für eine gespenstische Stimmung, und die alles bedeckenden weißen Ascheflocken trugen dazu noch bei. Sofort nachdem er eingetreten war, spürte Albert, dass hier etwas nicht stimmte. Er war nicht allein!

Fast schien es ihm, als hielte das Haus selbst die Luft an, damit er nicht hinter sein Geheimnis kam. Selbstverständlich war Albert noch niemals zuvor in diesem Haus gewesen und wusste demnach auch nicht, wo genau er mit seiner Suche beginnen sollte. Eilig entschied er, zunächst im Erdgeschoss und dann oben nach Ragnhild zu schauen. Er hastete los, schritt durch die Räume und blickte in alle Winkel. Während er sich durch den Dunst kämpfte, rief er immer wieder ihren Namen, doch er bekam keine Antwort.

Der Rauch im Haus wurde dichter. Er drang durch alle Ritzen und erschwerte Albert die Suche. Seine immer schlechter werdende Sicht erlaubte es einem möglichen Feind, sich unbemerkt an ihn heranzuschleichen. Zusätzlich verriet Albert seinen Standort durch seinen immerwährenden Husten. Seine Kampfposition war dadurch denkbar schlecht, und das ließ ihn wachsam sein. Vorsorglich schaute er sich nach einer Waffe um.

Dann plötzlich sah Albert eine schemenhafte Bewegung. Noch bevor er nach etwas greifen konnte, mit dem er sich hätte verteidigen können, bekam er einen heftigen Schlag auf die Schulter. Vor Schmerz aufstöhnend, konnte Albert sich gerade noch dagegen erwehren, in die Knie zu sacken. Stattdessen begann er, sich um sich selbst zu drehen, um einen weiteren Angriff vorzeitig entdecken zu können. Er musste aufrecht stehen bleiben und sich ständig bewegen, wenn er keine leichte Beute sein wollte. Während er versuchte, den unsichtbaren Feind zu orten, griff er mit der Linken nach einem Krug, der auf einem Tisch stand. Es war still um ihn. Albert schwitzte stark. Er meinte bereits die Hitze der näher kommenden Flammen zu spüren, und er wusste, es blieb ihm nicht mehr viel Zeit, um vor ihnen zu fliehen. Doch die Anwesenheit des Angreifers machte eine weitere Suche nach Ragnhild zunächst unmöglich. Er musste den Feind zuerst dingfest machen. Noch immer drehte sich Albert um sich selbst. Seine Augen halb zugekniffen, seine spärliche Waffe zum Schlag bereit. Die verletzte Schulter pochte heftig. Ausgerechnet sein Wurfarm war beeinträchtigt. Albert konnte fast nichts mehr erkennen, doch dann plötzlich vernahm er ein Straucheln neben sich. Etwas huschte vorbei, und er zögerte nicht lange. So kräftig er konnte, warf er den Krug in Richtung des Feindes – und er traf!

Neben dem zerschellenden Geräusch des Tongefäßes vernahm Albert zeitgleich ein heftiges Stöhnen und das Geräusch eines Körpers, der zu Boden sackte. Er hatte seinen Feind tatsächlich überwältigt.

Als Albert näher trat, sah er mit Erschrecken das blutüberströmte Gesicht Grits, der Magd von Symon. Sie schien bewegungsunfähig, hatte aber die Augen weit geöffnet und starrte ihn an. »Wo ist Ragnhild?«, schrie Albert sie an.

Doch Grit verzog ihren Mund nur zu einem schiefen Lächeln.

Albert verließ die Geduld. Er packte sie an ihrer Haube und drohte ihr mit seiner geballten Faust. »Sprich, Weib, ansonsten zerschlage ich dir dein Gesicht. Wo ist Ragnhild?«

Das höhnische Lächeln auf Grits Gesicht erstarb, und sie versuchte ängstlich ihren Kopf wegzudrehen. Dabei zeigte sie auf die Treppe und murmelte: »Oben. In der Schlafkammer.«

Albert ließ die Magd einfach liegen und rannte hinauf. Er bekam kaum noch Luft, und der Schweiß lief ihm übers Gesicht. Immer wieder rief er Ragnhilds Namen, bis er plötzlich eine Antwort erhielt. Zielsicher steuerte er auf die einzige verschlossene

Tür zu und stieß sie auf. Da lag sie. Auf dem Bett – an Armen und Beinen gefesselt.

»Ragnhild, bist du verletzt?« Albert lief zu ihr. Das Gesicht der Gefangenen war von Angst gezeichnet. Sie weinte und zerrte an ihren Fesseln.

»Albert ... bist du es wirklich?«

»Ja, ich bin es«, sagte Albert und strich ihr über das vom Rauch verschmutzte Gesicht. »Ich werde dich von hier fortbringen. Habe keine Angst.« Sofort darauf versuchte Albert die Knoten ihrer Fesseln zu lösen, doch er schaffte es nicht. Ohne lange zu zögern, trat er einen Schritt zurück und begann die vorstehenden Holzverzierungen des Bettes, an die Ragnhild angebunden war, mit heftigen Tritten zu bearbeiten.

Mit großer Erleichterung sahen sie, dass Albert Erfolg hatte. Eines ihrer Beine war bereits befreit.

»Symon ist einfach gegangen«, erklärte Ragnhild verzweifelt. »Als das Feuer ausbrach, verschwand er mit meinen beiden Söhnen, um mit ihnen nach Jacob zu suchen. Zuvor hat er mich an das Bett gefesselt, damit ich auch ja nicht fliehen würde. Grit sollte mich bewachen und niemanden einlassen. Er sagte, er würde uns holen kommen, sobald er Jacob gefunden hätte; doch er kam und kam nicht zurück. Ich hatte solche Angst!«

Albert hatte Ragnhild mittlerweile aller Fesseln entledigt und half ihr auf. Hand in Hand rannten sie hinunter. Ein letzter Blick Alberts auf die Stelle, wo er Grit soeben zurückgelassen hatte, bestätigte, dass sie das Haus bereits verlassen haben musste. Dann rannten sie auf die brennende Straße.

Das Feuer hatte die Niedernstraße erreicht, und alle Wege schienen zunächst durch die Flammen versperrt.

Als Ragnhild die Feuersbrunst, die sie bisher nur gehört, aber nicht gesehen hatte, das erste Mal erblickte, war sie einer Panik nahe. Ein unkontrollierter Ausruf der Angst entfuhr ihrem

Mund. Sie wollte stehen bleiben, doch Albert zog sie unerbittlich weiter. Ihre Glieder waren von den engen Fesseln taub geworden und machten ihr das Laufen schwer. Sie röchelte und hustete unentwegt. Als sie schon glaubte, ihre Beine würden sie nicht mehr tragen, zog Albert sie brüsk an sich heran und zwang sie, in sein Gesicht zu schauen.

»Ragnhild, du darfst jetzt nicht aufgeben. Versprich mir, dass du durchhältst.«

Ein winziges Nicken ihrerseits reichte Albert als Zustimmung. Dann umklammerte er ihre Hand noch fester und zog sie weiter hinter sich her. Mittlerweile waren keine Menschen mehr auf den Straßen zu sehen. Die Niedernstraße brannte lichterloh, und die ersten Häuser fielen bereits in sich zusammen. Albert spürte, wie seine Haare durch die Hitze versengt wurden. Der Weg über die Niedernstraße Richtung Osten hinaus aus der Stadt war durch ein zusammengestürztes Haus versperrt. Sie mussten wieder umdrehen. Albert sah nur noch einen Weg und zog Ragnhild ohne ein Wort weiter. Sie liefen Richtung Norden zur Steinstraße, wo das Feuer noch nicht ganz so heftig gewütet hatte, um durch dieses Tor der Stadtmauer nach draußen zu gelangen. Zu ihrer Linken lag das Beginenkloster, aus dem ebenfalls Flammen schlugen.

Ragnhild fuhr ein Stich ins Herz. Genauso wenig wie sie wusste, wo sich ihre Söhne gerade befanden und ob sie überhaupt noch am Leben waren, wusste sie, wo Runa gerade war. Als sie die Stimme ihrer Tochter vor der Tür vernommen hatte, die gekommen war, um sie vor dem Feuer zu warnen, war Symon sofort aufgesprungen und hatte begonnen, seine Frau ans Bett zu fesseln. Ragnhild, die davon vollkommen überrascht worden war, wehrte sich, doch gegen die Kraft ihres weit schwereren Mannes war sie machtlos. Tatenlos musste sie zuhören, wie Runa von Grit an der Tür abgewiesen wurde. Seither war ihre Tochter einfach verschwunden, und Ragnhild betete stumm, sie möge in Sicherheit sein.

In ihren Gedanken um Runa hatte Ragnhild fast vergessen, auf Albert zu achten. Dieser blieb plötzlich stehen, um nicht von einem herabfallenden Balken getroffen zu werden. Ragnhild schrie erschrocken auf, worauf Albert sie in die Arme schloss. Dann breitete er schützend seinen Mantel über ihrem Kopf aus und zwang sie weiter.

Kurz darauf erreichten sie tatsächlich heil das Tor der Steinstraße. Nur wenige Schritte dahinter brach Ragnhild erschöpft zusammen. Albert trug sie mit letzter Kraft unter einen Baum und deckte sie mit seinem Mantel zu.

Ragnhild wollte stark sein, doch sie konnte ihre Tränen nicht zurückhalten. Sie war erschöpft und weinte um das ungewisse Schicksal Runas und das ihrer Söhne, die Symon einfach fortgeschleppt hatte. Sie weinte, weil sie einer solchen Hölle entkommen war, und sie weinte, weil es Albert war, der sie davor gerettet hatte. Vor wenigen Minuten noch hatte sie gedroht, bei lebendigem Leibe zu verbrennen. Doch Albert war gekommen, um sie im letzten Moment vor diesem schrecklichen Tod zu bewahren, indem er sein eigenes Leben für sie riskiert hatte.

Ragnhild war überwältigt von ihren Gefühlen, und als sie spürte, dass Alberts Hand die ihre suchte, nahm sie dieses Angebot nur allzu gern an.

Der Schrei, den Luburgis ausstieß, als sie vom Getöse der einstürzenden Katharinen-Kirche erwachte, hätte sehr wahrscheinlich Tote wecken können.

Der schlafende Conrad erschrak jedenfalls so sehr, dass er augenblicklich Arme und Beine in die Höhe warf und dabei unsanft aus seinem Bett fiel. Höchst verärgert über diese Art, geweckt zu werden, wollte er sein Weib fragen, welcher Dämon in sie gefahren sei, doch dann bemerkte er sogleich den Geruch des Feuers. Ohne ein weiteres Wort rannte Conrad, nackt wie er war, nach unten und riss die Tür auf. Was er draußen zu sehen und zu hören bekam, ließ ihn wahrhaftig an seinen Sinnen zweifeln.

Die Reichenstraße war in glutrotes Licht getaucht. Dort, wo am gestrigen Tage noch der blaue Sommerhimmel gewesen war, züngelten sich nun teuflische Flammen empor, als wollten sie bis zu den Sternen reichen. Auf den Straßen rannten Massen von schreienden Menschen umher, deren Gesichter von Panik gezeichnet waren. Keiner unter ihnen trug mehr mit sich als das, was er am Leibe hatte. Niemand schien auch nur die geringsten Anstalten zu machen, das Feuer löschen zu wollen. Conrad wusste, was das bedeutete. Es war zu spät. Die Stadt würde niederbrennen!

Noch während er wieder die Treppe hinaufrannte, brüllte er die Namen seiner Stiefsöhne und wiederholte immer wieder das Wort *Feuer*. Schnell waren alle Bewohner des Hauses geweckt und verließen nur Augenblicke später fluchtartig das Gebäude.

Auf den Straßen schlug ihnen heiße Luft entgegen. Funken sprühten hoch in den Himmel, immer dann, wenn wieder ein brennendes Haus in sich zusammenkrachte. Der Lärm war furchterregend, und das Licht der Flammen brannte in den Augen.

Conrad, Luburgis, Godeke und Johannes rannten vorweg. Dicht hinter ihnen folgten ihre Mägde. Marga musste ihre Mutter stützen, denn seit geraumer Zeit wurde diese regelmäßig von einem heftigen Schmerz in den Gelenken befallen. Ausgerechnet in den letzten Tagen war der Schmerz besonders schlimm gewesen. Bei jedem Schritt verzerrte Hilda das Gesicht vor Qual, doch Marga zog sie unerbittlich weiter.

Obwohl ein jeder von ihnen die Straßen Hamburgs seit seiner Kindheit kannte, wurde es zunehmend schwieriger, sich zu orientieren. Die Stadt hatte ihr Gesicht verändert. Gebäude, die gestern noch waren, gab es nun nicht mehr, und dort, wo sich ein Weg einst bahnte, verhinderten Trümmer plötzlich jedes Durchkommen. Um nicht in die falsche Richtung zu rennen, war es umso wichtiger, dass alle von Holdenstedes zusammenblieben. Doch Hildas schmerzende Glieder ließen die beiden Mägde zurückfallen. Panisch bemerkte Marga, dass sie sich immer weiter voneinander entfernten, und fing an, nach ihrem Herrn und den Zwillingen zu rufen. Sie rief, so laut sie konnte, und flehte um Hilfe, doch das Knacken und Knistern des brennenden Holzes und das Schreien der Flüchtenden um sie herum schienen jeden Laut zu schlucken.

Immer größer wurde der Abstand zwischen den beiden Gruppen, und als Marga die Hoffnung schon fast aufgegeben hatte, doch noch gehört zu werden, drehte sich Johannes tatsächlich zu ihr um. Er blieb stehen und blickte ihr aus der Entfernung direkt in die Augen. Dann musterte er sie von oben bis unten, wie er es immer tat, wenn sie ihn ankleidete. Noch nicht einmal in dieser Situation verließ ihn dieser lüsterne, leicht hämische Blick.

Doch die Magd achtete gar nicht darauf. Ihre Gedanken galten einzig und allein ihrer Mutter. »Herr! Hilfe! Bitte helft mir! Schnell!«, schrie Marga aus Leibeskräften und fuchtelte wild mit dem freien Arm. Gott sei Dank, er hatte ihr Rufen gehört. Nun würde er kommen. Doch die Magd hatte sich geirrt. Statt ihr zu Hilfe zu eilen und Hilda gemeinsam zu stützen, lächelte Johannes sie nur schief an und drehte sich langsam und grinsend wieder um. Niemals wäre er zurückgegangen und hätte sich für seine Mägde in Gefahr begeben. Noch bevor Marga tatsächlich begriff, dass er ihr nicht helfen würde, war er auch schon davongerannt.

»Nein, Herr! Wartet doch!«, entfuhr es Marga ungläubig. Einen winzigen Moment später waren alle vier verschwunden und Mutter und Tochter allein.

Marga rannen Tränen der Verzweiflung über das Gesicht, doch sie wollte nicht, dass ihre Mutter ihre Hoffnungslosigkeit bemerkte. Fast trotzig griff sie erneut nach Hildas Arm, um sich diesen über die Schulter zu legen.

Hilda jedoch war schon kaum noch bei sich vor Schmerz. Jede Bewegung peinigte sie so sehr, dass sie es nicht länger ertrug. Sie hatte schon längst aufgegeben. »Lass mich liegen, Kind. Ich kann nicht mehr weiter«, sagte sie mit letzter Kraft und ging in die Knie.

Genau diese Worte hatte Marga gefürchtet. Herzzerreißend schluchzte sie. »Mutter, sag so etwas nicht. Es ist nicht mehr weit. Bitte! Komm!« Mit letzter Kraft versuchte sie die alte Frau wieder aufzurichten, doch sie schaffte es nicht. »Mutter. Steh wieder auf. Wir müssen hier weg«, weinte Marga verzweifelt, doch Hilda schüttelte nur noch den Kopf.

Marga ließ den Körper Hildas sanft zu Boden gleiten. Der Schweiß tropfte ihr vom Gesicht. Schwarzer Rauch hüllte sie langsam ein und ließ die Frauen husten; die Sicht wurde immer schlechter. Panisch drehte sich Marga um sich selbst und schaute nach irgendjemandem, der ihr möglicherweise helfen konnte, doch es war niemand mehr zu sehen. Sie schienen tatsächlich die letzten Flüchtenden auf den Straßen zu sein – alle anderen hatten es entweder bereits geschafft, aus der Stadt zu kommen, oder waren verbrannt. Verzweifelt schrie sie um Hilfe, doch allein das Feuer kam unaufhaltsam näher! Marga beugte sich zu ihrer Mutter hinunter. Sie wusste, dass sie es allein nicht schaffen konnte. Entschlossen sagte sie: »Ich werde Hilfe holen, Mutter. Gleich bin ich wieder da, und dann bringe ich dich aus der Stadt.«

Die Mutter gab keine Antwort mehr.

Marga rannte los. Sie hatte keine Ahnung, wo genau sie suchen sollte oder ob derjenige, den sie vielleicht noch hier antraf, ihr auch wirklich helfen würde, doch sie musste es versuchen. Nachdem sie in der einen Straße niemanden gefunden hatte, rannte sie in die nächste und daraufhin in eine weitere. Auch hier war keine Seele mehr anzutreffen. Ihr Schreien wurde immer heiserer und verzweifelter. Immer wieder duckte sie sich instinktiv, sobald von irgendwoher ein lautes Geräusch ertönte. Noch nie zuvor hatte sie sich so sehr gefürchtet wie jetzt in diesem Augenblick. Sie wollte es nicht wahrhaben, doch bald ließ es sich nicht mehr verleugnen: Niemand war mehr hier; keiner würde ihr helfen. Sie musste zurück zu ihrer Mutter, um noch einmal zu versuchen, sie allein zu stützen. Je länger sie warteten, desto eher waren sie beide des Todes!

Marga hastete los. Sie bog einmal ab; dann noch einmal und noch einmal. Nirgends war ihre Mutter zu sehen. War sie hier tatsächlich richtig? Alles sah mit einem Mal gleich aus. Obwohl es glühend heiß um sie herum war, zitterte Marga vor Angst und Verzweiflung am ganzen Körper. In ihrer Panik fing sie an, nach ihrer Mutter zu rufen. Wo hatte sie sie zurückgelassen? Marga konnte den Platz nicht mehr finden. Bald schon meinte sie, in allen möglichen Straßen gewesen zu sein; doch von ihrer Mutter fehlte jede Spur.

Die Magd richtete ihre Sinne so sehr auf die Suche nach ihrer Mutter, dass sie gar nicht bemerkte, wie das Feuer sie nach und nach einschloss. Mit einem Mal fiel ihr auf, dass die Straße vor ihr versperrt war. In welche Richtung sie sich auch drehte, es erschloss sich ihr kein Ausweg mehr. Von Todesangst getrieben, entschied sie sich für die einzige Möglichkeit, die ihr noch blieb – und zwar für den Weg, auf dem sie gekommen war. Marga rannte zurück. Sie wusste schon lange nicht mehr, ob sie in die Stadt hinein- oder aus ihr herausrannte. Sie nahm einfach jede Straße, die sie überhaupt noch gehen konnte. Was damit einherging, war eine grausame Erkenntnis. Marga musste die Suche nach ihrer geliebten Mutter aufgeben, um ihr eigenes Leben zu retten!

Als sie schon dachte, es nicht mehr aus dem Feuer zu schaffen, sah sie plötzlich die Domspitze vor sich. Mit großer Erleichterung schlug sie ein Kreuz. Gott gab ihr ein Zeichen; nun konnte sie sich orientieren. Sie sammelte ihre letzten Kräfte und rannte in die Richtung, in der sie die Stadtmauer erahnte.

Johannes bemerkte als Einziger, dass die Mägde seiner Familie zurückfielen. Er blieb stehen und blickte Marga direkt ins Gesicht. Auch wenn es um ihn herum brannte und sein Leben in ernsthafter Gefahr war, konnte er dennoch nicht umhin, diesen Moment zu genießen.

Sie sah so ängstlich aus; genau so, wie er sich ihr Gesicht in der Vergangenheit immer gewünscht hatte. Sie faszinierte ihn mindestens so sehr, wie er sie verachtete. Marga war bloß eine Magd, und sie verdiente seine Aufmerksamkeit nicht, doch sein Körper sagte etwas anderes. Immer dann, wenn sie in seiner Nähe war, schoss ihm das Blut in die Lenden. Vielleicht war es der Altersunterschied von vierzehn Jahren, der ihn so anzog, oder auch die Tatsache, dass er über sie verfügen durfte. Doch was es auch war, es musste aufhören. Johannes konnte nicht zulassen, dass ein Weib solch eine Macht über ihn hatte. Hier und jetzt eröffnete sich ihm die Möglichkeit, sie für immer loszuwerden. Er wusste, wenn er jetzt ging, würde sie versuchen ihre Mutter allein zu retten, und das wäre ihr sicherer Tod.

Seine boshaften Gedanken ließen ihn schief grinsen. Nach einem letzten Blick auf die zusammengesunkene Hilda und die flehend danebenstehende Marga drehte sich Johannes langsam um und rannte zurück zu seinem Bruder und seinen Stiefeltern. Sie hatten sein Fehlen gar nicht bemerkt, und nur wenige Augenblicke später waren sie aus dem Sichtfeld Hildas und Margas verschwunden.

Conrad lief vorneweg und suchte verzweifelt einen Weg hinaus aus den Flammen. Alle waren sie nur noch von dem einen Gedanken beherrscht: Raus aus der Stadt! Immer wieder mussten sie umdrehen und einen neuen Weg suchen, weil sich vor ihnen eine Wand aus Feuer auftat. Bereits beim Verlassen des Hauses hatte Conrad bemerkt, dass ihnen nicht mehr viel Zeit für die Flucht bleiben würde, und tatsächlich war außer ihnen schon jetzt kaum noch ein Mensch in diesem Teil der Stadt unterwegs. Sei es Wunder oder Fluch – auf jeden Fall hatte Gott die Reichenstraße fast bis zum Schluss vom Feuer verschont. Einerseits waren sie deshalb nicht, wie viele andere, im Schlaf erstickt oder verbrannt, doch andererseits stand bereits ein Großteil der Stadt in Flammen und versperrte ihnen die Fluchtwege. Abermals mussten sie einen neuen Weg einschlagen. Alle hofften inbrünstig, dass sie über diese Straße nun endlich aus der Stadt kommen würden. Gerade als sie um die nächste Ecke hasteten, hörten sie vor sich ein dunkles Grollen, das für kurze Zeit sogar die unheilvollen Geräusche des Feuers übertönte. Kurz darauf ertönte das markerschütternde Schreien einer Frau.

Als sie sich der Szenerie näherten, sahen sie, dass es Hildegard von Horborg war, die um Hilfe geschrien hatte. Ganz offensichtlich waren sie und Willekin ebenso spät vom Feuer geweckt worden und nur wenige Augenblicke vor den von Holdenstedes zur Flucht aufgebrochen.

Conrad brauchte nicht lange, um die Lage zu überblicken. Sein Freund Willekin war unter einem riesigen Wagenrad eingeklemmt. Auf diesem Wagenrad lagen zwei dicke Holzbalken, deren Enden bereits in Brand standen. Sofort packte er seine Stiefsöhne und befahl ihnen zu helfen. Zu dritt schafften es die Männer mit einiger Mühe, den stöhnenden Willekin zu befreien, bevor die Flammen ihn erreicht hatten.

Vor Erleichterung weinend fiel Hildegard vor ihrem Ehemann auf die Knie und schlang ihre Arme um ihn. »Oh, Gott sei gepriesen«, stieß sie schluchzend aus.

Gerade wollte Conrad alle zur Eile drängen, als ihm etwas auffiel. Es war eigentlich nur eine Kleinigkeit; doch die Schlüsse, die er daraus zog, trafen ihn wie ein Hammerschlag.

Die sonst immer so fein gekleidete Hildegard trug einen befremdlich schäbig aussehenden braunen Umhang mit einer langen Kapuze. Das allein wäre in dieser besonderen Situation nicht verwunderlich gewesen. Alle Leute schliefen des Nachts nackt, und sicherlich hatten zig Frauen heute zu dem ersten Stofffetzen gegriffen, den sie in die Finger bekommen hatten. Doch dieser Umhang war ein besonderer Umhang. Conrad erkannte ihn sofort, und die Erinnerung presste ihm regelrecht die Luft aus den Lungen. Es war der gleiche Umhang wie der, den Johannes vom Berge und seine vermummten Gefährten getragen hatten, als sie Conrad im Verlies gefoltert und geschlagen hatten! Jeder Zweifel war ausgeschlossen; die schrecklichen Bilder dieser Nacht hatten sich unwiderruflich in Conrads Gedächtnis eingebrannt. Er war sich sicher, dass er die braunen Mäntel mit ihren auffälligen Kapuzen unter Tausenden erkannt hätte.

Auch wenn es Hildegard war, die den Mantel trug, wusste Conrad dennoch, dass sie nichts mit seinem Martyrium zu tun haben konnte. Sie war eine überaus gottesfürchtige Frau und hätte einer solchen Tat niemals zugestimmt. Außerdem waren die Fausthiebe eindeutig von Männerhänden ausgegangen. Demnach musste Willekin einer der Vermummten sein!

Alles fügte sich langsam zu einem schrecklichen Bild zusammen, welches noch von einer weiteren Tatsache genährt wurde. Es war eine dunkle Vermutung, die Conrad bereits seit Jahren verfolgte, doch hatte er nie gewagt, sie zu Ende zu denken. Damals im Verlies hatte einer der Vermummten die versprochene Mitgift erwähnt, die er für Ragnhild an Symon von Alevelde bezahlen sollte. Doch zu dieser Zeit hatte eigentlich kaum jemand etwas von seinen Hochzeitsplänen für seine verhasste Schwägerin wissen können. Das heißt, niemand außer Willekin, Symon und er selbst – denn nur sie drei waren bei der Verhandlung damals zugegen gewesen.

Conrad hatte es tief in seinem Inneren immer gewusst, doch es einfach nicht wahrhaben wollen. Sein engster Freund Willekin war in Wahrheit sein Feind und hatte ihn ohne jeden Skrupel verraten und erpresst!

Obwohl er in diesem Moment jeden Anlass dazu gehabt hätte, stellte Conrad Willekin nicht sofort zur Rede. Er packte ihn nicht am Kragen oder brüllte gar erbost auf ihn ein. Nein, er wollte jetzt die ganze Wahrheit herausfinden, und er wusste auch schon, wie er an diese Informationen herankommen konnte.

Betont fürsorglich sagte er: »Wir müssen weiter. Willekin, kannst du aufstehen?«

Der Angesprochene versuchte es mit Hilfe seiner Frau, doch die entsetzlichen Schmerzen ließen ihn zunächst nur laut aufschreien und dann sogleich wieder in sich zusammensacken. Willekin stellte fest, was nur allzu offensichtlich war. »Ich glaube, mein Bein ist gebrochen.«

Ohne zu zögern, befahl Conrad allen, was sie zu tun hatten. »Johannes, Godeke. Ihr bringt die Frauen aus der Stadt. Diese Straße führt zum östlichen Stadttor. Bis dahin sind die Flammen anscheinend noch nicht gekommen. Dahinter seid ihr in Sicherheit.«

»Und was wird aus dir, Vater?«, fragte Godeke etwas weinerlich.

»Ich und Willekin werden nachkommen. Und nun geht.«

Gewohnt, den Befehlen der älteren Männer zu gehorchen, liefen die Zwillinge mit den Frauen los und ließen Conrad und Willekin zurück.

Kaum waren die vier außer Sichtweite, veränderte sich Conrads fürsorglicher Blick seinem Freund gegenüber. Wütend, enttäuscht und ungläubig starrte er auf Willekin hinab. Um sie herum fingen die letzten noch nicht brennenden Häuser Feuer. Funken stiebend, gingen andere bereits zu Boden. Doch Conrad schenkte den Flammen keine Beachtung mehr. Er konnte es einfach nicht fassen. Sein eigener Freund hatte ihn verraten und geschlagen. Wenn auch viele der Ratsmänner sich in den letzten Jahren gegen ihn gestellt hatten, so war Willekin stets sein Vertrauter geblieben. Wie hatte er sich nur so in ihm täuschen können?

Willekin bemerkte den Blick seines Nachbarn nicht. Er hatte es mittlerweile geschafft, wenigstens seinen Oberkörper aus eigener Kraft aufzurichten, und versuchte nun vergeblich, sich auf sein gesundes Bein zu stellen. »Conrad, reich mir deinen Arm und hilf mir auf. Wir müssen von hier verschwinden; und zwar schnell!«

Doch Conrad machte keinerlei Anstalten, Willekin zu Hilfe zu kommen. »Ach ja, müssen wir das? Und wohin sollen wir gehen, mein Freund?«, fragte er spöttisch. Noch immer rührte er keinen Finger.

Willekin hielt nun inne und schaute Conrad ins Gesicht. Vollkommen verständnislos und mit überschlagender Stimme fragte er: »Was soll das heißen, *wohin*? Natürlich raus aus der Stadt. Hier wird gleich alles in sich zusammenbrechen und uns begraben!«

Conrad schaute nach oben zu den Dächern der Häuser, die die Straße säumten. Aus jedem Dach quoll mittlerweile dichter Rauch. Die Hitze wurde immer drückender. Mit ruhiger Stimme sagte er: »Ja, du hast recht. Hier wird gleich alles in Flammen stehen. Wir sollten an einen sicheren Ort gehen. Vielleicht an einen Ort, der tief unter der Erde liegt und der feucht ist. An einen Ort mit Wänden aus dicken Steinquadern und mit Ketten, die an diesen Wänden befestigt sind. Kennst du so einen Ort, Willekin?«

Nach diesen Worten sank der Verletzte, der es fast geschafft hatte aufzustehen, wieder zurück in seine ursprünglich sitzende

Position. Er verstand sofort, worauf Conrad anspielte, und nickte anerkennend. »Alle Achtung, mein Freund. Ich bin beeindruckt. Nach all den Jahren wählst du diesen Zeitpunkt und diesen Tag, um mir zu sagen, dass du mein Geheimnis gelüftet hast. Wie bist du darauf gekommen?«

Conrad lachte kurz. »Du solltest vielleicht besser darauf achten, wie deine Frau sich kleidet, *mein Freund*! Hast du gar nicht bemerkt, dass sie den Umhang trägt, den du damals getragen hast?«

Willekin ließ den Kopf kurz auf die Brust sinken. Tatsächlich war ihm nicht aufgefallen, dass Hildegard heute ausgerechnet diesen Umhang trug. In ihrer Panik musste sie in seine anstatt in ihre Truhe gegriffen und ausgerechnet dieses eine Stück herausgezogen haben. Es war beschämend, dass sein so gut gehütetes Geheimnis auf diese banale Weise aufgedeckt worden war.

Conrad schien noch immer nicht gewillt, Willekin hochzuhelfen oder sein eigenes Leben zu retten. Stattdessen fragte er verständnislos: »Sag mir, warum, Willekin. Wieso du? Du warst mein Freund!« Während er sprach, fing Conrad an, fahrig vor dem Verletzten auf und ab zu laufen. Immer wieder fuhr er sich über den Schädel oder wischte sich den Schweiß vom Gesicht. Seine Bestürzung veränderte sich in Wut, und diese machte sich jetzt auch in seiner Stimme bemerkbar. »Ich habe so viele Feinde in der Stadt, und ausgerechnet du stellst dich gegen mich? Was für einen Grund hattest du dafür? Gib mir gefälligst eine Antwort, du Hundsfott!«

Willekin hatte den Kopf wieder erhoben. Er konnte sich nur schwer auf das Gespräch konzentrieren. Sein Brustkorb schmerzte mindestens genauso sehr wie sein Bein, und der immer dichter werdende Rauch löste bei ihm ein endloses Keuchen aus, das seinen trockenen Hals peinigte. Die Antwort auf Conrads Frage fiel ihm dennoch leicht. Zu lange schon schwelte der Hass auf die von Holdenstedes in ihm, als dass er diese Frage nun nicht hätte beantworten können.

»Das fragst du noch, Conrad? Kommst du wirklich nicht selbst darauf? Wer sonst soll für die Sünden eines verstorbenen Mannes geradestehen, wenn nicht der Sohn? Glaubst du tatsächlich, dass die Erniedrigung, die ich damals erfahren musste, als Albert meine Tochter abgelehnt hatte, mit ein paar warmen Worten deines Vaters oder ein paar Krügen deines Weins abgegolten war? Nein, auch sein Tod, den ich damals mit Freuden vorangetrieben habe und der dich hat glauben lassen, wir zwei wären Verbündete, war mir nicht Rache genug. Ihr alle solltet leiden. Du, genauso wie Albert und seine dänische Hure von Eheweib. Darum haben Ingrid und ich uns Johannes und Heseke vom Berge und Vater Lambert angeschlossen. Wir alle haben Grund, mindestens einen von euch zu hassen. Gemeinsam haben wir einen Pakt geschmiedet, der jedem gerecht wurde. Er war so perfekt, dass er einfach gelingen musste. Und soll ich dir noch etwas verraten, Conrad? Ich bereue es nicht! Ich bereue gar nichts! Auch wenn du mich jetzt in dieser verdammten Hölle zurücklässt, ihr alle hattet es verdient!« Willekin spie die letzten Worte so hasserfüllt aus, dass sein Gesicht sich furchterregend verzerrte.

Conrad hörte ungläubig das Geständnis seines einstmaligen Freundes. Willekin hatte all die Jahre eine perfekte Doppelrolle gespielt. Der gemeinsame Mord an Conrads Vater diente einerseits seinen eigenen Interessen und andererseits als Tarnung. Tatsächlich hatte Conrad sich all die Jahre dem Glauben hingegeben, dass diese gemeinsame Tat ihn und Willekin verband – nie wäre er auf die Idee gekommen, dass sein Freund ihn während jeder Stunde des Beisammenseins aushorchte, um die Verschwörung gegen ihn voranzutreiben. Conrad atmete schwer. Das Leben, das er zu kennen glaubte, drohte in sich zusammenzufallen. Nichts war mehr so, wie es zu sein schien. Vater Lambert war also der dritte Mann im Verlies gewesen. Ein Geistlicher! Wie sollte er jemals wieder irgendwem vertrauen können, wenn schon Frauen und Kirchenmänner nicht mehr davor zurückschreckten, solche Ränke zu schmieden?

Willekin versuchte zwischenzeitlich erneut, sich auf sein gesundes Bein zu stellen. Vergeblich. Die Hitze war jetzt fast unerträglich, und er wusste, dass ihm nicht mehr viel Zeit blieb, um von hier zu verschwinden.

Mittlerweile hatte sich der Rauch, der eben noch dicht und rußig aus den Häusern getreten war, in helle, lodernde Flammen verwandelt. Wild schlugen sie aus allen Öffnungen. Auch das Haus, vor dem sie standen, war bereits vom Feuer ergriffen. Bald schon würde davon nur noch Asche übrig sein, und alles um es herum würde ebenso zu Staub.

Willekin lief der Schweiß. Sosehr er sich auch bemühte, er schaffte es einfach nicht, ohne Hilfe aufzustehen. Derweil wurde ihm bewusst, dass er Conrad tatsächlich brauchte, um zu fliehen. So grotesk es auch war – er musste ihn hier und jetzt dazu bringen, ihm zu verzeihen. Die Zeit drängte, und Willekin wollte nicht sterben. Um Conrad zu beschwichtigen, musste er seine Vorgehensweise ändern. »Sieh es mal so, Conrad. Wir sind quitt. Ich habe meine Rache im Verlies bekommen, und auch Ingrid konnte sich an Domina Ragnhild rächen. Dir hat unser Pakt doch letztendlich auch nicht geschadet, schließlich hast du dadurch zwei Söhne, die du sonst nicht hättest. Das Geld, das du damals an die Boten zahlen musstest, die Albert nach Friesland hinterhergeritten sind, und auch den Betrag, den du dem Kloster für Ragnhilds und Runas Eintritt überlassen musstest, hast du doch schon zehnfach wieder verdient. Lass uns die alten Geschichten vergessen und endlich von hier verschwinden.« Fast flehentlich sah Willekin zu Conrad auf, doch dieser zeigte sich von der Rede nahezu unbeeindruckt. Sein Blick war starr und nicht zu deuten.

Die ersten Dachbalken stürzten mit lautem Krachen nieder, und die Funken stoben hoch in den Himmel.

Noch immer sagte Conrad kein Wort. Fast schien es, als überlege er selbst noch, was er zu tun gedachte. Dann endlich, langsam und zögerlich, richtete er den Blick auf Willekin. Dieser versuchte gerade, sich vor einem brennenden Ascheregen zu schützen, indem er die Arme um seinen Kopf schlang.

Conrads Blick fuhr die Gestalt Willekins entlang. Er sah ihn sich noch einmal ganz genau an. Sein hageres Gesicht mit dem spitzen Bart, seinen vogelartigen Blick und seinen schlanken Körper. Ein letztes Mal blickte er auf Willekins unnatürlich verdrehtes Bein und sagte dann zu ihm: »Du wirst brennen, mein Freund. Dies hier ist dein Grab. Und ich, ich werde leben!« Dann wandte er sich um und ging.

Willekins Rufe begleiteten ihn noch einige Schritte, bis sie zu einem unmenschlichen Brüllen wurden. Es war das Brüllen eines Mannes, der brannte!

Conrad fühlte keine Schuld, als er ging. Alles, was er fühlte, waren Hass und Wut auf einen Verräter, der den Tod verdient hatte. Erst ganz tief hinter diesem Gefühl versteckte sich die Traurigkeit darüber, seinen einzigen Freund nun für immer verloren zu haben.

Das aufstrebende Hamburg brannte in jener Nacht fast vollständig ab.

Die wenigen der fünftausend Bewohner, die sich hatten retten können, mussten von außerhalb der Stadtmauer mit ansehen, wie ihr Hab und Gut den Flammen zum Opfer fiel. Viele von ihnen hatten nichts als ihr Leben retten können und durften sich wahrhaft glücklich schätzen, wenn sie feste Kleidung an ihren Leibern trugen.

Die Kirchspiele St. Nikolai und St. Katharinen waren vollständig dem Erdboden gleichgemacht worden. Beide Kirchen, das Heilige-Geist-Hospital und auch alle neuen, prachtvollen Kaufmannshäuser wurden zerstört. Das Kirchspiel St. Jacobi war ebenfalls schwer getroffen. Unerbittlich hatte sich das Feuer von den Domkurien bis zum Beginenkloster hin zur Pfarrkirche gefressen. Ausgerechnet das nördlichste Gebiet hinter dem Pferdemarkt, welches als verrufen galt, hatten die Flammen verschont. Das Petri-Kirchspiel hingegen wurde lediglich an seinem südlichsten Rand zerstört. Wo von den Häusern der Reichenstraße und der Bäckerstraße nur noch die Fundamentbohlen und die Tangen herausragten, standen die Häuser im Inneren des Kirchspiels noch zuhauf in ihrer vollen Größe da. Wie durch ein Wunder wurde der Dom kaum von den Flammen berührt. Einzig das Rathaus, Teile der Petri-Kirche und Teile des Johannis-Klosters waren verbrannt.

Noch drei Tage später sah man die Stadt am Tage in Rauch gehüllt und bei Nacht glutrot leuchtend. Erst danach konnten die Überlebenden wieder zurückkehren.

Viele von ihnen hatten diese Tage im Wald verbracht und sich von Beeren und Pilzen ernährt. Der Fluch der Hitze dieses Sommers, welche alles Holz hatte trocken werden lassen und dem Brand so sein Futter gegeben hatte, war nun der Leute Segen. Niemand unter den Überlebenden musste des Nachts im Walde frieren.

Es gab keine Familie, die gänzlich ohne Verluste geblieben war. Eltern hatten ihre Kinder verloren, Frauen und Männer waren zu Witwen und Witwern geworden, Brüder und Schwestern mussten einander sterben sehen. Doch zunächst bekam keiner die Gelegenheit, seine Lieben zu beweinen, denn mit dem Brand waren die Schreckensmomente noch nicht vorüber. Zahlreiche Überlebende erlagen nach wenigen Tagen ihren schweren Verbrennungen und brachten so erneut Trauer über die Angehörigen. Jeder kämpfte um nicht weniger als das nackte Überleben.

Einige Bürger von reichen Hamburger Familien mit großem Stammbaum konnten auf eine weit verstreute Sippe zurückgreifen. Nahe und entfernte Verwandte erinnerten sich ihrer Bande und gewährten den Heimatlosen Obdach. Andere Glückliche kamen auf den umliegenden Bauernhöfen unter oder flüchteten in die nahe liegenden Klöster. Ärmere Bürger, Zugewanderte, Alte, Kranke, Verletzte oder Kinderlose hatten nicht so viel Glück. Es dauerte nicht lange, bis die ersten Witwen anrüchige Dienste anboten und Männer einander für einen trockenen Kanten Brot abstachen. Wahrhaft Verzweifelte gingen mit der Hoffnung auf Nahrung sogar in das Hospital St. Georg zu den Aussätzigen und holten sich dort den Tod. Die anfängliche Freude darüber, dem Inferno entkommen zu sein, wandelte sich schon bald in einen sehr zweifelhaften Segen.

Mit den Häusern waren nicht nur die Vorräte verbrannt, sondern ebenso die Handelswaren wie Getreide, Tuche, Gewürze und Holz. Wer einst ein angesehener Bürger mit beachtlichem Reichtum gewesen war, konnte nach dem Brand zu den Ärmsten zählen.

Der Handel kam fast gänzlich zum Erliegen. Auftragsbücher waren verbrannt, Münzen geschmolzen und manch kluger Kopf gestorben. Häufig gab es niemanden mehr, der nachträglich in Hamburg eintreffende Waren noch entgegennehmen oder bezahlen konnte, geschweige denn jemanden, der noch eine Übersicht über die Lieferungen hatte. Selbst wenn der Empfänger einer Schiffs- oder Wagenladung noch am Leben war, konnte es sein, dass er nicht dort anzutreffen war, wo noch vor dem Brand sein Kaufmannshaus gestanden hatte. Dieser Umstand lockte Betrüger und Diebe an, die bald ungehindert ihr Unwesen trieben. Dies wiederum führte zu heftigen Unruhen, und es dauerte nicht lange, da machten die Bürger ihren Unmut über die Umstände Luft.

Sie wollten einen Schuldigen für ihr Schicksal. Jemanden, den sie verantwortlich machen konnten. Verschiedene Stimmen über eine Strafe Gottes wurden laut. Die tiefgläubigen Bürger und Bürgerinnen Hamburgs teilten sich schnell in zwei Lager. Eine Seite vertrat die Meinung, dass das Feuer eine Strafe für ihre Missetaten war, und forderte Buße der Sünder. Bald darauf wurde die Unberührtheit etlicher Jungfern angezweifelt, und Frauen mit roten Haaren oder auffälligen Malen auf der Haut sollten durch die eigentlich vor fast dreißig Jahren abgeschafften Gottesurteile beweisen, dass sie das Feuer nicht mittels Zauberkunst gelegt hatten. Die zweite Gruppierung wiederum deutete die Unversehrtheit des Doms als zusagendes Zeichen des Herrn. Er hatte sich nicht von ihnen abgewandt, sondern war mitten unter ihnen. Das alte Gesicht der Stadt hatte bloß sein Missfallen erregt, und nun sollten sie, als seine Diener, eine neue und schönere Stadt zu seinen Ehren errichten.

Um die feindseligen Lager dieser gegenläufigen Meinungen in der Stadt nicht anwachsen zu lassen und um den Aufbau der Stadt voranzutreiben, wurden das Vogtgericht und der Rat wieder behelfsmäßig aufgestellt. Sofort gab es für die Männer viel zu tun. Grundstücksgrenzen waren durch das Feuer verwischt, und Erbschaftsansprüche mussten geklärt werden.

Erst als fast jeder verbliebene Bürger vor dem Rat oder dem Gericht gesprochen hatte und alle Zerstrittenen sich einigermaßen einigen konnten, begann der Wiederaufbau der Stadt in kleinen Schritten.

Trotz der ganzen Not musste das Leben weitergehen. Alle wussten, dass die Stadt wieder aufgebaut werden würde; so wie es immer geschah, nachdem eine Stadt niedergebrannt war.

Auch Albert hatte so gut wie alles verloren. Sein Haus war nicht mehr als ein Aschehaufen und seine Handelswaren – das friesische Holz – komplett verbrannt. Alles, was er in den letzten Jahren aus dem Nichts erschaffen hatte, war in einer einzigen Nacht verschwunden. Doch er lebte. Und auch Ragnhilds Leben hatte er beschützen können.

Kurze Zeit, nachdem er sie und sich selbst aus den Flammen gerettet hatte, waren sie losgezogen, um nach Runa und Walther zu suchen. Da beide einigermaßen wohlauf gewesen waren, als Albert sie in der Niedernstraße zurückgelassen hatte, um Ragnhild zu holen, ging er davon aus, dass sie es auch geschafft hatten, sich bis in den nahe gelegenen Wald zu retten. Albert sollte recht behalten. Sichtlich erschöpft, aber unverletzt fanden Albert und Ragnhild ihre gemeinsame Tochter und Walther unweit des Stadttores der Niedernstraße.

Der Schreck saß allen noch in den Gliedern, und so bemerkte keiner, dass Walther sehr in sich gekehrt war. Die Nachricht von Runas Schwangerschaft hatte ihn tief getroffen; doch wider Runas Erwartungen schwieg er still und behielt ihr Geheimnis für sich.

Noch in derselben Nacht konnten sie alle auch Thiderich und Ava mit ihrem Kind in die Arme schließen. Sie hatten es tatsächlich geschafft, sich aus ihrem Haus auf der Grimm-Insel zu retten, bevor das Feuer dort gewütet hatte.

Doch die Freude über das Überleben der Lieben währte gerade so lange, bis die ersten Nachrichten über die Opfer laut wurden. Ein Name folgte dem anderen, und jedes Mal schien der Verlust sich noch schmerzlicher anzufühlen. Unweigerlich fragten sich die Überlebenden, was wohl schlimmer sei: das verzweifelte Warten auf eine Nachricht oder die schreckliche Gewissheit des tatsächlichen Todes.

Auch Albert stellte sich diese Frage am Tage nach dem Brand, denn von Margareta fehlte noch immer jede Spur. Die Suche nach seiner Tochter bestimmte sein ganzes Denken. Er hätte es einfach nicht ertragen, sie auch noch zu verlieren, nachdem er gerade Alheidis und das Ungeborene verloren hatte. Immer wieder stürmte er auf die eine und die andere rothaarige Frau zu, nur um dann festzustellen, dass es sich doch nicht um seine Tochter handelte. Irgendwann, als er die Hoffnung schon fast aufgeben wollte und die Verzweiflung ihn zu übermannen drohte, war es schließlich sie, die ihn fand! Ihr Haar war komplett versengt, und sie hatte Wunden an Armen und Beinen, doch sie würde es schaffen. Überglücklich schloss Albert sein Kind in die Arme.

Ragnhild war dieses Glück nicht vergönnt. Nach zwei Tagen fand man ihren Ehemann Symon und einen Tag später ihre beiden Söhne Symon und Christian. Während der Verlust ihres Ehegatten für Ragnhild nicht schwer zu verschmerzen war, zerriss der Tod ihrer Söhne ihr fast das Herz. Obwohl Symon ihr die Kinder in den letzten Jahren mehr und mehr entrissen hatte und sie die Jungs zeitweise viele Wochen lang nur wenige Augenblicke zu Gesicht bekommen hatte, da ihr Vater sie stets mit sich auf Reisen nahm, waren sie doch ihr eigen Fleisch und Blut. Wäre ihr mit Runa nicht wenigstens eines ihrer fünf Kinder geblieben, hätte sie wohl nicht mehr gewusst, wofür es sich noch zu atmen lohnte. Wieder einmal zürnte sie dem Gott, der sie vor so vielen Jahren bereits enttäuscht hatte und mit dem sie noch immer haderte. Wo waren bloß die Zwillinge? Die Trennung von Godeke und Johannes lag nun schon so viele Jahre zurück, doch in dieser schweren Zeit kam es ihr vor, als wäre es erst gestern passiert.

Albert und Runa taten alles, um Ragnhild in diesen Tagen aufzufangen. Sie schien zunächst nichts um sie herum mehr richtig wahrzunehmen. Vollkommen gleichgültig antwortete sie auf gestellte Fragen, und teilnahmslos aß sie, was man ihr gab.

Nachdem sich die ersten Tage keine Besserung abzeichnete, fingen Albert und Runa an, sich ernsthafte Sorgen zu machen. Doch als plötzlich der Tag kam, an dem sich Ragnhilds Weg mit dem der Zwillinge kreuzte und sie somit die Gewissheit bekam, dass sie überlebt hatten, veränderte sich ihr Verhalten schlagartig. Ragnhild bekam wieder neuen Lebensmut. Auch wenn ihre Söhne selbst so vergiftet von den Einflüsterungen ihrer Stiefeltern waren, dass sie niemals ein Wort mit ihrer leiblichen Mutter geredet hätten, fühlte sich Ragnhild dennoch besser, seit sie Godeke und Johannes gesehen hatte. Sie liebte ihre Söhne noch immer wie an dem Tag, da sie sie geboren hatte, und nichts würde je etwas daran ändern.

Runa hingegen war sehr stark in diesen Tagen. Das Feuer hatte sie und auch ihre Eltern verschont. Außerdem war ihr geliebter Johann den Flammen entkommen, indem er vor Ausbruch des Brandes nach Lübeck geritten war. Ihre Dankbarkeit darüber ließ sie tapfer voranschreiten. Worum sonst hätte sie auch trauern sollen? Schließlich hatte sie als Begine nahezu keine Güter von Wert besessen, um die es sich nun zu klagen lohnte. Wo andere sich ihren Gefühlen hingaben und von den schrecklichen Bildern der Brandnacht nahezu gelähmt waren, versuchte sie nicht mit dem Schicksal zu hadern. Und als es hieß, eine Unterkunft für sie alle zu finden, wusste Runa sofort, was zu tun war. Kurzerhand machte sie das Glück der Familie von der Mühlenbrücke, deren Haus in dem Teil der ehemaligen Altstadt lag, in dem das Feuer nicht gewütet hatte, zu ihrem eigenen. Sie suchte Agatha und Voltseco auf und bat für sie alle um Obdach. Nur zu gern kam die Schneidersfamilie dem Wunsch Runas nach und nahm sie selbst, ihre Mutter sowie auch Walther, Albert und Margareta bei sich im Hause auf.

Thiderich, Ava und ihr Kind kamen bei Avas Verwandtschaft, der Familie von Staden, unter, die ebenfalls ein unversehrtes Erbe in der Altstadt besaß. Sie waren dankbar darüber, einander noch zu haben, doch wo Ava lediglich den Tod ihres Bruders Helprad zu beklagen hatte, war von Thiderichs Verwandten keiner den Flammen entkommen. Sein Oheim Heyno und seine Tante

Ghesa waren bereits alte Leute gewesen. Bis zu diesem Tage gab es keine Spur von ihnen, und so musste er sich damit abfinden, dass sie wahrscheinlich im Feuer ihr Ende gefunden hatten. Einzig die Tatsache, dass jeder einen Verlust in seiner Familie zu beklagen hatte, ließ den Kummer für ihn erträglich erscheinen.

6

Johann Schinkel saß gerade im Lübecker Rathaus über einem Stapel Papier, den es zu bearbeiten galt, als er von dem verheerenden Unglück in Hamburg hörte. Seine ersten Gedanken galten Runa. Hatte sich seine Liebste retten können?

Johann wusste nicht, wie schlimm es die Stadt getroffen hatte. Nachrichten, die ihn erreichten, waren widersprüchlich. Mal hieß es, dass es nur wenige Teile der Stadt getroffen hatte, dann wiederum, dass es kaum Überlebende gab. Nichts konnte ihn mehr in Lübeck halten; noch am selben Tage ritt er wie der Wind in seine Heimat.

Zu seinem Entsetzen musste er feststellen, dass die schlimmsten aller ihm angetragenen Nachrichten Bestand hatten. Schon von Weitem sah er bereits den Rauch am Himmel. Noch immer schien das Feuer nicht ganz gebannt.

Als er die Stadt dann durch ihr östlichstes Tor betrat, traf es ihn mitten ins Herz. Nur schwerlich konnte er sich vorstellen, dass überhaupt jemand lebend hier herausgekommen war. Doch dann sah er tatsächlich die ersten Menschen. Allesamt waren sie rußverschmiert, und der Schrecken stand ihnen noch immer im Gesicht. Ob reich oder arm, sie sahen alle gleich aus. Kein feiner Zwirn war zu sehen, keine langen Schnabelschuhe oder bestickte Gugelhauben. Alle waren sie in Lumpen gehüllt, sodass Johann bei manchen von ihnen wahrlich Schwierigkeiten hatte, sie zu erkennen.

Langsam ritt er durch die Stadt. Hier und da schwelte noch Glut, doch niemand kam, um diese Brandherde zu löschen. Warum sollten sie auch? Es gab schließlich fast nichts mehr, worauf das Feuer noch übergreifen konnte.

Als sein Pferd zum wiederholten Male vor einem rauchenden Holzhaufen scheute, der einmal ein Haus gewesen war, stieg Johann ab und führte es weiter. Sein Ziel war das Rathaus – sollte es denn überhaupt noch stehen.

Auf seinem Weg hielt er immer wieder Ausschau nach Runa. Er blickte in jedes Gesicht, betrachtete die Statur und den Gang einer jeden Frau. Er war sich sicher, dass er sie sofort erkennen würde, doch er hatte kein Glück. Als er endlich zu dem Platz kam, wo das Rathaus einst gestanden hatte, erblickten seine Augen lediglich einen eingestürzten Ziegelbau, von dem nur noch zwei Außenwände standen. Die Steine waren schwarz vor Ruß und das Holzdach komplett verschwunden.

Entsetzt ließ er die Zügel seines Pferdes aus den Fingern gleiten. Das, was noch vom Rathaus übrig war, machte den Eindruck, als würde es nicht einmal mehr dem leichtesten Lüftchen standhalten. Johann war fassungslos. Dieses Haus war ihm stets unzerstörbar vorgekommen; sei es, weil es aus Stein gebaut war oder weil es ein so bedeutungsschweres Gebäude für die Stadt Hamburg gewesen war. Dass es nun in Schutt und Asche vor ihm lag, löste in ihm die bittere Erkenntnis aus, dass nichts wirklich unzerstörbar war, wenn es Gott nicht mehr gefiel.

Voller Demut und mit schwerem Herzen legte er die Hand auf ein kleines Stück der Außenmauer, das noch aufrecht stand. Dann schritt er an dem Gebäude entlang. Immer wieder fiel sein Blick auf die Zerstörung im Inneren des Rathauses. Er sah Reste des großen Holztisches und das ein oder andere Teil der prunkvollen Sessel und Bänke, auf denen die Bürgermeister und Ratsherren bei jeder Sitzung gesessen hatten. So viele Stunden seines Lebens hatte er hier zugebracht, und nun war dieses ihm so vertraute Haus für immer zerstört. Johann griff nach einem mannshohen Holzbalken, um sich daran festzuhalten, während er vorsichtig einen Fuß nach dem anderen ins Innere des Gebäudes setzte. Auch wenn es schmerzte, er wollte alles genau anschauen. Seine Füße trugen ihn langsam über das verbrannte Geröll. Auf den ersten Blick schien nichts dem Feuer entkommen zu sein, doch dann plötzlich fiel sein Augenmerk auf etwas, das in der Ecke zweier Wandreste stand. Johann erkannte sofort, was es war – es handelte sich um die *cista civitatis*, die Stadtkiste!

Er konnte es kaum glauben und musste näher herangehen, um sich davon zu überzeugen, dass ihm seine Augen auch wirklich keinen Streich spielten. Ausgerechnet diese Kiste, in der allerlei Urkunden der Stadt aufbewahrt wurden, hatte das Feuer verschont.

Als Johann genau vor ihr stand, konnte er erkennen, dass sie tatsächlich noch mit all ihren drei Schlössern verschlossen war; und er als Stadtnotar von Hamburg hatte die passenden Schlüssel zu den Schlössern. Da die Kiste für ihn allein zu schwer zu tragen war, öffnete er sie einfach gleich vor Ort.

Sofort schlug ihm der Geruch von geschmolzenem Wachs entgegen. Johann wusste, was das zu bedeuten hatte. Die wächsernen Hängesiegel der Stadturkunden hatten die Hitze nicht überlebt und einige der Papiere miteinander verklebt. Doch andere wiederum waren vollkommen unversehrt. Wie lange schon hatte er diese Unterlagen nicht mehr zur Hand genommen? Bereits seit vielen Jahren lagerten sie hier drinnen – vermeintlich sicher verwahrt. Nun schaute er sich jede Einzelne von ihnen genau an.

Johann hätte nicht sagen können, wie lange er bereits so dasaß, als er plötzlich eine Entdeckung machte. In den Händen hielt er ein ihm völlig fremdes Dokument. Neugierig las er es von vorn bis hinten durch. Noch immer verwirrt von dem Inhalt dieses Schreibens, wühlte er weiter in den verklebten Papieren. Er suchte etwas ganz Bestimmtes, und er fand es schließlich auch.

Mit offenem Mund hielt er beide Papiere nebeneinander und verglich sie miteinander. Es durchfuhr ihn wie ein Blitz!

Diese Dokumente stellten die Vergangenheit in ein völlig anderes Licht. Wie konnte es sein, dass niemand bisher davon gewusst hatte? War das ihm bislang unbekannte Papier womöglich heimlich in die Stadtkiste gelegt worden? Natürlich, so musste es gewesen sein. Der Verfasser selbst hatte es hier hinterlegt, für den Fall, dass die Wahrheit eines Tages verfälscht würde – und genauso war es ja auch gekommen. Eine Lüge hatte sich durchgesetzt – oder noch viel schlimmer – möglicherweise ein Verbrechen!

Doch auch wenn dieses Dokument bisher unentdeckt geblieben war, wollte Johann nun selbst dafür Sorge tragen, dass die Wahrheit nach so vielen Jahren doch ans Licht kommen würde.

Vier Tage nach dem Brand fanden sich Albert, Margareta, Runa, Walther und Ragnhild zusammen mit nahezu allen anderen Überlebenden vor dem Vogtgericht wieder.

Da alle Versammlungssäle abgebrannt oder zumindest dem Verfall nahe waren, tagte das Gericht unter freiem Himmel. Der Schreiber, die elf Dingleute mit ihrem rechtskundigen Wortführer und die Beisitzer mussten mit behelfsmäßigem Gestühl und einem Tisch aus einer breiten Holzplanke, die auf zwei Schemeln ruhte, auskommen, und selbst der Vogt hatte wohl noch niemals auf einem solch unbequemen und unwürdigen Richterstuhl gesessen. Wäre die Lage nach dem Brand nicht so ernst gewesen, hätte das ehrenwerte Niedergericht heute ein wahrhaft belustigendes Bild abgegeben.

Der Platz vor dem Roland war mit Bittstellern, Anklägern und Angeklagten vollkommen überfüllt. Obwohl die steinerne Figur mittlerweile zu einem Zeichen des veralteten neustädtischen Rechts geworden war, schienen die Bürger sich nicht von seiner ursprünglichen Bedeutung lossagen zu können – schließlich galten Rolandstatuen allgemein als Zeichen bürgerlicher Freiheit. So schien es fast, als ob die Überlebenden Hamburgs sich an diesem Tage besonders eng um den steinernen Ritter mit seinem Richtschwert reihten; stets in der Hoffnung, durch ihn Gerechtigkeit zu empfangen.

Sie alle bestanden heute auf ihrem Recht – viel mehr noch als es sonst der Fall gewesen war. Überfällige Zahlungen, ausstehende Warenlieferungen oder vorzeitig eingetriebene Schuldsummen konnten heute das Überleben bedeuten. Gnade war an diesem Tage nicht zu erwarten. Es herrschte ein beständiges Murmeln, und jeder der Anwesenden wartete mit Spannung darauf, dass die Sitzung begann. Ragnhild, Runa und Margareta fassten einander an den Händen und drängten sich haltsuchend aneinander. Auch wenn sie keine Worte mehr hatten, gab die Nähe und Vertrautheit der anderen ihnen Kraft.

Gerne hätte Albert sich zu ihnen gesellt, doch das wäre unschicklich gewesen. Auch wenn Symon von Alevelde der Tod im Feuer ereilt hatte, war Ragnhild längst keine freie Frau. Und so hielt er gerade so viel Abstand, wie es sein musste, um den Anstand zu wahren.

Plötzlich hatte das Warten ein Ende. So würdig, wie es die Umstände zuließen, traten zunächst die Dingleute, dann der Schreiber und die ratsherrlichen Beisitzer und schließlich der gräfliche Vogt aus der Menge hervor. Jeder von ihnen schritt einzeln zwischen den Hamburgern hindurch; jeder wurde genau beäugt. Wo zunächst alle verstummt waren, wurde das Raunen plötzlich wieder lauter. Eine grausige Vermutung wurde in diesem Moment zur Wirklichkeit, und sie betraf die Männer des Niedergerichts. Da die beiden entsprechenden Advocati offensichtlich bei dem Brand ums Leben gekommen waren, hatten Johann Schinkel und

Thedo von der Mühlenbrücke diese Ämter eingenommen. Auch der Vogt war ein anderer als noch vor dem Brand. Es stand außer Frage, dass auch sein Vorgänger in den Flammen sein Ende gefunden hatte. Doch es blieb kein Platz für Betroffenheit, denn in diesem Augenblick hieß es, das eigene Leben zu sichern, welches nun ganz entscheidend von den Schiedssprüchen des Niedergerichts abhing.

Johann hatte kaum geschlafen. Noch immer gab es kein einziges Lebenszeichen von Runa. Auch wenn es ihn beunruhigte, durfte er sich kaum darüber wundern. Sie hatten beide keinen entschuldbaren Grund, nach dem jeweils anderen zu suchen, ohne Misstrauen zu erregen. Auch das kleine Häuschen, in dem sie sich stets getroffen hatten, war restlos abgebrannt und konnte ihnen nicht mehr als geheimer Ort dienen. Wie also hätte sie sich bemerkbar machen sollen?

Als Johann nun aber durch die Menschentraube schritt, versuchte er sie mit seinem Blick aufzuspüren. Immer wieder grüßte er links und rechts, schaute jeden Anwesenden lange an und mindestens genauso lange an ihm vorbei, bis er sie endlich leibhaftig zu sehen bekam. Inmitten der Bittsteller stand sie, nur eine Armeslänge von ihm entfernt. Sie lebte! Ihr Blick war erschöpft, aber sonst schien sie unversehrt zu sein. Johanns Herz machte einen Sprung.

Runa hatte ihn schon viel früher gesehen. Auch ihr Herz frohlockte, doch sie durfte sich nichts anmerken lassen. Wahrlich bemüht, ihm nur nicht direkt in die Augen zu schauen, um ihre Gefühle nicht zu offenbaren, blickte sie überallhin, nur nicht zu ihm. Irgendwann jedoch hielt sie es nicht mehr aus und wagte es, kurz zu ihm hinüberzuschauen. In genau diesem Moment hob auch er den Kopf in ihre Richtung, sodass ihre Blicke sich trafen.

Runa erstarrte. Den Mund leicht geöffnet und der Atem flach und leise, fingen ihre Wangen augenblicklich an zu glühen.

Schnell wandten beide ihre Gesichter voneinander ab. Allein ihre Blicke schienen schon die Macht zu haben, sie zu verraten.

Mit aller Kraft zwang Johann sich dazu, seine Gedanken zu ordnen und weiter geradeaus zu gehen. Er brauchte einen klaren Kopf, denn heute würde ein wichtiger Tag werden. Er atmete tief durch und befreite seine Gedanken einen kurzen Moment von seiner geliebten Runa. Diese Übung war ihm in seiner Zeit als Geistlicher in Fleisch und Blut übergegangen. Schon im nächsten Moment war er wieder voll und ganz Hamburgs Ratsnotar, und als er seinen Platz einnahm und in die Menge blickte, wurde ihm klar, dass es das erste Mal sein würde, dass Runa ihn bei der Ausübung seines Amtes zu sehen bekam.

Die Menge verstummte, und die Herren des Niedergerichts fanden sich nach und nach ein. Auch wenn zwei Mitglieder des Rates dem Niedergericht beisaßen, führte dennoch der Vogt den Vorsitz. Doch seine Befugnisse waren beschränkt. Ursprünglich hatten die Advocati bloß die Einnahmen des Vogtgerichts überwachen sollen, dann aber den Vogt und seine Urteile selbst, und schließlich weiteten sich ihre Befugnisse sogar auf den Bereich der Urteilsfindung aus. Die Männer des Rates besaßen also ein ernst zu nehmendes Mitspracherecht.

Johann Schinkel hatte seine Gelegenheit gewittert, als er sich für den Platz des verstorbenen Beisitzers zur Verfügung stellte. Jeder einzelne seiner kommenden Sätze war darum von ihm wohl überlegt worden. Er hatte ein klares Ziel vor Augen, und um das zu erlangen, wandte er sich zunächst dem Vorsitzenden zu und überreichte ihm ein zusammengerolltes Schriftstück.

Der Vogt hatte dies offensichtlich bereits erwartet, denn er nahm die Papierrolle mit einem Kopfnicken entgegen und entrollte das Schreiben vor sich auf der groben Holzplanke. Nachdem alle Männer des Niedergerichts die Schwurfinger der rechten Hand in Anrufung Gottes gen Himmel erhoben und die Linke auf die Bibel oder ein Kreuz oder etwas anderes Heiliges gelegt hatten, das dem Brand nicht zum Opfer gefallen war, sprach der Vogt die Worte, die es stets zu sprechen galt, bevor er begann. »Ein jegliches Urteil, das Ihr sprecht, wird auf Euch zurückfallen. Denn mit welcherlei Maß Ihr messet, damit werdet Ihr gemessen werden. Darum sehet zu, was Ihr tut, wenn Ihr anderen ein Urteil sprecht. Denn Ihr haltet nicht der Menschen, sondern Gottes Gericht.« Nach diesem Eid ertönte noch ein kräftiges »Juste iudicate« aus dem Mund des Vogtes, das alle Herren dazu anhalten sollte, gerecht zu urteilen. Dann begann das Gericht.

Um den Tisch mit dem Vogt und den Beisitzern hatte sich ein Halbkreis gebildet. Entschlossen trat der erste Bürger nach vorn auf die freie Fläche, um sein Begehr vorzubringen. Es war ein Mann aus der Mittelschicht, vielleicht ein Handwerker. Doch noch bevor er zu sprechen begann, schaute der Vogt von dem Schriftstück vor sich auf und wies den Mann daraufhin überraschenderweise zurück.

»Bitte haltet ein, guter Mann. Seid gewiss, auch Euch wird heute Recht gesprochen, doch zuvor wird das Niedergericht sich einem Fall widmen, der schon viel zu lange darauf wartet, geklärt zu werden.«

Der Mann war sichtlich verwundert, doch er tat, was von ihm verlangt wurde, und ging wieder in die Menge zurück.

Alle Umstehenden begannen zu flüstern und zu tuscheln. Was hatte diese Verzögerung zu bedeuten? Um was für einen Fall konnte es sich handeln, der so wichtig war, dass das Gericht ihn vorzog?

Dann erklang ein lauter Ausruf. »Albert und Conrad von Holdenstede, das Niedergericht fordert Euch auf vorzutreten.«

Es dauerte einen Moment, bis die Angesprochenen verstanden, dass sie gemeint waren. Etwas verwundert trat zunächst Albert und dann Conrad in den Halbkreis. Wie alle anderen waren auch sie heute hierhergekommen, um Angelegenheiten in eigener Sache zu klären; doch diese hatten nichts mit dem jeweils verhassten Bruder zu tun. Warum also sollten sie beide gleichzeitig vortreten? Ahnungslos standen die Männer direkt nebeneinander, jedoch ohne sich auch nur eines Blickes zu würdigen. Seit einer Ewigkeit hatten sie kein Wort mehr miteinander gesprochen, und keiner von beiden war gewillt, das heute zu ändern.

Zur Überraschung aller Anwesenden forderte der Vogt nun auch den mittlerweile steinalten, aber immer noch sehr bedeutenden Hamburger Kauf- und Ratsmann Ecbert von Harn auf, nach vorn zu treten. Während er sich unendlich langsam, auf einen Stock gestützt, aus der Menge löste, blickte der Graue Conrad von der Seite an.

Dieser bemerkte den Blick und fühlte augenblicklich ein Schaudern auf dem Rücken. Was hatte das alles hier zu bedeuten? Er würde es sicher gleich erfahren.

Dann begann der gräfliche Vertreter zu sprechen. »Ecbert von Harn, beantwortet mir eine Frage: Könnt Ihr beschwören, dass Ihr, zusammen mit dem im Feuer dahingeschiedenen Dominus Bertram Schele, Zeugen der Testamentserrichtung von Conradus von Holdenstede gewesen seid? Dann bezeugt es mit einem Schwur und dem Ausspruch des Namens von Bertram Schele, so wie es das Ordeelbook verlangt, und Euer Wort soll auch ohne ihn genügen.« Dann nickte er einem Ratsboten zu, der wie üblich die entsprechende Stelle des Urteilsbuchs verlas.

»Wenn einer vor zwei Ratsmannen sein Testament aufsetzt, der siech ist und auf dem Sterbebette liegt, und stirbt dann einer der beiden Ratsmannen, so kann der andere wohl allein bezeugen, wie das Testament bestimmt ist oder war, und das soll gültig sein. Und der überlebende Ratsmann soll den verstorbenen Ratsmann bei Namen benennen und beschwören, dass er mit ihm bei der Testamentserrichtung zugegen war.«

Der altehrwürdige Ratsmann nickte und sprach unerwartet laut: »Ich schwöre, dass ich zusammen mit Dominus Bertram Schele Zeuge der Testamentserrichtung von Conradus von Holdenstede gewesen bin.«

»Habt Dank«, sprach der Vogt und wandte sich nun Conrad zu. »Conrad von Holdenstede, ist das hier das Testament Eures Vaters, welches Ihr noch am Tage seines Dahinscheidens selbst dem Rat in zweifacher Ausführung übergeben habt?«

Conrad stockte der Atem. Was wurde hier gespielt? Warum interessierte das Niedergericht sich plötzlich für das Testament seines Vaters? Zögerlich trat er bis zu dem provisorischen Tisch des Vogtgerichts vor, um das Papier genau zu begutachten. Dann erst gab er Antwort. »Ja, das ist es.«

Der Vorsitzende zog das Papier, das er Conrad entgegengehalten hatte, wieder zu sich auf den Tisch und sprach mit drohend ruhiger Stimme: »Dann seid Ihr angeklagt, den letzten Willen Eures Vaters zu Euren Gunsten gefälscht zu haben. Wie wir wissen...«

»Das ist eine Lüge«, unterbrach Conrad den Vogt schroff. Doch seine Worte gingen in dem aufwallenden Rumoren der Hamburger unter. Auch für sie kam diese Klage überraschend, und so fragte jeder seinen Nebenmann, ob er etwas davon gewusst hatte.

Conrad schnellte vom Tisch des Vogtes auf die Bittsteller und Schaulustigen zu. Aufgebracht zeigte er mit dem Finger auf die Menge, während er lautstark wetterte: »Welcher Feigling klagt mich dessen an? Gebt Euch gefälligst zu erkennen!« Doch niemand der Umstehenden beantwortete seine Frage. Conrad fühlte die feindselige Stimmung ihm gegenüber, welche nicht nur von den Blicken Ecbert von Harns oder denen seines Bruders herrührte, und er begann zu schwitzen. Immer wieder schaute er sich um, drehte sich dann sogar um die eigene Achse, um den Ankläger auszumachen, doch niemand bekannte sich zu der Klage. Dann ließ ihn ein Poltern plötzlich zum Richtertisch schauen.

Johann Schinkel war so schwungvoll von seinem Schemel aufgesprungen, dass dieser krachend zu Boden ging. Er streckte ebenfalls seinen Zeigefinger aus und richtete ihn auf Conrad. »*Ich klage Euch an, Conrad von Holdenstede, und den Beweis für meine Anschuldigungen trage ich hier mit mir.*«

Das beständige Gemurmel stieg augenblicklich auf ein Vielfaches der vorherigen Lautstärke an. Die Hamburger waren neugierig und schockiert zugleich. Es kam nicht oft vor, dass die hohen Herren der Stadt sich gegenseitig beschuldigten. Schon gar nicht in aller Öffentlichkeit. Doch dieser alles zerstörende Brand schien die Welt ins Wanken gebracht zu haben.

Albert schaute zwischen seinem Bruder und dem Ratsnotar hin und her. Er konnte sich nicht so recht erklären, von welchem Verbrechen Johann Schinkel sprach. Doch die alleinige Tatsache, dass es etwas mit dem Testament ihres Vaters zu tun haben musste, ließ ihn aufhorchen.

Auch Ragnhild, Runa und Margareta klammerten sich vor Anspannung nun noch fester aneinander.

Niemand jedoch war einer Ohnmacht so nahe wie Luburgis. Sie wusste, dass ihr Leben unmittelbar vom Ansehen ihres Mannes abhing. Haltsuchend umfasste sie den Arm Godekes.

Dann fuhr der Vorsitzende fort. »Sagt mir, wenn das eine Lüge ist, wie kann es dann sein, dass sich in der Stadtkiste, die den Brand durch Gottes Gnade unversehrt überstanden hat, zwei verschiedene Testamente Eures Vaters befanden?«

Conrad fühlte, wie die Farbe aus seinem Gesicht wich. Zwei verschiedene Testamente? Das konnte nicht sein. Krampfhaft versuchte er, sich an den Todestag seines Vaters vor fast genau zwanzig Jahren zu erinnern. Conrad sah ihn wieder vor sich in seinem Bett liegen. Kaum noch bei Verstand und fast zu zittrig, um überhaupt noch den Gänsekiel zu halten. Mit einer List hatte er dem Sterbenden damals die Unterschriften auf den beiden Testamenten abgerungen, welche er daraufhin mit einer Klinge teilweise abgeschabt und gleich darauf neu verfasst hatte. Eine der Urkunden hatte sich bis zum Brand in seinem Haus befunden und war durch die Flammen vernichtet worden, die andere war seit jenem Tage im Besitz des Rates. Doch woher sollte nun ein weiteres Testament kommen? Conrad war so überrumpelt, dass er nicht wusste, was er sagen sollte. Hilflos stammelte er vor sich hin: »Das ... das ist doch Verrat. Was soll das heißen, ein zweites Testament? Es gibt nur *ein* echtes Testament!«

Abermals meldete sich Johann Schinkel zu Wort. »Das ist wahr, es gibt nur *ein* echtes Testament, Conrad von Holdenstede, und das ist nicht dieses hier, welches Ihr dem Rat damals übergeben habt.« Drohend zeigte der Notar auf das Testament, das vor dem Vogt auf dem Tisch lag. »Ich klage Euch hiermit an, den letzten Zusatz des echten Testaments durch einen selbst erdachten Schlussteil der Dispositio ersetzt zu haben, um Euch unrechtmäßig am Vermögen Eures Vaters zu bereichern. Das einzig echte Testament ist dieses hier, und der Vergleich der beiden Schriftstücke hat Euer Verbrechen enthüllt.«

Nun nahm Johann ein zweites Dokument von dem Vorsitzenden entgegen und hielt es ebenso in die Höhe. »Bei diesem Testament handelt es sich zwar lediglich um einen Entwurf, doch er stammt eindeutig aus der Feder Eures Vaters. Wohl wissend um Eure Habgier, hat er es wohl zu Zeiten seines Amtes im Rat heimlich in der Stadtkiste hinterlegt, deren Schlüssel er jener Tage innehatte. Die Echtheit der Urkunde steht außer Zweifel, da, wie Ihr hier sehen könnt, sogar noch Reste des Stadtsiegels erhalten sind. Auch wenn von der Inschrift *Sigillum burgensium de Hammenburch* nur noch das erste Wort zu lesen ist, erkenne ich darin Conradus' Willen.« Johann ergriff das abgeschmolzene Siegel und hielt es einen Moment lang für jedermann sichtbar in die Menge. Dann wandte er sich wieder Conrad zu. »Eure Schuld in dieser Sache zu leugnen ist absolut sinnlos, da Ihr der Einzige seid, der einen Vorteil durch die Änderung erlangte. Mit der Fälschung wolltet Ihr verhindern, dass Euer Bruder das ganze Erbe Eures Vaters zugesprochen bekommt. Denn hier steht eindeutig geschrieben, dass derjenige, der zuerst einen männlichen Nachfolger zeugt, das gesamte Vermögen des Conradus von Holdenstede zugesprochen bekommt. Da die Dame Ragnhild zu jener Zeit guter Hoffnung war, habt Ihr das Testament zu Euren Gunsten gefälscht und Euren Bruder somit zu Unrecht bis zu seinem fünfundzwanzigsten Geburtstag unter Euch leben und arbeiten lassen.«

Conrad fühlte, wie der Boden unter seinen Füßen ins Wanken geriet. Er wusste, dass sein Geheimnis nun tatsächlich aufgeflogen war. Auch wenn die Ableitung des Ratsnotars nicht eindeutig seine Schuld bewies, war jetzt schon klar, dass seine Feinde ihm keine Gnade gewähren würden. Nach all den Jahren, in denen niemand hinter die Fälschung gekommen war, wurde er tatsächlich doch noch für dieses Verbrechen angeklagt. Ausgerechnet jetzt, da Willekin tot und somit kein Zeuge des Vergehens mehr am Leben war, der ihn hätte verraten können, verriet ihn sein eigener Vater noch aus dem Grabe heraus. Conradus hatte seinen Sohn durchschaut und ihm mit dem zweiten Testament eine Falle gestellt. In diesem Moment spürte Conrad wieder, wie sehr er ihn auch heute noch hasste. Dafür, dass er zugelassen hatte, dass ein von Holdenstede eine Dänin heiratete und so den guten Ruf der Familie schmälerte, dafür, dass er sich mit seiner verachtenswert freundlichen Art immer so sehr von Conrad selbst unterschieden hatte, und dafür, dass er Albert genau aus diesem Grund immer mehr zugetan gewesen war. Ihn umzubringen war Conrad tatsächlich leichtgefallen. Er hatte seinen Vater gehasst!

In diesem Moment war es totenstill auf dem Platz vor dem Roland.

Die Schritte der Frau, die nun vortrat, hallten laut in den Ohren der Anwesenden. Es war Hildegard von Horborg, die plötzlich aus der Menge kam. Trotz der misslichen Lage war sie wie immer eine anmutige Erscheinung. Ihr Gang war aufrecht und ihr Blick direkt und ohne Furcht auf das Vogtgericht gerichtet. »Auch ich klage Conrad von Holdenstede an!«, schallte ihre Stimme laut über den Platz.

Alle Köpfe drehten sich zu ihr um. Das Gerede der Umstehenden wurde nun so laut, dass der Vogt mit deutlichen Worten um Ruhe bitten musste.

Conrad starrte die Ratsherrnfrau ungläubig an, die er seit der verheerenden Feuersbrunst nicht mehr gesehen hatte. Auch wenn ihre Worte frech waren, gab er nichts darauf. Sie war bloß eine Frau. Fast resigniert sagt er: »Was redet Ihr da? Niemand will Euer Gewäsch hier hören, Weib. Seid gefälligst still.«

Der Vogt schien zwar verwundert über die Unterbrechung, doch offenbar teilte er die Meinung Conrads nicht. Mit einer entsprechenden Geste forderte er sie auf: »Bitte tretet vor und sprecht, Domina Hildegard.«

»Ich klage Conrad von Holdenstede an, meinen Gemahl, Willekin von Horborg, in der Nacht des Feuers ermordet zu haben. Er war unter brennendem Holz eingeklemmt, und ich konnte ihn nicht allein befreien. Daraufhin rettete Conrad von Holdenstede ihn zunächst und befahl dann seinen Söhnen, mich und seine Frau aus der Stadt zu bringen. Er wollte meinen Gemahl stützen und mit ihm gemeinsam die Stadt verlassen, doch er kam ohne ihn zurück. Ich sage, sein Feuertod war kein Unfall. Conrad von Holdenstede hat ihn absichtlich den Flammen überlassen.«

In diesem Moment fuhr neues Leben in Conrad. »Was wagt Ihr,

Weib? Ihr habt kein Recht, eine Klage vor das Gericht zu bringen, wenn Ihr keinen männlichen Vormund vorweisen könnt!«

»Schweigt!«, unterbrach der Vorsitzende Conrad barsch. »Dies hier ist noch immer mein Gericht, und ich entscheide, wer zu sprechen und wer zu schweigen hat. Außerdem ist es ein außergewöhnlicher Umstand, und darum greife ich zu außergewöhnlichen Ausnahmen.« Dann richtete er das Wort wieder an Hildegard. »Domina Hildegard, wie könnt Ihr so genau wissen, dass der Angeklagte Euren Mann dem Feuer überlassen hat, wenn Ihr davor bereits die Stadt verlassen habt?«

Diese durchaus berechtigte Frage brachte die Angesprochene nicht im Geringsten aus der Fassung. Sie war darauf vorbereitet und antwortete laut und deutlich und ohne ein Anzeichen von Zweifel. »Ich weiß es deshalb so genau, weil ich eine Zeugin habe, ehrenwerter Vogt. Sie ist zwar nur eine Magd, doch sie hat den Vorfall beobachtet.« Dann winkte sie Marga heran, die mit gesenktem Kopf und hochgezogenen Schultern vortrat. »Sag dem Gericht, was du gesehen hast.«

Marga trat mit auf den Boden gerichtetem Blick vor. All ihren Mut musste sie für diese paar Schritte zusammennehmen. Sie fürchtete sich schrecklich davor, ihren eigenen Herrn vor dem Gericht anzuklagen. Doch der Gedanke an ihre Mutter, die nur deshalb hatte sterben müssen, da niemand ihnen geholfen hatte, stärkte ihre Zunge. Dann atmete sie tief ein und begann zu sprechen. »Ich bin Marga, die Magd des Angeklagten Dominus Conrad von Holdenstede.« Sie zitterte am ganzen Körper. »In... in der Nacht des Feuers verließen alle Bewohner das Haus der von Holdenstedes gemeinsam. Ich musste meine Frau Mutter stützen, da sie nicht recht laufen konnte. Irgendwann verließen mich die Kräfte und... und...« Marga stockte. Tränen liefen ihr über die Wangen, doch Hildegard von Horborg zwang sie, weiterzusprechen, indem sie die Magd am Arm packte und sanft schüttelte.

»Wir fielen zurück, und dann waren Mutter und ich ganz allein. Ich bin umhergerannt, um Hilfe zu holen, doch ich habe niemanden gefunden. Es war einfach niemand mehr da...« Wieder schluchzte sie herzzerreißend, doch diesmal fing sie sich von selbst. »Als ich dann mein eigenes Leben zu retten versuchte, sah ich in einer Straße plötzlich Dominus Willekin von Horborg mit gebrochenen Gliedern auf dem Boden liegen. Er schrie den Namen meines Herrn, doch dieser ging einfach von ihm fort. Noch bevor ich ihm zu Hilfe eilen konnte, wurde er von herabfallenden Balken begraben und ging in Flammen auf.«

Der Vorsitzende nickte zum Zeichen, dass sie nun wieder gehen konnte. Dann sah er Conrad an und sagte: »Nun, wenn das so ist, dann gehört Euer Fall eigentlich nicht mehr vor das Vogtgericht, sondern vor das Blutgericht des Rates.«

Wieder schwoll das Gemurmel der Umstehenden an. Die Menge war kaum mehr zu halten. Das anfängliche Geflüster wurde zu einem lärmenden Protest, der schlussendlich mit wütenden und immer lauter werdenden Rufen endete.

»Mörder!«

»Verräter!«

»Hängt ihn!«

Der Vorsitzende versuchte vergeblich die wütende Meute zu beruhigen, doch diese Menschen, denen in den letzten Tagen so viel Leid widerfahren war und die ihre Lieben durch das Feuer hatten sterben sehen, waren einfach nicht bereit, einem Mörder in ihrer Mitte zu vergeben. Die Rufe des Vogtes wurden mehr und mehr übertönt, und auch sein Hämmern auf den Tisch bewirkte kaum noch etwas.

Conrad sah sich umringt von Menschen mit wutverzerrten Gesichtern, die lauthals seinen Tod forderten. Ungehindert kamen sie immer näher, die Fäuste bedrohlich in die Höhe gereckt.

Conrads selbstbewusster Zorn über die Dreistigkeit der Anschuldigungen verwandelte sich in Furcht, die ihm den Schweiß auf die Stirn trieb. Man wollte ihn tatsächlich hängen sehen. Der Halbkreis wurde immer enger und die Fläche in der Mitte immer kleiner. Angsterfüllt fing er an, sich mit rudernden Armen der immer näher kommenden Meute zu erwehren. »Geht gefälligst zurück, Ihr Pack! Hört Ihr nicht, was das Gericht Euch befiehlt? Verschwindet!«

Plötzlich griff einer der Männer nach seinem Surkot. Conrad konnte gerade noch zurückspringen, um dem Angriff auszuweichen. Dann erst sah er, wer nach ihm gegriffen hatte. Es war Johannes vom Berge – sein eigener Schwager.

»Du Hurensohn!«, spie Conrad ihm entgegen. »Was wagst du es, mich anzugreifen. Nimm gefälligst deine Finger von mir, sonst töte ich dich genauso leichtfertig wie meinen greisen nichtsnutzigen Vater!«

Nach diesen Worten wurde es still. Jeder Einzelne starrte auf Conrad. Selbst das Gericht schwieg, und der Vogt hörte auf, mit seiner Faust auf den Tisch zu hämmern, um die Ordnung wiederherzustellen. Sie alle starrten verblüfft auf Conrad und wollten ihren Ohren kaum trauen.

Albert war der Erste, der seine Stimme wiederfand. »Sag mir, dass das nicht wahr ist, Conrad. Das hast du nicht wirklich getan!«

Der Angesprochene drehte sich zu Albert um und antwortete mit hassgeschwängerter Stimme: »Sehr wohl, *geliebter Bruder*, es ist wahr! Ich habe unseren alten Vater mit seinem eigenen Laken erstickt und dann das Testament gefälscht, um an das Erbe zu kommen. Hast du tatsächlich geglaubt, ich würde dir und deiner dänischen Hure unser Familienvermögen überlassen?« Dann richtete er sich an die umstehende Menschenmenge. »Jeder von Euch törichten Narren hat doch geglaubt, dass mein allzu gerechter Vater seinen Zweitgeborenen tatsächlich dafür bestrafen wollte, dass er eine Dänin geheiratet hatte. Mein Plan war perfekt, und fast hätte ich es auch geschafft, ihn noch vor seinem fünfundzwanzigsten Geburtstag loszuwerden, um ihm niemals etwas auszahlen zu müssen. Ich habe Euch alle getäuscht, und das werdet Ihr nie vergessen. Ihr werdet *mich* niemals vergessen!« Conrads Kopf war rot angelaufen. Seine Wut ließ ihn aussehen wie einen wilden Dämon, doch Albert wich keinen Schritt zurück. Die Brüder trennte keine Handbreit mehr, als Conrad gestand: »Wenn es nach meinen Wünschen gelaufen wäre, liebster Bruder, dann wärst du entweder in den eisigen Gewässern der Nordsee oder durch die Hände der nichtsnutzigen Boten in dem friesischen Heidenland krepiert!«

Albert schaute unbewegt auf seinen Bruder. Im Gegensatz zu allen anderen löste das letzte Geständnis bei ihm kein großes Entsetzen aus. Er hatte gewusst, dass sein Bruder ihn in der Ferne hatte töten lassen wollen.

Runa und Ragnhild hingegen war der Schreck über die Wahrheit ganz besonders anzusehen. Haltsuchend schlossen sie einander in die Arme, um sich zu trösten.

Auch Luburgis, die mit Johannes und Godeke zusammenstand, war jegliche Farbe aus dem Gesicht gewichen.

In diesem Moment war deutlich zu bemerken, dass die Herren des Gerichts mit einem derartigen Geständnis nicht gerechnet hatten. Plötzlich war ein Fall des Niedergerichts zu einem Fall des ratsherrlichen Hochgerichts geworden. Es stand außer Frage, dass der Vogt nun nicht mehr allein entscheiden konnte. Mit einem Wink gab er den Büttelln das Zeichen, Conrad vorerst in ihre Gewalt zu nehmen. Dann wandte sich der Vogt den Advocati und dem Wortführer der Dingleute zu. Sie alle schienen sich schnell einig zu sein, und nur wenige Augenblicke später erhob sich der Vorsitzende des Vogtgerichts.

»Conrad von Holdenstede, das Gericht hat weit mehr als genug gehört, um eine Entscheidung zu treffen. Da Ihr Euch soeben gleich mehrerer Verbrechen für schuldig bekannt habt, wurde entschieden, dass eine Abstimmung mit den Beisitzern an dieser Stelle wohl überflüssig ist. Ich verkünde somit im Namen unserer ehrenwerten gräflichen Stadtherren und im Namen des städtischen Ratsgerichts, dass Ihr wegen Mordes zum Tode verurteilt werdet. Man wird Euch die Glieder durch das Rad zerstoßen, Euch anschließend darauf flechten und Euch damit aufstellen, bis der Tod eintritt. Die Kosten für Eure Hinrichtung tragt Ihr selbst und gebt sie zur Hälfte dem Rat und zur Hälfte dem Vogtgericht. Außerdem zahlt Ihr noch zwei Silbermark für das Fälschen des Testaments sowie zwölf Pfennige für das Beschimpfen vor Gericht und jeweils eine Silbermark als Buße für Eure Tat an den Rat, an mich, den Vogt und an Dominus Johannes vom Berge. Eurem Weib, Domina Luburgis von Holdenstede, wird die Strafe auferlegt, noch heute die Stadt Hamburg zu verlassen und nie mehr zurückzukehren. Durch das Abkommen mit der Stadt Lübeck aus dem Jahre des Herrn 1241 wird ihr ferner untersagt, jemals wieder in der Stadt Lübeck oder Hamburg Obdach zu suchen. Ihren Stiefsöhnen wird es freigestellt, mit ihr zu gehen oder zu bleiben.«

Damit war das Schicksal der Eheleute besiegelt. Während Conrad starr vor Schreck und unter großem Gejohle der Menge von den Büttln weggeführt wurde, musste Luburgis von Johannes und Godeke gestützt werden, da sie eine gnädige Ohnmacht befiel.

Ungeachtet dessen forderte der Vogt die Hamburger auf, zur Ruhe zu kommen, damit er mit seinem Urteil fortfahren konnte. »Das gesamte verbliebene Vermögen von Conrad und Luburgis von Holdenstede sowie das Erbe in der Reichenstraße fällt Albert von Holdenstede zu. Somit ist über diesen Fall entschieden, wenn niemand mehr etwas zu ergänzen hat.« Der Vogt schaute noch ein letztes Mal in die Runde und gab schließlich nickend das Zeichen dafür, dass der Richterspruch ab sofort seine Gültigkeit hatte.

Die gespannten Blicke aller richteten sich auf Albert. Es war nicht ganz klar, was die Bürger erwarteten, doch egal, was es war, der Begünstigte tat nichts von alledem.

Albert konnte zunächst nicht glauben, was soeben passiert war. Die Last vieler vergangener Jahre fiel plötzlich von seinen Schultern. Doch anstatt etwas zu sagen, wagte er für einen kurzen Moment, seine Augen zu schließen und sich der Erleichterung hinzugeben. Es war vorbei. Endlich hatte er Antworten auf so viele Fragen. War nicht jetzt eigentlich der richtige Moment, um sich zu freuen? Seine Gefühle waren nur schwer zu deuten. Conrad hatte ihren Vater getötet. Warum nur war ihm all die Jahre nichts aufgefallen? Wie anders hätte sein Leben verlaufen können, wenn sein Bruder das Testament nicht gefälscht und alles an sich gerissen hätte. Er wäre niemals auf die Reise nach Flandern gegangen, die ihn fast das Leben gekostet hätte. Ragnhild wäre nie die Frau eines anderen Mannes geworden, und seine Söhne wären ihm nie fremd geworden. Betrübt fragte er sich, ob sein Leben nicht bereits verwirkt war wie das von Conrad. Hatte er nicht alles verloren, was ihm lieb und teuer war? Schwermut drohte sich auf sein Herz zu legen. Tief sog er die Luft dieses klaren Augusttages ein. Dann öffnete er wieder die Augen. »Nein«, flüsterte er schließlich mit fast unbewegten Lippen. Ab heute würde sein Leben neu beginnen. Niemals würde er mehr zulassen, dass jemand ihn von Ragnhild trennte. Er öffnete die Augen und schaute zu Runa und ihrer Mutter. Beide hatten rot geweinte Augen. Ihr Anblick wärmte Albert das Herz.

Ragnhild war noch immer schön. Auch wenn sich im Alter von sechsunddreißig Jahren bereits einige Falten um ihre Augen abzeichneten, waren ihre Züge noch fast genauso ebenmäßig wie damals. Die Strapazen der vergangenen Tage ließen sie nur ein wenig müder wirken als sonst. Noch immer hatte sie die gleichen wunderschönen Augen, und auch heute schauten ein paar Strähnen ihrer hellblonden Haarpracht unter der Haube hervor.

Albert lächelte sie an, und sie lächelte zurück. Nichts von ihrer Liebe hatten sie beide in den vielen Jahren eingebüßt. Entschlossen ging er auf sie zu. Ragnhild ahnte anhand seines Blickes schon, was nun folgen würde, und fing vor Vorfreude an zu weinen.

Zärtlich nahm er ihre Hände in die seinen und fragte sie: »Willst du noch einmal meine Frau werden?«

Ihr lautes Lachen stand im starken Kontrast zu ihren Tränen. »Ja, ich will!«, war ihre zittrige Antwort, worauf großer Jubel ausbrach.

Überglücklich schloss Albert seine Ragnhild in die Arme. Es fühlte sich so vertraut an. Fast so, als hätte es die fünfzehnjährige Trennung nie gegeben.

Runa weinte. Sie weinte, weil sie sich so sehr freute, und sie weinte auch, weil ihr dieses Glück mit Johann niemals beschert sein würde. Sehnsuchtsvoll suchte ihr Blick den seinen, während sie sich instinktiv an den Bauch fasste. Sie bemerkte nicht, dass Walther sie dabei beobachtete. Fassungslos folgte sein Blick dem ihren, und erst als Johann ihr den gleichen leidenschaftlichen Blick zurückwarf, verstand Walther Runas Verzweiflung. Johann Schinkel, der Ratsnotar der Stadt Hamburg, war der Vater von ihrem Kind!

Obwohl Walther eifersüchtig oder gekränkt angesichts des unerreichbaren Rivalen hätte sein müssen, fühlte er dennoch etwas anderes. Er wusste, dass eine Verbindung zwischen den beiden niemals würde bestehen können, und er verstand die Hoffnungslosigkeit dieser Liebe. Obwohl Johann Schinkel weit reicher und mächtiger war als er, besaß Walther dennoch etwas, worüber der geistliche Ratsnotar nicht verfügte. Es war der Hauch einer Möglichkeit, dass sich sein Leben gleich für immer veränderte. Mit pochendem Herzen ging er auf Runa zu und sagte leise ihren Namen. »Runa.«

Keiner um sie herum beachtete die beiden; nur der Blick Johanns heftete sich beißend auf Walthers Rücken.

Runa fuhr schreckerfüllt herum, sodass sie direkt vor ihm stand. Die Hand noch immer auf dem Bauch ruhend, wurde ihr schlagartig klar, dass ihr unbedachtes Verhalten sie ein weiteres Mal verraten hatte.

»Runa«, wiederholte Walther, »deine Liebe zu ihm kann und darf nicht sein, und du weißt das. Auch wenn du sein Kind in deinem Leib trägst, wird er dich niemals zu seiner Frau machen können.«

Sie wollte sich abwenden, doch Walther hielt sie fest. Tränen der Verzweiflung rannen ihre Wangen herunter. Angesichts der Wahrheit in seinen Worten sah sie sich außerstande, etwas zu erwidern.

Ihr Anblick war wie ein Schnitt in sein Herz. Er wollte sie nicht quälen. Niemals könnte er ihr etwas Böses antun, und deshalb sprach er schnell weiter. »Runa, ich liebe dich. Ich bin nicht er, aber ich verspreche, dir ein guter Ehemann zu sein. Werde meine Frau, und das Kind in deinem Leib wird wie das meine sein.«

»Spotte nicht über mich, Walther. Kein Mann von Ehre würde so etwas tun.«

»Ich pfeife auf jede Ehre, wenn ich dich dafür haben kann«, erwiderte er ernst. »Sag ja!«

Runa hörte auf zu weinen. Auch wenn seine Worte noch so unglaublich klangen, sah und fühlte sie, dass sie ehrlich gemeint waren. Er liebte sie, und er versprach, auch das Ungeborene zu lieben – Runa glaubte ihm. Doch wie könnte sie jemals bei einem anderen Mann liegen als bei Johann? Sie liebte *ihn*, und sie trug sein Kind. Was aber hatte sie für eine Wahl? In wenigen Wochen schon würde sich ihr Bauch deutlich abzeichnen, und dann würde man sie als Beginen-Schwester, die Unzucht begangen hatte, hart bestrafen – womöglich sogar töten! Sie brauchte sich nicht zu entscheiden, denn sie wusste, dass das Leben, das Walther ihr anbot, das einzige Leben war, das ihr noch blieb. Es wäre kein schlechtes Leben. Und Runa *wollte* leben; für ihr Kind. Mit den Worten »Ich nehme deinen Antrag an« ließ sie ein neues Leben beginnen und eine alte Liebe sterben.

Walther hätte sie vor lauter Glück am liebsten hoch in die Luft gehoben, doch er wollte sie nicht beschämen. So nahm er einfach ihre Hand und hauchte ihr einen Kuss darauf. Dann drehte er sich lachend den Hamburgern zu und verkündete vor den Augen Johanns eine Neuigkeit, die wohl keiner der Anwesenden für möglich gehalten hätte. »Liebe Leute, hört mir zu. Es wird eine zweite Hochzeit zu feiern geben. Und ich bin der glückliche Gemahl. Das heißt, wenn ihr Vater mir seine Tochter zur Braut gibt...«

Johann Schinkel entfuhr ein Laut des Entsetzens. Er wollte etwas sagen – Einspruch erheben –, doch begriff er schnell genug, dass es nichts gab, was er hätte tun können, ohne sich und vor allem Runa zu verraten. Tief in seinem Inneren hatte er immer gewusst, dass er sie irgendwann verlieren würde. Doch niemals hätte er geahnt, dass es so schmerzhaft werden würde.

Mit größter Erwartungsfreude blickten die Anwesenden nun auf Ragnhild und Albert.

Walther hatte Runa bei der Hand genommen und schritt langsam mit ihr auf seinen Freund zu. Das Erstaunen in dem Gesicht des Vaters war nicht zu übersehen. Immer wieder schaute er zu seiner Tochter und dann wieder zu Walther. Dieser blieb nun vor ihm stehen und sagte so würdevoll und aufrichtig, wie es ihm möglich war: »Ich bitte dich hiermit um die Hand deiner Tochter, Albert.«

Nach einem Moment des Schweigens breitete sich ein freudiges Strahlen auf den Gesichtern der stolzen Eltern aus. Albert schaute zu Ragnhild, und Ragnhild schenkte ihm ein Nicken. Daraufhin legte Albert seinem künftigen Schwiegersohn die Hand auf die Schulter und sagte: »Ich wüsste keinen Besseren. Ihr habt meinen Segen!«

Dann brach erneuter Jubel aus, der nicht mehr abebben wollte. Nach diesen schrecklichen Tagen dürstete es die Menschen nach freudigen Ereignissen, und sie saugten das Glück der Verlobten geradezu in sich auf. Zwei Hochzeiten auf einen Streich konnten nur ein gutes Zeichen für die Zukunft sein.

EPILOG

Der sonnendurchflutete Augusttag war warm, und die Luft duftete nach den Blumen und Gräsern, welche von unermüdlichen Kindern für diesen feierlichen Anlass gepflückt worden waren. Lange Tafeln mit weißen Tischtüchern, die im leichten Wind wehten, wurden auf dem Platz vor der St.-Petri-Kirche aufgestellt, der heute als Festplatz diente.

Den Frauen der Stadt war es tatsächlich gelungen, mit dem, was ihnen das Feuer gelassen hatte, und dem, was der Wald ihnen an Früchten, Pilzen und Fleisch schenkte, ein Festmahl zu bereiten. Immer wieder wurden dampfende Platten und prall gefüllte Körbe aus allen Himmelsrichtungen herangetragen, bis die Tafeln über und über mit allerlei warmen und kalten Speisen bedeckt waren.

Marga hatte, ohne je darum gebeten zu haben, die Führung der Vorbereitungen von den Frauen übertragen bekommen. Sie tat ihr Amt mit großer Freude, stand sie doch beiden Ehepaaren sehr nahe. Nachdem Conrad durch das Rad gestorben und Luburgis aus der Stadt verjagt worden war, hatten Albert und Ragnhild sich ihrer angenommen. Seither lebte die Magd nicht mehr unter einer Herrschaft, sondern in einer Familie. Zum ersten Mal seit dem furchtbaren Tod ihrer geliebten Mutter, den auch Runa, Ragnhild und Albert beweinten, fühlte Marga sich wieder glücklich.

Doch ungeachtet all der Trauer und Verluste, die jeder Hamburger durchlitten hatte, gab es niemanden, der sich nicht auf die Feierlichkeiten freute. Beide Hochzeiten wurden auf Wunsch der Brautpaare am selben Tag gefeiert, und obwohl die Häuser der Stadt größtenteils verbrannt waren und die Flammen nahezu alles Hab und Gut vernichtet hatten, wurde der Tag zu einem rauschenden Fest.

Wären nicht die verkohlten Ruinen im Hintergrund gewesen, die wie schwarze Mahnmale an die schreckliche Nacht des Brandes erinnerten, hätten es die Bewohner der Stadt an diesem Tage wohl geschafft, die jüngsten Ereignisse für kurze Zeit vollends zu verdrängen.

Da Runa durch die Zeit im Kloster kein einziges schönes Kleid besaß, hatte Hildegard von Horborg darauf bestanden, ihr eines von ihren Gewändern zu leihen. Niemand wusste, wo die immer gut gekleidete Hildegard, deren Haus ja auch vom Feuer verschlungen worden war, dieses Kleid aufgetrieben hatte, doch als die Hochzeitsgesellschaft es zum ersten Mal an Runa sah, verschlug es allen regelrecht die Sprache.

Die teure Seide schimmerte hell- und dunkelgrün, und die unzähligen Gold- und Silberfäden, mit denen sie durchwirkt war, glänzten prachtvoll in der gelben Augustsonne. Wie passend diese Farbe doch war – schließlich galt Grün als Symbol für den Beginn einer jungen Liebe.

Runas Mutter hingegen bekam ein Kleid von Agatha gefertigt. Die Schneidersfrau bestand vehement darauf, es ihrer Freundin zur Hochzeit zu schenken, und duldete in diesem Falle keine Widerrede. Ragnhild gab schon bald ihren halbherzigen Protest auf und dankte ihrer Freundin überschwänglich und unter Tränen. Als es ihr am Tage der Hochzeit dann das erste Mal über den Leib gelegt wurde, waren alle Frauen sich einig. Dieses Kleid war das schönste und prächtigste, das die Eheleute Agatha und Voltseco von der Mühlenbrücke jemals geschneidert hatten.

Nachdem beide Paare vor Gott vermählt worden waren, wurden Mutter und Tochter neben Albert und Walther unter großem Jubel von der Festgemeinde auf dem Platz am Berge empfangen. Die Trauung hatte in der St.-Petri-Kirche stattgefunden, die die geringsten Schäden aller Hamburger Gotteshäuser davongetragen hatte, und wurde von einem Geistlichen aus dem benachbarten Kirchspiel Eppendorf abgehalten. Vater Lambert war, wie alle anderen Pfarrvikare Hamburgs, in den Flammen umgekommen.

Auch wenn Ragnhild ihm niemals den Tod gewünscht hatte, konnte sie dennoch nicht leugnen, dass sie glücklich darüber war, diesem Mann, der sie so sehr verachtet hatte, nie wieder begegnen zu müssen. Ja, heute ließ Ragnhild sogar die Frage zu, ob es vielleicht doch einen gerechten Gott im Himmel gab, der ihr nach so vielen Jahren nun endlich wieder Glück zusprach.

Auch wenn die Reihen sichtlich gelichtet waren und der Grund dafür schmerzliche Erinnerungen hervorrief, freuten sich die beiden Paare über jeden einzelnen der Anwesenden. Zu Alberts, Thiderichs und Walthers großer Freude waren sogar die Spielleute Judda und Sibot mit ihrem Gefolge gekommen, um die Gäste mit ihren Darbietungen zu unterhalten und ihre Freunde hochleben zu lassen. In den letzten Jahren hatten sie Hamburg ein ums andere Mal besucht und waren dann stets in Alberts Haus willkommen gewesen.

Selbst Walther, an dem bekanntlich ein Spielmann verloren gegangen war, überraschte alle Anwesenden mit einer eigens verfassten Minne über seine wunderschöne Braut. Nachdem er geendet hatte, verbeugte er sich formvollendet vor ihr und lüpfte kurz seinen Hut. Sichtlich entzückt klatschte Runa in die Hände und warf ihm zum Dank eine Kusshand zu.

Auch wenn er fühlte, dass ihr Herz noch immer Johann gehörte, war Walther an diesem Tage doch zuversichtlich, ihre Liebe bald zu gewinnen. Er jedenfalls liebte Runa von ganzem Herzen und war bereit, alles tun, um sie an seiner Seite glücklich zu machen.

Tatsächlich war Runas Herz an diesem Tage schwer, doch sie wusste, dass sie das Richtige getan hatte. Von Dritten hatte sie gehört, dass Johann nach dem Gerichtstag überstürzt die Stadt in Richtung Lübeck verlassen hatte, wo er die nächste Zeit verbringen wollte. Sie war sich sicher, dass der Antrag Walthers nicht zuletzt an seiner vorschnellen Abreise Schuld trug. Mit der Entdeckung des zweiten Testaments in der Stadtkiste und der Anklage Conrads vor Gericht hatte Johann das Leben ihrer ganzen Familie verändert. Doch tief in ihrem Inneren wusste Runa, dass er es ganz allein ihr zuliebe getan hatte. Diesen Beweis seiner Liebe würde sie für immer in ihrem Herzen tragen. Auch wenn der Gedanke, nie mehr wieder in seinen Armen liegen zu können, ihr heute noch unerträglich erschien, würde sie lernen müssen, damit zu leben. Runa war sich bewusst, dass sie großes Glück mit Walther hatte, der bereit war, das Kind eines anderen Mannes anzunehmen. Mit Sicherheit würde er sie wohl behandeln und ihr ein gerechter Gemahl und ein guter Vater sein; dafür nahm sie sich vor, es ihm auf jede mögliche Weise zu danken und sich redlich zu bemühen, ihn eines Tages tatsächlich zu lieben.

Als der Tag sich langsam dem Ende neigte und der Platz am Berge von der untergehenden Sonne in ein orangefarbenes Licht getaucht wurde, waren sich alle Anwesenden sicher, dass dieser Tag vollkommen war. Niemand ahnte, dass er noch eine überraschende Wende bringen würde.

Völlig unerwartet erschien ein neuer Gast auf dem Festplatz. Mit gehemmtem Gang und unsicherem Blick steuerte er direkt auf die Brautpaare zu, die nebeneinander in der Mitte der langen Tafel saßen.

Ein jeder hörte auf zu tun, was er gerade tat, und stieß seinen

Nebenmann an, sofern dieser den Näherkommenden noch nicht bemerkt hatte.

Es war Godeke.

Da es keinen unter den Festgästen gab, der nicht um die Geschichte der Zwillinge wusste, stieg die Spannung mit jedem seiner langsamen Schritte ins Unermessliche.

Als Ragnhild ihren Sohn erblickte, ergriff sie fahrig die Hand ihres Gatten. Auch Albert starrte wie gebannt auf den Fünfzehnjährigen und umschloss die schweißnassen Finger seiner Braut.

Endlich erreichte Godeke sein Ziel. Er stand direkt vor Ragnhild und Albert; den Kopf tief gesenkt. Er schwieg. Sein Anblick war erbärmlich und der Gestank, der von ihm ausging, noch über die Länge von drei Männern hinaus wahrzunehmen.

Ragnhild konnte sehen, dass er zitterte. Am liebsten wäre sie aufgesprungen und hätte ihn an sich gezogen, doch sie wusste, dass dieser Gedanke töricht war. Obwohl sie Mutter und Sohn waren, hatten sie seit vielen Jahren nicht einmal einen flüchtigen Gruß ausgetauscht. Außerdem war Godeke kein kleiner Junge mehr, sondern stand im Begriff, ein Mann zu werden. Statt ihn zu überrumpeln, sagte sie, so einladend wie möglich: »Sprich, mein Sohn. Was ist dein Begehr?«

Mit bebender Stimme und immer noch gebückter Haltung fing er an zu reden. »Seitdem man uns aus der Stadt gejagt hat, leben wir im Wald. Mutter... ich meine Luburgis... und Johannes sind noch immer dort. Ich hatte viel Zeit, um nachzudenken...« Sichtlich betreten suchte er nach den richtigen Worten und wischte sich die Hände immer wieder an seinem speckigen Hemd ab. »Ich könnte verstehen, wenn Ihr mich nun nicht mehr wollt...«

Ragnhilds Herz setzte einen Schlag aus. Was wollte er damit sagen? All ihre Sinne waren auf ihren Sohn gerichtet, und dennoch fiel es ihr schwer, sich auf seine Worte zu konzentrieren.

Seine Stimme klang brüchig, bald schon würde sie sich in die eines Mannes verwandeln. Er wird erwachsen, dachte sie wehmütig und kämpfte mit den Tränen.

Godeke holte noch einmal Luft und wagte nun zum ersten Mal hochzublicken. Seit zwei Tagen schon rang er mit sich und seiner Idee zurückzukehren, und jetzt, da er sich endlich überwunden hatte, stand er hier, und ihn verließ der Mut. Sehr leise, fast so, als ob er keinen Atem mehr übrig hätte, sagte er die nächsten Worte. »Wenn ich bei Euch bleiben darf, dann verspreche ich, mich wohl zu betragen und Euch ein guter Sohn zu sein ...«

Ragnhild drückte die Hand von Albert nun so fest, dass es ihn schmerzte. Plötzlich sprang sie einfach auf und rannte los. Sie raffte ihre Röcke und stürmte die lange Seite der Tafel entlang. Tränen liefen ihr seitlich von den Augen ins Haar. Godeke! Godeke! In Gedanken rief sie seinen Namen. Ihr Kind war zu ihr zurückgekehrt. Ganz egal, was gewesen war, sie würde ihn mit offenen Armen empfangen und ihn nie wieder gehen lassen.

Endlich umrundete sie die Spitze der langen Tafel und rannte die Längsseite entlang direkt auf ihn zu. Das Bild vor ihren Augen verschwamm in einer Flut von Freudentränen. Nur noch wenige Schritte trennten sie von ihren Sohn, und noch während sie rannte, breitete sie die Arme aus. Überglücklich schloss sie den hochgewachsenen Jungen in die Arme und bedeckte sein Gesicht mit Küssen.

Godeke ließ es gerne mit sich geschehen und lächelte angesichts des ungezügelten Gefühlsausbruchs seiner Mutter. Dann erwachten die Hochzeitsgäste aus ihrer Starre. Sie fingen an zu jubeln und zu klatschen, und als auch Albert und Runa zu Godeke und Ragnhild liefen, kannte die Freude aller Gäste keine Grenzen mehr.

Godeke breitete die Arme so weit aus, wie er konnte, damit er alle seine Lieben darin einschließen konnte. Er fühlte sich daheim. Die Schrecken der letzten Tage waren endlich vorüber, und zum ersten Mal seit unendlich langer Zeit hatte er das gute Gefühl, das Richtige zu tun.

Der Stiefvater, zu dem er immer aufgeschaut hatte, war ein Mörder und Verräter gewesen und seine ganze Welt mit dieser Erkenntnis in sich zusammengestürzt. Noch immer fassungslos darüber, musste er sich eingestehen, dass er den Lügen von Conrad und Luburgis Glauben geschenkt hatte. Lügen über ihren Großvater und ihren Vater Albert sowie Lügen über ihre Mutter Ragnhild und ihre Schwester Runa. Doch diese Zeit sollte nun ein Ende haben. Auch wenn er es nicht geschafft hatte, seinen Bruder zum Umkehren zu überreden, würde nun wenigstens für ihn ein neues Leben anfangen.

Ein Leben ohne Lügen und ein Leben im schützenden Kreise seiner Familie, die ihn gerade umarmte, als wäre er niemals fort gewesen.

NACHWORT UND DANK

Das Hamburg des 13. Jahrhunderts war im Gegensatz zu dem Hamburg, welches wir heute kennen, zunächst einmal eines – klein! Seine Stadtgrenzen reichten im Norden gerade mal bis zum Jungfernstieg, im Osten etwa bis zum Hauptbahnhof, im Süden bis zum äußersten Rande der Cremon-Insel und im Westen bis kurz hinter den Rödingsmarkt. Innerhalb dieses Bereichs lebten zur Zeit des Romans ungefähr fünftausend Menschen, und einige von ihnen trugen entscheidend dazu bei, dass Hamburg zu dem wurde, was es heute ist.

Jordan von Boizenburg war für Hamburg möglicherweise die entscheidende Person des ausgehenden Frühmittelalters. Alles, was ich über seine Arbeit geschrieben habe, entspricht der Wahrheit. Die kurz erwähnten Verhandlungen in Flandern 1253, in denen Boizenburg Handelsprivilegien für Hamburg erwirkte, welche den Grundstein für den späteren Handel zwischen Norddeutschland und Flandern legten, sind ebenso nachhaltig bewiesen wie das Anlegen des Stadterbebuchs »Registrum civitatis« und des Schuldbuchs »Liber actorum«. Doch das Hauptaugenmerk lege ich in meinem Roman auf sein letztes Werk – das Ordeelbook. Als ich es zum ersten Mal zur Hand nahm, war ich davon so begeistert, dass ich schnell entschied, es zu einer meiner »Hauptfiguren« zu machen. Nicht bloß die Tatsache, dass dieses Buch das erste mittelniederdeutsche Stadtrecht der Jahre zuvor vereinigten erzbischöflich-bremischen Altstadt und der gräflich-holsteinischen Neustadt war, sondern auch der Inhalt an sich faszinierte mich. So zeigte es mir beispielsweise auf, dass das mittelalterliche Hamburg zwar auf der einen Seite roh und gewalttätig war, auf der anderen Seite aber auch ebenso sehr gerecht und geordnet – was im starken Kontrast zueinander steht. Strafen, die uns heute unvorstellbar vorkommen, wie etwa das Zerstoßen von Gliedern mit einem Wagenrad, das Brandmarken im Gesicht oder das Abhacken von Händen, stehen neben den verbrieften Rechten der Unterschicht und der oft wehrlosen Frauen. Das Ordeelbook lehrte mich ebenso einiges über das Verhältnis der drei großen Mächte Hamburgs zueinander. Der Rat, die Schauenburger Grafen und das Domkapitel kämpften zu damaliger Zeit erbittert um jeden Zentimeter der Stadt, um das Geld ihrer Bewohner und um jede einzelne Seele.

Neben Magister Jordan von Boizenburg und seinen überragenden Taten möchte ich aber Johann Schinkel nicht vergessen, der sich um Hamburgs Lob ebenso verdient gemacht hat. Das Zittern der Schreibhand Boizenburgs habe ich mir ausgedacht, um Johann Schinkel vorzeitig in die Geschichte mit einzuflechten. Schinkel war zwar tatsächlich Boizenburgs Nachfolger gewesen und ebenso auch ein Domherr, doch ob er auch als eine Art Schüler des Ratsnotars von ihm gelernt hat, kann ich nicht beweisen. Selbstverständlich aber habe ich ihm die Liebschaft mit einer Begine bloß angedichtet.

Schinkels Amtszeit dauerte genau drei Jahrzehnte lang. In dieser Zeit widmete er sich gänzlich der Verwaltung Hamburgs. Neben der Weiterführung und Erweiterung der Erbebücher seines Vorgängers und dem Ausbau des Stadtrechts legte er zahlreiche Stadtbücher an und schrieb Teile der Burspraken – der Ratsverordnungen.

Alle Straßennamen und Gebäude Hamburgs, angefangen von den Badestuben bis hin zu den Pfarrkirchen und Handwerksbetrieben, die im Laufe des Romans genannt werden, hat es zu dieser Zeit an den erwähnten Stellen gegeben. Lediglich die lateinischen Namen wurden von mir aus Gründen der Einfachheit ins Deutsche übersetzt. So hieß die Steinstraße in vielen Quellen beispielsweise »Platea Lapidea« oder die Trostbrücke »Pons Trostes«. Außerdem habe ich mich an manchen Stellen für eine Bezeichnung entscheiden *müssen*. So fand ich etwa in historischen Quellen zahlreiche Namen für das damalige Millerntor, welches – obwohl ungefähr einen Kilometer weiter südöstlich gelegen – namensgebend für den uns bekannten Platz im Stadtteil St. Pauli war: Myldernthor, Milderdor, Mildere Dor, Millerdor, Milderadis, Porta Milderadis, Porta Mildradis und Thor der Milderade. Vergleichbare Schwierigkeiten gab es auch in den Passagen, die in Friesland spielen. So hieß Stotel beispielsweise auch Stotlo oder Stotele und Varel damals auch Varle oder Farle. Um diese Problematik gänzlich zu umgehen, habe ich stets auf die gegenwärtigen Namen zurückgegriffen. Die Insel Buise allerdings, oder den Ort Aldessen, wird man heute vergeblich auf der Karte suchen, da beide vor langer Zeit während einer Sturmflut vom Meer verschluckt wurden.

Viele der im Roman erwähnten Details entsprechen den vertrauenswürdigen Inhalten von Büchern und Dokumenten, die ich bei meiner Recherche im Staatsarchiv und der Staatsbibliothek entdeckt habe. So hatte der Schneider Voltseco laut Hamburger Schuldbuch tatsächlich einmal sein komplettes Haus verpfändet oder einen Aufschub seiner Schulden von der Apothekersfrau bekommen, bis Gott ihm einen so großen Gewinn gewährte, der es ihm erlaubte, seine Verbindlichkeiten auszulösen. Auch gab es die Kogge namens *Resens* wirklich und ebenso die Stadtkiste, in der das versteckte Testament von Conradus gefunden wurde. Genauso wahr ist es, dass der Rat einen Kostenbericht über die Ausgaben des Grafenhauses anfertigte – wenn auch erst im Jahre 1285 – oder dass er über das Problem des Schlamms auf den Marktplätzen und die Überfälle der Dithmarscher auf Hamburger Schiffe sowie über den Weg hinter den Kurien entschieden hat, welchen die Domherren für sich allein beanspruchen wollten.

Doch sosehr ich mich auch bemüht habe, historisch korrekt zu sein, liegt es wohl in der Natur eines historischen Romans, dass man die Wahrheit manchmal für seine Zwecke angleichen muss. Nachfolgend gestehe ich nun ein paar meiner Mogeleien:

Während ich das eigentliche Datum des feierlichen Inkrafttretens des Ordeelbooks am 15. Oktober 1270 um einige Monate vorgezogen habe, habe ich das Ableben Jordan von Boizenburgs, dessen eigentlicher Todestag am 16. September 1269 war, einige Monate nach hinten verschoben.

Der große Brand am Ende meines Romans hat tatsächlich Anfang August 1284 gewütet. Doch über das genaue Datum sind sich die Quellen nicht einig. Ebenso uneins sind die Quellen sich, wenn es um den Grad der Zerstörung geht. Ich habe mir die Freiheit genommen, den Verlauf des Brandes und die anschließende Verwüstung selbst zu bestimmen.

Bei der Beschreibung des Rathauses sowie der damaligen Dreiteilung des Rates in die Extramanentes des alten Rates und die Electi und Assumpti des sitzenden Rates habe ich mich an historische Quellen gehalten, doch hinsichtlich des Sitzungsverlaufs entschied ich mich, meiner Fantasie freien Lauf zu lassen, da viele vorhandene Quellen sich auf eine spätere Epoche beziehen. Das regelmäßige Abstimmen zwischen den Ratsherren und das rhythmische Klopfen auf den Tisch als Zeichen der Zustimmung empfand ich jedoch als sehr zeitgemäß.

Ähnliches trifft auf das Beginenkloster und seine Schwestern zu. Es ist wahr, dass sie aufgrund ihrer Kleidung »Blaue Schwestern« genannt wurden, und es ist auch wahr, dass sie ihr Kloster auf dem Boden einer gräflichen Schenkung errichteten. Doch ihr Alltag ist in großen Stücken frei von mir erfunden. Erst ab dem Jahre 1360 gab es eine erste Beginenordnung. Diese besagte beispielsweise, dass die Schwestern das Kloster nicht ohne Begleitung verlassen durften, was für meinen Roman sehr hinderlich gewesen wäre. Dass es in den hundert Jahren zwischen der Entstehung des Klosters und der ersten Beginenordnung keine solchen Vorschriften gegeben hatte, nutze ich also für meine Zwecke.

Des Weiteren habe ich mir einige Freiheiten in Bezug auf die Personen meines Romans genommen. So ist es beispielsweise nicht bewiesen, dass Dänen damals in Hamburg unbeliebt waren, auch wenn es aufgrund der historischen Gegebenheiten, wie etwa der Schlacht von Bornhöved, wahrscheinlich ist. Außerdem habe ich, der besseren Verständlichkeit wegen, den Begriff *Hexe* verwendet, obwohl er eigentlich erst ab Beginn des 15. Jahrhunderts gängig war.

Alle Ratsherren und ebenso der Bürgermeister des Romans waren auch tatsächlich gegen Ende des 13. Jahrhunderts in jenem Amt tätig – teilweise jedoch etwas früher oder später als von mir angegeben. Zum Beispiel hat es Willekin von Horborg mit Sicherheit gegeben, doch nennt ihn das Stadtbuch erst im Jahre 1289 als Ratsherr. Zu dieser Zeit habe ich ihn allerdings schon sterben lassen. Heseke vom Berge war wirklich mit Johannes vom Berge verheiratet, und Johannes vom Berge hatte auch wirklich eine Schwester namens Luburgis. Doch es ist nicht bewiesen, dass Luburgis tatsächlich Conrad von Holdenstede heiratete. Das ist meiner Fantasie entsprungen.

Godeke und Johannes von Holdenstede sind fiktiv, doch sie wurden benannt nach ihren namensgleichen Onkeln, die als Totgeburten in mein Buch eingeflossen sind und tatsächlich gelebt haben. Albert und Conrad von Holdenstede haben ebenso wirklich gelebt, und sie hatten auch einen Vater namens Conradus – wobei das »us« am Ende nur die lateinische Form des Namens darstellt und somit eigentlich jedem »Conrad« dieser Zeit anhaften würde. Ich habe mich dazu entschieden, die Namen auf diese Weise voneinander zu unterscheiden, um eine Dopplung zu vermeiden.

Alle Schauenburger Grafen und viele andere Personen, von denen man es vielleicht nicht denken würde, sind ebenso historisch verbürgt. Beispielsweise alle potenziellen Bräute Alberts, der Schiffsherr Arnoldus, der Schmied Curland, welcher auch wirklich einer der Wittigesten war, die zwei genannten Domdekane Hamburgs und ebenso die beiden, in der ersten Ratssitzung meines Romans kurz erwähnten, Genter Handelsvertreter Jan Paschedach und Jan Coevoet.

Meinen Dank an dieser Stelle will ich der Reihe nach auflisten – so, wie mir die Unterstützung auch zuteil wurde. Zu allererst danke ich meinem Mann Andrew Tan, der mich im Hamburger Restaurant *Charmant* darin bestärkte, meinen Traum von der Schriftstellerei wahr zu machen und mir seit Jahren seine unverzichtbare Liebe und Unterstützung schenkt. Ganz besonders danke ich auch meinem Agenten Joachim Jessen für seinen Einsatz und den Schriftstellerkollegen Jan Off und Bettina Hennig, die mir beide völlig selbstlos mit jeweils einem stundenlangen Motivationsgespräch Mut gemacht haben. Ein nächster Dank gilt all den fremden Helfern, die jene Bücher geschrieben und Webseiten programmiert haben, welche für meine Recherchen von unschätzbarem Wert waren. Auch nicht vergessen möchte ich den mir namentlich fremden Mitarbeiter des Hamburger Rathauses, der mich heimlich in den von der Führung ausgeschlossenen Saal mit den Bronzetafeln eingelassen hat, damit ich den Namen des Bürgermeisters *Bertram Esich* dort ablesen konnte. Des Weiteren danke ich allen Beteiligten von Blanvalet für ihre Offenheit, genauso wie dem Team vom Funkbüro. Ein ausdrücklich großer Dank geht an meine Zwillingsschwester Lara Jelinski, die sich ohne Klagen viele Stunden lang durch das Skript gewühlt hat, um es stetig zu verbessern – ebenso wie meine geschätzte Lektorin Barbara Müller.

Und meine letzten Worte gelten jenen, die mir alles bedeuten: Danke an meine sechs Geschwister, meine Mutter und nicht zu vergessen an meine engsten Freunde Annika Reinhold, Carina Wiebe, Christin Borowsky, Inken Blinda, Nina Krauss, Semi Bannani und Vivian Kranz, die immer an mich geglaubt haben und auch nie müde wurden, mir das zu sagen.

Machtspiele und Liebe, Verrat und Rache – historische Spannung von einem jungen deutschen Autor.

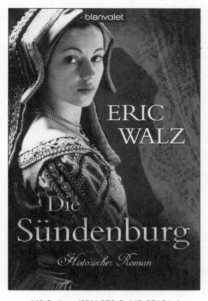

448 Seiten. ISBN 978-3-442-37696-4

Eine Grafschaft am Oberrhein, anno domini 907. Der alte Graf wird in der Burgpfalz hinterrücks ermordet. Von dem Täter keine Spur. Kurz darauf heiratet seine Witwe, Gräfin Claire, seinen schärfsten Kontrahenten, Aistulf, einen Idealisten, der für mehr Gerechtigkeit eintritt. Hat Claire ihren Gatten ermorden lassen, ihn womöglich selbst getötet? Claires Tochter Elicia will den Tod ihres Vaters nicht ungesühnt lassen und stellt Ermittlungen an. Hatte ihre Mutter schon seit Längerem eine Liebesaffäre mit Aistulf? Von Tag zu Tag werden ihr die Mutter und der neue Stiefvater immer verdächtiger …

Lesen Sie mehr unter: **www.blanvalet.de**